6. Nördliche Wolke/Schweden
7. Karibik
8. Amazonasbecken
9. Ceylon und Südindien (Cauvery-Delta)
0. Huang-Ho, „Gelber Fluß“, China
1. Borneo, Celebes und Java

Atlan

WOLKEN DES TODES

Perry Rhodan

Atlan

WOLKEN DES TODES

von
Hanns Kneifel

MOEWIG

Redaktion: Klaus N. Frick
Titelillustration: Rüdiger W. Wick
Druck und Bindung: Ebner Ulm
Printed in Germany 1995
ISBN 3-8118-1505-9

Vorwort

Der vorliegende sechste Band der Atlan-Zeitabenteuer, für den fünf aufeinanderfolgende Einzel-Erzählungen aus der Vielzahl der Perry-Rhodan-Planetenromane zusammengestellt wurden, könnte aus guten Gründen auch »Charis-Zyklus« genannt werden. Diese Herrscherin eines frühen nordafrikanischen Stammes, eine Botin von ES vor dem verheerenden Vulkanausbruch Stronghyle-Santorins, die Atlan während des Mittelmeer-Infernos kennenlernte, wird in den folgenden fünf Bänden seine Gefährtin sein: *Wolken des Todes* (Taschenbuch 227), *Im tödlichen Schatten* (Taschenbuch 229, beide 1981 geschrieben und 1982 veröffentlicht), *Kampf der tausend Schiffe* (Taschenbuch 238 von 1983), *Herr der hundert Schlachten* (Taschenbuch 242) und *Das Ende eines Herrschers* (Taschenbuch 245, beide von 1983). Wieder schaltet sich die kosmische Superintelligenz ES ein, um den Bewohnern von Terra – dritte Welt von Larsafs Stern – zu helfen, und abermals berichtet der Arkonide Atlan von erstaunlichen Weltreisen, von den Kämpfen zwischen Griechen und Persern und von den Triumphen und dem Tod des Weltherrschers Alexanders des Großen.

Atlan, der schwerverletzt im Schock nach der Katastrophe des Vulkanplaneten Karthago II auf Gäa im künstlichen Tiefschlaf liegt, befreit sich durch die Erzählungen von aufgestauten Erinnerungen: Trotz seiner potentiellen Unsterblichkeit, die ihm der Zellschwingungsaktivator (ein janusköpfig verpflichtendes Geschenk von ES) verleiht, kann nur die Katharsis ihn retten. Professor Cyr Aescunnar, der beste Geschichtswissenschaftler des Neuen Einsteinschen Imperiums, von psychosomatischen Blindheitsanfällen gemartert, bearbeitet Atlans Erzählungen und schreibt weiter an den ANNALEN DER MENSCHHEIT, der ersten »wirklichen und wahren« Augenzeugen-Weltgeschichte.

Auch der Verfasser, in gewisser Hinsicht Atlans Chronist, sieht sich vor der Aufgabe, in die Ergebnisse historischer Forschung Atlans Augenzeugenschaft – und umgekehrt – zu integrieren und die inzwischen bisweilen geänderte Sicht der Geschichte zu berücksichtigen: Seit dem ersten Atlan-Zeitabenteuer *Bruder der stählernen Wölfe,* Taschenbuch 56 von 1974, sind immerhin mehr als zwei Jahrzehnte vergangen. Diesmal, also zwischen etwa 1000 und 323 vor Christi, kann nur eine Weltkarte die vielen Orte zeigen, an denen Atlan, unterstützt durch seinen treuen Höchstleistungsrobot und seine Freunde, den Barbaren des frühen Terra hilft.

Der Chronist wird oft gefragt, wie schwierig das Recherchieren im vorgeschichtlichen und historisch-archäologischen Umfeld der Atlan-Zeitabenteuer ist: Es ist eine zeitraubende, herrlich interessante und schwierige Aufgabe, die dadurch oft erschwert wird, daß sich die fachwissenschaftlichen Bücher und Lexika dem bemühten Laien mitunter allzu sperrig zeigen; als Autor will man jedem Leser verständlicherweise ein geschlossenes, überzeugendes Bild jener Kultur und/oder Zivilisation schildern, in denen sich der Arkonide, einer galaktischen Hochkultur entstammend, bewegen muß. Schließlich erlebt und kommentiert er das Geschehen unter den streitsüchtigen Barbaren von der Warte eines zivilisatorisch uralten, raumfahrenden Sternenvolks.

Das Aufspüren der – bis zum heutigen Tag jahrtausendeweit entfernten, ergo immer nur angenäherten – geschichtlichen Wahrheit und Wirklichkeit ist eine höllisch schwere Arbeit, und unentwegt werden bisher scheinbar gesicherte Erkenntnisse durch neue Funde und die Forschungsergebnisse einer ständig um mehr Erkenntnis bemühten Wissenschaft verändert. Dennoch ist es eine faszinierende Sache, an Atlans Seite in der fernen Vergangenheit zu graben und die Ergebnisse in die Neu-Bearbeitungen einzufügen. Daß mitunter der Druckfehlerteufel und dessen elektronische Mutanten des ausgehenden XX. Jahrhunderts ihre bösen Spiele mit Autor, Lektor, Setzer und Korrektor treiben, ist ein vager Trost: Nichts ist vollkommen (auch nicht Kristallprinz Atlan!).

Es gibt Freunde, die dem Autor durch strenge, aber förderliche Kritik helfen und die Fehler unerbittlich aufspüren: Rainer Castor hilft mit Berechnungen, Hinweisen, Zahlen und kontrolliert selbst Ricos positronische Kalenderauszüge. Die Karten sollen das Verständnis erleichtern; allen Kritikern und Freunden, die den Chronisten mit Atlan-Informationen füttern, sei hiermit gedankt, denn was wären Atlans qualvolle Erinnerungen ohne Zuhörer, und was wären die beschriebenen Abenteuer ohne Leser? Zehn, zwölf oder fünfzehn Hardcover-Bände: wir alle erleben zwischen 8000 vor der Zeitrechnung und 2040 rund zehn Jahrtausende einer begeisternden Atlan-Zeit!

München, Winter 1994 Hanns Kneifel

Prolog

Die lastende Sorge um Atlans Tod oder Weiterleben war für ihn zweitrangig geworden. Die kalte, lähmende Angst, endgültig zu erblinden, beherrschte jede Minute der dunklen Tage und tiefschwarzen Nächte und verließ ihn nur kurz vor dem Einschlafen. Professor Cyr Aescunnar fürchtete die endgültige Finsternis; gleichzeitig wußte er, daß es keine körperliche Ursache für die Anfälle der Blindheit gab, für die Blinks und den Ophtalmoslide. Seine Furcht, blind zu werden, provozierte vorübergehende Blindheit, vor der er Todesfurcht empfand, und so schloß sich der Kreis. Eine wenig professionelle Betrachtungsweise, sagte sich Cyr, aber er hatte keine bessere.

Sein Einzelzimmer lag im selben MEDO-CENTER des Planetaren Krankenhauses am Stadtrand Sol Citys, in dessen Zentrumsbau der Arkonide Atlan der völligen Genesung entgegenschlief. Cyr Aescunnar, dessen Augen durch eine große, gepolsterte Brille mit fast schwarz getönter Sichtplatte geschützt waren, erkannte schemenhaft die Einrichtung des Raumes in der Ophtalmologischen Abteilung und einige Ausschnitte des Parks vor dem ebenfalls getönten Glas des Fensters: Bäume, Büsche und kunstvolle Brunnenanlagen.

»Der Schlaf der Vernunft«, flüsterte Cyr ins Mikrophon seines Recorders, »gebiert grauenvolle Träume, wie Francisco Goya wohl äußerst zutreffend bemerkte. Im verkrampften Traum kann auch der besonnene Träumer zu einem Berserker werden; das Stammhirn eines gesunden Wesens wie Atlan schließt daher in der Schlafphase der schnellen Augenbewegungen körperliche Aktivitäten aus. Der Schlafende lebt seine Träume aus, wenn dieser Block ausfällt.« Cyr überlegte: Bisher hatte sich Atlan, von winzigen Zuckungen abgesehen, wie eine Dreißig-Tonnenstatue verhalten. »REM-Parasomnie heißt das Schlagwort, verursacht durch einen Schaden des Stammhirns. Was geschieht, wenn der Arkonide durch Vergiftungen, einen nicht erkannten Schlaganfall oder eine krankhafte Störung des Zentralen Nervensystems zu einem Traumtäter wird?«

Er hob die Schultern. Niemand rechnete damit. Und was war, wenn das Unberechenbare geschah? Atlan war so lange gefährdet, wie er in kontrollierter Agonie in der Flüssigkeit des transparenten Beckens schwebte. Und so lange schwebte auch er, Cyr, in der Gefahr, psychogen zu erblinden.

Wie Schriftzeichen einer tibetanischen Gebetsmühle wirbelten aufgeregte Gedanken, Empfindungen, Fragen und immer wieder Fetzen von

Furcht durch Aescunnars Kopf: die ANNALEN DER MENSCHHEIT, ehrgeiziges Projekt der Historischen Fakultät und, ohne daß er es wissen konnte, des Statthalters Atlan, die Sitzungen mit dem Psychotherapeuten, düstere Vorahnungen Rogier Chavasses, die Erklärungen der Ärzte, die Atlan behandelten, die letzten Bilder von Atlans Bericht – das Begräbnis der Amazone, der Mutter seines weißblonden Sohnes, der Untergang Mo'ensho-tharros und die Existenz bogenschießender Kentauren. Plötzlich ertönte neben Cyrs rechtem Ohr ein leises Knakken. Einen Atemzug später hörte er, aus den Stereokopfhörern, Oehmchèn Orbs beruhigende Stimme:

»Ich sehe, daß du wach bist, Liebster. Wie geht es deinen Augen?«

»Seit ich die Filterbrille trage, gab es keinen Blink mehr, schon zwei Tage lang. Was tut Atlan?«

»Ghoum-Ardebil hat vor kurzer Zeit die Solarlampen ausschalten lassen. Die Flüssigkeit im Glassarg wurde ausgetauscht, die SERT-Haube ist nicht aktiviert, und Atlan schläft und schweigt, wie seit achtundvierzig Stunden. Du hast nichts versäumt, Cyr.«

»Das sagst du! Ich hoffe, daß ich bald wieder vor meiner technischen Ausrüstung sitzen und alle Informationen so verwerten kann, wie es geplant war. Wie hältst du's aus ohne mich?«

»Mit Hilfe unserer Freunde, Julian Tifflor und deinen Studenten und Magistern – vorübergehend bist selbst du zu ersetzen.«

»Vorübergehend!« Cyr grinste; an der Tüchtigkeit und Belastbarkeit seiner langjährigen Freundin hatte nie der geringste Zweifel bestanden. Ihm blieb in seinem abgedunkelten Krankenzimmer nur die akustische Teilnehmerschaft an Atlans Erzählungen. Die Ärzte hatten untersagt, die beiden Monitoren am Fußende des Bettes einzuschalten, die Cyr Aescunnar mit der Außenstelle der Historischen Fakultät der Chmorl-Universität verbanden. »Wenigstens hab' ich dreimal nacheinander ausgeschlafen. Ich könnte mittelgroße Bäume ausreißen.«

»Und . . . deine Augen?«

»Die Therapeuten haben versprochen, ein Programm zu schreiben, das mich in einigen hypnosuggestiven Sitzungen oder Anwendungen von der Thyphlophobie, also der Angst vor dem Erblinden, vollständig heilen soll. Ich weiß, es ist kein medizinisches Problem.«

Etwas so kontinuierliches wie Licht, ruhelos wie alle optischen Eindrücke, entsprach den ruhelosen Gedanken. Blinde, selbst vorübergehend ohne diesen Seh-Sinn, dachten anders. Die Lichtquellen befanden sich stets außerhalb des Individuums; innerhalb des Bewußtseinsgewölbes, in dem Atlans Erinnerungen umherzuckten wie Fledermäuse, blieben sowohl Erinnerungen als auch deren akustische Erklärungen – in mündlicher wie in schriftlicher Form – dunkel und mysteriös; kryptisch. Beides würde die Fortführung der ANNALEN DER MENSCHHEIT entscheidend gefährden: jede Störung von Atlans kathartischen Träumen und die Unfähigkeit Cyr Aescunnars, aus erzählten Erinnerungen mehr zu machen als nur eine bedeutungslose Variante bestimmter Ausschnitte der terranischen Vorgeschichte.

»Haben sie gesagt, wann du geheilt und entlassen wirst?« Oehmchèns Stimme zitterte vor Sorge. Cyr, seit Tagen fast ausschließlich auf seinen Gehörsinn und die Erkenntnisfähigkeit jenseits der Phantasie angewiesen, hörte die Untertöne. Er versuchte die Freundin zu beruhigen.

»In ein paar Tagen, höchstens einer Woche. Anfang November, haben sie gesagt.«

»Ich besuch' dich morgen – Halt! Ich sehe, daß Atlan wieder in der Regenerationsflüssigkeit schwimmt. Die SERT-Haube hat sich in Bewegung gesetzt. Bist du auf Empfang geschaltet?«

»Die ganze Zeit über, Liebstes. Seid ihr bereit?«

»Ja. Sarough Viss, Djosan Ahar und Drigene sind bei mir, und alle Geräte laufen. Wir sind auch mit deiner Fakultät verbunden, und alles ist so, als ob du hier wärst.« Oehmchèn kicherte. »Nur sauberer, aufgeräumter und übersichtlicher.«

»Still«, rief Cyr. »Ich höre die Atemzüge. Atlan fängt wieder zu erzählen an!«

Cyr versuchte sich zu entspannen und schloß die Augen. Die Dunkelheit schien nicht nur den Gehörsinn zu schärfen, sondern auch Cyrs Beziehung zu dem bewußtlosen Arkoniden zu verändern: Er lauschte förmlich in Atlan hinein und mußte die subtilen Stimmschwankungen richtig interpretieren, um erkennen zu können, was Atlan bewegte.

Ein Eindruck huschte durch seine Überlegungen: Warum war er so wichtig, fragte sich Cyr, daß der unberechenbare Verstand gerade jetzt diese Erinnerung ausstieß? Bei einer der letzten Untersuchungen waren einige Tropfen einer starken Atropin-Lösung in seine Augen geträufelt worden. Über die Reaktion – die er nicht kannte – schienen die Ärzte erschrocken gewesen zu sein; sie schwiegen bis heute, und auch dem Medorobot hatte er keine Antwort entlocken können. Was war die Wahrheit, abgesehen davon, daß er auf beiden Augen – altersbedingt – kurzsichtig war?

Atlan begann zu sprechen. Mehr als viereinhalb Jahrtausende lagen die Erlebnisse zurück, von denen Atlan berichten würde. Die ersten Worte waren nicht mehr als ein wenig verständliches Murmeln, dann festigte sich die Stimme, und Atlan begann klar zu sprechen.

1.

»Auf diesem Planeten ist der Tod allgegenwärtig. Die barbarischen Bewohner von Larsaf Drei, hilflos dem blind waltenden Schicksal ausgeliefert, götter-, götzen und magiegläubig, nehmen Krankheiten und Kriege, Hungersnöte und namenloses Elend als naturgegebene, unverrückbare Bestandteile ihres Lebens hin.«

Ich erkannte trotz meines geschwächten Zustandes die angenehm modulierte Stimme Ricos. Ich hörte jedes Wort, aber in dem zähen Brei meines langsam erwachenden Verstandes brauchte ich endlos lang, um zu begreifen, was er sagte. Vor meinen Augen bewegten sich Bilder und Farben, die wenig Sinn ergaben.

»Sie richten ihre Augen zum Himmel und versuchen, ein göttliches Prinzip zu erkennen. Die Sonne, die auf ihre Welt strahlt, ist die einzige Sicherheit dafür, daß Pflanzen und Früchte wachsen. Götter und Götzen sind überall; es hilft, wenn man sie verehrt, anbetet und ihnen opfert – oder auch nicht. Unfähig, klare Vorstellungen von wirklichen, physikalisch leicht zu erklärenden Mechanismen entwickeln zu können, trotz deiner und meiner Bemühungen seit Jahrtausenden, starren die Menschen an allen Punkten der Planetenoberfläche in die Höhe und ahnen, daß sie verloren sind.«

Als ich glaubte, den Sinn der Worte einigermaßen verstanden zu haben, stieß ich einen Laut aus, der mich selbst erschreckte. Meine Lippen waren gefühllos, in jeder Körperzelle nistete die Mattigkeit der ersten Stunden nach dem Aufwachen. Rico begriff, daß ich eine Frage hatte stellen wollen.

»Das Ende der Welt deiner barbarischen Freunde, Kristallprinz Atlan, scheint nahe zu sein. Da sie nur ihren eigenen, lokal eingeschränkten Lebensbereich kennen, wissen sie nicht, was ich weiß: An elf Stellen rund um den Planeten breiten sich verhängnisvolle Wolken aus und wachsen wie wuchernde Giftpilze. Unter ihnen, im Zwielicht, liegt feuchtkalter tödlicher Schatten.«

In meinem Verstand schien Seltsames vor sich zu gehen. Die Worte waren wie Zeichen, in Holz geschnitzt oder in Ton gestochen. Ich konnte sie von allen Seiten betrachten und setzte sie, viel zu langsam, zu Sätzen zusammen, die eine Bedeutung hatten; aber ich erkannte sie noch nicht und schlief ein, als Rico die Antigravliege in den Bereich der Reanimationsmaschinen zurückbrachte. Mein Schlaf dauerte lange und war von ganz anderer Art als die lange Phase nach meiner Rückkehr von . . .? Wovon eigentlich?

In Abschnitten von vierundzwanzig Stunden kräftigten sich Körper und Verstand. Namen und Begriffe wurden deutlich und verloren die Bedeutung nicht mehr. Ich sprach undeutlich, aber mein Gehör und meine Augen arbeiteten zuverlässig. Odysseus. Aieta Demeter. Penelopeia. Das Hapiland unter User-Maat-Rê, Ne-Tefnacht und Heri-Mentet . . . ich betrachtete schweigend die riesige, dreidimensionale Karte des Planeten, verschiedene Ausschnitte davon, einige bewegte Szenen, die Ricos Spionsonden aufgefangen hatten; durch die kuppelförmige Halle voller Schaltpulte und Monitoren klang Musik. Alte arkonidische Polyphonie, Musik aus den Palästen des Hapilandes, Schäferflöten und seltsame Chöre, deren Herkunft ich nicht erkannte. Erinnerungen wurden deutlicher, meine Haut bräunte sich, ich konnte Nahrung zu mir nehmen und viele Bildfolgen beschäftigten Verstand, Phantasie und Erinnerungsvermögen; ich stellte richtige Verknüpfungen her. Als ich stehen konnte, ohne daß Knie und Schenkel zitterten, fragte ich:

»Warum bin ich geweckt worden, Rico?«

»ES gab den Befehl, Gebie . . . Atlan-Anhetes. ES leitete eine Entwicklung ein, die alle anderen Schläfer, das Schiff und viel Ausrüstung umfaßt.«

Ich sah: Das große Schiff, die CHARIS, umgebaut und bisher in einem Feldkokon versiegelt, hatte größere Udjat-Augen am Bug erhalten und hieß nun AXT DES MELKART. Ich erkannte das Schiff wieder und erinnerte mich an viele tüchtige Ruderer und den erfahrenen Kapitän Nestor.

»Ptah-Sokar, deinen Rômetfreund, wirst du in drei Tagen treffen. Er und Nestor, die drei Seefahrer aus Uschu-Djarh, Iqarat und Gubla, Nestors Ruderer – sie sind alle geweckt worden und werden über ihre Kräfte sieben Tage nach dir verfügen können.«

»Warum hat ES uns alle geweckt – weißt du das?«

Rico deutete auf die Weltkarte und sagte:

»In zwei Tagen, wenn du wieder völlig hergestellt bist, bekommst du alle Erklärungen.«

»Wir müssen also wieder einmal für ES schuften.« Ich legte meine Hand auf den Zellschwingungsaktivator, der die Leistung von Reizstoffen, Schwingungsgeneratoren, Aktivierungsduschen und Kraftnahrung verstärkte. »Es liegen also unangenehme Zeiten vor uns.«

»Diesmal auch vor mir.«

Ricos Subroboter hatten die AXT DES MELKART perfekt ausgerüstet: Bier, Wein, Honig und verschiedene Öle waren haltbar gemacht und in Behältern verstaut worden, die wie Tonkrüge aussahen. Segel, Riemen, Nahrungsmittelvorräte, Gewürze, Kleidung und Waffen waren in einer Halle neben der Terrasse gestapelt. MELKART war, wie ich von Rico erfuhr, eine Gottheit, die in Iqarat, Gubla und anderen Häfen, bis nach Uschu-Djarh, den Hafenstädten, aus denen Tabarna, Sa'Valer und Mah-Dhana kamen, verehrt wurde. Odysseus' Nachfahren hielten

Melkart für den Göttersohn Herakles, einem überaus starken und den Menschen freundlich gesinnter Olympier. Ich kontrollierte die Ausrüstung, deren Teile, hundertmal ausprobiert, seit Jahrtausenden sicherer Bestandteil unserer Logistik waren, ebenso wie Karten, Höhenphotos, Funkarmbänder und ein ungewöhnlich großer, leistungsfähiger Robot-Adler.

Ptah-Sokar, der Rômet, trug ebenso wie ich einen weißen Overall, als wir vor den Schaltpulten saßen und die holografische Planetenkarte betrachteten. Rico näherte sich uns zwischen zwei Speicherblöcken; er war, abgesehen von Seefahrerstiefeln, Rock und Gürtel, in eine Jacke gekleidet, die mehr als auffällig verziert war: Auf dem Rücken, den Schultern, Ärmeln und den Vorderteilen glänzten Darstellungen aller Mondphasen, wobei das Gestirn das Aussehen von Göttergesichtern erhalten hatte. Mein Freund mit der hellen braunen Haut und den dunklen Augen fragte:

»Willst du Chons verkörpern, Rico? Unseren Mondgott? Oder hast du nur vor, möglichst viele Barbaren zu erschrecken?«

»Ich bin Ocir-Khenso, der Mondrobot.« Rico war stolz auf sein Aussehen; sein schwarzes Haar fiel nackenlang, und er glich einem breitschultrigen, großen Hapilandbewohner. »ES hat den Ruderern, den Steuermännern, Kapitän Nestor und mir klare Befehle gegeben.«

Er nahm einige Schaltungen vor, und plötzlich veränderte sich das Aussehen der Planetenkarte. Ich zählte elf Punkte, verteilt über alle Kontinente, die langsam wie eine Bakterienkultur zu wachsen begannen, sich ausbreiteten und über den Landmassen schwebten, in der Höhe von rund 18 000 Tameri-Königsellen, zweitausend Ellen höher als der höchste Berg der Welt. Rico sagte:

»ES versicherte mir auf seinem halb positronischen, halb akustischen Weg, daß er dir alle wichtigen Informationen geben wird. Unsere Aufgabe wird sein, die elf Wolken aufzulösen. Höhenströme und der normale Austausch der Lufthülle können die Wolken nicht beeinflussen, nur ihre Ränder werden bewegt. Ihr erkennt die Probleme?«

Ich nickte, holte Vergrößerungen auf Nebenschirme, las die vielen Messungen der Sonden ab, und eine halbe Stunde später meinte Rico:

»Die folgende lange Sequenz habe ich zufällig aufnehmen können. Meine Sonden schwebten unter einer der nächstgelegenen Sporenwolke, als ich die Siedlung um Malemba entdeckte. Die Vorgänge sind aufschlußreich; nehmt euch Zeit zum Betrachten und Analysieren.«

»Wo ist dieser Ort?«

»Dort, wo ein Mann nur zu seinen Füßen Schatten wirft, am Großen Strom, in Malembi-Malemba, Stadt der tausend Seelen.«

»Wann?« Ptah-Sokar schob das ölglänzende Haar in den Nacken. »Lange her, bei Sachmet?«

»Im Jahr der blutroten Wolke, als die letzte Königsfigur gegossen worden war. Vor fünf Monden, Atlan.«

Schweigend sahen und hörten wir zu. Mir war klar, daß sich die Geschehnisse im Schatten einer jener Wolken abspielten, unter denen zuerst die Vegetation, dann die Fauna und schließlich die Menschen ausstarben.

2.

Wieder sank die furchtbare Nacht herab. Trügerische Farben des aufflammenden Sonnenuntergangs schmolzen auf dem dorrenden Laubwerk. Ein heulender, kalter Sturmstoß rüttelte an den Baumriesen am Ufer. Schwefliggelbe Nebelschwaden bildeten sich wie Leichentücher um die fernen Berggipfel. In der Luft fauchte und knisterte es plötzlich; ein Schauer aus eigroßen Körnern milchig weiß gefrorenen Wassers drosch prasselnd über die Binsen und das ufernahe Wasser des Stromes hinweg und zerschmetterte die Nester der Wasservögel, scheuchte Schlangen und Frösche auf, vernichtete die Brut und die Schalen der letzten Eier. In Malemba herrschte die angstvolle Stille der nackten, ausweglosen Furcht.

N'seragi, der König und Häuptling, Herrscher über das Leben von zehnmal hundert Menschen in Malemba und mehr als dreimal soviel in den Bergwerken, den Lichtungen, auf den Inseln des Großen Stromes und in der Tiefe der Wälder, starrte regungslos in den Sonnenuntergang.

Sein Blick, der König hatte in zwei ganzen Monden ein Viertel seines Gewichts verloren, ging zwischen den letzten Hütten hindurch, über Uferfelsen und Sand, über das scheinbar kochende Wasser und bis hin zur furchtbaren Sonne des Abends. N'seragi, dessen Haar grau geworden war, schüttelte sich vor Angst. Aber er versuchte, diese tiefe Furcht nicht jedermann zu zeigen. Hinter sich hörte er schleppende Schritte. Er wandte sich nicht um.

»O N'seragi«, sagte mit rauher Stimme der alte, weißbärtige Zauberer, »nun ist auch O'geba gestorben.«

»Hatte er einen guten Tod?« fragte N'seragi leise. Mit scheinbar unerschütterlicher Ruhe nahm er unbewegt zur Kenntnis, daß sein jüngster Sohn gestorben war. Es würden noch viel mehr Menschen sterben; solche, deren Tod er bedauerte, und andere, deren Sterben er ohne innere Anteilnahme mit ansehen konnte.

»Er starb im Schlaf. Sein Geist war verwirrt. Bevor der wahre Tod ihn packte, sagte er ein paar klare Worte.«

»Welche?«

Die Stimme des Königs klang, als käme sie als Echo aus einer finsteren, tiefen Höhle, in der sich die Erdschlange versteckte.

»Er hat gesagt, daß er der erste der letzten Sterbenden ist.«

Im rotglühenden Licht drehte sich der König um. Vor drei Monden war er ein riesiger, muskelstarrender Mann mit breitem Brustkasten und viel Fett unter der Haut gewesen, mit kraftstrotzenden Schenkeln. Jetzt hing die Haut in Falten von seinem Körper. Das Haar auf seinem kantigen Schädel war grau und weiß an den Schläfen wie im Nacken. Seine Schultern waren nach vorn gesackt. Seine Haltung drückte tiefste Verzweiflung aus. Er starrte in die alten, klugen Augen des Zauberers M'cobo; er kannte ihn seit der Zeit, in der sie an den Brüsten derselben Amme gesäugt worden waren.

»Der erste der letzten Sterbenden«, wiederholte der König. Er wußte seit einigen Mondrunden, daß er ein Herrscher ohne Macht, ein König ohne Land, ein Befehlender ohne Gefolgsleute war. Oder es in wenigen Tagen sein würde. »Weißt du eine Rettung?«

»Einen neuen Zauber«, sagte M'cobo. Der König spuckte aus.

»Viel halte ich von deinem Zauber, alter Freund«, fauchte er verdrossen. »Aber jeder Zauber versagt gegenüber der blutroten Wolke.«

Der Alte bohrte seinen Blick in die Augen des Königs. Sie erkannten, auf wortlose Art und Weise, daß sie am Ende waren. M'cobo hatte die schönsten Jungfrauen des Stammes, geschmückt und mit Messing behängt bis zur Unkenntlichkeit und bis zum körperlichen Zusammenbruch, geopfert und verbrannt. Die Wolke verharrte unbeweglich an ihrem Platz. Unter ihr verwandelte sich der Tag in Nacht, wurde aus Wärme eisige Kälte, verkehrte sich das Wetter in ein mörderisches Gegenteil.

»Ich glaube, du hast recht!« brummte der Zauberer. »Nimm den Rest deines Volkes, laß sie einen Zug bilden. Befiehl ihnen, nach Sonnenaufgang oder Sonnenuntergang zu wandern. Bis sie ein anderes Land finden . . .«

» . . . oder alle gestorben sind.«

Wieder jagte kalter, kreiselnder Wind durch die Stadt. Er riß Staub mit und jagte die Körner gegen die Wedel der graubraunen Palmen. Mit einem knallenden Laut fiel eine Nuß zu Boden und zersprang mit hölzernem Klappern.

»Natgonflake rächt sich an uns. Wir haben ihn beleidigt. Was haben wir getan, daß er uns so grausam straft?« fragte sich der König. Er zog das Leopardenfell um seine Schultern. Er sah, daß in der Stadt die Palmöl-Lampen angezündet wurden. Aber die Dunkelheit griff nach jedem Licht und machte es bedeutungslos. Aus den Wäldern kam das Rasseln der Lakoli, der Signaltrommeln. Schweigend hörten die Männer zu, die nach ihrer Erfahrung uralt waren, nicht aber nach Jahren.

»Was sagen sie, die Signaltrommeln?«

Die Ziegen geben keine Milch mehr. Unzählbar viele Krokodile wan-

dern nach Süden. Sie töten alles, was sie auf ihrem Weg finden. Die Feuer der Gußöfen sind erloschen. Zehn Kanus sind gekentert. Die Flußpferde haben Männer gefressen und unter das Wasser gezogen. Helft uns. Wir hungern. Alles verdorrt. Fremde berichten, daß auch ihr Stamm im Sterben liegt.

»Gehen wir zu den Feuern zurück!« brummte der König. Er sprach seine Gedanken nicht aus. Nur ein winziger Funke Hoffnung brannte in seinem Herzen. Er sagte sich, daß er eines Tages, an anderer Stelle, mit den Resten seines Volkes neu anfangen mußte. Aber was sie zurückließen, war viel – zuviel. Es waren Bestandteile einer blühenden Stadt, die Handel mit anderen Stämmen trieb, die zu Fuß oder mit Kanus auf dem Großen Strom zu erreichen waren. Seit sein Geschlecht herrschte, waren die Hütten prächtiger und die Handwerker reicher geworden.

»Gehen wir. Ehe wir uns die Beine brechen in der Finsternis«, sagte der Zauberer. Die Männer packten einander an den Handgelenken und halfen sich über den Pfad, bis sie unter den mächtigsten Ästen des Baumes standen, der den Mittelpunkt des Platzes bildete. Überall brannten Öllampen und loderten Feuer. Aber die Menschen, die sich im Bereich der zuckenden Flammen bewegten, schlichen dahin, als wären sie Geister von Verstorbenen. N'seragi ließ sich auf einen Schemel fallen. Seine Blicke glitten hierhin, dorthin, hefteten sich auf die Fronten der Hütten und auf die träge hängenden Netze der Fischer. Niemand wagte es, sich dem Häuptling zu nähern. Hinter N'seragi stand der Zauberer in seinem Schmuck: Affenfelle, Messingringe, weißgekalkte Stiefel mit magischem Binsengeflecht, den Rasseln, Federn und dem Jaguarschädel, der seinen Kopf halb bedeckte. Der König und sein Freund wirkten wie geschnitzte, geschmückte Totemgestalten.

Wieder hämmerten Krieger auf die ausgehöhlten Baumstämme. Scharf und hell wie das Geräusch brechender Äste klangen die Antworten der Lakoli durch den verlassenen Wald.

Wir können nicht helfen. Unsere Kanus brauchen wir selbst. Wir verlassen in langen Karawanen Malemba. Unsere Messingöfen sind kalt, unsere Kinder sterben. Wir gehen nach Süden. Natgonflake straft uns grausam . . .

Die Nächte waren ebenso furchtbar wie die Tage. Alles hatte sich umgekehrt. Weder Tag noch Nacht verdienten ihre Namen. Über dem Land lag die Wolke; sie wuchs von Tag zu Tag. Tagsüber senkte sie sich herunter, bis sie über den Wipfeln der Urwaldriesen zu schweben schien. In den Nächten zog sie sich in den Himmel zurück; rings um ihre Ränder wurden die Himmelslöcher sichtbar, blinkende, kleine Lichter.

Stunden später ging der König hinüber zum Versammlungshaus und ergriff den schweren Schlegel. Ein donnernder Gongschlag hallte durch die Stadt. Erschrocken liefen die Menschen zusammen. N'seragi kletterte auf die Plattform und sah, daß selbst die polierten Schmuckfiguren aus Kupfer und Messing ihren Glanz eingebüßt hatten. Und er rief:

»Wir verlassen den Ort! Wir gehen nach Süden. Packt alles zusammen. Jedes Kanu wird gebraucht.«

»Unsere Vorräte sind erschöpft!« versetzte eine alte Frau. Mehr Menschen scharten sich um die Stufen zum Versammlungshaus. Der Wind riß ab; nur das Murmeln der Menschen blieb. Der Häuptling rief:

»Auch deshalb gehen wir. Unterwegs finden wir Essen: Beeren, Früchte, Tiere und Fische.«

»Und unser Besitz? Die Sklaven?« schrie ein anderer. Malemba, noch vor drei Monden eine reiche, blühende Stadt, war verödet. Die Ernte verdorrte am Halm, die Früchte an den Bäumen schrumpften zu nußartigen Beeren zusammen, die niemand essen konnte, und wenn er sie trotzdem kaute, vom Hunger geplagt, kehrte sich ihm der Magen um.

»Wir nehmen alles mit, was wir tragen können, bei Natgonflake!« dröhnte N'seragi. »Alles!«

»Wohin gehen wir?«

Hinter dem König hob der Zauberer beschwörend die Arme. Der Widerschein vieler Flammen zuckte auf seinem schwarzen Gesicht und dem Zierat seiner Kleidung.

»So weit, daß dort, wo wir anhalten, wieder Sonne und Schatten sind und wir den Mond sehen, wenn seine Rinde angefressen wird. Erinnert euch, wie es vorher war!«

In einer lang zurückliegenden Nacht hatten sie zwischen den Sternenlöchern einen langen weißen Feuerschein gesehen. Dann war diese Erscheinung abgerissen; hohles Fauchen hatte sich ausgebreitet, nur einige Augenblicke lang. Am nächsten Morgen schwebte über Malemba eine kleine Wolke, die nachts nur ein paar Sterne verdeckte. Der Mittelpunkt der Wolke, die bald einen wandernden Schatten warf, war dunkelrot und undurchdringlich für die Blicke der angstvollen Schwarzhäutigen. Die Ränder faserten aus wie ein schlechtgesäumtes Stück Stoff. Die Größe der roten Wolke nahm zu.

»Wann machen wir uns auf den Weg?« Einige junge Krieger schrien und schwenkten die Speere.

»Nicht alle zugleich. Die Familien sollen zusammenbleiben. Die Alten gehen in die Kanus. Die Jungen rudern«, befahl der König. Seine Hoffnungslosigkeit war inzwischen so tief, daß es ihn nur noch am Rand berührte, wenn er an die Verluste dachte: Werkstätten, voll von Werkzeug und Erz, viele Hütten, in denen Künstler Wachs modellierten und Ton formten; all die angesammelten Reichtümer, die aus Malemba eine Schatzkammer machten, groß genug, um alles und jeden zu kaufen: Sklaven, Sklavinnen, ausgedehnte Felder und Bewässerungskanäle, und all das Holz, das darauf wartete, geschnitzt und verkauft zu werden.

»Die Königskrieger warten morgen auf mich«, befahl der Häuptling. »Gleich nach Sonnenaufgang, mit Waffen und Vorräten. Auch die Sklaven sollen mitgenommen werden, die sich um die Waffen kümmern und ums Essen.«

In der Menge schweißglänzender schwarzer Körper schlugen die Krieger ihre Schwerter gegen die Schilde.

»Wir haben Natgonflake beleidigt«, stöhnte der Zauberer. »Wir haben alles versucht, ihn gnädig zu stimmen. Er ist voll Wut. Also werden wir ihm trotzen!«

»Ah n'dau!« schrien erschrocken einige hundert Menschen.

»Die ersten Familien gehen morgen.« N'seragi hoffte, daß diese einzige Lösung, der letzte Ausweg, tatsächlich das Überleben des Volkes sichern konnte. Hütten waren schnell gebaut, woanders gab es Wild, und in einem halben Jahr trugen auch die neu gehackten Äcker. »Und ich werde der letzte sein, zusammen mit wenigen Kriegern.«

»Ah n'dau!« stimmten sie zu.

Von Tag zu Tag war die Wolke gewachsen. In den Schatten darunter drängte von allen Seiten kühle Luft, sank ab und jaulte kreiselnd dicht über dem Boden. In der Umgebung der Wolke und ihres grausamen Schattens schwand die Wärme. Der Boden trocknete aus, wurde hart, rissig und unfruchtbar. Wütende Regengüsse wechselten sich mit Tagen ab, in denen es bitter kalt war, aber kein Lufthauch wehte. Die Tiere, zuerst unruhig und hilflos, flüchteten. Bald waren die triefenden Wälder ohne jedes Wild. Die Jäger waren tagelang unterwegs und kamen mit leeren Händen zurück. Der Hunger fing an, als Vorratskammern und gemauerte Kornspeicher leer waren. N'seragi schüttelte sich und streckte den Arm aus. Für wenige Herzschläge gelang es ihm wieder, Macht und Autorität auszustrahlen. Die Masse der Körper wich ein wenig zurück. Seine Stimme klang wie ferner Donner. Er schrie:

»Wir werden zurückkommen, wenn wir einen neuen Platz gefunden haben. Dann holen wir jeden Balken und jeden Metallbarren zurück. Malemba wird neu entstehen, schöner und mächtiger. N'dau!«

Der Ruf wurde lauter. »N'dau!«

»Morgen sehen wir wieder die Wolke, die uns Natgonflake geschickt hat. Blickt nicht in die Höhe. Kümmert euch darum, eure Habseligkeiten zusammenzupacken. Die Wanderung durch den Wald und auf dem Großen Strom wird lange dauern, aber nach all dem Übel wird es für uns ein leichtes sein. Geht, versucht zu schlafen. Ich habe euch gesagt, was zu tun ist, ich werde auch morgen befehlen. Denkt daran, daß wir mächtiger sind als Natgonflake!«

Jetzt schrien sie alle. »N'dau!«

Den Zauberer hinter seinen Schultern, stieg der König von den Bohlen der Plattform hinunter in den aufgewühlten Sand. Er versuchte, in seiner Haltung und im Ausdruck des breiten. Gesichts den Bewohnern etwas von der Hoffnung mitzuteilen, die er seit einigen Atemzügen spürte. Vor ihm bildete sich eine Gasse. Mit wuchtigen Schritten schob er sich auf den Königskral zu. Als er aufwachte, wußte N'seragi, daß sich nichts geändert hatte. Malemba war verloren. Der Morgen war wie jeder andere seit dem ersten Tag der Strafe Natgonflakes. Am Horizont zeichneten sich zuerst graue, dann rosafarbene und zuletzt weiße Streifen und Wolken ab. Hinter den Baumwipfeln schob sich die oberste Rundung der blutroten Scheibe hoch. Im erbarmungslosen Licht sahen dreimal tausend Kinder, Jungfrauen, Krieger, Jäger, Handwerker und Greisinnen, wie erbarmungslos der Götze zugeschlagen hatte. Die Felder waren grau und trocken. Die Pflanzen waren verdorrt und lagen flach auf pulverigem Erdreich. Nirgendwo gab es Spuren von Wasser und Feuchtigkeit. Die Vögel, die jeden Sonnenaufgang mit lärmendem Geschrei begrüßt hatten, schwiegen. Stille und Bewegungslosigkeit breiteten sich um Malemba aus, beherrschten die Wege zwischen den Bäumen mit gelben Blättern, zwischen knochentrockenen Lianen und verfaulenden Schmarotzerpflanzen. Hinter den Zäunen gab es nur die Spuren von Ziegen und Rindern; kein Tier hatte die Zeit überlebt. Überall stiegen kleine Staubwolken hoch. Die Feuer unter den Schmelzen waren erloschen. Wind nahm die Asche mit und wirbelte sie umher. Es fehlten alle Geräusche, die vom Fleiß der Handwerker und der Sklaven erzählten. Seit zwei Monden war keine einzige Handelskarawane nach Malemba gekommen; sonst waren es mehr als vierzig im Lauf eines Mondes.

»Verflucht sei Natgonflake«, stöhnte der König. Er band das breite Lendentuch, schob den Dolch in den Gürtel und warf sich das Schwert mit der eisernen Schneide auf den Rücken. Dann hob er die Sklavenpeitsche auf und stapfte hinaus.

Der frühe Morgen mit seiner Kälte empfing ihn. Auf dem Platz zwischen den Hütten standen vierhundert Krieger und Jäger der Königsgarde. »N'dau, N'seragi!« begrüßten sie ihn.

»D'haro, M'anja und O'damomo! Zu mir!«

Die Anführer traten vor. Jeder Krieger trug Waffen und soviel Gepäck mit sich, wie er schleppen konnte, ohne sich selbst zu erschöpfen. Von Horizont zu Horizont, so weit die Augen schauen konnten, schwebte die Wolke über dem Land am Großen Strom. In der Richtung des Sonnenaufgangs hingen dünne und dicke Fäden aus dem Rand herunter und berührten wirbelnd den Boden, viele Tagesmärsche entfernt. In den Augen der Krieger war Furcht. Immer wieder wurde ihr Blick wie magisch von der riesigen Fläche angezogen. Die Strahlen der Sonne zuckten fast waagrecht, aber sie wärmten nicht. Im grellen Licht sahen sie das Ausmaß der Verwüstungen. Der Sturm hatte eine Gasse bis zum Strom gerissen. Dort lagen die riesigen Baumstämme kreuz und quer übereinander wie das Spielzeug eines Dämonen.

»O'damomo«, sagte der König und zeigte auf das Wasser. »Du nimmst vier Kanus und paddelst stromab. Ich weiß, daß dort im Süden, nach soviel Tagesmärschen, die Wolke ihr Ende hat.« Er hielt beide Hände mit gespreizten Fingern hoch. »Jede Nacht gibst du uns Signale.«

Die Krieger und Jäger O'damomos, die jeden Pfad in den Wäldern kannten, nahmen ihr Gepäck auf und liefen zu den Kanus. Wenige Zeit später blitzten ihre Speere ein letztes Mal auf. Die Kanus bogen in die Strömung und verschwanden hinter den Felsen. Zehn Tage würde es dauern, bis die Männer O'damomos den Rand der Wolke und des Schattens erreicht hatten. Der Häuptling wandte sich an die beiden Anführer.

»Für euch gilt dasselbe. Ihr werdet länger brauchen. Denkt daran – wir suchen den Platz für eine neue Stadt!«

Zweimal fünfzig Krieger brachen auf. Die Sonnenscheibe stieg höher und näherte sich der Wolke. Sofort breitete sich ein böses Zwielicht aus. Das Brausen eines kochendheißen Sturmes näherte sich und schüttelte die blattlosen Äste der Gewächse. Von Sonnenuntergang her näherte sich eine biegsame Säule. Wieder jagte eine Windhose auf Malemba zu, riß das rote Pulver hoch, das einst gute Muttererde gewesen war, warf giftigen Schlamm ins Wasser des Flusses, schmetterte das Gemisch von Staub und Wasser gegen die schwankenden Hütten und verschüttete einen trockenen Kanal. Der König schüttelte sich und fing seinen traurigen Gang durch die Stadt an. Er stellte die Gruppen zusammen, die den Spähern, Jägern und Kriegern folgen würden. Die Sonne kletterte über den Rand der Wolke. Zwielicht wurde von Dämmerung abgelöst, die den ganzen Tag herrschte; zehn oder fünfzehn Tagesmärsche weit in alle Himmelsrichtungen. Tag um Tag verging.

Kinder und Greise starben, ausgezehrt zu Skeletten mit unnatürlich dicken Bäuchen. Es gab nur sauberes Wasser; die tiefen Brunnen waren noch nicht vergiftet. Das unersetzliche Erz wurde versteckt und vergraben, die Brennöfen zerstört, denn das Geheimnis der Handwerker von Malemba mußte gewahrt bleiben. Nachts hämmerten Signaltrommeln aus drei verschiedenen Richtungen. Die Krieger berichteten, daß sie durch leeres, verwüstetes Land ungehindert vorankamen. Aber selbst die Fische waren ausgerottet oder in eine Gegend geflüchtet, in der es am Tag Sonne und nachts Dunkelheit gab.

Hunderte von Menschen begrub man in flachen Gräbern. Die Sklaven, die das Geheimnis der Schrift kannten, lebten noch. Auch die Handwerker erhielten etwas mehr vom dahinschwindenden Essen. Nach sechzehn Tagen rasselten die Trommeln:

»O'damomo hat ein Ufer gefunden, einen Hügel und gutes Land. Holz und viel Schatten, denn auch hier wütete Natgonflake mit seiner Wolke. Aber hier ist Sonne. Folgt dem Weg, den M'anja markiert. Morgen treffen wir zusammen.«

Wolkenmassen trieben im feuchten Sturm unter der Wolke in wilden Kreisen. Sintflutartiger Regen stürzte in der Dunkelheit herunter. Die Wasserfluten tränkten die Dächer der Hütten und ließen sie einstürzen. Menschen ertranken in den gurgelnden Bächen zwischen den Hütten; Wasser schwemmte den Rest des Bodens davon und verwandelte jeden Fuß des Landes zwischen Malemba und dem Ufer in einen schwarzen Mahlstrom aus Schlamm und den Resten der Bäume, ertrunkenen Tieren, Trümmern der Werkstätten und Knochen aus aufgerissenen Gräbern. Die Brennöfen brachen nieder, die Plattform des Versammlungshauses wurde von dem rauschenden Schlammgießbach umgestürzt. Das Dach des prächtigsten Gebäudes der Stadt sank zusammen. Götzen und ihre Altare, unzählige Kostbarkeiten und die gegossenen, verzierten Messingstatuen versanken in Schlamm und Geröll.

Beim ersten Tageslicht, nach einer Nacht voller Schrecken, erloschen die letzten Öllampen im verwüsteten Malemba. Der Zug der Flüchtlinge formierte sich. Eine Gruppe Krieger ging voraus, dann folgten einzelne Familien mit ihren Sklaven. Sie zerrten und schleppten das wenige Gepäck; Hunger nagte in ihren Eingeweiden. König N'seragi hockte in seinem nassen Thronsessel und stierte schweigend auf den Zug, der sich an ihm vorbeiwälzte und zwischen triefenden Stämmen verschwand. Dutzend um Dutzend, Greise, Kinder und junge Menschen, halb verhungert oder mit allen Zeichen der Schwäche, Sklaven mit schweren Säcken, Männer mit Werkzeugen, Sklavinnen, die ihre Herrin auf der Trage schleppten – ein langer, schweigender Zug des Elends.

Es gab keine Holzkohle für die Gußöfen. Das Wachs für Kunstwerke war von den Hungernden gegessen worden. Die Wasserfluten hatten den zähen Lehm der Formen in Schlamm verwandelt. Die Tafeln, auf denen Schrift und Zahlen festgehalten wurden, lagen unter den Trümmern. Einige Künstler und Handwerker waren gestorben. Der König ahnte, daß viele Fähigkeiten aus Malemba unwiderbringlich verloren sein würden, wenn die Karawane der Armut die Sonne erreichen würde. Wie er wußte – denn sonst wären nicht die vielen Handelskarawanen hierher gekommen –, waren sie die einzigen, die in diesem Teil des Landes unter der südlichen Sonne Messing formen und gießen konnten, nur hier war das Geheimnis des geschmiedeten Eisens bekannt; nur sie zählten, rechneten und schrieben.

Die Sonne verschwand über der Wolke. Im Zwielicht verschwanden die Letzten aus Malemba. Nur eine Gruppe junger Krieger und Jäger wartete reglos. Der König stand auf, raffte seine Waffe an sich und winkte den Kriegern.

Fünfzehn Tage lang schleppten sich viertausend Schwarzhäutige auf gewundenen Pfaden nach Süden. Sie fanden Pilze, schlangen sie hinunter; viele starben daran. Schlangen, Würmer und Insekten wurden mit Heißhunger gegessen. Wieder ein paar Gräber zwischen den Baumwurzeln. Der Zug watete durch eine Furt in dreckigem Wasser, verschwand zwischen den Bäumen des jenseitigen Ufers. Hoffnungslosigkeit und die Ahnung des qualvollen Todes lagen über den Menschen. Jeden Tag starben mehr. Die Jäger schwärmten aus und erlegten eine Gazelle. Das Fleisch wurde heruntergeschlungen, noch ehe es richtig gebraten war. Die Gräber wurden zahlreicher und flacher. Rücksichtslos trieben Krieger die Menschen vorwärts. Schwangere Frauen brachen zusammen und brachten sterbende Kinder zur Welt. Noch ehe der Zauberer eingreifen konnte, sonderte sich eine Gruppe ab und fing an, Menschenfleisch zu essen; Krieger speerten die Abtrünnigen.

Unbarmherzig wurden die Menschen weitergetrieben. Sie schleppten sich im trüben Licht dahin, wanderten im Fackellicht, erfrischten sich im Strom und versuchten, glitschige Tiere mit den Händen zu fangen. Wieder starb ein Handwerker, ein Händler, ein Künstler, der die schönsten Plastiken geschaffen hatte. N'seragi, im letzten Teil der Elendskarawane, schluckte Furcht und Entsetzen herunter. Hunderte waren gestorben, noch viele andere würden auf dem langen Weg sterben.

Am sechzehnten Morgen erwartete eine Überraschung die Verhunderten. Die Jäger hatten Tiere gefangen und gebraten, hatten Fische gefunden – und sie schrien aufgeregt der Spitze des Zuges entgegen. Bratengeruch erfüllte die Luft. Die Bäume trugen grüne Blätter, obwohl über den Köpfen der Menschen sich der Himmel in eine blaue, wolkenreiche und eine dunkelrote Hälfte spaltete. Die Luft roch frisch und kühl. Wie Rasende stürzten sich die Menschen auf den Braten. Trotz des Essens starben noch immer Entkräftete. Schwärende Wunden waren zu sehen, und die Menschen ließen sich kraftlos zu Boden fallen. Der König stapfte durch die Reihen und trieb die Stärksten mit Tritten und Hieben des Speerschafts hoch.

»Weiter! Noch einen Tag! Dort werden wir die neue Stadt bauen!«

N'seragi war sicher, daß die Wolke wuchs und sie bald eingeholt haben würde. Auf ihrem schlimmen Weg waren sie durch die Gebiete von vier Stämmen gekommen. Sie waren ebenso leer und verwüstet wie Malembas Umgebung, und nur wenige Männer waren so stark, daß sie den Kriegern und N'seragi folgten.

»Auf die Beine! Es geht um unser Leben! Und um unsere Kinder!« schrie der König und versammelte einige hundert Männer und junge Frauen um sich. Sie gingen entlang des Ufers weiter. Das Wasser wimmelte von Fischen. Immer wieder schoben sich Jäger zwischen den Zweigen hindurch, Jagdbeute auf den Schultern. Wieder schwelten und flammten Feuer. Endlich überschritten die Flüchtlinge die Grenze zwischen nasser Kälte und wohltuender feuchter Wärme. Sie blinzelten halb erschrocken, halb voll neuer Hoffnung in der grellen Lichtfülle.

»Gehorcht! Oder meine Krieger treiben euch vorwärts!« Die Stimme N'seragis hallte unter den Ästen. Je weiter sie nach Süden vorstießen, desto mehr wuchs ihre Hoffnung. Es würde trotzdem lange dauern, bis die Hütten standen, bis Holzkohlenfeuer unter den Schmelzen loderten. Der Zauberer, dessen zäher Körper den Verzweiflungsmarsch am besten überstanden hatte, stützte sich auf seinen abgewetzten Speer.

»Es scheint, als hätte Natgonflake erlaubt, daß wir uns retten!« brummte er heiser. Der Häuptling nickte.

»Aber nicht einmal du weißt, wie die nächsten Monde sein werden. Wir müssen erwarten, daß noch viele sterben.« Die Blicke, mit denen sich die erfahrendsten und mächtigsten Männer des Knotenpunktes vieler Handelskarawanen maßen, zeigten die wahren Gedanken ohne Barmherzigkeit; niemand würde die Wahrheit aussprechen.

Die Wolke wuchs weiter, würde die Leute von Malemba bald einholen, selbst wenn sie eine neue Stadt errichtet hatten. Natgonflake, der Götze Malembas, vergaß niemals: Hungersnot und Tod würden sich abermals ausbreiten. Nicht nur N'seragis Stamm, hier im Herzen der Dunklen Welt, würde auf endlose Wanderschaft gehen, und die Suche nach neuem Lebensraum war der Todfeind jeden Reichtums. Die Wanderungen würden nie enden, und Lesen, Schreiben und viele andere Künste würden vergessen werden: Das nackte Überleben war mächtiger. Einst hatte N'seragi daran gedacht, aus Malemba einen Mittelpunkt neuer Kenntnisse, Erfahrungen und Wissenschaften zu machen. Wie ein Schößling sollte die Stadt wachsen, bis eines Tages ein Götterbaum daraus geworden war. Der König wandte sich ab und stöhnte. »Damit ist es vorbei!«

Die eklige braune Färbung des Großen Stromes verlor sich. Neue Feuer, an denen sich Bratenstücke drehten, wurden angezündet. Eine Gruppe ausgemergelter Schwarzer schleppte sich aus dem Wald und folgte den Jägern. Trotz des Sonnenlichts hing über dem Wald der Hauch des schleichenden Todes.

3.

Oehmchèn Orb fuhr mit beiden Händen durch ihr nackenlanges schwarzes Haar und wandte sich an Scarron, die neben ihr an Aescunnars Schreibtisch saß. Scarrons Blick richtete sich unverändert auf Atlan, der auf unsichtbaren Energiegittern in der fast durchsichtigen Nährflüssigkeit schwebte; sie wurde konstant auf der Plazenta-Temperatur der Arkoniden gehalten. Oehmchèn sah erstaunt, daß auf Atlans Schädel ein zentimeterkurzer Haarflaum gewachsen war; ein weiteres Zeichen für den stabilen Zustand seiner Physis. Das goldene Ei des Aktivators auf seiner Brust schien zu leuchten. Leise sagte sie:

»Alle glauben fest, daß in absehbarer Zeit Atlan aufwachen, herumlaufen und mit uns lachen wird. Manchmal siehst du aus, als würde dich die Sorge auffressen.«

Die letzten Worte Atlans erstarrten auf der Printplatte. Sämtliche Monitoren waren aktiviert; die Hologramme tauchten den großen Raum in glühende Farbe. Über der Karte der verschwundenen Erde, in langgezogener Mercatorprojektion, lag über dem Kongogebiet Zentralafrikas ein roter, milchiger Kreis. Scarron Eymundsson, Atlans Freundin, hob die Schultern. Sie schien den alten Ara-Arzt Ghoum-Ardebil nicht zu sehen, der am gegenüberliegenden Ende der Verbindung, in dem sterilen Raum der Intensivstation, die Instrumentenanzeigen kontrollierte und mit MASTERCONTROL abstimmte, dem Großrechner Sol Towns. In Atlans Erzählung war eine jener Pausen eingetreten, die erfahrungsgemäß nicht lange dauerten.

Drigene, der einzige Überlebende des Mucy-Planeten, kam aus der halbrobotischen Küche und brachte Kaffee und Fruchtsäfte. Hinter den verdunkelten Glasflächen sank der Abend über diesen Teil Gäas. Scarron schaltete, die Holografien wechselten langsam in der Projektionsbühne und zeigten Funde und Rekonstruktionen aus der Zeit um 1250 vor der Zeitwende; die meisten Informationen zeigten Kleinkulturen entlang der Ufer des Mittelmeeres.

»Mit jedem Wort erholt sich Atlan etwas mehr.« Oehmchèn versuchte die junge Biologin zu trösten. »Es kann in der gesamten Provcon-Faust nicht mehr für ihn getan werden; denk dran, wie oft ihn der Aktivator schon aus schlimmen Situationen gerettet hat.«

»Du verstehst meine Sorgen, Oehmchèn.« Scarron schwang den Sessel zur Seite; Drigene setzte sich und tippte einige Kennworte in ein Keyboard: Afrika, Messingfiguren, Äquator, 1000 v.d.Z.? Dogon? »Es dauert schon so lange, seit Atlan dort hineingelegt wurde . . .«

»Und alles ist von Woche zu Woche besser geworden.« Oehmchèn schob einen Regler vor und speicherte den letzten Text der Printplatte. »Hör zu, was er erzählt – es wird uns alle ablenken und erstaunen.«

Scarron nickte schweigend und drückte Oehmchèns Hand. Der Arkonide holte tief Luft und begann wieder zu sprechen.

Keiner von uns würde diese Stunde je vergessen. Es waren Momente tiefer, unwiederholbarer Eindringlichkeit. Fünfundzwanzig Personen – dreiundzwanzig Männer und zwei Frauen – befanden sich im Mittelpunkt des mächtigen dunklen Tempels, der von betäubendem Sontjer-Weihrauch erfüllt war. Die Säulen mit farbigen Binsenkapitellen und Lotosverzierungen schienen mit dem sternübersäten Firmament zu verschmelzen. Jede Bewegung und jeder Laut hatten eine Bedeutung, die über jedes vorstellbare Maß hinausgingen.

Pharao Si-Amûn hob die Hand und deutete auf eine Wand des Tempelinnern. Dort sahen wir mehrere Reihen außerordentlich präzise, fast maschinenhaft gezeichneter Hieroglyphen. Sie leuchteten in harten Farben hinter den Weihrauchwolken. Noch bevor ich versuchte, die Zeichen zu entziffern, schnippte der Herrscher aus Tanis mit den Fingern und sagte: »Lies vor, Sesh!«

Der Schreiber des Tempels kauerte auf seinen Unterschenkeln, verbeugte sich tief und begann:

»AMÛN, DER HERRSCHER DES LANDES, SIEHT DIE WOLKE DES TODES ÜBER ABIDJU UND NO-AMÛN-WASET.

ER WEISS, DASS SIE DAS LEBEN SEINES VOLKES AUSLÖSCHEN WIRD. DARUM HAT ER SEINE WERKZEUGE, SEINE MÄCHTIGEN KRIEGER, AUSGESCHICKT. CHARIS UND PTAH-SOKAR, OCIR-KHENSO UND IHR HERR, ATLAN-ANHETES, WERDEN DEN FEIND DES REICHES BEKÄMPFEN. GIB IHNEN, PHARAO DES LANDES DER BINSE, DEINE VOLLE UNTERSTÜTZUNG, DENN SONST IST DAS LAND ZWISCHEN DEM MEER UND DEN WASSERSTÜRZEN VON KUSH UND WAWAT VERLOREN«

»Wir sind hier«, sagte ich und fühlte, wie sich Charis' Finger in meine Hand stahlen. Vor den schwarzen, schimmernden Steinbildern der Götter stand eine Reihe schweigender Priester. Die Gemahlin des Si-Amûn hatte ihren schweren, zeremoniellen Schmuck angelegt. Auch die Sprachgewohnheiten entlang des Hapi hatten sich verändert: Aus der Wortfolge »Herr im Per-Ao«, im Großen Haus, war der Begriff »Pharao« hervorgegangen, den jedermann ehrfürchtig benutzte. Auf Stufen und würfelförmigen Hockern standen blakende Öllampen. Der Pharao holte tief Luft und sagte:

»Ihr werdet meine Siegelringe erhalten, und überall, bis hinauf nach Waset, werden eure Namen bekanntgemacht. Wann brecht ihr auf?«

»Morgen, Herr, oder am Tag danach!«

»Schon eineinhalb Monde schwebt die Wolke über uns«, berichtete ein Priester mit heiserer Stimme. »Und die Kornspeicher leeren sich viel zu schnell.«

»Das alles wissen wir«, sagte Charis, »denn wir kamen durch viele Teile des Landes.«

»Haben eure Götter gesagt, warum sie die Wolke schickten?« fragte der Pharao. Ich hob den Kopf und hörte, wie mein Extrasinn flüsterte: *Sei vorsichtig mit deiner Erklärung, Atlan!*

Noch hatte der Logiksektor nicht geendet, da meldete sich ES wieder. Sein dröhnend-hallendes Gelächter, Zeichen seines makabren Sinnes für schwer begreifbaren Humor, sprengte fast meinen Schädel. Ich fühlte, wie alle Augen sich auf mich richteten, und verkrampfte mich. Als wir von ES geweckt worden waren, hatten wir das Problem erkannt. Aber ES, der unbegreifliche Wächter des Planeten Larsaf Drei, hatte keine speziellen Informationen geliefert. Vielleicht erfuhr ich jetzt den eigentlichen Grund für diese lebensbedrohenden Vorgänge.

Wieder einmal beneide ich euch nicht um eure Aufgabe! rief ES. Ich sah mich um. Auch Ptah-Sokar und Charis hörten die lautlose Gedankenstimme des Unbegreiflichen. Der Pharao und die Priester warteten schweigend auf meine Erklärungen. ES sprach weiter: *Ich erfuhr zu spät, daß ein kleiner Komet aus dem toten Sonnensystem der Syda-Amisk auf seinem langen Weg durch das All von unserem Barbarenplaneten eingefangen wurde. Der Kometenrest wurde in einen elliptischen Orbit gezwungen und abgebremst, geriet in dichte Luftschichten und zersprang wie ein Meteorit. An vielen Orten des Planeten sah man erschreckende Leuchterscheinungen. Die Reste des Kometen lösten sich auf und blieben als schwebende Teilchen oberhalb der Wetterzone zurück.*

ES machte eine Pause; ich versuchte, den Vorgang so zu erklären, daß ihn die Aigyptioi-Rômet begreifen konnten. Es war nicht leicht. Ich begann stockend:

»Die Feinde Amûns schickten Feuerstrahlen, die zwischen Khenso, dem Mond, und den Sternen schweben. Sie bekämpfen Amûn, der das Licht ist. An vielen Stellen der Welt verwandelten sich die Feuer in Wolken. Diese Wolken, ähnlich jenen, die Regen, Schatten und Sand bringen, können auch dem Wind widerstehen. Und sie wachsen.«

»Warum wachsen sie? Haben Rê-Harachte und Amûn ihre Macht verloren?« flüsterte der Pharao heiser. Wenn Amûn machtlos war, zerfiel jede hierarchische Struktur, denn auf ihn als wichtigsten Gott des Hapilandes gründeten sich Glauben, Riten und der größte Teil aller Lebensregeln des Volkes.

Sie wachsen unaufhörlich, denn es sind Keime, die Pilzen verwandt sind. Pilzsporen, die von den vielfältigen chemischen Reaktionen leben, die oberhalb der Klimazone stattfinden, erklärte ES. *Die Bestandteile der höheren Luftschichten, nämlich Sauerstoff, Stickstoff und Spurenelemente, bauen Hunderte neuer Verbindungen auf. Durch Höhenströme wurden die Pilzsporen verteilt und befinden sich an elf Punkten über der planetaren Oberfläche in unaufhörlichem Wachstum. Die Konstante der Sonnenstrahlung, ein bestimmtes Maß pro Quadratelle, fördert das Wachstum. Eines Tages wird eine einzige Kugelschale den Planeten einhüllen – und das wird das Ende allen Lebens sein. Glücklicherweise wirst du, Atlan, das verhindern können!*

Ich? fragte ich, ehe ich den Vorgang zu erläutern versuchte. *Womit? Mit Bronzeschwertern und Strahlenwaffen?*

Mit meinen Projektilen! meinte ES und stimmte abermals sein grausames Gelächter an. *Du weißt, daß ich euch helfe!*

»Höre, Pharao, hört, ihr Priester«, übersetzte ich die fast wissenschaftlichen Erklärungen, »die Wolke wächst, weil sie im Staub zwischen den Sternen und hoch über dem Land Nahrung findet. Sie wächst unaufhörlich, weil die lebensspendenden Strahlen der Sonne sie ebenso wachsen lassen wie Gras und Korn. Ihr Ziel ist, sich mit den Wolken zu vereinigen, die über anderen Teilen der Welt schweben.«

Die Wolke über der Wüste und dem Stromtal hatte einen undurchdringlichen Kern. Ihre Ränder schienen hin und wieder durchsichtig zu sein und liefen oft in fadenförmige Windhosen aus. Sämtliches Wetter spielte sich unter der Wolke ab; und auch dieses Wetter gehorchte den drastisch veränderten Umständen. Ich fuhr fort:

»Unter der Wolke, in ihrem Schatten, ändert sich das Wetter. Regen fällt dort vom Himmel, wo es noch nie geregnet hat. Wo es warm war, wird es kalt. Stürme und Orkane rasen; Sand wird eure Ernten vernichten und die Gassen der Städte verschütten. Amûns Freund und unser Herr gibt uns Werkzeuge in die Hand, die Wolke zu zerstören und den Feind Amûns zurück ins Totenreich zu schicken.«

Pharao Si-Amûn war kein gebürtiger Rômet. Er, einer der beiden Herrscher des »Gottesstaates des Amûn«, schien der Sohn eines Heerführers, eines fremden Söldners zu sein. Dennoch strahlte er Würde und Autorität aus, und überdies zeichnete sich auf seinem braunen, schmalen Gesicht die illusionslose Erkenntnis der Wirklichkeit ab. Schon lagen die Sandmassen einiger Stürme in den Gassen der Städte und selbst vor den Mauern dieses riesigen Tempels.

»Welche Hilfe braucht ihr?« fragte Neferu. »Fordert, was ihr wollt. Und wie werdet ihr die Wolke besiegen?«

»Mit Geschossen gleich riesigen Pfeilen«, sagte ich. »Was wir brauchen, sind Unterkunft, Essen und Gespanndienste, vielleicht auch einige gute, schnelle Handwerker.«

»Zeigt den Ring, und ihr werdet tausend Helfer haben!« versprach der Pharao. Wieder sprach ES mit Charis, Ptah und mir. Nicht mit Ocir-Khenso.

Das Hochwasser des Jotru wird ausbleiben. Im Hapiland und bis hinüber ins Zweiströmeland werden sich Menschenmassen verzweifelt zusammenballen. Die gesamte Natur gerät in Aufruhr. Schon ist eine Keimzelle der Kultur und der Zivilisation ausgestorben, im Herzen des großen Kontinents, in dessen Norden du dich befindest. Sie haben eine einfache Schrift entwickelt und ein seltsam goldähnliches Metall hergestellt, zu dem man Kupfer und Zink braucht und andere Stoffe. Der Planet ist in großer Gefahr; und ich werde euch auf höchst unterschiedliche Weise helfen müssen. Ihr habt euer Gepäck schon geöffnet?

Noch nicht alles. Ich beantwortete lautlos die Frage. *Wir haben wieder eine Aufgabe vor uns, die kaum zu lösen ist.*

Ich habe sie euch nicht gestellt. Ich bin fast zu spät auf dieses Verhängnis aufmerksam geworden, sagte ES, und diesmal gab es kein Gelächter. Ich glaubte ihm. *Morgen sprechen wir uns wieder. Morgen!*

»Wir werden jede Hilfe brauchen«, sagte ich. »Jetzt benötigen wir nur eine schlichte Unterkunft, auch für unsere Truhen und Taschen.«

»Sesh! Schreiber! Du bist dafür verantwortlich.« Si-Amûn warf die Worte fast gleichgültig hin. Der Mann im Lendenschurz mit der schwarzen Perücke verbeugte sich schweigend.

Ein Priester mit kahlgeschorenem Schädel, ein goldenes Amulett auf der nackten Brust, trat einen Schritt vor und sagte:

»Atlan-Anhetes! Wir werden deine Taten in den Mauern der Tempel festhalten. Man wird den Kampf gegen die Wolke mit kupfernen und bronzenen Meißeln in heilige Quader schlagen. Du hast gesehen, was im Land geschieht. Hilf uns, Atlan, mit deinen drei Freunden.«

»Wir sind hier, um zu helfen.« Charis' laute Worte durchschnitten die dämmrige Stille des Tempels.

»Dann ist es gut«, murmelte der Pharao und senkte den Kopf.

Vor siebenundzwanzig Tagen waren wir aufgeweckt worden. Zu meiner Überraschung lag die schöne junge Frau auf einem Lager des unterseeischen Schutzzylinders. Meine Erinnerungen, die von ES manipuliert wurden, sagten nicht sehr viel aus. Ich wußte, daß Charis aus dem nördlichen Teil des Kontinents stammte und ich lange ihr Gast gewesen war. Wie lange war es her? Wir wußten es beide nicht. Und dann erwachte mein Freund Ptah-Sokar, der hochgewachsene Rômet. Ihn und mich fesselten gemeinsame Abenteuer. Doch welche waren es? Ich entsann mich, daß ich mehrere Male mit ihm aufgewacht war. Das Gefühl jenseits der faßbaren Erinnerungen, die tiefe Sicherheit uneingeschränkten Vertrauens, beherrschten ihn und mich gleichermaßen. Ich holte tief Luft und wandte mich an den Pharao und seine Gemahlin.

»Noch haben die Ränder der furchtbaren Wolke nicht Djanet erreicht. Aber es wird nur wenige Zehntage dauern, dann liegt auch über den Mauern der schwarze Schatten. Laßt uns in unser Quartier fahren.«

»So sei es!« Si-Amûn stimmte zu. Wir waren ähnlich wie Rômet gekleidet. ES hatte uns nicht sehr viel Zeit gelassen, uns perfekt vorzubereiten. Während der Fahrt mit Nordwind auf dem Strom hatten wir versucht, ein wenig Sonnenbräune auf unsere Haut zu bekommen. Kaum hatten wir zwei Tage lang die Wasserstraße benutzt, schlug der Schatten der gigantischen Wolke über uns zusammen. Wir erhielten schon nach wenigen Stunden einen ersten Eindruck vom Sterben der uralten, in sich gefestigten Kultur, die ich so liebte.

»Unablässig denken wir an euch. Unsere Gebete und Opfer begleiten euch. Und jeder kleine Tempelpriester wird euch helfen. Habt schon jetzt Dank für alles.«

»Bedankt euch nicht zu früh.« Ptah lachte grimmig. »Denn wir wissen nicht, ob wir die Wolke besiegen können.«

Hinter uns stand mit vor der Brust verschränkten Armen Ocir-Khenso in seiner auffälligen Jacke. Seine Haut war eine Spur dunkler als die Ptah-Sokars. Ein breiter Brustkorb, mächtige Schultern und muskelstarrende Schenkel zeichneten ihn aus, ein kantiges Gesicht und schnelle Augen. Bisher hatte er zugehört, obwohl er die Sprache des Landes besser kannte als ich.

»Kommt!« sagte ich. »Auf uns wartet Schönes und Beschwerliches.«

Ocirs Haar fiel perückenartig geflochten auf die Schultern. Breite Bänder aus Leder, Gold und Glasflußornamenten spannten sich um seine Handgelenke. Seine Füße steckten in halbhohen Stiefeln, deren Seiten mit ähnlich kostbarer Stickerei verziert waren wie sein prächtiges Wams. Die langen Dolche aus Arkonstahl, zugleich Strahlwaffen, verbargen sich halb in seitlichen Futteralen der Stiefel. Langsam verließen wir den Tempel und kamen an der Hieroglyphenreihe vorbei, mit denen ES uns als Helfer des Landes angekündigt hatte – einer seiner unnachahmlichen Scherze. Mächtige Säulen warfen lange, vage Schatten. Sand knirschte auf den Steinplatten des Bodens. In dieser Nacht herrschte nicht der geringste Wind, obwohl wir uns mindestens vier Tagesreisen von der Randzone der Wolke entfernt befanden. Nur die Hälfte des Firmaments war voller Sterne. Die andere Hälfte war schwarz, dunkler als die Nacht. Die Mondsichel schien durch bleiche Wolken zu segeln wie eine vom Sturm gejagte Barke. Ein Dutzend Gespanne wartete in einer Reihe vor dem Tempel. Nur vier trugen am Wagenkorb nicht die Zeichen des Großen Hauses.

Si-Amûn hob den Arm und sagte unterdrückt:

»Folgt dem Wagen mit der goldenen Standarte. Sesh Parennefer wird euch zu eurem Haus bringen.«

Wir kletterten in die Wagen. Die Lenker ergriffen die Zügel und schwenkten die Fackeln. Die gepflasterte Straße zwischen dem Palast und den Tempeln war schwach beleuchtet. Dort hielten Soldaten Fakkeln hoch. Zuerst rasten die Gespanne des Pharaos davon, dann folgten wir. Unsere Stimmung war schwer zu beschreiben. Wir waren noch nicht ganz zu uns gekommen. Die Größe der Aufgabe erkannten wir ebenso wenig wie die Methoden, den Kampf mit den Pilzsporenwolken aufzunehmen. Das Extrahirn flüsterte: *ES sprach von Geschossen, von Projektilen. Das läßt nur eine Deutung zu. Raketen oder ähnliche Waffen!*

Ich blickte mich vorsichtig um. Der Körper Ocir-Khensos belastete die federnde Achse des leichten Wagens. Der Wagen knirschte und knackte. Die Hufe der Pferde schlugen zuerst auf Pflaster, dann auf einem sandigen Weg dumpfe Wirbel. Palmen, Tamarisken und Lotosblüten im Schilf tauchten auf, dann schoben sich hinter Hecken und einem Acker voller hochstehender Pflanzen die beleuchteten Fenster und Türen eines weißen Hauses hervor. Diener eilten hin und her und schleppten unser Gepäck ins Haus, nachdem die Wagen vor dem säulengeschmückten Vordach aus Binsenmatten anhielten. Es roch nach Feuer und nach Essenzen, die man in heißes Badewasser schüttete. Der Schreiber sprang aus dem Wagenkorb, verbeugte sich und sagte:

»Schickt einfach einen Boten, wenn ihr etwas braucht. Er weiß, wo er mich finden kann. Die Dienerschaft wird euch jeden Wunsch von den Augen ablesen. Und hier . . . das Zeichen des Pharaos.«

Er öffnete ein Kästchen, das er an einer Lederschnur vor der Brust getragen hatte. Jeder von uns streifte einen schweren Ring über, in dessen Stein die Schriftkartusche des Si-Amûn eingeschnitten war. Wir bedankten uns und gingen ins Haus. Eine Tafel war gedeckt, in kühlen Räumen warteten Bottiche mit warmem Wasser, Räucherpfannen gegen die Mücken und große Betten auf uns. Wir genossen alles. Ocir-Khenso – den Namen hatte er von ES erhalten – schnupperte nur an der Henket-Trinkschale.

Charis hatte ihr langes Haar im Nacken zu einem Knoten geschlungen. Es war feucht vom Bad. Sie beugte sich über den Tisch und richtete ihre dunkelbraunen Augen auf mich. Die Silberpünktchen auf ihrer Stirn glitzerten im Licht der Öllampendochte.

»Ist es immer so, wenn du erwachst, Atlan? Völlige Verwirrung, dann diese Geräte und die Bilder auf den Tafeln?«

Ich nickte und spürte den Geschmack des Weines auf meiner Zunge. Plötzlich stellte sich Hunger ein.

»Ja. All das und ein Fehlen bestimmter Erinnerungen. Die Stimme und das Gelächter, das ihr gehört habt, waren von unserem Herrn. Er hat dafür gesorgt, daß du, Charis, und Ptah-Sokar, vor vielen Jahren mit mir zusammengetroffen seid.«

Zum erstenmal sprach Khenso. »Es sind eine Handvoll mehr als hundert Jahre in der Rechnung dieser Welt.«

Ich mußte grinsen und meinte:

»So hat ES wenigstens nicht die Erinnerungen von Rico, meinem treuesten Helfer, zur Gänze gelöscht.«

»Und ES befahl sogar, daß ich dich begleite, Atlan-Anhetes.«

»Vergiß es!« ermahnte ich Rico-Ocir. »ES hat dich auch als Mondroboter bezeichnet; in der Rômet-Sprache bedeutet Khenso nichts anderes. Vermutlich wird dein Positronik-Verstand zum Abschuß der Raketen gebraucht.«

»Raketen?« fragte Ptah, der die besten Stücke des gebratenen Geflügels zerschnitt.

»Ich werde es später erklären«, sagte ich. »Ihr habt es gehört! Es gibt elf Wolken zu bekämpfen.«

»Erklär uns, warum sie so tödliche Wirkungen haben«, bat Charis. Ich blickte sie unsicher an. Wir hatten uns geliebt, damals, vor vielen Jahrzehnten, irgendwo auf dem Planeten, auf der CHARIS und in ihrem kleinen Reich. Sie schien von der gleichen Unsicherheit befallen zu sein wie ich. Die Punkte der hellen Tätowierungen und die winzigen Blättchen aus Silber und Gold, die mit ihrer hellbraunen Samthaut verschmolzen waren, betonten die erregende Schönheit ihres Gesichts und ihres Körpers.

»Erklär du es«, forderte ich Rico auf. »Du hast Jahrtausende der Wetterbeobachtung hinter dir!«

»Gern!« sagte der Roboter, den nur sein Gewicht und der Umstand, daß er weder aß noch trank, weder atmete noch schwitzte, von einem Menschen unterschieden. »Es hängt unter anderem damit zusammen, daß es jenseits einer Höhe von zwölftausend Mannslängen keinen Wasserdampf gibt. Die ionisierten Schichten heben und senken sich im täglichen Takt. Die Wucht der Sonnenhitze prallt auf die Oberseite der Wolke. Darunter ist Schatten; die Sonne ist nur früh und abends kurz zu sehen. Unter der Wolke herrscht kühlere Luft. Sie sinkt ab und kriecht dicht über dem Boden nach allen Seiten auseinander. Warme Luft aus der Umgebung wird ständig nachgesaugt. Unzählige Wirbel entstehen; aus ihnen werden Windhosen, Wasserhosen, Orkane und Stürme. Großräumig gesehen, drehen sich unter der Wolke riesige Wirbel. Das Wetter gerät aus dem gewohnten Rhythmus. Die Pflanzen, auf Sonnenlicht angewiesen, verdorren. Tiere werden verrückt und sterben daran. Andere entwickeln Aggressionen. Weiden verdorren, Schnee schmilzt nicht mehr – ich denke, der Hapi wird dieses Jahr nicht über die Ufer treten und die Felder mit seinem fruchtbaren Schlamm tränken.

Was für Tiere gilt, gilt auch für Menschen. Angst und Hunger werden sie heimsuchen. Auch eine Flucht in die Wüste bedeutet den sicheren Tod. Wenn wir die Wolke nicht zerstreuen, stirbt die Kultur des Hapilandes nach mehr als zweieinhalbtausend Jahren. Wir befinden uns noch in einer sicheren Zone. Nach meinen Berechnungen wird die Wolke in drei Zehntagen Djanet erreichen. Sie wächst; weil sie ein Kreis ist, verringert sich scheinbar das Wachstum, je größer ihr Durchmesser wird.«

»Dies ist für niemanden ein rechter Trost.« Ptah schenkte aus einem Krug, der von kühlen Wasserperlen beschlagen war, schäumendes Bier in Tonbecher. »Riech am Henket, Mondrobot.«

Ocir hob den Becher, roch daran und meinte zögernd:

»Ein bestimmter Geruch ist deutlich; ein guter Geruch. Er prickelt in meinen Sensoren. Vielleicht beeinflußt er bestimmte Sektionen meiner Positronik. Es kann durchaus sein, daß ich nach dem Ionenaustausch dieses schwarzen Getränks unkontrollierbare Aktionen ausführe.«

»Zu allem Glück fehlt uns noch ein trunkener Robot«, meinte ich grinsend. Aber dann sagte ich mir, daß theoretisch selbst der salzige Geruch eines Hafens Ricos Sensoren beeinflussen konnte. Ich nahm ihm den Becher weg, trank ihn leer und lehnte mich zurück.

»Morgen werden wir jedes Stück unserer Ausrüstung genau untersuchen. Ich bin sicher, daß wir interessante Dinge finden.«

Unsere Gedanken schwirrten umher wie junge Hapilibellen. Längst besaßen wir nicht alle Informationen, und beim Gedanken, daß ES für uns ausgerechnet Raketen, also Projektile mit Rückstoßantrieb, bereithielt, geriet ich ins Träumen. Und wenn es zutraf, daß auch andere Weltgegenden von farbigen Wolken bedeckt waren – wie legten wir die weiten Wege dorthin zurück? Fragen über Fragen, und Amûn mochte wissen, wie die Antworten ausfielen. Eines war sicher: ES behütete diesen Barbarenplaneten wie seinen Augapfel. Falls ES, sagte ich mir bitter, überhaupt Augen hatte.

Wir waren zu müde, um uns noch lange zu unterhalten. Ocir hatte sich um die Ausrüstung gekümmert, so daß jeder seine Taschen und Packen in seinem Schlafraum fand. Ich nahm einen Becher Wein mit mir und stieg hinauf aufs flache Dach, auf dessen durchhängendem Sonnensegel sich Tautropfen absetzten. Ich ließ mich in einen knarrenden Sessel aus Binsengeflecht fallen und starrte hinaus in die Richtung der riesigen

Halblagune im Norden. Nur noch wenige Lampen brannten in der Stadt; rundherum herrschte eindringliches Schweigen. Ich vermied es, nach Süden, in die Richtung der Wolke, zu blicken. Leichte Schritte näherten sich. Ich brauchte nicht den Kopf zu heben: Charis setzte sich vor mir auf die Brüstung des Daches und hob ihren Becher. Wir waren nur undeutliche Schemen vor dunklem Hintergrund. Am Ufer schrien die Frösche, Grillen zirpten und machten die Stille noch dichter.

»Weichen wir einander aus? Sind wir zu scheu? Oder täusche ich mich?« fragte Charis mit beherrschter Stimme. Ich wühlte vergeblich in meinen Erinnerungen.

»Worin täuschst du dich?« gab ich zurück. »Ich kann nur mein Gefühl schildern. Es ist Ahnung, sind keine klaren Erinnerungen.«

»Du fühlst also auch, daß wir uns vor langer Zeit geliebt haben?«

»Vielleicht wirst du bald begreifen, was uns ES mit dem Diebstahl der Erinnerungen angetan hat.« Ich sprach voller Bitterkeit. »Du weißt, daß du eine Schönheit bist, klug, begehrenswert, daß dich meine Augen verfolgen. Mir ist, als hätten wir anderes getan als lange Jahre nebeneinander wie Statuen geschlafen zu haben.«

Sie stieß ein leises Lachen aus. Auch dieser Laut war mir seltsam vertraut. Ich nahm einen langen Schluck des leichten roten Weines, der die Hitze des Sandes in sich trug.

»Einst war ich Fürstin eines kleinen Stammes freundlicher Menschen. In Träumen sehe ich hin und wieder einen feuerspeienden Berg, mächtige Flutwellen und eine Grotte voll Frauen und Männer, zu denen eine Orakelstimme spricht. Von dir erfahre ich, daß wir Krieger einer Welt sind, Verteidiger von Ländern, von denen niemand etwas gehört hat.« Sie legte die Hände auf meine Schultern und lächelte. »Ich ahne, daß du mich an der Hand nehmen und durch phantastische Reiche führen wirst. Denn die Welt, die ich gekannt habe, ist längst anders geworden.«

»Wenn wir uns vor vielleicht zweihundert Jahren geliebt haben, kenne auch ich diese Welt nicht mehr«, sagte ich. Sie seufzte und meinte:

»Trotzdem sprichst du die Sprache der Rômet wie kein zweiter.«

»Ich kenne das Land.« Blitzartig zogen die Erlebnisse an der Seite des Reichsgründers Meni-Narmer an mir vorbei. »Und daß ich seine Sprache spreche, bedeutet, daß ich es besser kenne, als meine Erinnerungen mir sagen. Ich war also oft hier.«

»Ein Mann voller Rätsel bist du«, sagte sie und berührte meinen Nacken mit schmalen, kühlen Fingern. »Daher kann ich sicher sein, daß ich mich damals glühend in dich verliebt habe. Ich möchte keinen anderen.«

Sie küßte mich kurz und huschte davon. Ich blieb noch eine Weile sitzen, leerte den Becher und folgte ihr schließlich. In all der Verwirrung gab es angenehme Überraschungen.

Am folgenden Morgen hatte der unermüdliche Robot sämtliche Ausrüstung ausgepackt und sortiert; sie entsprach dem Stand der uns umgebenden Zivilisation und bestand aus fast unzerstörbarem Material. Salben und Medikamente waren ebenfalls vorhanden, und solch scheinbar unwichtige Kleinigkeiten wie Seife, Stifte und Schreibmaterial, Plättchen aus Edelmetall, Werkzeuge, Seile, Drähte und Feuerzeuge, Spiegel und Linsen. Kleidung, Stiefel und Armbänder, die starke Sendeempfänger enthielten, fehlten ebensowenig wie Zweikomponenten-Kleber, mit dem wir die Kunsthaut Ocirs ausbessern konnten. Das Wichtigste waren die kartographischen Blätter, aus großer Höhe aufgenommen und in Entfernungslinien aufgeteilt. Dazu viele Karten im Übersichtsmaßstab, Ausschnitte, die uns die Lage der elf Wolkenfelder zeigten. Andere Karten, auf denen die Fundorte anderer Ausrüstungsgegenstände verzeichnet waren – getarnte Gleiter und Orte, an denen die Projektile versteckt waren, einige Kassetten, auf denen die Namen der Herrscher verzeichnet waren, wichtige Informationen, Reisewege, Eigentümlichkeiten der betreffenden Region. Und abermals stereoskopische Aufnahmen. Wieder einmal bewies ES, wie dieses anscheinend allmächtige Wesen dachte und handelte. Anscheinend allmächtig deshalb, weil es aus eigener Kraft die Wolken nicht bekämpfen konnte oder wollte. Seltsam wie fast alles, was ES unternahm. Die Raketen für das Hapiland lagerten in einem Schein-Pharaonengrab, das als uralter Grabtempel getarnt war. Und so ging es weiter. Ein kühner Einfall nach dem anderen.

Eine schmalhüftige Dienerin blieb zögernd vor uns stehen.

»Freund des Pharaos! Schreiber und Boten warten auf euch.«

»Versammle sie im großen Raum neben dem Eingang«, sagte ich und breitete die gestochen scharfe Reliefkarte des Stromlandes aus. Im Norden endete der riesige Kreis über Sauti hinaus, halbwegs bis nach Mennefer, im Süden sahen wir gerade noch Suênet jenseits der ersten Hapischwelle, ein Teil des östlichen Meeres lag unter der Pilzwolke und die Wüste im Westen bis zur ersten Oase.

»Wohin geht unsere erste Reise?« fragte Ptah, der eine krümelige Tablette in kochendem Wasser aufgelöst und den kräftespendenden Trank mit Honig gesüßt hatte. Ich zeigte mit dem Stift auf eine Stelle östlich von Ipet-Sut.

»Hier liegt das getarnte Grabmal. Ein weiter Weg von Djanet dorthin. Fangen wir an, Freunde!«

Der Schreiber schien begierig zu sein, jeden Wunsch von uns sogleich in Befehle umzusetzen. Ocir-Khenso hatte einen Teil der Logistik durchgerechnet, grüßte den kleinen Mann mit dem Schreibried, dem Tuschenapf und den kleinen Shafadublättern. Dann sagte er:

»Wir brauchen hundert oder mehr tüchtige Arbeiter, die östlich von Waset auf uns warten. Sorg dafür, daß sie Werkzeuge haben, Balken, Stricke und Grabgerät. Auch genug zu essen und zu trinken.«

Schnell notierte der Schreiber den Text und gab ihn an einen Boten weiter. Der Mann verbeugte sich und rannte aus dem Raum.

»Wir müssen bald dorthin«, sagte ich. »Der Pharao soll eine Truppe organisieren. Sie muß uns freien Weg schaffen. Wie viele Tage rechnet man für die Fahrt nach Waset?«

»Mehr als zwei Zehntage, wenn die Gespanne gewechselt werden«, antwortete der Schreiber. »Soldaten werden Wagen und die besten Pferde für euch bereitstellen. Wann brecht ihr auf?«

»In drei Tagen, beim ersten Sonnenstrahl«, kündigte Charis an. »Mit viel Ausrüstung!«

Wieder rannten zwei Boten hinaus, zusammengerollte Binsenmarkblätter in den Händen. Der Schreiber versprach eifrig:

»Noch in der Nacht steht die Eskorte bereit. Und die schnellsten Zugpferde für euch. Die Straßen sind sicher.«

»Gut. Wir werden fertig sein. Gibt es Unruhen in anderen Städten?«

»Die Menschen versammeln sich vor den Tempeln. Aber auf keine Frage gibt es eine Antwort. Noch ist keine Gewalt ausgebrochen.«

Hektische Betriebsamkeit lenkte uns und die wenigen Rômet ab. Immer noch lag das Abbild der grauenhaften Wahrheit auf der Tischplatte. Ich richtete das Wort an den Schreiber und musterte ihn genau.

»Sag deinem Herrn, daß er schnelle Boten zum Idiglat und Buranun, ins Land Naharina, senden soll. Dort schwebt eine andere Wolke. Die Boten sollen unseren Weg vorbereiten und uns das Wohlwollen des Herrschers dort sichern.«

»In wenigen Stunden wird der Pharao hören, was ich zu berichten habe«, versprach er mit knapper Selbstverständlichkeit. »Ihr bekommt alles, was ihr braucht. Erlaubst du eine Frage, Atlan-Anhetes?«

»Gern. Du wirst wissen wollen, warum nur wir die Wolke – wahrscheinlich! – besiegen können?«

»Nichts anderes wollte ich fragen.«

»Warte, bis du siehst, was wir tun. Unser Herrscher aus einem weit entfernten Land ist auf andere Weise mächtiger als dein Pharao. Er besitzt nur ein kleines Land, kennt aber andere Dinge als du und ich.«

Der Schreiber nahm diese Auskunft mit einigem Mißmut auf, fragte aber nicht weiter. Ohne Anstrengung stand er aus der Sitzhaltung auf und verschloß das Schreibzeug, wandte sich an Ptah-Sokar.

»Ich weiß nicht, ob ich euch begleiten werde. Si-Amûns Tatji bestimmt alles. Sind dies alle eure Wünsche?«

»Wir denken, daß wir fürs erste nicht mehr brauchen.«

Als wir dem Gespann des Schreibers nachblickten, irrten unsere Blicke in die Richtung der Wolke ab. Über dem weiten, flachen Land des Mündungsdreiecks, scheinbar am südlichen Horizont, zeichnete sich ein dunkelbrauner Wolkenstreifen ab. An seiner Obergrenze flirrte Sonnenschein. An einigen Stellen tauchten fadendünne Windhosen schräg abwärts und schaukelten wie Schläuche. Eine Wolkenbank, zeigte, daß sich aus dem Westen ein Sandsturm näherte. In weniger als einem Mond würden wir das Zentrum der Wolke erreicht haben.

»Es wird ernst!« orakelte Ocir knapp. Ptah lehnte sich an die gekalkte Lehmmauer, er konnte seinen Blick nicht von der Wolke lösen. Von hier aus wirkte sie ungefährlich; wir wußten, daß sie die erste war, die wir mit noch unbekannten Mitteln zu bekämpfen hatten. »Jeder Tag wird uns zeigen, daß wir tief, vielleicht zu tief, in diesem Abenteuer stecken. Mir scheint, als habe ES keine andere Wahl gehabt.«

Damit hat er wohl recht, sagte der Logiksektor. Die Dienerin brachte einen Krug Wein und vier Becher. Sie schenkte ein, auch Ocir nahm einen Becher und drehte ihn in den Fingern. Alles in uns war gespannt; unablässig dachten wir an die unzähligen Probleme, die vor uns lagen. Der Mondroboter würde uns besser beschützen können als eine kleine Armee, denn er war mit Verteidigungswaffen und Ortungsgeräten ausgestattet. Aber dies war nur ein kleiner Teil unserer Sorgen.

Ich hob den Becher und nahm einen Schluck. »Auf das Grabmal bei Waset, Freunde, und auf unsere schnelle Reise dorthin.«

Der Thronname des Pharaos war Netjeri-Cheper-Rê-Setep-En-Amûn, »der Göttliche, wie die Verwirklichung des Rê, auserwählt von Amûn«, sein Eigenname, dessen Zeichen in unseren Ringen standen, lautete Sa-Amûn-Meri-Amûn oder »Amûns Sohn, geliebt von Amûn«. Er baute seit der Thronbesteigung in Djanet am riesigen Tempel des Amûn, der Mut und des Mondgottes Chons. Die kleine Stadt war von vielen Arbeiterlagern umgeben, und im Stromhafen, wo die AXT DES MELKART sicher an Land gezogen, mit Leinen abgedeckt war und bewacht wurde, legten viele Schiffe voller Steinquader an; Träger, Ochsengespanne und die Meißel der Steinmetze waren einschläfernder Hintergrundlärm für meinen Halbschlaf auf dem Dach des Gutshauses, im Schatten des Palmwedeldachs, mit Zedernöl massiert und den Krug mit kaltem Dünnbier in Reichweite. Ich versuchte meine Gedanken zu ordnen wie die Steine des Mehen-Spieles.

Kristallprinz Atlan von Gonozal aus dem Großen Imperium, einem gigantischen Herrschaftsgebiet von rund 100 000 Industrieplaneten, davon die Hälfte Arkon-identische Welten, mit je etwa einer Milliarde Arkoniden bewohnt, davon rund 3000 reine Arkoniden-Planetenvölker: So unendlich viele raumfahrende Gruppen – Tuglantier, Springer oder Zaliter und ein paar Handvoll anderer Namen –, und nicht ein Schiff landete hier, mit einer Crew, die gezielt nach mir suchte, mich fand und nach Arkon zurückbrachte. Sieben Jahrtausende nach Untergang von Atlantis und Port Atlan wartete ich noch immer: der einsamste Arkonide des Universums. Werkzeug oder Paladin von ES? Hüter des Planeten? Im tödlichen Schatten der Sporenwolken? Ich atmete tief durch und beschloß, mich all diesen Fragen erst wieder zu stellen, wenn es an der Zeit war. Der Extrasinn wisperte: *Aber wann wird die richtige Stunde sein? Charis hat beide Hände nach dir ausgestreckt – nimm sie!*

Ich dachte daran, daß namenlose Steinmetze womöglich unseren Angriff auf die Sporenwolke in Steinwänden verewigen würden. Atlan-Anhetes und die Raketen von ES, gemeißelt und ausgemalt wie die Säulen der Ewigkeit . . . irgendwann würden auch diese Ereignisse skurril, phantastisch oder abwegig gedeutet werden – auf alle Fälle falsch. Ich wartete, bis Charis heraufkam, nahm sie in die Arme und begann sie wortlos zu küssen. Sie erwiderte jeden Kuß, als habe sie seit zweihundert Jahren darauf gewartet.

Das aufgeregte Durcheinander im kaltgrellen Licht des Morgens zeigte, was uns erwartete. Wiehernde Pferde, sehnige Gardisten mit starren Gesichtern, aus deren Augen Aufregung leuchtete. Diener, die unser reduziertes Gepäck verstauten, die leichten Wagen mit geflochtenen Körben, einige Reiter, deren Fackeln mehr schwelten als Licht verbreiteten; merkwürdige Fetzen eines Tagtraums. Wir schwangen uns in die Wagenkörbe. Ich spürte erregt, noch halb im Schlaf gefangen, wie Atlans Finger den breiten Ledergurt unter meinen Hüften festschnallten. Er hatte sein schulterlanges weißes Haar im Nacken zusammengebunden. Er faßte mich kurz an den Schultern und sagte leise:

»Denk daran! Alle Stöße mit den Knien abfedern. Laß dich in den Gurt fallen. Sonst hämmern dir die Räder das Hirn aus dem Schädel.«

Ich lächelte ihn an und verstand sein Zögern, trotz eines langen zärtlichen Abends und zweier leidenschaftlicher Nächte, noch immer nicht ganz. Bestimmt waren seine Gedanken auf ein anderes Ziel gerichtet als auf unsere Beziehung. Ein Gardist führte sein Pferd und das Gespann des Schreibers an uns vorbei. Der Schreiber war in das Gewand eines pharaonischen Soldaten gekleidet und strahlte eine ungewohnte Art Selbstsicherheit aus.

»Ich folge mit dem Gespann den Reitern, Atlan-Anhetes!« rief er. »Ich bin Upuaut, der Öffner der Wege, für euch.«

»Wir vertrauen dir«, sagte Atlan. Seine Hand verweilte wohltuend lang auf meiner Schulter, dann nickte er dem Schreiber zu. Die Eskorte und die Wagen setzten sich in Bewegung. Eine Gruppe von sieben bewaffneten Reitern an der Spitze, dann der Wagen mit der Standarte des Per-Ao Djanets. Aus dem leichten Trab wurde ein gestreckter Trab, dann gingen die Pferde im kräfteschonenden Galopp; bald erreichten wir die Dammstraße am Ufer. Die Geschwindigkeit nahm zu, hinter den Hufen der Pferde und den schmalen, ratternden und knirschenden Felgen wirbelten dünne Sandschleier auf, und je weiter wir nach Süden vordrangen, desto heller wurde es. Die Sonne schob sich hinter Dünen und Palästen, saftigen Feldern und den kleinen Gehöften der Bauern hoch und leuchtete auf dem Wasser des Stromes und der Kanäle.

Die Sonne ließ auch die Unterseite der riesigen, flachen Wolke erkennen. Ein Licht, das uns Menschen melancholisch stimmte, breitete sich über Weiden und Äcker aus. Von Djanet reisten wir nach Pa-Beseth. Es wurden nicht nur die Pferde gewechselt, sondern die Gespanne. Weiter! An Orten, an denen die galoppierenden Pferde erschöpft waren, trafen wir auf Soldaten des Pharaos; stets gab es Essen und Getränke, wir konnten ein paar Stunden schlafen, wir reinigten uns und kämpften gegen die steigende Erschöpfung an. Neue Wagen und frische Pferde standen bereit, unser Gepäck wurde umgeladen, und die Standarte wanderte mit Maliu-Aaters Gespann vor uns her. In den wenigen Stunden, in denen wir mit schmerzenden Muskeln zu schlafen versuchten, lag ich in Atlans Armen, mein Kopf auf seiner Schulter. Wir dachten an anderes als an Leidenschaft; indes wuchsen Zärtlichkeit und Freundschaft – so wie die Wolke.

An Sauti vorbei, auf Abdyu und Tantere zu. Wir setzten auf binsengeflochtenen Barken über das breite Gewässer. Dann wieder rasten Reiter und Gespanne durch nackte Wüste auf Waset zu. Nach sieben, neun oder hundert Tagen führte uns Maliu-Aater in das kleine Lager, das auf uns wartete. Wir wankten mit zitternden Gliedern in warme Bäder, wurden mit zederndufendem Öl massiert und in weiche Tücher gehüllt. Wir versanken in einen traumlosen Schlaf und erwachten nach zwölf Stunden . . . Während wir schliefen, hatte Ocir-Khenso alles organisiert; inzwischen genoß er bei Soldaten und Handwerkern einen Ruf, wie ihn nur ein Halbgott haben konnte.

Vor einem Zelt standen Tische und Sessel. Speisen und Becher wurden herangebracht, während wir versuchten, zu uns zu kommen und klar zu denken. Selbst in Atlans Gesicht sah ich Spuren der Anstrengungen.

»In sieben Tagen«, sagte Maliu-Aater mit einer Stimme, die sich wie rieselnder Sand anhörte, »haben wir diese Strecke hinter uns gebracht. Das ist ein göttliches Zeichen.«

Atlan zog ein Bild hervor, winkte einem Soldaten mit dem Zeichen des zweiten Pharaos auf dem Schild und fragte:

»Kennst du die Stelle?«

Das Bild wanderte von Hand zu Hand. Es zeigte einige abgebrochene Säulen, einen halb zugewehten Prozessionsweg, die Reste eines Tempels und, fast verborgen unter dem Sand einer Düne mit scharfem Sichelkamm, eine Ansammlung von Steinen. Atlan flüsterte in mein Ohr:

»Dieses Bild wurde hergestellt, als die Wolke noch sehr klein war. Es ist zu hell.«

Wir saßen in schrecklichem Halbdunkel. Das wenige Licht war schattenlos und bräunlich, wie die verdorrten Äcker und die vertrockneten Wedel der Palmen. Die Gegend war menschenleer. Nicht einmal Vögel waren in der Luft. Wind wehte gleichmäßig, er brachte den Geruch faulender Pflanzen und stinkenden Wassers mit sich. Ich nickte Atlan zu. Schließlich meldete sich ein Anführer:

»Ich kenne den Ort. Ein Sturm vor zwei Zehntagen hat ihn halb freigelegt, halb zugeweht.«

Ptah und Atlan warfen sich lange Blicke zu. Ich wußte, daß sie sich über den Einfallsreichtum dieses ES-Wesens Gedanken machten. Ocir zeigte in die Richtung und fragte: »Wie weit?«

»Ein halber Tagesmarsch.«

»Befiehl den Arbeitern, sie müssen dorthin aufbrechen und den Eingang freilegen. Wir kommen nach.«

»Es wird sofort geschehen«, entgegnete Maliu-Aater. »Laßt mich nur noch diesen Bissen herunterschlucken.«

»Eile ist ein Geschenk böser Dämonen«, murmelte ich. »Welche Stunde des Tages haben wir wohl?«

Im Schatten der Wolke war es feuchtkalt und klamm. Dunst und treibende Nebelwolken in Bodennähe, darüber schmutziggraue Gewitterwolken, zogen von Norden nach Süden. Ein Soldat antwortete mir:

»Es muß gegen Mittag sein, Gefährtin des Anhetes.«

Handwerker, Helfer und Gespanne, Soldaten und der Schreiber machten sich in östliche Richtung auf. Die Ochsengespanne mit breiten Scheibenrädern waren hochbeladen mit Werkzeug und Hilfsmitteln. Nur langsam wich die Erschöpfung aus unseren Körpern. Ich aß kalten Braten mit brauner Kruste und sah zu, wie das Lager verlassen und abgebaut wurde. Die Stimmung unter der Wolke hatte wesentlich zu unserer Erschöpfung beigetragen, das erkannten wir jetzt. Ocir schleppte unsere Ausrüstung zu den Wagenkörben.

Seit fünf Tagesreisen vor Hatnub fuhren wir im dichter werdenden Wolkenschatten. Zuerst hatten wir noch die ratlosen Menschen gesehen, störrisches Vieh und sterbende Pflanzen. Dann hatten Staub, Sand und Müdigkeit unseren Blick unscharf gemacht. Je länger wir verweilten, desto niedergeschlagener wurden wir. Atlan stand auf. Sein Amulett, das an einer goldenen Kette an seiner Brust hing, schimmerte matt. Wir trugen die auffallenden Ringe des Pharao. Hin und wieder warf einer der Soldaten einen Blick auf die Zeichen unserer Macht.

»Je eher wir an die Arbeit gehen, Freunde«, sagte Atlan und meinte alle, die sich um uns scharten, »desto eher wird das Licht des göttlichen Rê-Harachte wieder auf das Wasser des Jotru fallen.«

»Es liegt stumpf und stinkend wie eine Kloake zwischen den Ufern, o mächtiger Herr«, klagte ein Soldat. »Verlang von uns, was du willst, aber hilf! Meine Eltern sind Bauern, und sie hungern, obwohl sie tagein, tagaus arbeiten und beten.« Atlan legte die Hand auf das Amulett, das er »Aktivator« nannte, und sagte:

»Wir tun alles, was nötig ist. Ihr sollt nicht wegen jedem Vorkommnis in den Sand fallen, die Augen schließen und an Schicksalsmächte denken. Los, schließt die Mäntel und zieht die Kapuzen über die Köpfe!«

Er zog mich mit beiden Händen in die Höhe und schaute mit seinen rötlichen Augen tief in die meinen.

»Meine Freundin«, sagte er so leise, daß es außer mir niemand verstand. »Du wirst etwas erleben, was dich in Schrecken versetzen kann. Halt dich an mir fest, wenn es dich ängstigt; alles ist erklärbar, wenn man es kennt. Ich kenne es.«

Ich erinnerte mich an mein Leben bis zu dem Punkt, an dem ich mich in ein anderes Land versetzt gefunden hatte. Noch nie hatte ein Mann solche Worte, auf diese Weise an mich gerichtet. Ich legte die Arme um Atlan; ich war nur um drei Fingerbreit kleiner als er. Als ich meinen Körper gegen ihn preßte, spürte ich, wie er augenblicklich die Geste erwiderte. Ich atmete schwer, als ich mich löste.

»Ich bin sicher«, hörte ich mich sagen, »daß ich an deiner Seite keine Angst haben werde.«

»Nachher«, sagte er. Ich wußte, was er meinte. »Danach. Erfüllen wir die erste Aufgabe. Mein Tatendrang erwacht wieder«, und er flüsterte, lächelte, »und nicht nur jener, der mit Geschossen zu tun hat.«

Wir tauschten ein Lächeln des Einverständnisses. Zwei Stunden später überholten wir die Spitze des schwerbeladenen Zuges. Zunächst führte ein befestigter Weg durch den Sand, dann trat nackter, roter Fels zutage; zuletzt befanden wir uns über einem kleinen Tal, dessen nördliche Wand einen Absturz bildete. Ich hörte, wie Atlan zu Ptah sagte:

»Sieh hinunter, Freund Ptah. Immer dasselbe. ES geht mit der List eines Sternenfuchses vor. Wir finden Schriften und Bilder, die den Rômet sagen, daß wir das Erbe ferner Vergangenheit des Landes ausgraben. Ich bin sicher!«

Während Soldaten unsere Gespanne hielten, der Schreiber die Sklaven, Bauern, Handwerker und die Wagen in einem weiten Bogen ins Tal hinunterführte, erblickten wir, was Atlan gemeint hatte. Der Boden dieses Tales lag als Teil eines Plateaus einen Bogenschuß hoch über dem Strom. Die Höhe der Schlammüberschwemmung reichte bis zur Reihe dürrer, schmutziger Palmen, die ihrerseits die Kante des Tales abgrenzten. Von hier waren Sandmassen heruntergeweht worden. Eine ebenso große Menge Sand lag auf den Feldern und begrub Bauernhäuser und Kanäle. Schräg aus dem abfallenden Hang der Düne ragten Säulen, eine Art Dach aus Quadern, die Reste der gemauerten Prozessionsstraße.

Maliu-Aater hatte erzählt, daß sie, für die Begräbnisfeierlichkeiten errichtet, von der Anlegestelle bis zum Grabmal führte – und Dinge aus Stein, die wie Fabeltiere aussahen und im Sand halb vergraben waren. Etwa eine Säule der Ewigkeit, wie Atlan grämlich bemerkt hatte?

»Das ist es!« Ocir fügte hinzu: »Ich kann größere Metallmassen unter dem Stein orten, Atlan.«

»Danke«, sagte Atlan. »Die Neugierde macht mich fast krank. Wie geht es dir, Ptah?«

Meine Einschätzung Ptah-Sokars war unvollkommen. Atlans Freund! Er schien unerschütterlich und war jedem Rômet maßlos überlegen. Daß er Atlans Freund war, den er mit einer Mischung aus schweigender

Kritik, Anbetung, nüchterner Abschätzung und bedingungsloser Treue betrachtete, stand außer Zweifel. Es würde eine Bereicherung sein, zu erfahren, was er und Atlan miteinander erlebt hatten.

»Ich berste vor Aufregung«, sagte Ptah-Sokar. »Bis zum Abend . . . werden wir das Tor geöffnet haben?«

»Wenn ich meine Ausstattung verwenden kann.« Ocir grinste. Atlan deutete ein wenig pathetisch nach unten. Dann führte er mit den Fingern eine Folge komplizierter Bewegungen aus und grinste noch breiter. Ich hörte schwere Tritte, dann packten mich Ocirs Hände, hoben mich mit Leichtigkeit, und Ocir trug mich wie ein kleines Kind. Mein weiter Sandmantel flatterte um seine muskelbepackten Oberschenkel, als er den Abhang schnell wie ein galoppierendes Pferd hinunterrannte, ohne auch nur einmal zu straucheln.

Dämmeriges Licht, kein Schatten, feuchter Sand und eine Illusion von Leben, das einst dieses Tal erfüllt hatte . . . die Arbeiter fingen mit überraschender Schnelligkeit an. Ocir rannte hierhin, dorthin, schrie Befehle, packte mit seinen unmenschlichen Kräften zu und schien niemals etwas anderes getan zu haben, als alte Grabhöhlen freizulegen. Die Esel wurden ausgeschirrt, das Lager errichtet, Feuer brannten, Wasser wurde vom Strom geholt. Man schaffte in großer Eile den Sand vom oberen Drittel des etwa zwei Mannslängen breiten Prozessionsweges fort. Auch einige Fabelwesen, aus schwarzem Stein herausmodelliert, kamen zum Vorschein. Künstler waren am Werk gewesen, vor unzähligen Jahren. Stumm bewundernd stand ich vor einem jener Steingötzen.

Ein Kalksteinsockel trug den idealisierten Körper einer Löwin, in Teilen fast menschlich. Zwischen den Vordertatzen, die in leidenschaftlicher Gier nach dem Betrachter zu greifen schienen, veränderte sich der Raubkatzenkörper zum Oberkörper einer Frau, der herrliche Hals ging in einen Frauenkopf über, der von dem gefalteten Nemes-Tuch der Prinzessinnen bedeckt war. Aus wissenden Augen starrte mich dieses Menschtier an; ein verächtliches Lächeln spielte um die steinernen Lippen. Das Wesen besaß Adlerschwingen, die flach am Körper anlagen.

Schweigend musterten wir einander: das Ding, das mich zu durchschauen schien bis in die tiefsten Winkel meines Inneren, und ich, verwirrt und schutzbedürftig, spürend, wie meine eigene Stärke zurückkehrte. Ich wäre in der Betrachtung versunken, wenn ich nicht Schreie, Flüche und Befehle gehört hätte. Ich wirbelte herum und sah Ptah und Ocir, die einigen Soldaten die Peitschen aus den Händen rissen.

»Hier befehlen wir!« donnerte Ocir-Khenso mit schreckerregender Lautstärke. »Und niemand wird gepeitscht. Klar, Soldat?«

Seine Finger zerrissen die Lederschnüre, als wären sie feuchtes Stroh. Der Soldat, der die mageren Bauern hatte antreiben wollen, senkte den Kopf und antwortete zerknirscht:

»Es wird sich nicht wiederholen, Mächtiger!«

»Dessen kannst du sicher sein!« brüllte Ptah. »Los! Weiter! Auch du!«

Menschen, die er »mein Lieber« nannte, besaßen nicht seine Wertschätzung. Die Stunden vergingen; mehr von der Anlage wurde sichtbar. Schließlich drangen feuerrote Sonnenstrahlen unter dem Rand der Wolke hervor. Ein Sturmstoß wirbelte Sand über die Felswand, dann fielen kurze, harte Schauer eiskalten Regens. Atlan rannte die Rampe aus Bohlen und Brettern hinauf, breitete die Arme aus und schrie:

»Schluß für heute! Eßt, trinkt und schlaft! Morgen öffnen wir das Tor!«

Die Soldaten schienen verwirrt, aber langsam und müde kehrten wir zum Lager zurück. Für uns hatte man vier vergleichsweise prächtige Zelte aufgestellt und die Schnüre an langen Pfählen und Felsvorsprüngen befestigt. Atlan nahm mich um die Schultern und meinte:

»In deinem Zelt ist ein Bad bereit. Wir sollten alle bald schlafen!«

»Gern«, sagte ich; als habe das Wort magische Bedeutung, begann ich zu gähnen. Wir nahmen zusammen mit dem Schreiber, der zum erstenmal ein zufriedenes Gesicht zeigte, ein kaltes, ungeschickt-liebevoll bereitetes Essen ein, dann gingen wir in unsere Zelte. Die Nacht versprach kalt und feucht zu werden. Ich schlief so schnell ein, daß ich vergaß, die winzige Öllampe zu löschen. Ein wirrer Traum suchte mich heim. Ich wälzte und drehte mich unter den Laken und den Fellen: In meinem Traum begann ein Sturm zu heulen. Dann verdunkelten sich die Sterne, ein kreischender Sandsturm fegte über das Land meiner Träume hinweg. Ich fror plötzlich, denn der Sand bedeckte sich mit weißem Puder, der wie die Samen unzähliger Herbstpflanzen aussah. Schließlich rauschte eine Flut über mich hinweg, eine furienhafte, gigantische Menge faustgroßer Wassertropfen, die einen Laut erzeugten, wie ein rasender Wirbel kleiner Trommeln. Ich mußte im Schlaf seinen Namen gerufen haben, denn plötzlich wurden die Knoten aufgerissen, die den Zelteingang hielten. Atlan stand vor mir, in den Sandmantel gehüllt. Stoff und Kapuze klebten an ihm. Hinter ihm sah ich im winzigen Licht, daß ich nicht geträumt hatte. Es stürzten Bäche von Regen herunter. Atlan verschloß das Zelt, aus dessen Nähten dicke Tropfen fielen.

»Du hast nach mir gerufen, immer wieder«, sagte er und blieb vor meinem Lager stehen.

»Im Schlaf. Bleib bei mir«, bat ich. Er hob den Hocker mit dem Lämpchen und trug ihn durch die Pfützen bis zum Kopfende des Lagers.

»Draußen tobt die Natur. Sturm, Sand, Schnee und jetzt Regengüsse. Unsere Arbeit war umsonst.«

Ich lächelte. Sein Pflichtbewußtsein ließ ihn auch jetzt nicht los. Trotzdem sagte ich: »Bevor du mich in die Arme nimmst, solltest du den Mantel ausziehen. Ich will einen trockenen Geliebten.«

Er lachte lauter als der prasselnde Regen, und während wir uns küßten, erlosch das Lämpchen. Wir fühlten uns in der tobenden Dunkelheit unter dem tropfenden Leinen und den Fellen wie in einer warmen Höhle: geborgen und fern jeden Schreckens; ich vergaß, ihm zu sagen, daß sein Haar und die Augenbrauen voller Sandkörner waren.

Es war die Stille, die uns weckte. Der Morgen graute, als wir den triefenden Stoff des Zelteingangs zurückschlugen. Alle Farben in der Schlucht hatten sich verändert. Felsen, Sand und Steine waren naß und dunkel. Atlan lief ein paar Schritte nach vorn und sah Ocir, der vor dem Eingang des Grabmals stand. Was er tat, konnten wir nicht erkennen. Dann rief Atlan:

»Der Regen! Er hat unsere Arbeit nicht vernichtet, sondern uns geholfen! Schaut nur hin!«

Ohne daß wir es recht gemerkt hatten, war noch mehr Wasser heruntergerauscht, als wir befürchtet hatten; überall zeichneten sich tiefe Rillen ab. Das Wasser hatte das kleine, tonnenförmige Gewölbe bis zum Sockel von den Sandverwehungen freigespült, die Prozessionsstraße leergewaschen, die acht Sphingen aus ihrem Sandversteck befreit. Einige zerbrochene Säulen waren in tiefe Löcher abgesackt, die Reste eines länglichen Vordachs standen frei auf kantigen Sockeln. Langsam krochen die Arbeiter aus den Zelten und sahen sich überrascht um. Die ersten Sonnenstrahlen tauchten die Gegend in hartes Licht. Im Westen entstand über der Wüste ein Regenbogen, kurz darauf ein zweiter. Wir sahen uns an und lachten, dann rannten plötzlich rund hundertfünfzig Menschen aus allen Richtungen auf das Bauwerk zu. Das Sonnenlicht, das wenigstens die Illusion von Wärme hervorrief, zusammen mit dem unerwarteten Erfolg, erfüllte die einfachen Menschen mit Hochstimmung. Atlan ließ mich stehen und hastete die Schräge des Prozessionsweges hinauf. Er blieben neben Ocir stehen.

»Amûn hilft, selbst in schweren Zeiten!« stieß Maliu-Aater aus. »Noch nie hat es in Waset solch ein Geschehen gegeben. Hunderte von Lehmziegelhäusern wird das Wasser vernichtet haben.«

»Sieh nicht nur das Elend, Schreiber!« forderte Ptah-Sokar grimmig. »Hilf lieber Atlan, der's im nassen Sand nicht leicht haben wird.«

»Nichts anderes wollen wir tun!« bekräftigte Maliu-Aater. Ptah-Sokar zog mich durch den feuchten Sand. Jeder Fußtritt hinterließ eine tiefe, scharf gezeichnete Spur. Als wir Atlan und Ocir erreichten, erkannten wir weitere Einzelheiten. Ein riesiger Quader in der Mitte der Mauer trug Brandspuren. Seine Kanten hingen seltsam frei im Verband der anderen Steine.

»Lies vor, was dort eingemeißelt ist!« rief Atlan. Ptah und der Schreiber entzifferten Linien, Zeichen und Figuren der Schrift.

DIES IST DER TEMPEL DER RETTUNG. WENN DAS VERHÄNGNIS ÜBER DEM LANDE TAMERI SCHWEBT, WIRD AUS FERNEM LAND DIE RETTUNG KOMMEN. NUR ATLAN-ANHETES VERMAG DAS GEHEIMNIS DER METALLENEN SÄULE ZU LÖSEN, DIE ZU DEN STERNEN FLIEGEN WIRD.

»Aber . . .« der Schreiber stotterte, »wer hat diese Schrift anbringen lassen?«

»Ein weiser Pharao oder ein kluger Priester, der das Elend dieser

Tage vorhergesehen hat.« Atlan behauptete dies mit ernstem Gesicht. Ocir winkte den Arbeitern und erklärte, auf welche Weise sie die Quader herauszubrechen hatten. Fieberhafte Arbeit begann, während die messinggelbe Scheibe der Sonne höher kletterte und ihren Rand der scheibenförmigen Wolke entgegenhob. Als die Handwerker das Bohlengerüst errichtet hatten, als Dutzende von Bronzemeißeln klirrten, zogen wir uns zurück. Ocir sagte zu Atlan:

»Es war eine Energieentladungssperre jenseits der Quader. Ich habe ihren Kode angemessen und ausgeschaltet.«

»Gut. Wie lautete der Kode?«

»Eine naheliegende Phrase« antwortete der Mondroboter. »Sie lautete: Barbarenplanet.«

»Wie sinnig. ES hat wohl daran gedacht, daß wir gewisse Anfangsschwierigkeiten haben werden.«

Kleinere und größere Blöcke wurden, nachdem der riesige Quader aus dem Zentrum herausgestemmt worden war, voneinander getrennt und nach außen gezerrt. Oben, unten, rechts und links erweiterte sich der Durchbruch, und trotzdem wagte sich niemand ins Innere. Die Männer arbeiteten hastiger, und plötzlich fingen sie zu summen an, ihre Lippen formten vokalreiche Worte, und plötzlich sangen sie ein Lied im Takt der Arbeit. Die Meißel schlugen den Rhythmus dazu. Schließlich, als die Sonne schon wieder über der lastenden Wolke hing und die unbewegliche Drohung braun zu werden begann, zerrten die Handwerker die letzten Quader von den Rändern des kantigen Eingangs weg und lösten die Knoten; die Balken waren mit dicken Seilen kreuzweise übereinander befestigt.

Wir bückten uns unter der knarrenden Konstruktion und gingen in die Kammer. Unsere Augen brauchten lange, um sich ans Halbdunkel zu gewöhnen. Die Steine dünsteten stinkende Luft aus. Auf drei Blöcken, mehr hoch als breit und in der Mitte mit einer Einbuchtung versehen, lag das Geschoß. Wir musterten es schweigend. Sogar Ptah ließ gewisse Ehrfurcht erkennen. Vor uns lag eine Röhre oder Säule aus grauem, leicht schimmerndem Metall, länger als fünf oder sechs Männer. Sie war so dick, daß selbst Atlan sie nicht hätte umspannen können. Ein Ende lief spitz aus, wie ein stumpfer Dolch, das andere Ende war scharf abgeschnitten. Atlan murmelte:

»Wir haben die Waffe gegen die Wolke. Aber die Anweisungen, wie sie angewendet wird, haben wir nicht.«

»Wir haben sie!« Ocir berührte an zwei Stellen die Oberfläche und ließ zwei Klappen aufspringen. Ich verstand schon längst nicht mehr, was dies bedeutete, und blieb neben dem Schreiber im Hintergrund. Atlan beriet sich leise mit Ocir, der die Klappen zudrückte. Dann wandte sich mein Geliebter an die Arbeiter, die sich an der Grenze zwischen Kammer und Säulen zusammendrängten. Sie verstanden schnell, was er anordnete, und gingen mit Begeisterung an die Arbeit.

Gegen Mittag war auf der breitesten Stelle der Prozessionsstraße ein Gerüst aufgerichtet, an drei Seiten geschlossen. Leitern führten an zwei Stellen auf kleine Plattformen. An einer Seite der Öffnung, der Kammer gegenüber, war das Gestell offen. Während eine Gruppe von fünfundsiebzig Männern die Säule mit Seilen, Traghölzern und Bohlen aus der Gruft herausschleppte und rollte, verstärkten die anderen das Gerüst, das fast zwei Drittel so hoch wie die Säule war. Ich wandte mich an Atlan und fragte:

»Was geschieht jetzt? Ich verstehe nicht, was das alles bedeutet? Säule? Geschoß? Und wer schießt diesen riesigen Pfeil ab?«

Atlan sah, daß Ocir unermüdlich hin und her lief und jede Arbeit überwachte. Er löste seinen Blick von der Säule und meinte:

»Es ist schwierig, das alles zu erklären . . .«

»Versuch es«, forderte ich ihn auf. »Ich frage, wenn ich etwas nicht verstehen kann.«

Ich erfuhr, daß sich das Geschoß senkrecht nach oben entfernen würde, angetrieben von einer schiebenden Kraft, die sich in Flammen und Rauch zeigte, daß es die Ladung im Mittelpunkt der Wolke ausstreuen würde, daß diese Last die Wolke so verändern würde wie Gärung den Traubensaft, aus dem feiner Wein wurde, und daß im Inneren der metallenen Säule ein künstlicher Verstand die Aufgaben übernahm, die ein Bogenschütze hatte, wenn er seine gezielten Pfeile abschoß. Und, so sagte Atlan, ich würde selbst sehen, wie alles ablief. Allerdings fügte er hinzu, daß er selbst nicht völlig sicher sein konnte, daß alles so geschah, wie er es mir erklärt hatte.

»Also wissen wir nichts, bis die Wolke verschwunden sein wird?« fragte ich.

»So ist es. Allerdings brauchen wir nicht zu warten, bis die Wolke verschwunden ist. Schon bestimmte Erscheinungen zeigen uns, ob wir Erfolg haben oder nicht.«

Die Metallsäule wurde bis in die Aussparung geschleppt. Dann richtete man sie mit Seilen, gekreuzten und durch Taue zusammengehaltenen Stangen auf, brachte sie in senkrechte Lage und hob sie. Drei Quader trugen sie, und die unterste Rundung ruhte auf deren Kanten.

Atlans Freund, der keinen Schlaf, kein Essen und auch sonst nichts zu brauchen schien, dieser Mondroboter, hatte die zwei Öffnungen vor sich, drehte an Rädern, schraubte und tat seltsame Dinge. Ich erinnerte mich: Dort, wo ich in tiefen Schlaf gesunken war, hatte ich ein seltsames Wesen gesehen, das aus Metall bestand und wie ein bizarres Skelett aussah. Als ich aufwachte, sah ich anstelle dieses . . . Dinges einen breitschultrigen, gut aussehenden Mann, der alterslos wirkte. Es war Ocir-Khenso, ohne den Atlan nicht mehr leben würde, wie er mir in der letzten Nacht gestanden hatte.

Ocir kletterte von den Bohlen herunter, die unter seinem Gewicht ächzten, kam zu uns und sagte:

»ES hat alles perfekt vorbereitet. Die Rakete steigt, und wenn sie eine dichtere Materiekonzentration feststellt, detoniert sie. In einem Tank, der durch eine Explosion aufgerissen wird, befindet sich eine Myocid-Substanz. Eine Zeituhr kann geschaltet werden. Vorlauf dreißig Sekundäreinheiten arkonidischer Rechnung. Soll ich das Projektil starten?«

Atlan kratzte sich im Nacken, betrachtete seine Fingernägel, dann zog er in Richtung auf Ptah-Sokar ein einigermaßen ratloses Gesicht. Ptah setzte ein listiges Grinsen auf und zeigte, daß er, im Gegensatz zu mir, das Problem verstanden hatte. Er zeigte auf die verzierte Säule.

»Wir sind aufgetreten«, sagte er halblaut im Verschwörerton, »als mächtige Krieger. In den Schriften sind wir geschildert als Retter des Hapilandes und des Restes dieser verflucht nassen, stinkenden und erbärmlichen Welt. Es stünde uns allen gut an, den Funken unbezahlten Ruhmes zu einem sonnengleich lodernden Feuer werden zu lassen. Zünd den Götterpfeil mitten in der Nacht, wenn es nicht stürmt! Laß Flammen und Rauch lodern! Ganz Tameri soll sehen, wie die Krieger des namenlosen Mächtigen die Wolke besiegen.«

Atlan-Anhetes, der Schreiber und ich starrten ihn an wie einen Wahnsinnigen. Er hatte die längste, zusammenhängende Rede gehalten, die ich je von ihm gehört hatte. Seine Wortwahl war zumindest verblüffend gewesen. Jetzt grinste er breit, schlug Atlan und Ocir auf die Schultern und brachte Ocir zum Stolpern.

»Beim langbartigen Hapihecht!« Atlan keuchte. »Du hast es uns allen gegeben, Freund. Eine Rede, die ihresgleichen zwischen dem Meer und dem hundertelften Hapifall sucht.«

»Wahr gesprochen!« stimmte Ocir zu. »Nur, da ist etwas . . . Es mag sein, daß halb Ägypten zusieht. Aber wir selbst sehen dann nicht, ob wir Erfolg hatten oder nicht.«

»Gute Bemerkung. Zünden wir das Ding in der ersten Abenddämmerung.«

»Also in zwei Stunden.« Ocir schien über eine innere Sonnenuhr zu verfügen.

»Einverstanden!« bestimmte Atlan. »Siehst du irgendwelche Probleme, Ocir?«

»Nein. Alle Tests verliefen reibungslos, korrekt, vollständig, zuverlässig und vielversprechend. Absolute Startbereitschaft, Gebie . . . Atlan.«

Ptah deutete halb über die Schulter mit dem Daumen auf ihn und bemerkte finster: »Er hat schon wieder am Henket geschnuppert.«

»Ich glaube«, sagte Atlan nach einer kleinen Weile, »daß ich verrückt werde, wenn dieses Ding nicht bald startet. Wieviel Zeit bleibt noch bis zur Dämmerung, Ocir?«

»Zwei Stunden!«

»Dann«, befahl Atlan, »verteilt das Bier, den Wein, genügend Essen. Wir warten.«

Soldaten und Arbeiter taten nichts lieber, als Atlans Anordnung zu gehorchen. Trotzdem lastete Spannung auf jedem. Das Geschoß stand aufgerichtet zwischen den Holzstücken, um die sich dicke Seilschlingen wanden. Die scharfe Spitze deutete nach oben, direkt ins dunkler werdende Herz der Wolke. Es gelang den Männern, in der Dämmerung das feuchte Holz in Flammen zu setzen. Drei Feuer brannten, und dicke graue Wolken aus Rauch stiegen auf. Jedermann hatte einen Becher oder eine Schale in der Hand; bald würden alle Krüge leer sein.

Ich gab es auf, über die fremden Wörter nachzudenken, die Ocir von sich gegeben hatte. Auch ich trank, während wir warteten. Ohne daß ein Wort gesprochen wurde, näherten sich Handwerker und Arbeiter dem Geschoß. Es schien eine magische Grenze zu geben, denn als alle stillstanden, bildeten sie einen Kreis von zwanzig Mannslängen Radius um den oberen Teil der Prozessionsstraße. Die Sonne war unter der Wolke heruntergekrochen und versteckte sich hinter schwarzen Ballungen und Schleiern. Ocir und Atlan nickten einander zu.

»Eine halbe Stunde!« Ocir stapfte hinüber zum Geschoß. Er erkletterte die oberste Plattform, öffnete und schloß den Verschluß, wiederholte dasselbe eine Plattform tiefer und drehte sich um. Laut wie Donner schrie er:

»Geht alle weg, versteckt euch hinter Zelten, Felsen und nassen Dünen! Wenn ich abermals rufe, duckt euch für zwanzig Atemzüge. Ihr werdet blind, wenn ihr in die mächtige Flamme blickt. Erschreckt nicht, denn es wird ein furchtbares Heulen und Lärmen geben. Der Rauch und die Dämpfe sind aber harmlos. Verlaßt die Schlucht, Freunde!«

Wir zogen uns zurück und suchten Schutz hinter einer kammartigen Felsplatte. Die Sonne versank, die Dämmerung nahm zu, an der Stille rundum änderte sich nichts, während wir mit klopfendem Herzen warteten. Dann rief der Mondroboter seine letzte Warnung. Wieder schien eine kleine Ewigkeit zu vergehen. Ich hob den Kopf über die scharfkantigen Felsen, aber Atlan zog mich schnell wieder nach unten.

Kaum berührten meine Handflächen den Sand, donnerte übergangslos der Lärm los. Die Felsen bebten, die Sandkörner schienen sich in Wasser zu verwandeln. Durch die geschlossenen Lider drang furchtbare Helligkeit. Die Welt um uns herum wollte sich auflösen. In langen Fontänen rieselte Sand über die Kanten der Felsen. Der Donner nahm zu, veränderte seinen Klang; kreischend rasten die Esel davon.

Dann waren wir in stinkenden, dichten Rauch gehüllt. Durch den Qualm sah ich eine Flamme wie jene einer Öllampe, nur umgedreht und heller als die mittägliche Sonne. Die Flamme zuckte und züngelte, stieg höher und höher und wurde schnell kleiner. Der Lärm betäubte uns nicht mehr, als die Flamme den oberen Rand der Schlucht erreicht hatte und in rasender Schnelligkeit weiter stieg. Der Qualm trieb nach allen Seiten davon.

Dann sahen wir alle für einige Augenblicke die metallene Säule. Sie raste, eine lanzenblattförmige Stichflamme hinter sich herschleppend, nahezu senkrecht in den dunklen Himmel. Abermals nahm der Donner an Lautstärke ab. Die Flamme wurde kleiner und gelber, aus dem Krachen wurde ein fernes, schneidendes Geräusch; das Geschoß kletterte weiter, höher, der Wolke entgegen. Ich weiß nicht, wieviel Zeit verging, aber es dauerte lange, bis ich glaubte, folgendes zu sehen: Das Geschoß berührte die Unterseite der Wolke, schoß hindurch, die Wolke schloß sich hinter der mächtigen Feuersäule und riß abermals auf, als das Feuer sie versengte. Unmittelbar danach blendete eine neue Lichterscheinung meine Augen. Die Flamme war gelb und weiß gewesen, an einigen Stellen fast blau, aber dieses neue Licht, einer kleinen Sonne ähnlich, war blauweiß und breitete sich über der Wolke aus, durchstieß mit seiner Leuchtkraft das dunkelbraune Ungeheuer. Dann hörten die Lichterscheinungen und der Nachhall des Donners auf. Unsere Ohren klingelten. Die letzten Schleier des Rauches verzogen sich; zögernd kamen die Männer aus ihren Verstecken.

Zwei Zelte waren umgerissen worden, aber bald brannten Dutzende Fackeln, und Ocir rief uns zu, daß alles vorbei sei.

»Vielleicht«, endete er, »sehen wir heute nacht schon einige Sterne.«

Nur undeutlich sahen wir, daß die Balken und Teile des Prozessionswegs verschwunden waren, schmorend und glimmend im Sand lagen oder geschwärzt dastanden. Einige Arbeiter machten sich mit Fackeln daran, die Esel einzufangen. Trotz des Lärms und der Flammen blieb es um uns herum still. Es kamen keine Menschen aus Waset, um nachzusehen, was vorgefallen war.

»Es ist vorbei.« Atlan zeigte weder übergroße Freude noch verständliche Erschöpfung. Er fiel neben dem Feuer in einen Sessel. Ptah-Sokar näherte sich. Er blickte immer wieder nach oben. Die Dunkelheit war vollkommen. Kein Windhauch regte sich, aber aus Westen schien sich etwas zu nähern. Der Schall trug weit, wir hörten das jammervolle Heulen von Wüstenhunden, das Bellen der Füchse, das Prusten der Tiere im Hapi und jeden Fisch, der sich aus dem Wasser schnellte.

»Ich bin sicher, daß wir Erfolg hatten«, meinte Ocir. »Meine Messungen haben ergeben, daß an einigen Stellen ein Zersetzungseffekt angefangen hat.«

»Sehen wir schon in der Nacht etwas?« fragte ich.

»Kaum. Vermutlich erst um Mittag, wenn die Sonne durch die dünneren Schichten leuchtet.« Ptah-Sokar zuckte mit den Achseln. »Warten wir's ab. Ein paar Stunden ändern den Lauf der Geschichte auch nicht.«

Die Zelte, die der nächtliche Regenguß und der Druck der Flammen umgeworfen hatten, wurden aufgerichtet. Alle Menschen, etwa hundertfünfzig, drängten sich aneinander und verließen den Schutz der qualmenden Feuer nicht. Die Hitze nahm zu, und wir teilten die Hälfte der schwindenden Vorräte. Immer wieder richteten sich die Blicke nach oben. Wir wollten unbedingt das Funkeln eines Sternes oder den schwachen Schimmer des Mondes sehen. Aber Stunde um Stunde verrann, und die Dunkelheit blieb. Weit nach Mitternacht weckte uns ein hohles Sausen. Die Stimmen der Arbeiter riefen wild durcheinander.

»Sandsturm! Ein Orkan aus Sand!« hörten wir. Wieder rissen sich Esel los und flüchteten. Die Soldaten rannten zu den Pferden. Atlan drückte mich zurück aufs Lager und sagte drängend:

»Im Zelt bist du am sichersten, Charis. Ich geh' hinaus.«

Der Sturm aus West heulte und kreischte und brachte ungeheure Sandmassen mit sich. Obwohl er über die Stadt und die Mauern der Tempel hinwegfegte, hatte er, als er die Schlucht erreichte, nichts von seiner brüllenden Wut verloren. Sand prasselte gegen die Zelte, drang durch Ritzen und Löcher, knirschte zwischen den Zähnen. Die Flammen der Lampen flackerten. Die Fackeln der Soldaten wurden nach wenigen Augenblicken ausgelöscht. Das Zelt schwankte, summend spannten sich die Seile, die Stangen knarrten und bogen sich. Das Heulen riß ab, kam wieder, wurde schriller und änderte unaufhörlich seinen Ton. Atlan kroch wieder ins Zelt herein, über und über voller Sand. Er schaffte es fast nicht, die wild schlagende Leinwand zu packen und den Eingang zu verschließen. Er schüttelte den Kopf und spuckte aus.

»Man sieht nichts. Die Luft ist voller Sand. Alles wird zugeschüttet, selbst unsere Zelte.«

Wir warteten schweigend. Stundenlang tobte der Orkan. Die Mengen des Sandes begruben die Zelte halb unter sich; wir merkten es an den straffen Teilen der Leinwand. Irgendwann erwachte ich, weil es totenstill war.

Atlan stand schon am Eingang, zerschnitt den Stoff und kämpfte sich über eine hereinstürzende Welle von Sandkörnern nach draußen. Es war erstickend heiß; der Sand hatte alle Feuchtigkeit der Luft und des Landes aufgesogen. Atlan rutschte und stolperte vor dem halb verschütteten Zelt umher und rief:

»Ptah! Ocir! Aater! Wo seid ihr?«

Die Helfer und die Soldaten schienen mit Sand und Sandstürmen größere Erfahrungen zu haben. An vielen Stellen gruben sie sich, in Decken, Felle und Mäntel gewickelt, aus dem Sand. Eine Fackel loderte auf, und dann begriff ich, daß wir trotz der Dunkelheit gesehen hatten, was uns umgab. Ich hob den Kopf und starrte hinauf zur Wolke.

Noch immer bedeckte sie das gesamte Firmament. Nur über dem Horizont funkelten ein paar Sterne. Breite Streifen durchzogen die Finsternis. Auch dort strahlten blinkend und zitternd Sterne! Durch ein langgezogenes, schleierförmiges Loch sahen wir den Mond. Sein bleiches Licht lag auf dem Sand rings um uns – deshalb konnten wir Einzelheiten entdecken, konnten sehen, was der Sturm angerichtet hatte. Die leidenschaftslose Stimme Ocir-Khensos hallte durch die Schlucht.

»Freunde! Männer! Wir haben die Wolke besiegt. Seht den Khenso-Mond! Die Sterne!«

Die Wolke löste sich auf. An vielen Stellen gab es kleinere und größere Flächen, durch die Sterne leuchteten. Es war, als würde die Wolke langsam zerfallen. Aber noch herrschte Finsternis über uns. Die Schlucht jedenfalls war zu einem Drittel von Sand bedeckt; die Sandmassen hatten neue Dünen geschaffen, völlig unberührt, deren Flanken und Kanten im fahlen Mondlicht glänzten. Atlan sagte mit veränderter Stimme:

»An Schlaf ist wohl heute nicht mehr zu denken. Männer, macht die Gespanne fertig – wir fahren zurück. Schenkt den letzten Wein aus, wenn ihr noch genug Becher findet.«

Bis zum Morgengrauen arbeiteten wir. Die Reste der Zelte wurden abgebrochen, man grub die Gespanne aus, tränkte die Tiere und schirrte sie ein. Es wurde viel geschrien und gelacht. Der Wein und das Bewußtsein, in wenigen Stunden das ganze Ausmaß unseres Erfolgs miterleben zu können, schufen eine fröhliche Stimmung.

»Der Tempel ist wieder in der Vergangenheit verschwunden.« Maliu-Aater zeigte auf die Düne, die sich über dem falschen Grabmal und den Sphingen erhob. Ein Streifen grauer Helligkeit zeigte sich im Osten über dem Wasser. Wir waren bereit, aufzubrechen, aber unsere Unruhe wuchs einem neuen Höhepunkt entgegen. Wir wollten sehen, wieviel noch von dieser verdammten Wolke übrig war. Der nächste Weinkrug flog leer zwischen die Seile und die Zeltleinwand, zerschellte an einem Wagenrad. Jeder hielt einen Becher in den Fingern und wartete.

Die Sonne schob sich hinter der Kulisse des östlichen Ufers hoch: Traurige Palmen, neue Sandverwehungen, nasse Mauern, braune Streifen aus Sandeinschwemmungen im Hapi zeigten sich in trostloser Bewegungslosigkeit. Jetzt prallten die Sonnenstrahlen gegen die Unterseite der Wolke. Schweigend blickten wir nach oben. Unsere Blicke suchten die Unterseite der Wolke ab, bis unsere Nackenmuskeln schmerzten. Die Sonne kletterte, tatsächlich wurden unsere Hoffnungen erfüllt.

»Ihr seid wahrhaftig große Kämpfer«, meinte der Schreiber kopfschüttelnd. Sein Gesicht war in ehrlicher Bewunderung und Ehrfurcht erstarrt. »Schon jetzt sehen alle Menschen im Land, daß die Wolke zerrissen ist.«

Als die Sonne jenseits der östlichen Kante der Wolke verschwand, erschien ihre Helligkeit in Löchern und Rissen über uns. Die westlichen Kanten und Wolkenschründe lagen im Licht waagrechter Strahlen. Immer mehr blaue Flächen tauchten auf – wir sahen endlich den Himmel über der Wolke. Es war, als würde sich schmutziges Wasser klären. Loch um Loch erschien, die Öffnungen flossen quälend langsam ineinander über. In winzigen Abschnitten verschwand die Dunkelheit vom Land. Atlan riß sich von dem Anblick los und ordnete die Rückfahrt an.

»Und nun habe ich eine Botschaft für euch«, entschloß sich der

Schreiber mit strahlendem Gesicht zu offenbaren. »Du weißt, daß in Waset der Pharao des Südens herrscht, des Landes der Biene. Eine Barke ist für euch bereit – sie wird euch ohne Strapazen nach Djanet bringen. Die Herrscher haben sich entschlossen, ihren Unfrieden euretwegen zu vergessen.«

»So wird es geschehen!« Ptah-Sokar stimmte lachend zu.

Gespanne und Reiter setzten sich in Bewegung. Atlan und seine Freunde verabschiedeten sich, indem sie jedem Bauern, Helfer und Handwerker auf die Schulter schlugen oder sein Handgelenk schüttelten. Die Männer jubelten, bis wir hinter den Felsen verschwanden und den halb zugewehten Pfad erreichten. Ich drehte mich um und warf einen letzten Blick in die Schlucht. Sie lag da, als sei nichts geschehen. Der Sand, der das Land beherrschte, hatte wieder seine Herrschaft angetreten, die aus ferner Vergangenheit bis in die weite Zukunft reichte.

Wir erreichten die Barke gegen Mittag. Da wir jede noch so winzige Einzelheit zu deuten versuchten, sahen wir uns gründlicher als sonst um. Der Extrasinn kommentierte, der Robot speicherte einige neue Daten. Die Lichtmenge unter der fleckigen Riesenwolke nahm mit jedem Sonnenaufgang zu; oft brachen gigantische Balken Sonnenlichts schräg durch Löcher und Spalten und badeten den Boden mit Licht und Wärme. Wir sahen auf dem Weg stromab viele Menschen, die Sand aus den Kanälen schaufelten, in den erbärmlichen Feldern stocherten und uns scheue Blicke zuwarfen. Die Ruderer trieben die kiellose Barke über Lehmbänke und versuchten, in der Mitte des Stromes zu bleiben, den zahlreiche Binsenboote und Transportschiffe bevölkerten.

Das Leben am Hapi, sagte der Logiksektor, *wird sich schnell erholen. Die Menschen brauchen Zeit, um sich an den neuen Zustand zu gewöhnen. Sie sind arm, abergläubisch und von solchen Katastrophen bis ins tiefste Mark getroffen; die Sonne bringt für sie alles Leben zurück.*

Die Barke lag am sandverwehten Kai von Hut-Repit. Drei Ruderer und der Steuermann standen auf dem Deck, die Riemen waren senkrecht gestellt. In diesem Augenblick stach eine Lichtsäule herunter, badete die Barke, einen Teil des Hapi, die Gebäude der kleinen Siedlung und sandige, vertrocknete Gärten in strahlendes Licht. Einige Gespanne bogen auf die Hafenanlage ein. Vier Männer standen neben der Laufplanke der Barke. Die Reiter sprangen aus den Sätteln. Nur Maliu-Aaters Gespann polterte weiter, an den Männern vorbei.

»Halt!«

Drei magere Priester fröstelten neben der Barke. Ein pharaonischer Beamter, der die Siegel des Großen Hauses von Waset trug, kam auf uns zu. Die Soldaten packten wortlos den Rest unserer Ausrüstung und verstauten sie im Bauch des Schiffes. Kapitän Nestor begutachtete ihr Tun mit der Miene eines verärgerten Adlers.

»Ein böses Fieber warf den Herrscher auf das Krankenlager«, sagte der Tatji. »Sonst stünde er hier. Man sagte, daß ihr schnell zurück nach Djanet wollt; er schickte mich. Überall im Land der Biene warten ausgeruhte Ruderer mit starken Muskeln auf euch.«

Ocir-Khenso deutete zum Himmel, in dem unser Adler lautlos kreiste, und rief laut: »Ihr seht, daß die Sonne wiederkommt. Nach dem Sepedetfest wird auch die Erinnerung an die Wolke verschwunden sein.«

Die Priester des Amûntempels näherten sich demütig, während die Soldaten die Gespanne wegführten und der Schreiber die pharaonische Standarte vom Wagenkorb löste. Wir erhielten überschwengliche Worte des Dankes, und inzwischen starrten einige hundert Frauen und Männer zu uns herüber. Es war eine gewaltige Menge Arbeit, alle Schäden in diesem Gebiet zu beseitigen. Die Priester segneten unsere Abfahrt mit feierlichen Gesten und erhobenen Armen. Ptah-Sokar sprach zu den Soldaten, die den langen Weg mit ihren Gespannen zurücklegen würden, kameradschaftliche Worte der Anerkennung. Der Schreiber sprang an Deck und rief einige Kommandos.

»Allen Ernstes«, sagte ich und umarmte Charis, »wir sollten die Fahrt flußabwärts als Erholung betrachten.«

»Und als Vorbereitung für das zweite Geschoß und die nächste Wolke im Zweiströmeland«, schaltete sich Ocir ein. »Wir haben erst neun Komma nullneunnullneun endlos Prozent unserer Aufgabe erledigt.«

»Noch zehn Wolken!« stöhnte Ptah. »Es war ein voller Erfolg, aber auch eine höllische Strapaze.«

Wir waren, ohne genügend lange Anpassungszeit, zu schnell aufgebrochen. Ich wartete auf den nächsten Kommentar von ES, der uns zum Erfolg beglückwünschte. Trotz aller Befriedigung, die ich fühlte, war ich viel zu müde, um richtig reagieren zu können. Eine Handvoll Tage würden wir auf dem Strom verbringen, von Ruderern bedient und in angenehm schläfriger Reise, bis wir im Haus nahe Djanet waren.

Dort begann das nächste Abenteuer; ebenso die Versuche, uns auf dem Barbarenplaneten besser zurechtzufinden. Die Zeit verstrich angenehm langsam, in zunehmender Helligkeit und Wärme, und je mehr wir uns dem Wadj-Wer, dem Großen Grünen Meer, näherten, desto intensiver wurde jede Schattierung des Grüns, und je besser roch es. Die Ruderer, jeweils fünfzehn auf jeder Seite der Barke, handhabten ihre Riemen mit der Gleichmäßigkeit von Maschinen. Der hochgekrümmte, binsenblütengeschmückte Bug der Barke durchschnitt die kleinen Wellen und wurde von den Steuermännern geschickt um alle Wirbel und Sandbänke herumgelenkt.

Zuerst schliefen wir lange, dann nutzten wir jeden Sonnenstrahl, um unsere Körper zu bräunen. Si-Amûn hatte den Sklavinnen befohlen, uns zu massieren, uns jeden Wunsch von den Augen abzulesen, mit Musik, Gesängen und klugen Gesprächen zu verwöhnen; sie hielten sich daran. Je länger wir dahinfuhren, desto häufiger erhellte die Sonne alles Land. Unser Sieg war anscheinend vollkommen.

Auf weichen Fellen und Decken lagen Charis und ich im Schutz des Bugkleids. Nestor beaufsichtigte die Steuermänner. Charis betrachtete mit schläfrigen Augen Ptah-Sokar, der mit seiner Lieblingstänzerin schäkerte, und flüsterte:

»Ich habe mir so manches durch den Kopf gehen lassen, Atlan. Ocir-Khenso ist kein Mensch. Was ist er?«

Ich mußte ihr die Wahrheit sagen; sie war zu klug, um sich mit nebulösen Halbwahrheiten zufriedengeben zu wollen. Ich berichtete, was ein Robot war, kleidete dies in verständliche Worte und wortreiche Erklärungen und schloß:

»Wenn Ptah und ich längst erschöpft taumeln, arbeitet er noch immer. Er ist stark wie zehn Männer. Und er sieht Dinge, die unsere Augen nicht sehen können. Er wird es am Ende sein, der die schwierigsten Aufgaben meistert. Er wird dich besser beschützen, als ich es könnte.«

Warum plötzlich so wahrheitsliebend, Arkonide? spottete der Extrasinn. Ich ignorierte den Einwand geflissentlich. Meine Finger streichelten Charis' Nacken.

»Ich kann ihm vertrauen?«

»Völlig«, antwortete ich. Wieder breitete sich kalte Lähmung in meinem Verstand aus. Ich war sicher, daß ES sich bald melden würde. Ich täuschte mich nicht: Daran, daß plötzlich Ptah halb erstarrte und Charis sich verkrampfte, merkte ich, daß die Botschaft auch an die anderen »menschlichen« Partner dieses planetenweiten Spiels gerichtet war.

Ihr habt miterlebt, wie ich eure Mission vorbereitet habe. Die pilztötende Substanz in den Explosionstanks des Geschosses breitete sich mit Höhenströmungen und entlang von Linien thermischer Effekte überraschend schnell aus. Euer nächstes Ziel ist das Zweiströmeland; die Unterlagen werdet ihr in Djanet finden. Dort müßt ihr die »Säule des Tiglatpilesar« finden. Ihr habt gut gearbeitet: die Eile, die ich verlangte, ist leider gerechtfertigt. Nach dem Land am Idiglat und Buranun wird euch der Weg an den Großen Namenlosen Strom führen. Dort starb die Stadt Malemba; dadurch, daß Handwerker zu Nomaden wurden, gerieten alle kulturellen Erfahrungen in Vergessenheit. Haltet euch nicht lange in Djanet auf. Ein Boot, ein getarnter Gleiter, wartet auf euch!

Diesmal verschonte uns ES mit seinem markerschütternden Gelächter. Ich schüttelte den Kopf und sah Ptah an. Er machte mir ein knappes Zeichen. Auch er hatte begriffen.

Vergiß nicht, die gröbsten Spuren eurer Tätigkeit zu beseitigen, meinte der Logiksektor. Ich verstand den Einwand: Aufzeichnungen in Tempeln, Bildwerke an Mauern, alle denkbaren Dinge, die wir verloren, verschenkten oder zurückließen, Wissen und Kenntnisse, die wir weitergaben . . . es würde Spuren geben, wenn auch nicht solch auffallende wie die Säulen der Ewigkeit; damals.

Ich winkte Ocir-Khenso zu, der vor fünf Stunden den Steuermann abgelöst hatte. Er hob lässig den Arm. In den Fingern hielt er einen hölzernen Becher mit breiten goldenen Reifen. Von Zeit zu Zeit führte er die Öffnung des Bechers an seine Nase. Verwirrt schüttelte ich den Kopf und setzte mich neben Charis aufs sonnenüberstrahlte Vordeck. Wir befanden uns weit außerhalb der Wolke. Die Reste ihres Randes hingen wie riesige Spinnweben über dem Land, wie ein Netz mit unregelmäßigen Maschen, durch die weiße Wolken segelten.

»Unser rätselhafter Herrscher behandelt uns mit Verständnis und Milde«, knurrte ich.

»Angesichts der Aufgabe durchaus richtig«, meinte Charis. »Du kennst die nächsten Schritte?«

»Ich kenne sie«, sagte ich. »Hoffentlich stellt sich bei uns bald die Kenntnis der Sprache ein, die wir in wenigen Tagen sprechen sollen.«

»Es ist die Sprache des Zweiströmelandes?«

»Ja. Die Sprache Akkads«, sagte ich. »In unserem Gepäck finden wir alle Informationen über Tiglatpilesars Säule.«

»Ein Mittel, um uns von der Angst zu befreien, finden wir dort sicher nicht«, meinte Charis. Sie hatte recht. Kaum sahen wir die ersten Erfolge, baute sich vor uns schon der Schatten des nächsten Abenteuers auf: Akkad zwischen den Strömen. Am Abend kamen die Außenbezirke von Djanet und unser Gutshof in Sicht. Tabarna und ein paar unserer Ruderer hatten mit Teilen der Ausrüstung und der Hilfe von Dienern, Sklavinnen und Sklaven in den wenigen Tagen das Haus und die Umgebung in einen Bereich blühenden Lebens verwandelt.

Das Verhängnis, das sich in der ersten Phase der Ereignisse auf das Krankenhaus und dessen vollcomputerisierte Überwachung fast aller Funktionen konzentrierte, kam lautlos und schnell; für lange Zeit war es nicht klar zu erkennen. Um Mitternacht zeichnete sich der erste Zwischenfall ab. Die erste Störschaltung von MASTERCONTROL löste internen Alarm aus. Der Grund schien das simple Versagen einer Speichereinheit zu sein. Techniker mit Prüfrobotern schwärmten aus. Prüfprogramme wurden gefahren. Niemand erkannte, wie groß und tödlich das Problem wirklich war: Tödlich für Atlan.

Ein gezielter EMP-Impuls schlug aus dem Weltraum hinunter auf Gäa und suchte sich seinen Weg in die richtigen Speicher. Der Elektro-Magnetische Puls besaß die Stärke von mehr als 50 000 Volt pro Meter; man kannte diese Erscheinung als »Compton-Effekt«. Die vollcomputerisierten Speicher veränderten die Qualität ihrer Informationen unter dem Eindruck des gesteuerten EMP. Unmittelbare Folge für das Material, mit dem die Rechner arbeiteten, war: Nein verkehrt sich in Ja, aus Plus wurde Minus, aus Positiv Negativ – MASTERCONTROL löste Alarm aus. Damit dem wichtigsten Patienten kein Schaden entstünde, wurde MEDO-CONTROL augenblicklich aus dem Rechnerverbund genommen.

Die Packungsdichte der Speicher war ungewöhnlich hoch. Die meisten Anlagen waren mit inerten Verbindungskabeln verbunden, so wie die Strecke Intensivstation: Aescunnars Forschungsstelle. Da bereits natürliche Radioaktivität von Boden und Luft Informationen beeinflussen konnte, waren Speicher und Rechner schwer isoliert. MASTERCONTROL stellte fest, daß sich die Speicherinhalte veränderten, und fuhr ein Prüfprogramm. Fast in Lichtgeschwindigkeit erfolgte die Bestätigung. Ebenso schnell stellte die oberste Einheit des Computer-Verbundes fest, daß sämtliche positronischen Rechner befallen waren. Einen Sekundenbruchteil später erfuhr MASTERCONTROL, daß die EMP-Impulse die Speicher und in der Folge davon die Rechner und deren Programme bewußt und gespenstisch zielgenau manipulierten. Wer manipulierte? Und warum? Noch gab es keine Erklärung.

MASTERCONTROL handelte mit entsprechender Geschwindigkeit. Nach dem Alarm wurden alle Rechner wie GÄA-CONTROL, DATOSPITAL, PERSONAL-SECTION und andere abgeschaltet, um chaotische Zustände erst gar nicht entstehen zu lassen. An Tausenden von Terminals flammten Warnlichter auf. Auf Bändern gespeicherte und daher unveränderliche Schriften erschienen auf den Bildschirmen. *Störungsalarm! Sämtliche Speicherinhalte in Gefahr!* Noch bevor die Techniker zu handeln vermochten, lieferten sich die Hauptrechner einen lautlos-bedeutungsvollen Dialog; dafür verwendeten sie die ihnen noch verbliebenen Restkapazitäten.

MEDO-CONTROL: Input: GÄA-CONTROL teilt mit: Radioaktive Strahlungen, die auf Luftmoleküle trafen, setzten einen Elektronenstrom frei. Das Magnetfeld Gäas lenkte sie auf die Oberfläche des Planeten ab. Bisher werden nur Speicher betroffen. GALAX-SPEED berichtet, daß betreffender Bibliotheksspeicher fast gelöscht wurde. Konfliktsituation baut sich auf. Kapazität MEDO-CONTROLS wird für Überwachung der Lebensfunktionen Atlans benötigt, desgleichen Speicherinhalte. Störschaltung von MEDO-CONTROL wird rückgängig gemacht. Output: Frage an MASTERCONTROL: Widerruf Störabschaltung dringend erforderlich. Durchführung möglich?

Input: von MASTERCONTROL: Atlan erzählt seine Erinnerungen, befindet sich also auf dem Weg der Besserung. Priorität Atlan nicht voll gegeben. Restkapazität MEDO-CONTROLS muß für andere Aufgaben verwendet werden! Output: an MASTERCONTROL: MEDO-CONTROL definiert Übermittlungsfehler. M-C arbeitet weiter wie bisher.

Priorität Arkonide Atlan absolut. Input: an MEDO-CONTROL: Warteposition bis zu nächster Information einnehmen. end.

MASTERCONTROL schickte nach Verarbeitung dieser Informationen einen Hilferuf an den obersten Chefkonstrukteur Rogier Chavasse. Über MEDO-CONTROL vergewisserte sich der Rechner, daß Atlan noch unter der Hyper-Modulierten-SERT-Haube lag und seinen Heilungsprozeß vorantrieb, indem er seine bisher von ES blockierten Erinnerungen preisgab. Die Bestätigung traf ein. Inzwischen schalteten die Rechner des Verbundes mehr und mehr fehlerhaft arbeitende Speicher ab.

Chavasse, gut einhundertzweiundzwanzig Jahre alt, kauerte in seinem Sessel, hielt zögernd den Lichtgriffel in den Fingern, starrte die Tastatur des Terminals an und fragte sich, was zum Teufel denn schon wieder in den Eingeweiden der Rechner gärte. Er hatte den Rechnerverbund mit anderen Spezialisten zusammen eingerichtet, kannte daher die Maschinen und mochte sie nicht. Das einzige an ihnen, das er mochte, war Subconscious-Center, sozusagen das »Zentrum des Unterbewußtseins«. Mit Sub-C-Center unterhielt er sich gerade. Die Unterhaltung lief über Keyboard-Tastatur, Mikrophone und Lautsprecher, über Bildschirme und Printmonitoren.

»Ich merke, daß immer mehr Kapazität verlorengeht. Das führt letzten Endes dazu, daß ihr alle euren Laden zusperren könnt«, sagte er. Sofort kam die Antwort.

»Der EMP-Schock erfolgte gezielt. Etwas, das Bibliotheken auslöscht, hat es auf Gäa abgesehen.«

»Was sagen die Wartungswissenschaftler? Blöde Umschreibung für Computertechniker!« Er knurrte und erinnerte sich nur zu gut daran, daß vor allzu kurzer Zeit auch er von den Maschinen gerettet worden war. »Was sagt MASTERCONTROL?«

»MASTERCONTROL befiehlt MEDO-CONTROL, die Tätigkeit einzustellen. Das wäre, sagt MEDO-CENTER, wahrscheinlich ein schwerer Rückschlag oder der sichere Tod für den Arkoniden. Die Wartungswissenschaftler sagen, daß nur du den Überblick hast. Sie hoffen auf deine Lösung.«

»Genau«, fauchte Chavasse cholerisch. »Wie immer: Ruft Rogier, wenn niemandem mehr etwas einfällt. Gib mir deinen Computer-Chef.« Er meinte eine direkte Verbindung zu MASTERCONTROL. Subconscious-Center gehorchte. Für derlei Schaltungen kamen die Rechner mit Bruchteilen ihrer schwindenden Kapazität aus. Der holografische Schriftmonitor summte: *Unklarheiten, Chavasse?*

»Mehr als das. Was sagt dein internes Prüfprogramm?«

»MEDO-CENTER verweigert die Annahme meiner Befehlsschaltungen!«

»Gibt es andere Probleme dieser Größenordnung?«

»Tifflor beschwert sich schriftlich. Sein Gehaltskonto befindet sich in heilloser Unordnung. Alle Buchungen sind fehlerhaft. Viele Raumfahrer monieren denselben Tatbestand.«

»Eine ernsthafte Schwierigkeit«, brummte Chavasse. Dieses Symptom sagte ihm als intimem Kenner der vielfältigen Verflechtungen, daß der Zerfall des Computerverbundes einen vorläufigen Höhepunkt erreicht hatte. Er wählte eine Adresse und starrte auf den Bildschirm.

COMMERCIAL-CONTROL, Ref. 07 22 2.131 Kode Brownstone n. Welche Auskunft?

»Kontenübersicht Rogier Chavasse!« Auf dem Bildschirm erschienen Zahlenreihen und Ergebnisse. Es waren die Soll- und Haben-Buchungen seines eigenen Kontos. Mit einem Blick erfaßte er, daß dort ein Chaos herrschte, das buchstäblich seinesgleichen suchte. Er kicherte voll sarkastischen Vergnügens und flüsterte:

»Welch eine Vorstellung! Das gesamte NEI und der Planet Gäa verharren in Zahlungsunfähigkeit! MEDO-CENTER!«

Fragen?

»Warum verweigert MEDO-CENTER den STOP-Befehl MASTERCONTROLS?« sagte Chavasse. Sofort erhielt er die Auskunft:

MASTERCONTROL kontrolliert alles. Mit dem Rest Kapazität, über die ich verfügen kann, muß ich das Überleben Atlans sichern. Soeben hat Atlan begonnen, ein neues Erlebnis zu berichten. Eine Unterbrechung dieser Erzählung kann erfahrungsgemäß tödliche Folgen haben. Die Priorität für das Überleben Atlans wurde vor mehr als einem Monat mit Faktor 10 hoch minus 20 angesetzt. Bis zur Klärung der schwindenden Speicherinhalte wird sich MEDO-CENTER aus dem Verbund schalten und sein Überleben sichern.

»Verstanden«, sagte Chavasse zur Maschine. »Mit einiger Wahrscheinlichkeit greift jemand oder etwas aus dem All ein und löscht Speicher. Und dabei nimmt es in Kauf, daß Atlan stirbt.«

Hohe Wahrscheinlichkeit für die Richtigkeit dieses Statements.

Mitten im Ablauf des internen Prüfprogramms schrillten Glocken, heulten Sirenen, erschienen leuchtende Schriften auf den Bildschirmen. MASTERCONTROL schrieb: ICH WERDE ABGESCHALTET. JEMAND ODER ETWAS MANIPULIERT MICH, DENN . . . Aus.

Fluchend stellte Rogier Chavasse fest, daß trotz seiner exzellenten Ideen der tote Punkt erreicht war. Zwar bedeutete diese Abschaltung, daß nicht alle Computer des Verbundes gestört waren – aber mit Sicherheit waren viele Informationen für lange Zeit nicht mehr verfügbar. Eine Idee, nicht faßbar und vage wie ein Nebelstreif, zeichnete sich irgendwo in seinen Gedanken und Erinnerungen ab. Mitten in der Revolution der Sub-Computer gegen ihren Herrn, MASTERCONTROL, hatte eine übergeordnete Macht eingegriffen. Oder war es ein Blackout der Energieversorgung? Chavasse griff nach der Tastatur des

Interkoms und verlangte den Wachterminal neben Atlans Abteil in der Intensivstation.

»Hier Chavasse«, sagte er, nachdem das computerisierte Gerät nach siebzehn Fehlverbindungen endlich in den gewählten Raum schaltete. »Wer hat heute Nachtwache?«

Er sah vor sich die müden, angespannten Gesichter von Ghoum-Ardebil und Scarron Eymundsson, der Freundin des genesenden Arkoniden, dazu Drigene und Sarough Viss.

»Ihr wißt«, fragte er, »was los ist? MEDO-CONTROL verteidigt mit dem Rest Kapazität das Leben deines Freundes, Scarron.«

»Bis soeben. Gerade sind die Notaggregate angesprungen.«

»Ich weiß. Laßt ihn weitersprechen und vergeßt für einige Zeit die Überwachung. Atlan müßte inzwischen so weit wiederhergestellt sein, daß er eine Stunde oder zwei überlebt. Alle mechanischen Anlagen wie Pumpen, Radiatoren und Gebläse funktionieren.«

»Du weißt, daß er eben mit einem neuen Bericht angefangen hat?« flüsterte Scarron aufgeregt. Cyr Aescunnar schaltete sich über eine akustische Leitung dazu.

»Ja. In welchem Jahrhundert befindet er sich?« sagte Chavasse. Aescunnar antwortete:

»Das Mittelmeer-Inferno fand etwa fünfzehnhundert vor Christus statt. Wir haben noch zu wenig Anhaltspunkte, aber ich schätze, daß seine Geschichte rund eintausend Jahre vor der Zeitenwende in Zentralafrika angefangen hat. Ich habe Angst, daß die Bänder gelöscht werden. Scarron könnte vielleicht alles in Kurzschrift übertragen?«

»Eine vorzügliche Idee«, lobte Chavasse grimmig. Scarron und Oehmchèn schüttelten die Köpfe. »Ich melde mich wieder, wenn ich helfen kann. Klar?«

»Danke, Rogier!«

Es war exakt um 23 h 59 m 45 s, am 29.10.3561: Sämtliche Positroniken des riesigen Verbundnetzes hörten zu arbeiten auf. Mitten in der Nacht bemerkten nur wenige Menschen das Chaos. Alternativen für die manipulierten Rechner gab es nicht; fiel MASTERCONTROL aus, waren nicht nur das Leben Atlans, sondern auch der lückenlose Ablauf aller Funktionen gefährdet, auf die sich das Neue Einsteinsche Imperium und der Planet Gäa stützten. Noch konnte Rogier Chavasse seinen Einfall nicht gedanklich festhalten, und noch lange konnte er ihn nicht verbalisieren. Und jede Sekunde vergrößerte das Unheil.

Rogier Chavasse verfluchte vom Abakus über Pascual, von Norbert Wiener über die Erfinder des Mikrochips, vom Zentralplasma der Hundertsonnenwelt bis zu NATHAN alles, das auch nur entfernt etwas mit Rechenmaschinen zu tun hatte. Dann holte er eine verbogene, in Folie verpackte Zigarre aus der Brusttasche hervor, riß eine Klappe der Pultverkleidung auf und erzeugte einen Lichtbogen, an dem er das dünne schwarze Ding entzündete. Er rauchte es entgegen dem Rat der

Ärzte und MEDO-CONTROLS. Aus Qualmwolken, von denen die Klimaanlage fast überfordert wurde, schien sich wie von Geisterhand sein überraschender Einfall zu manifestieren.

»Glücklicherweise ist es nicht die Logik der Maschinen«, brummte Chavasse, »die unser Leben beherrscht. Das Ganze ist entschieden mehr wert als die Summe aller seiner verfluchten positronischen Teile. Positron hat nichts zu tun mit positiv! Ha! Eine Herausforderung!«

Er lehnte sich zurück, legte seine Finger auf die Tasten und begann zu arbeiten. Nur er kannte die verborgenen Schaltungen, und die meisten gehorchten seinen flinken, dürren Greisenfingern. Während er nachsann, prüfte, rechnete, kontrollierte und den unsichtbaren Gegner zu fassen versuchte, sprach Atlan weiter.

4.

Ocir lehnte sich an die Seitenwand des geräumigen Bootes, einer stilgerechten Kopie eines Schnellruderers, und blickte mich mit täuschend echten, dunklen Augen an. Nur ich und vielleicht Charis waren in der Lage, ihn von einem Planetenbewohner zu unterscheiden.

»Du weißt, daß Charis, wenn sie Zeit hat, Erlebnisse und Gedanken niederschreibt?«

Ich hob die Schultern, registrierte, daß der Mondroboter den Großteil unserer schweren Ausrüstung bereits im »Boot« verstaut hatte, nickte und antwortete:

»Auf meine Shafadu-Folien, die im Stahlkrug zusammengerollt sind. Warum nicht? Sie fürchtet, daß sie wieder alles vergessen muß.«

»Pah!« murmelte Ocir. Seine künstliche Stimme besaß eine erstaunliche Ausdruckskraft. »Ich erinnere mich besser und weiterreichend als jeder von euch. Atlans Erinnerungen sind photographisch genau. Dazu kommen Karten, Bilder und die Ausrüstung. Überdies entscheidet ES, woran wir uns erinnern dürfen und woran nicht. Ich habe präzise Erinnerungen über jeden Tag, den Atlan auf der Barbarenwelt verbracht hat. Diese Erinnerungen gestattet ES uns.«

»So ist das also«, brummte ich nach einer Zeit des Überlegens. »Wußtest du, daß sie in Akkad schon eiserne Waffen haben?«

»Einzelne Waffen und Werkzeuge kommen mit Hatti-Karawanen. Auch Handwerker holen sie aus dem Reich der Hatti«, sagte Sa'Valer zu Nestor und den Ruderern. »Ob die Gerüchte von unserer Ankunft Akkad schon erreicht haben?«

»Ich bin sicher, ES wird dafür gesorgt haben«, sagte ich und glaubte es selbst.

Vieles hatte sich für uns geändert in der Handvoll von Tagen, die wir wieder nahe Djanet wohnten. Ausgeruht, satt und zufrieden mit dem Erfolg, beschäftigten wir uns mit der Mission in Akkad und deren Fortsetzung. Der Pharao überschüttete uns mit Dankesbezeigungen. Wir, Kapitän Nestor und die drei kundigen Männer aus den Hafenstädten hatten Bilder und Karten genau studiert und kannten jeden Schritt des Weges ebenso genau. Unser Aufbruch stand kurz bevor; wir würden uns unbeobachtet davonstehlen. Was wußten wir von Akkad? Nicht viel. Ich war der einzige, der sich Akkad, Sumer, Hammurabi und viele, vieles andere entsann – aber wenn ich heute dieses Land betrat, würde sich alles verändert haben. Wie lauteten meine mühsam zusammengesuchten Informationen?

Der Nachfolger Tiglatpilesars war ein schwacher Regent, die Aramäer faßten zusehends Fuß im Land aus Wüste und fruchtbarem Schwemmland, und die Wolke, kleiner als jene über dem Land am Hapi, lag südlich Akkads, bis weit über Susa und dem großen Golf des Meeres.

»Warten wir ab«, sagte ich und schlug vor: »Versuchen wir, herauszufinden, wie ES diese wunderbaren Dinge herstellt und hierher schafft.«

Ocir-Khenso lachte laut auf und entgegnete:

»Wir werden vielleicht die Wolken besiegen, o Kapitän der Zeit mit gefärbtem Haar, aber das finden wir nie heraus.«

Wir grinsten uns verlegen an und gingen zurück zu Nestor und Charis. Das Boot, das in Wirklichkeit ein Gleiter war, hatten wir einige tausend Schritte von unserem Haus entfernt in einer zerfallenden Scheune gefunden. Inzwischen waren wir mit Waffen und Ausrüstung vollkommen vertraut, ebenso wie mit der Kleidung, den Bräuchen dieser Zeit und unserer eigenen Kraft. Unsere Nerven waren erregt; es schien fast, als ob wir dem Abenteuer mit gewisser Neugierde entgegensehen würden. Charis und ich gingen den Männern entgegen. Mein Arm lag um ihre Schultern. Ich war sicher: Jede unserer Bewegungen und der Ausdruck unserer Gesichter strahlten stilles Glück aus.

Um mich versammelten sich alle Dienerinnen, Tänzerinnen und die schwarzhäutigen Sklavinnen aus Kush und Wawat. Nicht daß ich mehr als nur flüchtigen Neid oder vielmehr Bewunderung verspürte – aber so war es. Charis goß einen Finger hoch frisches Bier in einen Becher, den zweiten füllte sie bis zum Rand. Gierig versenkte Ocir seine Nasenöffnungen in den Becher.

»Morgen früh? Oder heute nacht? Oder übermorgen?« sagte ich. Wir ließen uns in leinenbespannte Sessel fallen. Der Stoff knirschte unter dem schweren Körper Ocirs.

»Wir können nach den Sternen navigieren«, schlug Ocir vor.

»Ich kann es – du kannst es besser.«

»Mit welcher Zuverlässigkeit?« Charis schien meiner Selbstsicherheit nicht ganz zu trauen. Ohne beleidigt zu scheinen, sagte Ocir nach einem fauchenden Geräusch, mit dem er die Luft einsog:

»Mit mehr als neunundneunzig von hundert Teilen, Charis. Ich bringe uns sicher bis an die Stelle, an der wir in Akkad erscheinen. Alles andere kann dein Geliebter besser.«

»Einverstanden!« Ich knurrte und hielt die Sicherheit Ocirs für selbstverständlich. »Morgen nacht. Überdies ist der Mond fast voll. Wir haben gutes Licht.«

Es gab kaum etwas zu tun und wenig zu sagen. Sa'Valer, der Seefahrer aus Gubla, blieb mit fünf Ruderern und bewachte das Haus und die AXT DES MELKART. Nach Mitternacht schlichen wir uns davon, einer nach dem anderen, voll ausgerüstet und bewaffnet, als zögen wir in den Krieg. Durch wehende Vorhänge, unter Schilfdächern, entlang des Plattenwegs und am Teich voller Seerosen entlang, dann auf den schmalen Weg zwischen dem Hirsefeld und dem Korn, dessen Halme sich wispernd aneinander rieben. Weißes Mondlicht lag auf allem, scharfe Schatten zeichneten sich ab. Ocir führte uns; er bewegte sich mit der gelassenen Sicherheit eines nachtjagenden Tieres.

Die Umrisse des Schuppens tauchten auf. Wir rissen einige morsche Binsenmatten zur Seite, schalteten winzige Lichter ein und kletterten in das Boot. Es sah aus wie aus Leder, Holz und Binsen gefertigt, aus Brettern und bronzenen Verbindungen. Ocir klappte eine Art Kiste auf, hantierte an Hebeln und schob das Gleiterboot langsam nach vorn, ließ es einige Handbreit aufsteigen und rammte eine weitere Matte nieder. Dann waren wir frei, stiegen auf die Höhe eines Bogenschusses und schwebten nach Südosten. Klick. Über dem Boot spannte sich eine längliche, durchsichtige Blase. Das Summen und Fauchen des Fahrtwinds hörte schlagartig auf. Der Mondroboter sagte:

»Ich bringe uns bei der Morgendämmerung bis kurz hinter den See bei Rapiqu. Dort werden wir unsere Reise im Fluß fortsetzen.«

»Ausgezeichnet«, lobte ich. »Sieh dich vor, daß du nicht mit mythologischen Vögeln zusammenstößt.«

»Es ist schwer, darauf eine gute Antwort zu geben«, meinte Ocir verdrossen. Er ließ das summende, vibrierende Gleiterboot höher klettern und schlug über der Wüste fast genau Ostkurs ein. Zu meiner Überraschung sagte Charis übergangslos nach einer Weile:

»Die Stunde heißt in der Sprache des Rômetlandes die ›Vorübergehende‹. Das Jahr ist ›das sich Verjüngende‹. Die Menschen kennen nur die Sehnsucht nach einem Jenseits nach ihrer Zeit. Ihre Götter leben unmittelbar in ihrer Zeit. Wir haben wohl eine andere Ansicht darüber, zumal, wenn ES uns wieder einschläfert.«

»Leider muß ich dich verbessern.« Ich antwortete nachdenklich. »Djet und Nechech bezeichnen in den liturgischen Gesängen Vorgänge, die sich ständig wiederholen – also Sonnenaufgänge, einen neuen Gottesherrscher, Geburt und Tod –, oder solche Ereignisse, die zur Vollendung gekommen sind. Nechech bedeutet die Ruhe dessen, das vollendet ist, ein ewiges Morgen. Dies dürfte unseren Überlegungen wohl am nächsten kommen.« Nach einigen Atemzügen fuhr ich fort: »Aber in den nächsten Jahren dürften sich Bauern, Fischer und Schreiber mit weitaus trivialeren Fragen beschäftigen. Und in wenigen Stunden sind unsere Probleme nicht weniger alltäglich und von tiefsinnigen Erörterungen so weit entfernt wie von Si-Amûns neuem Tempel.«

Mit mäßiger Geschwindigkeit flogen wir in sicherer Höhe über Sandflächen und Dünen, über vegetationslose Hänge und niedrige Berge hinweg, sahen unter uns winzige Löwenrudel und die breiten Rücken weniger Elefanten; die ersten Berge tauchten auf, namenlos leeres Land lag unter uns, das nur aus Mondlicht und tiefschwarzen Schatten bestand. Nach der ersten Hälfte des Fluges änderte Ocir noch einmal die Richtung und steuerte nach Nordosten.

»Ich habe mich mit einigen Berechnungen beschäftigt, während ihr geschlafen habt . . . vor drei Jahrhunderten«, sagte Ocir. Er schien uns unterhalten zu wollen. Ich hielt die schlafende Charis fest und brummte ohne rechte Begeisterung:

»Welche Berechnungen?«

»Es fanden sich in den Speichern Daten aus den ersten Jahren der Port-Atlan-Überlebensstation«, sagte der Mondroboter. »Vor präzise achtzig der Larsaf-Drei-Umläufe befanden sich alle Planeten, die von den Astronomen der Arkonflotte angemessen wurden, in einer Reihe, von Larsafs Stern, zum Rand des Systems aus gesehen.«

»Ich weiß, daß du niemals irrst«, sagte ich, plötzlich aufmerksam geworden. »Das ist eine regelmäßig stattfindende Konstellation, nicht wahr?«

»Sie erfolgt alle hundertneunundsiebzig Jahre.«

»Und sie könnte auch der Grund gewesen sein, daß der kleine Komet mit den Wolkenpilzsporen ausgerechnet in der Lufthülle der Welt zerbarst, dessen Hüter du bist – wir sind?«

»Das ist durchaus möglich. Aber ich konnte in jenem Jahr nur wenige Beben in labilen Zonen der Planetenkruste feststellen. Die Aufzeichnungen befinden sich in den Speichern unserer Kuppel.«

»Ich werde mir alles sehr genau ansehen, wenn wir die elfte Wolke vernichtet haben«, versicherte ich. »Vielleicht finden wir noch andere Eigentümlichkeiten heraus. Das kann bedeuten, daß alle hundertneunundsiebzig Jahre die Planetenkruste erzittert. Und vieles andere.«

Ich verzichtete darauf, mir alles genau erklären zu lassen. Auch ich wurde müde. Nun tauchte weit vor uns die riesige Ebene auf, von Flüssen durchzogen; ein Muster aus vielen niedrigen Tafelbergen aus Sand oder Lehm. Hin und wieder sahen wir unter uns die Muster von Kanälen, erkannten Städte und einzelne Feuer, ameisenkleine Nomadenlager oder schmale Brücken über winzige Stichkanäle. Ocir steuerte mit bewundernswerter Sicherheit und folgte, als die Sterne zu verblassen begannen und sich die erste Helligkeit abzeichnete, dem Flußlauf nach rechts, ging tiefer und überflog einen stillen Binnensee. Sein Arm hob sich, er deutete nach vorn.

»Dort beginnt die Wolke!« Wir spürten so etwas wie die Gegenwart des Todes, als wir die Umrisse der Wolke erkennen konnten. Das Boot senkte sich sanft den kleinen Wellen des Uruttu entgegen, des Kupferflusses, und verschwand zwischen Palmen und den zehn Ellen hohen Schrägen und Hängen des Schwemmlands.

»Mir scheint, ich erkenne die Gegend wieder«, sagte ich. »Unser erstes Ziel ist die Stadt Akkad, wo uns der Herrscher Ashshur-rabi empfangen wird. Vielleicht. Wenn er nicht gerade vor den aramäischen Fürsten flüchtet. Nun, wir brauchen ihn nur eine Handvoll Tage lang.«

»Bis wir wissen, wo sich die Säule befindet«, fügte Nestor hinzu. Ptah nickte und betrachtete das Land durch das schwere Nachtglas.

Die Abstimmung unserer Reise, von Ocir vorgenommen, war perfekt. Wir näherten uns in der Mitte des träge fließenden Stromes im Licht der Morgensonne. Die Menschen an den Ufern erwachten und sahen uns. Ich stand im Heck und tauchte das Steuerruder ins Wasser. Ocir kauerte im Bug und hielt einen Bogen in der Hand; ich winkte den Menschen, die Wasser holten, Tiere zur Tränke trieben und Feuer anzündeten. Die Gegend lag schon unter dem Rand der Wolke.

»ES wird uns angekündigt haben«, murmelte ich. Wir konnten aber nichts erkennen, das darauf schließen ließ. Wieder waren wir eingetaucht ins Dunkel unter der Wolke und in eine Landschaft, die deutliche Spuren von Zerstörung und einsetzendem Sterben erkennen ließ. Im schroffen Licht der Morgensonne sahen wir vor uns, über und hinter den Mauern und Dächern der Stadt, eine kleine Wolkenballung. Ocir-Khenso hielt das Boot in der Mitte der Strömung. Mir war, als kämen riesige düstere Wolkenmassen aus dem Boden und entstünden unsichtbar in der Luft, kröchen aufeinander zu und bildeten einen pechschwarzen, zerklüfteten Wolkenturm, der an der Spitze bald in die charakteristische Form eines Ambosses ausfaserte.

»Ein Gewitter als Willkommensgruß!« Ich stöhnte. »Ein schöner Empfang.«

Die Wolken wurden größer und lagerten sich flach auf die hingeduckte, schweigende Stadt. Die Umgebung wurde in schauerliches Licht getaucht. Zwischen ehemals weißen Mauern, schwarzen Wolken und der Sonnenscheibe zuckten gefärbte Lichtstrahlen. Erschreckt flatterten große Schwärme von Wasservögeln aus den Schilfgürteln und flüchteten nach Norden. Sie flatterten mit betäubendem Geschrei über unsere Köpfe hinweg. Ein Blitz spaltete die Finsternis, schlug in einen Stufentempel ein und zerstörte dessen obersten Teil.

Der schmetternde Donnerschlag erschütterte die Stadt. Wieder flogen unzählige kleine Vögel auf und zerstreuten sich. Noch während der Donner in unseren Schädeln widerhallte, zerschmetterten in unregelmäßigen Abständen weitere Blitze die Ecktürme des großen Marduktempels. Ocir-Khenso schrie:

»Es sind seltsame Blitze, Atlan!«

Wir sahen es genau. Die Blitze waren nicht verästelt, sie sahen eher aus wie gerade Lichtstrahlen. Unaufhörlich schlugen sie hinter den Mauern ein. Die Einschlagstellen kamen immer näher. Bäume wurden gespalten, Mauern brachen auseinander und sanken in grauen Staub- und Mörtelfahnen zusammen, ein Stadttor zerfetzte in tausend Trümmer, die schlagartig in Brand standen. Dann zeichneten Krater und kalkweiße, blendende Strahlen einen Weg in unsere Richtung. Die Blitze ließen rechts und links der Straße die Bäume erzittern, fegten mit ihren Detonationswellen Schilf und kleine Boote zur Seite, schlugen neben dem Ufer ins Wasser und erzeugten kochende Fontänen.

»Schnell! Ans Ufer!« brüllte ich. Ocir riß das Boot nach rechts, erhöhte die Geschwindigkeit und hob den schweren Bootskörper aus dem Wasser. Zwischen zwei Einschlägen seitlich unserer kochenden, weißen Kielspur brachen wir durchs Schilf, glitten über die Sandböschung und hielten an der Mauer eines Tempelchens. Mit weiten Sätzen sprangen wir aus dem Boot und flüchteten unter das balkenverzierte Dach.

Der nächste Blitz erzeugte mitten im Strom eine dampfende Wassersäule, dann war es still. Es war nicht ein einziger Regentropfen gefallen, aber noch hüllten schwarze Wolken die Stadt und das Umland ein.

Wir waren halb geblendet und zwinkerten mit tränenden Augen. In unseren Ohren klingelte und summte es. Die Ruhe war so betäubend wie die hundert Blitzschläge und die gewaltigen Donnerschläge.

»Ich denke, das war unsere Einführung durch ES«, meinte Ocir. Er hob ungerührt den Arm und zeigte mit dem Kampfbeil auf die rauchenden Rest des Stadttors. »Dort kommt die Abordnung.«

Aus der Stadt kamen schätzungsweise hundertzwanzig Männer und Frauen. Sie trugen lange Gewänder mit seltsamen Zotteln, breite Gürtel, Sandalen mit gekreuzten Bändern und hohe, spitze Mützen. Breite Bänder und halbmondförmige Platten vor der Brust schienen aus Gold oder aus Goldsilbermetall zu sein. Obwohl die Gesichter der priesterlich wirkenden Menschen deutlich zeigten, wie tief der Schrecken saß, zwangen sie sich alle dazu, würdevoll weiterzugehen. Sie kamen auf uns zu. Nur langsam vermochten wir wieder deutlich zu hören, der Druck in unseren Ohren nahm ab. Wir warteten schweigend und gingen den Ankömmlingen ein paar Schritte entgegen. Inzwischen standen Bewohner der Stadt auf den Wällen, verließen ihre Häuser und blickten voll schreckerfüllter Neugierde auf den Zug der Priester und Priesterinnen.

»Marduk hat gesprochen!« rief klagend ein Mann mit kantigem, in Locken gedrehtem Bart. »Anu, Enlil und Ea haben es gehört. Die Blitze führten uns zusammen. Ihr seid die Mächtigen, die Besieger der Wolke, die uns die Götter versprachen.«

»Wir danken für den Empfang«, sagte ich und spielte auffällig mit dem kostbaren Ring des Pharaos. »Wie ihr gesehen und erlebt habt, sind wir nur Werkzeuge Marduks. Mächtige Werkzeuge, zugegeben, aber wir gehorchen seinen Befehlen. Was hat der Gott euch offenbart?«

»Kommt in den Tempel, Fremde. Dort zeigen wir euch die Botschaften, dort werden wir beraten; auch Nisheshu, Statthalter des Herrschers, wird zugegen sein, und Shur-lagi, der Anführer der Krieger und Gardisten. Dort kommen die Wagen.«

»Wo finden wir die Säule des Ersten Tiglatpilesar?« fragte der Mondrobot. Ich fügte hinzu: »Und wie weit ist es?«

»Sie steht in einem verlassenen Tempel, weit im Gebiet der Aramäer. Ich bin Ishshiakku Saushattar, der Priester des Marduk. Kommt!«

»Man soll unser Boot auf sicheres Land bringen. Auch brauchen wir Räume, in denen wir leben können.« Charis sprach mit befehlsgewohnter Stimme. Saushattar verbeugte sich.

»Alles ist bereit, nahe des Tempels«, erklärten uns die Priesterinnen. Braunhäutige Männer rannten herbei, und ich registrierte mit eisiger Bestürzung, daß ich jedes Wort verstand! Abermals hatte ES Erinnerungen freigegeben: oder hatte ein weiteres halbes Wunder stattgefunden? Ocir-Khenso nahm einige Schaltungen vor und klärte uns leise darüber auf, daß das Boot nun ohne Mühe transportiert werden konnte, weil es bereits fast gewichtslos schwebte, und daß jeder, der ein Gepäckstück zu öffnen versuchte, einen heftigen Schlag bekommen würde. Wagen, von breitgebauten Pferden gezogen, rasselten mit bronzenen Felgen heran. Wir wurden im Triumphzug zum Tempel gebracht, der terrassenförmig, verziert mit unzähligen senkrechten Mauern, Rinnen und Tausenden von Stufen nahe der Mauer aufragte.

»Trübsinn, Hoffnungslosigkeit und Armut – das sind die wirklichen Einwohner der stolzen Stadt«, sagte Charis, nachdem sie sich lange umgesehen hatte. Sie sagte die Wahrheit; schon vor der Entstehung der Wolke und deren Ausbreitung hatte sich der innere Verfall über die große Siedlung ausgebreitet, nicht anders als ein wuchernder Pilz der Zerstörung; eben wie die Wolke. Alles war in Auflösung begriffen. Selbst die Mauern des Tempels sahen aus, als hätte sie Jahrhunderte lang ätzender, rußiger Regen gepeitscht. Wir bogen vor der Haupttreppe der Marduk-Zikkurat nach rechts und kamen in einen geräumigen Hof, in dessen Mitte ein Baum neben einem Brunnen stand. Es herrschte Halbdunkel wie etliche Atemzüge vor Sonnenuntergang.

»Ich will euch die Räume zeigen, in denen ihr gut aufgehoben sein werdet – das Schönste und Beste, was es gibt. Wir werden von allen Seiten bedroht, nun auch von Marduks Zorn über den Wolken.«

Man brachte uns in rechteckige Hallen, zehn Mannshöhen hoch, ohne Fenster, mit kantigen Öffnungen in den Zederndecken. Lange Reihen blakender Öllampen standen auf Sockeln und Stufen, überall verteilten sich Möbelstücke auf Fellen und Teppichen; der Boden bestand aus polierten Steinplatten. Hinter uns schoben und zerrten Arbeiter das Boot in den dunklen Hof.

»Mit wem spreche ich«, fragte ich, »wenn ich über den Weg zu dieser rätselhaften Säule reden möchte?«

»Mit mir.« Saushattar hob die Hand. Die Priesterinnen brachten Essen, Krüge, Decken und allerlei Geräte, auch Teile unserer Ausrüstung. Für jeden von uns gab es einen Raum, in dem wir uns bei Dunkelheit mühelos verirren konnten. Ich lehnte mich gegen eine große Säule, betrachtete das planlose Treiben um uns herum und entschloß mich schließlich, klare Anordnungen zu geben.

»Am Morgen des nächsten Tages«, sagte ich, »brauchen wir tapfere Krieger, schnelle Wagen und ausgeruhte Pferde. Wir brechen dorthin auf, wo der Tempel und die Säule zu finden sind. Jeder Tag, den wir warten, ist ein Tag für die Wolke über euch. Berichtet mir, ob es Kampf mit den Aramäern geben wird.«

Ich blickte die Tempeldienerinnen und die Priester direkt an, während ich fortfuhr:

»Wenn es Kampf geben sollte, dann schickt Soldaten, die unseren Weg sichern. Wie lange dauert es, bis wir vor der Säule stehen?«

»Wenn wir ohne Pause reiten und fahren, drei Tage. Wir betreten ein Gebiet, das von Nomaden besetzt ist. Ihr wißt, daß unser König schwach und unsere Macht auf dem Rückzug ist?«

»Wir wissen nicht alles«, sagte ich ruhig. »Trotzdem ist es Wille des Marduk, daß wir unseren Kampf schnell beginnen.«

»Ihr hört, was der mächtige Atlan-Anhetes sagt!« Ocir ermahnte die Abordnung der Priester. Schnell verteilten wir unsere Besitztümer in den Räumen, die durch dicke Portale und modrig riechende Vorhänge voneinander geteilt waren. Wir ließen uns in den Tempel bringen, stiegen eine Vielzahl Stufen hinauf und befanden uns in einem hallenartigen Saal, hoch über den Dächern der Stadt. Überall bemerkten wir die Spuren der Blitzeinschläge. Auch hier versuchte man, die Dunkelheit unter der Wolke mit Hilfe unzähliger Öllampen und Feuer in Bronzeschalen zu bekämpfen. Ein Geräusch ließ uns aufmerksam werden – wir schauten auf einen hageren Mann, der nichts als Sandalen und Lendenschurz trug und in großer Geschwindigkeit, keuchend und schweißüberströmt, an einer weiß gekalkten Wand mit Hammer und Meißel eine keilförmige Schrift in die Ziegel hämmerte. Mindestens dreißig Schritte lang war das neu entstandene Band, etwa drei Ellen hoch. Auf dem polierten Boden lagen Staub und Steinsplitter.

Charis legte ihre Hand auf Saushatters Schulter und bat: »Lies vor, bitte!«

Wie wir erwartet hatten, hatte eine unsichtbare Kraft den Mann gepackt und in Trance versetzt. Er begann, göttliche Befehle in Schrift umzusetzen und war nicht ansprechbar. Es wurde gesagt, daß vier Kämpfer kommen und mit Hilfe der Tiglatpilesar-Säule die Wolke besiegen und so den Wiederaufstieg des assyrischen Reiches einleiten würden. Nicht dieselben Worte wie im Tempel von Djanet, aber ein Text gleicher Bedeutung. Säulen, Standbilder minderer Götter und ein Haufen Weihegaben trugen die unverkennbaren Spuren der Blitzeinschläge. Es roch nach Moder, faulenden Pflanzen und kaltem Schweiß.

Saushattar verneigte sich, nachdem er den Text bis zum vorläufigen Schluß gelesen hatte. Seine Worte riefen schwache Echos in den dunklen Räumen hervor. Plötzlich zuckte der Mann mit dem Meißel zusammen, stieß einen gurgelnden Schrei aus und brach zusammen, weißen Schaum vor den Lippen. Hammer und Meißel klirrten zu Boden. Zwei Priester sprangen hinzu und schleppten den Schriftkundigen fort. Ocirs Stimme dröhnte durch den Tempel.

»Alles wird so geschehen wie im Land der Pharaonen. Aber es ist an der Zeit, daß wir alles besprechen. Schafft den Anführer der Soldaten her! Und Späher, die das Land kennen.«

Durch Gassen und kleine Höfe, vorbei an dem verwaist wirkenden Palast, zogen wir uns in unser Quartier zurück und verbrachten den langen dunklen Tag damit, über Wege und Gefahren, Kämpfe und das Elend zu sprechen, das über dem Land herrschte.

5.

Die Nacht war voller undeutlicher Geräusche. Immer wieder schreckte ich hoch, weil galoppierende Pferde durch meinen Traum rasten; heisere Kommandos ertönten, Waffen klirrten und Lederzeug knarrte. *Beruhige dich!* Der Logiksektor versuchte zu beschwichtigen. *Die Soldaten von Ashshur-rabi und Shur-lagi reiten los, um euren Weg zu sichern.* Wagenräder knirschten auf dem Pflaster, immer wieder glaubte ich Flüstern, Befehle und fremde Stimmen zu hören. Die Tempeldienerinnen kamen, ehe sich der erste Tagesschimmer zeigte. Wir schlangen hastig ein trockenes Mahl herunter, tranken heiße Brühe und schwangen uns im Fackelschein in die Wagenkörbe. Die Stimmung war gedrückt, von Unruhe, Spannung und unzähligen Fragen gekennzeichnet. Durch schmale Gassen, vorbei an Tempelmauern, hinter knisternden, funkensprühenden und rauchenden Fackeln her, donnerten Reiter und Gespanne durch die Stadt, ließen die weit geöffneten Tore hinter sich und zogen sich zu einer langen Reihe von Lichtpunkten auseinander. Zuerst führte der Weg entlang des »Kupferflusses«, dann über eine kurze, schwankende Bohlenbrücke, deren Lehmbelag sich in ätzenden

Staub verwandelte, endlich durch ein ausgedehntes Sumpfgebiet, in dem sich die kleinen Lichter verloren. Oft kamen wir an kleinen Gruppen von Soldaten vorbei, die auf uns gewartet hatten. Unverkennbar lag Spannung in der Luft. Die Soldaten schlossen sich uns teilweise an, zum anderen schienen sie unseren Rückweg zu sichern. Im rumpelnden Wagen neben mir stand Saushattar und starrte nach vorn, als könne er die Dunkelheit mit seinen Blicken durchbohren.

»Die Säule war in Vergessenheit geraten«, sagte er durch den Lärm. »Wie aber soll eine Säule die Wolke besiegen, Atlan?«

»Warte und sieh!« rief ich zurück. »Sind die Nomaden wirklich eine Gefahr für uns?«

»Nur wenn sie zu zahlreich sind. Wir sind so früh aufgebrochen, weil sie nachts nicht anzugreifen wagen.«

Am Nachmittag des dritten Tages tauchte vor uns ein Wäldchen auf: eine seltene Erscheinung im Schwemmland des Uruttu. Wir waren fast drei Tage lang in einem Gebiet unterwegs gewesen, das von Marduks Zorn eindringlich gestraft worden war. Alles, was ein Land ruinieren konnte, schien hier vorübergezogen zu sein. Heuschreckenschwärme hatten die Ernte im regenarmen, heißen Gebiet vernichtet.

Das karge Land steigerte seine abweisende Natur bis ins Unerträgliche. Staubstürme warfen sich uns entgegen und verwischten die Konturen der Wege, Windhosen, die prasselnden Sand mit sich führten, rasten wie Irrwische über die Lehmbänke; steter Wind wehte aus Nordwesten, brachte wütende Regenschauer mit sich, die uns bis auf die Haut durchnäßten. Gipsplatten und Sandsteinbänke, die leeren Täler ehemaliger Flüsse oder periodischer Wasserläufe hielten uns auf, kleinere Beben ließen die Erde erzittern. Tabarna und seine Soldaten hielten sich an den wenigen Brunnen auf und versorgten uns mit frischem Wasser, das meist schweflig schmeckte. Wir hielten uns mit Hilfe unserer Nahrungskonzentrate bei Kräften und sahen, daß sich die Krieger Akkads mit Nomaden wütende Kämpfe geliefert hatten; es ging um den vorübergehenden Besitz der Brunnen.

Und ständig befanden wir uns unter der lichtundurchlässigen Scheibe der Wolke. Nur früh und abends gab es so etwas wie natürliches Licht, in dem die Unterseite des wuchernden Pilzes grünlich, fast metallisch schimmerte. Schon allein für die Augen war der Wald eine Erholung. *Denk an die Photographien,* sagte der Logiksektor. *Im Zentrum des Waldes steht der Tempel.*

An vielen Stellen dieses seltsamen Waldes bewegten sich Reiter, Kampfwagen und Soldaten zu Fuß. Der Wald grünte nicht – Blätter, Äste und Zweige waren von weißlichbraunem Staub bedeckt. Es schien seit Monden nicht geregnet zu haben. Flüchtig dachte ich daran, daß ich mir zur Aufgabe gemacht hatte, den Barbaren dieser Welt Zivilisation und Kultur, Kunst und Wissenschaft näherzubringen. Welch abwegige Vorstellung! Sie hatten zu tun, allein den nächsten Tag zu erleben!

»Ich hoffe, wir brauchen die Krieger nicht«, sagte ich und sprang, als durch die Zweige und Stämme Mauern und Säulen zu erkennen waren, mit weichen Knien aus dem Wagen. Schwankend ging ich näher heran, meine Freunde folgten. Ocir schleppte unser Gepäck. Soldaten schlugen in schweigender Erschöpfung Zelte auf und breiteten Futter für die Pferde auf dem Boden aus. Wasserschläuche wurden geöffnet. Männer suchten nach dem Brunnen, den es hier geben sollte. Wir gingen zum Tempel, einem bescheidenen Bauwerk, in schönen Proportionen und aus hellem Sandstein, das an vielen Stellen durch Basaltplatten geschützt wurde. Die Säulen waren mit verschiedenfarbigen, gebrannten Tonziegeln verziert und hatten vermutlich einen Sandsteinkern. Wir traten durch ein sechs Schritt breites Tor in den rechteckigen Innenhof.

»Das ist sie!« stellte Ptah-Sokar fest. »Eine neue Aufgabe für Ocir.«

Vor uns ragte die Säule auf. Ihre kantige Spitze war höher als die Bäume der Umgebung und die Zinnen der inneren Mauern. Ich klopfte mit den Fingerknöcheln gegen die Gestalten, Schriftzeichen und symbolischen Fabeltiere des Reliefs, das spiralig in breiten Bändern die Säule umlief. Es schien sandsteinähnlich zu sein. Stein? Ich war sicher, daß es sich um eine Metallegierung handelte.

»Lenk du«, sagte Rico in arkonidischer Sprache leise zu mir, »die Priester und Soldaten ein wenig ab. Ich werde das Projektil vorbereiten. Der Stein ist nur Tarnung für Unwissende.«

»Ich hab's vermutet.« Ich fühlte, wie mein Zellschwingungsaktivator arbeitete und meine Erschöpfung bekämpfte. »Einverstanden.«

Ein Soldat stolperte in den Tempel, wedelte mit den Armen und lachte. Er warf dem Priester einen triefenden Wassersack zu.

»Wir haben den Brunnen gefunden. Voll! Köstliches, kühles Wasser!«

Achtung! Dieses Geschrei gehört nicht hierher! flüsterte auf einmal der Logiksektor. Ich zuckte zusammen, blickte über die Schultern der Umstehenden und sah zwischen den Baumstämmen undeutliche Bewegungen. Der Eingang lag im Süden; langsam zeichnete sich unter der Wolke die falsche Lichtfülle des Sonnenuntergangs im Westen ab. Zwischen den Helmen und Lederpanzern der Soldaten erkannte ich braune Körper, wehende Tuchstreifen und das verräterische Blitzen von Waffen. Der Soldat und ich starrten uns an und begriffen gleichzeitig.

»Ein Überfall! Zu den Waffen! Die Aramäer . . .!« gellte der Schrei des Assyrers auf. Sofort sprang Ptah auf Charis zu, faßte sie an den Schultern und schob sie in eine der kleinen Kammern, die als eine Art Doppelmauer die Baumasse bildeten. Wir griffen zu den Waffen. Das Heulen von Pfeilen ertönte. Geschosse flogen an mir und Saushattar vorbei. Sie krachten mit splitternden Spitzen gegen die Säule.

Entweder waren Nomaden im Wald verborgen gewesen, oder ihr Ziel war der Brunnen. Sie griffen an. Der Wald verwandelte sich binnen weniger Augenblicke in eine lärmerfüllte Zone. Ptah und ich rannten, die Kampfbeile in den Händen, zu unseren Wagen und rissen die Schilde aus den Halteschlaufen. Um uns tobte der Kampf. Ptah, Ocir und ich zogen die Lähmdolche und feuerten; die Soldaten waren gut ausgebildet, rannten aus verschiedenen Stellen aufeinander zu, bildeten Kampfgruppen, deren Mitglieder sich gegenseitig deckten.

Ich rief unterdrückt »Schutzfelder an!« und betätigte den verborgenen Knopf im Innern des Schildes. Neben meinem Kopf bohrte sich ein Wurfspeer in den Baumstamm. Pferde scheuten wiehernd, stiegen mit den Vorderbeinen hoch und sprengten davon, die Wagen schleudernd hinter sich her zerrend. Zwei Nomaden griffen mit Beilen einen Soldaten an, der sich bückte, einem Angreifer den Schädel spaltete und den anderen mit dem Schaft des Beiles betäubte. Ein Soldat brach hinter uns zusammen; in seiner Kehle steckte ein Pfeil.

Mehrmals fauchten die Lähmstrahler in den Griffen der Dolche und Kampfäxte. Wir bewegten die Waffen hin und her und schufen vor uns eine fächerförmige Zone, in der ein Dutzend Angreifer zusammenbrachen. Aus dem Wipfel eines Baumes ließen sich sehnige Männer fallen und griffen die Soldaten an. Dolche blitzten, Schreie ertönten, und heulend fuhren Pfeile durch die staubigen Blätter.

»Dort hinüber! Wir müssen ihnen helfen!« rief Ptah und winkte dem Anführer. Wir warfen uns herum, hoben die Schilde und rammten mit den Schirmfeldern einige Männer zu Boden. Aber auch die aramäischen Nomadenfürsten bildeten ihre Krieger zu erbarmungslosen Kämpfern aus. Die Männer, vor denen sich die Assyrer stetig zurückzogen, waren längst nicht mehr einfache Nomaden, die um ein Wasserloch stritten. Sie waren schnell und gefährlich. Jetzt sprengte ein Trupp von fünf Reitern zwischen den Bäumen heran, die Männer fällten ihre langen Speere und stießen mit den Bronzespitzen zu. Schräg hinter uns stand ein assyrischer Bogenschütze und ließ einen Pfeil nach dem anderen in unerschütterlicher Ruhe von der Sehne schwirren. Wir warfen uns den Reitern entgegen, aber zuvor richteten wir die unsichtbaren Strahlen, auf höchste Betäubungsstufe geschaltet, auf die Wegelagerer, die aus den Ästen gesprungen waren. Ächzend brachen die Männer zusammen.

Noch bevor die Abwehrfelder die Pferde anhalten konnten, ertönte aus dem Innern des Tempels ein Donnerschlag, der den Boden beben ließ. Gleichzeitig loderte ein Licht auf, das jeden, der sein Auge darauf richtete, blenden mußte. Wir sahen nur den Widerschein zwischen den Bäumen. Aber die Pferde erblindeten und gerieten in rasende Panik. Sie drehten sich, keilten aus, wieherten grell, gehorchten keinem Zügel und warfen die Reiter ab. Einer zerschmetterte sich den Schädel an einem Ast, dem anderen brach das Genick, als er auf einen Wurzelknoten fiel. Ein anderer wurde in der Luft von einem Pfeil durchbohrt, der nächste fiel zwischen die Soldaten, die ihn sofort niederschlugen.

Noch war der Donner nicht verhallt, noch sah ein jeder weiße Muster vor seinen Augen, da griff Ocir-Khenso in den Kampf ein. Aus seiner Kehle löste sich ein Geräusch, das wie der verstärkte Angriffsschrei eines Löwen klang. Er war ohne Waffen, aber er bewegte sich wie ein rasender Leopard. Im Zickzack rannte er zwischen den Baumstämmen heran, wich den Wurzeln aus, schlug Haken um die erstarrt dastehenden Soldaten und packte zwei Nomaden, die mitten in der Bewegung erstarrt waren, hob sie mit Leichtigkeit hoch und schleuderte jenen, den er in der rechten Hand hochstemmte, nach links, in eine Gruppe von Männern, die ihre Speere zum Wurf über den Schultern hielten.

Sein linkes Opfer flog zwanzig Schritt weit, überschlug sich und warf zwei Nomaden zu Boden, die mit ihren kleinen Bogen auf uns zielten. Aber noch bevor die lebenden Geschosse ihre Ziele erreichten, war die brüllende, rasende Furie in Hapikleidung und den breiten Unterarmbändern schon fünfzehn Schritt weiter, schlug eine Reihe von Nomaden mit geballten Fäusten nieder und stürmte nach rechts in die Richtung des Brunnens. Ich ließ den Schild sinken und sagte laut zu Ptah:

»Heut' wird wieder eine Legende geboren, Ptah. Ich denke, wir beschränken uns darauf, die Nomaden in die Schranken zu weisen.«

»Ich werde von unserem sanftmütigen Freund träumen – lange, schlechte Träume werden's sein!« fauchte Ptah und folgte mir. Nebeneinander liefen wir, die Lähmstrahler abfeuernd, durch den Wald. Die Soldaten erholten sich von ihrer Verwunderung, bildeten eine Kette und schleppten Tote, Verwundete und Bewußtlose aus dem Wald. Einige Nomaden, die zu flüchten versuchten, wurden von den Bogenschützen getötet. Pferde galoppierten hin und her, verwickelten die Zügel in Sträucher und brechende Äste und wurden eingefangen. Nomaden, beide Hände vor den Augen, irrten schreiend durch den Wald. Soldaten kauerten zwischen den Wurzeln und wimmerten, den Kopf zwischen den Knien. Ptah und ich liefen in geringem Abstand um die fugenlosen Mauern des Tempels und hielten an, als wir vor dem Eingang waren. Der Lärm kleiner Kämpfe entfernte sich vom Mittelpunkt des Waldes.

Saushattar und Tabarna rannten heran, staubbedeckt, blutige Kampfbeile in den Händen. Sie erkannten uns, blieben keuchend stehen und schüttelten die Köpfe. Ihre nackten Oberkörper, nur durch hohe Ledergurte geschützt, zeigten die dunklen Rillen von Schweiß und waren voller Blutspritzer.

»Ihr kämpft, bei Marduk, wie verwundete Löwinnen! Und dieser große Rômet . . . nie habe ich einen Mann so rasen gesehen.«

Mit ernster Miene wies Ptah den Anführer zurecht:

»Denkst du, daß Marduk euch Kinder schickt? Bald werden wir auch die Wolke angreifen. Sind die Aramäer in die Flucht geschlagen?«

»Wir haben nicht genug Stricke, um sie zu binden.«

Durch die Schleier aufgewirbelten Staubes bohrten sich die blutroten Strahlenbündel der sterbenden Morgensonne. Wir zogen den fassungslosen Priester mit uns in den Hof des Tempels. Was wir erwartet hatten, war geschehen: Ocir hatte das Projektil aus seiner schützenden Verkleidung gesprengt und dabei die zusätzliche Sicherung, die ES eingebaut hatte, neutralisiert. Der Extrasinn schrillte: *Wo ist Charis?* Ich sprang auf das Tor zu, in dem ich sie zuletzt gesehen hatte. Als ich im Eingang auf Staub ausglitt und mich an der gegenüberliegenden Wand abfing, sah ich sie. Sie hatte am Boden gekauert, den Kopf in den verschränkten Unterarmen versteckt. Jetzt stand sie auf, vom Klang des zu Boden klirrenden Kampfbeils erschreckt. Ich begriff: Ocir hatte verhindert, daß Donner und Blendstrahlung sie hilflos machten. Ich sagte rauh:

»Alles ist vorbei. Marduk war mit uns.«

Wir gingen zur Säule. Einige Priester und eine Handvoll Soldaten standen staunend vor der schlanken Metallsäule. Über die Mauerkrone loderte die Sonne; glutroter Glanz spiegelte sich im fugenlosen Metall. In schweigender Ehrfurcht bewunderten die Soldaten die Erscheinung. Während wir dastanden, kam Bewegung in die Szene. Ocir-Khenso, hinter sich eine keilförmig gegliederte Abteilung unserer Soldaten, bewegte sich leichtfüßig wie ein Tänzer näher. Er sah unbeschreiblich aus. Die funkelnde Jacke, die Halbrüstung und der Helm waren voller Blut, Staub, Rindenstücken und Blattresten. Seine samtbraune Haut sah nicht anders aus. Er warf achtlos zwei Dutzend Speere, Köcher, Kampfbeile und Dolche zu Boden, schüttelte sich und entfernte mit spitzen Fingern ein Stück Wurzel aus dem Zierat seines Stiefels. Dann drehte er sich um, deutete auf die Soldaten und auf einen halb bewegungslosen Körper in deren Mitte und sagte in selbstgefälligem Tonfall:

»Der Herrscher Ashshur-rabi hat die besten Krieger, die ich seit vielen Monden sah. Ich bin stolz darauf, an ihrer Seite gekämpft zu haben. Es gelang uns, den Fürsten dieser heimtückischen Nomaden zu ergreifen. Er wird seiner gerechten Strafe schwerlich entgehen.«

»Dafür werde ich sorgen, ohne Zweifel«, versetzte Tabarna, der Anführer unserer erschöpften Truppe. »Aber – du hast es versprochen, Nimrod, Herr des Kampfes! Mächtiger Töter von Kriegern . . .«

»Ich habe es allen Menschen im Zweiströmeland versprochen. Leider auch den Nomaden«, sagte Ocir. »In einer Stunde kämpfen wir gegen die Wolke. Nützen wir das Licht der schwindenden Sonne!«

Diesmal gab ich, einigermaßen heiter, die richtigen Anordnungen. Aus Teilen unserer Wagen, aus Stricken und rasch abgehackten Ästen bauten wir eine wuchtige Leiter. Ocir kletterte unter den Ausrufen der Soldaten hinauf, klappte die Fächer mit den Steuereinrichtungen auf und hantierte schweigend an Hebeln und Skalen. Es dauerte den dritten Teil einer Stunde, bis er fertig war und die unterste Klappe schloß.

»Und nun«, sagte er zu seinen Freunden, die ihn hingerissen anstarrten, »werden wir warten. Etwa die Hälfte einer Stunde. Dann zuckt ein Blitz vom Boden zur Wolke. Seine Hitze würde uns verbrennen, deswegen errichten wir unser Lager vor dem Wald. Wir haben reiche Beute gemacht, die wir bei einem herrlichen Siegesmahl verteilen werden!«

Dies war der richtige Ton. Die Männer schlugen die Waffen gegen die Schilde, und wir alle verließen den Innenhof des Tempels. Die Toten wurden auf einen Wagen geworfen und in die Wüste hinausgefahren. Dort würden sie, so sagte Tabarna in einem Ton, der keinen Widerspruch duldete, von Geiern und Schakalen gefressen. Die Nomaden, die noch lebten, waren gefesselt. Der Fürst wurde an den Armen am starken Ast eines Baumes aufgehängt. Das Lager schlug man am Brunnen auf, dessen Schöpfarm schnell instandgesetzt war. Schon züngelten Flammen am Holz der Feuer, aber vor der halbierten Sonnenscheibe ballten sich wieder regenträchtige Wolken zusammen.

Charis und ich saßen in dem Korb eines Wagens und streckten die Beine aus. Der Robot erhob sich neben einem Feuer und rief plötzlich:

»Großer Lärm, wilde Feuerzungen, unermeßlicher Rauch und Flammen werden in einigen Atemzügen über unseren Köpfen sein. Blickt zu Boden und zählt alle Finger und Zehen – erst dann seht, wie der Blitz Marduks die Wolke angreift.«

Die Soldaten gehorchten. Charis und ich zogen die Mäntel über die Köpfe. Die Rakete zündete, das Toben des Triebwerks machte uns taub, und nach kurzer Zeit wagten wir, die kleiner werdende Flamme des Antriebs hoch über uns anzusehen. Es war, nichts anderes erwarteten wir, wie in der Schlucht nahe Waset. Das Geschoß beschrieb schnell drehend eine fast gerade Flugbahn, durchstieß in großer Höhe die Wolke und detonierte. Die langgezogene Pyramide schwarzer und weißer Abgase wurde von den Sonnenstrahlen in ein Licht getaucht, das jedem Menschen nur eines zu sagen schien: Marduk kämpfte gegen die Wolke des Todes.

Wir tranken sauren Wein, mit frischem Brunnenwasser vermischt. Das Essen war kümmerlich, aber Tabarna und Saushattar verteilten alles, was wir an Proviant mitgeführt hatten, gerecht. Die Gespräche und das Gelächter der Erleichterung wurden leiser, je später es wurde. Die Wachen wurden ausgelost. Die Soldaten schliefen neben den Feuern, und wir schleppten Mäntel, Decken und einige Strohbündel in den Tempel.

Neben dem Eingang, hinter der schmalen Türöffnung der ersten Opferkammer, breiteten wir unser Nachtlager aus. Ocir stellte sich in den Tempeleingang und blieb bis zum Morgengrauen dort stehen, regungslos, wie ein Standbild. Immer wieder warfen ihm die Posten bewundernde Blicke zu und flüsterten einander zu, daß seine Augen leuchteten wie die Glut der Feuer.

Gegen Mitternacht fiel in weiten Teilen des Zweiströmelands, im Gebirge wie über dem südlichen Meer, ein milder, feiner Regen. Er war warm und hielt bis in die ersten Stunden des Tages an. Er schwemmte weder Erdreich noch Sand weg, machte auch aus leeren Flußbetten keine reißenden Todesfallen, sondern tränkte das Land, das die Feuchtigkeit aufsog wie ein Schwamm. Als wir erwachten, war der Wald in sämtliche Schattierungen von Grün getaucht. Überall dort, wo die Strahlen der Sonne auftrafen, hatten sich über Nacht die Blüten winziger Gewächse geöffnet.

Viereinhalb Tage lang brauchte unser Zug, bis wir wieder im Palast waren. Von Tag zu Tag riß der Himmel über dem Land mehr auf. Zweimal hatte es lange geregnet, und die zunehmende Wärme veränderte das Land. Überall blühten zögernd Pflanzen in vielen Farben. Die Nomaden wurden als Gefangene hinter dem letzten Wagen geführt; sechzig Männer hatten den Angriff überlebt. Ihr Fürst war, ohne daß wir hatten eingreifen können, zu Tode geschunden worden. Der Gesetzeskodex des Ersten Tiglatpilesars befahl es so. Die eigenartige Schönheit der wiedererwachenden Natur konnte uns die schauerliche Hinrichtung nicht vergessen lassen. Die Soldaten Akkads hatten zwei längere Schwerter aus einem vergleichsweise kostbaren Metall erbeutet – aus Eisen. Das Erz kam aus dem Osten jenseits des Gebirges. Jetzt ruhten wir uns in den hohen Räumen des Tempels aus.

»Wo ist Ptah-Sokar?« fragte mich Charis. Ich zog die Schultern hoch; an meiner Stelle antwortete Tabarna:

»Nestor und Tursha, Ptah und deren Freunde – sie jagen zusammen im Uferschilf. Es wäre schnöde, wenn sie nichts Besseres täten: die Leidenschaft, dünkt mir, hat sie übermannt.«

Die Zeit eilte für uns. Unser Gleiter lag schon neben den königlichen Booten. Unser nächstes Ziel war in menschenleerem Land, laut der Karten aus Höhenphotos. Also brauchten wir keinerlei Maskerade. Selbst im Innern des Tempels, in dem viele Säle dem Staatsgott Assur geweiht waren, nahmen Helligkeit und Wärme zu.

Der bärtige Tabarna, der seit unserer Ankunft nicht von unserer Seite gewichen war, erlebte jede Stunde ein neues kleines Wunder: Unsere Waffen waren ebenso aufregend wie fast jedes Stück unserer anderen Ausrüstung. Schließlich, am Abend, während schweigende Tempelschüler an einem langen Tisch unser Essen auftrugen, wagte der Anführer mich zu fragen:

»Euch führt der Weg in viele andere Länder. Habe ich nicht bewiesen, daß ich schnell und mutig bin? Nehmt mich mit, Atlan-Anhetes!«

Ich blickte Charis fragend an, wartete auf Zustimmung oder Ablehnung des Robots, erhoffte eine Stellungnahme von ES oder zumindest eine des Extrahirns. Nichts. Ich wich aus und antwortete in tiefernstem Ton: »Später wirst du erfahren, was wir beschlossen haben.«

»In einem anderen Land kann ich kämpfen. Hier aber ist jeder Kampf sinnlos geworden.«

»Warte es ab, Tabarna.«

»Ich werde alles tun«, meinte er versonnen, »was ihr verlangt. Ihr werdet keinen besseren Diener und Kämpfer finden.«

»Wir glauben dir. Aber für uns sind andere Dinge wichtig. Du weißt, daß wir morgen aus Akkad verschwunden sein werden?«

»Wir alle wissen es. Auch Tursha, die Ptah fragen wird, ob er sie mit sich nimmt.«

Vielleicht ist es sinnvoll, riet der Logiksektor plötzlich, *wenn du deine Mannschaft vergrößerst. Immerhin sind Tabarna und Tursha untypische Vertreter der sumerischen oder akkadischen Bevölkerung!*

Ich nahm, um die Pause zu überbrücken, einen tiefen Schluck des faden Bieres und kümmerte mich wieder um den Kurs des Gleitboots. Die wichtigsten Männer der Stadt kamen mit ihrem Gefolge, um das Abschiedsessen zu einer wichtigen Angelegenheit zu machen. Ocir hatte eine große Schmiede mit einer Batterie von Schmelzöfen entdeckt und den Handwerkern eine Reihe technischer Verbesserungen erklärt; so beispielsweise die Beimengung von arsenhaltigem Antimon zur Veredlung des Kupfers, das dadurch heller und härter wurde. Ocir gelang es, inmitten der redenden, lachenden, essenden und trinkenden Gäste, von uns flankiert, den Eindruck eines Mitschmausenden zu erwecken. Trotzdem tat er nichts anderes, als an seinem Bier zu riechen. Nach Ocir-Khensos Aussage hatten wir exakt 18,1818 . . . Prozent unserer Aufgabe erfolgreich hinter uns gebracht.

Tursha warf Ptah-Sokar Blicke zu, die für jeden außer ihn eindeutig waren. Das Gastmahl ging zu Ende, und Ocir und ich zogen uns zurück.

»Was jetzt, Atlan?« fragte er.

»Ich werde unsere Mannschaft in Djanet verständigen, daß sie warten und die AXT zur Abreise fertigmachen sollen«, sagte ich.

Du wirst natürlich nicht schlafen, Ocir.«

»Du weißt, daß die planerischen und rechnerischen Prozesse bei mir etwas schneller und fehlerlos ablaufen.«

»Besonders dann, wenn sie von meinen Informationen abhängen.«

»Selbst dann. Ich werde uns alle morgen an den Zielort bringen, wie beim letztenmal. Nehmen wir Tabarna und Tursha mit?«

»Ich weiß es nicht. Was rät dein Verstand?«

»Das übernächste Ziel wird ein schwieriges Unternehmen. Du weißt, warum. Ich glaube nicht, daß es ein Vorteil ist, wenn wir unsere Mannschaft vergrößern. Tursha würde allerdings Freund Ptah bei guter Laune halten.«

»Vielleicht entscheidet sich Ptah anders. Ich bin dafür, Tursha mitzunehmen. Einverstanden?«

»Es hängt von Ptah-Sokar ab. Frag ihn.« Der Robot hob die Schultern. Wir besprachen die letzten Einzelheiten, dann verabschiedeten wir uns vom Rest der Gäste. Einige Stunden Schlaf erfrischten uns, und ich war nicht erstaunt, als Ptah-Sokar allein im Heck des Gleiterbootes kauerte, als wir zur verabredeten Stunde am Ufer des Uruttu eintrafen. Kurz darauf befanden wir uns in der Luft. Tabarna klammerte sich an den falschen Bug dieses Wunders aus Marduks oder Assurs Hand.

Eine weite Reise, ein langer Flug lag vor uns. Vor dem kalten Fahrtwind durch die Energieblase geschützt, schwebten wir nach Westen, bis wir jenseits des schroffen, waldarmen Gebirges die roten Hänge des Meeresufers erreichten. Vor uns lag der langgezogene Meeresarm, der das Land Tameri und das Zweistromland trennte. Wir wandten uns im Morgenlicht nach links und flogen über der Küste in südliche Richtung. Weit unter uns konnten wir Schiffe sehen: Rômetische Rahsegler, die zu fernen Küsten unterwegs waren, phönizische Warensegler oder andere, die ich nicht kannte. Sie zogen spitze Kielspuren hinter sich her. Stunde um Stunde verging, während wir nach Südost schwebten und an der engsten Stelle des Meeres die Grenze des riesigen Kontinents überflogen.

Rechts unter uns lagen die Wasserabstürze des Hapi. Von der Wolke über Waset sahen wir nur noch unbedeutende Reste. Ocir steuerte schweigend und zuverlässig, und unter uns wechselte unaufhörlich das Aussehen des Landes. Wüstenflächen wurden von Wäldern durchbrochen, mäandernde Flüsse zogen durch breite Täler, Seen und Savannen breiteten sich vor uns aus.

»Wir sollten, bevor es Nacht wird, ein gutes Lager finden«, sagte ich. »Wir schaffen nicht die gesamte Strecke bis zum Ziel. Zuviel Eile ist sinnlos.«

»Das ist eine kluge Entscheidung«, bemerkte Ocir an der Steuerung.

»Und was ist mit dem Schiff und dem Haus am Hapi?« sagte Ptah und schob sich näher an die Steuerung heran. Er nahm die Karte und verglich die Eintragungen mit dem, was er sehen konnte. Das Sonnenlicht kam uns jetzt entgegen; wir flogen nach Südwesten.

»Sie werden warten müssen«, sagte ich. »Wir haben noch neun Abschüsse vor uns.«

Zwölf Stunden lang waren wir ununterbrochen in großer Höhe geflogen, fast mit höchster Geschwindigkeit. Baumsavannen, Moorflächen und eine Flußgabelung lagen unter uns. Ocir ließ das Boot absinken und strich einige Bogenschußhöhen über den Baumwipfeln dahin. Wir hatten seit Erreichen dieses Kontinents weder einzelne Menschen noch eine Siedlung gesehen, nur ab und zu hinter der Kulisse des Waldes dünne Rauchsäulen. Aber schon drohte zur linken Hand eine dunkle Fläche, die noch nicht in ihrer ganzen Ausdehnung zu erkennen war: die Wolke.

»Such eine sichere Fläche, wenn möglich mit Wasser und genügend Feuerholz.« Ich wandte mich an Ocir. Zwar schien das Land arm an Menschen, aber es war überreich an Tieren. Oft zogen riesige Herden unter uns in alle Richtungen hin und her, näherten sich dem Wasser oder strebten davon weg.

»Ich bin sicher, einen guten Platz gefunden zu haben.«

Das Boot landete nach rund einer Viertelstunde auf einer Sandfläche. Sie war umgeben von riesigen Bäumen und mächtigen Felsen. Ein Fluß mit kristallklarem Wasser machte eine breite Biegung und wurde durch

Steine, Geröll und angeschwemmtes Holz aufgestaut. Wir errichteten einen energetischen Schutzzaun, stellten Zelte aus hauchdünnen Mükkenvorhängen auf, trugen Holz zusammen und schickten Ptah-Sokar los, der eine Stunde später mit einer Gazelle zurückkam, die er erlegt hatte. Zusammen mit den Vorräten aus Djanet und Akkad aßen wir uns an dem heißen Braten satt und verbrachten eine ruhige Nacht unter dem Licht des wunderbar klaren Sternenhimmels. Das Rauschen des Flüßchens, das knisternd erlöschende Feuer, vielfältige Laute aus dem Wald und Buschwerk waren angenehme Untermalung. Am späten Morgen bestiegen wir nach einem erfrischenden Bad im See das Gleiterboot und befanden uns am frühen Abend an unserem Ziel – wieder unter einer riesigen Wolke, deren Unterseite rötliche Färbung aufwies.

Ptah, Tabarna und ich standen auf einem niedrigen Hügel. Ich hielt die Karte und die Photos in den Fingern. Vor uns erstreckte sich ein seltsamer Platz; eine kleine Ebene, an deren Rand wie ein Wall weiße, scharfkantige Felsen und abgestorbene Riesenbäume aufragten. Vor ihnen erhoben sich die bizzaren Bauwerke der Termitenhügel.

»Geradeaus.« Ptah zog seine Streitaxt aus dem Gürtel. Fliegen und Mücken bildeten große Schwärme um unsere Körper. »Dort muß das Geschoß versteckt sein.«

Aus zerklüfteten Felsen und riesigen Blöcken, zwischen denen kleinere Steine steckten, lehnte an einem pilzförmigen Lavablock ein phantastisches Bauwerk. In die Fugen einer bienenkorbähnlichen Kuppel war Lava gesickert, zugleich traten aus den Spalten mineralreiche Tiefwasser aus und verkrusteten alles mit vielfarbigen Kristallen. Ringsum war, wie überall unter der Wolke, die Vegetation weitestgehend abgestorben und verrottet. Die ebene Fläche bis zu dem phantastischen Bauwerk war eine Ansammlung ineinandergreifender runder Becken aus Kristallen, aus Sintergestein, über das dampfendes Wasser in unsere Richtung floß. Nicht weniger als hundert solcher Becken, Terrassen und Stufen trennten uns von dem Versteck. Ich verglich unsere Bilder mit der Wirklichkeit; beide waren identisch.

»Ich habe derlei noch nie gesehen«, bekannte Tabarna mit müden Blicken. »Wer hat das erbaut? Götter? Zauberer?«

»Die farbigen Steine entstehen aus den Eingeweiden der Welt, und den Rest wird wohl einst ein ausgestorbenes Geschlecht errichtet haben«, erklärte ich. »Fangen wir an, Ptah?«

»Ja. Je eher wir diese Todeszone verlassen, desto schneller kommt meine gute Laune zurück.«

»Du hättest dich von Tursha begleiten lassen sollen, einer feurigen, stolzen Frau.« Tabarna grinste. Ptah machte eine wütende Bewegung und knurrte:

»Vielleicht verstehst du es später, Barna. Vergiß sie!«

Links neben dem Hügel bahnte sich Ocir einen Weg durch das heiße Wasser. Er trug Charis auf dem rechten Arm und hielt in der linken

Hand einige Werkzeuge. Ich nickte Ptah zu, und wir kletterten den Hügel hinunter. Obwohl wir noch rund eine Stunde Zeit bis zum Beginn der abendlichen Helligkeit hatten, fauchten ständig kalte Windstöße heran und verwandelten den Dampf über dem Wasser in dicken, weißen Nebel. Nicht einmal Fliegen gab es hier; es roch nach Schwefel und unbekannten Gasen. Langsam gingen wir durch das Wasser, das uns bestenfalls bis an die Knie reichte.

»Diese Kulisse scheint nicht das Werk von ES zu sein«, meinte Ocir. »Aber dennoch ein gutes Versteck für ein Projektil.«

Kein Eingeborener würde sich hierher wagen, flüsterte der Logiksektor. Nachdem wir dutzende Male auf dem schmierigglatten Sintergestein ausgerutscht waren, standen wir schließlich vor einem Spalt in dem rund fünfzehn Mannslängen hohen Steinhaufen. Die Kanten des unregelmäßigen Eingangs waren ebenso verwunderlich wie alles hier: es handelte sich um senkrechte Schnitte im Stein, deren Flächen verglast waren. Ich hob meine Waffe und feuerte einen breit gefächerten Strahl in die Höhe. Kalkweiße Helligkeit zeigte uns das Innere des Bienenkorbs aus Stein.

»Ein Baumstamm!« rief Charis verblüfft, als Ocir sie neben mir absetzte. Tatsächlich! Ein mächtiger, gerader Stamm wuchs in die Höhe; sein knorriges Wurzelwerk war von Lava und den vielfarbigen Bändern der Kristalle fest umschlossen. Schweigend machte sich Ocir an seine Tests und Untersuchungen. Ich holte Fackeln aus der Schultertasche, riß die Zünder an und befestigte fünf grell zuckende Lichter an Felsvorsprüngen und in Spalten. Das untere Drittel der Höhle war genügend ausgeleuchtet. Zwinkernd sah Tabarna zu, wie ich abermals in die Höhe leuchtete und erkannte, daß es keine Öffnung in der Höhle gab. Ich verständigte mich mit Ocir und winkte dem Seefahrer.

»Nun hast du Gelegenheit, unsere Waffen richtig kennenzulernen«, sagte ich. »Wir müssen dem Geschoß freie Bahn schaffen.«

Er folgte mir schweigend. Ich schob mein Beil in den Gürtel, ließ mir die Waffe Ptahs geben und begann zu klettern. Finger und Sohlen fanden guten Halt in den breiten Spalten der unregelmäßigen Mauer. Schnell und geschickt kletterte Tabarna hinter mir her, überholte mich und befand sich kurz darauf neben mir an der Stelle, wo die Scheinkuppel dieses Bauwerks begann. Ich sicherte mich, zog das Beil und schaltete die Hochenergiestrahlwaffe ein. Ich trennte mit einem langen Schnitt einen Stein aus dem Verband der anderen, hob ihn hoch und warf ihn nach unten. Dann zog ich die zweite Waffe und erklärte dem schwarzhaarigen Mann die Funktion. Zögernd versuchte er die Waffe einzusetzen, war mehrere Male ungeschickt, begriff aber schnell. Wir lockerten die Steine oder sprengten sie dort, wo sie festsaßen, voneinander los. Immer wieder fielen glühende Tropfen und absplitternde Teile nach innen. Schließlich hatten wir es geschafft, ein Loch von mehr als mannsgroßem Durchmesser auszubrechen. Die Lava hielt die größten Bausteine unverrückbar fest. Ich sagte keuchend:

»Hinunter, Tabarna. Vorsichtig! Schieb das Beil im Rücken in deinen Gürtelpanzer.«

Mit großer Vorsicht kletterten wir hinunter zum Eingang. Durch stinkende Nebelschwaden drang wieder der stechende Geruch an meine Nase. Schließlich merkte ich, daß es derselbe war, der mich schon während des Fluges geärgert hatte. *Tabarna stinkt!* bemerkte der Logiksektor reichlich spät. Ich grinste vor mich hin und beschloß, diesen Umstand drastisch zu ändern. Und zwar bald.

Im Innern der Höhle herrschte dämonisches Mischlicht. Die Röte des Sonnenuntergangs, die sich an der Unterfläche der Wolke brach – sie war größer als die beiden anderen! – strahlte herein. Ocir hob die Hand und erklärte ruhig:

»Zuerst wird die Umhüllung des Geschosses zerbröseln. Das Holz ist hauchdünn und besteht im wesentlichen aus Gängen und Höhlen, die von Insekten erzeugt wurden. Ich habe den Start programmiert. Eine Stunde. Wenn wir uns nicht lange aufhalten, können wir heute nacht an der alten Stelle schlafen.«

»Wird wohl eine kurze Nacht werden!« schränkte Ptah ein. Ich winkte ihm, flüsterte draußen mit ihm und sah an seinem Grinsen, daß er mit mir einer Meinung war. Tabarna gab Ptah die Waffe mit ehrfürchtigen Gesten zurück.

»Keine Leiter?« fragte ich den Roboter. Er deutete auf die Löcher, die seine Füße und Arme ins scheinbar massive Holz gerissen hatten. Dann nahm Ocir eine Fackel, hielt sie an die Umhüllung der Metallrakete und setzte das pergamentdünne Holz in Brand. Es schien mit brennbaren Mineralien gesättigt zu sein; was wußte ich. Jedenfalls schwelte und brannte es in rasender Geschwindigkeit von unten nach oben, und in der Höhlung entstand ein starker Luftzug.

»Ist es sicher, daß das Geschoß seine Aufgabe erfüllen wird? . . . In weniger als einer Stunde?« sagte ich; am Tonfall erkannte Ocir, daß ich es ernst meinte. Er brauchte nicht mehr nachzurechnen und sagte:

»Sechsundneunzig Prozent, Atlan.«

»Verlassen wir diesen Ort«, ordnete ich an. »Ptah!«

»Mit Vergnügen!« erwiderte er. Wir wandten uns zum Gehen. Als wir in der Mitte des größten und tiefsten Beckens standen, sagte ich: »Halt! Alle! Ist Ocir-Khenso deiner Meinung nach dein Freund, Tabarna?«

»Ich bin sicher. Er hat mir im Wald des Tempels zweifellos das Leben gerettet.«

»Dann wirst du alles, was er nun tut, für richtig halten«, versicherte ich ihm. Ocir ergriff ihn bei beiden Armen und tauchte seinen Kopf in das sehr warme, schweflige Wasser. Prustend kam Tabarna hoch und keuchte erschrocken, wütend:

»Was soll . . . ist er vom Wahnsinn geschlagen?«

»Jene kleinen Tiere in deinen Haaren und den Locken deines feinen Bartes«, sagte Ptah genüßlich, »siehe, sie sterben willig im reinigenden

Wasser des Erdgeists. Noch ein paarmal, Ocir, wenn ich im Namen unserer empfindlichen Nasen bitten darf.«

Charis und ich stimmten in sein Gelächter ein. Ocir packte Tabarna sanft, aber nachdrücklich im Nacken und unterzog ihn einer gründlichen Kopfwäsche. Dann warf er sich den Triefenden über die Schulter, und wir gingen schnell zu unserem Gleiter zurück. Der Schrecken saß tief in Tabarna, aber er verhielt sich still. Als wir wieder im Boot saßen, reichte ihm Charis ein Tuch, und er trocknete sich schweigend ab. Ocir brachte das Boot auf Kurs und raste in die Richtung unseres letzten Nachtlagers davon. Es war ein weiter Flug dorthin, und nach genau einer Stunde hielt der Mondrobot den Gleiter über einer dunklen Savanne an.

»Sieh genau hin«, sagte ich zu Tabarna, der beleidigt war. »Noch achtmal wirst du dieses Feuer sehen. Unsere Reise führt uns in viele Länder, an die Höfe stolzer und reicher Könige. Da du mit uns gehst, wirst du auch einen Teil unserer Sitten annehmen müssen; wie jeder, den du an Bord der AXT im Großen Okeanos kennengelernt hast. Eine unserer Eigenarten ist körperliche Sauberkeit: Du wirst sie handhaben wie die feurigen Strahlen aus einer Streitaxt.«

Mein Tonfall sagte ihm, daß es keinen Widerspruch gab. Tabarna, dem das nasse Haargewirr am Schädel und am Hals klebte, nickte schweigend; wir stanken alle nach dem schwefligen Wasser. Dann sahen wir die Rakete. Zuerst nur ein undeutliches Leuchten, daraufhin eine von innen beleuchtete Rauchwolke, und schließlich die riesige Feuerzunge, die das Geschoß aus dem zusammenbrechenden Bauwerk hinausschleuderte und in die Höhe trug. Viel später erst kam der lärmende Donner. Die letzten Wolkenbänke des Sonnenuntergangs bildeten eine dunkelrot-schwarze Kulisse für den Rauchschweif und die Flammen, und schließlich detonierte das Geschoß über der Wolke und verstreute seinen wachstumshemmenden Inhalt, der durch den Explosionsdruck im Beinahevakuum über der Wolke fein verteilt wurde.

»Elf weniger drei sind acht«, stellte Ptah fest. »Solltest du, Atlan, uns jetzt nicht bald eine Pause gönnen, werde ich der ungehorsamste Mitstreiter, den du je hattest.«

Der Gleiter raste nach Nordosten. Unter der Wolke erschienen Sterne am Horizont, und je mehr wir uns den Wolken und den Gewittern der Randzone näherten, desto mehr Sterne sahen wir, und sie wurden heller und schärfer.

Am nächsten Vormittag schälten wir uns unter den Insektennetzen hervor. Ocir ging auf die Jagd, sammelte Früchte und Beeren und Würzkräuter. Ich lag faul in der Sonne und studierte die Karten. Ptah befand sich mit Tabarna im Wasser und unterwies ihn im Gebrauch von Seife und Bürste. Später stellte Charis einen Spiegel auf, kämmte Tabarna, schnitt sein Haar und anschließend meines, das ich mir vor den

Augen des Kriegers dunkelbraun nachfärbte, nicht ohne einige weiße Strähnen darin zu lassen. Ich massierte seinen Bart mit Enthaarungspaste ein, deren Wirkung einige Monde lang anhielt. Charis versorgte mit unseren Medikamenten eine Vielzahl kleinerer Wunden und Entzündungen, und als Ptah ihm schließlich aus unserer Ausrüstung ein Paar Stiefel schenkte, war seine Verwandlung vollkommen. Wir brachen in brüllendes Gelächter aus, als wir im Spiegel seinen Gesichtsausdruck sahen, als er nämlich seinen abgefallenen Bart plötzlich in den Fingern hielt. Wieder war es Charis, die seine Enttäuschung dämpfte, indem sie sein Gesicht mit einer Spezialsalbe massierte und ihm versicherte, er brauche dieses Zeichen seiner Männlichkeit erst wieder, wenn wir uns in die Nähe von Menschen begaben. Jetzt hatte er weiches, lockiges Haar bis in den Nacken; ein gutaussehender, schlanker Mann mit schrägen, großen Augen und scharf vorspringender Nase, kantigem Kinn mit einem senkrechten Einschnitt. Ein paar Armbänder machten, daß er sich wie ein Kind freute. Ocir schenkte ihm den Ring des Pharao.

»Nun bin ich wirklich einer von euch«, sagte er feierlich. Als ihm der Rauch unseres Feuers in den Hals kam, hustete er unfeierlich und half Charis, zusammen mit Ptah das Essen fertigzumachen. Entspannte Stimmung erfaßte uns – Hüter und Kämpfer für diese barbarische Welt; ich zwang mich dazu, nicht an ES, an die anderen Wolken und die Strapazen auf dem Weg dorthin zu denken.

Der Mondrobot! sagte der Logiksektor. *Er wird den trunksüchtigen Freunden seines Gebieters immer ähnlicher. In seinem Verhalten, meine ich. Er schleppt euren Wein in seinem Gepäck mit. Das Charakteristikum einer Maschine!* Ocir stellte einen großen Tonkrug in das kalte Flußwasser, kam zurück und sagte:

»Diesen Krug brachtest du, Atlan, zusammen mit Charis mit, als ihr in der Kuppel auftauchtet. Ich weiß, daß Weine verderben, wenn sie fünf Jahrhunderte alt sind. Deshalb dehydrierte und desalkoholisierte ich das Getränk, bewahrte die Grundsubstanz im Vakuum auf, analysierte sie und erzeugte mit Hilfe von reinem Alkohol vor etwa einem Jahrzehnt einen neuen Wein. Ich versichere euch, daß er zu achtundneunzig Prozent so schmeckt wie jener, den du damals offensichtlich gern getrunken hast.«

Mir war, als drehe sich der Planet plötzlich verkehrt herum. Kunstwein auf Trockensubstanzbasis! Ich stieß ein hohles Kichern aus und fühlte, wie eine völlig widersinnige Heiterkeit von mir Besitz ergriff. Während wir aus Teilen unserer Ausrüstung einen Tisch bauten und Becher, Teller und Löffel auskramten, mußte ich immer noch lachen. Ich schüttelte mich noch stärker, als Ocir-Khenso mir verständnislose Blicke zuwarf. Hoffentlich beobachtete uns ES jetzt – vielleicht war diese Art von Humor nach seinem Geschmack.

Als Vorspeise gab es kühlen Wein. Hervorragend! Spritzig und vollmundig! Dann aßen wir schwarze und rote Beeren, gesüßt mit Honig und vermischt mit sahniger Milch aus unserem Notvorrat, dann eine grünschalige Frucht mit weißem Fleisch, eingewickelt in dünne Schinkenscheiben. Der Gazellenbraten, mit Speck gespickt, war voller würziger Kräuter in der Kruste, die Ptah mit Honig und Salz bestreut hatte. Zum Hauptgang hatte Ocir Fladenbrote zusammengerollt und mit einer Mischung aus braunen Pilzen, Vogeleiern und Brot gefüllt und in einer tönernen Pfanne aus Babylonien gebraten. Zwei Vögel, die Ptah mit Pfeilschüssen aus den Bäumen geholt hatte, waren zerteilt und in sämiger Soße gebraten worden. Dann wieder Beeren und in Würfel geschnittene Früchte, deren Namen niemand kannte. Jeder Schluck Ocirs halbsynthetischen Weines war besser als der zuvor; endlich saßen wir fröhlich und satt da, und Ocir roch an seinem Weinbecher.

Nach einem langen Blick auf Charis und mich sagte Ptah-Sokar, als der letzte Tropfen ausgeschenkt war:

»Ocir und ich haben beschlossen, unserem Freund in der Savanne hinter den Felsen den Gebrauch der wunderbaren Waffen zu erklären. Wir kommen zurück, wenn die Abendschatten zu lang sind.«

»Dafür liebe ich dich, Ptah!« hauchte Charis und schenkte ihm ein strahlendes Lächeln. Einige Atemzüge später waren wir allein. Ich schaltete den Schutzzaun hinter den Freunden auf mittlere Leistung und kniete mich vor Charis in den Sand.

»Schwester des Schweißes«, sagte ich lächelnd, »ich denke, wir dürfen uns zu den glücklichen Menschen zählen. Ptah hat uns sechs Stunden geschenkt.«

Wieder war in uns beiden die Sicherheit groß, die Gewißheit, daß wir uns vor langer Zeit kennengelernt hatten. Ich nahm ihr Gesicht in die Hände und strich ihr Haar nach hinten. Die goldenen und silbernen Pünktchen flirrten verführerisch. Die Mittagssonne brannte herunter und ließ uns zwinkern. Charis knöpfte mein Wams auf und erwiderte:

»Sechs Stunden sind nicht viel. Aber ich weiß, daß es sehr viel mehr werden – wenn wir wollen.«

Arm in Arm gingen wir hinunter zum Wasser. Wir zogen uns aus und schwammen in dem herrlich kühlen See, fühlten, wie der Druck von uns abfiel, wie wir uns entkrampften, wie unsere Körper aufeinander zudrängten, wie jede Zelle nach Zärtlichkeit dürstete. Wir küßten uns atemlos im Wasser und liebten uns auf dem heißen Sand. So war es; ich kannte Charis lange und tief. Wir erinnerten uns an tausend Gesten, Worte und Empfindungen. Die Erinnerungen, die wir teilten, waren verschüttet, aber nicht so tief, als daß wir sie nicht hätten ausgraben können. Wir wurden müde, schliefen zehn Atemzüge lang oder eine Stunde, umarmten uns leidenschaftlich, schwammen wieder und schliefen, als die Freunde kamen, im kühlen Schatten tiefhängender Äste, zugedeckt von unseren Träumen und leichten Decken.

6.

Tabarna und seine Ruderer mischten Sand und gehacktes Stroh in den schmatzenden Lehm, Ocir schleppte Steine und schwere Körbe des glitschigen Mörtels. Ptah und ich mauerten den Eingang der Sandsteinhöhle langsam zu. Der Schweiß floß in Bahnen über unsere sonnengebräunten Körper. Nur der Gedanke an die Vorräte unter dem Heck, die Kühle des Seewassers und im Innern die AXT DES MELKART ließ uns weiterarbeiten. In der kleinen Höhle, hier im Hang eines winzigen natürlichen Hafens, hatten wir unser Gleiterboot versteckt. ES und Ricos Karten hatten uns von Djanet durch den östlichsten Mündungsarm des Hapi zu diesem Depot geleitet. Viele Ausrüstungsgegenstände lagerten dort, und der Hang war so steil, daß sich sogar eine der wenigen wilden Ziegen die Beine brechen würde. In den feuchten Lehm steckte ich Setzlinge anspruchsloser Unkrautpflanzen, die binnen kurzer Zeit wuchern und die letzten Spuren verwischen würden. Endlich waren wir mit dieser harten Arbeit fertig. Wir kletterten am Doppelseil abwärts und warfen uns in die niedrigen Brandungswellen des Binnenmeers. Als letzter entfernte Ocir das Seil und kam uns nach. Halbnackt wuschen wir, indem wir zum Schiff hinüberschwammen, den Schweiß, das Häcksel und den Lehm ab und kletterten in den Schutz des ausgebreiteten Segels. Der auflandige Wind des späten Morgens war wunderbar kühl.

»Das«, sagte Ptah voll ehrlicher Freude, »ist schon mehr ein Abenteuer nach meinem Sinn. Krüge voll Bier und Wein in der Bilge, der Hafen von Uschu nicht fern, käufliche und unbezahlbare Frauen; du wirst sehen, Tabarna, jede ist schöner als die schwermütige Tursha. Wart nur.«

»Dir glaube ich nicht alles.« Tabarna baumelte mit den Beinen. »Wenn es aber Ocir sagt, stimmt's.«

Charis schnippte mit den Fingern und deutete auf Ocir.

»Stimmt's, Ocir? Verspricht Ptah zuviel?«

»Nein. Er sagt die Wahrheit. Uschu ist nach Iqarat die schönste, reichste und mächtigste Hafenstadt der Phoiniker. Sie können schreiben und vor allem rechnen. Sie handeln Glas, Metallarbeiten, Sklaven und Sklavinnen, Handwerker, kurzum alles, was sich auf Schiffen transportieren läßt und König Hiram Gewinn bringt. Und Melkart ist ihr Gott.«

In phönizischer Kantenschrift, bei den Griechen als »Zeichen der Phoiniker« bekannt, stand der Schiffsname hinter dem großen Auge, das alles Böse sieht. Das Auge, das an fast jedem Schiff in diesem Meer angebracht war, leuchtete in scheinbar edlen Metallen. Die Buchstaben schienen aus Gold zu bestehen und waren im Zedernholz eingelassen. Dahinter befand sich eine schwarze Axt; die Kennzeichnung war an Backbord und Steuerbord des großen, gediegenen Schiffes angebracht.

»Im Schiffsraum«, sagte ich kopfschüttelnd, »sind zwei ›Sternensäulen‹ festgezurrt. Immerhin – wenn unser Herrscher nicht überzeugt wäre, daß wir dieses Problem lösen können, würde er uns dieses kostbare Schiff nicht in die Hand gegeben haben.«

Genau dies setzt ES voraus, bestätigte der Logiksektor. Ich warf den schaukelnden Zellaktivator, der als schmuckloses Amulett getarnt war, auf den Rücken und ließ mir von Charis einen Becher kaltes Wasser geben. Mah-Dhana und Sa'Valer tauchten prustend neben dem Bug auf.

»Noch fehlt die andere Hälfte der Mannschaft. Wir sind zu wenige, um die AXT steuern zu können. Nicht einmal, wenn Ocir ununterbrochen schuftet.«

»Du hast recht, Ptah. Ich denke, wir warten. Oder eilt es euch?«

»Niemandem!« Der Rômet deutete auf die Männer, die seit dem Anfang der Fahrt bei uns waren. Sie schwammen, rangen im Sand oder lagen faul im Schatten, die Körper voll Zedernöl. Wir lagen in einer der vielen Buchten, die niemand kannte außer einigen Seefahrern. Ein winziger Strand, hundert Schritt lang, fast ein Dreiviertelkreis, eine winzige Quelle am unteren Ende des Hanges, Schatten am Morgen und am Abend, nach Norden offen und gegen Stürme aus anderen Richtungen einigermaßen geschützt, entfernt von jeder menschlichen Siedlung. Ocir und Nestor hatten mehr als einen Tag gebraucht, um den Platz anzusteuern. Die AXT war ein Zwanzigruderer, zehn Riemen an jeder Seite. Sie hatte im Gegensatz zu den Händlerschiffen ein durchgehendes Deck. Wasser, das nicht hereinschlug, brauchte man nicht auszuschöpfen. Für meine Augen war die AXT DES MELKART von ES hergestellt und ein Meisterwerk.

Wir waren mehrmals unter das Heck getaucht und hatten gesehen, auch oberhalb des tief heruntergezogenen Kiels war der Rumpf mit dünnem Kupferblech beschlagen. Bis zur Wasserlinie waren die Planken mit Asphalt und Wachs bestrichen und glatt wie ein Kieselstein. Die Bohrwurmlarven hatten schlechte Zeiten in unseren Planken. Hinter uns, neben den Rudern, war eine Karte mit Dolchen an Deck aufgespießt. Ich sah zwei annähernd runde Flächen, unzweifelhaft unsere nächsten Ziele. Die kleinere Wolke, die von einer Höhenströmung der Luft nach Osten ausuferte, hing über der Meerenge zwischen Binnenmeer und westlichem Ozean, über den »Säulen des Melkart«. Die zweite Wolke dieser Karte schwebte weit im Osten, halb über dem Meer, das sich jenseits von Troja befand, an den Gestaden der Skythen – dort war, wie ES mich hatte verstehen lassen, noch kein Schiff der Phoiniker gelandet.

»Es gibt zwei Möglichkeiten«, sagte ich. »Entweder wird uns bald ein Dutzend Männer geschickt, oder wir müssen nach Uschu-Djarh segeln.«

»Drei Tage etwa bei günstigem Wind«, schätzte Charis. Ocir stimmte zu. Ich nickte und murmelte:

»Warum eigentlich nicht? ES wird dafür sorgen, daß König Hiram uns gebührend empfangen wird. Ich bin ganz sicher.«

»Wir ziehen übermorgen den Ankerstein auf?« fragte Tabarna aufgeregt. »Ich habe solche Schiffe nur am untersten Lauf des Uruttu gesehen. Niemals setzte ich meinen Fuß auf die Bretter solchen Schiffes.«

»Es heißt Planken!« verbesserte ihn der Ägypter. »Du wirst noch die herrliche Seefahrt zu verfluchen lernen. So ruhig, sonnig und windarm ist das Meer nur selten.«

»Ich habe keine Angst!«

»Recht so!« sagte ich. »Übermorgen früh. Ich schwimm' ein paar Runden und lege mich im Sand zum Schlaf. Weckt mich, wenn uns Piraten überfallen.«

»Keine Sorge. Ptah, Ocir und ich wehren sie ab!« rief Tabarna lachend. Ich hob die Arme und sprang vom Bug in einem langgestreckten Satz ins Wasser. Wir waren – wieder einmal? – nahe daran, uns in Seenomaden zu verwandeln. Den Rest des Tages verbrachten wir schwimmend und schlafend, untersuchten jeden Winkel des herrlichen Schiffes, sichteten Vorräte; besonders die großen Krüge, in denen Nahrungsmittel wasserfest eingesiegelt waren. Die Krüge hatten Henkel, durch die Tauwerk gezogen wurde. Mehrere Schläge hielten die Krüge federnd und sicher an Holzteilen. Wir legten unseren Kurs fest und suchten auf den feiner ausgearbeiteten Karten nach Buchten oder Stränden, zu denen wir flüchten konnten. Jeder fand an Deck oder darunter einen Winkel, breitete seine Decken aus oder knüpfte die schaukelnde Matte fest. Ocirs positronischer Verstand würde nicht nur die Navigation besser als jeder andere besorgen, der Mondroboter weckte uns auch vor Morgengrauen, als er aus Treibholz ein Feuer entfacht und einen Imbiß vorbereitet hatte.

Dann zogen wir den Anker auf, eine Konstruktion aus Stein, Hartholz und Blei, zurrten ihn fest, und Ocir stemmte den Bug der AXT vom Strand weg. Mit einem Klimmzug schwang er sich hinter dem Bug an Bord, und dann brachte Nestor das Schiff mit der Gleitersteuerung rückwärts, dann in enger Wende in tieferes Wasser. Ptah, Sa'Valer und Tabarna zogen das Segel auf; die Rah bog sich knarrend, als sich das Trapezsegel füllte. Wir segelten nach Uschu-Djarh.

Warmer Westwind packte uns; eine Stunde lang waren wir unsicher, dann aber verschmolzen wir wieder mit der AXT DES MELKART zu einer merkwürdigen Symbiose, an die wir uns erinnerten. Auch die phoinikischen Handelsschiffe – die Bewohner der kleinen Stadtstaaten nannten sich selbst Kanaanäer – verkörperten ähnliche Entwicklungen: Die Vorfahren waren Wüstennomaden, jetzt waren Schiffe ihre Heimat. Handelsstationen lagen an überraschend vielen Küsten des Binnenmeers. Drei Tage und drei Nächte und abermals einen Tag lang segelten wir nach Osten und sahen endlich die Insel und den Stadthafen. Der Aufenthalt in der Sonne, regelmäßiger Schlaf, gutes Essen und gute Stimmung hatten uns vorübergehend die Gefahr vergessen lassen, die sich an acht Stellen der Welt ausbreitete und von Tag zu Tag wuchs.

Uschu lag voraus. Als wir auf die riesigen Felsplatten zusegelten, auf denen die Stadt erbaut worden war, erkannten wir den Turm, die langen Hafenmolen und den Palast Hirams. Sonnenlicht schien durch unser Segel und zeigte die pharaonischen Zeichen und Zeichnungen um mein arkonidisches A. Die Giebel des Melkarttempels und die Türme des Tempels der Aschera glühten in den letzten Sonnenstrahlen, dann senkte sich die Dämmerung. Das Hafenfeuer wurde angezündet; es loderte höher und tauchte binnen kurzer Zeit Hafen, Insel und den Damm zum Festland in flackerndes Licht. Menschen liefen zusammen, obwohl ein Dutzend Handelssegler ankerten oder am Kai lagen; wir hörten, als wir das Segel festmachten, daß zwischen erstauntem Murmeln laute Schreie durch Gassen und über die Plätze hallten.

»Melkart schickt uns die Retter von Gadir!«

Gadir hieß die Siedlung jenseits der Meerenge, dorther bezogen die Kanaanäer Silber, Zinn und andere Metalle. Sie wußten also schon von der Wolke über dem Ozean und dem Land. Wir legten gekonnt, ohne Einwirkung von Wind und Riemen über Heck neben einer prunkvollen Seebarke, einem schlanken Kielschiff, im größeren Hafen an. Die Flamme loderte vor unserem Bug; viele Hände halfen uns; der Kai war voller Seeleute von anderen Schiffen. In der Volksmenge öffnete sich eine Gasse, und mitten zweier Dutzend Bogenschützen, die Fackeln hochreckten, kam ein mittelgroßer, breitschultriger Mann in purpurgesäumter Kleidung auf uns zu. Die Männer belegten die Taue.

»König Hiram von Tyros, kein Zweifel«, sagte ich. Inzwischen hatten auch wir unsere beste Kleidung angelegt und standen voll ausgerüstet im Heck, über den Balken der Ruder. Ein Bote raste keuchend heran und zügelte das Pferd dicht vor dem Wasser. Er schrie aufgeregt:

»Die goldene Säule des Melkart strahlt! Die Smaragdsäule glüht, als wolle sie schmelzen! Seid ihr die Retter?«

Männer schleppten Planken herbei, legten sie zwischen Kai und Schiff aus und halfen uns herunter. Hiram war eineinhalb Kopf kleiner als ich. Aus jeder Bewegung sprachen Autorität, Schläue und Geschäftstüchtigkeit. Er sah die rômetischen Schmuckstücke, unsere Kleidung und die Waffen und rief in der Sprache des Hapilandes:

»Willkommen! Melkart kündigte euch an. Bringt eure Mannschaft an Land. Ihr sollt alles genießen, was meine Stadt euch bieten kann.«

Wir traten auf ihn zu, schüttelten sein Handgelenk und blickten in die grimmigen Gesichter seiner Wachen. Aufgeregtes Murmeln ging durch die Menschenmenge, die immer größer wurde. Dann sagte ich:

»Wir haben zu wenig Mannschaft. Wir suchen einen oder zwei gute Steuermänner. Gib uns zwei erfahrene Männer vom Stamm der Tjeker. Auch ein Dutzend gute Ruderer brauchen wir für Segel und Riemen.«

»Woher kommt ihr? Aus dem Mündungsdreieck des Hapi?«

»Von weiter her«, antwortete Ocir. »Es herrschten günstige Winde.«

Die Umstehenden stießen sich an und flüsterten sich die Botschaft zu. Aus der obersten Brüstung ließ die Hitze des Hafenfeuers Steinsplitter herunterprasseln. Charis hob den Kopf und sprach den König an.

»Du weißt, daß wir Gades und das Land dort retten sollen. Haben viele Schiffe dir die Botschaft von dort gebracht?«

»Vier Kapitäne waren es. Alles stirbt dort. Sie sagten, sogar die Tümmler im Meer flüchten aus dem blauschimmernden Schatten. Meine Kapitäne sind ohne Furcht, beim Baal, aber sie kamen zitternd und ohne Ladung zurück in unseren Hafen.«

»Wir brauchen die tapfersten Männer deiner Stadt, König«, drängte Ptah-Sokar. »Aber vielleicht sollten wir dies bei einem Becher Wein besprechen? Indes – lange werden wir nicht bleiben können. Ich seh' schon jetzt, daß es uns leid tun wird.«

Der König lächelte knapp, gab Befehle, und hinter dem Halbkreis seiner Bogenschützen führten die Knechte mehrere Gespanne heran. Ocir sprach leise mit Hiram. Der König gab seinen Gardisten den Befehl, niemanden an Bord der AXT DES MELKART zu lassen. Nestor führte die kleine Mannschaft über die Planke. Schon nach wenigen Schritten konnten wir erkennen, daß die Stadt großzügig, sauber und auffallend klug angelegt war. Es gab Gebäude, die höher waren als sieben Mannsgrößen. In vielen Fenstern brannten Lichter. Gerüche nach Braten, frischem Brot und Wein durchzogen die Gassen, als wir zum höchstgelegenen Gebäude fuhren und uns auf einer Terrasse vor einem säulengeschmückten Nebenbau wiederfanden. Ich sah mich um; mir war, als habe ich einige Gebäude entworfen. In nebelhafter Vergangenheit. Zedernholz, eine unbezahlbare Kostbarkeit in Khem oder Rômetland, war hier allgegenwärtig; als Bretter, Balken, Bohlen und geschnitzte Säulen. Wir befanden uns im Zentrum der Macht, der Schönheit und des Reichtums.

»Wer seid ihr, daß Baal euch mit solchen Kräften ausgestattet hat?« Mit dieser Frage eröffnete der König die Unterhaltung. Palastsklavinnen bedienten uns und warfen Tabarna, Sa'Valer, Ma-Dhana und Ptah-Sokar funkelnde Blicke zu.

»Wir sind seine Kämpfer«, sagte ich vorsichtig. »Aus einem fernen Land im Westen holte er uns und rüstete uns mit Waffen gegen die Wolke aus. Wie erfuhrst du von uns?«

»Nacheinander hatten viele Priester des Melkarttempels und dem der Aschera Träume und Visionen. Sie sahen stets dasselbe.«

Aschera-Yam, Baalat oder Ishtar – viele Namen entsprachen der Göttin, die in Khem, dem Hapiland, den Namen Isis trug. Als ich über die Schulter Hirams blickte, sah ich, wie das Hafenfeuer kleiner wurde. Erstaunt betrachtete der König diesen Vorgang. Dann fuhr er fort:

»Ich vollbrachte große Dinge, denn ich ließ den Hafen auf den Felsen vor der Küste bauen. Die Mauern machen die Stadt und den Hafen uneinnehmbar. Mein Schiff liegt im sidonischen Hafen. So nennen wir in unserer Sprache den neuen Stadtteil. Wir sind zum Meer hin offen und können uns gegen das Land wehren. Und an zweimal hundert Punkten entlang aller Küsten handeln wir und werden immer reicher.«

»Auch wir sind eine Frau und einige Männer, die staunenswerte Abenteuer überlebten«, sagte Ptah verbindlich. »Zwar hat sich das Meer zwischen euch und eure Feinde, so es welche gibt, geschoben. Aber ebenfalls schob sich die riesige Wolke zwischen euch und euren Verdienst. Sind deine Wachen schon unterwegs, um die beste Mannschaft für die AXT zu suchen?«

Leckerbissen wurden aufgetischt. Wind kam von der See und vertrieb Mücken und Nachtfalter, die eben um Öllampen und lodernde Feuerschalen geflattert waren. Hiram nickte ernst; ebensowenig, wie er uns beeindruckt hatte, war er von uns beeindruckt. Oder ebensoviel. Er winkte; ein Schreiber mit einer Zederntafel, auf der Binsenmarkblätter lagen, kam heran und verneigte sich.

»Wann wollt ihr auslaufen?«

»In drei Tagen«, sagte ich und nickte Kapitän Nestor zu. »Melkart und unser König halten viele Abenteuer für uns bereit. Uns bindet ein dreifach heiliger Schwur.«

»Nun: In drei Tagen sollen die Steuermänner Sa'Valer und Mah-Dhana je sechs Männer aussuchen, die keine Angst davor haben, lange auf dem Schiff zu bleiben. Sie gehorchen den Befehlen dieser Männer und«, er machte eine Pause, die erkennen ließ, wie wenig eine Frau im Rat der Männer galt, »dieser Frau. Geh!«

Schweigend verbeugte sich der Schreiber und verschwand zwischen wehenden Vorhängen mit Purpursäumen. Charis richtete sich auf, straffte ihren Rücken. Ihre Stimme war leise, aber von klirrender Schärfe, als sie mühsam höflich sagte:

»Nur ich, König, weiß, wie die Sternensäule gezielt werden muß, um die Wolke über deinen Silberbergwerken zu vernichten. Denn sicherlich werden dir deine Späher berichten, daß zwei Sternensäulen im Bauch des Schiffes sind.«

Hiram zuckte zusammen, starrte sie verdrossen an und hob aus Verlegenheit den Becher. Und als Charis unser breites Grinsen bemerkte und weitersprach, sprang Hiram auf und ging zur Brüstung der Terrasse.

»Und nur ich und mein Steuermann Ocir-Khenso kennen den Weg zu den Säulen des Melkart. Das Schiff, die tüchtige AXT DES MELKART, wird nicht wie eure Nußschalen von Bucht zu Bucht segeln. Sag dies deinen tapferen Seeleuten, König.«

Der Mann, vor dessen Kapitänen die Händler zitterten, leerte seinen

Becher und stützte sich schwer auf den Tisch. Er zuckte mit den Achseln und stieß hervor:

»Dort, wo du herkommst, Charis, mögen Frauen mächtiger sein als Männer. Ich redete, wie ich es von unseren Sitten gewohnt bin. Fern lag es mir, dich zu beleidigen, o Werkzeug der Aschera!«

»Auch ich gehorche nur den Gebräuchen unserer Heimat. Fürsten vermögen einander nicht wirklich zu kränken, König.«

Gewinne waren sicherer, wenn sie langfristig geplant wurden. Dieses Bewußtsein hatte Hiram dazu gebracht, einzulenken. *Ein kluger Mann,* dachte ich, ehe mir das Extrahirn zuvorkam. Er ließ die Becher wegräumen und Pokale bringen, in die schwerer Wein floß. In einem anderen Teil des Palasts fingen Musikantinnen mit einschmeichelnden Melodien an. Der Hinweis darauf, daß wir nicht alle zwei oder drei Nächte das Schiff an den Strand zu ziehen beabsichtigten, beeindruckte Hiram; sicherlich war auch er einst ein Handelskapitän gewesen. Er machte eine großzügige Geste und sagte, den wuchtigen Pokal erhoben:

»Bleibt hier, solange ihr wollt. Alles, was ihr in Gassen, den Häusern und im Palast findet, dient eurem Wohlergehen. Es wird genügen, wenn ihr eure Wünsche aussprecht. Ihr sollt nirgendwo erzählen, daß Hiram, dessen Männer andernorts prächtige Tempel bauen, kein Fürst der Gastfreundschaft ist.«

»Schon dieser köstliche Wein«, sagte Ocir-Khenso feierlich und hob den Goldpokal, als bestünde er aus Schilf, »zeigt, daß wir im Schoß deines Palasts unseren Kampf gegen die Wolke schnell vergessen werden!«

Hingebungsvoll roch er am Wein, und dann trank er einen Schluck! Er stand auf, schwankte ein wenig und bat unseren Gastgeber:

»Erlaube, König, daß ich mich zurückziehe. Ich lenkte das Schiff, und meine Schultern sind müde geworden.«

»Die Mädchen werden dich baden und deinen Körper mit Öl massieren«, sagte Hiram, und Ocir nickte zustimmend. Er verabschiedete sich mit übertrieben graziösen Bewegungen und folgte einer leichtfüßigen Palastsklavin, die ihn mit klirrendem Schmuck und wehenden Gewändern mit sich zog. Es gelang mir, mein verwundertes Gelächter herunterzuschlucken; ich beschloß, mich über nichts mehr zu wundern, was den Robot betraf.

Wir saßen noch lange auf der Terrasse. Der Wind schlief ein, die Steine atmeten die Wärme des Tages aus. Wir sprachen über unbekannte Häfen, die vielen Handelswaren, über die Fähigkeit der Händler, teure Waren selbst herzustellen, die Gefahr der Wolken, über unser eigenes fernes Königreich, das solche Schiffe und kühne Kapitäne wie uns hatte, Meer und Wasser, und wir begriffen, daß die furchtlosen Männer dieser Hafenstädte eine eigene Philosophie des Meeres hatten. Sie begegneten Wellen, Strömungen, Winden und Wolken mit Respekt und Kenntnis, mit Vorsicht und Zurückhaltung. Deswegen kamen die meisten Schiffe selbst von den entferntesten Zielen heil zurück. Tabarna, die Steuermänner und Ptah-Sokar hatten sich, nach der Meinung meiner Freundin, die lieblichsten Sklavinnen ausgesucht. Ich verzichtete darauf, mich mit Öl massieren zu lassen, und schlief lieber in Charis' Armen. Es würde für uns ein großer Sommer werden, dachte ich oft und wußte nicht, woher ich diese Gewißheit nahm.

Das Feuer auf der Turmplattform erlosch. Hinter den großen Zedernwäldern des Gebirges erhob sich die Sonne. Als wir vollzählig waren, Wasser und Proviant übernommen hatten und von König Hiram mit allem Gefolge eindrucksvoll verabschiedet worden waren, legten wir ab.

Zehn Riemen auf jeder Seite hoben und senkten sich im Takt. Das Hafenwasser war glatt wie Marmor, als die AXT DES MELKART drehte, aus dem Hafen hinausglitt und auf die lange Reise zu der Meerenge ging – und darüber hinaus.

Diese Mannschaft wird euch auch nach Osten bringen, an Troja und Abydos vorbei,, dröhnte eine Stimme in meinen Gedanken. Ich suchte den Blick von Charis und Ptah. Sie starrten mich an und nickten kaum merklich. Da wußte ich, daß sich ES gemeldet hatte. ES war einverstanden mit unserem Vorgehen. Aber ES lachte diesmal nicht.

Weit außerhalb von Hirams Küste, aber noch immer in Sicht anderer Schiffe, packten uns endlich Strömung und Wind aus der Richtung von Alashija, und die Riemen wurden eingezogen. Ocir zeigte den Kanaanäern, wie hoch man mit einem geänderten Rigg, selbst mit einem Rahsegel an den Wind gehen konnte. Es gelang uns, ein einigermaßen gerades Kielwasser hinter uns zu lassen, und weit hinter uns verklangen die Rufe von den Decks der begleitenden Muschelschiffe.

Eine Chronik unserer Fahrt würde sich sehr merkwürdig ausnehmen. Ich benutzte die versteckte Gleitersteuerung immer dann, wenn wir schlechten Wind hatten, mitten in herrlichen, sternenklaren Nächten, bei Windstille und bei zu starkem Wind. Auf diese Weise waren wir ein schnelles Schiff, das die Entfernungen förmlich fraß. Südlich von Rhodos und nördlich von Keftiu fuhren wir vorbei, näherten uns der dreiekkigen Rieseninsel und legten an der Westküste an. Dort befand sich eine kleine Siedlung; eine phoinikische Handelsstation mit wenigen Häusern. Dicke Mauern, eine weite Bucht, seicht und gegen viele Winde geschützt, fruchtbares Land ringsum und viele Quellen, friedliche Gärten und Wälder, unwirkliche Felsformationen und ein Hinterland, dessen Bewohner gern und viel mit den Händlern handelten – zwischen allen Siedlungen dieses Volkes schien große Ähnlichkeit zu bestehen. Unsere Mannschaft hatte diese lange Reise in bestem Zustand überstanden. Sa'Valer und Mah-Dhana, die wie alle Kapitäne und Steuermänner jeden größeren Felsen, jede Bucht und jeden Wirbel entlang der Küsten kannten oder zumindest ahnten, hielten sich wacker. Zum erstenmal waren sie mehr als sechs Tage lang ununterbrochen geradeaus gesegelt, über offenes Meer. Zwei Tage lang ließen wir der Mannschaft Zeit, sich zu erholen und ein letztes Mal – wer konnte sagen, was uns in naher Zukunft erwartete? – mit der eigenen Kultur in Kontakt zu bleiben.

Zwanzig Ruderer und zwei Steuermänner; mittelgroße, nicht sonderlich gedrungene Männer jeden Alters. Braunhäutig, schwarzhaarig, mit kleinen und großen Bärten und tiefen Kerben in schmalen Gesichtern. Ihre Augen waren ebenso flink wie ihr Verstand, der an Bord der AXT reichlich strapaziert wurde. Jede Stunde wurden sie mit Dingen konfrontiert, die ihnen, milde gesprochen, reichlich wunderbar vorkommen mußten. Aber wir bemühten uns, für jedes »Wunder« eine verständliche Erklärung zu geben. Für jeden von ihnen war Ocir-Khenso eindeutig die Bezugsperson: Seine Kräfte, seine unermüdliche Wachsamkeit, die Fähigkeit, bei jeder gefährlichen Situation augenblicklich richtig zu handeln, begeisterten die einfachen Männer.

Einfache Männer? Sie waren Spezialisten. Wahre Philosophen des Meeres, des Handels und pragmatischen Verhaltens. Es gab an Bord so gut wie nichts, was sie nicht beherrschten – jeder Griff, selbst in stürmischer Nacht, saß zuverlässig. Aber die Erörterung der Navigation mit Hilfe einer magnetischen Nadel überforderte sie tagelang. Dafür kannten sie jeden Stern und schienen seine Bewegungen zu jeder Nacht des Jahres auswendig zu kennen. Ein heiteres Völkchen, wie Charis sagte: Unsere Vorräte an Bier und Wein schwanden dahin wie Wasser in der Wüste. Wir segelten weiter.

Einen Tag lang blieben wir in Caralis auf Sardinia, erneuerten unsere Vorräte, besonders die Bier- und Weinkrüge, und dann nahmen wir das letzte, lange Stück der Fahrt in Angriff. Diesmal schaltete ich die Steuerung der AXT DES MELKART auf höchste Leistung, und vier Tage und Nächte später raste das Schiff mit gischtender Bugwelle, niedergelegtem Segel und festgezurrter Rah zwischen den Landmarken hindurch, die das Binnenmeer vom offenen Ozean trennten. Zwei Tage später liefen wir in der Mündung des Flusses nach Gades ein. Sechsunddreißig Stunden lang fuhren, schwebten und segelten wir schon unter der vierten Wolke dahin. Diesmal brauchten wir keine Erklärungen zu strapazieren – die Phönizier begriffen selbst, wie groß die Gefahr für die Welt war, in der sie segelten, handelten und ihre Kultur verbreiteten.

Wir legten an und gingen an Land. Jetzt erst fing die harte Arbeit an.

»Wir brauchen fünfzehn Bohlen. Sie müssen einen solchen Durchmesser haben und so lang sein«, forderte Ocir-Khenso, als wir uns unweit des Lagers versammelt hatten. Er schritt die benötigte Länge ab. »Und dann vierzig Stücke, die so lang sind. Dazu benötigen wir Tauwerk vom Schiff und Seile aus Pflanzenfasern. Macht euch an die Arbeit!«

Wieder befanden wir uns im abendlich dunklen Schatten der Wolke. Ihre Unterseite schien die Farbe des Ozeans widerzuspiegeln. Das Schiff lag weit auf den Strand hinaufgezogen. Wir hatten einen Teil der Planken abgehoben und die »kupfernen« Arkonstahlbeschläge abgenommen. Die Rah war als Ladebaum am Mastfuß befestigt worden. Beile und bronzene Sägen vollführten einen höllischen Lärm. Während Ocir mit unseren Ruderern ein pyramidenförmiges Gestell zusammenfügte und die Kreuzungspunkte mit Feder und Nut versah, dazu mit kreuzweise geschlungenen Seilen verband, wuchs langsam das Startgerüst.

Mit den »Sternensäulen« hatte sich ES wieder einen seiner makabren Scherze erlaubt. Sie waren mit breiten Bändern metallener Reliefs verziert. Diese Bilder zeigten alle nur denkbaren Szenen aus dem Leben unter den Wolken: flüchtende Menschen, verrottende Gewächse, sterbende Tiere und zerfallende Häuser und Paläste. Die Darstellung war bewußt einfach, aber voll überraschender Details. Um diese Bildwerke, die von den Seeleuten bewundert und gedeutet wurden, schlangen wir Taue und verbanden sie mit dem improvisierten Ladebaum.

»Die Priester im Tempel kennen eine alte Legende. Vor zehnmal hundert Jahren soll ein riesiger Mann, ein Held aus der fernen Welt, Gubal erschaffen haben, eine unserer ersten Städte.«

Tabarna hob die Schultern; er hielt viel von dem, was ihm Sa'Valer erzählte, für nicht wichtig. Er winkte den Männern, an den Seilen zu ziehen. Umlenkrollen und Flaschenzüge kreischten. Langsam hob sich das erste Geschoß aus dem Laderaum.

»Wir sind nicht hier, um Städte zu bauen. Wir vernichten die Wolke!«

»Höher hinauf! Vorsicht, bei Melkart!«

Wir hoben die schwere Sternensäule aus dem Schiff, ließen sie mitsamt den daran befestigten Tauen in den Sand gleiten und schoben sie über Rollen bis zu dem Startgerüst. In der Umgebung sahen wir die Schächte der Bergwerke. Hier wurden Silber, Kupfer, Zinn und andere Erze aus dem Boden geholt und geschmolzen.

»He, schneller, ihr Faulpelze!« schrie Ocir vom Startgerüst her. Hoch über uns zog unser Seeadler seine Kreise. Er beobachtete, was wir taten; später würde ich die Aufnahmen begutachten. Einige Männer aus der kanaanäischen Kolonie standen auf einem Hügel und sahen uns zu. Wir brachten die Säule bis zu dem bizarren Gerüst aus rohen Baumstämmen und zogen sie mit Hilfe zweier Flaschenzüge in senkrechte Lage. Natürlich hatten ich und Ocir die Züge konstruiert; wir würden sie den Minenarbeitern als Geschenk überlassen. Ächzend arbeiteten unsere Ruderer, bis das Unterteil der Säule auf den Steinblöcken stand, und das Oberteil dicht unter der Spitze von einem dünnen Tau gehalten wurde. Ocir kletterte auf dem Gerüst herum und schob einen Balken durch das Gitter. Nun konnte die Sternensäule nicht mehr kippen.

Nachdem er die Startautomatik eingestellt und die beiden Klappen wieder geschlossen hatte, winkte Ocir und rief unserem Kapitän zu:

»Zurück! Du kennst die Linie, Nestor, hinter der wir in Sicherheit sind.«

Tabarna schob und drängte die Ruderer in die Richtung des Schiffes zurück. Der Adler vergrößerte seine Kreise. Es war etwa Mittag, und wir befanden uns weit abseits der Flußmündung, zwar tief im Landesinnern, aber nicht im Mittelpunkt der Wolke. Weite Flächen des Meeres waren von winzigen Tornados aufgewühlt gewesen. Tote Fische, vielleicht aus dem Fluß angetrieben, hatten wir auf dem letzten Stück der Fahrt in großen Mengen gesehen. Kein Wal, nicht ein einziger Tümmler war von Bord aus beobachtet worden. Auch hier schien die Natur sich zu verändern, schien langsam zu sterben.

»Eine halbe Stunde, Ocir?« fragte Charis. Der Mondrobot schüttelte den Kopf und erwiderte: »Nein. Wir brauchen nicht zu warten. In ganz kurzer Zeit feuert sich das Geschoß ab.«

Die Ruderer versammelten sich bei der AXT DES MELKART. Wir gingen hinüber zu den fünf Phoinikern, die aufgeregt zum Holzbauwerk und der metallenen Säule hinüberstarrten.

»Seit wann wächst diese Wolke über euren Bergwerken und Feldern?« wollte Tabarna wissen. »Auch im Land der zwei Ströme besiegten wir eine furchtbare Todeswolke.«

Er zeigte auf mich, Charis und Ocir.

»Es mögen dreieinhalb Monde her sein«, antwortete ein phoinikischer Händler; einer der Männer, die mit den Eingeborenen in den Gruben und bei den Schmelzöfen arbeiteten. »Zuerst bemerkten wir nichts. Die kleine Wolke war so hoch am Himmel, daß wir die Gefahr nicht erkannten. Dann wuchs sie . . . und jetzt habt ihr es selbst gesehen.«

»Achtung. Melkarts lodernde Axt wird jetzt zum Himmel auffahren!« sagte Ocir-Khenso laut. Und schon zündete die Rakete. Feuer und Rauch schlugen seitlich aus den Öffnungen zwischen den Balken und Stämmen. Donner hallte über die Ebene. Aus dem brennenden Startturm, aus einer riesigen dunklen Wolke hob sich das Geschoß und balancierte auf dem grellen Feuerstrahl schräg nach oben. Begeistert und ängstlich sahen die Männer zu, wie das Geschoß der Wolke entgegenstürmte und schließlich über ihr in greller Explosion zerbarst.

»Und jetzt«, sagte Mah-Dhana mit zögerndem Lachen, »dürft ihr uns bewirten und unsere Vorräte ergänzen. Der Herrscher des Schiffes, Atlan, sagt, daß wir es eilig haben. Bringt vom Besten, Freunde.«

Der Befehl König Hirams galt hier ganz besonders. Schiffe waren die einzige Verbindung zur Heimat. Die Vorsteher der Siedlung versicherten uns, daß sie alles tun würden, um uns auszurüsten.

»Steuert euer Schiff in unseren Hafen. Es kostet euch nur zwei Stunden rudern, wenn die Flut das Wasser hebt.«

»Genau das werden wir tun«, versicherte Ptah-Sokar. »Unsere Mannschaft und auch wir sehnen uns danach, wieder eure König-Hiram-Gastfreundschaft zu genießen.«

»Wie viele Tage lang seid ihr unterwegs gewesen?« fragte einer. Ptah sah mich fragend an.

»Sag's ihm!« forderte ich ihn grinsend auf. Als der Händler erfuhr, wie kurz unsere Seereise gewesen war, glaubte er es nicht, aber die Mannschaft bestätigte es immer wieder. Als wir im Hafen anlegten, wußten es alle, hatte jeder es miterlebt: Wir waren wirklich mächtige Kämpfer. Gegenüber den Kanaanäern hier hatten wir uns dadurch ausgezeichnet, daß wir lebend eine derartige Fernfahrt in so wenigen Etappen überstanden hatten. Selbst für Männer der See, deren Lügenmärchen in allen Hafenschänken bekannt waren, bedeutete unsere Leistung eine Großtat.

Drei Tage brauchten wir, um unser Schiff neu auszurüsten. Wir wußten, daß uns eine ungewöhnlich lange Fahrt bevorstand. Sie würde uns nur auf der ersten Hälfte an Häfen vorbeiführen, die wir kannten. Wasser und viel Früchte benötigten wir, gebratenes Fleisch in dicker Salzkruste, alle Arten Nüsse, Trockenfleisch, Öl und Käse, neues Tauwerk und Hartholz, aus dem wir fehlende oder zerbrochene Teile sägen oder schnitzen konnten. Jede Handbreit der AXT wurde genau untersucht, wir nahmen Material für Segelreparaturen mit, und immer wieder bemerkten wir an den folgenden Tagen den Seeadler, der von Tag zu Tag unter sich mehr frisches Grün sah, trotz der Stürme, des Regens und der Kälte, die von See her kamen und das Land quälten. Die Wolke zerriß in viele Löcher und geschweifte Sprünge. Die Menschen spürten, daß die Wende zum Guten vollzogen war; die vierte Wolke war besiegt.

Noch sieben Geschosse, an Plätzen, von denen wir erst einen auf dieser zweiten Fahrt erreichen konnten. Die AXT DES MELKART legte ab, wandte ihren geschweiften Bug in die Strömung des namenlosen Flusses und verließ Gades. Der Seeadler folgte uns in einer endlosen Spirale von Kreisen, die er zwischen dem neuen Sonnenlicht und den noch immer großen Schatten der sterbenden Wolke zog.

Charis deutete mit dem ringgeschmückten Zeigefinger auf den geteilten Doppelkontinent auf der linken Seite unserer kleinstformatigen Karte.

»Eine Wolke ist über den Inseln in dem riesigen Golf. Wo schwebt die zweite? Kannst du es mir erklären?«

Markierungen und Farben sagten mir, daß eine wahrhaft gigantische Wolke über einem Regenwaldgebiet schwebte, das gleichzeitig der Einzugsbereich vieler Flüsse war. Wir befanden uns am östlichen Rand des Ozeans zwischen dem unbekannten Doppelkontinent, nicht weit vom untergegangenen Port Atlantis und der untermeerischen Überlebensstation entfernt, von der wir aufgebrochen waren.

»Ich denke mir«, sagte ich zu Charis und Ocir, »daß diese Riesenwälder für die Zusammensetzung der Lufthülle von großer Wichtigkeit sind. Aber noch haben wir ein anderes Ziel vor uns.«

Wir zogen Linien auf der Karte und stellten Überlegungen darüber an, wie ES uns von einer Stelle zur anderen transportieren würde. Denn mit herkömmlichen Mitteln würden wir, falls wir überlebten, wohl zehn Jahre und länger brauchen. Dem nördlichen Pol zu, nordwestlich der unregelmäßigen Wolke über dem Land der Skythen, schwebte eine kleinere, ebenfalls bizarr geformte Wolke. Ob ihre Form von Höhenströmungen gebildet wurde, wußte ich nicht – bisher waren wir der Überzeugung gewesen, gesichert von Ocirs fehlerlosen Messungen, daß die Wolken hoch über dem Wettergeschehen schwebten.

»Ein kleiner Halbkontinent mit einer Insel im Südosten, eine Ansammlung langgezogener Inseln östlich eines Ozeans, und hier, weit darüber im Norden, ein anderes unbekanntes Ufer im Schatten. Überall dort sollen wir eines Tages sein?«

»ES wird uns helfen!« meinte Ocir. »Und ich habe eine riesige Menge Daten. Ihr wißt, daß ich in der Kuppel über immense Möglichkeiten verfüge. Ich habe die Zeiten des Großen Windes ebenso gespeichert wie Informationen über die Bewohner. Die Skythen, beispielsweise, sind ein Reitervolk und unübertroffene Bogenschützen, von denen sogar Atlan und Ptah-Sokar noch lernen können.«

»Abermals gehen wir interessanten Zeiten entgegen«, murmelte der Rômet. »Dabei werden Nestor und Tabarna vielleicht auch reiten lernen.«

»Durchaus wahrscheinlich.« Ich stimmte zu. »Ihr seht, daß unsere Aufgabe nicht kleiner oder leichter geworden ist.«

Die Antwort, die Charis mit beherrschter Stimme gab, zeigte auch den zwei Steuermännern, die Schritt um Schritt unsere Geheimnisse begreifen mußten, die andere Seite der kostbaren Münze.

»Je länger wir zu den Schauplätzen unserer Abenteuer unterwegs sind, desto mehr sehen wir von der Welt. Desto länger bin ich an deiner Seite, Atlan-Anhetes. Desto länger haben wir Ocir-Khenso, der uns beschützt und am Wein riecht. Desto mehr erleben und erfahren wir.«

»Du hast gesagt, es werde ein großer Sommer für uns, Atlan!« erinnerte Tabarna.

»Richtig. Ein anderer Teil fängt an, wenn wir wieder durch die Säulen des Melkart gesegelt sein werden.«

»Ich widerspreche dir, Freund der Könige!« meinte Ptah, der mit der Schneide seines Dolches seinen Daumennagel kürzte. »Es wird eine große Zeit für uns, Sommer, Herbst oder Winter, ganz gleich. Jeder Tag ein anderer Strand, jede Stunde andere Wolken, Wellen, Inseln und Abenteuer. Ich glaube, ich höre auf, mich zu fürchten.«

Ungläubig stotterte Tabarna:

»Du . . . fürchtest dich, Ptah? Fürchtet sich einer von euch wirklich? Habt ihr je Angst gehabt?«

Schließlich fand Ocir-Khenso die Antwort.

»Nur ein Narr fürchtet sich nicht, Tabarna. Zwar fürchten wir uns vor anderen Dingen als Sa'Valer, aber wir haben Grund dazu. Wir kennen mehr von den Mächten, vor denen diese Welt zittert. Aber wir wissen, meist jedenfalls, wie wir ihnen widerstehen können.«

»Dazu kommt, daß unser ferner König uns hilft!« bekräftigte Ptah grinsend. Voraus sahen wir die Meerenge, und die ersten Ausläufer der Strömung packten die AXT DES MELKART, um sie mit den Gezeiten in das Binnenmeer hineinzuschleudern. Westwind füllte das Segel. Die mächtige Sonnenscheibe loderte herunter und ließ das Meer aufleuchten. Hinter uns blieben die Reste der Wolke zurück. Der Adler kreiste noch immer über uns und würde uns bis zu den Stränden des Skythenlandes nicht aus den Augen lassen.

Über dem Land der Skythen wuchs eine Wolke der anderen entgegen. Sie wurden größer von Tag zu Tag. Die Menschen in ihrem Schatten rotteten sich zu größeren Gruppen zusammen und nomadisierten der Sonne entgegen. Oder dem Tod.

An einem dieser herrlichen Tage – gleichmäßiger Wind aus Südwest, brennende Sonne, kleine Wellen und weit schwingende Dünung –, saßen wir schläfrig im Schatten des Segels. Nacheinander waren alle Besatzungsmitglieder, am dünnen Tau gesichert, ins sommerlich warme Meer gesprungen, hatten sich gereinigt und erfrischt; jetzt glänzten unsere Körper von Zedernöl, ein Krug kaltes Dünnbier ging von Hand zu Hand, und unsere Gedanken hoben und senkten sich ähnlich wie die AXT in der Dünung. Ptah-Sokar sagte, ohne die Augen zu öffnen:

»Wir Rômet verehren die Sonne in all ihren Erscheinungsformen. Wir haben es erlebt: Wo Sonne ist, ist Leben – das ist der Grund unserer wunderbaren Reise. Sag selbst, Atlan-Anhetes – auch du weißt, daß sie lange dauern wird.«

»So wird es sein«, sagte ich und gähnte. »Aber wie viele Monde sie dauern wird, ahne ich nicht einmal. Wir haben Zeit, nicht wahr, Nestor?«

»Bis die letzte Wolke sich aufgelöst hat.« Der Weißbärtige sah zu, wie Ocir die Pinnen beider Ruder bewegte. »Oder bis uns eines der unbekannten Meere verschlungen hat.«

Ocir-Rico hatte mit seinen Spionsonden herausgefunden, daß Ansiedler dieses zweite Binnenmeer »aksae'na« nannten, das Ungastliche, Düstere. Langsam flocht Charis ihr Haar zu einem langen Zopf und befestigte das Ende mit einer Goldspange. Ich dachte an ES und an die Splitter der Erinnerungen, die seit dem Erwachen trotz der Blockade aufgeblitzt waren: Sowohl ich als auch Charis, Ptah, Nestor und selbst Rico fanden Bilder und Szenen früherer Abenteuer. Zählten wir alles zusammen, so konnten wir zwar sicher sein, daß sich unsere Wege vielfach gekreuzt hatten, aber in welche Auseinandersetzungen wir verwickelt gewesen waren, in der Zeit, bevor ich mit Odysseus reiste und meinen Sohn und Demeter Aieta suchte – das fanden wir nicht heraus.

Rico hatte errechnet, daß seit meinem letzten Einschlafen drei Jahrhunderte vergangen waren. Warum ließ ES unsere Erinnerungen verschwinden? Was bezweckte ES damit – außer uns das Leben schwer zu machen?

»Das frage ich mich schon seit Monaten«, knurrte Cyr Aescunnar in der künstlich erzeugten Dunkelheit. »Wenn ich es genau betrachte, ist die ES-Blockade eine lächerliche Sache, wahrscheinlich sogar eine verbrecherische Gehirnwäsche. Und sie ist unwirksam, denn jetzt erfahren wir doch alles. Alles?«

Die Menschheit hatte seit dem ersten Zusammentreffen mit diesem kosmischen Rätselwesen genug Erfahrungen mit ES; in jedem Fall reichte es, um erfahren zu können, daß ES tatsächlich ein Hüter des Barbarenplaneten und seiner unberechenbaren Bewohner gewesen war. Daran hatte sich grundsätzlich nichts geändert, trotz der Großen Seuchen und der rund 14 500 Kriege in der Zeit zwischen 3000 v.d.Z. und der Wende zum III. Jahrtausend – auf Terra. ES blockierte eigentlich ja nicht Atlans Erinnerungen an seine Abenteuer als Einsamer der Zeit, sondern dessen Kontakte mit ES – oder umgekehrt. Oder galt die Gehirnwäsche nur als vorübergehende Maßnahme? Vorübergehend? Der Historiker unterdrückte ein sarkastisches Kichern: Waren Jahrtausende für ES auch nur eine unwesentlich kurze Zeitspanne? Auch Atlans Besuch auf Wanderer hatte an dem mißlichen Umstand nichts oder wenig geändert. Oder wollte sich ES selbst schützen? Die Erde war zur Zeit der Lemurer Zentrum eines riesigen Sternenreichs gewesen; durfte darauf später im Interesse von ES nichts mehr für potentielle Gegner hinweisen? Cyrs Gedanken beschäftigten sich seit der ersten Warnung Chavasses mit diesem kaum entwirrbaren Geflecht, denn eigentlich hatte alles, was ES plante, durchaus positiven Charakter.

»Immerhin habe ich eine genaue Zeitangabe«, murmelte Cyr. »Der Herrscher im Großen Haus Unterägyptens, Si-Amûn, regierte von 979 bis 960 vor der Zeitwende; nehmen wir an, er baute schon siebzehn Jahre an seinem Tempel, dann hätten die Sporenwolken um minus 963/962 über dem Planeten geschwebt. Nun ja, Rico wird's irgendwann auf die Stunde genau ausrechnen.«

Durch die Augen des mächtigen Seeadlers, aus unseren Karten und durch die Optiken der Sonde wußten wir, was uns erwartete. Auf der Fahrt ins kalte, nasse Land der Skythen ließen wir uns, solange wir außerhalb des Randes der Wolke segelten, genügend Zeit unter Rê-Harachtes Gestirn. Das Meer blieb ruhig, die Winde aus Süd, Südwest und West – Ummuz, Dardan und Fafana – wechselten einander ab, wir wuchsen zu einer guten Schiffsgemeinschaft zusammen, während wir den spielenden und jagenden Walen und Tümmlern zusahen, den fliegenden Fischen, während wir nachts über die haarsträubenden Geschichten von Mah-Dhana, Sa'Valer und Tabarna lachten. Als es an der Zeit war, legten wir den Mast, ich stellte mich hinter die Maschinensteuerung, und mit tropfendem Kiel schwebten wir den Rest der Fahrt durch die Meerengen.

7.

Schneidend fuhr kalter Wind durch die Schwungfedern der Flügelenden. Der Seeadler äugte nach unten, stieß einen scharfen, kurzen Schrei aus und kippte über den Flügel schräg aufwärts, rüttelte auf der Stelle und raste auf die stille Bucht zu. Im düsteren Zwielicht warf das Schiff keinen Schatten. Zwei Pfeilschüsse weit lag es vom sandigen Ufer entfernt vor doppeltem Anker. Das Segel war gerefft und an der mächtigen Rah angeschlagen. Zwei braunhäutige, frierende Männer saßen im Heck des Zwanzigruderers. Die Bärtigen flickten schweigend Netze und besserten Tauwerk aus. Klatschend schlugen Wellen an die dünne Kupferschicht des Schiffsbodens; die AXT DES MELKART besaß, nachdem die schwerste Ladung von Bord und auf die Uferfelsen hinaufgeschafft worden war, nur wenig Tiefgang.

Die scharfen Augen des Raubvogels bemerkten bedeutungsvolle Kleinigkeiten: Einige Flöße lagen am Strand. Zerrissenes Tauwerk ringelte sich zwischen den Haufen des Treibguts. Tiefe Schleifspuren führten ins Ufergebüsch und durch zerfetzte Büsche. Quer darüber zeichneten sich die harten Spuren scharf gerittener Pferde. In den Baumstämmen und den aufgerissenen Rollen steckten abgebrochene Pfeile mit dreikantigen Spitzen. Der Strand war sandig und sichelförmig, Geröll, tote Möwen und Fischgerippe lagen da, ein Pferdeschädel, weiß und salzverkrustet. Hundertfünfzig Schritt jenseits der winzigen Brandungswellen begann schütteres Buschwerk, dahinter erhoben sich die zerzausten Wipfel der Bäume. Schließlich, am Ende der flachen Hänge, zwischen den weißen Felsen, standen riesige Bäume regungslos. Die Natur war farblos und schien dem Sterben näher als frischem Frühlingsgrün. Die Wellen mit winzigen Schaumkronen wirkten stumpf. Der Strand, einst weiß und strahlend, schien grau geworden zu sein. Feuchtes Moos breitete sich aus. An den Sträuchern hingen verschrumpelte und ausgefranste Blätter. Fahle Insekten krochen an den Zweigen und spannen klebrige Fäden. Aus dem dunklen Wald kam der Geruch nach Fäulnis, Nässe, Moder. In den Nestern lagen tote Vögel mit verklebten Federn.

Seit langer Zeit hatte die Landschaft zwischen dem nördlichen Ufer der See und dem riesigen Land, bis hinauf zu jener Zone, in der selbst an Tagen die lodernden Schleier der farbigen Lichter zu sehen waren, keinen Sonnenstrahl gesehen. Zwei tiefhängende Wolken breiteten sich unter dem Himmel aus. Seit den Tagen, an denen sie gewachsen waren und immer mehr Licht verschluckt hatten, terrorisierten sie Menschen und Getier, vertrieben die Jagdbeute und erfüllten das Land mit Nässe, Kälte und den Folgen kleiner und großer Unwetter.

Der Seeadler beendete einen Kreis, stemmte sich gegen den Wind und stieg höher. Er war von den Schwungfedern aus breiter als fünf skythische Ellen und fast zwei Ellen vom Hakenschnabel bis zu den Schwanzfedern. Nicht einmal Kleidung und Waffen der Männer, die auf der Sandfläche arbeiteten, vermochten etwas Farbe in das Bild des Elends und des schleichenden Todes zu bringen. Ein Turm war aus Baumstämmen errichtet worden, aus sauber gefugten und miteinander verbundenen Stücken verschiedener Länge. Männer mühten sich ächzend an Seilbündeln und Umlenkzügen ab. Zwei Reiter, Bögen in den Händen und gefüllte Köcher an den Sätteln, ritten wachsam entlang der Lichtung. Durch einzelne fauchende Windstöße hallten kurze Zurufe. Als der reglos schwebende Raubvogel seinen Blick wieder auf die schlanke Säule richtete, stand sie zwischen den Baumstämmen bereits senkrecht im Gerüst. Der Seeadler sandte einen lauten, aggressiven Schrei hinunter. Hinter Felsen, an deren Flanken Nässe heruntersikkerte, standen die Jäger, hinter ihnen, die Köpfe durch straffe Zügel zu Boden gezwungen, versteckten sich die Pferde zwischen den Gewächsen. Kahomaze und Stanja sprachen leise miteinander. Ihre bärtigen Gesichter drückten aus, daß sie nicht wußten, was sie von den Fremdlingen zu halten hatten. Dennoch steckten kurze Wurfspeere im nassen Boden, hielten die zwei Skythen ihre Bögen schußbereit in den Fäusten.

Der Raubvogel drehte ab; seine scharfen Augen konzentrierten sich auf das Schiff in der Bucht. Ein Trupp berittener Skythen – die Pferde hatten ohne Ausnahme stark gestutzte Mähnen – kam aus östlicher Richtung auf die Wasserfläche zu. Die Männer trugen Waffen, frisch geschossenes Wild hing über den Kruppen der Packpferde; von den Jägern und Kriegern ging unverkennbare Drohung aus. Sie wußten nicht, was die Fremdlinge hier zu suchen hatten, was das Schiff bedeutete, die Geräusche der Sägen, Äxte und Hämmer und die riesige Metallsäule, die ihre stumpf schimmernde Spitze der weltengroßen Wolke entgegenstreckte. Langsam näherten sich die Skythen auf ihren gedrungenen Pferden, mit peitschenden Schwänzen und triefenden Fellen.

In dem großen Stahlkrug, dessen Verschluß mit Wachs abgedichtet war, befanden sich zusammengerollte Shafadurollen – aus Kunststoffolie. Vier einfache Schläge eines dicken Taues hielten den Krug an einem Spant in der Bilge des Schiffes sicher fest. In der eigentümlichen Schrift, die Charis benutzte, war auf einer der zuletzt beschriebenen Shafadurollen zu lesen: *... aber ich weiß viel wichtigere Dinge. Atlan, seine Freunde und selbst ich, werden von jener Macht ES in Schlaf versetzt und hervorgeholt, wenn es gilt, Menschen zu retten. Immer wieder, in unfaßbaren Zeitabständen, droht dieser Welt Gefahr. Plötzlich befindet sich Atlan inmitten unwissender Barbaren und versucht, ihnen zu helfen. Zwischen zwei Abenteuern vergehen Jahre oder gar Jahrhunderte. Das bedeutet eine Art Unsterblichkeit für Atlan. Vielleicht auch für mich, Charis, die Frau, die ihn liebt.*

Aber schon der Pfeil eines Skythen kann jeden von uns töten. Selbst Ocir-Khenso, der Mondroboter, jene Maschine, die viel mehr Mensch ist – in einigen Dingen ist sie menschlicher als andere Barbaren, deren Verhalten ich kenne –, hat erkannt, daß wir uns lieben. Weil ich meiner sicher bin, sehe ich dem Kampf gegen noch sieben Todeswolken ruhig entgegen. Ich weiß, daß wir getötet werden können, trotz der schützenden Hände, die jenes Wesen ES über uns hält. Wir sind im Land der Skythen, der berittenen Barbaren. Über uns kreist wieder der riesige Seeadler.

Eine schwierige Zeit, länger als unser letztes – großes – Jahr, liegt vor uns. Alles, was ich an Atlans Seite erlebe, trägt zu meiner Unsterblichkeit bei. Werden wir auch dies wieder vergessen? Werden wir, wenn wir einander nach langem Schlaf treffen, wieder wie Fremde sein? Nicht einmal Atlan weiß es. Jeder von uns, Ptah-Sokar nicht weniger als Ocir-Khenso, ist nur eine Spielfigur von ES. Wer oder was aber ist ES? Und was hält die lange Reise über die Welt für uns bereit? Nicht einmal ES weiß es, davon bin ich überzeugt.

Ich ließ die Niederschrift sinken und lächelte versonnen. O Charis, reifende Geliebte im hohen Sommer unserer Leidenschaft! Kapitän Nestor, der dich mit Blicken verfolgt, weil er glaubt, sich an dich zu erinnern; aus einer längst vergessenen Katastrophenzeit. Liebling aller an Bord. Einstige Herrscherin eines liebenswerten Völkchens hinter den Schilfgürteln des Großen Grünen, jenseits der sonnenflirrenden Salzmarschen. ES hat dich mir als Gefährtin mitgegeben, auf dieser endlos langen Fahrt mit der AXT DES MELKART, die einst deinen Namen, CHARIS, trug; wann und wo wird unser gemeinsamer Weg enden?

Ich rollte die Rolle eng zusammen, schob sie in den Krug zurück und verschloß ihn sorgfältig. Dann klinkte ich den Aufnahmekubus ins Wiedergabegerät ein und hielt den kleinen Lautsprecher ans Ohr; ich hörte, was Rico-Ocir für sich, die Speicher des Überlebenszylinders und womöglich für mich dokumentiert hatte.

Die AXT segelte weiter, von Kapitän Nestor und den Steuermännern behutsam gelenkt, durch die langgezogene Dünung des Binnenmeeres, entlang unsichtbarer Pfade, auf denen ich mit anderen Schiffen gesegelt war, die andere Namen getragen hatten; jenem Meer, an dessen Küsten eine Kultur entstand, die sich mit derjenigen entlang des Hapi, der Heimat Ptah-Sokars messen konnte, dem Land, in dem mich Nefermeryt, Ne-Tefnacht oder Nefret-Iunit geliebt hatten; selbst in meinen Erinnerungen waren sie Asche, Staub, Mumien. Hundert Namen, tausend Abenteuer, Tausende und aber Tausende von Jahren.

Ich seufzte und hob den Arm. Ocir-Khenso in seiner auffälligen Jacke grinste zurück. Er stand im Heck, hinter den Steuermännern, an die Bordwand gelehnt; er schien alles zu sehen, jedenfalls mehr als wir. Ich konnte mir vorstellen, was in seinem Innern vorging:

Mein positronisches Bewußtsein sagt mir, daß Mondroboter strenggenommen eine liebevolle, nichtssagende und der Diktion der Barbaren angepaßte Bezeichnung ist. Ebenso wie *Ocir-Khenso*. Ich bin schlicht und einfach der Roboter Rico, und Atlan ist mein Gebieter. Dennoch verstehe ich, daß der Abstand zwischen einer höchstentwickelten Maschine wie mir und den Barbaren durch die verharmlosenden Namen geringer, wenn nicht aufgehoben wird.

Ich habe, mit der Unterstützung Tabarnas, Nestors, Sa'Valers und Mah-Dhanas, die AXT DES MELKART hierher und das Projektil an Land gebracht. Die fünfte und sechste Wolke sind, während wir auf der langen Fahrt von den kanaanitischen Silberminen hierher waren, ineinander übergeschoben worden. Ich mußte deshalb den Kurs der Rakete anders programmieren. Sie wird eine weniger steile Bahn einschlagen. Wir stehen kurz davor, 54.545 . . . Prozent unserer Mission zu beenden. In wenigen Momenten wird die Zündung erfolgen.

Sie wird hoffentlich die mißtrauischen Skythen vertreiben können. Jene, die hinter den Felsen lauern und uns mehrmals mit ihren Pfeilen beschossen haben, und die anderen, die auf ungepflegten, erstaunlich starken und schnellen Pferden entlang der Bucht galoppierten.

Ich habe alle Informationen gespeichert, auch sämtliche wichtigen und unwichtigen Vorfälle seit dem Moment, an dem wir – drei Menschen und eine Maschine – die Tiefseekuppel verlassen haben. Es ist richtig: Nach den Maßstäben der Barbaren liegt ein großer Sommer hinter uns. Vor uns: eine Doppelwolke. Wir befinden uns im Augenblick fast im östlichsten Teil des Binnenmeers. Da weder Länder noch Seegebiete Namen oder Bezeichnungen tragen, ist es fast unmöglich, präzise Angaben zu machen. Nachdem wir die Insel passiert hatten, die durch den Vulkanausbruch zerfetzt wurde, an der ersten Meerenge und dort vorbeigesegelt waren, wo sich Griechen mit Nachfahren der Luwier herumschlugen, nach dem Passieren der zweiten Meerenge und dem

Durchsegeln des großen Binnenmeeres in fast seiner gesamten Ausdehnung, bis zum östlichen Rand des Nordufers, befanden wir uns in einer entscheidenden Abschußposition.

In Wirklichkeit segelten wir nur selten. Meist jagten die versteckten Maschinen des Schiffes uns an allen Gefahren vorbei. Als ich zum erstenmal die wahre Ausdehnung der Wolke erkannte, sah ich, daß darunter die Schäden viel weiter fortgeschritten waren als an anderen Stellen der Planetenkugel. Die Doppelwolke reichte bis über die Küsten des nördlichen Binnenmeers dieses Kontinents. In den Nächten zogen sich Nordlichter bis an unseren Ankerplatz hin und warfen merkwürdige Leuchteffekte auf Strand, Wellen und das Schiff.

Auf den Weltkarten – präziser auf den vielen stereographischen Aufnahmen – zeichneten sich fünf Wolken ab, die noch das Leben in vielen Teilen von Larsaf Drei bedrohten. Zwei befanden sich an der westlichen Küste des riesigen Doppelkontinents, der jenseits des großen Ozeans lag, drei Riesenwolken schwebten an den Rändern des Kontinents, in dessen Mitte wir uns jetzt befanden.

»Ich glaube, wir können es riskieren?« fragte Atlan, unterbrach damit aber meine lautlos ablaufenden Denkprozesse nicht. Ich nickte ihm zu und lockerte den Lähmdolch im breiten Gürtel. Vielleicht brauchte ich die Waffe gegen die beiden skythischen Späher in den Felsen.

»Sorge dafür«, rief ich mit erhöhter Stimme, »daß alle Männer von der Lichtung verschwinden. Entschuldige.« Ich korrigierte mein Versäumnis, »ich dachte zu spät an dich, Charis.«

Sie lächelte mich an. Abgesehen von mir waren alle Männer der Schiffsbesatzung von den Arbeiten müde und schmutzig. Aber die klamme Feuchtigkeit unter der Wolke trieb niemanden dazu, freiwillig ins Wasser zu springen und sich zu reinigen.

»Hinter den Felsen sind Skythen!« rief ich. »Sie sind neugierig und verwirrt. Sie werden davonrennen, wenn das Triebwerk zündet.«

Ich kletterte auf das Gerüst, öffnete die Klappe über dem Einstellmechanismus und justierte die Flugbahn, stellte den Zündzeitpunkt ein und kontrollierte die Rakete. Sie stand völlig frei innerhalb des Gerüsts und lehnte nur gegen einige schwache Führungshölzer.

»Fertig! Zurück!« Ich belud mich mit einigen Bündeln schwer ersetzbarer Schiffstaue, hob den Arm und deutete auf den breiten Weg, den wir mit unserer Ausrüstung durch das Gebüsch getrampelt hatten.

»In wenigen Augenblicken«, donnerte Atlan, »bricht Lärm aus, schlagen Flammen nach allen Seiten. Zurück zum Schiff!«

Er hob zwei Beile auf, packte Charis an der Hand und zog sie mit sich. Ich überwachte den Rückzug der phoinikischen Ruderer und blieb hinter den ersten Stämmen des Waldgürtels stehen. Tabarna ritt heran und faßte das Pferd am kurzen Zügel, nachdem er aus dem steigbügellosen Sattel gesprungen war. Meine Positronik zählte mit einem winzigen Bruchteil ihrer Kapazität die zurücklaufenden Zeiteinheiten mit.

»Noch zwei Atemzüge«, sagte ich. Zündung. Eine dünne Flamme leckte aus dem Triebwerk, dann entzündete sich eine riesige Feuerzunge, entwickelte Qualm und Rauch und einen höllischen Lärm, aus Heulen, Donnern und Brausen zusammengesetzt. Die Baumkronen zitterten, als sich das Projektil aus dem Holzturm erhob, es regnete Nadeln, Blätter und faulige Rindenstückchen auf uns herunter. Tabarna, der Mann aus Uschu-Djarh, bedeckte die Augen mit der Hand und umklammerte den Zügel des scheuenden Pferdes.

Lärmende, riesige Wolken erzeugend, mit immer heller brennender Rückstoßflamme hob sich das Projektil, setzte die Reste des Startgerüsts in Brand, begann sich langsam zu drehen und kletterte höher. Nach einem donnernden Steigflug von zweihundert Mannslängen kippte die metallene Säule um wenige Grade, wurde schneller und jagte in ständig größerer Abweichung von der absoluten Senkrechten auf die Unterseite der Wolke zu. Als die Rakete so klein war, daß selbst meine Sehzellen sie nur noch als winzigen Impuls anmessen konnten, raste sie fast parallel zur Wolke in die Richtung auf deren Zentrum.

Die Explosion nahmen wir alle nur als fernes, feuriges Aufzucken wahr. Ich kontrollierte die energetischen Muster, deren Ausbreitungsgeschwindigkeit und Intensität, dann rief ich:

»Diese Wolke ist besiegt! Wir können das Land der Skythen verlassen!«

Die Ruderer schleppten schon die Flöße ins Wasser. Tabarna bändigte das Pferd, das sich langsam beruhigte. Die zwei skythischen Späher rannten mit allen Zeichen des Entsetzens ihren durchgegangenen Pferden nach. Wir versammelten uns am Strand, und ich warf die Taubündel auf die schwimmenden Baumstämme.

»Der einzige, der sich nicht hat erschrecken lassen«, Charis legte den Kopf in den Nacken, »ist unser gefiederter Räuber dort oben!«

Sie zeigte auf den Seeadler, der unbeirrbar über der Bucht kreiste. Es war noch nicht an der Zeit, ihr und Atlan zu sagen, was in meinen Speichern unter diesem aktuellen Punkt zu finden war.

Dieses weitere Geschöpf der Kuppelmaschinen war dazu da, uns zu helfen. Ich hoffte nicht, daß es nötig werden würde.

Als die ersten braunhäutigen Männer zur AXT hinüberruderten, stieß Tabarnas Pferd ein keuchendes Wiehern aus. Das Tier war ihm vor einigen Tagen zugelaufen. Jetzt bäumte es sich auf und schien seinen Reiter abwerfen zu wollen. Ich sah auf der anderen Seite der Bucht die Skythen auftauchen.

»Sie sind halb wahnsinnig, können nicht zwischen Furcht, Wut und Angriffslust unterscheiden!« schrie ich. »Wir müssen uns wehren!«

Wir waren einunddreißig Fremde; zwölf befanden sich auf dem Schiff oder auf dem ersten Floß unmittelbar unter dem hochragenden Bug. Der Rest der Mannschaft und die Steuermänner handelten mit der kühlen Schnelligkeit erfahrener Kämpfer. Ich hielt meinen Lähmstrahler in der Hand, Tabarna und Ptah-Sokar nahmen die langen Bögen von den Schultern. Nestor winkte vom Heck.

»Verdammte Reiter!« Ptah fügte einen ausdrucksvollen Fluch hinzu. »Statt uns auf Knien für die Rettung zu danken, greifen sie uns an. Wir leben wahrlich inmitten der Gefahren.«

Aber als er den ersten Pfeil mit der dicken Spitze auf die Sehne legte, verzog sich sein Gesicht zu einem grimmigen Lächeln, das wir alle kannten: Ungefähr fünfzig Reiter galoppierten in wilder Unordnung über den feuchten Sand der Bucht auf uns zu.

Im gleichen Moment – in dem ich zu eigenen Gedanken zurückfand – kam heftiger Wind auf, heulte über den Uferwald, schüttelte die Kronen voller faulender Nadeln und Blätter, wirbelte uns Sand in die Augen und zerrte an unserem Haar. Mehrere Tage lang hatte sich die Natur nicht gegen die Dunkelheit gewehrt, jetzt schlug sie wieder zu. Das schnelle Huftrappeln der Pferde wurde ebenso undeutlich wie die Schreie der Skythen, mit denen sie sich Mut machten. Ich zog die Streitaxt aus dem Gürtel und rief Tabarna zu:

»Bring ein paar Männer auf das andere Floß! Legt ab! Wir können uns leicht wehren!«

Er schüttelte den Kopf, gab aber zurückrennend seine Befehle. An Bord begannen sie, die Steinanker hochzuziehen. Das Schiff driftete auf die Ankerpunkte zu, als sich die Männer in die Taue stemmten. Ich hob die Waffe, drückte die versteckte Sicherung und knurrte Charis zu:

»Gleich werden sie Schwierigkeiten mit ihren Pferden haben.«

Knapp zwei Dutzend Männer verteilten sich am Strand. Wir standen ungeschützt da. Noch betrug der freie Raum zwischen den Skythen und uns mehr als sieben Bogenschußweiten. Aber sie kamen schnell näher; meisterhafte Reiter, die auf den Rücken der breit gebauten, struppigen Tiere saßen, als wären sie festgeschmiedet – und dies ohne Steigbügel. Die Pferde selbst, gescheckt meist und mit auffallend langen, dichten Schwänzen, galoppierten in beachtlicher Schnelligkeit. Hinter ihnen prasselte Hagel aus Sand, nassem Tang und Erde auf die zweite Welle der Krieger. Bronzewaffen wurden geschwungen, Pfeile heulten durch die Luft. Ich zielte mit dem Schaft der Waffe, drückte den Auslöser und schickte gleißende Feuerstrahlen in den Sand und die Brandung. Eine Reihe rauchender Krater und hohe Dampffontänen bildete sich vor den ersten Reitern. Ihre Pferde scheuten, gingen hoch, wirbelten die Vorderfüße durch die Luft, aber nicht ein Reiter rutschte aus den dünnen Sätteln. Ich brüllte:

»Zehn Mann und das Werkzeug aufs Floß! Bringt das Schiff ans Ufer.«

Die Skythen ahnen nicht, wer ihr seid. Sie werden von simplen Reaktionen getrieben, erklärte der Logiksektor. Der Wind, der zum Sturm auffrischte und aufs Wasser hinauswehte, wirbelte Rauch und Dampf zur Seite. Wieder gehorchten eine Handvoll Männer unseren Befehlen. Der erste Hartholzanker kam schlickbedeckt hoch. Unter der Wolke wetterleuchtete es.

»Bei Aschera und Baalat!« fluchte Mah-Dhana. »Wollen sie sich selbst umbringen?«

Ocirs Lähmstrahler gab eine schnelle Reihe fauchender Geräusche von sich. Etwa fünf Reiter rissen die Arme hoch, ließen Waffen und Zügel fahren und wurden von den bockenden Pferden abgeworfen. Auch hier erkannte ich, daß die Mähnen der Tiere stark gestutzt waren. Dies konnte nur eine Bedeutung haben; die Qualitäten der Bogenschützen, die aus halsbrecherischem Galopp selbst nach hinten schossen und trafen, kannten wir dank der wenigen Überfälle der Skythen.

»Nein. Sie wollen uns!« Ocir-Khenso traf zwei Reiter. Die anderen Angreifer zogen sich, hintereinander reitend und schneller werdend, zu einer Reihe auseinander. Diesmal fuhren die Strahlen meiner Waffe in das Gebüsch und ließen die Zweige aufflammen. Ein breiter Streifen vor dem Wald verwandelte sich binnen fünfzig Herzschlägen in eine Barriere aus Flammen und grauem, schwarzwolkigem Rauch. Die Pferde scheuten vor den Flammen und der Hitze. Aus ihren Kehlen kamen stöhnende Laute. Gelber Schaum flog von den Gebissen. Die Skythen schrien gellend. Ich hörte immer wieder den Namen *Kahomaze* – oder war es ein anderer Begriff?

Dann zog Ptah-Sokar den ägyptischen Bogen bis hinter das Ohr. Mit tödlichem Heulen raste der schwere Pfeil von der Sehne, beschrieb einen flachen Bogen und traf hinter den drei, vier anführenden Reitern auf. Es gab eine scharfe Detonation; zerplatzende Gaskugeln flogen nach allen Seiten, lösten sich auf, als sie die Pferdekörper trafen oder die Männer. Ein Bronzebeil mit gekurvtem Kopf wirbelte senkrecht in die Luft. Unsere Männer schossen ihre Pfeile ab, und wieder holte Ocir einige Reiter aus dem Sattel.

Dann waren die Skythen dicht vor uns. Ich schaltete die Schockwaffe ein und zielte. Tabarna schoß einem Reiter den letzten Pfeil in die Schulter, packte Charis und rannte mit ihr durch aufspritzendes Wasser auf das Schiff zu. Der zweite Anker schlug gegen die Planken; Schreie waren zu hören. Der Kiel der AXT knirschte auf Ufergeröll.

Die übriggebliebenen Reiter, etwa eineinhalb Dutzend, verwandelten sich in rasende Furien. Während der Sturm heulte und Baumstämme brechen ließ, während aus dem Wetterleuchten senkrechte Blitze wurden und Hagelschauer herunterprasselten, kippten die Gestalten in Leder und Felljacken aus der gegenüberliegenden Seite der Sättel, schleuderten kurze Speere auf uns und jagten einen Pfeil nach dem anderen von den Bogensehnen. Ununterbrochen dröhnten unsere Lähmwaffen auf.

Die Skythen rissen, kurz bevor sie uns erreichten, die Tiere herum und galoppierten auf den Wald zu. Zwischen glühenden und rauchenden Resten des Gebüschs kamen sie zurück und griffen abermals an. Einen Augenblick, bevor Ocir einen Krieger aus dem Sattel schoß, traf ihn dieser mit einem Pfeil in den Oberarm. Es gab ein knirschendes Geräusch, der Pfeil fiel zu Boden.

Sa'Valer wirbelte einen Reiter vom Pferd und schlug ihn mit dem Kampfbeil nieder. Der Mondroboter rammte mit der Schulter ein Pferd um und schleuderte den Skythen, den er aus dem Sattel riß, auf den nachfolgenden Reiter. Ein dritter Bogenschütze, der sah, wie sein Kampfgenosse vier Mannslängen weit durch die Luft flog, stieß einen röchelnden Schrei aus, peitschte sein Pferd und ritt wie ein Blinder ins Wasser der Bucht. Gezielte Schüsse aus meiner Streitaxt-Spitze wirbelten drei Reiter von dem Rücken ihrer Tiere. Dann prasselte Hagel herunter. Die Schlossen bildeten zwischen Wald und Wasser einen breiten Streifen, der sich langsam fortbewegte, die Köpfe der Reiter wund schlug, die Tiere quälte und auf unsere Schultern herunterkrachte.

»Schützt euch! Zurück zum Schiff – alle!« Ocir hob einen Skythen-Schild über seinen Kopf. Andere Männer ahmten sein Beispiel nach. Blitzschläge erhellten die Szenerie, ununterbrochen krachte lang rollender Donner; der Hagel übertönte alles mit prasselnden, knackenden Hämmern. Wir rannten gebückt auf das Wasser zu. Ich sah über mir einen riesigen Schatten. Für eine winzige Zeitspanne hörte der Schmerz der einschlagenden Hagelkörner auf. Dann schwang der Seeadler dicht über dem Wasser dahin und tauchte unter das Heck des Schiffes.

Die wenigen Skythen, die nicht besinnungslos auf dem Strand lagen, rannten in den ächzenden, knarrenden Wald. Der Blitz fuhr in die Reste eines Baumgiganten hinter dem Ausguckfelsen, spaltete ihn und setzte die Teile wie drei Fackeln in Brand. Das Wasser verwandelte sich unter dem Schauer von Millionen Einschlägen in eine milchige Fläche. Die reiterlosen Pferde rannten und sprangen wild durcheinander. Unsere Männer flüchteten unter die Planken des Decks. Diejenigen, die sich mit Schilden schützen konnten, blieben stehen, die anderen versuchten, sich mit Mänteln, Armen, Taubündeln und allem möglichen Gerät zu schützen. Wir rannten aufeinander zu und bildeten eine Gruppe.

Es geht schnell vorbei. Die blauen Flecke halten sich länger, bemerkte sarkastisch der Logiksektor. Aber ausgerechnet der Hagelschauer hatte den sinnlosen Kampf mit den Skythen abrupt beendet.

So schnell wie der Überfall der Eiskugeln angefangen hatte, so überraschend war er zu Ende. Ich schüttelte mir das Wasser aus dem schulterlangen, braun gefärbten Haar, blickte mit schmerzenden Schultern und Armen um mich und fand die Umgebung verändert. So weit wir sehen konnten, lag eine fast kniehohe Schicht aus Eis zwischen Wald und Wasser. Einige Atemzüge lang hatte ich die Vision eines riesigen Teiles der Planetenoberfläche, die auf diese Weise erstickt und deren Vegetation mitsamt allen kleinen Tieren dergestalt zerschmettert wurde, daß sie sich für lange Zeit nicht wieder erholen konnte. Ich holte tief Luft, begann zu frieren und sagte zu meinen Freunden:

»Wir haben unsere Aufgabe gelöst. Mich macht der Anblick eines Landes ohne Sonne krank. Der Wind ist günstig; wir segeln zurück.«

Die ersten Köpfe tauchten aus den großen Luken der AXT auf. Es wurde eisig kalt, der Sturm fegte die zerschmetterten Blätter und Nadeln von den Bäumen. Unaufhörlich zuckten Blitze, krachte der Donner. Es schien der letzte Kampf der riesigen Doppelwolke gegen jene Substanzen zu sein, von denen Sporen und Pilze abgetötet wurden.

»Du hast recht.« Tabarna betastete seine blutende Stirn. »Mir scheint, wir wären in diesem Land keine gern gesehenen Gäste gewesen.«

»Überdies«, pflichtete ihm der Rômet bei, »steht es uns besser an, in Palästen zu wohnen, nicht in stinkenden Jurten nomadisierender Stutenmilchtrinker.«

»Ausnahmsweise hast du recht!«

Wir schleppten uns und unsere Ausrüstung zu den Flößen und stakten die wenigen Schritte bis zum Schiff. Charis und zwei Ruderer schaufelten mit den Händen Hagelschlossen vom Deck. Der Sturm vom Land zerrte am Segel und ließ das Tauwerk summen. Wir kletterten an Bord; als sich das Schiff in den Wind schwang, wurden die Körbe hochgezogen, die, mit Steinen beschwert, zusätzliche Anker bildeten.

Sa'Valer und Mah-Dhana stellten sich ans Ruder. »Wohin, Atlan-Anhetes?« fragten sie.

Ich zog die Schultern hoch, blickte auf die graue Wasserfläche hinaus und hörte voller Befriedigung die Kommandos, die Geräusche und das Winseln des Sturms. Dann sagte ich zu den Steuermännern:

»Zuerst dorthin, wo es Sonne und Wärme gibt. Den Kurs zurück, den wir gekommen sind.«

»Nach Südwest also!«

»Nach Südwest, schnell fort aus dem tödlichen Schatten. Setzt das Segel!«

Die Ruderer entfernten die Verschlüsse aus den Öffnungen im Bug und Heck und ruderten die AXT in freies Wasser. Zwei zusätzliche Riemen auf jeder Seite bewegten sich knirschend. Wir, die wir alle wetterharte Seenomaden geworden waren, hatten vielerlei Möglichkeiten entwickelt, unser Leben an Bord zu führen. Das Schiff war für uns wie ein Haus, das uns Platz bot und das Gefühl vermittelte, unsere Heimat zu sein. Das Segel glitt mit der Rah am Mast hoch; der Sturm fuhr hinein und blähte es mit knallendem Laut. Das nasse Gewebe knirschte, riß aber nicht. Binnen weniger Momente nahm das Leben an Bord uns wieder in Anspruch. Ich war unsicher, was die unmittelbare Zukunft betraf, aber eines wußte ich genau: Wir würden segeln bis zu einem Punkt, an dem Sonne, Hitze und, um die Bezeichnung von Charis zu gebrauchen, stetiger Honigwind herrschten.

Blick nach oben! sagte der Extrasinn. Ich reagierte sofort. Unser

Begleiter, der Seeadler, hatte unbeobachtet seinen Platz unter dem Heck verlassen und zog in großer Höhe über der Bucht seine lautlosen Kreise. Von diesem Vogel ging keine Gefahr aus, aber mich überfiel seit einigen Tagen ein merkwürdiges Gefühl, wenn ich seine sichelförmige Silhouette am Himmel über uns sah. Als der schneidend scharfe Sturm die AXT DES MELKART vor sich her nach Südwest trieb, als sich die Wellen des Binnenmeers höher und gischtend aufbauten, zogen wir die Riemen ein und segelten davon.

Drei Nächte später, als von dem Lagerfeuer eine weiße Glutfläche übriggeblieben war, hatten wir alles weit hinter uns gelassen – auch und gerade in unseren Überlegungen und Gedanken. Charis lehnte an meiner Schulter. Tabarna und Ptah-Sokar kauerten im warmen Sand. Überall lagen leere Becher und Krüge zwischen schnarchenden Seeleuten. Uns hatte grenzenlose Erleichterung ergriffen. Ocir-Khenso stand abseits des Feuers; die Glut beleuchtete seinen Rücken. Er bewachte unsere Ruhe und gab acht auf unsere Sicherheit; Kapitän Nestor schlief im Bug.

»Diese zwei Wolken«, sagte ich nachdenklich; ich wollte dieses Kapitel auch für mich abschließen, indem ich meine Gedanken in Worte zu kleiden versuchte, »flossen zusammen, weil die Strömungen der Winde sie zusammenschoben. Deshalb haben wir mit einem Schuß zwei Wolken besiegt. Schon bald wird über dem Land der Skythen wieder die Sonne zu sehen sein. Wärme und Licht werden gegen die Zerstörungen ankämpfen, und der nächste Frühling wird das Land wieder genesen lassen.«

Ich faßte zusammen, was wir wußten. Endlos viele Tage und Nächte auf See, die Aufnahmen, die zum Teil zu verblassen begannen, unsere bewußten Erfahrungen aus vorhergegangenen Abenteuern und Erlebnissen, Ahnungen und die abrufbereiten Informationen des Roboters . . . über diese und andere Einsichten verfügten wir.

»Es ist nicht so einfach«, brummte Ptah-Sokar und betrachtete traurig seinen leeren Becher, »wie du sagst, salzwassergegerbter Freund.«

»Er spricht so, daß selbst du es verstehst.« Tabarna wies ihn mit freundschaftlichem Spott zurecht. »Hör zu, was der Kapitän sagt. Er ist in der guten Stimmung, in der seine Worte fließen wie Quellwasser.«

»Eher wie warmes Erdpech«, lachte ich und fühlte die Vorahnung von Geschehnissen, die nichts mehr mit unserer entspannten Stimmung zu tun hatten. »Es geht weiter. Unter den Wolken veränderte sich die Natur. Tiere starben, andere Tiere flüchteten, Ernten verdarben, Säuglinge starben. Die Menschen flohen aus den verwüsteten Gebieten. Viele, die zu Fuß wanderten, starben unterwegs, weil es lange dauerte, bis sie den Rand der Wolke erreichten und dort Essen fanden. Aber bei den Skythen war es anders.«

»Sie ritten!« sagte Ocir über die Schulter.

»Abertausende schwangen sich in die Sättel und schleppten alles, was sie besaßen, mit sich. Als die Reiterhorden am Rand der Wolke auf andere Stämme stießen, gab es um Essen, Wohnrecht und Jagdtiere sofort Streit und Kampf. Und so vertreiben die einen die anderen. Ununterbrochen kämpfen sie. Die Vertriebenen kämpfen wiederum mit den Menschen, in deren Gebiet sie ihrerseits eindringen. Stämme und Völker gehen auf Wanderung. Sie kämpfen und vermischen sich, aber sie rotten einander auch aus. Und weil Unordnung und Chaos auf der Welt groß werden, weil Mord und Tod niemand wollen kann – deswegen wurden wir beauftragt, gegen die Wolken zu kämpfen. Für das Gebiet der Skythen ist die Wanderung wohl nicht mehr aufzuhalten; ein Teil der Stämme wird zurückkehren, wenn die Weiden ihrer Pferde nach dem Winter wieder grün sein werden. Und ich bin sicher, daß dort, wo unser nächstes Ziel sein wird, das gleiche geschehen ist.«

»Wo ist dieses Ziel . . .?« sagte Charis schläfrig und ließ meine Schulter los, um auf feuchten Decken und Mänteln liegen zu können.

»Ich . . .«, begann ich, aber ich sprach nicht weiter. In meinem Kopf ertönte das Gelächter, Zeichen für den makabren Humor meines eigentlichen Herrschers. ES sprach zu mir, zu uns. Ich sah es an den Reaktionen: Charis richtete sich auf. Ocir drehte sich zu uns herum und hob den Arm; Ptah-Sokar und Nestor zuckten zusammen.

Ihr habt euch nicht lange aufgehalten! dröhnte die Stimme, die nur wir hörten. Die Seefahrer bemerkten nur, daß wir uns unnatürlich verhielten. *Rasche und gute Arbeit. Es sind noch fünf Wolken übrig. Sie wachsen von Tag zu Tag. Zwar langsamer als zum Zeitpunkt ihrer Entstehung, aber die Gefahren sind nicht im mindesten geringer. Ich brauche euch. Dieser Planet braucht eure Hilfe. Was du, Arkonide, soeben deinen Freunden erzählt hast, trifft auf das Land der Skythen zu. Schon löst sich die Wolke langsam auf; Höhenströmungen werden auch den Rest erledigen.*

Während ES erklärte, hob ich den Kopf und sah, ohne nachzudenken, ein Bild von grandioser Einfachheit. Über uns leuchteten die Sterne des Herbstes. Die Mondsichel hing über dem Binnenmeer; es waren nur wenige, silbern leuchtende Wölkchen zu sehen. Drei Handbreit über dem undeutlichen Horizont des Nordostens lag ein Band, das die Sterne verdeckte. Trotz der Entfernung sahen wir lautloses, grelles Wetterleuchten, das faserige Ausläufer der Wolken als Silhouetten zeigte. Das Schiff reckte seinen scharfen Bug vor dieser Kulisse angriffslustig, und in die Seefahrer kam aufgeregte Bewegung. Die Glut ließ die Brandungswellen erkennen und die Gestalten unserer Männer.

Ich werde euch schnell zum nächsten Ort bringen, an dem die Wolke wächst. Karten findest du mit allen Erklärungen im Gepäck, Atlan. Bereite deine Männer vor, aber sie sind meine Art der Magie gewohnt. Ich werde euch zeigen, auf welche Weise ich euch an die fünf nächsten Ziele bringen werde! Mit einer Ausnahme breiten sich die tödlichen Riesenwolken in warmen Weltgegenden aus. Überall wachsen Kulturen und Zivilisationen, aus denen sich Zentren entwickeln können.

Ihr werdet fünf Projektile ohne Schwierigkeiten finden. Ich helfe euch, wie immer. Die Zeit drängt und zwingt zu schneller Aktion. Mit Zufriedenheit sehe ich, daß ihr weder verletzt seid noch Tote zu beklagen habt. Auch die AXT DES MELKART ist in exzellentem Zustand. Die Große Wanderung zwischen den Ländern unter dem nördlichen Pol und dem Binnenmeer werdet ihr nicht aufgehalten haben, aber das Land wird sich rasch erholt haben. Nun gebt acht. Dem Mondroboter habe ich zusätzliche Informationen überspielt – er wird im entscheidenden Moment das Richtige unternehmen. Viel Glück, Arkonide!

Ich hörte das Keuchen des Atems, das Plätschern der Wellen und die dumpfen Laute des mächtigen Schiffskörpers. Dann wurde es rechts vor dem kleinen Kap hell. Etwas bewegte sich.

»Atlan! Dort . . . eine Insel taucht auf!«

»Nein«, rief ich aufgeregt. »Unser Herrscher zeigt uns die nächsten Ziele! Seht gut hin und merkt euch alles, Männer.«

Ich stand schwankend auf den Füßen. Charis hielt zitternd meinen Arm. Die Stimme von ES erzeugte lähmende Schwäche. Alle Männer waren auf den Beinen, drängten sich zusammen und starrten die scharfen, überwältigend echten Bilder der Illusion an.

Fremde Küsten hoben sich aus dem dunklen Meer. Jede Einzelheit der exotischen Landschaft war klar und eindringlich. Was vermochte ES nicht? Wir sahen kleine Schiffe in gewaltigen Brandungswogen, die sich weißgischtend brachen. Hütten, mit Palmwedeln gedeckt, Fischer und seltsame, überwucherte Tempelbauten im triefenden Dschungel. Braunhäutige Menschen standen staunend vor einer dicken Säule aus Stein, auf deren Außenseite moosüberwucherte Gestalten arbeiteten und kämpften. Ein anderer Eindruck: endlose, tiefhängende Regenwolken, aus denen sich Wassermassen auf einen überfluteten Wald ergossen. Riesige graue Tiere, die verhungerten; Elefanten versuchten im schwarzen Schlamm sterbender Wälder zu überleben. Eine flache, langgestreckte Küste mit dem lehmigen Delta eines Stromes löste die Folge dreidimensionaler Bilder ab. Bambuswälder tauchten aus dunstigem Morgenrot auf, und kleine, gelbhäutige Frauen und Männer hoben einen Graben aus, dessen Ende in der Linie des Horizonts verschwand. Einfache Häuser, wuchtige Mauern und Paläste mit geschwungenen Dächern sahen wir, seltsame Fabelfiguren, die entlang breiter Straßen im Gras kauerten, große Räume, in denen seltsam gekleidete Männer sich mit Rechnungen beschäftigten. Ich erkannte Zeichnungen, die sie mit Pinseln ausführten und Zahlensymbole: Dreisätze, Gleichungen mit mehreren Unbekannten, Kubiklehre und Bewegungslehre; in anderen Räumen zeichneten Baumeister Tempel und Befestigungsanlagen. Eine Schar schwitzender Arbeiter mit Mandelaugen öffneten ein riesiges

Grab und legten Skelette frei, die eine feinziselierte Bronzesäule bewachten. Und abermals hing über den ausgedehnten Reisfeldern die grausige Wolke und verlor sich über der Weite des Landes.

Aus dem Dunkel schoben sich Inseln hervor, eine abwechslungsreiche Kette steiler und flacher Ufer hinter Korallenriffen, Küstenabschnitte aus weißem Korallensand, Bäume, die auf hohen, skelettartigen Wurzeln im Brackwasser standen.

Eine andere Bildfolge: Inseln oder Küsten unter der Sonne jener »Gleicher-Linie«, die beide Polhemisphären voneinander trennte. Aber eine gänzlich andere Art der Vegetation ließ uns erkennen, daß es sich um Land und Meer zwischen den beiden Großkontinenten im Westen handelte. Irgendwo in der lodernden Pracht von Orchideen und anderen großen und farbenprächtigen Blüten schob sich für unsere Augen ein phallisch aufgebauter Götze aus bleichem Stein hervor; eine ineinander verrenkte und verflochtene Anzahl einzelner Fabelwesen, eines über dem anderen.

Das Projektil, sagte der Extrasinn. Ich hatte es geahnt. Wieder sahen wir unsere AXT, die sich einen Urwaldfluß hochkämpfte, mit gleichmäßigem Takt aller Riemen und dem Deck voller Bewaffneter. Wir ruderten im Halbdunkel unter einer Wolke einer Flußinsel entgegen, einem wilden Durcheinander aus umgestürtzten Bäumen und phantastisch wuchernden Ranken. Braunhäutige Geschöpfe mit lackschwarzem Haar, die Körper mit Lehm und Asche und Erdfarben bemalt, turnten um einen versteinerten Urwaldriesen ohne Krone im Zentrum des Eilands. Es schien uns, als ob ein stinkender Hauch aus der Illusion über den Wellen heranwehte. Ganz langsam färbte sich die Illusion heller, ihre Einzelheiten wurden durchsichtiger und verblaßten, und schließlich schob sich aus dem Meer der oberste Rand einer riesigen, schmerzend gelben Sonnenscheibe hoch. In der Stille unserer verwirrten Gedanken hallte das schaurige Gelächter von ES wider.

Es war, tatsächlich, der wirkliche Sonnenaufgang. Für uns der erste seit mehreren Tagen. Ocir-Khensos Arm hob sich. Wir folgten schweigend dieser Bewegung. Die Finger des Mondrobots deuteten auf den Seeadler, der in geringer Höhe schwebte und dann, mit den mächtigen Flügeln schlagend, auffordernd schreiend hinter dem Felskap verschwand.

»Dort scheint etwas zu sein. Feinde?« fragte Ptah-Sokar mit krächzender Stimme und kalkweißem Gesicht.

»Wir sehen nach!« schrie Tabarna. Er erreichte damit, daß nicht nur er sich selbst aus der Starre löste. Im zunehmenden Licht der Sonne rannten die Männer über den Hang, blieben einen Moment auf dem Kamm stehen und liefen mit Schreien der Überraschung auf der anderen Seite hinunter. Ocir winkte und ging mit uns durch das knietiefe Wasser, zwischen den Felsbrocken des Strandes hindurch ums Kap herum.

Einige Augenblicke lang sah ich verblüfft auf die Krüge, Ballen,

Kästen und Rollen, die in einem Haufen im Sand standen und lagen. An den Krügen perlte noch der Tau des Morgens. Die Mannschaft stand im Halbkreis darum, die Männer lachten, johlten und stießen einander in die Seiten; zwei von ihnen öffneten einen Krug.

»ES«, sagte ich leise. »Wieder einmal ES.«

Der Seeadler hüpfte schwerfällig den Hang abwärts, schlug mit den mächtigen Schwingen und schwang sich über den gelb überströmten Strand, hinterließ einen schwarzen Schatten und gewann mit kraftvollen Flügelschlägen schnell Höhe. Ich war sicher, daß wir ihn nicht das letztemal gesehen hatten.

ES hat an alles gedacht. Du wirst jede Art von wichtigen Vorräten und viel Ausrüstung finden können, flüsterte der Logiksektor. Wie üblich war dies eine zutreffende Feststellung.

Obwohl jeder tief im Bann der zurückliegenden Ereignisse stand, obwohl Ocir und ich unzählige Fragen beantworteten, nahmen uns das Bordleben und viele Arbeiten ununterbrochen in Anspruch. Sa'Valer, Nestor und Mah-Dhana wechselten sich am Ruder ab. Wir hatten einen kalten, aber stetigen Ostwind; in diesen Breiten wehte er meist im Winter, wie uns die Phönizier erklärten. An diesem Morgen, etwa eine ganze Tagesfahrt von der ersten Meerenge entfernt, kam Nebel auf. Ocir sagte leise zu Ptah und mir:

»Nebel! Das hat etwas zu bedeuten. Ich denke, du solltest den Männern erklären, Gebie . . . Atlan, was sie erwartet.«

Ich warf ihm einen Blick voller Befremden zu und grinste kurz.

»Zu oft hast du am Wein gerochen, Khenso«, sagte ich. »Wähle deine Worte sorgfältiger. Aber, tatsächlich, in dieser Kälte ist Nebel eine Unmöglichkeit. He, Männer!«

Die Blicke fast aller Phoiniker richteten sich auf uns. Wir standen im Heck der AXT und federten die Stöße des einsetzenden Rumpfes ab. Ich ließ meinen Arm kreisen und rief:

»Bereitet euch darauf vor, daß unser mächtiger Herrscher uns bald entführen wird! Erschreckt nicht, es ist keine Zauberei. Und jeder gibt auf seinen Nachbarn acht – niemand soll ins Wasser springen, sonst wird er jene fremden Länder nie erreichen und elend ertrinken. Also! Keine Furcht, meine Freunde. Wir kennen schon, was vor uns liegen mag.«

»Der Nebel wird dichter!«

»Und das Schiff . . . plötzlich wird es schneller!«

Hinter uns stieß Sa'Valer hervor:

»Es gehorcht dem Ruder nicht mehr, Atlan.«

Tabarna, Charis und ich hielten uns am Schanzkleid des Hecks fest. Unter uns federte der langgezogene Schiffskörper. Jedesmal, wenn das Heck oder der Bug einsetzten, gab es ein hohles Krachen. Eben hatten wir noch den Adler gesehen, jetzt umgab uns Nebel, von der Sonne durchtränkt und zu einem flirrenden Medium gemacht, das uns blendete. Ocir sprang in den Laderaum hinunter und kam mit einer kleinen Truhe zurück. Er löste die Schnallen der Riemen und kippte den Deckel.

»Es erwarten uns interessante Bilder, Atlan«, sagte er. »Und ES schlägt genau in hundert Herzschlägen zu.«

»Deinen Herzschlägen, oder denen einer Schildkröte?« brummte Tabarna. Der Nebel wurde womöglich noch dichter. Seine Schwaden verdichteten sich und wurden waagrecht bewegt. Wir blickten einander überrascht an. Die Bewegungen wurden schneller, und als wir begriffen, daß es sich um einen Wirbel handelte, der schneller werden würde und uns wie eine Windhose davonreißen und zu unserem nächsten Ziel transportieren würde, erhob sich ein jaulendes Brausen.

»Es geht los!« schrie Ptah-Sokar. »Vergessen wir Herbst und Winter der Binnenmeere! Wenn sich der Nebel lichtet, sind wir im Land der Sonne, der heißblütigen Frauen und des schwarzroten Weines.«

»Da wäre ich nicht so sicher!« konnte ich noch sagen, dann hob sich das Schiff aus den Wellen. Die Geräusche des Windes rissen ab, der Nebel verschluckte uns und alles andere. Vom Heck der AXT DES MELKART aus erkannten wir nicht einmal mehr das Bugspriet. Aus einem Grund, der mir erst sehr viel später klar wurde, brachen mehr als zwei Dutzend Männer in auffordernde Rufe aus.

Sie freuen sich auf das nächste Abenteuer, sagte der Logiksektor. Ocir-Khenso sagte in einem Tonfall, den ich richtig als sachliche Zufriedenheit definierte:

»Das ist es. Wir werden innerhalb einer kurzen Zeitspanne dorthin gebracht, wo die nächste Wolke, die nächste Metallsäule und unser nächster Einsatz ist. Verstanden?«

»Ganz genau, Mondrobot«, murmelte Ptah-Sokar.

Heulen und Wimmern, Fauchen und Ächzen des unfühlbaren Wirbelwinds wurden einmal lauter, wieder leiser, rissen aber nicht ab. Wir hatten nur das Gefühl, daß die unvergleichliche AXT DES MELKART wie ein Geschoß hoch über Wasser, Land und Bergen dahinraste, auf ein Ziel zu, das wir kannten und dennoch: Wir vermochten nicht einmal seinen Namen zu nennen. Die östliche Seite des Halbkontinents war es, nördlich der großen, vorgelagerten Insel. In einem fernen Winkel meiner Erinnerung regte sich ein Gedanke: Mir schien, als würde ich Teile dieses Landes kennen . . . an einem unbekannten Ort, zu einer Zeit, an die ich mich nicht mehr erinnern durfte. Aber jetzt erschienen auf der Innenseite der kleinen Truhe winzige, bewegte Bilder. Ocir erklärte:

»Ihr seht mit den Augen des Adlers, was im Land der Skythen passierte. Und zwar zur Zeit unseres Aufenthalts.«

Die Bilder zeigten einen großen Stammesverband der Skythen. Mindestens dreihundert Kinder, junge und alte Frauen und Männer in jedem Alter bewegten sich abseits eines flüchtig angelegten Lagers. Über der Szene lag das düstere Halbdunkel der Wolke. Fast alle Skythen trugen Reisigbündel, Holzstücke, Späne oder kleine Krüge. Sie schichteten über einem Balkengestell, das seinerseits eine Gruppe überspannte, einen mächtigen Haufen auf.

»Vieles deutet darauf hin«, Charis zeigte mit der Dolchspitze auf die Einzelheiten, »daß es eine Totenfeier wird.«

Abseits weidete eine große Pferdeherde. Die Zelte bestanden aus biegsamen Ruten und zusammengehefteten Fellen. Der Boden war schwarz, tief aufgewühlt und voll kleiner Pfützen. Die Menschen froren und sahen krank aus. Ständig wechselten die Bilder zwischen Totale, unterschiedlicher Vergrößerung und der Vogelschau. Ocir-Khenso meinte leise zu mir:

»Der Vogel ist speziell auf diese Aufnahme- und Speichertechnik programmiert worden.«

Die Skythen, wenigstens diese Stämme, waren nomadisierende Lebewesen. Der Holzstoß wuchs und wurde mit Fellen und Teppichen geschmückt, mit zerbrochenen Waffen und bronzenen Schilden. Ein Gestell aus Stämmen wurde angefertigt; einige Leitern entstanden und ein Sitz, der einem primitiven Thron glich. Zwischen den Zelten und halbkugeligen Bauten brannten stark qualmende Feuer. Der Holzstoß, sicherlich ein Scheiterhaufen, wuchs langsam. Das Bild wechselte: es war Nacht. Hunderte einzelner Lichtpunkte erhellten die nächste Szene. Feuer loderten und qualmten. Jeder Skythe trug eine Fackel. In umgedrehten Bronzeschilden brannten mächtige Ölflammen. Nicht weniger als hundert Pferde waren gesattelt und mit Fellen behängt. Die Krieger in Leder, Fell, grobem Stoff, geschmückt mit Bronzereifen um die Stirnen, an den Handgelenken und an Gürteln und den vielen Schnallen der Waffen, trugen Bögen und gefüllte Köcher. Auf dem Thron über der Grube saß eine Gestalt, von weißen Binden umwickelt und mit bronzenen Waffen und ebensolchem Zierat überhäuft. Neben dem Scheiterhaufen standen Hengste; ein Schimmel und ein prächtiger Schecke.

Halbnackte Frauen, die jämmerlich froren und von den kurzen Regenschauern durchnäßt wurden, bildeten um den Holzstoß mehrere Kreise. Sie schienen zu jammern und zu heulen, rissen sich Haare aus, zerkratzten sich die Haut und führten einen holprigen Tanz aus.

»Sie verbrennen einen Stammesfürsten«, sagte ich. »Haben wir ihn während der Überfälle getötet?«

»Durchaus denkbar.« Der Rômet knurrte und schirmte das Bild mit den Händen ab. Einige Männer schwangen sich in die Sättel. Die Pferde, der wichtigste Besitz der Menschen dieses riesigen Landes, waren hervorragend geschult. Sie zitterten vor Kraft und Nervosität.

Die Reiter rissen brutal an den Zügeln und sprengten auf die Feuer zu. Kurz darauf hielt jeder berittene Skythe eine lodernde Fackel in der Hand und sprengte an den jammernden Weibern vorbei auf die dunkle Fläche hinaus. Die Hufe der Pferde warfen Schlammhagel auf, Reiter um Reiter verließ den Platz in der Nähe des Scheiterhaufens. Wir konnten eine unregelmäßige Reihe von Fackeln erkennen.

Wieder gab es eine Unterbrechung im zeitlichen Ablauf. Das neue Bild zeigte uns, daß die Klageweiber sich zu den Zelten zurückgezogen hatten. Pferdegespanne schleiften große Felsstücke von allen Seiten an den Scheiterhaufen heran und legten sie zwischen neu entfachten Feuern ab. Die Gespanne wurden weggeführt, und dann sprengte in hartem Galopp der erste Reiter heran. Sein Pferd und er tropften vor Schweiß und Regen. Als der zweite Reiter sich aus der Reihe der Fackelträger löste, war der erste am Scheiterhaufen, ritt dreimal um ihn herum und zwang sein Pferd, in halsbrecherischer Schnelligkeit diesen engen Kreis zu gehen. Die Fackel flog in ein Feuer. Der zweite Reiter beschrieb denselben Weg, und nacheinander stoben durch breite Wände aus Hagel und wütend peitschendem Regen, die Reiter heran. Es war ein schauerliches, faszinierendes Spektakel, mit dem die Reiter ihren Hordenführer ehrten.

Regungslos standen die zwei prächtigen Pferde rechts und links des aufragenden Haufens, der auseinanderzufallen drohte. Die Tiere wurden von alten, breitschultrigen Kriegern festgehalten. Johlend ritten die Skythen auf der anderen Seite heran, parierten ihre Pferde vor den Ölfeuern hart und tauchten die Pfeilspitzen in die Flammen. Mit dem brennenden Pfeil ritten sie weiter und schossen ihn in den Scheiterhaufen. Trotz des Regens flammten an den Einschlagstellen kleine Flammen auf. Abermals verschwand der eine Reiter abseits des Lagers, ein zweiter, ein dritter und ein vierter galoppierten heran und schossen brennende Pfeile in den Holzstoß. Die Krieger standen auf dem Pferderücken, hingen halb in den Morast hinunter, schossen über die Ohren des Pferdes und rückwärts aus dem Sattel; sie würden, wenn sie in großer Zahl angriffen, für jede andere Truppe eine tödliche Gefahr darstellen.

Pfeil um Pfeil hämmerte brennend in den Scheiterhaufen, mehr Flammen wirbelten hoch. Als der letzte Reiter vorbeigaloppierte und den letzten Pfeil abschoß, hatte sich der Holzhaufen in eine einzige, gigantische Flamme verwandelt. Wenn Flammen und Rauchwolken aufrissen, schien es, als ob sich unter den Binden und den blitzenden Bronzestükken der tote Körper bewegte.

Ein riesiger Skythe kam unbeirrbar auf die lodernden Flammen, die schwirrenden Pfeile und den Funkenregen zu. Er war so gut wie nackt, bis auf Stiefel und Lendenschurz und Schmuckbänder. Er trug ein großes, gerades Schwert. Gerade, als ich fragen wollte, vergrößerte sich das Bild und zeigte die Waffe in allen Einzelheiten. *Eisen – oder Stahl?*

stieß der Logiksektor hervor. Ich erkannte, daß nur die schmückenden Teile der scharfgeschliffenen Waffe aus Bronze waren. Die Schneiden bestanden aus Eisen. Leise murrte Tabarna:

»Ein Volk, das Eisen besitzt, dort, in jenem Land . . . in wenigen Jahren werden sie den Nachbarn überlegen sein.«

»Sie sind Nomaden. Erst wenn sie seßhaft sind oder die Waffen von seßhaften Handwerkern tauschen können, erhalten sie viele Waffen und werden gefährlicher«, entgegnete ich. »Aber seht hin!«

Der Krieger erreichte den Schimmelhengst, verneigte sich mehrmals vor dem Tier, das Aufregung zeigte und von vier Männern am Boden gehalten werden mußte. Der Hengst keilte aus und schleuderte einen schlammbespritzten Mann ins Feuer. Niemand kümmerte sich um den Verletzten.

Dann hob der alte Skythe das Schwert, ließ es mit äußerster Kraft heruntersausen und trennte den Kopf des Schimmels mit einem einzigen Hieb vom Hals. Den Körper, der im Tode zuckte und mit allen Gliedmaßen schlug, kippten die Bewacher in die Flammen. Der Töter, dessen rituelle Verbeugung wohl eine Entschuldigung vor den Pferden zu sein schien, die der Häuptling geritten hatte, köpfte auch den Schecken, der einen Fluchtversuch machte.

Während der rituellen Schlachtung brannte der Holzstoß mit vielfarbigem Rauch. Wieder sackten Teile nach unten und schickten beim Zusammenbrechen eine riesige Flut Funken in die Luft. Der Leichnam war verbrannt, die Leitern, all das Reisig und ein Teil der Balken und Stämme. Aus Flammen wurde Glut, die Pferde und ihre Reiter verschwanden in der Dunkelheit; langsam sammelten sich die Angehörigen des Stammes im tiefen, am Rand des Grabens blasenwerfenden Schlamm; das Bild schloß die Folge der wichtigen Schilderungen ab. Kurze Sequenzen zeigten, wie auskühlende Glut in die Grube sackte. Dann zogen die Gespanne jene riesigen Felsen über die Grube. Der ganze Stamm schaufelte Erde und Sand über die Felsbrocken.

Schließlich zeigte das letzte Bild, daß sich der gesamte Stamm vom aufgeworfenen Hügelgrab entfernte. Die Teile der Zelte und alle andere Habe waren auf den Rücken der Packpferde festgezurrt. Voller Verwunderung und mit einem guten Teil Zufriedenheit sahen wir, daß schräg aus einem riesigen Loch der Wolke ein Sonnenstrahl herunterzuckte und das Land scheinbar veränderte – in die gute Richtung veränderte. Ocir klappte die Truhe zu.

»Wir haben nichts versäumt im Land der Skythen«, stellte Ptah-Sokar fest. »Schlamm und tote Pferde.«

Ich dachte an die Illusionen auf dem nächtlichen Meer, an die vielen Bilder und an die Anweisungen, die unser nächstes Ziel betrafen. Meine Stimme klang wenig begeistert, als ich antwortete:

»Ganz sicher erwartet uns, wenn der Nebel sich lichtet, kein Palast voller samthäutiger Sklavinnen, Ptah.«

»Das habe ich befürchtet«, gab Ptah lachend zu. »Es wird sich aber, wie meist, für jeden etwas finden.«

Nach unserer Rechnung waren wir zu diesem Zeitpunkt im kreisenden Nebel nicht länger als wenige Stunden gewesen. Charis und mir, Ptah und Ocir und nicht zuletzt den beiden Steuermännern und Tabarna gelang es ohne Schwierigkeiten, die phoinikischen Freunde zu beruhigen. Mich stimmte es nachdenklich, daß wir einerseits nicht sahen und spürten, in welcher Geschwindigkeit wir uns dem Ziel näherten, und andererseits wurde es an Bord wärmer und wenn ich nicht irrte, auch innerhalb des Nebels heller. Ich wandte mich an Ptah und Tabarna und sagte:

»Ich würde gern damit anfangen, unsere Weinkrüge zu leeren. Die AXT bewegt sich ohne uns. Niemand weiß, wie lange der Flug wirklich dauert. Wir sollten so lange wie möglich ausruhen und uns entspannen.«

Ocir-Khenso, der mehr Informationen besaß als ich, stimmte zu und turnte in die Bilge hinunter.

»Auch ich weiß es nicht. Trinken wir auf unseren Erfolg im Skythenland und auf den leeren Halbkontinent.«

So kam es, daß bis auf den Mondrobot die gesamte Besatzung des Schiffes in ruhigem Schlaf lag, als der Nebel wich, das Schiff in den Wellen eines fremden Ozeans schaukelte und eine schöne, unbekannte Küste auftauchte.

Zuerst zögerte ich, wußte nicht, wie ich meine Gedanken in solche Worte kleiden konnte, die mir, wenn ich aufwachte und nachlas, die Wahrheit sagten. Dann träufelte ich Wasser in die rote Tuscheschale, nahm den feinen Schreibgriffel Atlans und begann zu schreiben: auf der Shafadufolie von rechts nach links. Nach dem dritten Wort verwendete ich die schwarze Tusche. Atlan nickte mir lächelnd zu. Er hockte im Heck, vor sich die aufgeklappte Truhe, und er sah die Bilder an, die Haliaëts Augen sahen. Ich schrieb:

Es war nicht nur ein Erwachen aus einem tiefen, guten Schlaf. Ich blinzelte, gähnte und sah über mir blauen Himmel voller Regenwolken und weißen Wolkentürmen. Als ich mich aufrichten wollte, schob Atlan seinen Arm unter meine Schulter und zog mich hoch. Mit einem Lächeln, einem deutlichen Zeichen seiner augenblicklichen Unschlüssigkeit, sagte er:

»Wir sind da. Irgendwo dort liegt unser Ziel. Denk an die Bilder der Illusion, Charis.«

Es herrschte Windstille. Die Sonne des Mittags brannte fast senkrecht. Zwanzig Riemen bewegten sich im Takt und schoben das Schiff durch weit schwingende Wellen; Meereswellen, nicht die eines Binnenozeans. Die Dünung hob und senkte die AXT. Wir standen im Bug und blickten auf die näher kommende Küste. Um das Schiff trieben

Äste, Baumstämme, eine Unmenge losgerissener Zweige, viel Laub, aufgeblähte Kadaver fellbedeckter Tiere, von aufgedunsenen Schlangen, von größeren Tieren . . . plötzlich sahen wir im dunkelblauen Wasser breite Spuren aus Schmutz. Je näher wir dem Land kamen, desto mehr ertrunkene Tiere sahen wir, desto schmutziger wurde das Wasser. Atlan hielt eine Karte hoch und schlug mit dem Handrücken dagegen.

»Hier«, sagte Ocir betroffen, »mündet in einem recht ausgedehnten Delta ein namenloser Fluß. Er hat seine Quelle tief im Urwald, sein Lauf windet sich durch Regenwälder, überdies gibt es Quellen und Bäche, die in den Fluß münden. Die Folgen schwerer Regenfälle: Das Wasser wird nicht mehr aufgesaugt und im Boden gespeichert, sondern ertränkt die Tiere, weicht den Boden auf, lockert Wurzeln und läßt die Gewächse niederbrechen. Wir werden noch viel mehr davon sehen.«

Sa'Valer stand am Ruder; Mah-Dhana war auf den Mast geklettert, balancierte auf der Rah und gab seinem Freund Handzeichen. Behutsam steuerte der Phoiniker die AXT durch die immer größer werdende Menge Treibholz. Mehrmals wichen wir Baumriesen samt Wurzelwerk aus, denen die Rinde heruntergefetzt worden war. Allein in dieser ersten halben Stunde hatte allein ich mindestens hundert Tierkadaver zählen können.

»Die verfluchte Wolke«, sagte Tabarna. »Sie ist riesengroß. Aber hier leben noch Fischer!«

Vor der Küste, die stellenweise felsig und steil, meist aber flach und von tropischer Vegetation überwuchert war, segelten kleine Boote. Zusammen mit Sonnenlicht, weißen Wolken und der grünen Küstenlinie waren sie Teile einer trügerischen Idylle.

»Sie zeigen sich von den Wolken nur mäßig beeindruckt«, sagte Ptah. »Immerhin bewegen wir uns, wie versprochen, in warmen Zonen.«

Die Wolke war ebenso groß wie die anderen, die wir besiegt hatten. Allerdings konnten wir auch hier ihre gesamte Ausdehnung nicht erkennen. Ihr östlicher Rand jedoch hing vor uns und zeichnete wohl etwa die Küstenlinie nach. Das südliche Ende, also links von uns jene Ausläufer, die herunterhängenden Arme und die kreiselnden Schläuche der Wasserhosen, vermischt mit glitzernden Bahnen von Regengüssen, verlor sich über dem südlichen Ende des dreieckigen Kontinents. Das Ende der Ausdehnung im Norden, vermochten wir nicht zu sehen. Weit hinter uns verblaßten die Berge einer unbekannten Insel.

»Unser Ziel ist die Siedlung am Fluß, nicht wahr?« fragte ich. Atlan legte den Arm um meine Schultern und blickte auf seine Karten.

»Wir müssen durch das sumpfige Delta mit der breiten Fahrrinne. Das Fischerdorf liegt am Nebenfluß. Hier. Es wird nicht leicht sein, dorthin zu rudern. Was die Fischer können, vermögen wir wohl auch.«

Unsere Beobachtungen zeigten uns mehr.

Erdreich und tote Pflanzen in gewaltigen Mengen wurden ins Meer gespült; Tausende und aber Tausende Tiere aller Arten starben und würden auch weiterhin ausgerottet werden. Die Wolken dieses Planeten schleppten, hatte Atlan mir erklärt, ununterbrochen Wasser heran, und das Fehlen der Sonne bewirkte, daß es nicht verdunstete. Ruhig arbeiteten die Ruderer; jede Bewegung ihrer Körper brachte uns näher ans Land heran. Wenn uns die Fischer hatten kommen sehen, so zeigten sie keine Furcht, aber auch keinerlei Zeichen großer Neugierde. Ihre Boote mit rechteckigen Segeln kreuzten vor der Küste. Ich zählte etwa zwei Dutzend. Also gab es genügend Menschen an den Flußufern. Wir würden aus der sonnenlichtüberfluteten Zone ins Halbdunkel unter der Wolke vorstoßen müssen, die einen tiefblauen Schimmer an der Unterseite erkennen ließ. Die Dünung hob die AXT und ließ sie rauschend den langen Hang einer Riesenwelle heruntergleiten. Der vertraute Anblick des Seeadlers fehlte mir in diesen Momenten. Über dem Land der Skythen drückte die Wolke der Sternensporen brutale Gefahr aus – hier wirkte die Umgebung einschließlich all dessen, was wir sahen, weniger niederdrückend. Der Grund dafür war wohl das heiße Sonnenlicht.

»Die ersten Sätze zu den Eingeborenen werde ich sprechen«, sagte Ocir. »Keiner von euch sollte den Eindruck haben, daß es hier leichter sei als an einer anderen Stelle der Welt.«

An den Stellen, an denen das Ufer des Deltas in die wirkliche Küste überging, standen riesige Bäume, abgestorben, auf denen Hochsitze oder Ausgucke aus Holz und Astwerk errichtet worden waren. Unser Schiff glitt durch Strudel braunen Wassers auf die nächstgelegene Ufermarke zu. Die Fischerboote blieben an Backbord zurück. Zum erstenmal seit langer Zeit sah ich, daß unser Schiff salzverkrustet, sowie Tauwerk und Hölzer ausgelaugt waren.

»Du kennst die Sprache?« fragte Atlan.

»Sie ist nicht schwierig und kann von jedem in ein paar Tagen gelernt werden«, antwortete Ocir. Mit langsamen Schlägen ruderten wir weiter, erklommen eine Brandungswelle und wurden von der auslaufenden Kraft ins Flußwasser und mitten in eine große Ansammlung von Kadavern und treibenden Stämmen hineingeschoben. Das Schiff wurde dicht unter dem flachen Ufer weitergerudert, wo die Strömung die wenigsten Zeugen des sterbenden Regenwaldes mitschwemmte. Nestor rief einige Sätze zu den Ruderern hinunter. Auf allen Gesichtern, auch auf meinem, zeichnete sich Vorfreude, Erwartung und das einsetzende Bewußtsein ab, einem neuen Abenteuer unmittelbar gegenüberzustehen. Vier Riemen wurden eingezogen, die Öffnungen der Planken verschlossen. Langsam legten die Männer leichte Waffen an und überprüften ihre Ausrüstung. Atlan und Ptah studierten schweigend die Karte. Ich beugte mich über Atlans Schulter und spürte im Gesicht sein schweißnasses Haar.

»Etwa zweihundert Hütten«, stellte er fest. »Also rund fünfhundert Menschen.«

»Wir werden Helfer brauchen«, sagte Ocir. »Unsere Karten sagen über den Weg zur Säule zu wenig aus.«

»Höchstwahrscheinlich kennen die Eingeborenen den Weg«, meinte Ptah. Hinter uns tauchten einige Segel auf. Sie waren ebenso schlaff wie unser Leinendreieck; die Fischer ruderten und stakten mit langen Bambusstangen.

Das Delta des Flusses bestand aus einem Gewirr vieler Inselchen, langgestreckt und voller Vegetation. An vielen Stellen türmten sich Hindernisse aus Schwemmgut. Ab und zu erfaßte eine reißende Seitenströmung das Schiff, aber es gehorchte dem Ruder und glitt unaufhaltsam vorwärts. Die Strömung des unbekannten Flusses war nicht sonderlich stark. Wir suchten die Ufer ab und hofften, auf ein größeres Bauwerk oder wenigstens dessen Ruinen zu stoßen, aber es gab nicht viel mehr Anzeichen für Leben als die Spuren gefällter Bäume.

»Die Eingeborenen haben nicht einmal Bronze«, bemerkte Ocir einmal. »Ich erkenne es an den Axtspuren an den Wurzelstöcken.«

»Dann paßt auch die Tempelruine nicht zu ihrer Kultur«, sagte Atlan und hob die Hand über die Augen. Links öffnete sich ein breiter Nebenarm, dessen Wasser viel klarer und sauberer war. Atlan und Ocir nickten sich zu, Atlan winkte zum Steuermann, und die AXT glitt in weitem Bogen in die neue Richtung. Hinter uns schrien einige Fischer unverständliche Worte. Ihre Schiffe hatten ein wenig aufgeholt. Ocir sprang vom Bugdeck, lief nach hinten und brüllte ihnen mit mächtiger Stimme einige Antworten zu. Es war eine wohlklingende Sprache mit vielen Vokalen und Rachenlauten. Zu uns sagte der Mondrobot:

»Ich sagte ihnen, daß wir gekommen sind, um die Wolke zu zerstören.«

Inzwischen spürten wir alle, daß wir binnen viel zu kurzer Zeit aus kalter Umgebung mitten in die schwüle, kochende Hitze dieses Flußdeltas versetzt worden waren. Wir schwitzten, immer häufiger ging der Wasserkrug von einer Hand zur anderen. Die Ruderer entledigten sich zuerst der Mäntel, dann der Fellwämser, schließlich hingen sie mit nackten Oberkörpern über den Riemen; längst war die gesunde Bräune des Sommers vergangen. Unbarmherzig brannte die Sonne. Wir ahnten, daß wir heute vor Müdigkeit umfallen würden. Atlan zog mich zum Bug und deutete nach unten. Die Sonnenstrahlen ließen die Augen in der Schiffswand und die Buchstaben des Schiffsnamen grell aufleuchten.

»Das Wasser wird klarer«, sagte er. »Ich glaube, daß zwischen der Quelle und dem Dorf der Nebenfluß noch nicht im Bereich der Wolke und ihrer Verheerungen liegt.«

»Ich glaube«, wandte ich ein, »daß wir heute ein ausgedehntes Bad nehmen werden.«

Einige verfallende Hütten und Stege, die reichlich mitgenommen aussahen, waren die ersten Zeugen menschlicher Nähe. Dann entdeckten wir aus Rohr geflochtene Reusen, die an Baumstämmen befestigt waren. Vorsichtig schob sich die AXT DES MELKART daran vorbei. Ich setzte den Krug an die Lippen, nahm einen Schluck und sagte:

»ES ist unser Herr, und er ist in der Lage, uns von dort nach hier zu versetzen, in unglaublich kurzer Zeit. ES ist mächtig.«

»Du hast recht«, wunderte sich Atlan. »Was willst du damit sagen?«

»Fragen will ich«, meinte ich und verschloß den Krug, gab ihn an Tabarna weiter. »Wenn ES im Urwald Säulen verbirgt, die unsere Projektile umgeben – warum zündet ES die Projektile eigentlich nicht selbst?«

»Eine gute Frage, die mir schon lange auf der Zunge brennt.« Ptah unterstrich meine Gedanken. »Ich habe nur eine unvollständige Antwort darauf.«

Atlan zögerte unvermutet lange.

»Liebste, du wirst zunehmend unbequemer.« Er lachte herzlich, wurde sofort wieder ernst. »Natürlich könnte ES auch das letzte Zehntel allein erledigen; neun Zehntel hat er perfekt vorbereitet. Aber er gibt einer Handvoll Menschen Gelegenheit, Ausschnitte der ganzen Welt zu sehen.«

Ptah-Sokar nickte und zupfte an der Saite seines Bogens:

»Fremde Menschen, ebensolche Sitten und Sprachen. Die Ruderer und Kapitäne werden Fernweh bekommen, wenn sie wieder zu Hause sind. ES fördert auf diese Weise den Versuch, Kulturen miteinander zu verbinden. Reisen, Karawanen, Handel und Abenteuer!«

»Jeder von uns kann von fremden Orten erzählen. Wir sammeln fremde Dinge. Wir geben Fähigkeiten und Kenntnisse weiter«, bekräftigte Mah-Dhana. »Wenn wir überleben, versteht sich.«

»Und darüber hinaus bekommen die Wächter dieser Welt etwas zu tun. ES und wir sind darüber einig, daß es zu einfach wäre, Probleme zu lösen, ohne daß die Barbaren merken, daß dazu Schweiß, Nachdenken und ein höheres Prinzip gehören.«

»So schafft ES neue Götzen!« Ich wandte mich ärgerlich um und blickte in Atlans rötliche Augen. Die dunkle Farbe bleichte aus seinem Haar, an den Wurzeln wuchs es weiß nach. »Die Menschen dieser Welt verehren ohnehin jede Naturerscheinung als göttliches Zeichen!«

Atlans schwielige, aufgerissene Hand streichelte meine Wange.

»Solange *wir* nicht in den Übermut verfallen, *uns* anbeten zu lassen, kann dagegen kaum etwas unternommen werden.«

Ich zuckte mit den Achseln. Über diese Fragen würden wir noch oft und lange sprechen. Es war jetzt nicht die Zeit dazu. Der Fluß wurde schmaler, beschrieb eine Krümmung; die Strömung setzte uns mehr Widerstand entgegen. Die Ruderer begannen zu ächzen und zu fluchen. Backbords tauchte ein sauberer Sandstreifen auf. Boote mit seltsamen Konstruktionen aus Bambus, Stricken und Holzbalken, spinnenbeinig geformt, waren an den Strand gezogen. Hütten standen auf Pfählen, zwischen denen, an Land und im Wasser, nackte, braunhäutige Kinder herumtollten. In unsere Nasen drang der Geruch von Fisch und Rauch. Palmen warfen Schatten auf Sand und Wasser, und riesige, unglaublich knorrige Bäume voller Lianen breiteten ihre reichbelaubten Äste über Teile des Dorfes. Der Lärm versteckter Tiere nahm zu. Ocir kam aus dem Heck, winkte den jungen Männern und den Frauen zu, die sich schnell versammelten und mit allen Anzeichen der Überraschung das Schiff musterten. Der breitschultrige Roboter rief:

»Wir sind von jenen geschickt worden, die von euch Opfer erhalten haben. Wir sind Freunde! Wir kommen, um die Wolke zu vernichten. Dürfen wir anlegen? Der Dorfälteste soll wissen, daß wir seine Freundschaft suchen!«

Ocirs Stimme hallte zwischen den Urwaldbäumen wie Donner. Einige Herzschläge lang schwiegen sämtliche Tiere, dann erhob sich ein gewaltiges Kreischen, Schnattern und Zwitschern. Auch die Bewohner riefen wild durcheinander. Es wurden immer mehr. Sie machten einen verwirrten Eindruck, waren keinesfalls feindselig. Im Gegensatz zu den Skythen waren sie meist groß, schlank und dunkelhäutig wie Tabarna. Langes schwarzes Haar sahen wir, große, mandelförmige Augen, lange Beine und Arme; es schien, als habe der enge Kontakt mit dem Wasser ihre Haut weich und seidig gemacht. Aber auch weißhaarige Greise und Greisinnen sahen wir, und schließlich humpelte ein uralter Mann auf den langen Steg, von zwei jungen Mädchen gestützt.

»Ein würdiger Empfang für uns ausgehungerte Seefahrer, Tabarna!« sagte Ptah wohlgelaunt und mit eindeutigen Blicken. Er rammte Tabarna den Ellbogen in die Rippen.

»Wein«, flüsterte Tabarna. »Musik! Sterne und ein Nachtlager im warmen Sand. Und dazu eine Häuptlingstochter.«

Atlan sagte mürrisch: »Lernt erst einmal die Sprache.«

»Du hast leicht reden, Kapitän des Nebels«, knurrte Mah-Dhana. »Männer wie Ocir und ich brauchen nicht viele Worte. Wir sind von Natur aus begehrenswert.«

»Wahr gesprochen!« brüllten ein paar Ruderer herauf. Ocir machte eine eindeutige Geste; plötzlich hallte unser Gelächter hinüber zum Ufer. *Nicht die schlechteste Art,* dachte ich, *sich als Fremde einzuführen.* Der Greis rief mit zittriger Stimme, als das Schiff sich nach Steuerbord drehte, um mit der Strömung an die Stämme des Steges zu driften:

»Wenn ihr wirklich die Wolke bekämpfen wollt, so seid willkommen. Teilt den Fisch mit uns!«

Noch übersetzte Ocir, aber uns schien es, als ob wir die fremde Sprache schon besser verstünden. Mit der Erfahrung langer Übung wurde das Schiff mit dem Bug auf den Sand gesetzt und am Steg vertäut. Ein Heckanker fiel in den Fluß. Hinter uns kamen die ersten Fischerboote um die Krümmung. Mit einem Satz sprang Ocir auf den Steg, dessen Planken unter seinem Gewicht knirschten und sich bogen. Er ging auf den Alten zu, beugte ein Knie und hob die Arme. Die Handflächen wandte er in einer Geste, die überall verstanden wurde, dem Ältesten zu und allen anderen, die ihn anstarrten. Unsere Männer wußten nicht, wohin sie blicken sollten – ihr Interesse wechselte zwischen den Frauen mit den biegsamen Körpern und der Zeremonie auf dem ächzenden Steg. Schließlich rief Ocir:

»Für uns werden ein paar Hütten geräumt. Es ist genug zu essen da; reichlich Wild und noch mehr Fisch. Palmwein ist bereit. Einige werden im Schiff schlafen müssen. Wir sollen von Bord kommen. Noch zweifeln sie daran, ob wir die Wolke besiegen können. Also . . . kommt«

Wir hatten keine Eile. Ich bemerkte, wie unsere Männer mißtrauisch nach verborgenen Gefahren Ausschau hielten.

Die Sonne sank dem Horizont entgegen. Mehr als zwei Stunden lang erfüllte fröhliche, halb gespannte Unruhe das Dorf. Die Fischer sprangen zuerst mit Harpunen und Messern aus den Booten, aber ohne ihren Fang. Die Mädchen brachten uns Schalen, aus halbierten, großen Nüssen geschnitzt; süßlich herbe, kühle Flüssigkeit befand sich darin. Noch immer war nicht eine Hand zum Messer oder Dolch geglitten. Gruppen bildeten sich; Waffen und Ausrüstungen wurden bestaunt. Die Kinder hatten nicht die geringste Scheu und betasteten uns, als wären wir seltsame Wesen aus einer anderen Welt, was in gewissem Sinn stimmte. Wir ließen uns von ihnen in die Hütten ziehen, zwischen die mächtigen Wurzeln der Bäume, in denen sie spielten: nachdem Ocir, der von Gruppe zu Gruppe ging und sprach, uns Zeichen gegeben hatte, fühlten wir uns sicher.

Junge Männer schüttelten braune Nüsse aus den Bäumen, spalteten sie mit einem Schlag der Steinaxt und gossen die Milch der Nüsse – man nannte sie *Kokos* – in die fein gearbeiteten Schalen für die Gäste. Wir schenkten dem Ältesten ein Bronzebeil. Ein Fischer kam auf den Einfall, eine große Trommel zu schlagen, die auf dem Platz zwischen den Hütten im Sand aufgebaut war. Unser Steuermann trat in eine Fischgräte und hüpfte jammernd herum. Sofort kümmerten sich kichernde Mädchen um ihn; vermutlich hatte er dies geschickt eingefädelt.

Ich saß auf der untersten Sprosse einer Leiter, die zu den Wohnplattformen hinaufführte. Schwere Tritte knirschten im Sand. Ocir schaute zu mir herunter und sagte in überzeugtem Tonfall:

»Mit ein paar Männern war ich in der Nähe des Dorfes, dort hinten. Uns wird nichts passieren. Es sei denn, wir verletzen ein Tabu.«

»Neunundzwanzig Männer«, gab ich zu bedenken, »die seit einer Ewigkeit an nichts anderes denken als an Frauen!«

Der Mondroboter lachte schallend und erwiderte:

»Hundertfünfzig Frauen, zwischen Kindheit und Greisentum, die mit Mandelaugen blinzeln, mit Hüften locken, die Palmwein aus den Hütten schleppen . . . ich zählte nicht mehr als neunzig jüngere Männer. Deswegen brauchst du dir, denke ich, keine Sorgen zu machen. Es ist den Fischern eine Ehre, die Fremden zu bewirten.«

»Solche Bräuche gibt's auch andernorts«, sagte ich. »Wo ist mein mißtrauischer Geliebter?«

»Er begutachtet die Hütte, in der ihr schlafen werdet.«

Die Gruppen lösten sich auf. Unsere Männer schleppten Teile ihres Gepäcks ans Ufer. Mädchen und Frauen stritten sich darum, ihnen zu helfen. Stoffe, wie wir sie trugen, waren unbekannt: man kleidete sich in zusammengeheftete Felle mit schmückenden Federn, in Röcke aus Bast und Rinde, trug Fischzähne als Schmuck. Erstaunt sahen die Kinder zu, die Finger zwischen die Zähne geschoben, wie sich die Fremden im Flußwasser badeten, wie sie Seife benutzten, sich gegenseitig das Haar schnitten, zwischendurch den gebratenen Fisch aßen, der ihnen gebracht wurde, die Schalen des kühlen säuerlichen Palmweins leerten, sich mit weichen Tüchern abtrockneten und zusahen, wie die Mädchen mit Nadeln aus Fischskeletten die Risse im Stoff und im Leder ausbesserten. Überall ertönten Schreie und Gelächter. Sprachbrocken waren zu hören, jemand schrie Befehle, und die älteren Frauen schüttelten die Köpfe, aber sie richteten Feuer und Essen für uns.

Ich wurde zusehends ruhiger; es gab niemanden, der uns überfallen wollte. Langsam ging ich auf die Pfahlbauhütte zu, von der Atlan winkte. Ich fing verwunderte Blicke auf und wußte warum: Die Mädchen und Frauen bemerkten die Ranken und Muster der hellen Tätowierungen, der eingewachsenen Plättchen aus Silber, Gold und Meermuschelkügelchen in meiner Haut. Jene Ornamente, die Atlans Fingerspitzen so gern streichelten.

Ich hatte die Stelle erreicht, an der das Ende des Landungssteges den Sandboden berührte, als über dem Fluß ein gellender Schrei ertönte. Schlagartig riß jede Unterhaltung ab. Tausend Augen starrten in die Richtung der untergehenden Sonne. Dort erschien etwas, das flatterte, schwebte. Wir blinzelten, erkannten den Seeadler. Er kam aus der Sonne heraus und zum Steg, kippte nach links, bremste den Sturz ab und schlug seine Krallen in das aufgerollte Segel an der Rah. Der Adler riß den Hakenschnabel auf, schrie ein zweites Mal und richtete seinen Blick auf den Dorfältesten.

»Ich bin der Adler«, kreischte er mit einer Stimme, die an nichts erinnerte, das ich je gehört hatte, *»der alles sieht. Ich fliege über die Wolke, die euch töten wird und viele andere getötet hat. Du, Sajani, kennst die Legenden von Saurimedi! Erzähl sie den Fremden, die gelandet sind, erzähl und vergiß nichts. Denn die Fremden mit ihrem Kapitän Atlan werden die letzten Freunde der Fischer sein, wenn du sie nicht an den Ort der düsteren Legenden bringst!«*

Er blieb kurze Zeit sitzen, als müsse er sich erholen. Der Dorfälteste Sajani war zu Boden gesunken, verbarg sein Gesicht im Sand und umklammerte die Bronzewaffe. Der Adler – erst jetzt erfaßte ich die wahre Bedeutung dieses Vorgangs – hatte gleichzeitig in *zwei* Sprachen geschrien. Jeder Eingeborene hatte verstanden, was er mitzuteilen hatte. Er breitete die Schwingen aus und flog dicht über dem Wasser davon. Kurz darauf verschwand das letzte Sonnenlicht hinter der Wolke; nur ein paar Lichtspeere zuckten noch über den Himmel.

Aber die Feuer brannten, fast alle Holzstöße waren angezündet worden. Ein gewaltiges Murmeln breitete sich im Dorf aus. Auch unter uns entstand Unruhe. Ich ging zu Sajani, stützte den leichten Körper und sagte langsam:

»Später. Wenn Nacht, wir sprechen. Keine Furcht.«

Er nickte schweigend; es schien als habe er verstanden, was ich meinte. Die Hälfte der Nacht wurde zur Feier.

Mehr als ein Dutzend Gluthaufen strahlten rot. Fische steckten auf geschälten Ruten. Salz gab es im Überfluß. Wir holten eiserne Roste aus dem Schiff und zeigten den Fischern, wie man bestimmte Fische als Portionen braten konnte. Unser Öl und die fremden Gewürze machten aus Fisch und gazellenähnlichen Tieren einen wahren Schmaus. Einige von uns tranken unseren Wein, wieder andere konnten sich zwischen dem Saft der Palmnüsse und dem Palmwein nicht entscheiden. Die meisten phoinikischen Freunde sahen müde aus, waren aber unverkennbar unternehmungslustig. Unsere Werkzeuge wurden bestaunt wie wahre Wunderwerke. Kleine und große Trommeln bildeten die Musik, dazu Rohrflöten und dicke Rohre mit Mundstück, die dumpfe Töne von sich gaben. Später tanzten die Mädchen, aber es lag mehr Rhythmus als Grazie in der Darbietung. Hin und wieder schlich ein Pärchen in die Dunkelheit davon.

Vielleicht tat ES wieder etwas mit unserem Verstand, aber schon mitten in der Nacht konnten wir einander ausgezeichnet verstehen. Aus stärkehaltigem Brei, den sie auf glühendheißen Steinen in Fladen backen, stellten die Frauen eine Art Brot her, gesalzen, voll von scharfem Gewürz, das den Appetit anstachelte. Schließlich versammelten sich mehrere Ringe von Zuhörern ums größte Feuer. Umrahmt von den Tönen der Flöten und donnernden Trommelschlägen erzählte Sajani die Legende von Saurimedi. Fledermäuse rasten im Zickzack durch den Dom aus Licht unter den Bäumen. Funken schwirrten auf, Fett tropfte in die Feuer und zischte.

»To byame, was ›vor sehr langer Zeit‹ bedeutet, to byame also, kamen drei Schiffe. Drei Schiffe mit roten Segeln kamen und landeten dort, wo das Salz wächst. Das Salz, das kosteten die Männer, weil es dort kostbar war, wo die Männer lebten. Sie lebten *to girra,* weit weg also, im Sonnenuntergang. Weit weg, sagten sie, wo Saurimedi an den beiden großen Flüssen herrscht in einem prächtigen Reich.«

Er machte eine Pause; ein Blick bewies mir, daß Atlan und Ptah-Sokar ebenso bemerkt hatten, wie er aus den Begriffen die Kette der Legende knüpfte. Ein Schluck Palmwein, und zahnlos lispelnd sprach Sajani weiter. Atemlos hörten alle zu.

»Ein großes Reich wollte Saurimedi auch hier errichten, to byame.

Die Männer Saurimedis hackten und schnitten einen Weg vom Ufer bis zu den Quellfelsen. Einen Weg schnitten sie und gaben dem Großvater meines Vatersvaters hartes Metall. Metall gab es niemals hier am Meer und im Wald. Im Wald aber bauten sie einen Pfad aus Steinen, der längst verdorben ist. Viele von uns, to byame, starben – Schlangen und Skorpione, andere Tiere, Fieber und Krankheit. Krankheit tötete viele Männer mit lockigen Bärten. Viele Männer von uns und ihnen erreichten die Quellfelsen und bauten ein Steinhaus.«

Verwundert flüsterte Tabarna dem Rômet zu:

»Schiffe aus dem Zweiströmeland? Aus Babyla? Unmöglich!«

»Stein schlugen sie, schichteten Steine aufeinander und machten mit ihrem Werkzeug aus hartem Metall Gestalten in den Stein. Gestalten erzählen die Legende der Schiffe und der Straße und der Größe Saurimedis. Saurimedi half seinen Männern nicht und auch nicht unseren Männern. Krankheit und Tod suchten sie heim, Gräber bauten sie im Steinhaus. Auch Gräber an anderen Stellen, an der steinernen Straße. Sie waren gut zu uns. Gut dachten sie auch, denn sie sammelten Samen, Schößlinge und Gewürze, tauschten Perlen und die Zähne der großen grauen Tiere. Tiere nahmen sie mit auf das letzte Schiff. Mit einem Schiff segelten sie davon, beladen mit Dingen, die für uns wertlos sind, aber wertvoll für Saurimedi. Das ist die Legende. Alles geschah to byame, Fremde.«

»Kamen sie jemals wieder?« fragte Atlan.

»Nein, Steuermann Atlan.«

»Ist etwas übrig von dem, was sie brachten?«

»Nichts, denn viel Zeit verging. Das Steinhaus ist halb gefressen worden vom Wald.«

»Und die steinerne Straße?« fragte Tabarna.

»Ab und zu findet man noch ein paar Fuß von ihr.«

»Deine Männer kennen den Weg? Kennen sie auch die Säule?«

»Die Säule kennen sie nicht. Aber sie werden euch führen. Ihr werdet sonst ebenso getötet wie to byame die Männer von Saurimedi.«

Atlan lehnte sich zurück, wischte über die Lippen und sagte dann laut:

»Die Säule muß dort stehen, denn sie ist das Feuer, das die Wolke verbrennen wird. Wir bleiben einige Tage in deinem Dorf, Sajani, wenn du erlaubst. Wir erholen uns und lernen die Gefahren kennen, zusammen mit deinen jungen Männern. Und dann gehen wir die steinerne Straße zu Saurimedis Steinhaus. Willigst du ein?«

Er lächelte verschmitzt, aber ebenso herzlich. Jetzt glaubte ihm keiner mehr den zittrigen Greis. Seinen Unterschenkel hatte er im Kampf mit einem Mörderfisch verloren. Er sagte:

»Dann werde ich meinen Enkeln noch ein Stück Legende zum Erzählen weitergeben können. Bleibt! Zeigt meinen Männern, wie man solche Schneiden macht. Eßt unseren Fisch! Unsere Mädchen sollen von euch schwanger werden; sie sollen Söhne gebären, Söhne von Seefahrern und

Wolkenverbrennern. Und du«, sein Arm zeigte auf Ocir-Khenso, der im Schatten am Baumstamm lehnte und hingebungsvoll an einer Palmweinschale roch, »sollst Maitalaa nehmen, meine Enkelin. Ich will einen Fänger des Mörderfisches auf meinen Knien schaukeln und ihm berichten von seinem Vater, unter dessen Schritt die Balken zerbrechen.«

»Mächtiger Fischer«, sagte Ocir in unser Schweigen hinein. Wir wußten nicht, ob wir lachen oder erschrecken sollten. Wir saßen mit versteinerten Gesichtern da und retteten uns, indem wir die leeren Schalen hoben oder nach Bratenstücken suchten. »Mächtiger Fischer! Ich werde versuchen, zu tun, was du verlangst. Der Adler, den wir gesehen und gehört haben, hat mir ein Tabu auferlegt. Wenn er es löst, wird deine Enkelin einen Sohn zur Welt bringen, der seinesgleichen sucht.«

Der Älteste gab sich zufrieden, senkte den Kopf und murmelte: »So soll es sein.«

Erstaunlicherweise wußte ich, was Atlan jetzt dachte: Der Sinn für Scherze, den ES von Zeit zu Zeit drastisch bewies, machte es wahrscheinlich, daß der Adler öffentlich Ocir-Khenso von seinem Tabu entband. Ich blickte zu Maitalaa, die ihrem verschmitzten Ältesten Palmwein zwischen die Lippen schüttete. Sie war sechzehn Jahre alt, besaß die herrliche Figur eines Mädchens, das wie ein Fisch schwamm, die Spur von Grazie, die es wahrscheinlich machte, daß in ihr das Erbe jener Abgesandten Saurimedis zutage getreten war. Ich wäre froh, wenn sie meine Schwester wäre. In klassischem Rômet sagte Atlan zu Ocir:

»Verglichen mit deinen Sorgen, Ocir, sind meine Probleme geradezu trivial.«

»Je länger ich zwischen euch schwachen Lebewesen bin, desto mehr lerne ich. Unlogik, wirre Gefühle, Selbstüberschätzung und Fehlverhalten zeichnen euch aus. Immerhin kann ich diese Faktoren und viele andere mehr in meine Berechnungen einbeziehen.«

»Geh zu deiner Braut!« sagte Atlan. Später sahen wir, wie Ocir und Maitalaa im Heck der AXT saßen und leise miteinander redeten. Eine Öllampe brannte; Ocir roch am Palmwein.

Vielleicht war ich, Ptah-Sokar, der einzige an Bord, der *wirklich* wußte, worum es vordringlich ging.

Abgesehen von Ocir und Atlan, verständlicherweise.

Keuchend hielt ich inne, stützte mich auf die Streitaxt und blickte meinen Freund an. Er hatte das Haar im Nacken zusammengebunden, und so sah ich, daß sein Gesicht eine Maske der Anspannung war, der scharfen Konzentration und der . . . Todesangst. Wenn wir nicht sofort Erfolg hatten, würde mein Freund in weniger als zwei Tagen tot sein, obwohl ihn kein Fieber gepackt und keine Schlange gebissen hatte. Wir hatten uns seit länger als einem Tag wie die Rasenden einen Weg durch den triefenden Wald gehackt und geschnitten.

Atlans Amulett war verschwunden. Das Ding, das er immer auf der Brust trug; das in Wirklichkeit wie ein Vogelei geformt und meistens bis zur Unkenntlichkeit getarnt war. Ein unersetzlicher Verlust. Charis war nicht bei uns; niemand hätte auch noch ihre Angst ertragen. Ich sah den breiten Rücken Ocirs, der das geschliffene Beil als Schneidewerkzeug und als Zerstörer handhabte. Im selben Moment drehte er sich um und wollte etwas sagen. Hinter dem Vorhang nasser Lianen, faulender Ranken und Blätter und ineinander verknoteter und verschlungener, stinkender Pflanzen sahen wir schwarze Steinquader. Die schwere Masse riß und klatschte zu Boden.

»Wie sieht es aus?«

»Diese verdammte Kreatur ist irgendwo dort vorn!« sagte Ocir. »Wir finden und fangen sie!«

Selbst Ocir-Khenso, dessen Kräfte größer waren als die eines Raubtiers, der alles sah und vieles wußte, vermochte in dieser Unmasse nassen Waldes nicht ein Tier zu fangen, das kleiner war als ein Kind und behende wie . . . ich fand keinen Vergleich. Es war in der fahlen Morgendämmerung geschehen, hier im nassen Urwald.

»Wie geht es dir, Atlan?« fragte Ocir.

»Ich halte es noch eine Weile aus. Meine Kräfte haben nicht nachgelassen«, sagte unser Freund gepreßt, aber beherrscht. »In zwei Tagen ist alles vorbei.«

»Wir verfolgen die Bestie erst einen halben Tag!« schränkte Ocir ein.

»Macht weiter!« flüsterte Atlan-Anhetes hart. »Ich muß etwas tun, sonst laß ich mich von der Ungewißheit umbringen!«

»Wir haben bisher alles geschafft!« sagte ich und legte Atlan meine Hand auf die Schulter. »Wir schaffen es auch diesmal.«

Er nickte schweigend und warf mir einen Blick voll tiefer Verzweiflung zu. Ich hatte ihn noch nie so gesehen.

Vier Tage lang waren wir Gäste des Fischerdorfs gewesen, hatten ein unbeschwertes Leben hinter uns. Unsere Gastgeber hatten uns mit Herzlichkeit und allem, was sie hatten, überschüttet. Ein Dutzend Männer und Charis waren beim Schiff oder im Dorf geblieben. Der Rest unter der Führung von fünfzehn Fischern war in den Wald aufgebrochen. Nach einer mühsamen Wanderung, die etwa eineinhalb Tage gedauert hatte, stießen wir auf eine zerfallene Brücke und auf fast unkenntliche Teile der steinernen Straße. Langsam, mit unseren Kräften haushaltend, arbeiteten wir uns in der Dunkelheit der Wolke, im Regen und in kurzen, überaus heftigen Gewittern den Quellfelsen entgegen.

Wenn wir müde wurden, rasteten wir. Es war nur schwer möglich, ein Feuer in der gurgelnden Nässe und im schmatzenden Schlamm zu entfachen. Immerhin schaffte es Ocir mit unbekannten Mitteln, die Insekten von uns fernzuhalten. Zu Atlan sagte er, er habe ein Ultraschallfeld aufgebaut. Was auch immer – es half. Wir ernährten uns von mitgebrachten Vorräten. Der Rückweg würde nur einen langen Tag dauern, aber das Vorankommen war schiere Sklavenarbeit.

Immer wieder mußten wir Bündel von Lianen zerhacken. Unsere Strahlen brannten geborstene und umgefallene Bäume auseinander. Hin und wieder mußten wir einen Baum fällen, um weiterzukommen. Wir wateten durch schäumende, reißende Bäche und bauten Holzstege über Sumpflöcher. Und in einem Sumpfloch geschah es: Atlan, der sich nie von seinem Amulett trennte, watete bis zu den Hüften im Schlamm, hielt Beile und Sägen in die Höhe und versuchte, auf festen Grund zu kommen. Von rechts schwang sich lautlos an einer Liane ein vierfüßiges Tier mit langem Kletterschwanz heran, griff zuerst nach Atlans Werkzeugen und warf ihn um, dann packte es das Amulett, streifte es mit einem Ruck von Atlans Hals und rannte einige Schritte weit davon, kletterte an einem schrägen Baum hoch und verschwand in den nassen Wipfeln anderer Baumriesen. Dabei schrie und kicherte das Tier ununterbrochen wie rasend.

»Hanum! Ein Hanum. Sie stehlen alles!« riefen die Eingeborenen. Ich wußte, daß Atlan binnen rund zweieinhalb Tagen sterben mußte, wenn er jenen Gegenstand, der unter der Verkleidung des Amuletts versteckt war, nicht wiederbekam.

»Weiter!« dröhnte Ocir. »Diejenigen, die mit dem Bogen umgehen können, sollen wachsam bleiben.«

Die Eingeborenen schlugen mit unseren Bronzewaffen dünne Breschen in die federnde, zähe Pflanzenwand. Immer wieder dröhnten die versteckten Strahler unserer Waffen auf und trennten Holz auseinander. Hinter uns wand sich, im Dunkel unter den Blattdächern schwer zu erkennen, ein vergleichsweise breiter und leicht zu begehender Pfad durch den Wald. Wir drangen nur langsam vor; einmal ging es auf ebenem Gelände leicht und schnell weiter, dann wieder mußten wir uns buchstäblich jeden Fußbreit erkämpfen. Es war naß, kalt, feucht, klamm, es gab kein Licht und keine Farben. Unaufhörlich fielen schwarzgefaulte Pflanzenteile auf uns herunter, ein ständiger klebriger Regen. Unzählige tote Tiere lagen auf dem Boden und waren in Wasserlöchern ertrunken. Nur jene »Affen« hatte die Wolke nicht vollzählig auszurotten vermocht. Inzwischen wußten wir vieles über die Lebensgewohnheiten dieser Tiere. Die Fischer besaßen keinerlei Erfahrung, wie man Affen am schnellsten fing – außer mit Schleudersteinen in Ufernähe des Flusses. Zwei Stunden später, als wir eine triefende Lichtung erreichten, blieb Ocir neben Tabarna und mir stehen und sagte leise:

»Hört gut zu! Ich vermag eine Art unsichtbares Leuchten zu erkennen, das von Atlans Zellschwingungsaktivator ausgeht. Ich kann auch die Entfernung anmessen, in der dieses Tier uns begleitet. Es ist neugierig und bleibt immer über uns, zwei bis einen halben Bogenschuß weit entfernt, stets in Deckung. Es ist sinnlos, Lähmwaffen einzusetzen; sie treffen nur Holz und Blattwerk.«

»Ich habe verstanden«, sagte ich. »Aber dieses Wissen vermag Atlans Leben kaum zu retten.«

»Kannst du ihn sehen, den Hanum?« sagte Tabarna; wir beide trugen die gespannten Bögen auf den Schultern. Ocir nickte und fügte hinzu: »Dieses Tier belauert uns. Es sieht zu, was wir tun. Also ist es neugierig. Wir haben Scheinwerfer, wir haben ziemlich frisches Essen. Bei der nächsten Rast sollten wir uns etwas einfallen lassen.«

»Neugierde, wie!« brummte ich. »Ich denke nach, Ocir. Hilf Atlan, ja?«

»Einfältiger Hinweis«, gab der Mondrobot zurück und setzte sich an die Spitze unseres Zuges. Dort schob er verdreckte, fluchende Eingeborene zur Seite und hob seine Doppelaxt. Wie ein Rasender schlug er auf die Pflanzen ein und hörte nicht auf, bis wir die nächste Brücke aus Stein erreichten. Ein Bauwerk, das kürzlich überflutet worden war und so wenig verschmutzt, daß wir darauf rasten konnten. Keuchend, schlammbespritzt, schwitzend und niedergeschlagen hielten wir an und setzten uns. Der Wassersack ging von einem zum anderen, wir wickelten Früchte aus, nasses Fladenbrot und Braten. Ich sah zu Ocir hoch, der wachsam dastand. Er deutete in die Richtung, in der sich das Tier versteckte. Während ich mit meiner Lampe dorthin leuchtete, fragte ich den Mondroboter:

»Wie weit sind die Quellen?«

»Wenn wir nicht viel langsamer werden, dauert es noch einen Tag.«

Unsere Bögen lagen gespannt da, einige Pfeile steckten zwischen den Quadern der Brücke. Der Wasserlauf war schmal, verlief aber in einem tiefen Bodenspalt. Der Affe turnte unschlüssig in den Ästen herum, näherte sich nur langsam, fünfzehn oder zehn Mannslängen über dem Boden. Atlan starrte schweigend, mit erhobenem Lähmstrahler, in dieselbe Richtung wie Ocir. Tabarna zog probeweise den Bogen aus. Neben mir flüsterte ein Eingeborener:

»Wir wissen, daß ihr verzweifelt seid. Warum ist das Amulett so kostbar?«

Ich blinkte mit der starken Lampe. Im Lichtkegel tauchten kleine Skelette auf, die in den Ranken hingen, verdorrte und verfaulte Früchte, immer wieder regennasse Stämme, an denen schleimige Pilze wuchsen; einmal leuchteten die großen Augen des Affen auf.

»Wenn Atlan stirbt, sterbt auch ihr, denn dann wissen wir nicht, wie die Wolke zu verbrennen ist.«

»Wir sind keine Jäger im Wald«, klagte ein anderer. »Aber wir helfen euch, so gut wir können.«

»Das wissen wir, Freunde!« Ich erkannte, je länger unsere Jagd dauerte, mehr vom Umfang unseres Problems. Ich war ebenso geschockt gewesen wie alle; es war nahezu unmöglich, sich vorzustellen, daß mein Freund Atlan starb. Er kam näher, der Affe, schwang sich in der Deckung dicker Äste heran und beäugte immer wieder das ungewohnte

Licht. In Atlans Gesicht kämpften Wut und Hoffnung miteinander. Ich hörte nicht auf, das Tier zu locken. Wir waren bereit, einen Hagel aus Pfeilen und Lähmstrahlen auf den Amulettdieb abzufeuern.

»Ihr helft uns jetzt am meisten, wenn ihr still sitzen bleibt«, sagte Ocir gefährlich leise. Sein Hinweis war halbwegs ohne Sinn, denn die meisten Männer lagen erschöpft auf ihren nassen, zerrissenen Kleidungsstücken und auf schlammigem Laub. Wieder näherte sich das Tier, klammerte sich hinter dicken Ästen fest. Es war nicht klug, zu schießen. Wir zogen uns hinter Baumstämme zurück; als einziger saß ich auf einem freien Platz und lockte mit dem starken Licht.

»Es hilft!« flüsterte ich. »Er kommt näher und näher.«

»Noch nicht nahe genug«, gab Ocir zurück. Er mußte es am besten wissen, und sein Schuß würde das Tier nicht verfehlen. Wir warteten, halb krank vor Spannung und Ungeduld. Wir vergaßen die unzähligen Schürfwunden, unsere Müdigkeit und die beißende, ätzende Mischung aus Schweiß und Dreck, die unsere Haut bedeckte. Schließlich, nach quälend langer Zeitspanne, leuchteten die Augen des Affen hoch über uns, aber nahe genug wieder auf.

Ich richtete den scharfen Strahl der Lampe auf das Tier. Nur einige Klauen konnten wir erkennen, den Kopf und den Schwanz, der sich an einer Liane festklammerte. Der Affe ließ sich plötzlich fallen, schaukelte zweimal an einem Ast, der sich weit durchbog.

»Los!« zischte Ocir.

Acht Pfeile und vier Lähmstrahlen zuckten schräg aufwärts. Das Tier kreischte auf, aber ließ das Amulett nicht los, fiel auch nicht zu Boden. Mit erstaunlicher Gewandtheit warf sich der Hanum im Flug herum, packte eine dicke Ranke und verschwand hinter einem Stamm. Die Pfeile rasten durch die Blätter, bohrten sich krachend ins Holz; das Tier keckerte und kreischte, als es davonturnte. Ich steckte die ausgeschaltete Lampe ein und löste mich aus der Starre. Tabarna fluchte. Ocir kam näher, den Arm um Atlans Schultern. Leise sagte ich zu Atlan:

»Warum hilft uns ES diesmal nicht?«

Atlans Gesicht war versteinert. Er schien nicht alles von dem wahrzunehmen, was um ihn vorging. Ich wußte, daß er versuchte, mit ES zu sprechen, mit dem rätselhaften Wesen, dessen Werkzeuge wir waren. Sein Versuch konnte nichts anderes sein, als ein Hilfeschrei, ein lautloses Aufschreien zielgerichteter Gedanken. Denn wenn wir erst einmal versuchen mußten, dieses verdammte Tier zu verfolgen, würden wir es irgendwohin verscheuchen und den Aktivator niemals wiederfinden. Es sollte uns sehr schnell etwas einfallen.

Oder schaffte es mein Freund, ES zu rufen und zum Eingreifen zu bringen?

Der Weg zum Quelltempel führte durch trostlose Einöde, war dunkel und naß. Es stank. Wir tappten weiter, Schritt um Schritt. Je näher wir den Ruinen kamen, desto langsamer wurden wir, desto mehr Steine fanden wir unter der dicken Schicht des sterbenden, stellenweise toten Waldes. Der Boden hob und senkte sich und war überall steinig oder sumpfig. Aus der dunkelbraunen, blasenwerfenden Brühe hoben sich die Wurzeln der Baumriesen wie Knochen riesiger, ausgestorbener Tiere. Alles erschien uns hoffnungslos. Die Eingeborenen und wir Fremden bildeten inzwischen eine Gruppe, die sich in den Gedanken festgebissen und festgekrallt hatte, die Säule Saurimedis zu erreichen. Noch mehr als einen halben Tag! Wurde einer müde, gab er die Axt oder den Strahler an seinen Nachbarn weiter, sank irgendwo zu Boden und keuchte, bis ein anderer kam und ihm einen Becher Wein zwischen die Lippen schüttete.

Zwischen Axthieben und dem Toben der Strahlwaffen gellten langgezogene, harte Schreie. Außer uns lebte also doch noch etwas in diesem sterbenden Riesenwald. Seit einiger Zeit gab es für uns den Unterschied zwischen Tag und Nacht nicht mehr – die Helligkeitsunterschiede im Herzen der Wolke waren geringstfügig. Ich kämpfte ununterbrochen mit mir selbst und sah, wie die Männer die Fackeln unserer Ausrüstung hochhielten; viele davon besaßen wir nicht mehr. Aber das grelle, kalkweiße strahlende Licht erleichterte uns die Arbeit.

Dieses Geschrei, sagte der Logiksektor irgendwann zu mir. *Es hat etwas zu bedeuten.* Braunhäutige Männer rissen Lianen zur Seite. Hellere Männer gebrauchten Werkzeuge, die kaum stumpf wurden. Vor mir entstand, Schritt, um Schritt ein schmaler Pfad, der irgendwo dort endete, wo wir eine andere Welt verlassen hatten. Mit dem Verstand sich etwas ausrechnen und selbst die Wirklichkeit erleben müssen, sind zwei verschiedene Dinge. Ich brauchte Rico-Ocir nicht mehr zu fragen.

Er würde sich richtig verhalten, wenn dieses verfluchte Tier wieder in unserer Nähe war. Was Schlachten und Kämpfe, Liebesnächte und Überfälle in nachtdunklen Gassen nicht geschafft hatten – ein neugieriger Affe schaffte es, stellte meine Existenz aufs Spiel. Ich spürte nichts außer nagender Angst. Äußerlich war ich ruhig, innerlich kämpfte ich immer wieder in Wellen und Schüben gegen meine Todesfurcht an.

Wir tappten mühsam auf den Weg zurück, nachdem wir eine Senke aus strömendem, fast klarem Wasser durchwatet hatten. Wieder hörte ich den gellenden Schrei. Ein Raubtier jagte rechts von uns in den Baumkronen. Es war Nacht, und wir konnten nichts erkennen. Fackeln bildeten eine Lichterkette von dreißig, vierzig Schritt Länge. Wir hatten untereinander abgesprochen, nicht mehr richtig zu rasten und zu schlafen, bevor wir nicht den Tempel erreicht hatten. Weiter! Ich riß einem Eingeborenen meine doppelschneidige Streitaxt aus der Hand, schlug ihm auf die Schulter und löste den Mann an der Spitze ab. Hinter mir reckte Tabarna die Fackel hoch. Ich kappte Lianen, zerschnitt

Gewächse, verwickelte mich in Ranken und schnitt mit dem Desintegrator breite Schneisen in das Pflanzengewirr vor uns. Immer wieder krachten riesige Netze aus Ranken und Blattwerk zu Boden.

»Atlan! Mehr Licht! Der Adler!« schrie Khenso mit voller Stimme. Es war wie das Geräusch eines Donnerschlags. Ich verstand nichts. Der Mondroboter rannte herbei, schwenkte eine Fackel. Die Männer bildeten einen Kreis um uns, drehten ratlos die Köpfe und versuchten zu verstehen, was jetzt vorging. Ebenso wie ich. Ich wandte mich an das einzige Wesen, das sich von der Umgebung und den Umständen nicht bis zur völligen Selbstaufgabe beeinflussen ließ.

»Wozu diese Aufregung? Was ist los?« fragte ich und hoffte, daß mir nicht jeder die Todesangst ansah. Der wütende Versuch, dreißig Schritte weit den steinernen Pfad freizulegen, hatte mich nur vorübergehend ablenken können.

»Ich meine . . .«, begann Ocir. Er wurde unterbrochen. Fast genau über uns ging ein unbegreiflicher Kampf in völliger Dunkelheit vor sich. Mindestens zwei Wesen kämpften kreischend miteinander, schlugen rasend wild um sich, fügten sich Wunden zu und kamen immer näher, was wohl bedeutete, daß sie von Ast zu Ast weiter herunterfielen. Ptah-Sokar holte den Scheinwerfer aus dem Sack, den er über der Schulter trug, und leuchtete senkrecht nach oben.

Im Licht der Lampe sahen wir alle, wie ein Klumpen von rasend um sich schlagenden Gliedmaßen, Flügeln, blitzenden Augen und weißen Zähnen sich überschlug, drehte, kippte, immer wieder gegen die Stämme und Äste schlug und dann mitten zwischen uns auf den Stein krachte. *Der Adler und der Affe!* schrie der Logiksektor. Ich fühlte, wie die Kraft in meinen Knien aussetzte. Krampfhaft hielt ich mich an Ocir fest, der sich so schnell bewegte, daß seine Bewegungen ein wirres Muster bildeten. Er packte den Seeadler, der sich gerade aufrichtete und seine Schwingen spreizte, und riß ihn zur Seite. Dann trat er auf Arme und Beine des blutüberströmten Hanum-Körpers und riß ihm das Amulett aus den Fingern. Tabarna trat heran, zog seinen Dolch und feuerte einen Hochenergieblitz ab. Ocir drehte sich um und hängte mir das Amulett um den Hals. Ich taumelte und flüsterte ihm zu:

»Ist das ein Werk von . . .?«

»ES hat sich nicht gemeldet. Ich empfing plötzlich die Impulse des Adlers. Ich schilderte ihm das Problem.«

»Wann?« röchelte ich und fühlte, wie ein Ertrinkender den ersten Atemzug, die pulsierende Wärme des Zellschwingungsaktivators.

»Vor einem Vierteltag«, sagte er. »Ich merke, wie meine Speicher und Nebenzentren sich beruhigen.«

Ich brachte ein Lächeln zustande und sagte laut:

»Ich kann dieses verdammte Ding schließlich nicht an meiner Brustplatte festnieten. Danke. Ich bin gerettet. Erwarte keine Freudentänze; ich bin zu müde. Alles ist vorbei. Es wird nicht wieder vorkommen.«

Dann breitete ich die Arme aus, drehte mich einmal herum und versuchte, meine alten und neuen Freunde anzulachen. Ich rief:

»Ihr seht es! Der Adler hat mein Amulett zurückgebracht. Ich fühl' mich, als wäre ich neu geboren worden. Ich werde nur noch lachen und fröhlich sein, bis wir diese Wolke verbrennen. Wollen wir rasten? Schlafen? Den letzten Palmwein trinken?«

Ptah-Sokar, jener Mann, mit dem ich eine lange, ereignisreiche Zeit verbracht hatte, sagte deutlich, im Tonfall eines Heerführers:

»Noch sind wir kräftig, wir alle. Noch brennen die Fackeln. Jeder Tag vernichtet mehr vom Wald und Land. Bringen wir es so schnell wie möglich hinter uns. Nur eines, Freunde aus dem Fischerdorf! Wir vom Schiff werden lange brauchen, bis wir uns erholt haben. Wir nutzen eure Gastfreundschaft bis zur letzten Kokosnuß aus!«

Es folgte eine Orgie freundschaftlicher Gesten, Lärm und Gelächter, von Geschrei und dem geglückten Versuch, die letzten prallen Fischblasen voller Palmwein zu leeren. Mir erschien dies wie ein Omen: Es war tatsächlich möglich, daß aus unzähligen Stämmen und Horden, Stadtstaaten und Reichen, Nomaden des Meeres und solchen des festen Landes eine einzige, zahlenmäßig gewaltige Gemeinschaft geschaffen werden konnte. Hier war der Beweis. Der Extrasinn maulte: *einer der Beweise. Ein winziges Mosaiksteinchen.*

Auch ich fürchtete, daß der tatsächliche Fortgang der Geschichte meine euphorische Ansicht widerlegen würde. Nein. Ich wußte es. Wegen einer Salzkarawane überfielen heutzutage die Stadtfürsten einander. Der Seeadler schwang sich auf und flog ins Dunkel davon.

»Wie dem auch sei.« Ich schloß meine Überlegungen ab und streckte den Arm aus, um die Palmwein-Fischblase zu ergreifen. »Noch einen halben Tag, und wir haben alles geschafft.«

»Weiter so!«

»Gib mir die verdammte Axt.«

»Hier! Zieht das Zeug von den Steinen!«

Wir schufteten einen Vierteltag lang weiter, machten dann eine Pause. Und kurze Zeit darauf, als die Helligkeit eines dürftigen Sonnenaufgangs uns half, sahen wir die Felsen, die Bäume, die Säule und die Quellen eines Dschungelflusses. Alles war so, wie ES uns in Illusionen über dem nächtlichen Meer gezeigt hatte.

Sonnenaufgang: Einzelne Lichtstrahlen stachen durch die dunklen Mauern, die aus Baumstämmen bestanden, durch unzählige Äste und durch die tropfende Wildnis. Die Scheibe der Sonne befand sich über einem unsichtbaren Horizont noch unter der Wolke. Sie brachte Licht, aber keine Wärme. Nasse Blätter spiegelten das wenige Licht wider. Schweigend gingen wir die letzten Schritte auf die Ruinen zu.

Zwischen fauligen Gewächsen und riesigen Bäumen ragten große Felsen aus dem Boden, zwischen den Wurzeln, die nicht nur die Felsen, sondern auch die Reste der Quader gesprengt hatten. Überall erhoben sich Sträucher und Büsche. Die Ruine bildete einen Zweidrittelkreis; wir erkannten undeutlich die Überreste von Torbögen, einigen Treppen und von moosüberwucherten Friesen oder Reliefs. Im Mittelpunkt der unregelmäßig geschwungenen Ruine stand die Säule.

»Ich zünde eine neue Fackel an.« Tabarna hielt das grelle Funkenbündel hoch über seinen Kopf. Zusammen mit den anderen Lichtern und den spärlichen Sonnenstrahlen breitete sich mehr Helligkeit aus. Ich versuchte, einmal um den Fuß der Säule herumzugehen, aber das Unterholz war zu sehr ineinander verwachsen. Wir hatten die Fläche zwischen den knorrigen Wurzeln schnell gerodet. Immer mehr Ranken fielen von der Säule und den Quaderwänden.

»Das ist der Ort, den die Männer Saurimedis erbaut haben!« sagte einer der Fischer und machte eine umfassende Bewegung. *Es entspricht genau der Illusion, die ES euch gezeigt hat,* flüsterte der Logiksektor. Ich hatte mit meinem exakten Gedächtnis genau dasselbe Bild vor meinem inneren Auge. Ocir schob mich einen Schritt zur Seite und meinte:

»Ich kümmere mich um die Säule und das Projektil.«

Er nahm sein Beil und die Fackel und untersuchte die Gestalten, die in umlaufenden Kreisen aus dem Stein gemeißelt worden waren. Jeder hier war uralt, aus einem anderen Jahrhundert. Dicke Moospolster, schwarz und triefend, lösten sich von den Figuren. Diese Gesichter, Bärte, Waffen und die Haltung der doppelt handgroßen Gestalten – ich kannte sie. Solche Figuren hatte ich in Palästen und an Tempeln im Zweiströmeland gesehen, an zahlreichen Stelen und Gräbern. Zuletzt in Akkad. Tabarna zeigte darauf und brummte:

»Ich bin kein Kapitän, Atlan. Aber es mag sein, daß jemand von Babyla den Weg hierher überlebt hat.«

»Wenn er entlang der Küsten segelte und ruderte, ist es denkbar«, sagte ich. »Aber vielleicht gibt es in anderen Teilen der Welt Männer, die ähnliche Kunstwerke schaffen.«

Daß es sich bei der Säule um eine meisterhaft angefertigte Kopie handelte, war mir klar. Die Eingeborenen, die auch aus unserem Besuch eine Legende machen würden, brauchten handfeste Beweise dafür. Verblüfft sah ich, wie Ocir zwischen zwei kämpfenden Steinfiguren einen Spalt mit der Klinge aufhebelte. Ein dumpfes Knirschen ging durch den Stein, als sich ein Teil des Streifens verschob.

»Vermutlich fällt die Säule in hundert Teile auseinander«, sagte er laut. »Gibt es für euch noch etwas in der Ruine zu tun?«

»Ich möchte noch alles genau sehen«, sagte ich. »Schließlich war der Weg hierher nicht gerade leicht.«

Aber es gab nicht mehr viel zu entdecken. Das Licht zeigte uns die starke Verwitterung. Der wuchernde Dschungel hatte sämtliche Kanten gebrochen und die Quader gelockert. Die Figuren waren bis zur Unkenntlichkeit abgefressen, zersplittert und überwachsen. Ich sah kein einziges Schriftzeichen und nichts, das über den Zweck der Anlage etwas aussagte. Die Eingeborenen umrundeten ebenso schweigend und verständnislos wie ich die Anlage. Ocir feuerte senkrecht nach oben. Riesige Äste stürzten herunter, ein Schauer faulender Laubreste fiel auf unsere Köpfe, Zweige verhakten sich, und schließlich, als in den Baumkronen eine große Öffnung entstanden war, zogen und zerrten wir die Abfälle vom Fuß der Säule und von den Mauern weg.

»Bereit?« rief Ocir. Ich nickte und bedeutete den Männern, das Innere der Ruine zu verlassen. Einige Gruppen versammelten sich auf dem Steinpfad.

»Ich sprenge die Verkleidung ab!«

Ocir-Khenso handhabte die Axt wie einen Hebel. Die einzelnen Stücke der Verkleidung waren raffiniert übereinandergesetzt worden. Als ein erstes Teilstück zu Boden fiel, lösten sich darüber und darunter einzelne Segmente, kippten nach außen und rissen andere mit sich. Es dauerte nicht lange, dann bildeten sich Wolken aus Gesteinsstaub; schließlich lagen sämtliche Bruchstücke in einem ringförmigen Haufen am Fuß des Projektils. Erstaunte Aufschreie und wildes Murmeln waren zu hören, als wir zu den Wartenden stießen.

»Das ist die Fackel«, sagte ich, »mit der wir die Wolke versengen werden. Wir müssen weiter zurückgehen, sonst werden wir geröstet.«

Das Projektil war schlank, lief in eine Spitze aus und stand auf einem Ring größeren Durchmessers, der die Löcher der Abgasöffnungen enthielt. Ocir hantierte an der Schaltung und stellte die Zeituhr ein.

Mah-Dhana erklärte den Fischern, daß Flammen und Rauch hochschlagen und die Fackel mit sich reißen würden. Er berichtete teils in abenteuerlichen Schilderungen, wie das Feuer der Fackel auch die Wolke verbrennen würde. Sie hörten ihm mit weit offenen Mündern zu und schüttelten ungläubig die Köpfe. Ocir rannte auf uns zu und rief:

»Zählt bis zweihundertfünfzig! Ist niemand mehr in der Ruine? Wir müssen weiter zurück.«

Wir zählten, Namen wurden gerufen, zwei Männer kamen aus dem Gebüsch gesprungen, und wir bewegten uns auf dem geräumten Pfad zurück. Die Erwartung packte uns und ließ die aufgeregten Unterhaltungen leiser werden. Schließlich blieb Ocir stehen, der uns zurückgetrieben hatte. Er sagte leise:

». . . einundfünfzig, fünfzig, neunundvierzig . . .«

»Ein Zauberer!« flüsterte ein Eingeborener. »Er spricht Beschwörungen.«

Nur noch zwei Fackeln brannten, verstreutes Sonnenlicht brach sich in der Metallsäule. Im Dschungel, der sonst vor Leben und Geräuschen barst, war es totenstill. Es hatte zu regnen aufgehört, wir hörten auch keine Donnerschläge und starrten gebannt auf das Projektil.

». . . vierzehn, dreizehn . . .«

Die Säule sah kalt und abweisend aus, wirkte wie ein Fremdling aus einer anderen Welt. Sie schien uns das Symbol geballter, schlummernder Kraft zu sein; auch den Eingeborenen, die ihren Eindruck schwer in Worte fassen konnten. Ocir warnte:

»Öffnet die Münder! Haltet euch die Ohren zu.«

Wir gehorchten. Eine kleine Flamme, ein gewaltiges Krachen, das zwischen den Stämmen widerhallte, dann eine riesige Flut aus Feuer und Rauch, die unter der Säule nach allen Seiten schlug, machte jedes Denken unmöglich. Jähe Hitze verwandelte Wasser in Dampf und erzeugte eine gewaltige Wolke, in deren Innern es tobte, zuckte und kochte. Langsam erhob sich das Geschoß, machte in Höhe der Stämme einen Satz und fuhr wie ein Blitz durch die Öffnung im Geäst. Kochender Dampf schlug in unsere Gesichter und vertrieb uns.

Als wir in die Richtung rannten, aus der wir gekommen waren, hörten wir noch lange das Donnern und Röhren des Projektils, das über dem Wald auf die Wolke zuraste. Viel später erschütterte der dumpfe Knall der Explosion aus großer Höhe den Dschungel. Nur ein paar Zweige nahe der Ruine hatten Feuer gefangen. Durch das Sirren und Singen in meinen Ohren schrie ich den anderen zu:

»Es ist früher Morgen. Wollen wir rasten oder zurückmarschieren? Dort vorn, irgendwo, ist sauberes Wasser.«

»Und Sonne!«

»Viel bessere Plätze zum Ausruhen gibt es im Dorf!« schrie Tabarna und stocherte mit dem kleinen Finger im Ohr. »Ich bin dafür!«

Er machte auffordernde Gesten in die Richtung des Wegendes. Halbherzig stimmten fast alle zu. Der Rest schloß sich der Mehrheit an, und spät abends kamen wir, vollkommen erschöpft, aber glücklich, im Fischerdorf an.

Jetzt erst, nachdem alles vorbei war, packten mich die Nachwehen der Furcht und das heiße Glücksgefühl eines Mannes, der in letztem Augenblick gerettet worden war. Neben dem Feuer ließ ich mich in den Sand fallen, zerrte die Stiefel von den Füßen und rief:

»Palmwein! Und . . . wo ist Charis?«

An diesem Abend gab es kein Fest. Wir badeten kurz im Fluß und warfen uns in den warmen Sand; wir schliefen fast augenblicklich ein.

8.

Die AXT DES MELKART wurde auf den Strand gezogen und ausgebessert, gesäubert und neu ausgerüstet. Einen Riß im Segel galt es zu flicken; neue Taue mußten gespleißt und aufgezogen werden. Taljen wurden abgeschliffen und eingeölt, Klampen geschnitzt, ein Geitau gesichert, das Ruder überholt und Kupfernägel mußten in einige Kupferplatten geschlagen werden. Wir fuhren mit den Fischern hinaus, fischten und holten Salz von den einfachen, wirkungsvollen Salinen. Braten und Fisch wurden gepökelt und geräuchert; wir genossen die Ruhe, das Süßwasser und das Meerwasser auf unseren Körpern. Schnitte, Schürfwunden und alle Verletzungen heilten. Ich versuchte, kleine Krankheiten der Fischer mit meinen Salben zu kurieren und erzielte begeisternde Erfolge. Fast täglich fuhren Ocir, Ptah-Sokar und Maitalaa zum Fischen; meine beiden Freunde schienen etwas auszuhekken, was niemanden anging. Frauen und Mädchen halfen, unsere Kleidung und Ausrüstung zu säubern und instand zu setzen. Mit der Fischbein-Nadel waren sie sehr geschickt – und mit unseren unzerreißbaren Fäden. Wir verschenkten den eisernen Rost und verschiedene Waffen, die wie Bronze aussahen und aus Arkon-Stahl bestanden. Wir fühlten uns wohl und versuchten, den Fischern beizubringen, was sie für ein bequemeres Leben benötigten. Von Tag zu Tag veränderte sich die Wolke, franste aus, zeigte die Höhenströmungen an, wo sie zusehends zerfiel; der Gestank, der bei westlichen Winden aus dem Dschungel aufstieg, wurde schwächer.

Ich hob den Kopf und schaute nach, ob das Boot sicher auf dem Sand lag. Charis und ich lagen, weit vom Dorf entfernt, in einer kleinen Bucht am Flußufer. Eben hatten wir uns gegenseitig mit Öl eingerieben, das nach den Zedern von Gubla roch. Der Schatten einiger Palmen lag über dem Sand. Charis goß mit unsicheren Fingern Palmwein in Kokosschalen. Überall war Öl, ständig rutschten die Finger ab.

»Das also war die siebente Wolke!« murmelte ich schläfrig und schlug eine Mücke tot. »Mit allen dazugehörigen Aufregungen. Ich darf nicht daran denken«

Ich hob den Aktivator an und ließ ihn wieder fallen. Die Sonne verwandelte die Pünktchen in Charis' Haut in leuchtende Ornamente.

»Rico-Ocir würde sagen, es waren dreiundsechzig und etwas mehr Hundertstel.« Charis wischte einen Tropfen Palmwein aus dem Mundwinkel. »So gut wie heute habe ich mich schon lange nicht mehr gefühlt.«

Wir befanden uns in dem wunderbaren Zustand, der höchst selten eintrat. Es gab weder Durst noch andere Entbehrungen, das Essen war frisch und wohlschmeckend, unsere Körper in bester Verfassung. Erfolge lagen hinter uns, die Spuren der Abenteuer fielen der verklärenden Erinnerung anheim, und vor uns lagen vier Abenteuer der gleichen Art. Wir dachten heute noch nicht an die Abreise, die aber zweifellos bevorstand. ES würde eindeutige Zeichen geben.

»Mir geht es ebenso«, gab ich zu. »Reden wir nicht von den vier Projektilen. Für die Fischer haben wir nicht viel tun können. Ich glaube, daß ihr Ehrgeiz höchst begrenzt ist.«

»Wahrscheinlich sind sie glücklicher mit einem Minimum an Zivilisation. Du kennst ES besser als ich: Wie wird das Ende für uns aussehen?«

»Du meinst, nach all den Reisen und den Abschüssen der Projektile?«

»Ja.« Sie nickte und beugte sich über mich. »Für Ptah-Sokar, Atlan, Ocir-Khenso und mich.«

»Ich denke, daß wir Tabarna und den Steuermännern das Schiff überlassen werden. Sicher vernichtet ES die Geräte der AXT. Ich bin überzeugt, daß wir in die Tiefseekuppel geschafft werden und einschlafen. Alle. Auch du.«

»Du weißt, warum ich frage?«

Ich strich eine Strähne dunklen Haares aus ihrer ölbedeckten Stirn und lächelte.

»Ich weiß. Wie ES nicht müde wird, zu wiederholen, sind wir seine Werkzeuge. Selbst wenn unsere Erinnerungen blockiert oder gelöscht werden, bleibt etwas übrig. Wir kennen die Welt, bewegen uns auf ihr wie die Barbaren. Keine einzige Fähigkeit, die wir erworben haben, ist wirklich verlorengegangen.«

Ich sprach mit großer Eindringlichkeit. Vielleicht gelang es mir, Charis etwas von ihrer Furcht zu nehmen. Es war wohl fair, der Frau, die ich liebte, die Wahrheit zu sagen, die Wahrheit dieses Moments; morgen würde es vielleicht eine andere Wahrheit sein.

»Nach dem Erwachen«, fuhr ich bedächtiger fort, »erkennen wir uns, haben unzusammenhängende Fetzen aller möglichen Erinnerungen. Die Rolle Ricos kenne ich noch nicht ganz; vermutlich verfügt er über andere Erinnerungen. Ich bin sicher, daß wir dorthin zurückgebracht werden, wo wir uns scheinbar zum erstenmal gesehen haben.«

»Wo wir schlafen, bis ES uns wieder benutzt«, sagte Charis voll resignierender Einsicht. Ich nickte.

»ES braucht uns nur, wenn unsere Welt bedroht wird. Wir dürfen uns nur dann an der Sonne und am Nichtstun erfreuen, wenn wir für die Sicherheit der Welt kämpfen.«

»Immerhin gibt's Ausnahmen. Unser Herrscher ist milde zu seinen Werkzeugen.« Sie zeigte zum Fluß. »Wenn es dämmert, lassen wir uns im Boot zum Dorf treiben.«

»Genau das ist es«, ich lachte sarkastisch, »was ES gern hat. Wenn wir uns treiben lassen; in Gedanken meine ich.«

Wieder hatte ich erkannt, daß unsere Macht stark eingeschränkt war. Wir konnten zwar eigenständig handeln, aber ES rasselte mit der langen Kette. Für Ptah-Sokar und Charis bedeutete es eine künstliche Lebensverlängerung; wie auch ich erlebten sie Ausschnitte der frühen Geschichte Larsafs Drei, die wahrscheinlich unrückholbar in den tiefsten Sedimentschichten unserer Erinnerungen verschwanden.

Als die Sonne hinter Dämmerungswolken verschwand, öffnete ich die Truhe und aktivierte den Bildschirm. Die Sonde lieferte gestochen scharfe Aufnahmen und zugleich die stockende Übersetzung der fremden Sprache; der Mondrobot war und blieb also mit den Positroniken des untermeerischen Schlupfwinkels verbunden.

Charis und ich beobachteten die Szene: Am Fuß der breiten Treppe, mitten im Innenhof, standen elf dickbauchige Bronzekessel. Sie waren mit glühenden Holzkohlen gefüllt, besaßen Löcher an der Unterseite und Henkel, die wie Tiere geformt waren. Um den *Schauenden* hatten sich in einem dichten Kreis die wichtigsten Männer der Hundert Familien versammelt, ehrenwerte Krieger, die Kurierreiter und die Anführer der Streitwagentruppen. Immer wieder griff ein Schüler des *Schauenden* in einen Korb und streute getrocknete Kräuter in die Feuer. Rauch wallte auf und erfüllte die Sinne der Wartenden mit Wohlgeruch. Wenn sich die Krieger unruhig bewegten, knirschte Leder und klirrten die metallenen Teile der feinverzierten Rüstungen und Waffen. Schulterblätterknochen von Rindern, Schafen und Schweinen lagen im Kreis vor den Knien des Greises, Panzer von Schildkröten waren ebenso angebohrt wie jene weißen Knochen. Der *Schauende* versenkte sich lange in seine Aufgabe, dann nahm er aus einem der Kessel ein glühendes Bronzewerkzeug und hielt es an den Rand einer dieser Vertiefungen. Der Knochen rauchte, er knisterte und dann durchzog ihn ein breiter Spalt, ein zweiter Riß zweigte rechtwinklig davon ab.

»Günstig«, sagte der *Schauende.* »Die Frage war gestellt. Die schwarze Götterwolke kann bekämpft werden.«

Mit einem zweiten Bronzehaken aus einem Kessel erzeugte er in einem Schweineknochen einen zweiten Riß, von dessen Hauptlinie in einem anderen Winkel ein Nebenriß absplitterte. Ein Stöhnen ging durch den Kreis der Wartenden, als der Weissagende das Orakel deutete. »Die Frage war gestellt. Keiner aus unserem Land kann die Wolke besiegen.«

Die Fragen waren in der Symbolschrift der Chou-Nomaden auf die jeweiligen Knochen geschrieben worden, mit feinen Pinseln und schwarzer Tusche. Die dritte Frage lautete: *Wird die Wolke vergehen?*

Zwischen der Großen Ebene und den westlichen Gebirgen hing sie über dem Land und verdarb die Ernte, ließ Regen entstehen, der die Flüsse steigen ließ und alles überschwemmte, versteckte die Sonne, die Sterne und den Mond. Der kleine Palast befand sich am Gelben Fluß. In wenigen Tagen würde der Schatten der Wolke auf die Stallungen, die Felder und Teiche fallen.

»Die Wolke wird vergehen«, sagte der alte Mann in dem reich verzierten Gewand. »Es wird ein Zeichen geben.«

Alle elf Knochen und Schildkrötenpanzer wurden von heißem Metall berührt, zeigten Sprünge der Weissagung, und diese Orakel lauteten:

Ein Fremder wird helfen. Es kommt ein Schiff mit Drachenaugen. Ein Grab wird geöffnet werden. Die Schwarzhaarigen werden überleben. Viel Arbeit wartet. Ein brennendes Himmelsopfer wird gebracht werden.

Nur eine Frage konnte nicht beantwortet werden. Das Orakel schwieg. Die Vertreter der Hundert Familien erfuhren nicht, *wann* das drachenäugige Schiff der Fremden kommen würde.

Alle Bewohner des Fischerdorfs schrien und winkten, als wir im Fluß drehten und das Schiff in die Strömung brachten. Alle Boote der Fischer begleiteten uns. Die AXT war voll frischer Vorräte, und wir waren von unterschiedlichen Gedanken erfüllt: Dankbarkeit gegenüber den Fischern, Traurigkeit, daß der Aufenthalt vorbei war, ein wenig Neugierde und dumpfe Furcht vor dem nächsten Einsatz und die Aufregung, die uns heimsuchte, weil wir nicht wußten, wie uns ES dieses Mal an den Ort der Wolke bringen würde.

Wir winkten zurück, wechselten unzählige Zurufe und Scherzworte, und als wir auf dem Hauptfluß, mitten im Delta waren, kam Nebel auf. Hinter uns lagen die Reste der Wolke; ein atemberaubendes Schauspiel am Tageshimmel. Der Nebel wurde dichter, und da die AXT das größte Segel hatte, wurde sie schneller und löste sich aus dem Verband der Schiffe. Die Abschiedsrufe wurden leiser und hörten auf, als wir zwischen den langen Vegetationsbänken segelten. Als wir die Meeresluft rochen, war der Nebel so dick geworden, daß wir vom Bug aus das Heck kaum mehr erkennen konnten. Ptah-Sokar sagte gepreßt:

»Das ist das Zeichen, Atlan. ES gibt wieder die Befehle.«

»Wahrscheinlich sind wir bald auf dieser Ebene der kleinen, schwarzhaarigen Männer.«

»Der Kapitän des Nebels, Atlan, wird sich dort wie ein Riese vorkommen!« brummte Tabarna. »Seltsamer und gefährlicher als bei den Skythen wird es schwerlich werden.«

Wir waren bereit, ich kannte die Karten und die Aufnahmen. Zwei Tage hielt uns der Nebel umschlossen. Als er aufriß, sahen wir ein fremdes Land. Der Strom, auf dem die AXT gegen die Strömung segelte, war gelb von Lehm. Weite Strecken beider Ufer waren überflutet. Über den Gipfeln ferner Berge hing die fladenförmige Todeswolke.

»Unser Weg führt zunächst einmal stromaufwärts«, sagte Ocir.

Aufmerksam betrachteten wir, im Bug stehend, die fremdartige Umgebung; große Bambuswälder an den Ufern waren überschwemmt. Auf kleinen Anhöhen standen jene kantigen Häuser, die uns die Illusion gezeigt hatte. Auf quadratischen Feldern arbeiteten halbnackte, gelbhäutige Menschen mit lackschwarzem Haar. Reiter stoben auf kleinen Pferden über schlammige Wege und entlang der Mauern aus Bruchstein. Leichter Ostwind trieb Rauchsäulen schräg nach Westen. Ich blickte die Höhenaufnahme mit den Entfernungslinien und Gitterstrichen an. Der Weg des Schiffes führte etwa zwei Tage lang flußaufwärts zur Stadt *Großes Shang* oder An-yang, die an zwei Seiten vom Huan-Fluß begrenzt wurde. Unsere Ruderer lehnten an den Bordwänden und versuchten, die Beobachtungen richtig zu deuten.

Kleine Siedlungen befanden sich auf Hügeln, die wie die Rücken versunkener Riesentiere aus der Ebene hervorsahen. Wälder schoben sich vorbei, an vielen Stellen überflutet. Im Wasser des gelben Flusses trieben Pflanzen und tote Tiere. Nach einer Weile rief ein Ruderer:

»Unser Wundervogel ist wieder da!«

Sofort blickten wir zum Wolkenhimmel. Die vertraute Silhouette des Seeadlers zog hoch über uns ihre Kreise. Oder war es ein wirklicher Raubvogel?

Schafherden drängten sich auf trockenem Land zusammen, bewacht von Männern und Hunden. Im Uferschlamm wälzten sich Schweine. Es war früher Morgen; hinter uns stand die rote Sonne im Nebel. In der Strömung trieben auch tote Menschen. Zwei scharfe Tagesritte vor uns griffen die Randausläufer der Wolke nach unten. Am Horizont zogen bisweilen lange Reihen von Karren dahin, von zwei Pferden gezogen, mit großen Speichenrädern und bronzegeschmückten Wagenkörben.

»Jedes neue Land ist seltsamer als das vorhergegangene.« Ptah faßte unsere ersten Beobachtungen zusammen. Ich kletterte ins Heck und aktivierte die verborgenen Antriebsmechnismen. Zuerst hob ich das Fahrzeug so weit aus dem Wasser, daß sich nur der Kiel und der Bug darin befanden, dann nahm die Geschwindigkeit zu und bewirkte, daß wir mit prallem Segel stromaufwärts stoben.

»Die Chou, ehemalige Nomaden, die das Land überfielen und jetzt beherrschen«, erklärte Ocir, »beten zu ihren Verstorbenen. Für die Masse der Eingeborenen, die sich als *Schwarzhaarige* bezeichnen, sind es wichtige Götter.«

»Sie haben dennoch das Land nicht beschützen können!« sagte ein Phoiniker. »Kennst du ihre Sprache?«

»Sie besteht aus fünfzigmal hundert Zeichen«, antwortete der Mondroboter. »Es ist nicht notwendig, sie zu lernen. Wir bleiben nicht lange.«

Auf der Fahrt zur Stadt passierten wir saubere Felder, Weiden und Wälder. Überall wurde fleißig gearbeitet – dort, wo nicht das lehmige Wasser vom Land Besitz ergriffen hatte. Dämme wurden aufgeworfen, aber das Wasser stieg und überflutete sie. Die Sonne befreite sich aus dem Dunst. Das Gestirn goß blendendes Licht über endlose Wasserflächen. Zwar litt die Bevölkerung, aber offensichtlich arbeitete die Verwaltung: Panik, Furcht und Auflösung hatten noch nicht um sich gegriffen.

»Euer Herrscher, den wir ES nennen«, sagte Tabarna, als wir durch die klare Luft die eisbedeckten Bergriesen auftauchen sahen, »ist unverständlich. Die Himmelsfackel muß aus einem längst verschütteten Grab ausgegraben werden! Kannst du mir sagen, warum?«

Am frühen Nachmittag war die Sonne über und hinter der Wolke verschwunden. Jetzt, bei Sonnenuntergang, tauchte sie am westlichen Horizont auf und übergoß die Bergriesen mit feuerrotem Licht.

»Ich denke, es muß stets etwas Ungewöhnliches und Geheimnisvolles um das Projektil sein«, sagte ich. »Die Eingeborenen verstehen nichts davon; für sie ist es ein Wunder.«

Ptah-Sokar saß im Winkel zwischen Schanzkleid und Hochdeck und trank Palmwein mit Charis. Sie schienen irgendein Geheimnis miteinander zu teilen und lachten oft. Der Rômet sagte:

»Es muß nach Arbeit, nach Geheimnis aussehen! Wir sind die fremden Kämpfer, von denen die Wolke verbrannt wird. *Uns* umgibt der Auftrag der Götter! Nur *wir* vermögen es. Aus diesem Grund auch die Umwege, die schwierige Arbeit und die Gefahren.«

Einige Bogenschüsse voraus schien der Fluß ein tieferes Bett zu haben. Er war nur mäßig über seine Ufer getreten. Unzählige Menschen hatten die AXT DES MELKART mit den riesigen Augen am Bug vorbeirauschen gesehen; ich glaubte zu wissen, daß längst berittene Kuriere stafettenartig davongestoben waren. Die Stadt kam näher, ihre Häuser und Mauern grenzten ein Rechteck von rund tausend zu vierhundert Schritten ein. Bäume, schmale Straßen, steinerne Molen am Fluß, kantige Häuser, teilweise zweistöckig und fast stets mit gebrannten Ziegeln gedeckt, breiteten sich auf Hügeln aus. Rauch unzähliger Feuer stieg in der Abenddämmerung auf, Menschen rannten auf die Stelle zu, an der wir anlegen würden. Die Kreise des Seeadlers waren enger geworden; er bewegte sich über den Dächern dahin.

»Wie meist, Ocir-Khenso«, sagte ich zum Roboter, »wirst du die Verhandlungen führen. Wir versuchen, das Problem schnell zu lösen.«

»Verstanden. Dieses Land besitzt den Vorteil einer ausgereiften Verwaltung. Was wir brauchen, wird uns schnell zur Verfügung gestellt.«

»Hoffentlich!« Charis leerte den Becher. »Verschiedene Welten: die Große Ebene und das Fischerdorf.«

Ich löste den Steuermann ab, verringerte den Auftrieb des Schiffes und steuerte es mit gischtender Bugwelle und schäumender Hecksee in den Flußhafen. Inzwischen hatten sich Tausende versammelt. Prächtig gekleidete Würdenträger und Krieger, deren Rüstungen von polierter Bronze starrten, eilten durch die Menge, als wir anlegten. Eine Prozession von Gespannen kam hufklappernd und klirrend, im Schmuck von Wimpeln, Feldzeichen und Räucherschalen näher und nahm auf der geschwungenen Mole Aufstellung.

In ungewohnt heller Sprache rief Ocir-Khenso zu den Wartenden hinüber:

»Wir sind die Fremden, von denen die Orakelknochen sprachen. Wir kommen, um eure Leben zu retten. Nur mit eurer Hilfe schaffen wir es! Empfangt uns würdevoll und gern, Vertreter der Hundert Familien!«

Zwischen den einzelnen Sätzen gab er uns, leiser, die Übersetzung. Das Schiff legte an. Krieger packten die Taue und belegten sie fachmännisch. Wir betraten die Mole, vollständig gerüstet und mit unseren Waffen.

»Wird wohl ein schwieriges Geschäft werden«, murmelte ich. Charis sagte lächelnd:

»Vor allem, weil hier nicht ein Einzelner herrscht und befiehlt!«

Ocir-Khenso blieb vor unserer Gruppe stehen. Er wirkte überzeugend und unerschütterlich. Fast alle Eingeborenen waren kleiner als wir; einen bis zwei Köpfe und noch weniger, schmalschultrig und feinknochig. Ein erheblicher Gegensatz zu den Meeresfischern, die wir verlassen hatten. Selbst die phoinikischen Seefahrer, die kleiner waren als ich und Ocir, wirkten wie Riesen. Wieder sprach der Mondrobot:

»Wir müssen die Himmelsfackel ausgraben und nach Westen schaffen. Dazu brauchen wir viele eurer Leute!«

Drei breitschultrige Krieger traten vor, verbeugten sich knapp; der mittlere antwortete in heller, fast zwitschernder Sprache:

»Das Orakel hat euch angekündigt.«

»Es hatte recht! Seit wann verwüstet die Wolke eure Länder?«

»Seit fünf Zyklen.«

»Wieviel Tage umfaßt ein Zyklus?«

Wir konnten nach einiger Verwirrung herausbekommen, daß es sechzig Tage waren. Seit dreihundert Tagen wucherten die tödlichen Wolken über dieser Welt. Es deckte sich mit unseren Erfahrungen. Der Mondrobot fuhr fort, unseren Standpunkt mit Stimmgewalt und ausgesuchten Worten klarzulegen. Der Seeadler schwebte tiefer und näher heran, rauschte einige Male über uns hinweg und ließ sich auf Ocir-Khensos rechter Schulter nieder, bohrte seine stählernen Krallen in die Ledergurte und stieß fauchende Laute aus. An der Reaktion der Menge erkannten wir, daß es Wörter der fremden Sprache waren.

Ich setzte mich auf einen steinernen Poller, der aus der Tiefe des gurgelnden Flusses aufragte, spielte mit meinem Kampfbeil und beobachtete voll mißtrauischer Konzentration die Umgebung und die Gesichter der Männer und der wenigen Frauen. Keine Spur von Begeisterung oder Erleichterung. Wieder merkte ich, wie ich langsam in die Kenntnis der Sprache hineinglitt. Jetzt verstand ich analog des Mienenspiels die Bedeutung, dann erfuhr ich in winzigen Schritten den Sinn; die Sprache war schwierig und blieb umständlich. Ocir-Khenso verhandelte gewandt und lautstark. Die Gesichter verloren nur unmerklich die harte Anspannung. Warum waren sie mißtrauisch? Ich sah, wie Ocir auf mich deutete, und sagte:

»Unser Kapitän, Meister der Nebelschiffahrt, Herr des mächtigen Seeadlers, Bruder himmlischer Feuersbrünste und Vernichter von sieben Wolken. Wenn er sagt: ›Wir bleiben‹, dann bleiben wir. Sagt er hingegen: ›Wir legen ab‹, dann heißt dies, daß der nasse Tod mit Blitz, Donner und Wirbelstürmen euch auslöschen wird. Ich erkenne an seinem Gesicht, daß er grämlich wird und sich denkt, ›warum erhebt sich keine Freude über die Ankunft der Retter‹? Atlan, Weißhaariger! Was sollen wir tun?«

Ich glitt von dem Stein, blickte mich in der Menge um, registrierte ihr erwartungsvolles Schweigen und sagte hart:

»Sie glauben ihren eigenen Orakeln nicht. Verdienen sie es, daß wir ihnen helfen?«

Ocir übersetzte, und ich war sicher, daß irgendwo im Land die Orakel von Wundern gesprochen hatten. Das war stets so. Die Menge teilte sich. Ein kahlköpfiger Greis, halb zahnlos, tappte am Arm eines jungen Mädchens nach vorn. Er fiel vor uns auf die Knie und stimmte eine Art beschwörenden Gesang an. Ich hörte Ocirs Übertragung.

»Dies sind jene, die das Knochenorakel geschickt hat. Empfangt sie wie die Seelen dahingegangener Ahnen. Nur sie können helfen. Rind, Schaf und Krötenpanzer sagten es! Ein Grab muß geöffnet werden, und einen Zyklus später ist die Wolke vernichtet. Das Orakel sagt, daß sie nur wenige Tage bleiben. Bei meinem Leben, Väter der Hundert Familien – begrüßt sie . . . oder sterbt!«

Er senkte den Kopf, ließ sich in die Höhe ziehen und schlich, am Ende seiner Kräfte, davon. Ein Krieger schlug mit dem Stiel der Lanze an den bronzebeschlagenen Schild. Ein anderer folgte, ein dritter, dann ertönte ein anschwellendes Rasseln und Klirren, ein Geräusch, das sich über den Steg fortsetzte und nach einer Weile von den Mauern widerhallte. Der Seeadler schlug mit den Schwingen, flog auf und zog einen engen Kreis über uns, riß den Hakenschnabel auf und feuerte ein halbes Dutzend kreideweiße Feuerstrahlen nach allen Richtungen ab. Die Einschläge ließen Feuerschalen auf den Mauern in hellen Flammen auflodern, machten die Pferde scheu, setzten die Blätter eines Baumes in Brand, erzeugten im Fluß mächtige Dampffontänen und töteten einen Wächter, der die Hellebarde senkte und sie in das Auge des Schiffes rammen wollte. Ein Entsetzensschrei hallte über das gurgelnde Wasser. Die selbstbewußten Krieger sanken auf die Knie, warfen ihre Waffen hinter sich und stammelten:

»Verlangt von uns, was ihr wollt. Wir tun alles! Helft uns – wir bitten euch!«

Mitten in das Chaos und die anschwellenden Geräusche hinein ertönte die Stimme des Seeadlers. Gellend, mit der Stärke eines Donnerschlags, schrie der Robotvogel:

»Wenn die Sonne aufgeht, müssen tausend Männer mit Werkzeugen, Hölzern, Stricken und Lasttieren am Grab des Chao sein. Mein Herrscher, der Weißhaarige, kennt das Geheimnis des Grabes!«

Mein Haar war noch nicht ganz weiß geworden, aber Seewind und Salzwasser hatten viel der dunklen Färbung ausgebleicht. Der Adler flatterte über den Trümmern zweier zusammengestoßener Kampfwagen, stieß einen Schrei aus und flog durch die Abenddämmerung davon.

Wir, ein Dutzend Männer und eine Frau, hatten die Nacht im Haus eines Verwalters verbracht; eine ruhige Nacht, denn Ocir hatte unseren Schlaf bewacht. Unsere Männer schliefen im Schiff und hatten mit einem Überfall gerechnet. Seltsame Lähmung lag über der Stadt. Tausende Augen beobachteten uns, als wir durch die unbelebten Gassen gingen. Mehrmals war einer von uns aus dem Schlaf hochgeschreckt: Signaltrommeln krachten. Reiter stoben in halsbrecherischem Galopp durch die Straßen. Aus dem Viertel der Krieger kamen wüste Flüche und das Klirren von Waffen. Die Wachen unseres Schiffes begrüßten uns. Ich hob den Arm und rief:

»Zurrt die Rah längs zum Schiff fest, Freunde.«

»Rudern wir bis zum Grab?«

»Ihr werdet es gleich erleben«, sagte ich. »Es wird nicht gerudert.«

Wir sprangen an Bord und nahmen unsere Plätze ein. Ich wartete, bis die Trossen gelöst waren, und ließ das Schiff aus dem Wasser hochsteigen. Dann kletterte der Rumpf schräg aufwärts, bis er eine größere Höhe erreicht hatte als die Zinnen der ummauerten Stadt. Ich nickte meinen Freunden grimmig zu; überall starrten uns Stadtbewohner mit weit aufgerissenen Mündern nach. Dieses »Wunder«, zusammen mit der Beifallskundgebung der Soldaten und dem Kniefall der drei Männer, konnte wohl nur als Vorteil gewertet werden.

»Ich verstehe es auch nicht«, sagte Ocir, als wir unsere erste Umkreisung der Stadt beendet hatten und in die Richtung des Grabes davonschwebten, »wie das Land regiert wird. Einerseits verehren sie die Ahnen, andererseits regieren die Oberhäupter der sogenannten Familien; überdies gibt es einen Feudalherrscher.«

»Ein Beamtenstaat?« fragte ich. Ocir hob seine breiten Schultern.

»Ich habe nicht genug Informationen.«

Das Schiff, doppelt so schnell wie ein Pferd in rasendem Galopp, schwebte über das Land. Unser Ziel lag im Westen, im Schatten der Wolke. Tatsächlich sahen wir an jeder Stelle, die nicht überflutet oder von Regenstürmen verwüstet war, kurz nach Sonnenaufgang rastlose Arbeit. Unzählige Gruppen ärmlich gekleideter Eingeborener arbeiteten mit einfachsten Werkzeugen, verstärkten viele Dämme, stützten Bäume mit Pfählen, zerkleinerten Bambus und rammten die Enden in den Boden, um das Abrutschen von Wällen und Feldrainen zu verhindern. Ab und zu sahen wir Gruppen, die von allen Richtungen auf ein gemeinsames Ziel zuzulaufen schienen. Reiter waren dabei und hochrädrige Karren. Jeder von uns hing halb über der Bordwand und blickte auf die Zeichen der Landschaft, die großflächigen Geoglyphen. Auf Nebenflüssen und über viele Seen inmitten sorgfältig angelegter Baumstreifen ruderten und stakten Menschen in flachen Booten.

»Unsere Arbeiter!« rief Tabarna. Unser Weg wurde vom Seeadler begleitet. Ocir stand am Ruder und kontrollierte unseren Kurs. Hinter uns stieg die Sonne, berührte hinter Regengüssen, Windhosen und hungrigen Fingern der Randzone die Wolkenunterseite. Wieder raste eine Trennungslinie zwischen Hell und Dunkel über das Land. Unmerklich veränderte sich die Ebene – es gab tiefere Täler und ausgedehnte, höher gelegene Felder und Weiden. Je weiter wir nach Westen vorstießen, desto dunkler wurde es. Die Wolke dehnte sich nach drei Seiten scheinbar ins Unendliche aus, nur hinter uns sahen wir freien Himmel.

»Warum sind sie so feindselig gewesen, Atlan?« fragte Charis, als wir abschätzen konnten, wann wir das Grab des letzten Herrschers vor den Chou-Einfällen erreichen würden. Ich hob die Schultern; auch Ocir wußte nichts.

»Wahrscheinlich deswegen, weil sie unsicher sind. Erst seit etwa fünfundsiebzig Jahren herrschen die Nomaden.«

»Wir werden es erfahren, wenn wir mit einem der Herren in Ruhe sprechen können«, sagte Ptah-Sokar. Am Ende eines langen Fluges erreichten wir den Grabhügel. Er ragte mit seinen einzelnen Findlingen, siebzig Jahre alten Bäumen und vier Zufahrtswegen aus der Umgebung heraus. In geringer Entfernung gab es Teiche, von faulenden Lotuspflanzen oder Seerosenteppichen bedeckt. Wir landeten auf dem nächstgelegenen Teich und rammten den Bug tief in den Uferwall. Es waren viele Arbeiter eingetroffen; einige Feuer brannten, Bronzekessel hingen über den Flammen, Hütten wurden aufgestellt, in nassen Weiden stapften die Pferde tiefe Löcher und fraßen kümmerliches Gras.

»Zehn Mann bleiben an Bord!« bestimmte ich. »Zündet die windgeschützten Laternen an!«

Eine Planke wurde zum Ufer ausgebracht; wir gingen von Bord. Die Arbeiter hatten die Ankunft des Schiffes entgeistert mitangesehen. Noch einmal verglichen wir die Karte mit der Wirklichkeit. Erst als das Extrahirn mir bestätigte: *Ihr habt das Ziel genau angesteuert,* war ich beruhigt. Ocir stemmte die Fäuste in die Seiten und rief:

»Hier ist die Himmelsfackel verborgen. Grabt dort, wo Chao, der letzte Herrscher, begraben wurde!«

Das Grab aus Steinen, Felsbrocken, gestampftem Lehm und Balkenwerk war etwa zwölf mal zwölf Schritte groß und ebenso tief. Zwei schräge Rampen, einst offen und mit Steinmauern abgestützt, jetzt gefüllt und bewachsen, führten zur Grabsohle hinunter und wieder hinauf. Die anderen Wege dienten nur der Symmetrie. An den Rändern der eigentlichen Grube befanden sich unregelmäßige Findlinge, halb im Boden, halb von knorrigen Baumwurzeln umschlungen. Überall auf dem Hügel wuchsen Bäume, deren Namen wir nicht kannten. Aus dem verfilzten Gras entlang der Rampen ragten helle Steinfiguren. Sie trugen Löwenköpfe und besaßen die Körper von Fabeltieren; Schwimmfüße, Pferdeschwänze, Klauen und Krallen. Unmittelbar vor dem Grab selbst kauerten zwei stierleibige, adlerköpfige Wesen mit Löwentatzen und starrten uns kalt an. Ein Mann mit breiten Ledergurten, die sich auf Brust und Rücken kreuzten, trat auf uns zu und fragte ruhig:

»Was sollen wir tun? Wo sollen wir graben? Es sind noch längst nicht alle Arbeiter eingetroffen.«

»Ocir«, rief ich laut, »Vater der Klugheit, Bruder der Stärke – sag es ihnen!«

Einige Dutzend Arbeiter mit hölzernen Spaten, Grabstöcken und ähnlichem Gerät hörten aufmerksam zu, wie ihnen Ocir die Arbeit beschrieb. Nach den Auskünften von ES lag das Projektil auf dem untersten Ende der Rampe, zu einem Drittel im eigentlichen Grab. Wir konnten keine Spuren dafür erkennen, daß ES jenes riesige Ding dort vergraben hatte; abermals ein unbegreifliches Rätsel. Die Grabung dauerte vier Tage.

Eine Kette von Trägern bewegte sich zwischen dem schrägen Loch und dem Fuß des Hügels. Männer und auffallend viele Frauen trugen Körbe voll Erdreich und Steinen auf den Schultern oder auf dem Kopf, leerten sie auf den Haufen, kamen zurück und fingen den Weg von neuem an. Seit drei Tagen riß die Schlange nicht ab. Nachts beleuchteten Feuer und Fackeln die Arbeit. Andere gruben sich schräg dem Ziel entgegen, Hand um Hand. Das Begräbnis mußte unter schauerlichen Riten vollzogen worden sein:

Vor dem Eingang zur Grabkammer und unter zusammengebrochenen Balkendecken der Rampen lagen Reste von Männern, deren Skelette Bronzegefäße in den Händen hielten. Andere klammerten sich an Hellebarden mit riesigen Bronzeblättern. Den Männern und den kostbar herausgeputzten Hunden waren die Köpfe abgeschlagen worden; wir fanden Reste von Kampfwagen, Pferdegerippe, Knochen von Reitern und eine Unmenge Beigaben.

»Sie haben offensichtlich den gesamten Hofstaat des letzten Shang-Königs geopfert«, sagte schaudernd Charis. Ein Teil der langen Metallsäule war freigelegt worden.

»Ein Gefolge, das den Fürsten bei der Reise in die andere Welt begleiten sollte«, meinte ich. »Denke an das Begräbnis des Kahomaze der Skythen.«

Am Ende der Rampe entstand ein Startgerüst, das mitsamt dem Projektil hochgezogen werden konnte; ein Gestell aus Hölzern. Seile liefen über senkrecht aufgestellte Bäume mit Bronzerollen. Wir holten Umlenkzüge aus dem Schiff und probten mit den Arbeitern das Aufrichten des Turmes.

Es gab kurze Essenspausen, ab und zu verschwanden kleine Gruppen und warfen sich auf feuchte Strohlager. Wir schliefen im Schiff. Aber wieder trieben Aufregung und Neugierde uns hinaus. Inzwischen befanden sich etwa tausend Arbeiter hier. Bauern aus der Umgebung brachten gebratene Hunde, Teile kleiner Hausschweine, Fleisch von Schafen und Rindern. Töpfe einer merkwürdigen Mehlspeise wurden an federnden Bambusstangen in Kesseln herbeigeschleppt; Streifen von glitschigem Teig, der in Wasser oder salziger Brühe gekocht wurde. Darin waren Pilze, Erbsen, Fleischstücke und Zwiebeln. Das Gemenge schmeckte ungewohnt, aber nicht schlecht. Zwei Drittel des Projektils waren frei, wurden mit Stricken umwickelt und an Tragebalken befestigt. Noch immer sammelten die Männer Knochen und Waffen und betteten sie in Körbe. Dicht vor dem Grab fanden wir rund einhundert

Schädel. Viele wiesen Löcher von Axthieben auf, andere waren unversehrt – hatte man die Sklaven erdrosselt oder vergiftet? Einmal ließ ein Arbeiter einen Schädel fallen, der den Hang abwärts rollte und die Korbträger kreischend auseinanderspringen ließ. Die Soldaten trieben sie mit Hellebarden in die Reihen zurück.

Pferdegespanne zogen das Projektil die schräge Rampe hinauf. Zweihundert Arbeiter schleppten die Metallsäule, zwanzig Pferde zogen sie zum Turm und zu den vorbereiteten Lagern aus Holz, Binsen und Seilschlingen.

Noch während die Pferde die Stricke straff zogen, fingen die Arbeiter an, Aushub vom Fuß des Hügels ins Grab zurückzuschleppen.

Shan tzu yai, der Verantwortliche dieses Fürstentums, stand neben mir. Hinter uns wärmte eine Glutschale die Umgebung und tauchte sie in rotes Licht. Ich stellte eine provozierende Frage.

»Überall, wo wir, durch Orakel oder andere auffallende Ereignisse angekündigt, erschienen und die Himmelsfackel suchten, empfingen uns die Menschen jubelnd und voller Freude. Warum nicht hier, auf der Großen Ebene?«

Er sah zu Boden und suchte nach den richtigen Worten. Schließlich heftete er seine schwarzen Mandelaugen auf mich und antwortete:

»Wie du weißt, haben die Chou-Nomaden aus dem Nordwesten die Chang-Herrscher abgelöst. Nomaden streifen umher, tragen alles, was sie besitzen, bei sich, auf dem Rücken der Pferde. Jetzt sind wir seßhaft, bauen Städte und legen Kanäle und Felder an. Wissen wir, ob es richtig ist?«

»Wenn ihr euch dabei wohl fühlt, wenn es genug Essen, Bronze und ein Dach über dem Kopf gibt, dann ist es richtig.«

Die Rakete wurde festgezurrt, die Seile noch einmal überprüft. Dann stemmten sich die Pferde in den feuchten Boden und zogen an einem der sechs Zugseile der Umlenkrollen. Ächzend und knirschend hob sich der Turm aus der Waagrechten.

»Wir konnten für uns diese Frage noch nicht endgültig beantworten«, sagte Tzu yai. »Kannst du es?«

»Auch als Nomaden hättet ihr der Wolke nicht entkommen können. Hier laßt ihr andere für euch arbeiten.«

»Ja. Die Schwarzhaarigen. Ihre Fürsten betrogen sie und plünderten sie aus. Bei uns haben sie es besser.«

»Während ihr Waffen aus Bronze tragt, arbeiten sie auf den Äckern mit Holzpflügen und Grabstock. Ihr vermeidet es, aus Angst oder Mißtrauen, die Schwarzhaarigen zu lehren. Der Boden wäre fruchtbarer, das Leben für alle leichter. Es würde eure Frage gründlicher beantworten.«

Vom Startturm rief Ocir:

»Atlan! Ptah! Her zu mir! Es gibt kleine Probleme.«

Ich nickte dem nachdenklich gewordenen Anführer zu und rannte zum Turm. Er hing in einem Winkel von vierzig Grad in der Luft. Alle Seile hatten sich zum Zerreißen gespannt. Das Bauwerk knarrte und knackte. Handbreit um Handbreit näherte sich der Turm der Senkrechten. Ocir sagte zu mir:

»Wenn er senkrecht steht, kann er nach der anderen Seite kippen. Wir brauchen hier ein paar Gespanne, die das Kippen verhindern. Kümmere dich darum.«

»Verstanden, Freund des Rückstoßes.« Ich wandte mich an Unterführer, die auf ihre Leute einschrien. Kurze Zeit später spannten sich lange Taue auch nach der anderen Seite. Mit einem endgültigen Krachen berührten die waagrechten Streben den Boden. Der Turm wankte ein wenig und zitterte in sich. Wir trieben lange Pfähle in den Boden und verankerten die Spanntaue daran. Ocir kletterte am Gerüst hoch und durchtrennte mit Beilhieben die Taue, von denen das Projektil festgehalten wurde. Er schrie uns zu:

»Wann sollen wir starten?«

Ptah und ich verständigten uns mit einem langen Blick.

»Noch diese Nacht, Ocir!« brüllte der Rômet. »Oder willst du dich längere Zeit als Gast feiern lassen?«

»Selbst hier gibt es Reiswein.«

»Aber nicht für die Schwarzhaarigen, Barfüßigen«, gab mein Freund zurück. »Ein paar Stunden, dann sind wir in sicherer Entfernung.«

»In Ordnung.« Ocir stellte Neigung und Richtung fest und programmierte die Zeituhr. Noch einmal vergewisserte er sich, daß das Projektil sicher stand und einwandfrei loskommen würde. Unsere Leute zogen sich zum Schiff zurück. Weiterhin schwankten Hunderte von Trägern herbei und kippten die Körbe leer. Um den Fuß des Gerüsts wurden Feuer entzündet. Ich sah, wie Tabarna und Ocir unsere Männer zusammensuchten und mit ihnen sprachen. Ich fand Charis, eine Schale aus schwarzverzierter Keramik in der Hand, an einem Feuer. Sie aß Teigstreifen und ließ sich warmen Reiswein reichen.

»In ein, zwei Stunden verlassen wir die Große Ebene«, sagte ich. »Die Insel der Goldhäutigen liegt vor uns.«

»Sie wird, denke ich«, sagte sie und blies mir süß-säuerlichen Geruch des Reisweins ins Gesicht, »eine Erholung sein. Ich habe, so lange wir in diesem Land sind, noch niemanden lachen hören.«

Sie blickte mich unglücklich an. Mir fiel auf, daß sie recht hatte. Auch ich hatte kein Lachen gehört, meine Freunde sicher auch nicht. Ich zog den Mantel dichter um meine Schultern und entgegnete:

»Wie meist, fällt dir auf, was ich längst hätte wissen müssen. Wir treffen uns im Schiff. Laß die Männer nachzählen.«

Wenn die Eingeborenen merkten, daß wir uns zurückzogen, so gaben sie vor, nichts zu sehen. Ich war einer der letzten, die noch an Land standen. Zwischen den weißen Monoliten stand ich mit Shan tzu yai und sagte zu ihm:

»Mit uns ergeht es euch wie vielen, die nach uns kommen werden. Jeder, der euch kennenlernt, wird nie mehr wiederkommen wollen. Ich glaube, euch droht eine lange Zeit der Abgeschlossenheit.«

»Ob es ein Nachteil ist, wird sich herausstellen«, antwortete er finster. Ich lachte kurz.

»Jeder redet so, wie er es versteht. Du kennst die Welt nicht; sie ist herrlich, voller Abenteuer. Fremde Speisen, fremde Menschen, andere Ideen – ihr versäumt es, die Vielfalt kennenzulernen.«

Er schien zu wissen, daß unsere Abreise bevorstand. Er war unentschlossen, aber schließlich überwand er sich und sagte:

»Bleibt hier. Bringt uns bei, was wir nicht wissen. Lehrt uns Fröhlichkeit.«

Ich schüttelte den Kopf.

»Wir müssen drei Wolken verbrennen. Andere warten auf uns. Alle anderen werfen uns Blüten zu, wenn sie wissen, wer wir sind. Leb wohl, Tzu yai!«

Wir legten die Handflächen gegeneinander, dann lief ich durch die Dunkelheit auf die AXT zu, machte ein paar Schritte über die federnde Planke und blieb im Bug stehen. Rico steuerte den Schiffskörper in die Höhe, wendete ihn und jagte ihn in einem Bogenschuß Abstand einmal um den Hügel herum und nach Osten. Wir hielten an, als wir weit genug entfernt waren, um das Schauspiel in voller Größe mitanzusehen.

Und es war ein Schauspiel – Ausgangspunkt für Legenden, die sich ins Schrifttum und die Götterwelt entlang des Gelben Flusses fortsetzen würden. Die Flammen fuhren nach allen Seiten, erstickten im Rauch, dann tobte der Knall über das flache Land. Das Projektil kam frei und beleuchtete grell ein letztes Mal den düsteren Grabhügel. In leicht gekrümmter Flugbahn, einen Geräuschorkan verbreitend, jagte das Geschoß dem Zentrum der Wolke entgegen. Wir warteten, bis wir das grelle Aufblitzen der Detonation sahen und viel später den Knall hörten. Dann stiegen wir höher, fanden das Mündungsdelta und ließen uns, nur drei Wachen aufstellend, treiben, dem Meer entgegen.

ES holte uns und verpflanzte uns wieder zwischen tropische Inseln, in hellen Sonnenschein und in schäumendes Meerwasser: Wieder lag namenloses Land vor uns. Die Wolke sahen wir sofort. Wir brauchten nur auf den Anfang der riesigen Fläche zuzusegeln. Wir mußten kreuzen, denn unter der Wolke wehte uns ein starker Wind in die Gesichter.

Südlich der Großen Ebene, südöstlich des Dschungels hinter den Deltafischern, erstreckte sich ein gewaltiger Archipel. Er zog sich in einer zerrissenen Linie bis hinüber zu der kontinentgroßen Insel, bestand aus langgezogenen oder buchtenreichen Ansammlungen aus Fels und Erdreich, über und über von Wäldern bedeckt; kleine, meist unbewohnte Paradiese. Fünf Dutzend Inseln befanden sich entlang der östlichen Randzonen der Wolke. Der Seeadler schwebte über uns, in solch großer Höhe, daß wir ihn nur als Punkt im Sonnenlicht erkennen konnten. Seine Augen übermittelten uns ein scharfes Bild der Landschaft aus Wellen, weißer Brandung und Inseln. Wir verglichen dieses Bild mit unseren Aufnahmen und trugen in die verblassenden Karten unseren Kurs ein. Dann schlug der Wind um; wir waren im Einflußbereich der Wolke. Sofort kletterte Sa'Valer ins Heck, um Mah-Dhana am Ruder zu helfen. Wir schlugen einen neuen Kurs ein, der uns im Zickzack auf eine , halbmondförmige Insel zuführen sollte. Ein Wirbel unter der Wolke verhinderte, daß kalte Luft angesaugt wurde. Das Schiff nahm schnell Fahrt auf und bewegte sich durch die großen Wellen.

»Wenn die Inseln bewohnt sind – woher kommen die Menschen?« Tabarna deutete auf die großen Abstände zwischen Inseln und Festland sowie der vielen Inseln untereinander. Ich erklärte, was ich wußte.

»Vor Tausenden und aber Tausenden von Jahren, Tabarna, hoben oder senkten sich Berge und Inseln. Die Erde brach auf, feuerspeiende Berge entstanden – zwischen dem Festland und den Inseln entstand trockenes Land. Die Menschen konnten wandern; Fischer wurden in ihren Nußschalen durch den Sturm verschlagen und bauten Hütten.«

Auf dem Zickzackweg durch das Labyrinth der Inseln sahen wir riesige Wale, die ihre Fontänen in die Luft bliesen und mit ihren Schwanzflossen das Meer aufpeitschten. Schulen von Delphinen begleiteten uns, die Gesichter der phoinikischen Seeleute wurden fröhlich und weich. Fliegende Fische schwirrten über das Deck; in den Nächten leuchteten Sterne und der volle Mond in selten gesehener Klarheit. Aber nur die Hälfte des Firmaments war klar; die andere Hälfte beherrschte die neunte Wolke der Pilzsporen.

»Sagen deine Karten etwas darüber, ob die Insel bewohnt ist?« fragte Ptah. Der Wind reichte nicht aus, um in der glühenden Sonnenhitze unsere Körper zu kühlen. Wir waren dankbar für jeden Gischtspritzer.

»Die Insel war auf jeden Fall bewohnt.« Ich zeigte ihnen die Einzelheiten. »Ob wir in ein paar Tagen noch Bewohner finden, weiß ich nicht.«

»Der Adler wird es uns zeigen, ehe wir dort sind!« versicherte Ocir-Khenso. »Zumindest wird man uns freundlich behandeln.«

Mah-Dhana spuckte über Bord und sagte grimmig:

»Wir retten sie, und sie lachen nicht einmal. Schlimmer als die häßlichen Skythen!«

Vögel flatterten neugierig herbei und verschwanden, felsige Küsten, von Brandung umschäumt, weißsandige Strände und dunkelgrüne, undurchdringliche Mauern der Dschungelränder zogen steuerbords oder backbords an uns vorbei. Wieder mußten wir kreuzen. Ocir aktivierte die Maschinen. Nach einer Reihe von Tagen und Nächten unbeschwerten Segelns erreichten wir die Insel ohne Namen. Sie hob sich hoch aus dem Meer. Um einen riesigen flachen Strand sprangen Gebirge weit vor und schufen eine Bucht. Die AXT segelte in die ruhige See hinein, und wir befanden uns genau an der Trennungslinie zwischen freiem Himmel und Wolke. Einer der seltsamsten Strände, denen ich je begegnet war, lag vor uns. Charis legte die Arme um meine Schultern, schmiegte sich an meinen Rücken und flüsterte mir ins Ohr:

»Es müßte immer so weitergehen, Liebster. An deiner Seite erlebe ich in einem Mond mehr als in drei Jahren.«

»Nur ES kann dir sagen, ob es so bleibt oder nicht.«

Der Strand stieg aus einer Tiefe von mindestens dreihundert Schritten an. Die Barriere des Waldes war mit Palisaden zu vergleichen, von schillerndem Grün gekrönt. Der Wind riß Sandfahnen vom Strand und erzeugte in den zerzausten Kronen der Baumriesen ein dauerndes Rauschen. Quer über den Strand, hundert Schritt von der Wasserlinie entfernt und ebensoviel vom Steingewirr rechts und links, erhoben sich seltsame Steingestalten. Schwarze Säulen, etwa so hoch wie vier oder fünf Männer, fünf Ellen Durchmesser, aus körnigem, glänzendem Stein. Elf Säulen, keineswegs scharf ausgearbeitet, sondern voll tiefer, gerundeter Linien, Löcher und Einschnitte. Riesige Augen starrten zu uns herunter, Klauen oder Krallen schienen an die Körper gepreßt, eine Figur hockte auf der anderen und grub ihre Finger in die Schulter des darunter kauernden Götzen.

»Ausgerechnet!« Ptah-Sokar schob sein Haar aus der Stirn. »Elf Säulen.«

»Eine davon ist das Projektil!« sagte Ocir-Khenso. »Und die Insel ist bewohnt.«

Ruhig segelte die AXT mit salzverkrusteten Augen auf den sonnenüberströmten Strand zu. Auf dem Sand waren Boote hochgezogen; sie sahen anders aus als die der Fischer im Delta des Halbkontinents. Wir verringerten die Fahrt, nahmen das Segel herunter und hielten uns fest, als der Kiel des Schiffes knirschend eine Furche in den Sand zeichnete. Jetzt sahen wir die langgezogenen Hütten, die in Schneisen des Waldes auf Pfählen standen. Ich breitete die Arme aus und sagte scharf:

»Nehmt Waffen mit! Wir dürfen uns nicht überraschen lassen. Daß noch keine Eingeborenen zu sehen sind, macht mich mißtrauisch.«

Wir sprangen über Bord und sicherten das Schiff. Charis, ich und Ocir wandten uns nach links und gingen auf die nächste Säule zu. Unsere Männer bildeten eine lose Kette und näherten sich den Hütten. Aus dem Dschungel kam Geschrei, das von einer lebendigen Natur sprach. Kein Mensch war zu sehen. Wir berührten den warmen Stein des Monolithen. Er war rauh, mit einfachen Mitteln bearbeitet. Ich wandte mich an den Mondrobot.

»Wie alt sind die Säulen? Eine natürlich ausgenommen . . . übrigens: welche ist es? Weißt du eine Antwort?«

»Hundert Jahre oder ein paar Jahrhunderte«, war die zögernde Antwort. »Ich habe die richtige Säule, das neunte Projektil, noch nicht gefunden. Wir stehen an der ersten Säule.«

Langsam gingen wir eineinhalbtausend Schritte weit von Säule zu Säule. Jede unterschied sich von ihrer Nachbarin; es waren weibliche wie männliche Gestalten oder besser Idole; überaus deutlich waren die geschlechtlichen Merkmale herausgearbeitet. Ich erinnerte mich an unser letztes Abenteuer – keine der Steinsäulen zeigte auch nur im entferntesten einen gelösten Ausdruck, geschweige denn ein Lächeln. Nach einer halben Stunde stieß mich Charis an und zeigte nach oben. Ich mußte lachen, dann sagte ich:

»Charis war schneller als du, Ocir. Dies dürfte ›unsere‹ Säule sein.«

Sie sechste Säule, also die mittlere aus der leicht gekurvten Reihe, sah ebenso alt aus wie die anderen, aber der Ausdruck der Gestalten wich weit von dem der übrigen ab. Die exotischen Gesichter grinsten sarkastisch, als ob sie sich über alles weit erhaben fühlten. Die Säule machte den Eindruck, als wollte sie uns sagen: macht nur, rennt nur, hastet nur; letzten Endes ist alles vergeblich. Wir standen vor der wuchtigen Skulptur und zogen in der Erwartung kommender Denkwürdigkeiten die Schultern hoch.

»Es ist *unsere* Säule!« bestätigte Ocir. Ich legte den Kopf in den Nacken und blickte hinauf zum Rand der dunkelblauen Fläche. Welchen Befehl sollte ich geben? Ich wartete vergeblich auf einen Einwurf meines Logiksektors. Also drehte ich mich herum, sah auf die Rücken der Seefahrer und die Vorderfronten der Hütten und ordnete an:

»Mach das Projektil startfertig, Ocir. In zwei, nein, besser drei Stunden soll es starten.«

»Einverstanden!« erwiderte er mit deutlicher Zufriedenheit. Ich wußte, daß er die richtige Methode schnell finden würde, suchte vergeblich nach dem Seeadler, musterte das Schiff und blickte ins Steuerbord-Auge. Dann nahm ich Charis an der Hand, verschränkte meine Finger mit ihren und zog sie den Hang des Strandes hinauf.

»Ich habe neun Boote gezählt, mittelgroße Fischerboote«, sagte Charis. »Jedes hat Platz für fünf, sechs Menschen. Mir scheint, die Insulaner sind mit ihren größeren Schiffen geflüchtet.«

»Ich wollte nicht darüber reden«, versetzte ich wahrheitsgemäß. »So etwas Ähnliches dachte ich mir schon in der Bucht.«

Die Seefahrer waren ausgeschwärmt und hatten die Hütten und die nähere Umgebung abgesucht. Ich hörte die Zurufe und mußte daraus schließen, daß die Eingeborenen nur geflohen waren, um bald wieder zurückkehren zu können. Wir entdeckten Reste von Feuern, in denen noch Glut unter dicken Ascheschichten schwelte. In den Häusern hingen Haushaltsgeräte, gepökelte Fische, Waffen und Werkzeuge, sorgsam verwahrt, an den Wänden angeheftet und festgebunden. Nach langer Suche, während der wir nicht ein einziges Lebewesen fanden, kamen wir zusammen und bildeten um ein frisches Feuer einen Kreis.

Ocir hantierte an der Säule. Ich stützte mich auf ein zersplittertes Ruder und schaute in die Gesichter meiner dreißig Kameraden.

»Ich befahl Ocir, in weniger als drei Stunden das Projektil zu starten. Wir haben noch immer die Möglichkeit, zu wählen. Nachdem die Säule zum Himmel geflogen ist, können wir davonsegeln, oder auf die Eingeborenen warten. Sie sind in den Wald geflohen oder mit ihren Booten auf andere Inseln. Wer ist dafür zu warten?«

Inzwischen hatte jeder von uns jeden in allen Lagen geholfen oder seine Hilfe gebraucht. Zwischen uns gab es kaum noch Geheimnisse. Kleine Streitigkeiten waren vorbei; jeder hatte seinen Platz und brauchte ihn nicht mehr zu verteidigen. Wir wußten, daß wir von der AXT eine Gruppe bildeten, die ihre eigenen Gesetze hatte und zusammenhielt gegen jede andere Kraft. Es bedurfte, wie stets in einer Gemeinschaft einfacher Männer, weniger Worte. Fünfundzwanzig Hände hoben sich.

»Mit Mehrheit entschieden«, sagte Charis. »Ich wollte zu bedenken geben, daß wir die letzten Wolken in einer ganz anderen Gegend dieser Welt verbrennen müssen. Unser Herrscher wird uns, weitersegeln oder nicht, dorthin bringen.«

»Wir bleiben hier?«

»Mit Einschränkung, Brüder der Brandung«, antwortete ich. »Einige werden das kostbare Schiff aus der Bucht hinausbringen und hinter den Felsen verankern. Nachdem sich die Säule entfernt hat, könnt ihr wieder zurückkommen. Dann kommen vielleicht auch die Eingeborenen zurück. Ich gehe mit euch. Charis . . . willst du im Dschungel warten?«

»Wohin du segelst, Geliebter«, sagte sie deutlich, »dorthin will auch ich segeln.«

In das laute Gelächter der Männer hinein sagte ich: »So sei es!«

Längst hatten wir jeden Aspekt der Wolken kennengelernt. Es war müßig, lange Reden darüber zu führen, welche Taktik sinnvoller war. ES hatte uns das Werkzeug in die Hand gegeben, und wir mußten es benutzen. Die Hälfte der Männer wartete im Schutz des Waldes, die anderen kamen mit Charis und mir. Wir schoben das Schiff in tiefes Wasser und ruderten in die Bucht. Ocir-Khenso blickte suchend zum Himmel, dann zu der mittleren Säule. Die Steingestalten standen nicht alle senkrecht im Sand, sondern neigten sich ein wenig, bildeten eine unregelmäßige optische Barriere vor den Giebeln der Hütten und den Lianen des Waldes. Wir kamen in den Bereich großer Wellen, umrundeten die Felsen des Kaps und ankerten in der nächsten Bucht.

Dann warteten wir, bis Ocir mit unfehlbarer Sicherheit das Zeichen gab. Nach der ausrechenbaren Verzögerung hörten wir die tosenden Geräusche, mit denen das Triebwerk abzubrennen begann, dann sahen wir, wie die Metallsäule des Projektils aufwärts raste und in der Zone zwischen blauem Himmel und dräuender Wolke verschwand. Wir zerrten den Anker an Bord und ruderten zurück; mitten auf dem Weg zur großen Bucht erreichte uns der harte Knall der Explosion. Ocir hielt die Pinne des Ruders fest. »Für uns, Atlan, wird es wieder problematisch, wenn wir die letzte Rakete gezündet haben.«

Wir setzten die AXT an derselben Stelle ans Ufer, und verließen das Schiff. Vier Säulen hatten sich um einige Fußbreit weiter geneigt, der Sand war aufgewühlt und geschwärzt; in der Mitte der Monolithen befand sich ein siebzehn Ellen tiefer Krater. An seinem Rand lagen Reste des vulkanischen Gesteins, in dem die Rakete versteckt gewesen war. Kein Brocken war größer als ein Kopf, und alle hatten harte, glitzernde Kanten.

Wir gingen über den rußbedeckten Sandstrand und bemerkten mit Erstaunen, daß die Langhäuser den Sturm, die Hitze und die Schallwellen gut überstanden hatten. Wir holten unsere Vorräte und schafften es, mit frischem Fisch, Früchten aus dem Wald und den Nahrungsmitteln der Eingeborenen, ein reichhaltiges Essen zusammenzustellen. Wir verteilten uns – ein Teil schlief an Bord, ein anderer im warmen Sand, der Rest in den Hütten. Wir schliefen ruhig und sicher, und nur Stürme, Hagelschauer, Regen, Wind- und Wasserhosen, die unter der Wolke tobten, Blitze und Gewitter mit ihrem Donner, schickten aus der Ferne ihre Geräusche zu uns. Wir identifizierten sie nicht mit echten Gefahren. Mein letzter Eindruck, bevor ich an Charis' Seite einschlief, war Ocir, der mit Tabarna und Ptah am Feuer saß und an einem Becher mit Palmwein roch. Er sah entspannt und – undenkbar für eine Maschine! – fast glücklich aus.

Noch bevor die Männer um uns herum aufwachten, zog mich Rico zum Bildschirm im Truhendeckel und spielte mir eine Aufzeichnung vor. Im Gegensatz zu gestern nacht war sein Gesichtsausdruck nicht zu deuten. Ich bemerkte, daß seine Kunsthaut am Schläfenansatz die ersten feinen Risse zeigte. Die Bilder versetzten mich augenblicklich zurück an den Strand der gastlichen Fischer mit ihren schönen Frauen.

Maitalaa stand vor dem Dorfältesten Sajani, berührte mit den Händen, die sie über den Brüsten gekreuzt hatte, die Schultergelenke. An den Armen funkelten Ricos Goldreifen. Ihr Gesicht war ernst, von stiller Innerlichkeit erfüllt, es schien, als ob sie in einem geheimnisvollen Feuer glühte. Sajani hoffte, die Zeichen richtig deuten zu können.

»Was willst du mir sagen, Maitalaa? Hat es etwas zu tun mit diesem riesigen Freund des Anführers?«

»Ich will deine Worte nicht wiederholen«, sagte die junge Schönheit. »Du hast verlangt, einen Fänger des Mörderfisches auf deinen knochigen Knien schaukeln zu dürfen.«

»Das habe ich gesagt, im Angesicht des Weißhaarigen mit den roten Augen«, bestätigte der alte Mann. »Nun . . .?«

Mehr als ein Mond war vergangen, seit das Große Schiff davongesegelt und im Nebel spurlos verschwunden war. Nur in seinen Träumen hatte er gewünscht, mitsegeln zu dürfen. Er ahnte die nächsten Worte.

»Ich bin sicher. Ich trage ein Kind in mir. Aber ich kann dir nicht versprechen, daß es ein Töter von großen Fischen sein wird.« Die junge Frau lächelte. »Es mag sein, daß es eine Tochter wird. Dann werde ich sie lehren, den Kopf hoch zu tragen und eine Führerin zu werden.«

»Mann oder Mädchen, beides ist mir recht«, sagte der alte Mann in tiefer Nachdenklichkeit. »Warst du glücklich mit Ocir-Khenso?«

»Sein Freund war wie mein Bruder. Er selbst war wie ein Liebhaber. Ich weiß nicht, an wen ich mich besser erinnere!«

»Dann denke an beide! Zwei Väter sind besser als keiner«, sagte Sajani und faßte nach ihrer Hand.

»Beide waren klüger als du!«

»Sie kennen unzählige Buchten, viele Küsten und noch mehr Länder«, gab er zögernd zu. »Einst wird unter den Schritten deines Sohnes der Boden der Boote brechen. Und wenn es eine Frau wird, werden sie von weither kommen und Geschenke bringen. Höre, was ich sage – es wird ein hellhäutiges Kind werden, das ganz anders ist als du und ich.«

»Ich weiß«, flüsterte Maitalaa entrückt, »daß es so sein wird. Ich glaube, es wird ein Sohn. Er wird den kühnen Blick Atlans haben, wird kraftvoll und blitzschnell sein wie Ocir und ein Freund aller Menschen wie Ptah-Sokar mit seinen weißen Zähnen.«

Der Stammesälteste senkte den Kopf und murmelte:

»Und ich werde deinen Sohn auf Knien schaukeln und ihm erzählen, wie die Säule Saurimedis zum Himmel auffuhr und alle unsere Feinde vernichtete.«

Maitalaa wünschte sich, daß Ocir bei ihr wäre, aber sie wußte, daß er ein unruhiger Wanderer war und bleiben würde. Aber für einige Handvoll Tage hatte sie erfahren, was das Leben wirklich bedeuten konnte.

»Ja. Ich werde dir einen starken, schönen Enkel schenken!« versicherte sie und glitt davon, zurück in die Dunkelheit. Der Älteste lächelte versonnen in sich hinein. So hatte er es gewollt. Und so war es geschehen! Irgendwo auf dieser Welt segelten jetzt die Fremden und versuchten, Himmelsfackeln gegen Wolken zu schleudern. Wo waren sie? Was taten sie? Welche Abenteuer versteckten sich jenseits der nächsten Welle oder hinter der nächsten Insel? Wieder dachte der Alte daran, wie schön es wäre, mit ihnen zu segeln und irgendwo, zwischen hier und den geheimnisvollen Fernen, ruhig sterben zu dürfen.

Sechs Tage und Nächte erholten wir uns; wir hatten in Erwartung einer beschwerlichen Reise im Dschungel gejagt und gesammelt. Auf dem Schiff befanden sich, verzurrt und versiegelt, volle Krüge: Beeren, Pilze, Früchte und wohlschmeckende Kräuter in saurem Wein und Öl. Wir selbst waren sonnengebräunt, ohne ein Gramm Fett unter der Haut, von meinen Salben und Arzneien gepflegt, mit geschnittenem Haar und gespannt auf die letzten Abenteuer. Unser Mikrokosmos gehorchte seinen zweckmäßigen Gesetzen, war sinnvoll gelenkt; jeder von uns wußte, daß es auf der Oberfläche dieser Welt keine so schlagkräftige und entschlossene Gruppe gab wie uns. Von Tag zu Tag sahen wir den Erfolg unserer Arbeit. Die Wolke löste sich auf, in wirren Schlieren und mit ihren Zuckungen aus Stürmen, Regen und Nässe. Ihre Turbulenzen waren unsere Befriedigung. Unsere Gedanken waren wie die Pfeile eines geheimnisvollen Bogenschützen; sie richteten sich auf die begreifbare Zukunft und auf die Stunden, in denen uns ES wieder manipulieren würde. Von den letzten Zielen hatten wir – außer Karten und Aufnahmen, die wenig aussagekräftig waren – kühne, phantastische Gedanken und visionäre Träume. Jeden Morgen redeten wir darüber. Mitten in der Nacht wachten wir beide gleichzeitig auf.

Etwas hat sich verändert, sagte der Logiksektor. Ich hob den Kopf und blickte aus dem Dreieck der Hüttenöffnung. Ich hatte vor meinen Augen den Mond. Ich brauchte lange, bis ich begriff, *was* sich verändert hatte. Als ich das narbige Antlitz des planetaren Trabanten in der letzten (?) Nacht gesehen hatte, war es dic Sichel des zunehmenden Mondes gewesen, dünn wie ein Rahtau. Nun war der Mond drei oder fünf Tage vor Halbmond. Ich sah noch einmal hin, dachte nach, unterdrückte meine Panik und kam zum Ergebnis meiner Überlegungen. Ich schob meinen Arm unter Charis' warme, runde Schultern, hob ihren Oberkörper hoch und flüsterte:

»Wir sind nicht mehr dort, wo wir eingeschlafen sind.«

Charis setzte sich auf, blickte den Mond an, die Sterne, dann mich, dann lief sie durch den Sand zum Strand hinunter. Auch der Sand war ein anderer: jedes Körnchen schien zu leuchten wie ein Feuerkäfer, auch die Linien, Punkte und Schnörkel der schimmernden Pünktchen auf ihrer Haut leuchteten phosphoreszierend. Ich folgte ihr. Nun näherten sich riesige Wellen dem Ufer; sie leuchteten und zogen sich wieder ins Dunkel zurück. Alles verschmolz zur Illusion einer fremden Welt. Erschreckende Stille umhüllte uns. Die Welt schien vor verborgener Energie zu kochen. Die Sterne strahlten klarer und heller; das Dunkel wurde fast greifbar. Wir sahen uns verwirrt an; irgendwie spürten wir das gewaltige Rumoren aus dem Herzen des Planeten. Charis flüsterte:

»Was ist das?«

Ich brauchte nicht lange zu überlegen. Ich war sicher, daß meine Worte der Wahrheit entsprachen. Ich wünschte mir einen riesigen Krug voll Wein, mit dem ich mich betäuben konnte, ehe ich antwortete:

»Es war ein tiefer Schlaf, ein dunkler Traum. — Wir sind, ohne es zu spüren, um die Hälfte der Welt gesegelt. Dieser wahnsinnige Tyrann! Wieder ES! Wir befinden uns dort, wo die zehnte und elfte Wolke schweben. Warte, bis es hell wird!«

Ocir hatte es nicht gemerkt; ich war sicher, er hätte mich gewarnt. Wo war der Seeadler? Warum waren alle Seefahrer ebenso überlistet worden wie ich? Wo waren wir wirklich? Ich zwang mich dazu, ruhiger zu werden. In diesem Augenblick meldete sich der Logiksektor: *ES hat gehandelt. Das Schiff und seine Besatzung sind am Ende der langen Reise angelangt, Arkonide.*

Plötzlich dröhnte das Extrahirn: *Auch jetzt, hier und an anderen Stellen wirst du keine Chance haben, ein Raumschiff nach Arkon zu finden. Vergiß es! Du bist und bleibst einer der Millionen Barbaren des Barbarenplaneten!*

Ich brauchte eine halbe Stunde, um meine Verzweiflung über diese richtige Wahrheit zu überwinden . . . ich war ein hilfloses Opfer dieses ES, dieses Tyrannen, dem ich meine potentielle Unsterblichkeit verdankte. Ich stöhnte auf.

»Sicher, so ist es. Aber warum verschonst du nicht die anderen? Sie sind doppelt so hilflos wie ich!«

Keine Antwort. *Schweigen.* Ich mußte allein damit fertig werden. Ich zog Charis an mich und klammerte mich an sie. Mit weiblicher Einfühlsamkeit verstand sie sofort, was mich peinigte und bis zur Weißglut reizte.

»Sei ruhig«, flüsterte sie. »Warte auf den Sonnenaufgang.« Und später: »Du mußt unsere Freunde beruhigen. Sie werden noch weniger begreifen als du, Liebster.«

Ohne daß wir es gemerkt hatten, waren wir durch den warmen Sand zu unserem Schiff gegangen. Aus dem Traum war Wirklichkeit geworden. Wir waren in diesen Nächten auf der antipodischen Seite des Planeten abgesetzt worden. Das vorläufige Ende der Großen Reise. Wir sanken zu Boden, hielten uns aneinander fest und warteten auf das Licht des Morgens.

Die Hütte, in der wir aufgewacht waren, würde bald zusammenbrechen. Das Holz war morsch, überall wucherten Moos und Schlingpflanzen, die voller Insekten waren. Die Feuerstellen waren uralt. Also war diese große Insel bewohnt, an dieser Stelle lebten jedoch keine Eingeborenen. Die Ratlosigkeit nach dem Erschrecken war vorbei; wir fingen an, das Gebiet für uns in Besitz zu nehmen. Ptah, Ocir und ich studierten die übriggebliebenen Karten. Auf einem wenig bewachsenen Hügel im Dschungel stand ein Bauwerk, das wie ein Tempel aussah. Der Hügel zeigte breite Reihen von Stufen. Das Bauwerk zeugte nicht von großen handwerklichen Fähigkeiten der Eingeborenen. Ich spreizte die Finger, maß auf der Karte die Entfernung und fragte:

»Wie lange brauchen wir bis zu diesem . . . Tempel?«

Vor dem kubischen Bauwerk, das an einigen Stellen von Büschen und kleinen Bäumen zerstört wurde, standen drei Säulen. Auf dem Bild war es nicht deutlich zu erkennen; sie schienen aus Lehmziegeln erbaut zu sein. Ausgetretene Pfade führten auf den Fuß des Hügels zu. Sie kamen aus dem dichten Wald, der eine natürliche Lichtung bildete.

»Vier, fünf Tage. Es gibt keinen steinernen Weg dorthin.«

»Vermutlich aber Tierpfade«, meinte Ptah. »Mit fünfzehn Männern sollten wir es schaffen. Proviant für ein Dutzend Tage?«

»Und alles, was wir an Beilen und Äxten haben!«

Die Männer rüsteten sich aus. Eine Jagdgruppe kam mit reicher Beute zurück. Das Schiff hatten wir vertäut und hoch auf den Strand gezogen. Der Sand und die langgezogenen Wellen vor der Insel lagen im schmutzigen Zwielicht unter der Sporenwolke. Erst in den letzten Tagen hatte der Rand der Wolke diese Insel überzogen; die Zerstörungen waren noch kaum zu sehen. Der Dschungel lebte, obwohl wir aus dem Innern der Insel Donnergrollen hörten. Es war kochend schwül. Jetzt schien es kurz vor Abend zu sein, denn unter den Ausläufern der Wolke drang aus Westen eine gelbe Helligkeit heran.

»Morgen bei Sonnenaufgang brechen wir auf«, bestimmte ich. »Ruht euch aus!«

Ein paar hatten versucht, in den Dschungel einzudringen, einen Regenwald, dessen Stämme weit auseinanderstanden. Am Rand, hinter der einsamen Hütte, wucherten überall, wo es Luft und, früher, Sonnenlicht gab, zahllose Pflanzen. Riesige Blüten verdorrten, um jeden Stamm schlangen sich saftige Schmarotzerpflanzen; breite Vorhänge aus Lianen und Dornenranken hingen von den Ästen. Der erste Eindruck trog. Nur drei Bogenschuß weit konnten wir eindringen, dann stellte sich uns die Barriere aus umgestürzten Baumriesen, undurchdringlichem Gebüsch, Bodenspalten und Felstrümmern in den Weg. Schlangen pendelten angriffslustig von den Ästen, riesige Schmetterlinge gaukelten, und die vielfarbigen Vögel mit dem prunkvollen Federschmuck schrien gellend; es klang wie schrille Flüche, sagten die Männer.

»Ich rechne damit, daß auch die Eingeborenen geflüchtet sind. Wohin?« sagte ich, als wir um das Lagerfeuer saßen. Wir hatten es auf dem Strand angezündet, um gegen Überfälle sicher zu sein.

»Ich denke, sie sind in den Wald geflüchtet. Oder an andere Ufer. Scheinen Jäger zu sein. Nirgends sahen wir Felder!« Ocir stand hochaufgerichtet neben dem Feuer und drehte wachsam seinen Kopf. Er würde uns warnen, aber niemand rechnete wirklich mit einer Störung.

»Wir sollten uns ausruhen. Das wird ein Gewaltmarsch, das wissen wir!« schlug Ptah vor. »Durch Nässe und Schlamm.«

Windstöße fuhren über uns hinweg und ließen die Flammen auflodern. Bratenstücke drehten sich an den Spießen. Ein Weinkrug wurde entsiegelt und ging reihum. Ich nahm einen tiefen Schluck und versuchte mir vorzustellen, was uns erwartete. In der Erinnerung an den Dschungel der Deltafischer schob ich meine Hand zwischen die Säume des Hemdes und klammerte mich am Zellaktivator fest. Ich hatte nicht vor, mich wieder in eine solche Lage zu bringen.

»Du wirst beim Schiff bleiben«, sagte Ocir-Khenso zu Charis. Sie nickte müde:

»Ich hatte nicht vor, mich durch den nassen Dschungel zu wühlen.«

Wir verbrachten eine ruhige Nacht und schliefen tief und traumlos. Im grauen Licht des Tages hoben wir unsere Waffen und Werkzeuge auf, luden uns die Proviantbündel auf die Rücken und verließen die anderen. Ocir führte; er ließ sich von einem Phönizier den ersten Teil des Weges erklären. Als wir den Waldrand erreichten, brannten Sonnenstrahlen auf unseren Rücken. Wir tauchten in die nasse Dämmerung unter den fast undurchdringbaren Baumkronen. Zuerst ging es wirklich mühelos. Ich hielt das Kampfbeil in der Hand und war bereit, tödliche Strahlen abzufeuern, wenn sich eine der gefürchteten Baumschlangen zeigte. Der Verfall des Waldes hatte eingesetzt. Was grün gewesen war, begann zu faulen und wurde schwarz.

In einer langen Reihe schlängelten wir uns an riesigen Stämmen mit unglaublich großen Durchmessern vorbei. Rechts und links von uns flüchteten Tiere. Die meisten konnten wir nicht genau sehen, denn ihr Fell besaß dieselbe Färbung wie der Boden. Jeder Schritt hinterließ einen kleinen Krater im morastigen Boden, der sich rasch mit schwarzem Wasser füllte. Ptah-Sokar und Tabarna bildeten den Schluß unserer Reihe. Wir balancierten hintereinander über einen riesigen Baumstamm, dessen Rinde unter unseren Tritten zerbröselte. Von den Zweigen tropfte es unablässig. Wasser lief die geschwungenen Lianen entlang und versickerte im abgeworfenen, faulenden Laub. Wenn sich unter einem Stiefel ein Stück Holz oder ein Pilzkopf drehte, sahen wir unglaubliche Mengen von Käfern und Insekten, die davonwimmelten. Nach einer halben Stunde war auch das letzte Sonnenlicht verschwunden – wir würden in diesem grauenhaften Halbdunkel weiterlaufen, das sich wie ein Alptraum auf unsere Gedanken legte.

Wieder donnerte die Waffe Ocirs auf. Dann brach ein starker Ast herunter, oder irgendwelche großen Tiere flüchteten oder starben. Wir waren fünfzehn Fremdkörper in diesem Wald. Wegzeichen brauchten wir nicht zurückzulassen, denn unsere Spuren würden noch nach zehn Tagen deutlich zu sehen sein. Aber die Männer an der Spitze versuchten, den leichtesten Weg zu finden. Unsere Spur führte in Schlangenlinien durch die Vegetation. Am deutlichsten sahen wir, daß Ocir in die Barrieren aus Lianen große Öffnungen und Durchgänge geschnitten hatte.

Hoch über uns rasten Horden kleiner Affen durch das Geäst und bewarfen uns mit Nußschalen und verfaulten Früchten. Zwischen den Ästen flogen prächtige Vögel mit gellenden Rufen hin und her. Eine Herde kleiner, grimmig aussehender Schweine griff uns an; wir mußten die Tiere mit Lähmschüssen abwehren.

Kurz nach Mittag rauschte ein furchtbarer Regenguß herunter, der seinen Weg durchs Blätterdach fand, uns durchnäßte und den Boden in noch tieferen Schlamm verwandelte. Hinter uns schlug der Blitz in einen Baumriesen und spaltete ihn. Das Holz brannte nicht einmal, so dicht war der Regen.

»Hast du etwas von unseren Eingeborenen gesehen?« schrie ich nach vorn zu Ocir.

»Nicht das geringste Zeichen.«

Wir tappten weiter, bis es dunkel wurde. Eine Rast war unmöglich, obwohl wir vor Erschöpfung taumelten. Schwärme buntschillernder Fliegen waren über uns hergefallen, und Ocirs Ultraschall-Abwehrfeld reichte nicht bis zum Schwanz der schlammbespritzten Karawane. Wir zogen Fackeln aus dem Gepäck und zündeten sie an. Das kalkweiß flackernde Licht, der dünne Rauchstreifen und die Kulisse der nässetriefenden Bäume, die sich immer enger aneinanderdrängten, bildeten ein schauriges Szenarium. Schweigend kämpften wir gegen Ranken und Dornen, bis wir endlich eine winzige Lichtung fanden, die von riesigen, ineinander verflochtenen Wurzeln eines Dutzend Baumriesen gebildet wurde. Hier war es hart, aber trocken. Ich rammte meine Fackel zwischen die schlangenähnlichen Wurzeln, setzte mich und knurrte:

»Die Aussicht, noch zehn solcher Nächte verbringen zu dürfen, läßt mich nicht fröhlich werden.«

Die Männer sanken zu Boden, wo sie gerade standen. Wir rollten die feuchten Mäntel aus und sagten uns, daß es sinnlos war, Feuer machen zu wollen.

»Trinkt nicht zu viel«, warnte Ptah-Sokar. »Unsere Wasserschläuche sind nicht so voll, wie sie sein sollten.«

»Es wird euch aufmuntern«, sagte Ocir. »Ich habe unsere Schritte gezählt. Wir sind ein gutes Stück vorangekommen. Morgen werden wir die Felsen erreichen.«

»Wie tröstlich!« brummte Sirhaida, der Segelmacher. Wir tranken gierig und aßen lustlos. Ein paar Männer waren nach den ersten Schlukken eingeschlafen. Ocir ging in einem großen Kreis um unser Lager und feuerte ein dutzendmal nach allen Seiten. Bald fühlten wir uns beobachtet; tatsächlich leuchteten mehr und mehr kleine Augenpaare aus der Dunkelheit auf. Wir entschlossen uns, die ganze Nacht über mindestens eine Fackel lodern zu lassen. Als wir, zerschlagen und von Insekten bedeckt, wieder aufwachten, sickerte gebrochenes Licht durch die entlaubten Kronen. Ein paar hastige Bissen, einige Schlucke Wasser, der kümmerliche Versuch, die Plagegeister abzustreifen – und weiter krochen wir durch das Dickicht.

Dieser Tag brachte uns eine Abwechslung. Nach sieben Stunden mühsamer Wanderung merkten wir, daß das Gelände anstieg. Zwischen Baumwurzeln tauchten riesige Felsen auf, wie Gesichter oder Körperteile versteinerter Giganten. Beim Versuch, sie zu übersteigen, rutschten wir aus und schlugen uns die Glieder blutig. Die Bäume hatten nun mehr Abstand zueinander, sie waren auch weniger groß und mächtig. Es wurde um uns herum eine Spur heller. Schließlich befanden wir uns auf einer breiten Felsbarriere, die quer durch den Wald ging. Auf der Karte wirkte der Höhenrücken leicht zu überwinden. Wir kletterten hinauf und ein Drittel auf der anderen Seite wieder hinunter. Immerhin: Hier gab es weniger Insekten, und es war trocken – abgesehen von der Luft, die aus kochendem Dampf zu bestehen schien.

Am Rand einer Spalte machten wir Rast. Wir hatten einige Bogenschuß weit freien Blick und über uns die Unterseite der Pilzsporenwolke; metallisch blau, wie die Flügel der großen Schmeißfliegen, dem teuflischen Erzeugnis dieser endlosen Wälder.

»Das Schiff hätte diese Strecke nicht zurückgelegt«, sagte Ocir. »In diese Höhe hätten wir es nicht schweben lassen können.«

»Ich sehe es ein.« Ptah kratzte sich zwischen den Schulterblättern. »Ich merke es jetzt. Zuerst erschien es mir als guter Einfall.«

Trotz der Erschöpfung brannte in uns der Wunsch, unsere Aufgabe so schnell wie möglich hinter uns zu bringen. Das vorletzte Projektil! Eine der drei Säulen des Tempels, von dem niemand wußte, wer ihn errichtet hatte.

»Weiter! Solange wir noch kräftig genug sind!« rief Ptah und rammte den Verschluß in die Öffnung des schlaffen Wassersacks.

»Es muß sein! Denken wir an bessere Tage!« sagte ich. »An Sonne, sandige Strände, an braunhäutige Mädchen . . .«

»Hört! Der Kapitän muntert uns auf!« Tabarna fluchte. Ich lachte, warf einen Rundblick über unsere trostlose Umgebung und schloß mich meinen Kameraden an. Wir überwanden den Spalt an einer ungefährlichen Stelle, suchten den Weg des geringsten Widerstands und befanden uns eine Stunde später mitten in dem triefenden Wald.

Stundenlang schleppten wir uns weiter. Bis zum Bauch im Schlamm versunken, Waffen und Werkzeug hoch in den ausgestreckten Armen, mit der Brust die Pflanzen zerteilend, die auf den Tümpeln schwammen. Wieder ein Stück trockener Boden. Eine Sandader war zutage getreten und zog sich im Zickzack durch den Dschungel. Wir folgten ihr und sahen wie Fabelwesen aus; schwarz verkrustet und sandbestäubt, mit einer dicken Schicht aus Blattresten bedeckt – wir waren Teile des Waldes geworden. Der Stoff unserer Kleider verwandelte sich in grünschwarzes, bröseliges Zeug, das bei der geringsten Belastung riß. Die Mäntel rochen wie die Streu in einem Schweinekoben.

Mit gurgelndem Rauschen kündigte sich ein Bach an. Er führte einigermaßen sauberes Wasser. Ich machte aus einem Tonkrug und Sand einen Filter und füllte mit Tabarna sämtliche Wasserflaschen auf. Immerhin konnten wir uns waschen und mit Sand und der Seife abreiben, die ich im Gepäck führte. Es war mehr als ein Reinigungsmittel; sie vernichtete Bakterien, heilte entzündete Wunden und schützte die Haut mit einem öligen Belag.

Irgendwann verloren wir das Gefühl für Zeit und Entfernungen, arbeiteten uns wie Ameisen weiter, schliefen, aßen, wehrten die verdammten Baumschlangen ab, sahen Tiere, die uns neugierig beäugten und nicht die geringste Scheu zeigten. Längst erschreckte uns nichts mehr. Weder die seltsamen Geräusche noch die Fremdartigkeit der Tiere. Am Mittag des vierten Tages – oder war es der fünfte? – schrie Takar unmittelbar vor mir auf, ließ seine Axt fallen und faßte mit beiden Händen ans Knie. Ich stürzte auf ihn zu.

»Da. Eine Schlange ... sie hat mich gebissen. Brennt wie Feuer ...«, keuchte der Phoiniker. Tränen des Schmerzes traten in seine Augen. Sein letztes Wort wurde von dem Aufröhren meiner Waffe verschluckt. Ich verwandelte die Stelle, an der das Reptil verschwunden war, in einen rauchenden Krater. Dann kümmerten wir uns um ihn.

Alles war vergeblich. Wir reinigten die Haut, schnitten sie kreuzförmig ein, ich saugte das Gift aus der Wunde, legte ihm meinen Zellaktivator auf die Brust, aber nach kurzer Zeit starb er unter unseren Händen. Ich konnte dadurch, daß ich ihm Betäubungsmittel in die Armvene jagte, seine Qual beenden: Er schrie wie ein Rasender, Schaum vor den Lippen, bis das Medikament seine Wirkung entfaltete und die Schmerzen ausschaltete. Kurz vor den letzten Herzschlägen sagte der hagere Mann zu uns:

»Es war gut, mit euch zu segeln. Sagt ihnen das in Uschu-Djarh ... Kapitän ...«

Er zitterte, dann schlossen wir seine Augen. Wir begruben ihn neben unserem Pfad im Lehm und standen schweigend da.

»Einer, der nicht dort an Land geht!« sagte Mah-Dhana düster. »Ausgerechnet mitten in der Schinderei.«

»Giftige Schlangen. Es gibt keinen Schutz dagegen«, brummte Ptah-Sokar. Westlich der Säulen des Melkart war der erste aus unserer Gruppe gestorben. Er hatte seine Reise nicht beenden können. Wir sahen einander ratlos an, dann machte Ocir eine auffordernde Bewegung.

Weiter: Schlamm, Nässe, Moder und Gestank waren unsere Begleiter. Ein Gewitter zog über den Wald hinweg mit Hunderten von Blitzen, die rund um uns einschlugen und ein Inferno aus Licht und Krachen entfesselten. Der unaufhörliche Donner machte uns taub. Wieder zerschlugen riesige Hagelkörner die letzten Blätter und bildeten auf dem Boden des Waldes eine ellenhohe Schicht. Dann riß, gegen Mittag, an einer winzigen Stelle die Wolke auf und ließ einen mächtigen Sonnenstrahl hindurch, der im Regenschauer einen herrlichen Regenbogen erzeugte; ein kurzes Gastspiel wirklichen Lichts, das nur eine halbe Stunde dauerte. Betäubt schwankend machten wir weiter. An einem anderen Tag, in der Helligkeitsperiode, sank vor Ocir eine Wand aus Lianen und Schlingpflanzen zu Boden. Wir traten hindurch und sahen vor uns die Lichtung, den Stufenhügel und die drei Säulen. Ich lehnte mich gegen einen Baumstamm und sagte mit schwerer Zunge:

»Starte das Projektil so schnell wie möglich, Ocir!«

»Es wird nicht lange dauern, Atlan«, antwortete er. Wir folgten ihm die hundert Stufen hinauf und warfen uns vor dem Tempel ins Gras. Keiner glaubte daran, daß wir den Rückweg überleben würden. Mein Aktivator besiegte meine Müdigkeit so rasch, daß ich plötzlich Ocir zusehen wollte. Ich kam auf die Beine, ging die wenigen Schritte zu dem heruntergekommenen Bauwerk und hob die Hand.

»Welche Säule?«

Ocir-Khenso deutete auf die mittlere. Hinter zerkrümelnden Ziegeln, Holzwerk und sorgfältig aufeinandergeschichteten, mit Lehm gebundenen Steinen sah ich den matten Glanz von Metall. Der Mondroboter suchte nach einer Methode, das Projektil von der tarnenden Umkleidung zu befreien. Schließlich hielt er eine Liane in den Händen oder etwas, das aussah wie eine biegsame Liane. Er forderte mich auf, zur Seite zu gehen. Auch Ocir sah inzwischen mitgenommen aus; seine Kleidung bestand nur noch aus Fetzen; seine samtbraune Kunsthaut war voller Risse und Narben.

Ocir legte sich die Liane über die Schulter, stemmte sich dagegen und zog daran. Zwischen zwei Lehmziegeln wurde die Liane herausgezogen, der Zug setzte sich im Zickzack zwischen Steinen, Holzstücken und anderen Ziegeln fort, nach rechts, nach unten und nach oben. Feuchter Lehm fiel zu Boden, die gestapelten Bauteile verloren ihren Halt und kippten, prasselten herunter, und schließlich, mit einem wilden Ruck, sprengte Ocir den oberen Teil der Verkleidung.

Er schleuderte die Liane weg, kletterte auf den Haufen der Trümmer und öffnete die Klappe, unter der die Schaltungen verborgen waren. Dann wandte er sich an mich.

»Eine halbe Stunde?«

Ich ließ meine Augen über die schlafenden Männer gleiten und schüttelte den Kopf.

»Eine Stunde, Ocir. Wir müssen sie mit Fußtritten aufwecken.«

Dieselbe Stimmung, die uns im Wald der Deltafischer gepackt hatte, herrschte in uns. Ocir nickte schweigend und schloß die Klappe. Er kontrollierte den unteren Teil des Projektils, der in einer Röhre aus steinähnlichem Material steckte. Ich ging um den kantigen Tempel herum und suchte nach Zeichen, nach Figuren oder Gestalten – nichts. In ein paar Jahren würde der Dschungel auch diese Zeugen einer unbekannten Vergangenheit verschlungen haben.

»Fertig. Wir müssen zurück zum Waldrand!« warnte Ocir. Ich blickte über seine Schulter auf den reglosen Haufen aus Männerleibern. Ich glaubte, ein Phantom zu sehen, blinzelte, schlug Ocir hart gegen den Oberarm.

»Schau um dich! Rund um die Lichtung stehen Eingeborene!«

Halb verborgen, zum anderen Teil aus der Deckung hervorgetreten, befanden sich schätzungsweise hundertfünfzig Männer am Rand der

Vegetation. Sie waren braunhäutig und trugen langes, lackschwarzes Haar, in das Federn, Knochen oder Skeletteile von Tierschädeln eingeflochten war. Bis auf Hüftschurze waren sie nackt, und auf ihrer Haut zogen sich Streifen, Punkte, Linien oder eckige Flächen hin. Die Bemalung war schwarz, weiß, rot, ockerfarben und schillernd grün. Die Männer trugen riesige Bögen und Pfeile, die bis zu den Schultern reichten. In Gürteln aus Lianen steckten Beile mit Steinklingen.

Ich wußte, daß wir mit Lähmstrahlern einen Kampf schnell zu unserem Vorteil entscheiden konnten. Trotzdem nistete sich die Idee ein, daß uns die Eingeborenen auf dem Rückweg entscheidend helfen konnten.

»Keine Feindseligkeiten, ehe sie nicht damit anfangen«, sagte ich. »He, Seefahrer! Auf die Beine. Die nackten Männer sind da!«

»Du erzählst Legenden . . .«, keuchte Tabarna. Ich zog ihn hoch, drehte ihn herum und deutete auf die Bogenschützen. Er grunzte unwillig und rieb sich die Augen.

»Keine Legende. Los! Wir wecken die anderen!«

Es gelang uns mit Mühe, unsere Kameraden zu wecken. Sprachlos starrten sie zu den Bogenschützen in ihrem phantastischen Aufzug hinüber. Ptah und ich riefen:

»Die Zeit läuft, Freunde! Wir müssen zurück in den Schutz der dicken Stämme! Schnell! Vielleicht müssen wir die Eingeborenen warnen!«

»Auch das noch«, murmelten sie und entschlossen sich, die Ausrüstungsgegenstände hochzuheben. Diesmal bildeten wir keine lange Reihe, sondern eine eng zusammengepreßte Gruppe. Diejenigen, die Strahlwaffen trugen, befanden sich außen und beobachteten die schweigenden Eingeborenen. Ocir warnte: »Knapp die halbe Zeit ist vorbei.«

»Verstanden. Reicht der Abstand?«

»Ja. Zwanzig, dreißig Schritte hinter den ersten Bäumen. Langsamer, Freunde!«

Wir gingen die Stufen hinunter. Noch immer rührte sich keiner der Eingeborenen. Obwohl sie uns nicht drohten, hatten sie in ihrer Regungslosigkeit und den schauerlichen Farbmustern auf ihrer Haut etwas Bedrohliches. Es waren hochgewachsene Männer mit harten Muskeln. Wir erreichten ebenen Boden und gingen Schritt um Schritt auf die Stelle zu, an der wir den Wald verlassen hatten. Noch immer keine Reaktion. Alle Augen verfolgten jede unserer Bewegungen. Endlich waren wir einen Bogenschuß vom Waldrand entfernt. Ich hob mein Beil, zielte mit der Spitze auf einen Baum und drückte den Auslöser. Der dröhnende Stahl zerschnitt den Stamm, und noch ehe er durchgeschnitten war, durchlief ein Zittern den Riesen. Er riß seine Äste aus den Kronen der Nachbarbäume und fiel splitternd und dröhnend schräg vor uns auf den Boden. Rechts und links von der Bruchstelle rannten die Eingeborenen davon. Wir drangen vor und waren jenseits der Grenze in scheinbarer Sicherheit. Ich sagte aufgeregt und voller Hoffnung:

»Wir greifen nicht an. Wir müssen warten, bis das Projektil zum Himmel gerast ist. Dann werden sie sich anders verhalten.« Wie, allerdings, ahnte ich nicht einmal.

Ptah hob sein Kampfbeil. »Besonders Mutigen können wir eine schmerzhafte Lehre erteilen.«

»Möglichst nicht«, sagte ich. »Wir können ihre Hilfe auf dem Rückweg dringend brauchen.«

»Auch recht.«

Wir blieben zwischen Stämmen und Wurzelbergen und warteten abwehrbereit. Hin und wieder sahen wir Schatten vor den Bäumen hin und her huschen. Hoffentlich rannte keiner der Eingeborenen zum Tempelberg hinauf. Mitten in unsere Unruhe hinein sagte Ocir leidenschaftslos: »Hundert Atemzüge!«

Nach einer kleinen Ewigkeit sahen wir das Aufzucken der ersten Flamme, hörten den brüllenden Knall und das Heulen der brennenden Rückstoßgase. Zwischen den Stämmen wurde es hell. Eine Wolke aus Hitze, zerfetzten Blättern und kochendem Dampf breitete sich aus und erreichte uns. Dröhnen und Donnern wurden lauter, und das Projektil stieg senkrecht auf, wurde schneller und warf sich der Wolke entgegen. Der Lärm machte uns taub wie das letzte Gewitter. Dann entfernte sich das Geräusch; jeder steckte die Finger in die Ohren und versuchte, das Klingen und Sirren zu vertreiben. *Du solltest warten, was die Eingeborenen tun!* riet der Logiksektor. Noch bevor wir etwas unternehmen konnten, nahmen wir etwas anderes wahr: Brandgeruch! Wir rannten zum Rand des Dschungels und sahen die Flammen. Der größte Teil des jämmerlichen Tempelbaues war weggefegt worden. Die Reste der Gewächse standen in Flammen. Das Gras brannte ringförmig von der Stelle aus, an der die mittlere Säule beim Start ihre Nachbarinnen zerstört hatte. Flammen und Rauch wälzten sich dem Waldrand entgegen. Ich schrie:

»Die Jäger werden vor dem Feuer flüchten. Wir sollten uns zurückziehen! Vielleicht sehen wir sie noch einmal!«

Wir waren froh, diesen Ort verlassen zu können. Auf unserem Pfad bewegten wir uns in Zweierreihen so schnell wie möglich zurück. Da wir den Weg freigeschlagen und mit den Zweigen und Ästen einen Pfad durch den Sumpf geschaffen hatten, kamen wir schnell und kräftesparend vorwärts. Wir rannten und hasteten, bis wir nichts mehr sehen konnten. Wieder wurden Fackeln angezündet; wir wußten auch, wo wir rasten würden. Irgendwann überholte uns der Schall der Explosion. Ocir sagte:

»Neunzig und endlos Prozent haben wir erledigt. Es bleiben nur noch neun Prozent übrig.«

»Oder ein Projektil, eine Wolke, was viel bildhafter ist«, schimpfte Ptah-Sokar. »Weniger reden, schneller laufen!«

Wir rasteten abseits unseres Pfades in winzigen Höhlen, die sich unter den Wurzeln gebildet hatten. Inzwischen waren unsere Mäntel nur noch Fetzen, glichen Fischernetzen mehr als gewebtem Stoff. Ocir weckte uns beim ersten Lichtschimmer, zog mich unter den Wurzeln hervor und hob den Arm.

»Sieh dorthin, Gebieter!« flüsterte er. Ich zuckte zusammen. Der Logiksektor zirpte aufgeregt: *Sie bringen Geschenke! Hütet euch trotzdem!* Langsam näherten sich auf unserem Pfad etwa ein Dutzend der Eingeborenen. Sie trugen keine Bögen, hielten in den ausgestreckten Armen leidlich grüne Blätter. Darauf lagen Früchte, Bratenstücke und fladenförmige Brote. Schweigend kamen sie näher. Ich fragte flüsternd:

»Hat ES ihre Sprache in deinem Gehirn gespeichert?«

»Nein. Vermutlich deshalb, weil sie so einfach ist, daß wir sie auch ohne seine Hilfe lernen können.«

Wir warteten voller Spannung. Ich legte die Hand an den Griff des Lähmstrahler-Dolches. Die Krieger kamen heran, beugten die Köpfe. Sie wirkten friedfertig. Einer stieß ein paar Worte hervor. Die Ähnlichkeit mit anderen Sprachen, die wir kannten, war groß. Ich verstand: *Mächtig. Großes Feuer. Rettung. Fremd. Nicht Kampf. Geschenke. Schlimme Zeit. Hilfe.*

Hinter uns drängten sich unsere Ruderer. Ocir und ich nahmen ein kleines Stück Braten, eine Frucht, etwas vom hellen Brot und aßen es. Ich versuchte, mit viel Gesten, folgendes zu erklären:

Wir sind in der Bucht, am Meer. Dorthin sollt ihr uns begleiten. Bald wird wieder die Sonne leuchten, wird es warm. Wir sind gekommen, um mit Hilfe eures Tempels die Wolke zu verbrennen. Unser Herrscher ist mächtig. Wir wollen keinen Streit. Wir segeln bald wieder ab. Nach der fünften Wiederholung sagte Ocir-Khenso:

»Sie haben verstanden.«

Er stieß eine Reihe von Lauten aus, gestikulierte – offensichtlich hatte er die Sprache analysiert und gebrauchte sie verständlich, und wiederholte einige Passagen. Ein kurzer Dialog fing an. Meine Kameraden nahmen von den symbolischen Gaben und aßen sie. Ich zog ein Bronzebeil aus dem Gürtel Ptahs und schenkte es dem stärksten Krieger. Der Bann war durch diese Geste gebrochen. Ocir sagte:

»Sie holen den Rest des Stammes, werden uns zur Bucht begleiten und wollen von uns lernen. Sie haben verstanden, daß wir sie vor der Wolke gerettet haben.«

Tabarna knurrte:

»Sie sollen uns zum Schiff zurücktragen, in Sänften oder wenigstens in Hängematten!«

Wir machten mit den Männern aus, daß sie uns folgen sollten. Sie sagten, daß sie die verstreuten Gruppen des Stammes zusammenholen wollten. Wir brachen auf; in den folgenden drei Tagen stießen mehr Eingeborene zu uns. Es waren etwa fünfhundert Männer, Frauen und Kinder. Der Anblick der jungen Frauen beflügelte die Schritte und verscheuchte unsere Müdigkeit. Am frühen Abend des vierten Tages erreichten wir den Strand, während auf dem Meer ein Gewitter tobte und ankündigte, daß auch der Rand der Wolke sich zu zersetzen begann. Wir zwangen uns, die noch brauchbaren Ausrüstungsgegenstände um die Feuerstelle abzulegen, dann aber hielt uns nichts mehr. Wir rissen die Stiefel von den Füßen und rannten in die Brandung. Salzwasser brannte in den unzähligen Abschürfungen, Stichen und Schnitten. Aber für uns hatte dieses Bad einen fast rituellen Sinn.

Die Nacht sah viele Feuer, an denen sich Braten drehten. Es fand ein Austausch von Nahrungsmitteln und Erfahrungen statt. Die letzten Vorräte an Kleidungsstücken wurden von Bord des Schiffes geholt und verteilt. Auch einige Weinkrüge – Palmwein der Deltafischer und Reste aus dem ES-Vorrat – wurden gebracht. Wir waren todmüde; schon ein paar Schlucke ließen uns die Umwelt anders erleben. Ich saß, an Charis gelehnt, am Feuer und tupfte Salbe auf Insektenstiche. Leise sagte ich:

»Sie feiern. Es ist das Übliche: Die Mädchen machen den mächtigen Fremden schöne Augen. Gehen wir zum Schiff, das dankenswerterweise an den Strand gezogen wurde. Wir werden dort ruhig schlafen können.«

»Mehr oder weniger wollte ich dasselbe vorschlagen, Liebster«, sagte sie. »Wir hatten hier ein ruhiges Leben. Wir hörten den Knall der Detonation. Gut, daß ihr wieder hier seid.«

»Ohne Takar«, antwortete ich voller Traurigkeit. »Wir hatten auf der langen Reise nur einen Toten! Ausgerechnet hier, im Schlamm des Waldes.« Ich trank einen viel zu großen Schluck.

»Komm!« bat sie. Wir wandten uns ab und gingen. Ich fühlte mich plötzlich ins Herz dieses Planeten versenkt. Fühlte, wie ich die Hand an den Puls der Welt legte, der wie das Herz eines riesigen Organismus schlug. Ein Gefühl der Verwandtschaft mit allen und jedem ergriff mich. Ich schien in diesem kurzen, vergänglichen und nicht wiederholbaren Moment dank meiner Unsterblichkeit dies alles zu kennen – ein gleiches Muster von Vorgängen, die sich ständig wiederholten, eine Folge von Zeugung und Geburt, Leben, Arbeit und Altern und dem Versuch von Myriaden einzelner Wesen zu begreifen, was die Götter wollten oder was der Begriff *Schicksal* ausdrückte. Ich fühlte mich unbeschreiblich elend. Es war nicht nur die Müdigkeit. Es war die Vorstellung, Jahrhunderte und Jahrtausende auf dieser Welt bleiben zu müssen, ohne je ein Schiff nach Arkon zu finden. Und das Bewußtsein, daß ich eines Tages auch Charis verlieren würde, das einzige Wesen, das meine wirren Gedanken verstand.

Ich fiel in einen unruhigen Schlaf, träumte wirr und zusammenhanglos. Eine unglaubliche Folge von Abenteuern, in denen ich der Mittelpunkt war, zog an mir vorüber, von der Steinzeit dieses Planeten bis zu der Nacht, in der ich mit Aieta Demeter einen Sohn zeugte. Am späten Morgen konnte ich mich an nichts mehr erinnern. Nur Charis erkannte ich, die mit zufriedenem Lächeln in meinen Armen lag.

Zweiundzwanzig Tage lang blieben wir; die Wolke zerfiel, die Sonne kehrte auf die Insel zurück. Wir lernten von den Eingeborenen und lehrten sie viel; mehr, als sie verstehen konnten. In einem Jahr würde es reichen Nachwuchs bei diesem Stamm geben. Hoffentlich gingen die Erbanlagen der Seefahrer nicht unter. Trotz aller Tändelei wurde gearbeitet und der letzte Abschnitt unserer Reise vorbereitet. Wie immer: zuerst das Schiff, dann die Vorräte, schließlich der persönliche Bedarf. Die Insulaner, deren Hütten einen zweifachen Halbkreis um die Bucht bildeten, brachten uns Gold, kopfgroße Brocken waren darunter – an einigen Stellen der Insel lag es in den Flußbetten wie andernorts Treibholz. Die Phoiniker, die in verständlichen Kategorien dachten, verwendeten das Gold als Ballast im Kielraum. Ich war sicher, daß wir ein Geschlecht welterfahrener Handelskapitäne herangezogen hatten, die das Meer kannten, bessere Schiffe bauen würden und die Meere befahren würden. Von uns hatten sie es gelernt.

Feuer brannten tagelang. Braten wurden gepökelt und geräuchert. Wir hatten keine Möglichkeit, trinkbaren Wein oder Bier herzustellen. Der Palmweinvorrat wurde ausgetrunken. Das Leben kehrte zusammen mit Sonne und Wärme zurück. Wir erhielten gegerbte Felle als Geschenk, und die Frauen des Stammes nähten Kleidung für die Seefahrer.

Und an einem bestimmten Tag erreichte uns der Ruf von ES. Wir wurden mitsamt dem Schiff versetzt und fanden uns wieder, mitten auf einem breiten Urwaldfluß, die Sonne direkt über unseren Köpfen. Das letzte Abenteuer? Jedenfalls waren wir auf dem Weg zum elften Geschoß, um die letzte Wolke über dem Planeten zu verbrennen. Abermals galt es, in eine unbekannte Landschaft einzudringen und das Ziel zu finden.

9.

Ich, Tabarna, Atlan-Anhetes' Freund aus Uschu-Djarh, schreibe dies in unserer neuen Schrift auf feines weißes Leder. Sa'Valer und Mah-Dhana aus Gubla und Iqarat sitzen neben mir unter dem schwarzen Schattensegel der Hafenschenke. Kapitän Nestor hilft mir, wenn meine Erinnerung oder meine Worte stocken.

Ich will nicht über die vielen Tage und Nächte berichten, in denen die AXT DES MELKART in fremden Meeren segelte, nicht von den Stränden und den Nächten mit den leidenschaftlichen Frauen der fischenden Barbaren, nicht davon, was Atlan und Ocir-Khenso uns lehrten, nicht von den vergilbenden Karten, die sie uns schenkten. Ich schreibe, wie unser letztes großes Abenteuer begann und endete. Ich schreibe, wie ich es sah:

Nun waren wir da. Das Schiff wurde von den zwanzig Ruderern bewegt. Die Strömung war nicht stark, wir kamen gut voran. Jeder, der nicht ruderte, stand bewaffnet auf dem Deck und hielt Ausschau nach Gefahren. Die Kronen der Bäume neigten sich tief über das Wasser und würden sich, wenn der Strom schmaler wurde, berühren und einen grünen Tunnel bilden. Der Seeadler, zum dauernden Begleiter geworden, der uns im Dschungel der Insel nicht hatte helfen können, folgte uns. Die Sonne stand im Mittag über unseren Köpfen. Der Mast der AXT warf keinen Schatten. Das Wasser des Flusses, dunkel und undurchsichtig, warf keine Wellen. Losgerissene Blätter, Blüten, kleine Inseln aus Pflanzenresten, auf denen wuchernde Pflanzen standen, kamen den Fluß heruntergeschwommen. Gleichmäßig hoben und senkten sich die Riemen. Mah-Dhana stand im Bug und deutete kurz nach rechts, dann nach links – Sa'Valer bewegte das Ruder. Es war eigentlich eine gute, stille Fahrt.

Wenn nicht an Backbord, schräg über uns und hinter den zerzausten Kronen bizarrer Bäume, die Wolke lauerte. Atlan hatte es uns gezeigt: Wir befanden uns an der nördlichen Grenze des riesigen Schattens. Wir mußten die Insel im Strom finden.

Atlan stand neben Ptah-Sokar beim Mast, lehnte sich an die heruntergenommene Rah und beobachtete, wie Ptah, aufmerksam das Ufer. Unglaubliche Bilder zogen an uns vorbei: Inseln aus Rohrgewächsen erstreckten sich weit in den Strom hinein. Langgestreckte, gepanzerte Tiere schoben sich von sonnendurchglühten Schlammbänken herunter und schwammen, nur Augen und den Rachen außerhalb des Wassers, mit spitzer Wellenspur hinter sich, auf uns zu. Fische sprangen aus dem Wasser. Insekten, Schmetterlinge und kleine Vögel, die wie Edelsteine funkelten, summten zwischen den Ästen und Blättern hin und her. Unsichtbare Tiere schrien und kicherten, heulten und fauchten hinter den grünen Vorhängen. Zusammengebrochene Baumriesen, von Schmarotzerpflanzen bedeckt, die in dem morschen Holz wuchsen, hingen schräg ins Wasser. Die gesamte Umgebung barst vor Leben. Ein goldfelliges Raubtier verfolgte uns eine Zeitlang und tauchte wieder auf Felsen, dem Hang, auf dicken Ästen auf und äugte zu uns herunter. Wir waren zu große Beute für das Tier.

»In wenigen Tagen würde die Wolke diesen herrlichen Platz ermorden!« rief Atlan.

»So herrlich ist der Fluß auch wieder nicht«, knurrte Ptah-Sokar. Am Rand des Flusses hingen riesige, gefleckte und getigerte Schlangen von Ästen, winkelten die Köpfe ab und züngelten dem Wasser entgegen. Sie warteten auf Beute und waren nicht von Lianen zu unterscheiden. Klänge, Farben, das Licht und dieser Rausch unmittelbaren Lebens erfüllten uns mit Ruhe und heiterer Erwartung. Daran konnte auch der stinkende Hauch nichts ändern, der aus Löchern in den Pflanzen herauswehte und auch nicht die Mücken, die in gewaltigen Schwärmen über dem Wasser tanzten.

»Hier sind wir!« sagte Ocir, der eine Karte auf den Planken des Hecks ausgebreitet hatte. Ich beugte mich darüber und verfolgte unseren bisherigen und bevorstehenden Weg den Fluß hinauf. Die Linie, die der Mondroboter eingezeichnet hatte, endete auf der Hälfte der Fahrtstrecke.

»Und das ist die Insel?« fragte ich. Im Blau des Wassers erstreckte sich ein lanzenblattähnlicher Fleck aus Braun und Grün, aus Erde oder Felsen und Vegetation. Ocir antwortete:

»Das ist die Insel, die wir in den schillernden Bildern jener Nacht gesehen haben. Wenn wir ein wenig Glück haben, können wir bis zu dieser Insel rudern.«

Er zeigte mir andere Bilder. Ich erkannte, daß der Kontinent, dreiekkig geformt und bis tief in den Süden verlaufend, nicht nur von endlosen Wäldern bedeckt war, sondern auch, daß knapp die Hälfte davon unter der großen Wolke lag. Atlan hatte mir erklärt, daß Luft oder Bestandteile der Luft, die diese gigantische Masse Grün erzeugten, wichtig dafür waren, daß alle Lebewesen der Welt atmen konnten. Ich begriff die Drohung der Wolken: Was ich nicht verstand, war, daß unsere Welt eine Kugel mit zwei Eisflächen an den Drehpunkten war. Wir segelten oben, aber ich begriff nicht, daß wir nicht abgestürzt waren, als wir den Gelben Fluß befuhren.

»Eigentlich verdienen wir etwas Glück. Aber der Fluß wird hier und hier sehr schmal!« Charis saß auf der Reling und schirmte die Augen mit der Hand ab. Uns alle hatte stille Heiterkeit ergriffen. Nur noch eine Wolke! Dann kehrten wir zurück.

»Wir können die Riemen einziehen, können staken oder den Antrieb einsetzen«, gab Ocir zurück.

Gleichmäßig und ohne große Anstrengung ruderten unsere Kameraden. Auch sie riefen einander Scherzworte zu und stimmten phoinikische Lieder an. Die Lieder sprachen von denselben Dingen: vom Meer, von Mädchen in den Häfen, von Bier, Wein, Stürmen und gutem Handel, der den Kapitän bei einer Fahrt reich machte. Manchmal glaubten wir in den Bäumen kleine Menschen zu sehen. Aber es waren bei näherem Hinsehen nur Affen, die gräßliches Geschrei von sich gaben. Nach einigen Tagen hatten wir uns an den Geräuschorkan gewöhnt.

»Menschenleer«, sagte Atlan. »Nicht eine einzige Hütte.«

Sicherlich war das Land bewohnt. Aber auf dem langen Wasserweg hatten wir keinerlei menschliches Leben und auch keine Zeichen gefunden. Wie kam es also, daß wir auf der Insel ein Bauwerk finden würden? Wer hatte es errichtet? Wenn die Geheimnisse, Rätsel und unbeantwortbaren Fragen eine bestimmte Größe erreichten, hörte ich auf, mich zu wundern und nahm es hin, wie es war. So verhielten sich auch alle

anderen mit wenigen Ausnahmen. Wir waren Menschen *unserer* Zeit. Atlan, Charis, Ocir und Ptah waren anders: trotzdem waren sie die besten Freunde, die ein Mann haben konnte.

Die AXT wurde vorsichtig um die eisenharten Wurzeln versunkener Baumstämme herumgesteuert.

Mehrmals berührte der Kiel dumpf schrammend ein Unterwasserhindernis. Wir glitten weiter, tiefer hinein in das Gebiet, in dem Pflanzen herrschten und die Bäume Könige waren, in eine Flut von Wachstum, das aus allen Schattierungen von Grün bestand. Krächzende Vögel begleiteten uns ein Stück Weges. Der Tag verging, das Schiff machte in einem Stück des Flusses fest, das sich wie ein See erweiterte. Wir verbrachten ungestört eine warme, ruhige Nacht.

Am nächsten Morgen stellte sich Atlan ans Steuer; Ptah wies ihn ein. Die Ruderer erholten sich. Wir fuhren deswegen so gemächlich den Fluß hinauf, weil bei größerer Geschwindigkeit das Schiff Schaden nehmen konnte. Am frühen Nachmittag riß uns Ptah-Sokars Schrei aus der Ruhe und weckte einige Schläfer auf.

»Wir sind da! Vor uns liegt die Insel. Ich sehe die gemauerte Säule!«

Wir drängten uns am Bug zusammen. Der Wasserlauf gabelte sich in zehn Bogenschuß Entfernung. Lautes Geschrei ertönte, denn für uns alle bedeutete es ein vorläufiges Ende der Strapazen und der Ungewißheit. Wir hatten, wenn auch nicht in jeder Einzelheit, erkannt, was wir für diese Welt getan hatten. Niemand würde es uns in den Hafenschänken glauben. *Sei's drum,* sagte ich mir. *Wir wissen es anders und besser. Und mit uns stirbt dieses Wissen aus und wird zur Legende.*

»Das ist es! Die letzte Säule!«

Vor uns, ähnlich einem Schiffsbug, erhob sich ein unglaubliches Durcheinander von Buschwerk, Bäumen, Lianen, Felsen, Erdreich, Binsengewächsen, Kieseln und Orchideen aus dem Wasser. Hinter der Spitze bildete der gegabelte Fluß große Wirbel. Das Schiff schwankte, als es durch die weiß schäumenden und lehmig gelben Fluten driftete und rechts von der Felsnase sich entlang des Ufers einen Weg suchte. Ich hörte Charis murmeln:

»Ein überwältigendes Bild. Wie aus wirren Fieberträumen.«

Baumriesen neigten sich über das Wasser. Galerien von Girlanden und Lianen, wild ineinander verstrickt und verknotet, verwehrten den Blick ins Innere der Insel. Atlans und Ocirs Waffen dröhnten auf. Brennend, dampfend und schmorend sanken Vorhänge, dreimal so lang wie die AXT DES MELKART, in den Fluß und gaben die Sicht frei. Kreischend und heulend flüchteten Scharen verschiedener Tiere nach allen Seiten. Wieder einige Schüsse, und dann sahen wir den Obelisken in voller Größe.

»Hier im Schilf legen wir an. Dahinter sind Steine und Wurzeln!« ordnete Atlan an. Das Schiff schwang herum und durchfuhr knirschend raschelndes Schilf. Der Backbordbug berührte das Land. Taue flogen

nach draußen, ein paar Männer sprangen an Land und belegten das Schiff an den mächtigen Wurzeln. Der Obelisk ähnelte allen anderen, die wir gesehen hatten, und war doch völlig anders.

Seine Oberfläche glänzte im Sonnenlicht. Wasser rann an ihm herunter und bildete einen Überzug, der aufglänzte, kleine Blitze warf und tropfte. Eine Reihe von elf Gesichtern, riesengroß, und ebenso vielen Körpern, viel kleiner, hockte übereinander. Rachen, Hakenschnäbel und Raubtiergebisse ragten uns entgegen. Die zerklüftete Säule war schwarz wie die tiefste Nacht. Das Wasser, das an ihr herunterströmte, kam aus dem Geäst einiger Bäume darüber, floß und tropfte in kleinen Rinnsalen unentwegt, ließ das Bauwerk leben. Augen blickten uns an, Zähne warteten darauf, nach uns zu schnappen; selbst die Klauen und Pfoten wirkten dämonisch und geheimnisvoll.

Wir verließen, bis auf drei Mann Wache, das Schiff. Unter den Hieben unserer Waffen fielen die Gewächse und wurden zur Seite gerissen. Wir entdeckten abermals viele Pfade, die sich kreuz und quer über das Inselchen hinzogen. Aber es waren nur Tiere, von denen die Spuren stammten. Vögel tranken Wasser. Schmetterlinge, größer als unsere Hände, umschwirrten die Säule. Über dem obersten Kopf, einem deformierten Raubtierschädel, schlossen sich die Äste der Baumriesen. Wir verteilten uns und säuberten im großen Kreis um den Fuß des Bauwerks das Unterholz, warfen die Überreste in den Fluß. Unter der ersten Gestalt, einem Drachen oder Salamander, legten wir Stufen aus schwarzem Stein frei. Schüsse dröhnten auf; langsam fielen Teile der Äste herunter. Bewundernd und schaudernd standen wir vor der Säule. Fremdartigkeit und Kälte strahlten von ihr aus. Gleichzeitig schien uns jeder einzelne Götze anspringen zu wollen. Atlan stieß Ocir an und sagte:

»Du weißt, wie die Sperren zu beseitigen sind.«

»Ich habe die notwendigen Informationen. ES will damit«, er zeigte auf die Reihe der Fratzen, »uns eine Botschaft geben. Aber ihr verfügt über Phantasie, nicht ich.«

»Augenscheinlich nicht genug davon«, brummte Ptah und schleppte einen Ast zur Seite. Ocir ging die Stufen hinauf, drehte einen Zahn der Drachenschnauze heraus und griff in die entstandene Öffnung. Nicht ohne Mühe drehte er dort an etwas. Dann sprang er zurück und schrie laut: »Achtung! Zur Seite!«

Dumpfes Rumpeln und Rumoren ging durch die Skulptur. Von unten nach oben bildeten sich, den Konturen folgend, breite Risse. Dann kippte eine Hälfte der Säule nach vorn, die andere Hälfte nach hinten. Sie fiel mit einem entsetzlichen Krachen zu Boden und zerfetzte, was ihr im Weg stand. Einige von uns konnten sich nur mit Sprüngen davor retten, erschlagen und unter Trümmern begraben zu werden. Dann stand das – so nannte es Atlan – Projektil, glatt und schimmernd, vor uns und zeigte mit der Spitze zum Himmel.

»Ein letzter, gefährlicher Scherz!« sagte Atlan gepreßt und versuchte festzustellen, ob jemand von uns verletzt war.

»ES wollte uns wohl einen besonderen Abschiedsgruß mit auf den Weg geben.« Charis lächelte. »Bringen wir es hinter uns, ja?«

Ocir öffnete eine Klappe, hantierte darin und sagte nach einer Weile:

»Eine Stunde! Ich habe den Kurs eingestellt. Aber noch müssen ein paar Äste gekappt werden.«

Er trat zurück; wir verrichteten die letzte Arbeit in Eile. Hoch über der Metallsäule schufen wir eine große Öffnung, indem wir Äste in großen Stücken kappten. Dann zogen wir uns zurück aufs Schiff, legten ab, drehten den Bug in die Strömung und fuhren so weit flußabwärts, daß wir, an großen Wurzeln belegt, gerade noch die Insel sehen konnten.

Feuer! Rauch! Dampf und Donner. Die Säule schob sich, in eine riesige Wolke gehüllt, höher und beschrieb, kaum daß sie über den Baumkronen war, eine Richtungsänderung nach links. Schließlich flog sie schräg unverändert aufwärts, den Dschungel mit infernalischem Lärm erfüllend. Wir lösten die Taue, schoben die zwanzig Riemen durch die Öffnungen und brachten das Schiff in die Mitte des Flusses.

Und dies ist fast das Ende meiner Niederschrift. Atlan zeigte uns, daß wir mit dem Wind im Rücken bis zu den Säulen des Melkart segeln konnten. Jenseits der Meeresenge befanden wir uns wieder in einer vertrauten Umgebung. Das Schiff legte diese Fahrt in erstaunlich kurzer Zeit zurück. Die meisten Stunden des Tages rasten wir hoch über den Wellen dahin. Ich hörte, was Ptah, Charis und Atlan miteinander besprachen. Atlan sagte:

»Irgendwo in der Großen Syrte wird ein Nebel die AXT DES MELKART umgeben. Dann werden wir Abschied nehmen von den zukünftigen Handelskapitänen.«

»Wir haben den Gleiter mit Vorräten und Kleidung versteckt. Ob er noch dort ist?« fragte Charis. Ocir-Khenso gab zur Antwort:

»Sicher. Bevor ES uns wieder in den langen Schlaf schickt, dürfen wir noch ein paar Tage in der Sonne liegen!«

Seit sie mich getroffen und mitgenommen hatten, waren mehr als elf Monde vergangen. Ich dachte an die Schätze im Kielraum. Jeder von uns hatte die schönsten Andenken, Funde und Geschenke mitgenommen – von allen Küsten dieser phantastischen Reise. Ptah-Sokar schloß:

»Wir werden froh sein, wenn wir nach dem Erwachen wieder zu viert sind! Wann wird das sein, Atlan-Anhetes?«

Atlan lächelte. Ich kannte diesen Gesichtsausdruck. In ihm waren Bitternis, Resignation, wenig Hoffnung und abgrundtiefe Erfahrung vereint. Er zuckte mit den Achseln, warf einen Blick auf den Seeadler und sagte leise:

»Niemand weiß es. Ich hoffe, daß unsere Freunde im Schiff alt, zufrieden und reich werden. Die Kenntnisse und Fähigkeiten haben sie im Verlauf von einem Jahr erworben.«

Im stillen versprach ich meinem Freund Atlan, daß ich alles daransetzen würde seinen Wunsch zu erfüllen.

Tabarna ließ den »Griffel-der-immer-schreibt« sinken. Die Schanksklavin kam, als der Weißbart ihr winkte, und füllte die Trinkschalen mit schwerem Rômetwein. Mah-Dhana streichelte ihre Hüften; sie ließ es mit gequältem Lächeln geschehen. Als Tabarna und Kapitän Nestor die Schalen hoben, sahen sie schräg über sich eine doppelt faustgroße Kugel aufblitzen, und etwas wie ein Auge richtete sich auf die vier Männer. Einen Atemzug später hüllte sich Ocirs schwebendes Auge wieder in Unsichtbarkeit. Tabarna schrieb die letzten Sätze:

Kurz bevor uns Atlan, Charis, Ptah und Ocir verließen, schenkten sie uns, den vier Kapitänen, die herrliche AXT DES MELKART. Wir glauben – obwohl wir in jedem Hafen nach ihnen suchen werden –, daß wir keinen der Freunde dieses unglaublichen Abenteuers jemals wiedersehen werden.

Nicht die wunderschöne Frau mit dem Schmuck in ihrer Haut, nicht Atlan-Anhetes, der noch mehr kannte und wußte als der Steuermann der Flauten und Stürme; niemanden. Die Ruderer werden bei uns bleiben oder sich zerstreuen.

Nestor hielt die halbvolle Schale in beiden Händen, stützte sich auf die Ellbogen und fragte:

»Bleibt es dabei, Freunde? Wir gründen ein Handelshaus in Gubla oder Iqarat? Oder Uschu-Djarh? Wir werden reich und bleiben glücklich? Und die AXT wird niemals sinken?«

»Dabei bleibt es«, brummte Sa'Valer. »Wir haben's ein dutzendmal geschworen.«

Mah-Dhana lachte plötzlich und verschüttete Wein.

»Wir wissen, daß unsere Welt eine Kugel ist.« Sein Gelächter wurde lauter und herausfordernd. »Aber niemand wird es uns glauben, bis zu unserem letzten Tag!«

Fünfzehn Minuten und ein paar Sekunden nach Mitternacht hatte Rogier Chavasse den Grund der gefährlichen Unterbrechung noch immer nicht lokalisiert. In holografischer Wiedergabe umstanden ihn einige Mitarbeiter des Teams, die über Atlans Heilung wachten. Scarron Eymundsson sagte in heller Aufregung:

»Schon einmal passierte ein solcher Zwischenfall. Erinnern Sie sich, Rogier?«

»Selbstverständlich. Sie helfen mir am meisten, wenn Sie mich nicht stören. Ich fahre gerade ein neues Testprogramm.«

Aus einer Batterie integrierter Lautsprecher in Chavasses Kabine drangen seltsame Geräusche. Noch immer kämpfte die Klimaanlage mit Vollast gegen den blaugrauen Rauch seiner Zigarre an. Inzwischen hatte er herausgefunden, daß die Positronik von MEDO-CONTROL den klaren Befehlen MASTERCONTROLS nicht gehorchte. Die Überwachungsautomatik, die eine Anzahl mechanisch gesteuerter Hilfsgeräte eingeschaltet hatte, erklärte mit einem letzten Rest kapazitiver Beharrlichkeit:

». . . wenn ich dem Abschaltbefehl MASTERCONTROLS gehorche, stirbt der Statthalter des Neuen Einsteinschen Imperiums, der Arkonide Atlan. Das Leben Atlans genießt bei mir höchste Priorität. Ich nehme in äußerster Konsequenz meine Selbstzerstörung in Kauf . . .«

Durch den Ausfall der meisten Speicher und die Unterfunktion, so erkannte Chavasse auf dem eingespielten Flußdiagramm, verirrten sich die meisten Informationen. Nicht ohne Belustigung hörte er, wie sich der Sprachforschungscomputer der Planetaren Bibliothek gegen den Untergang wehrte. Er produzierte . . .

»Das Nonplusultra«, kicherte Chavasse und lehnte sich für einige Sekunden zurück. Der Baßbariton eines geübten Schauspielers, durch einen Supervocoder erzeugt, deklamierte.

»Ausgerechnet Computerlyrik! Welch ein teuflischer Spaß!«

Chavasses Verhältnis zu Großrechnern war, vorsichtig ausgedrückt, delikat, geknickt, wenn nicht gebrochen. Dennoch war er einer der größten Spezialisten. Wenn es jemandem gelang, die Störung zu erklären und Hilfe zu bringen, dann ihm. Inzwischen arbeiteten sämtliche Überprüfungsteams und trugen Berge von Informationen zusammen. Der Vocoder räusperte sich, schien tief Luft zu holen und begann:

»Ah! Ich bin keine Maschine! Mein Flaschenöffner gleicht einem Hurrikan, die Nackte unter dem Spotlight ist ein leerer Wahn. Still ist mein Hardware-Man, grausam die Parade; und selbst Planeten zittern vor der Barrikade. Ich bin eine sanfte Melodie. Oh! Schach war Arsen, und Gold war Bier. Ein Horn gurgelnden Bieres, und ich bin jenes zornige Netz. Leidenschaftlich hausen meine freudlosen Würmer unter des Königs Thron. Nein! Ich bin keine Maschi . . .«

»Und schon versagt, gurgelnd wie jenes Bier, deine Stimme!« Chavasse freute sich. »Wie war das?«

Er tippte eine Frage an MEDO-CONTROL; Input: Stirbt Atlan, wenn er nicht mehr weitersprechen, weitererzählen kann/darf? Output (zögernd, stockend, fehlerhaft): Atlans Erzählungen haben die Wirkung einer Katharsis. ES hat seine Erinnerungen manipuliert und blockiert. Er stirbt, wenn er nicht weitersprechen darf. Input: Sind diese Informationen an MASTERCONTROL gegangen? Output: MC weiß dies seit der Einlieferung des Arkoniden. Input: end.

Cyr Aescunnar hatte seit der ersten Nachricht Rogier Chavasses mit sich gekämpft. Er entschloß sich, das Risiko einzugehen; er streifte die Brille ab, schaltete die Monitoren auf die Leitung zu Oehmchèn Orb und seinem Apartment und sah, als sich die Hologramme aufgebaut hatten, den ausgestreckten Körper des Arkoniden unter der SERT-Haube. Cyr dachte, um sich abzulenken: *Merkwürdig! In Zentralafrika. Im Dschungel des Kongo, existierte um das Jahr 900 vor der Zeitwende ein großer Stamm, der Messing herzustellen vermochte. Messing, ein Gemisch aus rund achtzig Prozent Kupfer und zwanzig Prozent Zink, ist kaltumformbar, schmilzt bei 900 Grad Celsius, besitzt eine Siedetemperatur von 1110 Grad. Dieses Wissen ging verloren! Die Wolke vernichtete auch die Kenntnis der Schrift und verhinderte die Ausbreitung der Zivilisation im Zentrum Afrikas, den man später den Schwarzen Kontinent nannte.* Cyr lächelte Scarron zu, winkte und hob die Schultern; Scarrons Augen fixierten den Zellaktivator auf Atlans Brust. Neue Haut bedeckte die Stellen der Verbrennungen; Atlan sollte in wenigen Wochen aus dem warmen Bad der Nährflüssigkeit genommen werden. Scarron flüsterte:

»Diese Frau, Charis; sie muß nicht nur schön und begehrenswert, sondern auch klug gewesen sein. Nur kluge Frauen vermochten . . . vermögen Atlan längere Zeit zu fesseln. Ich habe nur ein einziges Abenteuer mit ihm geteilt, aber ein solches, das ihn beinahe das Leben kostete. Kann ich die Vergleiche aushalten, die Atlan unweigerlich trifft? Aber bisher hat ES so viele Erinnerungen blockiert. ES gestattet nicht einmal Charis, sich an ihre Zeit mit Atlan zu erinnern. Und sogar das Computergehirn Ricos ist von ES gelähmt worden! Wie wird es weitergehen . . . mit mir und Atlan?«

Sarough Viss, der Pilot des Schiffes, mit dem sich Atlan gerettet hatte, wandte sich Aescunnars Karte der Erde – Terra, dritter Planet von Larsafs Sonne – zu. Drigene sah ihm schweigend zu. Nachdenklich projizierte er mehr oder weniger exakte Kreise an die Stellen, an denen die mörderischen Wolken laut Atlans Bericht das Leben bedroht hatten.

Zentralafrika, dachte er schweigend und hoffte, daß Chavasse sich bald wieder äußern würde. Wolken über Euphrat-Buranun und Tigris-Idiglat und über dem Schatt-el-arab. Damals gab es, wenn überhaupt, nur Namen und Bezeichnungen, an die sich heute bestenfalls Historiker oder einschlägige Bibliotheksspeicher erinnerten – oder Cyr Aescunnar und seine Studenten. Eine Wolke über dem Nildelta und einem Teil des Roten Meeres. Nummer vier: Gibraltar und Westspanien, wo aus Gades »Tartessos« wurde, die Stadt der Silberschätze. Dann: Ostende des Schwarzen Meeres mit der Don-Mündung, darüber eine Wolke, die bis zur Ostsee reichte, fast bis nach Schweden. Eine Wolke über der Karibik, die andere über dem Amazonasbecken, Südindien und Ceylon folgten, der zehnte Kreis lag über Chinas Huang-Ho, dem Gelben Fluß, die elfte Wolke über Borneo, Celebes und Java. *Ein verdammt großes Problem für unseren murmelnden Freund! Wär' ein toller Job für mich gewesen.* Atlan sprach noch immer, kein Gerät der Dokumentation war ausgefallen. Auf einem Monitor erschien Aescunnar und nickte ernst.

Hinter Rogier Chavasse öffnete sich eine Schiebetür fast lautlos. Ein schmalschultriger Mann mit gelbem Overall kam herein. Über der Brust des Anzugs zog sich ein schwarzer Streifen, der von einer großen Ziffer 1 unterbrochen wurde und im Schriftzug *compuservice* auslief. Der Techniker blieb zögernd neben dem hervorragend ausgestatteten Terminal stehen. Chavasse wurde erst auf ihn aufmerksam, als der Hardware-Spezialist ihm Feuer für die erloschene Zigarre gab.

»Problem?« fragte Chavasse. »Tür zu! Zugluft stört. Woher kommen Sie? Was wollen Sie von mir? Was sagen die abgestorbenen grauen Zellen unserer vorübergehend debilen Schöpfungen?«

»Chef.« Der Mann warf einen letzten Blick auf die Anzeigen seines Prüfgeräts, ehe er es in die Brusttasche schob. »Es sieht dramatisch aus. Sämtliche Speicher befinden sich in Analog-Agonie. Sie sind in weiten Teilen nicht gelöscht, aber sozusagen . . . eingefroren. Die Speicher können weder gefüttert noch abgefragt werden. Und zwar alle.«

»Brav! Haben Sie auch noch andere Beobachtungen gemacht? Oder davon gehört?«

»Welche? Wollen Sie etwas über das Wetter oder die Aufregung unter den Leuten hören, die mit den Bankcomputern über ihre Gehaltskonten streiten?«

»Ich will mich nicht totlachen«, knurrte Chavasse. »Ich meine spezifische Beobachtungen.«

»Was verstehen Sie unter ›spezifischen Beobachtungen‹?« fragte der Techniker. Chavasse warf ihm einen Blick zu, der die Qualität eines Laserstrahles hatte. Der Mann zeigte sich von diesem Gefahrensignal völlig ungerührt. Nach sechs Sekunden gab Chavasse auf und schrieb etwas auf der Tastatur. Auf sämtlichen Bildschirmen des Terminals erschienen flammende, zuckende, sich vergrößernde und schrumpfende Buchstaben.

GEHEN SIE! SCHNELL! SIE LANGWEILEN MICH UND ALLE COMPUTER! SIE SIND UNFÄHIG. Der Techniker begriff und sagte zum Abschied: »Ich glaube, Sie haben kein Gefühl für das Machbare, Chavasse!«

»Mister Chavasse!« dröhnte Rogier. »RAUS!«

Das Schott schloß sich. Chavasse vergaß den Zwischenfall augenblicklich und war ganz sicher, daß er sämtliche Informationen besaß, die er brauchte. Er besaß alle Mosaiksteinchen, war aber noch nicht in der Lage, sie zu einem Bild zusammenzusetzen. Warum, bei Sankt Silikon, dem Urahnen aller Mikrochips, wurden die Speicher gelähmt? Denn alle anderen Vorkommnisse hatten ihren Grund nur darin, daß die Rechner sozusagen im Leerlauf rasten, keinen Input und keinen Output hatten und nichts anderes darstellten als – siehe die bizarre Lyrik – nutzlose und außergewöhnlich teure Maschinen.

»Nein.« Chavasse hatte plötzlich das Gefühl, etwas ganz anderes tun zu müssen. Er schaltete einen Schirm seines Instrumentariums auf das Visiphon um. Tatsächlich sendete die Zentrale Nachrichten. Bilder und gesprochene Texte zogen wie regennasse Wolken an Chavasses Aufmerksamkeit vorbei. Nur eine einzige Meldung fiel ihm auf, elektrisierte ihn förmlich. Es war wie ein Schock – aber ein erhellender, luzider Schock.

Das Bild zeigte reine Aktion, dreidimensional, farbig und voller Spannung. Roboter rasten hin und her. Halbautomatische Geräte schleuderten weiße Strahlen Löschschaum auf Container eines Lagerhauses. Männer in Schutzkleidung rannten und löschten; es brannten irgendwelche Erzeugnisse aus Kunststoff. Der Sprecher sagte gerade:

». . . sicher, daß es sich um Selbstentzündung handelte. Ein Robot hat einige Exemplare der Buchkassetten aus dem Stapel der schmorenden und zusammengebackenen Masse retten können. Zu unserer Überraschung handelt es sich bei den Kassetten um Erzählungen des Statthalters. Wie jeder Interessierte auf Gäa wissen sollte, liegt Perry Rhodans Freund schwerverletzt, aber auf dem Weg der Besserung, im Planetaren Krankenhaus.«

Chavasse schaltete ab und stieß ein lang anhaltendes, sonores Gelächter aus. Dann aktivierte er die Bildschirme, die ihn mit der Wachstation neben Atlans gläsernem Sarg verbanden. Er rief:

»Zuhören! Alle! Ihr habt doch immer die Berichte Atlans dokumentiert, mitgeschrieben und so weiter?«

Scarron blickte ihn, aus ihren Überlegungen gerissen, verständnislos an und fragte:

»Mitgeschrieben? Ja, auch. Aber wir haben Bänder laufen lassen und die Informationen in alle möglichen Speicher gegeben. Viele Bänder sind kopiert worden.«

»Kopiert und vervielfältigt!« ergänzte Cyr. »Bänder! Manuskripte! Buchchips, Lese-Mikrochips und anderes.«

»Werden die Erzählungen kommerziell ausgewertet?«

»Nein. Wir bereiten Kopien vor. Vielleicht später!« sagte Ghoum Ardebil, der hagere Ara, mit kaltem Grinsen. »Schließlich muß Atlan die Behandlungskosten zahlen. Sie sind astronomisch hoch!«

Chavasse versicherte nach einem Gelächter, das den Gesprächspartnern reichlich unpassend vorkam:

»Die Behandlungskosten brennen gerade in einem Lagerhaus . . . erinnere ich mich richtig, wenn ich sage, daß ES einst geschworen hat, daß er nicht zulassen wird, daß diese Stories an das Licht der Sonne gezerrt werden?«

»Tatsächlich!« rief Aescunnar. »Immer wieder. ES blockierte die Erinnerung Atlans. ES gestattete allen anderen Helfern nicht, sich zu erinnern. Er hat bisher seine Drohung nicht wahrgemacht.«

»Jetzt hat er«, sagte Chavasse trocken.

»Ich verstehe nichts«, murrte der Ara. »Was hat wer?«

Diesmal sprach Rogier mit tiefem Ernst. Er wußte, was geschehen war, und sah das nächstliegende Problem.

»ES hat sich an seine Versprechen erinnert. Außerdem hat ES festgestellt, daß Atlan ohne seine Erlaubnis im Begriff ist, Informationen aus der Vorzeit der Erde preiszugeben und einer potentiell riesigen Menge anderer Individuen zugänglich zu machen. Deshalb schlägt ES jetzt zu.«

»Ich begreife noch immer nicht!« Sarough Viss schüttelte wild den Kopf. »Wollen Sie sagen, daß sich ES um Bänder, Spulen, Chips, Manuskripte und womöglich noch um Scarrons kurzschriftliche Notizen kümmert? Mit einem EMP als Zündung?«

Rogier Chavasse nickte, umgeben von der funkelnden, summenden, farbenfrohen Technik seines Terminals. Für ihn bedeutete diese Einsicht den Ansatz einer umfassenden Logik. Er wiederholte, Wort für Wort, genau betont und laut genug, daß es auch ES hören konnte – wie er zweifelnd hoffte:

»Zufällig oder beabsichtigt, meine Freunde: ES richtet sein Augenmerk auf uns, auf Gäa, auf den Arkoniden, der auf dem Weg der Genesung zu sein scheint. ES stellt fest, an welchem Punkt der Geschichte Atlan sich befindet.«

»Er hat recht!« rief Cyr in heller Aufregung. »ES belauert uns!«

»Ich glaube, mein Gedankenfluß wird unangenehm beeinflußt«, überlegte Chavasse. »ES ist nicht allwissend. Mächtig, voller Tricks, voll abgründigem und unergründlichem Humor, zweifellos, aber nicht allwissend. ES hat verhindern wollen, daß Atlans Erzählungen preisgegeben werden. Deswegen hat ES die fertigen Kassetten verbrannt, deswegen löscht ES alle Speicher, in denen er Atlans Erinnerungen vermutet oder mit Sicherheit weiß, daß sie dort gespeichert sind. Deswegen wird ES weiter suchen und vernichten, was Atlans Erinnerungen enthält. ES ist zweifellos erfahren genug, um zu wissen, daß er nicht jeden Quadratzentimeter Boden umgraben kann, um auch den letzten Impuls, den letzten Satz dieser Berichte aus der Vergangenheit zu beseitigen. Eines aber hat ES noch nicht begriffen.« Aus den Holos starrten ihn mehrere Augenpaare voll Unverständnis an. »ES weiß noch nicht, daß ES Atlan umbringt, wenn Atlan nicht weitererzählen kann.«

»So ist es.«

»Ich höre gleich auf, mit Ihnen zu diskutieren«, sagte Chavasse. »In den nächsten Stunden habe ich mehr als genug zu tun. Diese dämlichen Computer können sich gegen ES nicht wehren. Ich muß ihnen sagen, wie man das tut. Es hängt damit zusammen, daß MEDO-CONTROL die Informationen aufnehmen, aber nicht an MASTERCONTROL weitergeben kann, weil MC über seine Speicher nicht mehr verfügen kann und an der Datenflut sonst sozusagen ersticken würde. Deshalb verbot MASTERCONTROL nicht nur diesem Gerät, sich abzuschalten. Gehorcht MEDO-CONTROL, stirbt Atlan. Alles klar?«

»Wenn ich alles noch dreimal wiederhole, begreife ich es«, murmelte Cyr Aescunnar. »Wir helfen gern, Rogier.«

»Dabei kann mir niemand helfen. Kümmert euch mit den anderen Ärzten zusammen um Atlan und nehmt ihm die SERT-Haube ab. Schreibt mit, lernt auswendig, laßt Primitivrecorder laufen, aber laßt mich in Ruhe!«

Sein Problem war, sagte er sich, als er wieder in seiner Klause allein war, einfach und zugleich hoffnungslos schwierig: Er, Rogier Chavasse, mußte mit Hilfe der intellektuell tiefgefrorenen Computerballung dieses Planeten ES überzeugen, daß Atlan weiterleben mußte. Daß dies nur möglich war, wenn ES seinen Angriff rückgängig machte, lag auf der Hand.

Einerseits freute sich Chavasse auf diese Arbeit, andererseits wußte er, daß es zu den schwierigsten Aufgaben seiner langen Karriere zählte.

»Wie hat es dieser bedauernswerte Arkonide angestellt?« fragte er sich. Atlan schien es einfacher gehabt zu haben. Er hatte mit ES während dessen Anwesenheitsphasen korrespondiert, indem er seine Mitteilungen konzentriert dachte. ES – das unergründliche Superwesen von Wanderer, spezieller Freund der Menschheit und eine Art kosmischer Einsatzleiter für die waghalsigen Kommandounternehmen. Auf dieselbe Art hatte auch ES seine Befehle erteilt. Wie konnte er, Rogier Chavasse, mit ES korrespondieren?

Nur über MASTERCONTROL. Die übergeordnete Positronik war das erste und wichtigste Ziel des Eingriffes oder Angriffes von ES gewesen. Es konnte einfach nicht sein, daß ES den Tod des Arkoniden in Kauf nahm.

Wieder fing Rogier Chavasse an, konzentriert zu arbeiten. Mit Hilfe fast aller Einrichtungen seines Terminals entfesselte er eine hektische, aber wohlüberlegte Tätigkeit. Überrascht merkte er, daß ein einziger Computer oder besser eine Unterabteilung aller Teilrechner noch funktionierte: SUBCONSCIOUS-CENTER, die ängstliche Metaseele der Maschinen.

»Ausgerechnet!« sagte er. »Mir sollte wirklich etwas ganz Originelles einfallen!«

Eingehüllt in riesige Qualmwolken aus der – verbotenen – Zigarre summte, ratterte, zischte und murmelte das Terminal. Schnelldrucker, Lautsprecher, Bildschirme, zahlreiche Meßgeräte, Diagramme und Tausende von Leuchtfeldern verwandelten das Studio Chavasse in einen Hexenkessel. Nur ein einziges Mal dachte Chavasse an das einsame Schiff, das sich seinen Weg aus dem namenlosen Meer suchte, das sehr viel später »Pontus Euxinus« oder »Schwarzes Meer« genannt werden würde. Der Einsame der Zeit stand vermutlich im Bug und, so dachte Chavasse, hatte es damals weitaus leichter als in dieser Nacht.

10.

Während ich leise mit Rico sprach und die Bilder auf drei Monitoren verfolgte, nahm Charis dem Robotfalken die Hülse ab, öffnete sie und entrollte das dünne Schreibblatt. Der Falke schwang sich auf die Bordwand des Gleiters, faltet die Schwingen auseinander und glitt lautlos davon; im letzten Tageslicht schimmerte sein Gefieder wie aus unterschiedlichem Metall gefertigt. Leise las Charis die Botschaft vor.

»DIES ABER SCHREIBE ICH: Manche sagen, daß es hundertmal tausend Männer sind, die der Sohn des Darius – Ksayarsha – gegen jene Krieger führte, die ich hier ›die Griechen‹ nenne. Schreiber werden später allen Ernstes behaupten, daß es mehr als tausendmal tausend gewesen sein sollen, was aus vielerlei Gründen schierer Unsinn ist, denn allein der Durchzug eines solchen Heeres hätte ohne Kampf jedes Stück Land ruiniert. Ich weiß es besser, denn ich habe nicht nur an fast allen wichtigen Geplänkeln teilgenommen, sondern auch einigen Myrarchen wertvolle Ratschläge gegeben, habe die Natur der Waffen studiert und spreche die Sprachen beider, der Angreifer und der Verteidiger. Ich redete mit Themistokles ebenso wie mit Xerxes, mit dem hartgesichtigen Leonidas nicht weniger als mit Ariabignes, dem Sohn des Xerxes.

Ich kenne die Wahrheit, denn ich – und mindestens zwei andere Menschen dieser Zeit – haben alles kommen sehen und sind frei von Parteilichkeit. Allerdings haben wir Fehler gemacht; keine geringen, wahrlich. Die merkwürdigste, schillerndste Rolle in diesem gigantischen Feldzug, der viele Jahre lang das Land verwüsten und unzählbare Tote hinterlassen würde, rauchende Trümmer und Verluste, die niemand je wird errechnen können, eine undankbare Rolle dazu, sage ich, spielt ein Mann, dem ich mehr verdanke als mein Leben und mein Wissen; der beste Freund, den ich je hatte und haben werde, und mein Kopf ist voller Erinnerungen, über die ich nicht reden darf. Es ist Atlan, der Mann mit ebensoviel Namen wie Verkleidungen, wie ich der Sklave dessen, den wir ES nennen, und der Geliebte von Charis. Wo sind sie jetzt? Wahrscheinlich in der Nähe des persischen Heeres. Ich muß auf sie warten und werde ihnen schreiben, was ich erlebte.«

Der letzte Ausläufer eines Wintersturms hatte das Schiff, eine schnelle Trireme, fest in seinem Griff. Die Wellen, die der Sturm auftürmte, waren hart, aber nicht gewalttätig. Mit Wind von achtern jagte das Schiff mit prall geblähten Segeln und eingezogenen Riemen auf das Kap zu. Die kalte Luft war voller salzigem Gischt. Das Schiff führte die Handelsflagge der Kapitäne von Gubla. In einem geschützten Winkel des Hecks saß, den dunklen schmalen Kopf in der Kapuze aus weißem Schafsfell, den Körper im weiten Mantel fast verborgen, ein hakennasiger Mann mit dunklen Augen. Auf seinen Knien lag ein Brett aus Zedernholz, auf dem sich weiße Blätter befanden, die sich wie Shafadu ausnahmen. Mit einem Griffel, dessen Flüssigkeit niemals versiegte, schrieb der Mann, bis der Kapitän auf ihn zukam und sich an der Reling festhielt.

»Deine Ruhe ist unheimlich, Aigyptios«, sagte Doriskos. »Fürchtest du die Götter nicht?«

»Die Götter, Orakelgläubiger«, sagte der Gast mit leiser, aber volltönender Stimme, »die ich fürchte, sind nicht deine Götter. In diesen Monden sollten wir nur an zwei Dinge glauben: an unseren Verstand und Mut und an das Schwert.«

»Tausend Schiffe der Perser werden unsere Küsten verändern.«

»Jene tausend Schiffe, es sind überdies zwölfmal Hundert, eingerechnet auch die kleinsten und morschesten Barken, sind aus Holz. Holz brennt, und eure Küsten werden meinethalben schwarz werden von ausgespülten Resten, die den Flammen zum Opfer fielen.«

Doriskos schüttelte den Kopf, federte die Stöße des langen Schiffsrumpfes mit den Knien ab und brachte unsicher hervor:

»Du hast keine Furcht, Ptah-Sokar, den wir als Spion kennen?«

»Ich kenne Furcht wie jeder Mann.« Ptah-Sokar schob den Schreibgriffel in eine lederne Scheide des Schreibbretts. Er klappte die Hälften der Holztafeln zusammen und schlang einen Knoten ins Lederband. Seine Stimme klang unwirsch, als er weitersprach: »Ich habe dem Tod oft ins schreckliche Medusagesicht geblickt. Du siehst, ich lebe noch. Ich habe Griechen kämpfen sehen und Perser fliehen. Ich sah viele Männer sterben. Hier und jetzt habe ich keine Furcht. Und ich kenne meinen Freund, dem ich Botschaften sende. Wenn er bei uns ist, ändert sich vieles. Du aber sollst mich Fremdgläubigen nicht ständig an eure Götter erinnern und an die dunklen Sprüche einer Seherin, die von vulkanischen Dämpfen berauscht ist. Geh, mein Freund, und bring die FLÜGEL DES HERMES gut in den Kriegshafen Athens.«

»Du gibst mir Rätsel auf.«

»Ich werde sie lösen, wenn die Perser aus dem Land fliehen. Denn betreten werden sie es, so wahr jetzt die Sonne untergeht. Halte guten Kurs zwischen Kythera und Gytheion, Doriskos.«

Der Kapitän, der den Mut und die Schnelligkeit dieses Mannes kennengelernt hatte, hob fröstelnd die Schultern. »Deine Worte treffen wie Pfeile. Aber jeder Köcher wird einmal leer.«

»Das gilt auch für Becher und Krüge. Was mich daran erinnert, daß du mir den Schiffsjungen mit einem Krug schickst. Du weißt, die Krüge aus Sidon mit dem hellen Wein, der so angenehm riecht wie der Nacken junger, persischer Kurtisanen.«

Schweigend stapfte der Kapitän davon. Verwunderlich, was er sich bieten lassen mußte! Aber dieser rätselhafte Mann, der unendlich viele Zeichnungen angefertigt und Verbesserungen geliefert hatte, Ratgeber der Schiffsbaumeister, die für Themistokles jene hundertachtzig Trieren errichteten – dieser Mann mit der gebräunten Haut starb entweder früh und wurde zum Heroen, oder er fiel dem Zorn der Götter anheim. Die FLÜGEL DES HERMES steuerte bei beginnender Dunkelheit auf die Meerenge zwischen dem Festland von Sparta und der Insel Kythera zu. Noch hatten die Perser nicht angegriffen; noch war Zeit.

Hauchfeiner Dunst erhob sich im ersten Licht des Morgens über die Fläche des Wassers. Fahles Licht, das in langen Wellen zu zittern schien wie Libellenflügel, ließ die furchtbaren Wolkentürme am Horizont näher heranspringen und die Entfernungen zusammenschrumpfen. Sie waren unecht und schwer zu berechnen; die Linien der beiden unglaublichen Brücken erstreckten sich in völlig unbekannte Unendlichkeit. Die Welt wurde im Westen durch eine Doppellinie abgeschlossen, von der man wußte, daß ihr unterer Teil das Meer darstellte. In der langschwingenden Dünung bewegten sich die Schiffe der Brücken, jenes Meisterwerks eines Griechen namens Harpalos. Ein Tag brach an, den keiner der versammelten Menschen jemals vergessen würde.

Es gab nicht den geringsten Windhauch. Das unerträgliche Chaos ebensolcher Geräusche konnte sich nach allen Richtungen ausdehnen. Zuerst kamen die Knechte, der Troß, eine unendlich große Zahl kleiner und großer Wagen, Zugvieh, kleine Herden Schafe, Ziegen, Kamele, Ochsen; und Käfige, angefüllt mit Federvieh aller Rassen. Die Treiber und Lenker fluchten, die Achsen und Felgen knarrten und rasselten, Schafe blökten, Ziegen meckerten, Esel erhoben ihr markerschütterndes Zetern, die mißklingenden Schreie der Kamele mischten sich mit dem Muhen der Rinder. Das Heulen und Kläffen der Hunde gab den gedankenzermalmenden Takt dazu. Jeder Mensch und jedes Tier hatten ihren eigenen Gestank. Eine Dunstwolke aus Schweiß, dampfendem Kot und dem stechenden Geruch nach Urin breitete sich wie fauliges Gas nach allen Seiten aus. Nasse Felle, klamme Wolle, Staub, Brackwasser und Seewasser, Achsenfett und der Geruch frischgegerbten Leders zeigten jedem Betrachter, daß die größte an einer Stelle versammelte Armee der bekannten Welt einen Teil ihres Wassers, fast ihre gesamten Nahrungsmittel, gewaltige Mengen von Futter für die Tiere, ihre Frauen, Konkubinen, Verschnittenen und Lustknaben ebenso mit sich schleppte wie ihre Waffen und tragbare Essen, mit deren Hilfe man

Scharten auswetzen und Harnische glatthämmern konnte. Es schien, als ob auf je zehn Angehörige der Truppe fünf Menschen kamen, die nichts anderes zu tun hatten, als für diese Kämpfer zu sorgen – jeder auf seine Art.

Der schauerliche Lärm und der noch gräßlichere Gestank erreichten schließlich auch das kleine Boot, das mit gefälltem Mast zwischen den Felsen verborgen war.

»Und das ist erst der erste Schritt des Beginns!« sagte Charis schaudernd. »Wenn ich diese Massen sehe, weiß ich, welches Ziel Xerxes mit diesem Feldzug verfolgt.«

Noch hatten die liturgischen Handlungen nicht angefangen, mit denen der Übergang nach Griechenland beginnen sollte.

»Nach allem, was wir wissen«, versetzte ich und gähnte mehrmals, »ist es die Durchführung eines Planes, der groß angelegt war und von langer Hand vorbereitet wurde. Die Karchedonier binden die Kräfte der westlichen Griechen; auch dies Teil des Planes. Und dazu die Niederlage bei Marathon.«

Charis und ich hatten uns endlich klar entscheiden können. Wir erkannten, was uns im Überschwang der farbigen Bilder einer schillernden, fast mystischen Kultur so lange verborgen gewesen war.

»Wehe jenen Griechen, die Xerxes als Zeichen der Unterwerfung nicht Erde und Wasser geschickt haben«, flüsterte Charis.

»Noch wurde nicht ein einziger Pfeil abgeschossen«, sagte ich. »Ich habe Spartaner kämpfen sehen. Und ich kenne viele Kapitäne des Themistokles.«

»Allerdings kennen wir auch die Sichelwagen der Meder«, gab Charis zurück. »Da! Das Heer wird unruhig.«

»Ich sehe. Hoffentlich werden wir nicht frühzeitig entdeckt.«

Die beiden Brücken, eine erstaunliche Konstruktion, waren durch lange Rampen miteinander verbunden; eine westliche Brücke, auf der sich der gesamte Troß hinüberzuwälzen begann, eine östliche, auf der Xerxes' Heer mehr als vierundzwanzig Stunden brauchen würde, um nach Griechenland hinüberzukommen. Boote verschiedener Größe wurden durch dicke Taue miteinander verbunden. Das Tauwerk aus weißem Flachs stammte aus Phönizien, jenes aus Papyros kam aus Byblos. Zwischen einigen Schiffen gab es schmale Durchfahrten, schräg gespannte Taue berücksichtigten, indem die Spannung und die Bewegungen klug verteilt und abgefangen wurden, Ebbe und Flut, Belastungen und den Druck der wechselnden Winde.

Über die Seile waren dicke Bohlen gelegt. Über diesen Bohlen gab es eine Lage Bretter, auf denen als unterste Schicht feuchter Lehm, darüber Sand und schließlich Erdreich aufgebracht worden waren. Rechts und links dieser seltsamen Straße erhoben sich Wälle oder Mauern, teilweise aus Steinen, Lehmbrocken und Rasenstücken, zum anderen Teil aus Brettern. Harpalos hatte erkannt, daß die Tiere nicht scheuen würden, weil sie die Schiffe und das gurgelnde Wasser nicht sahen. Der Grieche hatte klug gedacht und ebenso gehandelt – bisher gab es nicht mehr als das zu erwartende Chaos unter den Herden und dem Troß.

Die Zeit der Winterstürme schien endgültig vorbei zu sein; an den Tagen, an denen die Sonnenscheibe sich zeigte, brannte sie schmerzhaft stark auf die Nacken der Krieger. Heute herrschten Windstille und Hochnebel. Die ersten Krieger des gerüsteten Fußvolks erreichten, aus dem Lager der letzten Nächte kommend, Rampen und Deiche der Schiffsbrücke. Auch diese ungeheure Menge einzelner Krieger war in ihrer Gesamtheit gesichtslos, obwohl rund tausend von ihnen Kränze aus dunkelgrünen Blättern und Zweigen um die Stirnen gewunden hatten. Die Spitzen der Lanzen, an denen winzige goldene Granatäpfel aufgespießt waren, funkelten fahl im dunstigen Licht des Gestirns. Hinter ihnen machten sich die Inder und die Libyer bereit, den Übergang zu wagen. Charis, die mindestens ebensogut wie ich wußte, worum sich alles drehte, stieß mich an und meinte:

»Zuerst, denke ich, kommt Xerxes, dann rattern die Kampfwagen über die Brücke.«

»Es sind die Elitetruppen«, antwortete ich, »und die persischen Sichelwagen sind tatsächlich eine der furchtbarsten Waffen, die ich auf dieser Welt kennenlernen mußte.«

Wir waren hingerissen von dem farbigen Bild, beide wußten wir genau, was es bedeutete. Der Krieg hatte seine eigenen Gesetze, seine gräßliche Schönheit, und davon bildeten die rund tausend Wagen tatsächlich ein Ereignis, das seinesgleichen suchte. Davon abgesehen: Aus einer großen Gruppe goldblitzender Reiter lösten sich rund ein Dutzend Männer. Der Sohn des Dareios, Ksayarsha, war in ihrer Mitte. Reiter, Sklaven und Krieger brachten Schalen aus geflochtenem Eisen. In den Feuerkörben schwelte rötlich die Holzkohle. Sie stellten, nachdem einige tausend Fußsoldaten die östliche Brücke betreten und sich auf ihr weiter bewegt hatten, in bestimmten Abständen die schweren Schalen ab. Prächtig gekleidete Generale und Heerführer kamen, begleitet von Götzenpriestern, und sie warfen Myrthenblätter auf die Erde des Brükkenpfads, verbrannten Teile harzhaltiger Pflanzen und Brocken wohlriechenden Harzes aus fernen Gegenden, indem sie alles auf die heißen Kohlen warfen. Die Priester stimmten einen leiernden Gesang an. Xerxes hielt sein Pferd an, einen breitschultrigen Rappen mit einem weißen Fleck über den Nüstern, und man reichte ihm einen Krug. Er goß Wein in eine Goldschale, kippte den Inhalt über die Rampe ins Meerwasser und warf in einer großartigen Gebärde die goldene Schale hinterher.

Xerxes betete zur unsichtbaren Sonne. Er ehrte die Götter des Meeres und des glücklichen Kampfausgangs, indem er auch ein vergoldetes Schwert in den Hellespont warf, das den Namen Akinakes trug; man reichte ihm einen schweren, goldenen Mischkrug, den er ebenfalls den Göttern opferte. Mein Extrasinn wisperte in kritischem Tonfall: *Vielleicht denkt er an die ersten Brücken und die Schlächterei, die er nach dem Desaster hat veranstalten lassen!*

Xerxes ritt zurück, nachdem er eine Weile in tiefer Versunkenheit verharrt hatte. Inzwischen hatten sich rund tausend bekränzte Perser weiter auf das griechische Festland zubewegt. Die ersten Teile des bewaffneten Heeres folgten. Charis, deren gemäßigtes Entsetzen deutlich sichtbar wurde, bemerkte halblaut:

»Das sind die Inder und die Libyer, Atlan.«

»Seine beste Waffe. Sie dienen schon so lange in seinem Heer, daß ihnen nichts mehr fremd sein kann.« Ich beobachtete weitere Einzelheiten des Schreckens. Wir hoben die schweren Nachtgläser an unsere Augen und blickten zwischen kümmerlich bewachsenen Felsen hinunter. Die Kampfwagen ruckten an, formierten sich binnen weniger Atemzüge zu Zweierreihen und fuhren über die aufgeschütteten Rampen und die kleinen Vorbrücken der Kanäle. Die Kampfwagen der Inder wurden von wilden Eseln gezogen, schnellen Zugtieren, die nur der rohen Gewalt des Lenkers gehorchten und von denen gesagt wurde, daß sie in der Erregung Menschen bissen. Die Wagenkämpfer trugen Röcke aus Baumwolle, breite Ledergurte und Wurfdolche. In den Wagenkörben, die hinten offen und durch eine federnde Querstange gesichert waren, hingen gefüllte Pfeilköcher. Die Spitzen der Rohrpfeile aber bestanden aus schartigem Eisen, das in haarfeine Spitzen ausgeschmiedet war.

Die todbringenden Sicheln aus geschliffenem Erz hatte man noch nicht an Naben und Speichen geschmiedet. Auch die mehrschneidigen Rammdorne an den Spitzen der schräg stehenden Deichseln waren nicht eingesteckt. Die unzähligen Geräusche bekamen einen drohenden Unterton: das Dröhnen der vielen Hufe und das mahlende Krachen der Felgen auf den Brettern der Brücke hallten über das Land.

Die Libyer waren in gehärtetes Leder gekleidet und trugen bündelweise Wurfspieße bei sich, deren Spitzen im Feuer gehärtet und mit winzigen Steinen besetzt waren. Kein Pferd und nicht ein einziger Zugesel scheute, denn der hölzerne Wall an den Seiten der Brücke verhinderte, daß sie das Wasser sahen.

Viele libysche Kampfwagen wurden von sechs, die meisten von vier Rossen gezogen. Die Nacken der Pferde waren in das hölzerne Joch eingespannt. Die Achsen der Wagen saßen weit hinten, so daß die Wagenkämpfer einen besseren Stand hatten. Fast alle Krieger mit den dunklen Gesichtern trugen Rüstungen aus Leder mit eisernen Schuppen darauf. Als die ersten Hundertschaften die Brücke befahren hatten, trat eine Unterbrechung des Zuges ein. Die Geräusche änderten sich abermals. Die mörderischen Gefährte hatten in zahlreichen Kämpfen die Welt gelehrt, vor ihnen zu zittern; eine breite Blutspur zog sich durch viele Länder.

Berittene Feldherren eröffneten den schier endlosen Zug derer, die zu Fuß kämpften. Jene Männer, von deren Entscheidungen das Schlachtglück abhing, trugen golddurchwirkte Gewänder, goldene Rüstungen und herrliche Waffen. Die Schlachtenführer ritten vor den einzelnen Abteilungen auf die Brücke zu. Ich murmelte:

»Die persischen Schwertkämpfer. Und dahinter die aus Susa.«

»Die Ordnung entspricht den Stämmen und Nationen, die von den Persern versklavt worden sind«, sagte Charis.

»Wir haben noch genügend Zeit«, meinte ich und sah mich in unserem Versteck um. »Das Übersetzen wird kaum weniger als zwei Tage dauern.«

Von hier aus sahen die persischen Lager in der Ferne, die sich Stück um Stück auflösten und neue Menschenmassen entließen, wie ein gigantischer Ameisenhaufen aus. Unter den Überwürfen trugen die Schwertkämpfer erzene Schuppenpanzer oder Plattenharnische. Die Beine waren von vielfach geschnürten ledernen Hosen verhüllt. Am Oberschenkel, dicht über dem Knie, fesselte eine lederne Schlaufe oder eine metallene Kette den untersten Teil der Schwertscheide ans Bein.

Mannshohe Schilde trugen die Schwertkämpfer auf dem Rücken. Die *Gerrhen* waren aus nachgiebigem Schilf und aus harten Zweigen geflochten, die den Hieben des Gegners die Wucht und Schärfe nahmen. Im Flechtwerk steckten magische Zeichen und Amulette: Armknochen oder Hände getöteter Feinde, mumifizierte Fuchsschädel, Reiherfedern, vertrocknete Blüten, Lederschnüre mit geheimnisvollen Knoten, Talismane aus Stein, Erz oder Holz. Am Hüftgurt hingen die kurzen Bögen. Ihr Futteral war gleichzeitig der Köcher für Pfeile aus Rohr. Viele Kämpfer trugen zusätzliche Speere mit mehrfach geschliffenen eisernen Spitzen, aber ihre eigentliche Waffe war das persische Kurzschwert. Der Griff war schmal, die Parierstange fehlte ganz, die Klingen waren zweischneidig und breit. Es gab unterschiedliche Typen des *Kopis;* solche mit breiteren Spitzen oder gekrümmte Schwerter mit einem Dorn an der Spitze. Die Männer, die dem Otanes unterstanden, verzierten ihre Rüstungen und Hälse mit Ketten, Ringen und Schmuckgehängen. Und so kam es, daß die schwachen Strahlen der Sonne selbst aus diesem Heerhaufen eine funkelnde, blitzewerfende Raupe entstehen ließen, mit Tausenden von Füßen und eisernen Stacheln.

Weißgestreifte Purpurumhänge, hohe Lederhüte mit vergoldeten Schläfenreifen, weite Ärmel, ebenfalls durch Metallspangen gerafft, feuerrote, ovale Schilde und lange Bögen – das waren die medischen Bogenschützen, ein jeder ausgesucht unter vielen und in der Lage, schwierigste Ziele zu treffen. Sie wurden durch Susianer abgelöst, die fast ebenso gerüstet waren, aber sich mit Panzern aus Leinen und Leder mit großen Eisenknöpfen schützten und farbige Turbane trugen. Die Soldaten aus Hyrkanien machten sich hinter ihnen auf den Weg, der zum anderen Ufer sieben Stadien betrug. Die Syrer oder Assyrer unter dem Feldherrn Otaspes bedeckten ihre Köpfe mit seltsamen Helmen aus geflochtenem Eisen und einer kammähnlichen Sichel daran. Die Helme wirkten, als wären sie aus fingerdicken Seilen geflochten, und trugen wenige Verzierungen, ebenso wie die eisernen Schilde, die einem gevierteilten Zylinder glichen. Dolche und Lanzen waren die Waffen, aber fast jeder Assyrer schleppte eine hölzerne Keule, mit Eisen beschlagen. Fast jeder Mann, der bisher die Brücke betreten hatte, trug Stiefel, die die Schienbeine durch schmale Eisenstege schützten.

Zehnerschaften, Hundertschaften und Gruppen, die zu Tausenden zusammengefaßt waren, unterstanden jeweils einzelnen Männern. Die Folge dieser Einteilung war solide Ordnung, die sich bis ins Kleinste erstreckte. Es gab im Heer der Perser keine freie Entfaltung neuartiger Ideen oder irgendeine Form von Einzelgängertum. Gehorsam bis zum Tod, das galt für jeden Kämpfer; sämtliche Bewohner des riesigen Reiches waren persönlicher Besitz des Herrschers, Leibeigene oder Sklaven ohne eigenen Willen.

Aus dem Lager kam nun die Phalanx der Baktrer. Langes schwarzes Haar unter hohen Hüten, oftmals zu Zöpfen geflochten, zweischneidige Streitäxte über den Schultern, Bogen und Dolche, Hosen aus farbigen Längsstreifen, lederne Stiefel und furchterregend bemalte Gesichter; auch dieser Heeresteil war unverkennbar. Bis jetzt hatten wir noch keinen der zehntausend »Unsterblichen« gesehen. Sie würden kommen, ohne jeden Zweifel, denn sie schützten Xeres und seinen Hofstaat.

Ich setzte das Nachtglas ab, beachtete die Bilder auf den getarnten Truhendeckel-Monitoren nicht, nahm Charis in den Arm und erinnerte mich an den Beginn dieses Mondes. Wir erwachten gleichzeitig in der kalten Sicherheit des Überlebenszylinders: Charis, Ptah-Sokar und ich. Während unsere Körper sich schrittweise und in der gewohnt quälerischen Langsamkeit vom langen Schlaf erholten, wurde der Verstand mit Bildern gefüttert. Rico-Ocir-Khenso half uns, so wie unzählige Male vorher. Zu meiner Überraschung durfte ich mich daran erinnern, daß meine Begleiter im langen Schlaf die Namen Ptah-Sokar und Charis trugen, und daß wir zusammen eine kaum vorstellbar weite Reise unternommen hatten, die uns rund um den Planeten geführt hatte, daß wir Nestor und den Kapitänen die AXT DES MELKART geschenkt hatten; auch daran, daß Charis meine Geliebte war – und das war alles. Mehr Erinnerungen wurden uns nicht gestattet. Als ich klar denken konnte, als mir meine Stimme wieder einigermaßen gehorchte, wandte ich mich an Rico. Täuschte ich mich, oder hatte es wirklich eine Zeit gegeben, in der jenes einsame Wesen das Aussehen eines Roboters gehabt hatte? Mein Extrasinn meldete sich schläfrig. *Dies ist wahrscheinlich. Aber ES gestattet nicht, daß du dich daran erinnerst!*

Auf mehreren Holoprojektoren liefen Szenen ab, die höchstwahrscheinlich Ausschnitte des gegenwärtigen Lebens auf dem dritten Planeten von Larsafs Stern zeigten, dieser Barbarenwelt, die zu meinem Schicksal geworden war. Ich war noch nicht in der Lage, die Bedeutung der Bilder voll zu erfassen.

»ES hat uns geweckt?« fragte ich mit schwerer Zunge.

»ES wies mich an, die technischen Vorgänge einzuleiten, Atlan«, antwortete Rico. »Es ist mir unbekannt, aus welchem Grund. Es kann sich nur darum handeln, daß eine Bedrohung des Planeten vorliegt.«

»Ein Besucher aus dem All?« fragte ich aufgeregt. Unauslöschlich war in mir der Drang verankert, ein Schiff zu finden und nach Arkon zurückzukehren, gleichgültig, wieviel Jahre vergangen sein mochten. Ricos Antwort bedeutete die erste Enttäuschung in dieser Periode.

»Meine Systeme haben keinerlei Impulse oder Echos aufgefangen, die einen solchen Schluß zulassen.«

»Also wieder ein Auftrag von ES«, murmelte ich und schleppte mich bis zu einem weichen Kontursessel. Die Bilder auf den Schirmen tanzten vor meinen Augen. Ich begriff immerhin schon soviel, daß ich vorwiegend Kriegsszenen erkannte. Mein Blick irrte ab; ich hatte in einem spiegelnden Schirm gesehen, daß sich mir jemand näherte.

Charis. Ihr gegenüber befand ich mich in der Lage eines geistig Kranken. Ich wußte, daß ich sie so gut kannte, wie man nur einen anderen Menschen kennen konnte. Ich erinnerte mich kaum an gemeinsame Erlebnisse außer unserer Zuneigung. Jetzt begriff ich, daß sie mir vertraut war; es war keine Überraschung, als ich sie erblickte. Ihr herrlicher Körper steckte in einem bodenlangen weißen Mantel aus weichem Spezialgewebe; unsere Haut mußte sich an Licht und bewegte Luft gewöhnen. Das hellbraune Haar trug Charis offen bis weit über die Schultern, im Licht der Tiefstrahler und der Rasterdecke glitzerten die winzigen Metallpartikel und Steinchen der rankenförmigen Implantate. Ich hob meine Arme, die Muskeln schmerzten von den ungewohnten Anstrengungen, die jede Bewegung hervorrief. Mit leiser Bitterkeit, wie aus einem tiefen Traum auftauchend, wisperte Charis:

»Unser machtvoller Herrscher wird uns wieder gestatten, eine Zeitlang bewußt zu leben und die Sonne zu spüren.«

Ich vermochte Charis an mich zu ziehen und flüsterte in ihr Ohr: »Wir müssen Geduld haben. In wenigen Tagen wissen wir, was zu tun ist. Und irgendwie weiß zumindest ich, daß sich unsere Körper einander entsinnen.«

»Und Teile unseres Verstandes erinnern sich auch«, antwortete sie und lächelte mich an. »Ich weiß, daß es schön war und schön sein wird.«

»Zwischen tödlichen Kämpfen und zahllosen Abenteuern auf der Welt der Barbaren«, schloß ich. Ich mußte mich setzen, meine Knie begannen zu zittern. Aus einem angrenzenden Raum hörten wir einen langen Fluch in Hapiland-Sprache. Wieder lächelte Charis und flüsterte rauh:

»Ptah-Sokar ist wieder Herr seiner Stimme.«

Rico brachte uns zu unseren Lagern. Das medizinische Programm ging mit maschinenhafter Präzision weiter. Künstliche Ernährung, Bewegungstherapien für die Muskeln, Salben und Öle für die Haut, unterschiedliche Bestrahlungen, die segensreiche Wirkung meines Zellschwingungsaktivators, tiefer, traumloser Schlaf, die ersten Bissen, die wir kauen konnten, und immer wieder prägnante Informationen aus den Speichern der Positroniken, die mit an Sicherheit grenzender Wahrscheinlichkeit ES ebenso perfekt manipulierte.

Einige Namen hingen bedeutungsschwer im Raum. Kyros, Reich der Achameniden, Dareios oder Darius, Perser, Meder, Griechenland, Reichsordnung und Satrapien, Königsstraße, Organisation und Eroberungspläne. Wir begriffen: Ein neues Weltreich war entstanden, gegründet durch Kyros, rund sieben Jahrzehnte alt und noch immer im Wachsen begriffen. Dieses Reich besaß das Land am Hapistrom, das gesamte Zweiströmeland, das griechisch »Meso-Potamien« hieß, und darüber hinaus eine riesige Landmasse bis weit in den Osten. Und es schickte sich an, zwischen den beiden Teilen des Binnenmeers nach Norden vorzustoßen.

Andere Namen erhielten Bedeutungen: der Zweite Kambyses. Dareios und sein Vorstoß gegen die aufständigen griechischen Städte. Vor rund zehn Jahren schließlich, so wurde uns erklärt, siegte das Landheer Athens, von Miltiades geführt, durch eine überlegene Taktik gegen die Perser des Dareios. Die Schlacht von Marathon wurde uns als Beispiel geschildert (dies war ein Teil jener Bilder, die wir unmittelbar nach der Erweckung hatten ansehen müssen), und während der Vorbereitungen zu einem zweiten, entscheidenden Rachefeldzug gegen das aufstrebende, siegreiche Athen, das auf dem Weg zur politischen Großmacht war, starb Dareios.

Die ausdrucksvolle Vocoderstimme der Computer sagte, als sei alles von uns verstanden und verinnerlicht: »EUER PROBLEM IST NICHT EINFACH. XERXES IST DER HERRSCHER ÜBER EIN RIESIGES REICH MIT HOCHSTEHENDER KULTUR; MIT TATKRÄFTIGER HILFE VON GRIECHISCHEN BAUMEISTERN, ÄRZTEN, GELEHRTEN UND SÖLDNERN. ZAHLREICHE ZIVILISATIONEN DER SATRAPENVÖLKER VERFEINERN DIE KULTUR UND MACHEN SIE ABWECHSLUNGSREICH.

THEMISTOKLES VON ATHEN VERSUCHT, AUS DEN EIGENBRÖDLERISCHEN GRIECHISCHEN STÄMMEN, DIE ATLAN SEIT SEINER FREUNDSCHAFT MIT ODYSSEUS KENNEN SOLLTE, EINE NATION ZU MACHEN, PERSER ODER GRIECHEN WERDEN SIEGEN, UND DIESER SIEG ENTSCHEIDET LETZTLICH DARÜBER, WELCHE KULTUR UND ZIVILI-

SATION EINEN GROSSEN TEIL DER WELT BEEINFLUSSEN WIRD. DARÜBER MITZUENTSCHEIDEN, IST TEIL EURER AUFGABE.«

Ich lehnte mich zurück und lachte.

»Es wird ein wenig klarer. ES hat uns geweckt, damit wir drei über das Schicksal eines Teiles des Planeten entscheiden. Nichts leichter als das.«

»Du lachst?« Ptahs Gesicht war eine einzige ratlose Frage.

»Ich lache. Die Aufgabe ist lächerlich einfach. Sie ist so groß indessen, daß wir Bomben, Flächenbrände und tödliche Viren anwenden müßten – Ich bin sicher, daß ES sich zum erstenmal kräftig irrt.«

Je mehr wir von der wirklichen Größe des Perserreichs gesehen hatten, desto alptraumhafter wurde die ausgesprochene Forderung.

»Wir können vielleicht als Ratgeber, als fremde Berater fungieren«, meinte Charis nach einer Weile. Diesmal lachte Ptah-Sokar ebenso humorlos auf wie ich.

»Berater; ein riskanter Beruf. Haben wir gut beraten, werden wir zu Helden und mit dem nächsthöheren Problem konfrontiert. War die Beratung schlecht, wird der Berater erschlagen. Wir sehen schönen, sorglosen Tagen entgegen.«

Unaufgefordert schaltete sich Rico in unsere Diskussion ein. »Die Maschinen sind längst angelaufen. Eure Ausrüstung, teilweise noch vorhanden, wird durchgesehen; ES und ich haben Neues produzieren lassen. Wollt ihr die Entwürfe sehen?«

Er zeigte mit seinem Arm auf die Holoprojektionen. Ich schüttelte den Kopf, zuckte plötzlich zusammen und rief: »Halt! Diese Aufnahmen will ich noch einmal genau sehen.«

Der positronische Katalog enthielt im wesentlichen seit Jahrtausenden die gleichen Ausstattungselemente: Kleidung und Waffen, Sättel und Gleiter, Boote, Truhen und Krüge. Flüchtig waren in der Reihe jener Gegenstände, deren Aussehen der planetaren Gegenwart angeglichen werden mußte, eine Reihe unterschiedlich großer Säulen aufgetaucht. Ich wußte zwar, daß Rico sich ohne meine Erlaubnis einigemale aus dem Tiefenversteck herausgewagt und mit ausgesuchten Barbaren Bildungsseminare veranstaltet hatte, aber *Säulen . . .?!* SÄULEN? Augenblicklich schaltete er die Sequenz auf einen Nebenmonitor. Ich starrte eine lange Reihe schlanker Zylinder an, in positronisch entwikkelten Formen, mit technischem Innenleben in grellen Farben und bekannten Formen; langsam drehte ich mich herum und starrte in Ricos graugrüne Augenlinsen.

»Hast du diese . . . Dinge entworfen und entwickelt?«

»Nein, Gebieter.« Auf gezielte Befragung war er habituell zur Lüge unfähig. »Sollte ich beteiligt gewesen sein, so fehlt mir jede Erinnerung daran.«

In der dreidimensionalen Darstellung entstanden langsam, aus rohen mathematischen Formen, jene elf Säulen in ihren unterschiedlichen Größen und den phantastischen Dekorationen. Ich setzte mich vor ein Schaltpult, rief die Zentralpositronik und erfuhr, was ich seit Minuten geahnt hatte. Ich wandte mich an den Robot:

»Du liest die Fragen und Antworten mit? Unsere Maschinen haben die Projektile hier hergestellt, haben Material aus den arkonidischen Flottensilos abgerufen, eine Menge Energie für Großtransmitter gebraucht und deine Suchrobots, um die Raketen einzugraben.« Ich hob die Schultern und fror plötzlich. »Ich sollte ununterbrochen wach bleiben. Im Schlaf geschehen die erstaunlichsten und furchtbarsten Dinge.«

»Gräßliche Ungeheuer gebiert der Schlaf.« Rico zitierte irgendeinen sumerischen Weisen oder einen Tempelpriester. »Wir haben uns damals gefragt, warum ES uns mit der AXT DES MELKART auf die lange Reise schickt, wenn er vorher schon die Projektile versteckte, die er mit einem Fingerschnippen hätte starten können; auch auf andere Weise hätte er aus dem Weltraum die Wolken auflösen können.«

»Unsere Maschinen haben sie nicht nur gebaut und versteckt, sondern auch Treibstoff und pilztötende Substanzen chemisch erzeugt!«

»Ich habe wohl mitgeholfen.« Rico breitete in einer menschlichen Geste die Arme aus. »Ich erinnere mich nicht an eine einzige positronische Datenfolge darüber.«

Ich stand auf und trank aus einem goldenen Pokal, der mit Steinen unschätzbarer Kostbarkeit verziert war, mehrere Schlucke des Aufbaugetränks, das die Maschinen gemischt hatten. Der bräunliche Trank schmeckte unbeschreiblich. Ptah schützte den Kopf schwer in seine Hand und sagte nach langem Nachdenken:

»Abermals ein Wunder, das du, Herrscher vieler Seltsamkeiten, mir erklären wirst: Dann ist es also kein Wunder. Sicher wird sich ES melden, bevor wir an die Oberfläche gebracht werden.«

»Ganz bestimmt!«

»Ohne der inneren Stimme mit den unwiderlegbaren Argumenten vorgreifen zu wollen«, sagte mein Freund leise, »werden wir uns an Ort und Stelle umsehen müssen. Dann erst können wir entscheiden, welche Möglichkeiten uns bleiben. Ich denke etwa daran, Themistokles eine exakte Karte seiner Welt zu zeigen, damit er erkennt, daß seine Idee von heute auch für die nächsten Jahrhunderte bestimmend sein kann.«

»Du rechnest mit der lebensbestimmenden Wirkung griechischer Orakel«, sagte ich mit breitem Grinsen. Er blieb ernst.

»Damit habe ich gerade jetzt nicht gerechnet. Aber da du es sagst – ja, solche und ähnliche Situationen können wir herbeiführen, ohne uns selbst übermäßig zu gefährden.«

»Ich hoffe, daß die Griechen den entscheidenden Kampf gewinnen«, sagte Charis plötzlich. Wir beide blickten sie überrascht an. Selten war sie derart impulsiv.

»Wie das? Warum die hundert zerstrittenen griechischen Städte?«

Sie zeigte auf die Bildschirme und entgegnete zögernd:

»Für den persischen Großkönig sind alle Untertanen, gleich welcher Herkunft oder welchen Standes, nur Sklaven. Richtig?« Wir nickten; sie hatte die Informationen richtig interpretiert. »Der König ist vom Volk weit abgehoben. Die Stellung der Frau ist auch bei den Griechen nicht gerade beneidenswert, bei den Medern oder Persern ist sie weit unbedeutender. Allein deshalb, weil jede Satrapie über den Wert menschlichen Lebens ihre eigenen, rohen Auffassungen hat. Die Reitpferde des Dareios haben es weitaus besser als seine Konkubinen.«

Ich scherzte bitter:

»Die Geschichte dieses Barbarenplaneten wird von Männern geschrieben und berichtet von berittenen Kriegern, nicht von milden Ehemännern.«

»Du sagst es in anderen Worten, Atlan«, schloß Charis. »Ich weiß, wovon ich spreche, denn ich war Herrscherin eines kleinen, glücklichen Volkes.«

Ptah drehte seinen Sessel, stand auf und ging unschlüssig ein paarmal hin und her. Wir vermißten die erhellenden Erklärungen von ES, der sich mit der dröhnenden Gedankenstimme und dem herausfordernden Gelächter zu melden pflegte. Noch längst waren wir nicht wieder im Vollbesitz unserer geistigen und körperlichen Kräfte. Bis zu dem Zeitpunkt, an dem wir uns in der Barbarenwelt zu entscheiden hatten, verging noch eine große Handvoll Tage. Seltsamerweise fingen wir an, uns auf das Leben zwischen Barbaren zu freuen. Ich wußte, warum: Alle Eindrücke waren wirklich, und erst »dort oben« konnten wir uns zu den Lebenden zählen.

Rico kam heran, in seinem Handteller schimmerten frisch geprägte Metallscheiben aus Gold und Silber; oder perfekt täuschend nachgeahmt.

»Das ist ein Dareikos, vom halben Gewicht des griechischen Staters aus Phoikaia; etwa achthundertvierzig Milligramm Gold. Sechzigster Teil einer babylonischen Mine.«

»Aufschlußreich«, brummte ich. Auf dem Dareikos war der Herrscher als kniender Bogenschütze eingeprägt. Deswegen hieß die Münze, wie der Robot erklärte, im Volksmund *toxotes,* also Bogenschütze. Silbermünzen klirrten, Rico führte aus:

»Die griechisch *siglos* oder persisch *Shiklu* genannte silberne Münze enthält knapp hundertfünfzig Milligramm Silber. Es ist das meistgebrauchte Zahlungsmittel.«

»Trefflich«, knurrte Ptah. »Wir sind bestens gerüstet. Immerhin können wir so den Wein in den Schänken bezahlen.«

Alle diese kleinen Vorfälle während endloser Tage im Schutz der Kuppel konnten nicht darüber hinwegtäuschen, daß eine Aufgabe von ungeheuerlicher Tragweite vor uns lag. Ein Arkonide, ein Rômet und eine kaum dreißigjährige Frau sollten über Aufstieg oder Niedergang einer Kultur entscheiden? Unglaublich! Der Logiksektor kommentierte auch diesen Gedanken. *Unglaublich, aber nicht unmöglich. Und du weißt es genau, Arkonide.*

11.

Als sich, zwischen Mittag und Abend, die Aithiopioi und Fußsoldaten aus Chorasan auf den Weg machten, schwangen die Hauptleute klatschende Peitschen und droschen auf die Krieger ein wie auf ungehorsame Hunde: Xerxes hatte sein Mißfallen über die schleppende Geschwindigkeit zum Ausdruck gebracht; als seine wütende Stimme schwieg, schaltete ich die Lautsprecher des getarnten Gleiters ab.

»Er wird unruhig«, sagte ich. Die Antwort meiner Begleiterin ließ mich verblüfft aufhorchen.

»Weil er seit Tagen unruhig ist, wird er laut. Du weißt, daß es sonst nicht seine Art zu sein scheint.«

Ich nickte und betrachtete die schwarzhäutigen Soldaten, die in Sechserreihen nebeneinander über die Rampe zur Brücke hasteten. 1337 große Schritte weit entfernt war das gegenüberliegende Ende. Die Peitschen pfiffen und krachten, die Männer duckten sich vor ihren fluchenden Vormännern. Sie trugen Pferdeschädel, an denen Ohren, Fellteile und Mähne hingen, verstärkt durch Leder und Eisen, auf Kopf und Schultern. Panther- und Löwenfelle bedeckten ihre schwitzenden Leiber. Vier Ellen lang waren ihre Bögen, die Pfeile hatten Steinspitzen. Lanzenenden aus zugeschliffenen Antilopenhörnern schaukelten wild hin und her. Zur Feier des Übergangs hatten die meisten ihre Körper mit roter Erde und weißem Staub angestrichen; sie sahen wirklich aus wie Fabelwesen. Auf dem Holzwerk der Schilde waren Federn und die Häute von Kranichen angeleimt und versprachen zusätzlichen Schutz.

Parthische Bogner und Fußsoldaten rannten vorbei, hinter ihnen Chorasmier und die Sogdier aus Samarkand. Einige Myrarchen, Befehlshaber über zehnmal tausend Männer, jagten berittene Boten zu den Chiliarchen und ließen ihre Anordnungen verkünden. »Schneller! Ruht euch, wie üblich, im Kampf aus! Denkt an die Beute! Denkt an brennende Städte und die Weiber der Griechen!«

»Rennt! Hastet! Schwitzt! Verliert die Waffen nicht!«

Die Kaspier, von denen berichtet wurde, daß sie alle alten Frauen und Männer ihrer Stämme dem Hungertod und den wilden Tieren preisgaben, die Sarangen, Bewohner der Satrapie Sistan, die Paktyrer, Jutijer und Myker . . . die Heerschau riß nicht ab. Inzwischen schleppten Soldaten unangezündete Fackeln herbei und steckten sie in Löcher der beiderseitigen Rampen. Selbst die gewaltigste Zurschaustellung kriegerischer Stärke wirkte nach zehn Stunden nur noch mäßig beeindrukkend. Wie eine breite Straße wimmelnder Ameisen erstreckte sich der Heerwurm vom Lager der Perser über Wälle und Rampen, über beide Brücken und am jenseitigen Ufer zwischen den zerklüfteten Felsen. Die Bestandteile vermengten sich zu einer eindrucksvollen Mischung – Helme und farbige Umhänge, Pelze und Leder, Myriaden von Gesichtern, Schilde und Lanzen, Speere, Keulen, rote Tätowierung auf schwarzer Haut, geschwungene Bögen aus Horn, Palmblattrippen, Holz, Speere mit Hörnern, geschmiedeten Doppelblättern, Teile von Fellen oder ganze Felle von Löwen, schwarzen und gefleckten Panthern, wehende Mäntel in allen Farben von schwarz bis weiß, jede Art von Bewaffnung und alle Namen phantastischer Stämme aus ebensolchen Gegenden des Planeten . . . es war, als solle an dieser Stelle uns, den versteckten Beobachtern, der gesamte bizarre Einfallsreichtum offenbart werden, mit dem die Barbaren versuchten, sich gegenseitig auf das schauerlichste abzuschlachten. Charis setzte das Fernglas ab und sagte in bestimmtem Ton:

»Die Pferde und Dromedare sind noch in den Pferchen.«

Das Lager war so weit entfernt, daß wir nur die Einzelheiten der Sondenbeobachtung erkannten. Nur größere Gruppen und deren Bewegungen ließen sich durch die Gläser beobachten.

»Das bedeutet, daß erst morgen die Reiterei aufsitzen und den Übergang riskieren wird.«

»Nicht, bevor nicht der gesamte Troß auf der westlichen Brücke in Marsch gesetzt wurde. Was tun wir?«

Ich machte eine umfassende Bewegung und meinte damit unser Versteck. Wir hatten den Gleiter, der wie ein Fischerboot aussah, mit dem Heck in eine Höhle hineinbugsieren können. Felszacken, kümmerliche Sträucher, vom Wind zerzaust, ein verlassenes Falkennest und das Gerippe eines Wolfes ließen erkennen, daß dieser kleine Berg selten erklettert wurde. Die nächsten Posten der Perser patrouillierten am Fuß der Erhebung. Unser Versteck war einigermaßen sicher.

»Xerxes wird seine Flotte sehen wollen; unser nächstes Ziel. Ich schlage vor, wir verbringen diese Nacht in guter Ruhe hier, am Brennpunkt der Geschichte des Barbarenplaneten.«

»Ich bin einverstanden«, sagte sie. »Alle Überlegungen eingeschlossen.«

Ich legte den Mantel ab, öffnete die Vorratsfächer und bereitete aus unseren reichhaltigen Vorräten eine Mahlzeit zu. Im Kühlfach ruhte, durch Strohbandagen geschützt, ein großer Krug des prickelnden Weines, der am Hofe des Xerxes getrunken wurde. Natürlich sahen wir nicht mehr so aus wie kurz vor dem Moment, an dem wir uns auf die Kruste dieses Planeten hatten bringen lassen. Meine Maske: Atlan-Anhetes, Arzt, Aderlasser und Salbenkundiger aus Sais. Charis' Verkleidung: meine Leibsklavin, Helferin und Kräutersammlerin. Mit dieser Maskierung, unterstützt durch Vorräte wahrer Wundermittel – die wir im Namen Zoroasters und mit magischen Beschwörungen benutzten –, hatten wir entlang der Königsstraße zwischen Susa und Sardes wahre Triumphe gefeiert, und unser Leben war nicht ein einziges Mal in wirklicher Gefahr gewesen. Rico hatte zu dieser Maskierung geraten.

Wein floß verheißungsvoll gluckernd in zwei Pokale. Der Satrap von Susiana hatte sie uns geschenkt, weil wir eine seiner Frauen von einem lästigen Ausschlag befreit hatten. Braten, gekochte Eier, weißes Brot mit getrockneten Trauben, gesalzene Butter und verschiedene Früchte, getrocknete Würste und kleine, gewürzte Fleischstücke in gelber Gemüsesoße wurden auf dem Steuertisch zwischen den gepolsterten Bänken verteilt. Die Sonne berührte als gelbrote Scheibe, sich zum Oval verformend, den Horizont. Die Szenerie schräg unter uns wurde vom unheilverheißenden Licht überflutet, obwohl über der Stelle der Brücke noch die Wolke aus Dunst, Schweiß und Staub lagerte wie giftiges Gas.

Charis nahm einen Schluck und blickte mich über den goldenen Rand hinweg an; vor fünf Monden waren wir aufgeweckt worden und liebten uns seit hundertzwanzig Nächten.

»Nun sieht alles ein wenig verändert aus. Wir wissen, woran wir sind. Der Krieg ist unausweichlich, Atlan.«

»Ja«, sagte ich. Wir kannten die Gefahren und waren von ihrer Größe erschreckt worden. »Und es hat, wie erwartet, viele Mühen gekostet.«

Auch ich hob den Pokal. Und da war es wieder, dieses Gefühl zwischen uns, fast eine Form vorsichtiger Telepathie; wortloses oder wortarmes Verstehen, blockierte, aber vorhandene Erinnerungen an eine Ewigkeit gemeinsamer Abenteuer und Erlebnisse. Ich streckte die Hand aus und streichelte ihr Haar und ihre Wange. Unter meinen Fingern leuchteten die winzigen Goldplättchen ihrer Haut auf.

»Es wird noch mühevoller werden, Liebste«, sagte ich leise. »Wir sehen den Anfang einer grauenvollen Metzelei, einer Zerstörungsflut von selten gesehenem Ausmaß.«

»Wenn alles vorbei ist . . .«, flüsterte sie. Ich deutete nach Norden. Dort, unsichtbar fern, ballte sich eine ähnliche Machtkonzentration zusammen; kleiner, weniger exotisch, als Verteidigungsarmee anders motiviert, aber deswegen nicht weniger furchtbar und tödlich. Ptah wußte darüber mehr als wir.

»Wenn alles vorbei ist, wird es zerstörte Länder geben und unzählige Tote. Und wenn wir alles überleben, kehren wir wieder in unser Dauerschlaf-Gefängnis zurück.«

Schwer vorstellbar, daß Charis mich schon bei unserem ersten Zusammentreffen mit ihrer Reife beeindruckt hatte. Ich hatte sie also als sehr junge Frau kennengelernt. Sofort sagte der Logiksektor voll Sarkasmus: *Unter dem Einfluß liebevoller Überlegungen beschreiben deine Gedanken, fernab der Logik, seltsame Wirbel und Kurven, Arkonide.*

»Ich bin unruhig.« Sie schmiegte sich in meine Hand. »Wegen Ptah.«
Ich tippte auf den Zeitmesser neben der Steuerung und erwiderte: »Er wird sich melden. Oder wir rufen ihn. Mitten in der Nacht.«
Wir aktivierten kein Licht, sondern tranken und aßen ruhig, bis die Sonne untergegangen und der letzte Rest der Dämmerung gerade noch unsere Bewegungen erkennen ließ. Dann bereitete Charis aus Mänteln, Tüchern und Decken unser Nachtlager. Ich schaltete das Schutzfeld ein und zog die Stiefel aus. Charis füllte die Pokale und warf einen angewiderten Blick in die Richtung des Lagers, hinunter zu den Schiffsbrücken. Überall brannten zuckende Lichtkreise der Fackeln. Hunderte von Feuern verteilten sich in der heranschleichenden Dunkelheit wie phosphoreszierende Geschwüre.
»Wenigstens unsere Nächte sind ohne Feindseligkeiten.« Ich machte den schwachen Versuch eines Scherzes und zog Charis an mich. Jedesmal, wenn sie in meinen Armen lag, bedauerte ich, daß ES unsere Erinnerungen blockierte.
Kühler Wind kam aus Osten, ließ die Brücken schwanken und die schützenden Sträucher und Büsche unseres Verstecks raschelnd zittern. Wir schlüpften unter die schweren Mäntel und sahen zu, jeder in den Armen des anderen, wie quer über das Firmament die Wolken aufrissen und die Sterne in bedrohlicher Klarheit und Helle erschienen.
Diese Nacht, in der wir uns zärtlich liebten, war erfüllt von Geräuschen des Heeres und des Trosses, die mit Peitschenhieben nach Griechenland getrieben wurden. Wir ignorierten den Lärm. Aber als das schwere, als Schmuckstück und Dolchscheide gearbeitete Armband summte, richtete ich mich auf und drückte einen Teil des leuchtenden Ornaments hinein.
»Ptah-Sokar! Wir haben auf deine wichtigen Worte gewartet«, sagte ich, während der kalte Nachtwind den Schweiß meiner Schultern trocknete. »Warum hast du die Robottaube geschickt?«
Ptahs Stimme war kühl und sachlich.
»Es war auffälliger, gab mir mehr Bedeutung. Grüße an Charis. Sie scheint wieder auf deine Turtelei hereingefallen zu sein.«
Ich hielt ihr das Armband hin, und sie erwiderte:
»Bewußt, leichtfertig und gern, Ptah. Er kam über mich wie ein junger Gepard. Ich bin ihm wehrlos ausgeliefert. Und in welcher attischen Hafenschänke schäkerst du mit den Mädchen?«
»Ich sitze neben dem Steuermann der FLÜGEL DES HERMES, der nicht schäkert; es wird Zeit, daß wir unsere Vorbereitungen in Griechenland treffen. Du weißt, wovon ich spreche?«
»Ja«, knurrte ich. »In spätestens zwei Tagen fliegen oder segeln wir los. Sie setzen über, Ptah. Tausende und aber Tausende!«
»Ich weiß. Es dauert, bis sie zum erstenmal aufeinandertreffen. Zuvor wird Xerxes seine Flotte besichtigen. Du kennst ihn.«
»Zumindest so gut wie du. Keine Eile, mein Freund. Geht es dir gut?«

»Morgen geht es mir besser«, sagte er. »Dann sind wir in Piraeus. Die Schiffe, die ich gezeichnet habe, sind tatsächlich sehr seetüchtig.«

Ich mußte lachen; er wollte damit sagen, daß jenes von Themistokles erbaute Schiff ein kleines Meisterwerk war und er sich auf dessen Planken sicher fühlte. Rico hatte die Baupläne von unseren Maschinen ausdrucken lassen. Dann wurde ich ernster und sagte:

»Ich laß mein Gerät eingeschaltet. Du solltest es ebenso halten. Ich habe das Gefühl, als ob sich die Lage blitzschnell zu unseren Ungunsten ändern könnte.«

»Einverstanden. Ihr fehlt mir, Weißhaariger!«

»Ich bin seit fünf Monden schwarzhaarig, du falscher Spartaner. Du fehlst uns auch; wir lachen zu wenig, Ptah.«

»Sieh in den Spiegel, Atlan und Quacksalber.« Er kicherte. »Sogleich stellt sich unbändige Heiterkeit ein.«

»Leider hast du recht.« Ich schaltete das Gerät erleichtert um. Im Sternenlicht sah ich die Gesichtszüge Charis' und sagte zu ihr, bevor ich sie küßte:

»Auch er hat überlebt. Und er ist der richtige Mann, um den Griechen beizubringen, was zu tun ist.«

Am nächsten Tag erschienen die »Unsterblichen«; die tödliche Truppe der Meder. Im Gegensatz zur anderen Reiterei waren die Hufe ihrer Pferde mit Eisen beschlagen. Rosse und Reiter waren groß, muskulös, schlank und jung. Ausrüstung und Bewaffnung waren das Beste, was das persische Reich herzustellen in der Lage war. Zehntausend junge, kampferprobte Männer, von denen jeder, der im Kampf verwundet oder getötet wurde, augenblicklich ersetzt wurde – es waren niemals weniger als zehnmal tausend. Die Ärmelröcke der Unsterblichen waren mit feurigen Schmucksteinen besetzt, eine breite Stola, mit Goldfäden durchwirkt, flatterte hinter dem Reiter, und auf der Brust funkelte eine goldene Kette mit wuchtigen Gliedern. Eintausend von ihnen bildeten die Leibgarde des Xerxes; sie bewachten als Doryphoren den Palast und das Leben des Herrschers. Die auffallend langen Lanzen, die ihre hauptsächliche Waffe darstellten, waren am unteren Ende mit goldenen Kugeln ausgerüstet; diese wurden als Granatäpfel bezeichnet. Charis und ich wurden von weithin hallender Musik geweckt.

Die beiden Marschsäulen des Heeres kamen in einer doppelten Kurve aus dem Lager. Große Trompeten schmetterten anfeuernde Signale. Auf gewaltigen Herpauken, die aus einem eisernen, mit Fellen an beiden Seiten überzogenen Zylinder bestanden, dröhnten die Schlegel. Zehntausend Reiter und Fußvolk sicherten Xerxes, der mit seinen Heerführern das Lager verließ. Mordonios, der die wichtigsten Schlachten für Xerxes schlagen sollte, war bei ihm. Die ersten Abteilungen ritten auf Pferden, viel weiter hinten erst kamen die Reitkamele, deren Geruch und Anblick die Pferde nicht vertrugen und wild scheuten.

Helme aus gehämmertem Erz, purpurne Waffenröcke, runde Schilde, die Stirnplatten der Rosse und ihre Bugpanzer, überall Riemen, Goldschmuck, Quasten und Pferdehaar, das zu garbenförmigen Büscheln zusammengefaßt war, neuntausend Lanzen mit silbernen, eintausend Lanzen mit goldenen Granatäpfeln: zusammen mit den dumpf krachenden Paukenschlägen bot diese Abteilung einen noch farbigeren, funkelnderen Anblick als alle vorhergegangenen Teile des Heeres.

Die nomadischen Reiter der Sagartier folgten den Unsterblichen; ihre Bewaffnung bestand aus Schlingen, mit denen sie die Gegner heranrissen und mit Dolchstößen töteten. Und schließlich, nach einer weiteren Anzahl aus tributpflichtigen Volksstämmen, kamen die Arabaya auf langhalsigen Reitkamelen.

»Das Ziel des Xerxes kann tatsächlich nur die Unterwerfung des ganzen griechischen Nordens sein«, murmelte ich und rief mir in die Erinnerung zurück, was wir erlebt hatten. Wenn wir je Zweifel gehabt hätten – angesichts dieser mehr als fünfundsiebzig Tausendschaften wären sie endgültig verflogen.

»Ich meine, daß die Griechen noch immer nicht genau wissen, welche Gefahren auf sie zukommen. Trotz Ptahs Arbeit und der Einsicht des Themistokles«, meinte Charis nach einer Weile. In der vergangenen Nacht war das Heer beim Licht der Fackeln und von Hunderten Feuern unablässig weitergezogen, vom Lager über die Rampen und Brücken und auf der anderen Seite der Meerenge die Hänge in Serpentinen aufwärts.

»Vielleicht finden sie zu sich selbst, wenn sie der Gefahr gegenüberstehen«, wandte ich ein und wußte, daß mein Argument schwach war.

Wir kannten nun Xerxes' Heer oder, wie er bei seinen Untertanen hieß, Ksayarsha, kannten den umfangreichen Troß, der das Heer begleitete. In Wagen reisten Frauen, Familien und Dirnen mit. Jetzt, gegen Mittag, war der größte Teil des Lagers abgebaut und für den Transport fertig gemacht worden.

»Heute nacht fliegen wir zum Treffpunkt«, schlug Charis vor.

»Einverstanden. Schließlich müssen wir auch die Flotte in ihrer herrlichen Pracht und Größe ansehen und ihre Schlagkraft abschätzen.«

Fast dreißig Satrapien, eroberte und eingegliederte Teile des persischen Weltreichs, hatten ihre besten Krieger ausgeschickt, Waffen geschmiedet und Reittiere gestellt. Den tapfersten Hauptleuten winkten die Sessel der Stadtherrscher in dem Land, das es zu besiegen galt. Der Sieg dieses Heeres würde bedeuten, daß die Kultur Persiens auf Griechenland ausgedehnt wurde. Die geistige Autorität würde stärker, was bedeutete, daß die Priesterherrschaft ein großes Volk in Untertänigkeit hielt, daß dem freien Denken der Griechen ein drückendes Joch aufgepreßt wurde, und daß schließlich abermals ein Volk den Einfällen eines einzelnen Mannes zu gehorchen hatte, nicht der Regierung, die es hätte frei wählen können. Wir kannten die persische Wirklichkeit.

Ptah-Sokar hatte einige niederdrückende Einzelheiten über die Zustände in Griechenland berichtet, das Xerxes angriff. Wir wußten jetzt, daß ES uns am Vorabend entscheidender Vorgänge aufgeweckt hatte. Wir waren sicher, daß auch ES gewisse Panik verspürte; so wie wir.

12.

Die wenigen tragfähigen Erinnerungen, über die Charis, Ptah-Sokar und ich nach dem Aufwachen zögernd verfügten, versteckten sich zusätzlich unter einem Berg aus Erinnerungssplittern; Bilder, Kenntnisse, Sprachen oder Ausschnitte aus Kulturen und Zivilisationen, die zu der gegenwärtigen Entwicklung geführt hatten. Zunächst lieferten uns Rico, die Positroniken und zusammengestellte Bilderfolgen der ausgeschickten Robotsonden die Informationen in wohlabgemessenen Dosierungen. Je mehr wir uns erholten, je mehr wir uns mit den Masken vertraut machten, die wir tragen oder besser darstellen sollten, je besser wir die Sprachen kannten, von denen wir ahnten, daß wir sie schon einmal gesprochen hatten, desto lückenloser wurde die Sicht der Probleme. Und desto gewaltiger türmte sich vor uns die Größe der geschichtlichen Abläufe auf.

Unsere Körper kräftigten sich. Wir nahmen schrittweise das Aussehen unserer Rollen an. Und auch ohne daß ES sich meldete, wußten wir, daß es um den Zusammenprall zweier Zivilisationen ging. Der Sieg würde weder durch die Qualität der Kulturen noch durch Argumente errungen werden, nicht durch Reichtum und Handel: Der Mächtigere siegte. Was in diesem Fall hieß, daß sein besseres Heer mehr und längere Schlachten schlagen konnte.

Über die Bildschirme glitten die Bilder griechischer Städte, die nach dem Ionischen Aufstand von Darius verwüstet worden waren. Wir betrachteten die Bilder und hörten die Analysen, während wir in einem der Illusionsräume am Tisch saßen und unser Essen einnahmen; an der Planetenoberfläche über der Tiefseekuppel herrschte Nacht, und wir befanden uns scheinbar inmitten der Geschehnisse. Plötzlich zuckten wir gleichzeitig zusammen. Unsere Augen trafen sich. Das sarkastische Gelächter hallte durch unsere Gedanken.

»Hier bin ich, lange erwartet und dennoch pünktlich genug. Ihr seid geweckt worden, weil die Barbaren eure Hilfe brauchen. Nein: Kein Raumschiff ist gelandet. Keine außerirdische Gefahr bedroht die Welt. Die Barbaren, Arkonide Atlan, beginnen abermals, sich in größtem Maßstab gegenseitig abzuschlachten. Ahuramazda gegen Zeus. Süden

gegen Norden. Meder oder Perser gegen Griechen. Ihr habt zuverlässige Informationen bekommen; ich brauche nicht ausführlich zu werden. Eine Idee des zentralen Staates gegen die praktizierte Idee, daß statt einem König viele oder alle bestimmen sollen.«

Tonlos erwiderte ich: »*Kratein,* herrschen, und *demos,* Gemeinde, so nennen es wohl die Griechen?«

Wieder lachte ES.

»Du selbst, Atlan, hast dich zum Hüter der Barbaren, zum Verantwortlichen und Beschützenden dieser Welt ernannt. Bisher hast du getan, was du konntest, und mit meiner Hilfe gelang vieles von dem, was du erdacht und ersonnen hattest. Aber jetzt droht der Flächenbrand eines gewaltigen Krieges. Beide Völker haben eigene, hochstehende Zivilisation. Beide Ideen sind angemessen reif, nicht mit geschichtlich achtloser Bewegung wegzuwischen. Selbst ich vermag nicht zu entscheiden, ob ich eingreifen muß, und in welcher Art.«

In den Tagen, in denen wir klar zu denken begannen und uns unterhalten konnten, hatten wir die anfängliche Furcht langsam verloren. Jetzt stellte sie sich mit brutaler Dringlichkeit wieder ein; es war, als sei ein Schatten über unsere Tafel gefallen. Charis umklammerte mein Handgelenk. Ptah schloß die Augen, schüttelte sich und krümmte die Schultern. Ich hörte mich mit rauher Stimme flüstern:

»Du verlangst im Ernst von uns, eine Entscheidung zu treffen? Für die Griechen oder die Perser? Weißt du, was das bedeutet?«

Diesmal lachte unser rätselhafter Manipulator, Freund, Beschützer und Tyrann nicht: *»Ich weiß es, Charis, Ptah und Atlan. Es ist unendlich viel. Ich muß es von euch verlangen, denn ihr seid Menschen dieser Welt. Für mich ist der dritte Planet von Larsafs Stern ein Experimentierfeld statistischer Art, eine vielversprechende Welt, die beschützt werden muß, aber nicht ein Organismus, den ich gut genug kenne, um dessen Krankheiten heilen zu können. Wenn ihr Material braucht, verlangt es. Wenn ihr eine Garantie für euer Weiterleben braucht – ihr habt sie.*

Aber diese Entscheidung müßt ihr treffen, möglicherweise zusammen mit anderen besonnenen Menschen.«

»Wir treffen sicherlich die falscheste aller Entscheidungen!« rief Ptah verzweifelt. Anscheinend ungerührt antwortete ES unmißverständlich:

»Dann ist es eure falsche Entscheidung. Meine Kenntnis vom Blühen und Vergehen großer Kulturen sagt mir, daß der Sieger des kommenden Krieges für sehr lange Zeit viele geistige Strömungen der gesamten Welt beeinflußt. Ich kann euch bei der Entscheidung nicht helfen. In einem halben Jahr wird der persische Herrscher – falls er nicht durch Palastintrigen fällt – den ersten Schritt tun. Bis dahin habt ihr Zeit und alle Möglichkeiten, euch ein Bild beider Kulturen zu machen. Entscheidet richtig oder falsch, emotionell oder mit kaltem Zorn, aber entscheidet!

In den Maschinen ist all das Übliche gespeichert, das ihr brauchen werdet. Eure Ausrüstung liegt bereit. Ihr werdet die Sprachen und Sitten kennen. Atlan kennt die Griechen; es sind indes nicht mehr die Freunde des Odysseus oder Demeters Amazonen. Ihr werdet weniger Glück als Verstand brauchen; euer Überlebenspotential ist dank eurer Erfahrungen größer als dasjenige eines anderen Planetenbewohners. Auch wenn ihr euch nicht bewußt erinnert – ihr habt viel Erfahrung. Ich bin sicher, ihr werdet die richtige Entscheidung treffen. Wie ihr dem späteren Sieger helft, ist allein eure Sache. Von mir erhaltet ihr, wie immer, jede Unterstützung. Denkt daran: Eine Staatsidee kann auf dem Barbarenplaneten nicht mit tödlichen Strahlern ausgerottet werden.«

ES schwieg. Ich glaubte ihm. ES war, vielleicht zum erstenmal in unserer langen »Freundschaft«, ratlos. Charis ergriff endlich das Wort. Sie sprach es aus, damit auch wir es verstanden; mit unsicherer Stimme: »ES! Ich rufe dich. Wie lange wirst du uns diesmal den Aufenthalt unter den Lebenden gestatten? Wirst du uns warnen, bevor wir einschlafen? Falls wir überleben.«

Die Antwort, die ES gab, überraschte mich am allermeisten. Wieder ohne Gelächter erwiderte ES: *»Ungewöhnliche Vorgänge erfordern ebensolche Lösungen. Ihr werdet selbst bestimmen, wann ihr die von euch so geschätzte Oberfläche verlassen werdet. Ruft mich, ich höre und handle. Alles ist gesagt. Euer Auftrag ist klar. Irgendwann werden euch die fernen Ahnen der Perser und Griechen nach der Güte der getroffenen Entscheidung beurteilen.«*

Das Lachen hallte und dröhnte, wurde schwächer und entfernte sich, wie die Stimme des sterbenden Windes. Der Kontakt war abgerissen. Der Logiksektor bemerkte grimmig: *ES legte rätselhafte Eile an den Tag. ES ist ratlos, Atlan.* Und nach einer Pause: *Sternenschiff-Kapitän, psychomathelogischer Expansionsplaner, Kosmopsychologe, Kolonisations-Infrastrukturplaner, Dagor-Großmeister Atlan! Stratege und Taktiker, Iprasa-Absolvent! Beweise, was du gelernt hast! Wenn du es nicht kannst – wer in diesem Teil der Galaxis könnte es besser?*

Verwirrt griff ich nach dem Pokal. Ptah-Sokar setzte die Ellbogen hart auf den Tisch und starrte uns über das friedvolle Arrangement aus Kerzen, Krügen, Geschirr und Essensresten halb verzweifelt, halb entschlossen in die Gesichter.

»Und wieder beginnt die Sprache des Eisens, Freunde.«

»Gegen die wir mit tönernen Stimmen ankämpfen«, sagte ich bitter. »Ich kenne uns; wir werden uns nicht schonen. Wir werden jede Stunde auskosten müssen. Immer wieder werden wir uns fragen, ob unsere Entscheidung richtig war. Und ganz am Schluß, nach Tausenden von Toten, können wir sicher sein, trotz aller Vorsicht falsch gehandelt zu haben.«

»So ist es!« Ptah stimmte grimmig zu. Seine Augen wurden dunkel vor Schmerz oder Verzweiflung. Ich winkte dem Roboter. Er goß kühlen Wein in die silbernen Pokale. Woher dieser Wein stammte, wußte ich nicht.

»Keiner von uns weiß, was sein wird.« Charis legte tröstend einen Arm um Ptah. »Lenken wir uns ab. Entwerfen wir, was Atlan ›ein strategisches Konzept‹ nennt. In wenigen Tagen sind wir in Susa, und du bist in Athen.«

»Zarathustra segne den praktischen Verstand der Frauen«, murmelte Ptah verdrießlich.

Reisender Wissenschaftler, Arzt und Leibsklavin – in diesen Verkleidungen betraten wir den Planeten. Die Aufgabe war in auswegloser Schärfe gestellt worden. ES hatte den schwachen Punkt präzise getroffen. Ehrgeiz und Verantwortungsgefühl würden uns heimsuchen. Bevor nicht alles erledigt war, würden wir keinen ruhigen Tag haben. Die Verantwortung erzeugte schon jetzt gefährliche Lähmung. Ich leerte meinen Pokal und stand auf.

»Noch werden wir auf getrennten Wegen durch die Länder reiten. Und wenn es zum Kampf kommen sollte, brauchen wir tatsächlich die Ausrüstung, die uns ES zugesichert hat. Ich werde mich meinen ausschweifenden Überlegungen hingeben und die Hilfe Ricos benötigen.«

Zehn Tage nach diesem Gespräch landete der kleine Gleiter mit prall gefüllten Laderäumen im Schilfdelta des Tigris, zwischen den Satrapien Babylonien und Susiona, von den Medern Babairu und Huza genannt. Wir luden aus, unser Wagen war bereit, und Ptah flog mit dem seltsam aussehenden Gefährt nach Norden. Unser Abschied war still und schnell gewesen, denn wir befanden uns nur wenige Tagesmärsche vom Herzen des Weltreichs entfernt, von Persai, das die Griechen Persepolis nannten, im Zentrum der Macht.

Hinter einer Kehre der Königsstraße, so erinnerte ich mich, stand ein junger, schwarzhaariger Mann mit einem Anflug von Bart. Er hielt die Zügel der vier Rappen und zwang ihre Köpfe herunter. Ich hob den Arm und sprach ihn an, nachdem wir hinter dem Gebüsch hervorgekommen waren:

»Du mußt Paiter sein, der Sohn des Athura, dem Auge und Ohr des Großkönigs.«

»Dann bist du der Wunderheiler Atlan-Anhetes.«

Wie es sich geziemte, ging Charis vier Schritte hinter mir und trug Teile meines Gepäcks. Ich nickte und umfaßte das Handgelenk des Jungen. Er musterte mich und sah einen braungesichtigen Mann mit dunkelbraunen Augen, blauschwarzem Haar und einem halbmondförmigen, gelockten Bart von ebensolcher Farbe. Obwohl ich nur Reisekleidung trug, sah jedermann, daß ich reich und nicht ohne Einfluß war. Vier Tagesreisen waren wir, schätzungsweise, von Persai entfernt.

»Dein Vater schickt dich, um mir zu helfen?« fragte ich leise. »Ist alles so geschehen, wie es in den Briefen stand?«

»Alles, Wunderheiler und Ausrotter der Krankheiten!«

»Dann hilf uns, Charissa, meine heilkundige Sklavin, reist mit uns.«

Ein fragender Blick glitt zu Charis, dann luden wir unser Gepäck in den Reisewagen. Das Joch beengte die Bewegungen der wunderschönen, starken Zugpferde, da es aus einer geschweiften Bohle bestand, die sich über vier Hälse hinwegzog. Räder, Felgen und Korb waren größer als die der Kampfwagen. Statt der sichernden Stange gab es breite Lederbänder. Taschen, Packen und Bündel wurden mit Lederschnüren befestigt. Ich deutete auf Charis-Charissa und sagte zu Paiter:

»Es mag sein, daß die Sitten meines Landes und die des mächtigen Reiches einander widersprechen. Stoße dich nicht daran; meine Sklavin ist mehr wert als zehn Kurtisanen und drei Ehefrauen zusammen.«

Die Positroniken hatten etwa zwölf Dutzend der gebräuchlichsten Krankheiten und Leiden festgestellt und sämtliche Behandlungsvorschriften samt Medikamenten entwickelt. Ich würde einigen Erfolg haben; es würden wohl auch etliche medizinische Grenzfälle und Wunderheilungen bekannt werden.

»Niemand wird uns deswegen rügen«, versicherte Paiter und deutete auf einen feldzeichenähnlichen Winpel am Bug des Wagenkorbs. In dieser Stunde fand endgültig die Schnittlinie zwischen unseren theoretischen und den praktischen Erfahrungen statt. Wir schwangen uns in den Wagenkorb und setzten uns auf die Ledergurte. Die Pferde rissen die Köpfe hoch, galoppierten los und fielen nach einer langen geraden Strecke in einen langsamen Galopp. Ich rief durch das Huftgetrappel:

»Die Königsstraße ist sicher, Paiter?«

»Niemand wird es wagen, das Auge des Großkönigs zu belästigen!«

Von Persepolis bis Susa gab es nur die üblichen Verkehrswege. Von Susa, über Brücken des Euphrates und Tigris, durch flaches Schwemmland, über die Pässe des Zagrosgebirges und durch Kappadokien und abermals über den Halys-Fluß endete diese hervorragend ausgebaute Verbindung schließlich in Sardes, der Stadt in Lydien. Schneller Wechsel der Pferde und Boten ermöglichte es, daß eine Botschaft zwischen Sardes und Susa nicht länger brauchte als sieben Tage. Entlang dieser Straße, zusammen mit den Herbergen und den Poststationen Beweis für die zivilisatorische Leistung des Mederreiches, wollten Charissa und ich Erfahrungen sammeln. Ich wandte mich an sie und sagte in beiläufigem, herablassendem Tonfall:

»Du wirst dir alle Beobachtungen merken und mir heute abend im Quartier berichten!«

Sie neigte den Kopf und erwiderte unterwürfig:

»Ja, Herr. Ich sehe schon jetzt, daß die Menschen sehr fleißig sind. Ihre Mienen sind nicht sehr fröhlich.«

In gleichmäßiger Geschwindigkeit ging es über die breite, sandige Straße dahin. Rechts und links erstreckten sich, nachdem wir das sumpfige Delta hinter uns gelassen hatten, hinter dichten Baumreihen wohlbestellte Felder. Ochsen und Esel bewegten riesige Schöpfräder, die sich mit leierndem Kreischen unablässig drehten. Die Seiten der Straße waren von Wegzeichen, Steinsäulen und Bäumen gesäumt; auf vielen Koppeln weideten Pferde, Rinder und Schafherden. Überall sahen wir arbeitende Menschen; es hatte wohl die Zeit der Herbstaussaat begonnen. Buckelrinder wurden an die Kanäle zur Tränke getrieben; Kanäle, die sich netzartig erstreckten, so weit das Auge sah. Gegen Mittag hob Paiter, dem weder der Falke noch die beiden Tauben aufgefallen waren, den Arm und rief mit staubverkrustetem Gesicht:

»Hier wechseln wir die Pferde. Ein Mahl in der Schänke ist bereitet, denke ich.«

Die Augen und Ohren des Großkönigs waren Vertrauenspersonen, die über alles, aber auch wirklich alles, direkt berichteten. Sie hatten als einzige ungehindert Zutritt zum Großkönig oder zumindest zum Hazarapatish, dem Chiliarchos oder Großwesir. Man fürchtete und achtete sie; die Beamten des Reiches standen mit ihnen auf gespanntem Fuß. Der Wagen mit den dampfenden Rappen bog auf einen kleinen Platz ein. Als wir vor den Häuserfronten Einzelheiten der Szenerie erkannten, erschraken wir; später wiederholten sich solche Eindrücke.

Jetzt leuchtete die Sonne herbstlich schräg herab; die kantigen Häuser mit zierlichen Geländern an den Dächern, Palmen und Tamarisken, deren Laub sich schütter gefärbt hatte, warfen pechschwarze Schatten mit goldenen Rändern. Etwa fünfzehn Frauen und Männer standen, nackt oder fast nackt, an steinerne Säulen gebunden. Männer mit kalten Gesichtern gingen zwischen ihnen hin und her. Sie trugen blutige Messer in den Händen. Hier schrie und wimmerte eine junge Frau, der man das Ohr halb abgeschnitten hatte. Mehrere Männer hatten zerfleischte Rükken, deren Wunden von der Peitsche stammten. Eine Menschenmenge hatte sich angesammelt und starrte auf die Darbietung. Unser Gespann rasselte und knarrte durch die auseinanderstiebenden Dorfbewohner und auf das ausladende Vordach der Schänke zu, die durch einen riesengroßen Krug aus Ton und an die gekalkte Hauswand gemalte Früchte gekennzeichnet war. Ins Keuchen der Pferde, deren Gebisse gelb schäumten, mischte sich meine harte Frage.

»Wer bestraft diese Menschen? Was haben sie getan, daß sie so verstümmelt werden?«

Charissa stützte sich schwer auf die ledergepolsterte Brüstung des Wagenkorbes und betrachtete die Szene mit aufgerissenen Augen. Paiter antwortete kurz:

»Sklaven. Sie arbeiteten zu wenig, sie stahlen, schliefen unter dem Busch . . . was weiß ich.«

Bis vor wenigen Augenblicken war ich von der Ordnung der Felder und Weiden, vom Fleiß der Arbeitenden und von der Übersichtlichkeit des Geländes beeindruckt gewesen. Ich dachte ruhig nach. Inzwischen pfiffen die geschwänzten Peitschen. Diejenigen, die ausgepeitscht wurden, schrien und heulten. Zwei Frauen hingen ohnmächtig an den

Steinsäulen. Ein vierschrötiger Mann griff in einen Beutel und rieb ihre blutenden Rücken mit etwas Weißem, Körnigem ein. Mein Logiksektor sagte knapp: *Das ist Meersalz, Atlan!*

Kreischend und zuckend wanden sich die Körper. Dumpf starrte und murrte die Menge. Langsam kletterte ich aus dem Wagenkorb und ging zum Brunnentrog. Paiter schien völlig unbeeindruckt.

»Wer spricht die Strafe aus?« fragte ich. Die Ringe an meinen Fingern funkelten und blitzten im Sonnenlicht.

»Es ist Gesetz!«

Ich blieb stehen, während Charissa und Paiter sich am Brunnen erfrischten. Ich ließ die Umgebung mit all ihren einander widersprechenden Einzelheiten auf mich einwirken. Das Schreien und Heulen der Geschundenen war nur ein Teil davon. Licht und Schatten, Sauberkeit und Ordnung, selbstverständlich zur Schau getragener Reichtum, dazu eine dumpfe Schicksalsergebenheit, bewundernde Blicke in unsere Richtung, wohl wegen der bekannten Standarte am Wagen. Trotzdem sahen die Bewohner – auch sie Sklaven? – wohlgenährt und sauber gekleidet aus. Wir gingen zur Schänke, Paiter zog für mich den Vorhang auseinander; er beachtete Charissa nicht im mindesten.

»Wie weit entfernt muß die Sklavin von ihrem Herrn sitzen?« erkundigte ich mich kühl. Es wäre ungeschickt und überdies gefährlich gewesen, hier andere Gebräuche einführen zu wollen. Vielleicht gab es später dazu Gelegenheit, was ich mit Fug und Recht bezweifelte.

»Am unteren Ende des Tisches.«

Wir traten ein; es wiederholten sich die ersten Eindrücke. Wir erhielten für einen viertel Dareikos eine Mahlzeit, die aus mehr als einem Dutzend sorgfältig zubereiteter Teile bestand. Mägde huschten hin und her, scheu, die Augen gesenkt. Der Wirt sah aus, als verträte er Gesetz, Steuereintreibung und das gute Gewissen des Landstrichs in einer Person. Die schwer deutbaren Wahrnehmungen begannen sich zu summieren. Dennoch hatten wir Einblicke in ein Gebiet, das voll Frieden, Wohlstand und gut organisiert war. Ich hob den Becher und nahm mir vor, Paiters Jugend auszunutzen, um mir mehr Erfahrungen zu verschaffen. Er war zu arglos, um lügen zu wollen. Also fragte ich ihn:

»Wo sind wir heute abend, mein junger Freund?«

Ein Bote, der von ES manipuliert worden war, hatte Briefe überbracht, die ich, Rico und die Zentralpositronik verfaßt hatten. Ich war, mit dem Siegel des Satrapen von Mudraya oder Aigyptios beglaubigt und als Person bestechend hoher Fähigkeiten ausgezeichnet, an die anderen Satrapen und Königsboten empfohlen worden. ES hatte mit seinem makabren Sinn für Scherzhaftigkeit nicht versäumt, darauf hinzuweisen, daß Charissa nicht in das herkömmliche Schema Kurtisane-Sklavin-Besitzer paßte; ein Umstand, der Paiters Vater irritieren würde.

»In einem Haus des Statthalters. Und dort warten Kranke und Bresthafte auf deine Kunst, Vetter der Geschwüre.«

Auch die orientalische Manier, derlei Wortverbindungen zu konstruieren, war mir nicht fremd, und mit ein wenig Phantasie konnte man aberwitzige Zusammenfügungen erfinden.

»Wie weit? Wie lange soll ich bleiben? Und wer entlohnt meine Taten, die aus wundersamen Heilungen bestehen werden, Meister der mühsam gezügelten Hengste?«

Sein Lachen riß ab; ein Schrei, wie ihn nur ein Mensch in Todesnot ausstoßen konnte, unterbrach uns. Paiter zuckte nicht einmal zusammen, hob die Schultern und sah zum Eingang. Charissa und ich nahmen uns zusammen und rührten uns nicht.

»Du hast deine Dienste empfohlen. Ich meine, du sollst bleiben, bis alle Kranken ihrer Gebresten ledig sind.«

»Und sie bezahlen mich selbst? Oder schickt Xerxes, der Herr über alle, einen Sack voll Münzen?«

»Das weiß mein Vater besser als ich. Meine Aufgabe ist, dich zu ihm zu bringen. Sei versichert, daß wir für dich ein Häuschen vorbereitet haben, dessen du dich nicht zu schämen brauchst. Auch Lustsklavinnen stehen bereit, auch solche, die du peitschen kannst. Oder zartgliedrige Jungen?«

Ich schluckte eine entsprechende Bemerkung hinunter und spülte mit einem Schluck Wein nach. Zwischen Morgen und Mittag waren uns staubbedeckte Reiter entgegengekommen, wir hatten kleine und große Handelskarawanen und Herden überholt; immer wieder gab es schattige Haine und jene Wasserräder und Göpelwerke, und das Land schien vor Fruchtbarkeit zu strotzen. Ein wolkenloser Himmel wölbte sich über allem. Die Gerüche waren uns vertraut, wir erkannten jede Einzelheit wieder – aber nicht in diesen Zusammenstellungen. Von draußen hörten wir abermals Schreie und das Klatschen der Peitschen. Es schien, daß ein hartes Gesetz alle Untertanen des Großkönigs band und beherrschte. Ich schüttelte den Kopf.

»Lustsklavinnen und willige Knäblein werden wir nicht brauchen«, sagte ich. »Alles andere findet sich.«

Wir verließen die Schänke und stellten fest, daß frische Pferde eingeschirrt worden waren. Die Körper der Gestraften hingen zuckend an den Säulen, und die Menge verlief sich. Paiter schwang sich in den Wagenkorb, nachdem er Zügel und Joch einer schnellen Überprüfung unterzogen hatte.

Als die Sonne unterging, erreichten wir eines der Rasthäuser, die vom Hof des Xerxes unterhalten wurden. Irgendwann, tief in der kühlen Spätsommernacht, waren wir allein, waren aber sicher, daß wir von vielen Augen beobachtet wurden. Trotzdem unterhielten wir uns ohne Scheu.

»Im gesamten Reich wird Reichsaramäisch als Verwaltungssprache benutzt. Es ist einfacher als das Sprachengewirr der Satrapien; jeder benutzt oder versteht es.«

»Fast jeder«, korrigierte mich Charissa. »Und überall herrschen dieselben rohen Sitten.«

Der zweite Tag und alle anderen waren voller ansehenswürdiger Beobachtungen gewesen. Wir waren auch durch leeres Land gekommen. Aber wo Menschen siedelten, gab es große, gepflegte Äcker und Felder und riesige Haine fruchttragender Bäume. Ich schien in diesen Tagen nur das Vorteilhafte zu sehen, während Charissa häufig die Wahrheiten aussprach, Dinge ins rechte Lot rückte oder negativ deutete. Der erste Teil unserer Reise endete in Persai, im kleinen Stadtpalast des Athura.

Etwa zwanzig Tage verliefen nach demselben Schema. Einige Stunden lang führte mich Athura, der wie wenige andere das Vertrauen des Hofes besaß, in der Stadt umher, die vor der großartigen Kulisse des Rahmat-Gebirges ausgebreitet lag. Die Apadana, jene prächtige Audienzhalle des Xerxes, war in Bezirke aus Straßen und Plätzen eingebettet, die im Schatten uralter Bäume einer ausnehmend großen Menschenmenge Platz boten. Überall sah ich prunkvolle Reliefs; am Abend sagte grämlich der Extrasinn: *Bisher überwiegen die Eindrücke, die einen Kristallprinzen erfreuen mußten, Ordnung, Fleiß und unausgesetzter Drang, aus dem Vorhandenen weiter zu entwickeln! Am Ende dieser Arbeiten könnte folgerichtig, nur mit deiner Hilfe, ein Raumschiff zu den Sternen stehen, oder wenigstens zu anderen Planeten!*

Die Ratshalle, der prächtige Hundertsäulensaal und der große Komplex des Frauenhauses, Magazine und riesige Stallungen, weitflächige Felder, auf denen die Reiterei der Unsterblichen tollkühne Übungen abhielt – mir schien, als habe jedes Volk des riesigen Reiches mit seinen besten Künstlern und Handwerkern beigetragen, die Stadt zu schmükken. Aber ich sah auch viele Männer, die in Kämpfen verstümmelt worden waren und als Bettler die Straßen säumten. Athura beantwortete geduldig jede Frage. Sein Eifer begann mich zu beunruhigen.

An den Nachmittagen und bis spät in die Nächte hinein behandelte ich Kranke. Oft waren es Hauptleute oder einflußreiche Verwalter. Die Gespräche mit ihnen waren wichtig, ihre Krankheiten konnten meist schnell und ohne Aufwand geheilt werden – in vielen Fällen hatten persische oder griechische Ärzte schon die richtige Behandlung eingeleitet. Ich wurde reich bezahlt, und als sich herumsprach, daß ich auch einfache Stadtbewohner behandelte, kamen sie in Scharen. Ich überließ die meisten der Pflege Charissas; ein nicht endenwollender Strom von Heilungssuchenden passierte den Stadtpalast. Wir lernten und gewannen Freunde. Nicht nur die Kenntnis der Sprache vertiefte sich; wir erlebten jeden Aspekt des Lebens mit, den Kult des Mithras und der Anahita ebenso wie die Magier mit seltsamen Beschwörungen des heiligen, reinigenden Feuers.

In der siebenundzwanzigsten Nacht weckten mich laute, harte Geräusche. In der Flucht säulengestützter Räume, in der ich schlief, brannte nur eine einzige Öllampe, deren Flamme zitterte und rußte und ebenso wie der dünne Vorhang vom Wind bewegt wurde. Ich hörte Waffenklirren und griff nach dem Lähmstrahlerdolch. Türen wurden aufgestoßen, Vorhänge blähten sich; etwa zwanzig Männer stürzten herein. Ich stand vor meinem Lager, hatte den Mantel übergeworfen und hielt die Waffe in der Rechten.

»Was wollt ihr? Ihr dringt ins Haus des Athura ein!« sagte ich schroff. Dies war kein bewaffneter Überfall; das Verhalten der Männer – Unsterbliche ohne die Lanzen ihrer gewohnten Bewaffnung – machte mich mißtrauisch. Zwei Anführer mit schwerem Goldschmuck stapften auf mich zu, Schilde an den Oberarmen und Schwerter in den Händen.

»Der Arzt Atlan-Anhetes, der Mudrayaner?«

»Aus Mudraya, das ich Tameri nenne, und mein Name wird anders betont. Wer schickt euch?«

Plötzlich herrschte unheilvolle, gefährliche Stimmung. Die Blicke der Soldaten unter schwarzen, buschigen Brauen hervor blieben kühl und unbeteiligt. Sie gehorchten klaren Befehlen, soviel war sicher. Ich ließ die Hand mit dem Dolch sinken – ein Zeichen, daß ich mich nicht fürchtete. Der Anführer sagte mit tiefer Baßstimme:

»Wir gehorchen Befehlen. Wenn du dich nicht wehrst, Wundenheiler, geschieht dir nichts.«

»Ihr bringt mich weg?«

»So ist es befohlen. Hol dein Werkzeug und die Tinkturen.«

Im Haus herrschte ungewohnte Stille. Mit Sicherheit hatten sich alle beim Kommen der Soldaten verkrochen. Ich trennte mich fast nie von dem unersetzlichen Armband, mit dem ich Verbindung mit Rico und Ptah herstellen konnte; auch jetzt trug ich es am Handgelenk.

»Ich soll, wenn ich es recht bedenke, einem Mann helfen, zu dem ihr mich bringt?« Ich zog mich hastig an. Wilde Vermutungen schossen durch meinen Kopf. Die Soldaten hielten jede Fluchtmöglichkeit versperrt. Ich hob mein Gepäck auf; der Logiksektor meldete sich nicht.

»Komm mit uns!«

Ich schob den Dolch in den Stiefel und folgte den Anführern. Wir durchquerten das Haus; je mehr wir uns dem Ausgang näherten, desto mehr Soldaten stießen zu uns. Pferdegespanne warteten. Eine Handbewegung hielt mich auf. Der Anführer knotete ein schwarzes Tuch, das nach schweren Riechwassern roch, um meine Augen.

Du wirst einen wichtigen Patienten haben, mutmaßte der Extrasinn. Die Soldaten brachten mich durch den weiträumigen Garten, bis zu den Kampfwagen; Befehle hallten. Nacheinander ruckten die Gespanne an und ratterten davon. Irgendwo heulten Hunde, weit draußen im Vorgebirge schrie ein Löwe. Ich hielt mich am Wagenkorb fest, die Hand des Lenkers stützte mich an der Schulter. Ich versuchte, mir die Richtungsänderungen zu merken, aber ich gab bald auf; es war sinnlos. Am Ende der Fahrt würde ich meinen Patienten sehen. Wieder hörte ich Befehle und Rufe. Die Felgen knirschten jetzt auf Steinplatten. Keuchende Pferde wurden angehalten. Ich wurde vom Wagen gezogen, betrat dreiunddreißig große Stufen, dann öffneten und schlossen sich Torflügel. Die vagen Eindrücke deuteten darauf hin, daß ich mich in einem geräumigen Palast befand: der Nachhall aller Geräusche, ein fremder Geruch, huschende Bewegungen rundum, die ich mehr ahnte als wahrnahm. Schweigend brachten mich die Leibgardisten des Xerxes in einen kleineren Raum, dessen Türen geschlossen und mit scharrend gleitenden Riegeln gesichert wurden. Man nahm mir die Augenbinde ab.

Wände aus sorgfältig geglätteten Quadern. Tiefe Einsprünge für Türen und Fenster, gewebte Vorhänge und goldstarrende Feldzeichen in erzenen Halterungen. Ein riesiger Tisch aus Stein in der Mitte des Raumes war von Pergamentrollen und Schreibleder bedeckt. Dahinter stand ein breitschultriger Mann, nach Art der persischen Elitesoldaten gekleidet. Er hob grüßend die rechte Hand und bedeutete den Soldaten, den Raum zu verlassen. Sie gehorchten widerstrebend, aber schweigend. Ich gewöhnte meine Augen an das flackernde Licht zahlreicher Öllampen, die entlang der Wände auf Simsen standen und den Raum erwärmten. Es roch nach Leder und dem Schweiß der Pferde.

»Atlan-Anhetes, der Mann aus Mudraya?«

»So ist es«, sagte ich. »Wenn alles richtig ist, was ich hörte, bist du Mordonios, der Feldherr des Großkönigs.«

Er nickte und deutete auf einen prächtigen Sessel, der von edlen Fellen überhäuft war. Ich fragte:

»Warum dieser Aufwand? Ich wäre auf deinen Wunsch freiwillig gekommen und hätte dir geholfen, Vater der Lanzen.«

Mordonios war ein seltsam düsterer Mann, er schien von Verantwortung und Sorgen gezeichnet zu sein. Ich sah, daß sein Bart von vielen silbernen Fäden durchzogen war, ebenso wie sein Haupthaar. Seine Hände waren groß und ungewöhnlich kräftig. Diesmal schüttelte er den Kopf und lächelte zögernd.

»Es geht nicht um mich. Niemand aus dem Volk darf es wissen. Und du stirbst, wenn du es ihnen sagst.«

»Ich kenne diese Geheimnistuerei von unseren Priestern. Auch sie wollen unsterblich und gesund erscheinen, immer und jedem gegenüber.«

»Krank ist er, dem sechsundzwanzig Satrapen huldigen!«

Er benutzte das altpersische Wort *xshath-rapavan* dafür. Ich zuckte zusammen. Damit hatte ich nicht gerechnet! Mordonios goß Wein in schmucklose Becher aus Ton, reichte mir einen und sagte in befehlendem Tonfall:

»Mehr als fünfunddreißig Jahre zählt sein Leben, Arzt. Stirbt er, oder verwirrt sich vor Schmerz sein Geist, brechen Sprünge und Risse auf im

Reich. Wic du weißt, sammeln wir Soldaten und wollen die Niederlage bei Marathon rächen und den Rest der Griechen unseren Satrapien eingliedern. Und deswegen darf es keinen Königswechsel geben. Du wirst Xerxes heilen? Man erzählt Wunderdinge von deinen Medizinen.«

»Niemand darf erfahren, daß ein Sterblicher Hand an Xerxes gelegt hat?«

»So halten wir es.«

Hätte ich vorgehabt, zu fliehen, wäre ich so gut wie tot. Ich hatte ohne Schutzfeld und Deflektor kaum eine Chance; selbstverständlich wollte ich alles andere! Wenn nur die engen Würdenträger und die Räte ihren Herrscher, meist von fern und in Prunkgewändern, sehen durften, so zählte ich zu den wenigen Auserwählten, die noch näher an ihn herankamen. Ich nahm einen Schluck und fragte:

»An welcher Krankheit leidet Xerxes?«

»Sein Bein ist voller Geschwüre; es geht fauliger Geruch davon aus. Alle Mittel der Hofärzte können nur die Schmerzen lindern, aber nicht die Beulen . . . was weiß ich.«

»Seit wann peinigt ihn die Krankheit?«

»Seit weniger als einem Mond.«

»Bring mich zu ihm«, sagte ich. »Aber ich brauche weder Zuschauer noch Soldaten, die mich bedrohen. Meine Aufgabe ist es, ihn zu heilen. Und vielleicht brauche ich noch Salben aus meinem Haus.«

»Man wird deine Sklavin holen. Sei unbesorgt. Alle Macht des Reiches steht hinter dem Befehl des Xerxes.«

»Und hinter seinem obersten Feldherrn. Wir sind im Palast?«

»Nein. Ich bringe dich zu Ksayarsha.«

In diesen Augenblicken entstand eine merkwürdige Freundschaft zwischen uns. Ich konnte sie nicht genau bestimmen. Es war wohl das blitzartige Erkennen, daß wir beide mehr Aufgaben übernommen hatten, als wir bewältigen konnten. Der etwa vierzigjährige Feldherr wirkte, als sei er mit seiner eigenen Arbeit unzufrieden oder betrachtete sie zumindest mit Skepsis. Andererseits ging von ihm eine Aura absoluter Zuverlässigkeit aus; allein diese Unterhaltung weit nach Mitternacht bewies es. Ich erkundigte mich, als ich meine Taschen über die Schulter warf: »Du bist einer der wenigen, die ungehindert Zutritt zum Herrscher haben – wie jene Gruppe damals um Darius?«

»So ist es. Er braucht mich. Trotz seiner goldenen Umgebung ist er auch nur ein Mann wie du und ich.«

»Das sagst du einem Arzt?« murmelte ich sarkastisch. Er zündete eine kurze Fackel an, winkte mir und schlug einen Vorhang zur Seite. Wir gingen Stufen abwärts, eine steinerne Platte verschob sich, und ein langer Gang nahm uns in Empfang, der sein Licht aus winzigen Nischen erhielt, in denen vor polierten Metallplatten Öllampen standen. Wir gingen auf das jenseitige Ende zu, hundertzwanzig Schritte weit entfernt. Seine Stimme war heiser, als Mordonios meinte:

»Heilst du Xerxes, wird er dich mit seiner Gunst ehren.«

»Die Gunst eines Großkönigs ist gefährlich. Er erwartet täglich Wunder, und die Höflinge hassen mich.«

»Und das sagst du . . . seinem Feldherrn?« knurrte er und nahm die Aussage meiner Antwort auf. Wir schienen uns zwischen einem Seitenflügel des Palasts auf dessen Zentrum hin zu bewegen. Niemand hielt uns auf. Aber als wir, nachdem wir mehrere Gewölbe passiert hatten, die Stufen nach oben nahmen, sahen wir die Posten. Die Lanzenträger standen vor Türen, unter Durchgängen, neben prächtigen Skulpturen, vor Fenstern und alle zwanzig Schritt in jedem Korridor und an jeder Wand eines jeden Saales. Mordonios fand den Weg mit schlafwandlerischer Sicherheit; schließlich kreuzten vor uns vier Speerträger mit ausdruckslosen Gesichtern die Waffen.

»Ich bürge für ihn«, sagte der Feldherr. »Laßt keine Priester herein, keine Weiber – er braucht Ruhe. Und schweigt. Sonst . . .«

Die Portale öffneten sich. Wir traten in einen gänzlich anderen Palastbereich. Über uns öffnete sich die Decke und ließ die Sterne erkennen. Um einen viereckigen Hof voller Pflanzen, rinnenden Wassers, kleiner Teiche und halbverborgener Statuen lief ein geräumiger Bogengang. Schließlich erreichten wir jenen Raum, aus dem Flüche und das Klirren von Metall ertönten. Der Saal war hell erleuchtet, in seiner Mitte befand sich Xerxes. Äußerster Prunk und eine Anhäufung aller erdenklichen Möbel, ein jedes eine Kostbarkeit, kennzeichnete den persönlichen Wohnbereich des mächtigsten Mannes dieser Welt. Ich hatte Ähnliches geahnt und war keineswegs verblüfft; sie waren und blieben Barbaren, diese Planetarier. Die Wände waren von Reliefen übersät, deren Gestalten zu leben schienen. Xerxes saß halb, halb lag er, auf einem Diwan und hatte das rechte Bein gerade ausgestreckt. An einer Tür, in die Falten eines Vorhangs gepreßt, stand eine junge Frau mit aufgelöstem Haar, ängstlichem Blick und fast nackt. Zwischen den Teppichen auf dem Marmorboden lagen Trinkgefäße. Weinlachen und Weinspritzer an den Wänden rochen säuerlich.

»Dieser verfluchte Schmerz!« Xerxes tobte. »Er vergeht nicht. Mordonios! Ist das der Wunderheiler?«

Wir näherten uns dem Herrscher, die Hand vor dem Mund, um ihn nicht mit unserem Atem zu belästigen. Unter den Binden kam ein schauerlicher Geruch hervor; ich hoffte, daß meine Ausrüstung und Ausbildung reichen würden. Mordonios sagte knurrend, aber ehrfurchtsvoll:

»Du und ich, Herrscher, wir wollen einen Kriegszug führen. Einbeinig wirst du schwerlich siegen, darum gehorch dem Rat dieses Mannes. Ich vertraue ihm.«

Der Blick, den ich dem Feldherrn zuwarf, war voll echter Überraschung. Ich trat näher und musterte Xerxes. *Du siehst ihn hilflos! Das wird er dir nie verzeihen,* murmelte der Logiksektor. Rund sechsunddreißig, mit bräunlicher Haut, vom Schmerz, hilfloser Wut und dem vergeblichen Versuch, den Zustand mit Alkohol und der Ablenkung durch Frauen zu ändern gezeichnet, mit tiefen Linien im Gesicht. Haar und Bart waren klebrig vor Schweiß. Der Körper Xerxes' roch stechend; zu lange nicht gebadet und nur mit Duftwässern gereinigt. Aus seinem Mund entwich Weindunst von beträchtlicher Schwere. Ich bohrte meinen Blick in seine flackernden Augen und sagte in beschwörendem Ton:

»Großkönig! Ich werde alles versuchen, dich schnell zu heilen. Aber du mußt tun, was ich sage.«

»Ich will laufen, reiten, ich muß schlafen. Sieh mich an! Ich bin schwach wie ein Kind.«

»Das wird sich ändern. Denk nicht daran, daß alle Ärzte nur Gliedmaßen abschneiden wollen.«

Ich winkte der Frau und sagte zu Mordonios:

»Ihr werdet mir helfen. Rasch! Ein Lager dorthin, frische Leinentücher, kochendes Wasser. Eine Staffette zu meinem Haus, denn vielleicht brauche ich andere Salben. Einige Stunden lang mußt du tapfer sein wie der tapferste deiner Krieger, wie Mordonios. – Nun denn, wagen wir's.«

Wir schleppten den Großkönig, der knirschend die Zähne aufeinanderbiß, auf ein großes Bett. Soldaten brachten, was Mordonios mit schneidender Stimme befohlen hatte. Das Lager wurde von Öllampen beleuchtet. Ich riß die Vorhänge von den Fenstern, damit Hitze und Gestank entweichen konnten. Wir entkleideten Xerxes bis auf seinen Hüftschurz; ich stellte neben seinem Kopf einen dampfenden Kessel auf ein metallenes Dreibein, in dessen Wasser ich betäubende Kräuter warf. Dann packte ich meine Werkzeuge aus und hoffte, daß meine Vorräte reichten. Eine halbe Stunde lang herrschte ein gewisses Chaos, an dessen Höhepunkt ich mich dem stöhnenden Xerxes näherte, einen Tisch mit silbernen Schalen umwarf und, als das Metall mit gewaltigem Klirren auf den Boden krachte, die Betäubungswaffe abdrückte. Der Herrscher sackte gurgelnd zusammen und streckte seinen Körper. Als ich den Dolch in den Stiefel schob, traf mich ein Blick des Feldherrn: »Ich habe gesehen, was du getan hast«, hieß das.

Ich hob die Schultern, nahm einen Schluck Würzwein und konzentrierte mich darauf, meine Geruchsnerven zu kontrollieren, öffnete die Binden, die wir vorher durchweicht hatten.

»Quain, Mordonios und du, Kusiya – ihr helft. Alle anderen verlassen den Raum. Zwei Soldaten zum Wasserschleppen. Und jetzt: Ruhe!«

Die junge Frau, wohl eine Insassin des Harems, wagte nicht, zu widersprechen. Xerxes spürte nichts mehr. Wir stützten das Bein hoch und nahmen die Binden ab. Ich ließ sie in eine Schale fallen und ordnete an, sie zu verbrennen. Ich erschrak. Vom Oberschenkel, fast von der Hüfte, über das Knie, das Schienbein und Wade und bis zum Knöchel und zum Spann zogen sich halbkugelige Geschwüre hin. Sie waren unvermutet hart; aus ihnen sickerte bräunlich-wässeriges Sekret. Rätselhafterweise befanden sich die eitergefüllten Beulen nur entlang der Vorderseite. Ich besprühte das Bein mit keimtötender Lösung und öffnete mit dem Vibroskalpell eine Geschwulst nach der anderen. Eiter und Blut spritzten. Der Soldat an der Tür gab ein ersticktes Geräusch von sich und erbrach sich. Kusiya, eine hochgewachsene, vollbrüstige Dunkelhäutige, murmelte unverständliche Worte und tupfte mit einem Schwamm, den wir in Essigwasser auswuschen, Eiter und Blutflüssigkeit ab. Wir wechselten die Linnen; auf jedes abgeschnittene Geschwür kam eine Handvoll heißer Schlamm.

Plötzlich, rechts am Knie, sah ich etwas. *Ein Dorn? Ein Parasit? Ein winziges Tier?* mutmaßte der Logiksektor. Ich nahm eine Linse, rückte die Öllampen zur Seite und hob den Krug aus meinem Gepäck. Ein Knopfdruck, und eine faustgroße Blase bildete sich, die kreideweiß zu strahlen begann. Ich betrachtete die Haut der Umgebung, die abgestorben wirkte, hob die Wundränder und sah am Boden der Geschwulst ein sternförmiges Ding, ein Zehntel so groß wie der Nagel meines kleinen Fingers. Mit der Pinzette hob ich es heraus, legte es in eine Schale und sah, daß es sich mit dünnen Fäden in der Haut verankert hatte.

»Was ist das?« Der Feldherr streifte den heißen Schlamm von seinen Fingern. Hitze und Medikamente sollten Eiter und abgestorbene Zellen aus den Wundöffnungen ziehen. Wir entfernten die Schlammpackungen und suchten nach den Überbleibseln der Erreger. An mehreren Stellen hatten wir sie zusammen mit dem erkalteten Heilschlamm aus der Wunde gezogen.

»Ich meine«, sagte ich unsicher, »daß Xerxes im Sattel durch Dornbüsche oder ähnliche Pflanzen galoppierte. Dafür spricht, daß sich diese Fremdkörper nur vorn in die Haut gebohrt haben. Und eure Wundärzte . . . ich glaube nicht, daß ich sie loben kann.«

Ein gutes Zeichen war, daß einige Wunden nun zu bluten anfingen. Nachdem wir jeden Schnitt so gut wie möglich gereinigt hatten, sprühte ich Breitbandantibiotikum und Biomolfolie über das Bein, packte es von oben bis unten in heißen Schlamm und richtete mich stöhnend auf. Mein Rücken schmerzte.

»Du bist geschickt, Atlan«, sagte der Feldherr anerkennend. »Wann wird Xerxes aufwachen?«

»Gegen Mittag«, antwortete ich und schob eine Kapsel des schweren Betäubungsmittels in die getarnte Injektionspistole, »und er wird keine Schmerzen haben. Badet seinen Körper, solange er noch schläft.«

»Was soll er essen?«

Ich wies Quain und Kusiya an, ihm kräftige Brühen, ungewürzt, viel Milch und geschlagenes Ei, Saft von ausgepreßten frischen Früchten und nur wenig Wein zu geben, dann setzte ich die Spritze an. Langsam und mit schmerzenden Muskeln wusch ich mich, packte Instrumente und Salbentöpfe ein.

»Bring mich zurück, mit verbundenen Augen oder nicht. In eineinhalb Tagen muß ich wieder nach den Wunden sehen. Viel Schlaf für Xerxes!«

Ich fühlte mich, obwohl die Behandlung nicht schwierig gewesen war, erschöpft und ausgelaugt. Schweiß juckte in meinem Bart. Ich wollte nichts anderes als ein warmes Bad und einen langen Schlaf. Im Morgengrauen ließ ich mir von Athuras Dienern helfen und warf mich auf mein Lager. Ich ahnte, daß Xerxes mich noch eindringlicher beschäftigen würde, als ich mir vorstellen konnte.

Jetzt, mitten in der Nacht, bewegten sich nur noch die Reste des Trosses vom Festland zur Brückenrampe und zwischen der Doppelreihe heruntergebrannter Fackeln über das Wasser. Charis schlief, ich konnte nicht einschlafen und rief über Rico die Aufzeichnungen ab, die Ptah-Sokars Bemühungen schilderten; einige Tage, nachdem er die wichtigsten Männer der griechischen Städte und Inseln kannte. Ich hatte ihm geraten, wenig rücksichtsvoll zu sein, was Wunder, Orakel und Prophezeiungen betraf; es war die Nacht, vor der Ricos Unterroboter die Antigrav- und Maschinenanlage der AXT DES MELKART aus den unterseeischen Magazinen geholt hatten.

Die Höhle war groß genug, und ihre Innenwände leuchteten in der aufgetragenen weißen Farbe. Auf dem Sand, der den Boden bedeckte, stand das Ruhebett. Seltsame Muster waren mit den Zinken der Rechen in den roten Sand gezogen worden. Alles war bereit, jeder wartete auf seinen Einsatz. Der kleinen Gruppe war es gelungen, den Mann aus Phrearrioi zu entführen. Alle Vorbereitungen waren früher getroffen worden, jeder Schritt, jedes Wort hatte eine besondere Bedeutung für die Ereignisse der kommenden Jahre.

Zwei dunkelhäutige Männer brachten den schweren Körper herein, legten ihn auf das Lager und harkten hinter sich wieder den Sand. Grelles Licht flammte auf und tauchte den unteren Teil der Höhle in Helligkeit und starke Schatten. Einen Augenblick lang erschien, zehn Schritt vom Fußende des Bettes entfernt, zwischen den Felsen die riesige Gestalt eines Wesens, das in eine erstaunliche Rüstung gekleidet war: Einerseits sah sie aus wie jene, in denen die alten Götter dargestellt wurden, zum zweiten war jedes Stück überaus prächtig, wertvoll und unirdisch anzusehen. Der Mann auf dem Lager begann sich zu rühren und stöhnte. Als er die Augen öffnete, sah er vor sich dichten Rauch, der weiß, rot und gelb aus Felsritzen quoll und zu Boden sank. Als der Liegende auffuhr, sah er, daß im Sand keine Spuren von seinem Bett oder zum Lager führten.

»Wo bin ich?« Er ächzte. Seine Glieder waren schwer; er vermochte sich nur mit großen Anstrengungen zu bewegen.

»In der Grotte des Gottes, der dich begleitet und deine Gedanken führt«, ertönte eine Stimme, die nicht von dieser Welt war. »Hast du nicht Hipparchos, Charmos' Sohn, in die Verbannung getrieben? Hat nicht der Ostrakismos, das Scherbengericht, den Megakles abgesetzt? Auch Aristeides stand dir im Weg. Ich helfe dir, weil ich den Griechen helfe, und weil du es schaffen kannst, sie gegen die Meder zu führen.«

Der Gott, dessen weiße Gliedmaßen zwischen Beinschienen, Panzerteilen und hinter dem funkelnden Schild zu sehen waren, griff hinter sich und warf, von farbigem Dampf umwabert, dem Mann eine Rolle zu. Sie fiel in den Schoß des Bärtigen mit dem kurz geschorenen Haupthaar.

»Spione sagen, daß die Perser nach Marathon ein gewaltiges Heer rüsten«, wagte der mittelgroße Grieche zu erwidern.

»Deshalb läßt du die zweihundert Dreiruderer bauen«, dröhnte der Gott. Die Stimme ließ die Felsen der Höhle beben. »Ich werde dir einen Baumeister schicken, einen Gelehrten, der dich in allem berät.«

»Es ist nicht Zeit genug, die Schiffe zu bauen und zu bemannen!« sagte der Mann aus Athen. »Du weißt es, denn was bliebe deinem Blick verborgen?«

»Du sollst dennoch weiterbauen bis zum letzten Tag. Die Pachtgelder aus den Bergwerken im Laureion hast du schon. Ich gab dir eine Karte, in der du dein Land aus den Augen des Adlers sehen kannst – denke daran, daß die Perser fünf Schiffe für je eines deiner Dreiruderer haben, und daß ihr Heer hundertmal tausend Kämpfer hat.«

Der Umstand, daß er es wagte, der Erscheinung des waffenfunkelnden Gottes zu widersprechen, zeichnete den Athener aus. Murmelnd richtete er sich auf und rief anklagend:

»Viele Städte der Griechen weigern sich, Athen und Sparta zu helfen. Sie halten nichts vom gemeinsamen Abwehrkampf.«

»Der peloponnesische Bund hat dreißig Mitglieder. Die Priester des Orakels von Delphi sind sicher, daß Xerxes nicht zu schlagen ist. Sie sagen den Ratsuchenden Vernichtung und Untergang voraus. Ich aber sage dir, daß Stürme und Naturgewalten, Listen und meine Hilfe, die Entschlossenheit der Griechen und die kühnen Ideen einiger Männer, die aus dem Rand der Welt heraufgeklettert sind, dir helfen. Laß dich nicht beirren.«

Der Gott, eineinhalbmal so groß wie ein Sterblicher, machte einen klirrenden Schritt zur Seite. Eine wunderschöne Frau, nur mit Geschmeide und einem phrygischen Helm bekleidet, trat vor. Ihre Stimme war viel leiser, aber ebenso drängend und verführerisch wie die des Gottes.

»Ich bin die Göttin deiner Träume, Athener«, sagte sie. »Auch wenn deine Siege, aus der Verteidigung erwachsen, das persische Reich nicht zertrümmern werden, so wirst du siegen. Es siegen die Träume, Athener! Jeder soll sich nach seiner Neigung entfalten können, jeder soll frei reden können, und kein Mann soll der Sklave des anderen sein. Die

Meder gehorchen einer Stimme, einem Herrscher. Die Griechen glauben an tausend verschiedene Götter, und so hat jede Stadt ihren Herrscher zwischen dem Olymp und dem Hellespont. Die Kämpfe werden es den Griechen zeigen, daß sie eigenständig bleiben und in Momenten der Gefahr sich zusammenschließen müssen. Hier, mein Amulett, Themistokles aus Athen. Wenn dein Finger den Mund der Göttin berührt, kannst du mit mir sprechen.«

Eine Kette wirbelte durch den Rauch. Klirrend landete sie in des Atheners Hand. An einem unzerreißbaren Ring hing der stilisierte Kopf der Pallas Athene, der Tochter des Göttervaters Zeus. Fassungslos stammelte der Mann:

»Also helfen mir die Götter?«

»Alles, was du tun wirst, das sehen wir, und wir helfen dir auf vielfache Art. Achte auf die Zeichen. Denke kühn, Themistokles! Du wirst Kühnheit und Unerschrockenheit brauchen, wenn die Perser kommen.«

»Die Griechen schimpfen mich einen Ungehorsamen.«

»Sag allen, daß es keine schöpferische Tätigkeit gibt ohne Ungehorsam.«

»Ich sage ihnen stets die Wahrheit.«

Beide Götter lachten. Die Höhle schien zu bersten. Wieder wallten dicke Rauchschwaden auf, und Lichtstrahlen, stärker als Sonnenlicht, durchbohrten sie und zuckten hin und her. Dann sagten beide Stimmen: »Benutze verschiedene Wahrheiten, listenreicher Nachkomme des Odysseus. Die einfache Wahrheit, die reine und die lautere Wahrheit. Für jede Rede eine andere.«

»Was also soll ich tun?«

»Deine Träume zur Wahrheit werden lassen. Mit den Göttern reden und den Rat der Fremden annehmen. Denn nicht nur Zeus thront über allem und sieht alles. Und dennoch werden Tausende Kinder, Frauen und Männer sterben, ehe man von dir und deinen Taten ruhmvoll berichten wird. Schlafe jetzt, Themistokles, und wenn du aufwachst, wirst du erfahren, daß es zwei Arten Orakel gibt.«

Unhörbar war ein schwarzer Sklave hinter ihn getreten und löste eine fauchende Waffe aus. Themistokles sank zurück auf die Decken. Wieder trug man ihn weg; diesmal achtete niemand auf die tief eingedrückten Fußspuren. Sie legten Themistokles im Heck seines Schiffes ab und befestigten die Kette mit dem Göttinnenkopf um seinen Hals. In den Schoß legten sie die Karte, die aus beschrifteten, mit Entfernungsangaben versehenen Höhenphotos in Farbe bestand. Ein Dolch steckte neben ihm im Deck, auf dessen zweifacher Schneide die Worte EIN GESCHENK DEINER GÖTTER eingraviert waren. Die Schneiden wurden nie stumpf, der Griff trug als Verzierung die Gemme des Ares, des Kriegsgotts.

Die Patronen, aus denen der Rauch quoll, wurden abgeschaltet. Ptah-

Sokar schnallte seine Stelzen ab und wischte die weiße Farbe von seiner Haut. Die Teile der Prunkrüstung wurden ebenso wie die Lampen und die Stimmverstärker von den Sklaven weggebracht. Ptah wandte sich an die junge Frau und sagte in trockenem Ton:

»Jeder Dareikos, den ich für dich ausgegeben habe, schönste und klügste Indraya, hat sich gelohnt. Trotzdem solltest du ein Bad im Quelltümpel nehmen und dich anziehen. Die Nächte sind höllisch kalt im griechischen Herbst.«

»Herr und Gebieter«, sagte sie, und er wußte noch immer nicht, wie ernst sie es meinte, »du bist der Klügste von allen, und alles, was du tust, ist voller Rätsel.«

»So soll es bleiben«, bestätigte er selbstsicher und fügte voller Selbstzweifel hinzu, »bis zu dem Moment, an dem ich mich irre.«

Die Spuren ihres Aufenthalts waren schnell beseitigt. Dann wanderten sie im Morgengrauen hinunter zu ihrem Schiff, das neben dem Dreiruderer des Themistokles an den Strand gesetzt worden war, nachdem sämtliche Ruderer und der Kapitän samt dem Athener eingeschläfert worden waren. Dreißig Mann Besatzung warteten auf Ptah und Indraya. Geschöpfe von ES, entweder manipulierte Planetenbewohner oder eine Gruppe seiner seltsamen Kunstgeschöpfe, ein phoinikischer Kapitän, Sohn griechischer Eltern, und Indraya, unverkennbar ein Geschöpf dieser Welt; die Mannschaft der GÖTTERSTURM, dem Schiff, das ES Ptah-Sokar zur Verfügung gestellt hatte, ausgerüstet mit den Maschinen seines Vorgängers. Ptah stemmte Indraya ins Heck und tätschelte gedankenvoll ihre Schulter. Ismar, der Kapitän, fragte lakonisch kurz:

»Der Betrug – geglückt, Ptah?«

»Ich denke schon. Nun werden wir uns die zweite Symbolfigur der Griechen etwas genauer ansehen. Auf nach Sparta!«

Es war ein gespenstischer Anblick, wie die GÖTTERSTURM lautlos ablegte, ohne Riemen und mit festgezurrten Segeln an den schwarzen Mastbäumen, wie sie sich nach West gegen den Wind legte und in rollender, gischtender See auf die Westküste von Sparta zusteuerte.

Ich lachte in mich hinein, schaltete die Aufnahme ab und sah nach Charis. Sie schlief reglos, mit dem Lächeln eines Traums. Ich hob das Fernglas, starrte hinunter und sah nichts weiter als Unrat und Schwemmgut am Spülrand des Strandes: Das gewaltige Heer war nach Griechenland marschiert.

»Es ist Zeit, Arkonide«, murmelte ich und schlüpfte aus den Stiefeln, »das Reich des Xerxes zu verlassen.«

Und nun, als ich den Namen ausgesprochen hatte, entsann ich mich an die Tage in Persepolis, nach jenem fast gespenstischen Eingriff im Palast des Großkönigs . . .

Xerxes war auch heute, wie meist, allein. Er saß in der Sonne, vor ihm lagen unzählige Berichte auf Papyros und Schreibleder. Er las darin und schickte die Frau nach einem Schreiber.

»Du bist zu loben, Atlan«, bemerkte er ruhig. »Die Wunden heilen. Ich spüre keinen Schmerz. Bald werde ich reiten und laufen können.«

»Dein kräftiger Körper, meine Kunst und meine Salben haben auf das beste zusammengewirkt«, sagte ich und untersuchte sein Bein. Neue, rosige Haut bildete sich, die Spuren der Geschwüre begannen sich zu verschließen; einige Narben würden bleiben. Vorsichtig entfernte ich einige Pflaster und wartete darauf, daß der Herrscher herrscherliche Worte sprechen würde. Als die letzte Binde gewechselt war, trat ich zurück und schloß meine Tasche.

»Wie soll ich dich belohnen?« fragte er. Diese Unterhaltung würde vielleicht ihn, nicht mich überraschen. Ich hatte meine Worte sorgfältig zurechtgelegt und sah ihm offen ins Gesicht. Die Spuren seiner Schmerzanfälle waren fast verschwunden. War Xerxes nun wirklich der einsame Mann auf dem kostbarsten Thron dieses Planeten? Ich glaubte, daß er deswegen soviel unternahm, damit man ihn am Ruhm der großen Vorgänger Kyaxares, Kyros, Kambyses und Dareios messen sollte – er wollte ebenso berühmt sein und kämpfte gegen Gestalten an, die nur in der Legende existierten. Irrte ich mich? Vorsichtig antwortete ich:

»Ich bin dadurch belohnt, daß du wieder gehen, kämpfen und reiten kannst, Großkönig.«

»So schmeicheln mir andere, Fremder. Was ich über dich hörte, klingt, als würdest du nicht betrügen.«

»Warum dieses Mißtrauen? Wen sollte ich, und warum, betrügen? Ich will dein Land durchwandern, durch gute Arbeit Geld verdienen und andere Länder sehen.« Ich lachte kurz. »Es scheint dabei indes, als würde ich mich immer in den Grenzen des riesigen Reichs bewegen, Herrscher.«

Er grinste kurz.

»Du willst die Welt sehen? Dann bleib mein Leibarzt. Bald brechen wir gegen die Griechen auf. Du kommst weit herum, Atlan-Anhetes.«

»Inzwischen habe ich deine Königsstraßen, das schnellste Postwesen und die prunkvollen Karawansereien und Rasthäuser kennengelernt. Es gefällt mir, stets an anderen Orten zu sein. In deinem Troß mitzureisen, würde mir nicht behagen.« Er schien über meine Weigerung weniger verärgert als erstaunt zu sein.

»Ich kann dir befehlen, in meinen Dienst zu treten und zu bleiben!«

»Großkönig«, sagte ich abschwächend. »Ich will nach Sardes reisen. Stets bin ich in einem deiner Rasthäuser, stets treffe ich Augen und Ohren, deine Boten; dein Befehl erreicht mich in wenigen Tagen. Ich kann Krankheiten heilen, aber gegen deinen plötzlichen Tod vermag dich nichts und niemand zu schützen, schon gar nicht ein wandernder Arzt aus dem Land am Neilos.«

»Halten wir es also so. Du kommst, wenn ich dich brauche.«

»Ich komme und helfe dir oder deinen Vertrauten mit all meiner Kunst.«

Xerxes griff in eine Schale und gab mir einen auffallend großen Ring. In die goldene Scheibe waren Schriftzeichen eingeschnitten. Ich entzifferte: *Vertrauter des Großkönigs. Erfülle seinen Wunsch.* Ich verbeugte mich tief. »Keine Tür deines Reiches bleibt mir jetzt verschlossen«, sagte ich leise. »Ich danke dir.«

Er nickte zerstreut, deutete auf einen Sessel, scheuchte den Schreiber hinaus und ließ Wein bringen. Ein zweiter Befehl bewirkte, daß Mordonios sich zu uns setzte.

»Du weißt, daß wir gegen die Griechen ziehen.« Xerxes hob die Faust. Ich nickte schweigend. »Warum unterwerfen sie sich nicht? Nichts kann uns aufhalten. Auf jeden Griechen kommen vier Perser. Warum? Weißt du es?«

»Ich habe viel Gutes in deinem Land gesehen, Xerxes«, antwortete ich. »Ich vermag mir vorzustellen, daß die ganze Welt nach der Art der Perser leben kann. Aber ein einzelner Mann beherrscht diese unheimliche Größe nicht mehr; Statthalter und Vasallen vermögen ihn zu betrügen. Die Griechen, so kann es sein, wollen lieber hundert Herrscher als einen.«

»Würdest du in meinem Reich leben wollen? Als Perser?«

»Vielleicht urteile ich später anders – bis heute würde ich mich wohl fühlen«, sagte ich wahrheitsgetreu. *Als Rudersklave würdest du anders antworten,* flüsterte giftig der Logiksektor.

»Je mehr Macht der Herrscher verliert, schekelweise, desto mehr erheben Verschnittene und Stadtherrscher ihre Köpfe. Und Priester, die das Volk auf andere Weise beherrschen!« hörte ich Mordonios sagen. Ich blickte von einem Mann zum anderen. Im Garten hinter den Säulen zirpten Zikaden.

»Ich kenne deine Warnungen, Feldherr!« schnarrte Xerxes. »Es paßt mir nicht, daß du mir rätst, zu schrumpfen statt zu wachsen.«

Mürrisch, aber ebenso höflich wie immer, sagte der Feldherr: »Dort liegen die Berichte, Xerxes. Ein Viertel deines Heeres ist ständig in Kämpfe verwickelt. Dort erhebt sich eine Satrapie, dort wird eine Stadt abtrünnig, dort versucht ein anderer in deinem Namen zu regieren. Mehr und mehr Köpfe und Gepfählte stecken auf Lanzen über den Stadttoren . . . du weißt es. Dennoch rüste ich mit dir gegen Griechenland, und Griechen bauen sogar die Schiffsbrücken für den Übergang.«

Xerxes musterte uns durchdringend, schwieg aber. Nachdenklichkeit war nicht in seinem Gesicht zu erkennen, als wir gingen. Unter der Vorhalle seines Hauses, das einfach und zweckmäßig eingerichtet war und sozusagen an der Palastmauer lehnte, sagte Mordonios zu mir:

»Ich muß nach Susa und Kissia, um Truppen zu besichtigen und Gericht zu halten. Willst du mit mir reisen?«

»Wenn du deinen Schutz auch auf meine Sklavin und Helferin Charissa ausdehnst, wüßte ich keinen, mit dem ich lieber reisen würde.«

»Ich sende einen Boten!« Er nickte mir freundlich zu. Er schien darüber verblüfft zu sein, einem Fremden zu vertrauen. Zwei Dutzend lange Abende, an denen Athura, er und ich tiefe Gespräche geführt hatten, lagen hinter uns. So kam es, daß Charissa und ich die Königsstraße bis hinauf nach Babairu oder Babylonien bereisten, im Schutz eines schnellen Heeres, das den Feldherrn des mächtigsten Fürsten begleitete.

Niemand verriet Geheimnisse. Aber unaufhörlich hörte ich Meldungen und die Anweisungen und Antworten darauf. Tributpflichtige schickten ausgerüstete Schiffe mit bewaffneten Mannschaften. Eine riesige Maschine mit unendlich vielen Rädern bewegte sich, deren Zähne knirschend ineinandergriffen; der Heerführer goß Öl in das Zahnwerk. Dorther kamen Reiter. Andere schickten Pferde und Männer, die Pferde zuritten. Xerxes schrieb: *Die Griechen brannten Sardes nieder und zogen gegen Asien. Weder die Meder noch die Griechen können zurück.* Die Kriegsmaschine entwickelte eigene Gesetzmäßigkeiten. Überall schmiedete man Waffen und schickte sie an die ausgemachten Treffpunkte. Wieder galoppierten Boten los und riefen aus einer Satrapie Truppen ab.

Xerxes ließ von den Türmen ausrufen: *Entweder gerät alles unter die Herrschaft der Griechen oder der Perser. Es gibt kein Mittelding in dieser Feindschaft.* Teile des Heeres wurden zusammengezogen, Schiffe brachten Männer und Werkzeuge und erstaunliche Mengen Material an die Treffpunkte. Xerxes konnte sich wieder in den Sattel schwingen und trieb die Räder der Maschine an. Mich verblüffte das reibungslose Zusammenwirken dieses Netzwerks, das sich über Tausende von Parasangen erstreckte – was eine Strecke von dreißig Stadien pro Parasange ist oder dreißigmal hunderteinundneunzig große Schritte.

Phoiniker und Männer aus Byblos, Aigyptoi, Sklaven, angeworbene Hilfskräfte und Heere von Zugtieren arbeiteten seit Monden daran, die Brücken zu schlagen. Als die Durchfahrt überbrückt war, denn Xerxes wollte, aus dem Süden kommend, nach Osten ausweichend und vom Norden nach Süden kämpfend, die Griechen ins Meer treiben, als also sich die schier endlosen Seile strafften und die leeren Schiffe miteinander verbanden, verfinsterte sich der Winterhimmel.

Ein Gewitter raste vom Nordwesten heran; ein Wirbelsturm folgte. Blitze zuckten ins Meer, Donner krachte erbarmungslos zwischen Abydos und dem gegenüberliegenden Ufer. Jaulende und kreischende Windstöße peitschten die Wellen und türmten sie auf. Der Sturm heulte in Seilen, stützenden Maststümpfen und Verspannungen. Das Meer wurde wild, weißer Gischt wehte waagrecht über die Wellen; unregelmäßig hob und senkte sich die Doppelkonstruktion. Nasse Taue rissen, Holz rieb sich knirschend an Felsen, Verankerungen in den Rampen wurden aus der feuchten Erde gezerrt. Das erste Schiff der Brücke bekam ein Leck, schlug voll und sank, während sich der Gewittersturm in unverminderter Wut entlud. Hagel prasselten in eigroßen Schlossen herunter und füllten die kleineren Boote mit seiner zerstörerischen Last. Dann hatten sich beide Schiffsbrücken in Schwingungen versetzen lassen, die niemand aufhalten konnte; die Zerstörung war unausweichlich.

Als die letzten Blitze in der Ferne zuckten und der Donner nur als Echo kam, als das Meer wieder seine grüne Farbe erhielt, waren die Brücken ein Chaos aus Trümmern, aus Hunderten Parasangen Seilwerk aller Stärken zusammengeknotet und als Bruchstücke längs zweier Strände verteilt.

Uns erreichte die Nachricht am Kaminfeuer einer Karawanserei. Mordonios brach das Siegel, rückte seinen Sessel und las leise vor, was auf dünnem Leder in der Verwaltungssprache geschrieben stand.

XERXES ERFUHR, DASS DIE ELEMENTE SICH WIDER IHN VERBÜNDET HATTEN, ER ERZÜRNTE, BEFAHL, DASS MAN DAS WASSER MIT DREIHUNDERT PEITSCHENHIEBEN BESTRAFE. EIN PAAR FUSSEISEN SOLLEN INS WASSER VERSENKT WERDEN ALS STRAFE DES GROSSKÖNIGS. DIE VOLLZIEHER SOLLEN DAS WASSER MIT SCHIMPFWORTEN UND FLÜCHEN BEDENKEN. AUCH WENN SICH DIE WELLEN WEIGERN, WIRD DAS HEER DES XERXES ÜBER DAS SCHMUTZIGE SALZWASSER HINWEGZIEHEN, TROCKENEN FUSSES. DEN BAUMEISTERN DER BRÜCKEN SIND DIE KÖPFE ABGEHACKT WORDEN. IHR VERMÖGEN FÄLLT AN DIE HORTE DER KÖNIGLICHEN VERWALTUNG. EIN NEUER BAUMEISTER WURDE AUF DER STELLE ERNANNT: HARPALOS, DER SCHON IN PERSAI HALLEN ERRICHTETE. NACHDEM DU GELESEN HAST, MORDONIOS, VERNICHTE DIESE BOTSCHAFT WIE ALLE ZUVOR. DAS SCHREIBT LIOBAN, AUGE UND OHR DES XERXES IN SARDES.

Der Feldherr sah mich an, als habe er eine schwere Wunde empfangen, dann warf er die Tierhaut ins Feuer und bestellte einen frischen Krug Wein.

»Ein Gesetz der Natur«, bemerkte ich leise, »daß der Mensch um so bissiger wird, je mehr Zähne er verliert.«

»Gefühlvolle Eingeweide zeichnen Xerxes aus, mich übrigens auch, und ein hartes Herz«, sagte der Feldherr. »Ist es wahr, daß du nächtelang mit Harpalos zusammen gesprochen und getrunken hast?«

Ich stieß ein heiseres Lachen aus.

»Wahrlich! Xerxes hat Milliarden Augen und Ohren. Natürlich! In meiner Familie gibt es zahlreiche Fähigkeiten, und so fragte mich Harpalos, wie meiner Meinung nach eine solche doppelte Schiffsbrücke gebaut werden müßte. Er baut diese Brücke nun mit den Trümmern der alten – und mit Plänen, die ich kenne.«

»Ich hoffe, sie überdauert die Winterstürme und die schneidenden Winde des Frühjahrs«, meinte er ernst. »Du hast gehört, wie es glücklosen Baumeistern ergeht.«

Ich ließ ihn in dem Glauben, ebenso leicht umkommen zu können wie ein skythischer Reiter. Statt dessen nahm ich den Pokal und sagte:

»Ja. Versprochen. – Morgen ziehen wir weiter. Ich treffe dich bei Sardes und während des Übergangs. Dann werden wir den nächsten Wein trinken, Mordonios.«

»Ich wünschte«, er starrte versonnen in den roten Wein, »du würdest während dieses verfluchten Feldzuges neben mir reiten. Aber auch ohne dich werden wir das Reich vergrößern. Du weißt, daß bis zu dem Tag, an dem Xerxes den Befehl ausspricht, alles bereit ist.«

»Ich weiß es. Und ich fürchte, an vielen Orten zu sein, wo gestorben wird.«

Wir nickten uns zu. Es gab nicht mehr viel zu sagen. Am nächsten Morgen stand mein eigenes Gespann mit vier Schimmeln bereit, deren Joche von mir neu konstruiert waren. Die Tiere verbrauchten weniger Kraft und konnten freier atmen, und es war leichter, sie an- und auszuschirren. Charissa und ich reisten in vielen Etappen entlang der Königsstraße, und als wir endlich in Sardes ausschirrten, hatten sich die Waagschalen unserer Überlegungen gefüllt. Indes waren sie gleich schwer. Keine senkte sich. Ebensoviel, wie Charissa und ich für das persische Großreich fühlten, ebensoviel war gegen die Staatsidee zu sagen. Absichtlich hatten wir nur wenig Kontakt mit Ptah gehalten. Wir wollten nicht beeinflußt werden und ihn nicht beeinflussen. Wir waren ratlos; ebenso wie ES.

Am nächsten Morgen sahen wir, daß das Lager geräumt war. Nur Leibwächter waren im Fürstenlager zu sehen, berittene Unsterbliche also, und eine Gruppe prächtig gekleideter Heerführer, die in Zelten an Karten und Plänen arbeiteten. Unsere letzte Stunde auf der südlichen Seite der Meerenge fing an. Charissa brachte mich mit dem Gleiter hinunter. Ich ging auf einen patrouillierenden Reiter zu und hob die Hand.

»Du erkennst den Ring?« fragte ich. Er sprang aus dem Sattel, faßte an den Griff des Schwertes und nahm meine Hand. Dann erwies er mir die Ehrenbezeigung. »Herr?«

»Leih mir dein Pferd. Ich muß ins Lager. In einer Stunde bin ich wieder da. Und du mußt das gestrandete Boot und die Sklavin dort bewachen.«

Ich deutete hinter eine Felsgruppe. Er gehorchte. Ich stieg auf den Rappenhengst und fegte im gestreckten Galopp an den Posten vorbei auf die Zelte zu. Ich hielt vor dem hellen Zelt mit offenen Wänden, in dem ich Mordonios gesehen hatte. Meine Stiefel erzeugten im Erdreich schmatzende Geräusche. Ich suchte zwischen den Köpfen und Schultern der Männer nach dem weißen Schläfenhaar des Feldherrn; er entdeckte mich, an eine Zeltstange gelehnt.

»Atlan! Ich habe oft – ich dachte nicht, daß du dein Wort hältst. Hier, Männer, der Gelehrte, der mit Harpalos zusammen die Brücke errechnet hat! Habe ich euch zuviel erzählt?«

Ich lachte ihn an und machte eine bedeutungsvolle Geste. Er drängte sich durch seine Untertanen, schrie nach einem Sklaven, der kühlen persischen Wein brachte, der nach der herben Süße von Granatäpfeln schmeckte.

»Du bist gekommen!« Er schlug mir auf die Schulter. Als er mein Gesicht sah, sprach er leiser, hob den Pokal. »Du willst etwas sagen, das mich nicht freut. So gut kann ich deine Miene deuten.«

»Ich habe zugesehen, wie das Heer über die Brücken ging«, sagte ich. »Der Drache ist auf dem Weg, den Hirsch zu töten.«

»Das wußtest du. Bist du auf der Seite der Griechen? Werden wir gegeneinander kämpfen, Atlan?«

»Nein. Nicht du und ich. Andere treten an unsere Stelle. Ich werde dem Land, dessen Gast ich war, keine Feindschaft entgegenbringen. Ich habe mich entschlossen, nach Griechenland zu gehen; von dort in andere Länder.«

Wir entfernten uns Schritt um Schritt vom Zelt und gingen zu den Pferden, sprachen leiser. Die Offiziere starrten verwundert hinter uns her.

»Vor vier Tagen«, sagte ich, »senkte sich eine Waagschale.«

»Was war der Grund?«

»Das Symbol: die Peitsche. Die Perser halten zu viele Menschen und Länder mit nackter Gewalt zusammen. Die Krieger müßt ihr mit Peitschenhieben über das Wasser treiben.«

Er trank den Becher leer und stieß einen Fluch aus. »Du hast recht.«

»Vielleicht nicht. Aber an dieser Gewalt wird Xerxes ebenso scheitern wie jeder andere Alleinherrscher der Welt. Es gibt nur eines: freiwillige Zusammenschlüsse, die größere Einheit erbringen. Führt euren Krieg, Freund; wenn du verwundet bist, werde ich kommen und dich heilen.«

»Von jetzt ab – Feinde?« fragte der Feldherr leise.

»Nein. Freunde in verschiedenen Lagern. Lebe wohl, und dir wünsche ich jedes Glück, das du brauchst, Perser.«

»Der Krieg dauert lange. Wir treffen uns wieder, Griechenfreund!« Er drückte mit harten Fingern meine Schulter, bis sie schmerzte. Ich gab ihm den Pokal und schwang mich in den leichten Sattel. Dann sagte ich:

»Aigyptios! Nicht Griechenfreund. Euer Wein ist besser, Meder!« Ich galoppierte davon, ohne mich umzusehen. Als wir weit und hoch genug entfernt waren, nahmen wir Kurs zum Treffpunkt. Ptah-Sokar mit seiner Geliebten wartete, so hatte er gemeldet; für uns würde er ein großes Gastmahl vorbereiten.

Weit vor dem Kriegshafen Athens ließ ich den Gleiter sinken, setzte ihn ins Wasser und richtete den Mast auf. Langsam trieben wir an Werften vorbei, an großen Mengen fertiger und halbfertiger Schiffe, an denen Zimmerleute arbeiteten. Schon sah ich die Spuren der Tätigkeit Ptahs. Teile der Dreiruderer waren gepanzert, besondere Einrichtungen für den Kampf auf See waren angebracht worden, an wichtigen Stellen erkannten wir Verstärkungen aus Holz und Eisen. Wir fragten die Besatzung eines auslaufenden Schiffes, das weder Namen noch Mast hatte und einen Probelauf unternahm, nach dem Haus des Ptah-Sokar. Man wies uns den Weg.

»Das können kaum alle Schiffe sein, mit denen sich die Griechen verteidigen wollen«, meinte Charissa. »Fast tausend Einheiten haben die Perser. Ich zähle bestenfalls zweihundert.«

»An vielen Küsten, in vielen Häfen, warten andere Schiffe.«

Unsere Entscheidung, von ES gefordert, war noch nicht gefallen. Wir entdeckten abseits der Holzstapel und der Werkstätten ein großes, aus Steinblöcken erbautes Haus, auf dessen Dach das Modell einer Triere befestigt war, mit Ptahs Flagge daran, einer Hand, deren Zeige- und kleiner Finger starr gespreizt und die anderen Finger eingeklappt waren. Ich mußte grinsen, steuerte den Gleiter darauf zu und ließ ihn über den Sand bis an den Steg rutschen. »Wir sind da.«

Augenblicke später riefen griechische Arbeiter etwas, dann donnerte eine Tür gegen die Steine, und Ptah kam aus dem Haus gerannt. Seit knapp sechs Monden hatten wir nur miteinander gesprochen. Wir begrüßten uns laut und stürmisch. Er schien unser Erscheinen angekündigt zu haben, denn die Arbeiter riefen uns derbe Begrüßungsworte zu.

»Das ist mein Reich«, sagte er zufrieden. »Jedes Schiff, bisher liegen hundertsiebzig auf Kiel, trägt mein Zeichen.«

»Das Zeichen der aufgerichteten Finger?«

»Genau dieses. Kommt! Alles ist bereit. Ihr wohnt hier oben. Die Einrichtung hat Athen gespendet.«

Im Untergeschoß befand sich, von Steinsäulen geteilt, eine riesige Werkstatt. Auf einem hölzernen Tisch lag unter einer transparenten Schicht eine große Karte, die jede noch so winzige Einzelheit des zukünftigen Kriegsgebiets zeigte, bis hin zu den griechischen Kolonien. Der Weg des persischen Heeres war mit kupfernen Nägeln abgesteckt. Ptah zeigte auf den Ort Therme zwischen Makedonien und der See und sagte nur: »Für uns wird es spannend, wenn Heer und Flotte des Persers hier eintreffen. Von dort aus greift er dann an.«

Was das Heer auf dem langen Weg durch Thrakien verlieren würde, durch wilde Tiere, Unfälle, Angriffe, Krankheit, gewannen sie dazu, indem sie die Bevölkerung des Gebiets zwangen, Kriegsdienste zu leisten. Ptah rief Befehle, und unser Gleiter wurde ausgeräumt.

»Heute abend werden wir endlich gute Gespräche führen, bis früh; ihr werdet erkennen, daß die Griechen gar nicht so wehrlos sind.«

»Du hast recht«, murmelte ich. »Das ist eine lange, traurige Geschichte.«

Ptahs Gespielin, eine junge Frau mit rückenlangem blondem Haar, half uns. Nach kurzer Zeit fühlten wir uns in den hellen Räumen wohl. Aus unseren Magazinen hatte Ptah andere Ausrüstung geholt: Es mangelte an nichts. Aus den Fenstern und von der Terrasse hatten wir einen weiten Blick über die Hafenanlage, einen Teil der Werften und das Meer. Wald umgab die Ortschaft. Plötzlich trafen sich unsere Blicke. Charissa sprach aus, was wir empfanden.

»Mir ist, als wäre ein dunkler Traum vorbei. Ich kann frei atmen und höre nicht mehr die Peitsche.«

Indraya fügte in unerwarteter Schärfe hinzu:

»Ptah hat mich in Sidon auf dem Sklavenmarkt gekauft. Alles, was ihr über die Meder nicht wißt, alles Häßliche, ich kann es euch erzählen.«

Ich nickte und beschloß, den gefärbten persischen Bart noch heute abzurasieren. Leise erwiderte ich auf Indrayas Feststellung, was wir dachten.

»Die Entscheidung ist uns nicht leichtgefallen. Und schwierige Jahre liegen vor uns.«

»Noch schwierigere vor den Griechen.«

Am gleichen Abend: Das Schiff Ptah-Sokars lag abseits von allen anderen und wurde stets startfertig gehalten. Wieder ein Meisterwerk von ES. Ptah erklärte uns, warum fast alle Holzteile mit dünnem Stahl verkleidet waren, zeigte die plankenbrechenden Geschosse, die aus jenen Löchern hervorschossen, durch die bei anderen Schiffen – auch bei der GÖTTERSTURM zur Tarnung – die Riemen herausgeschoben wurden. Ohne auffallende Umbauten konnte sich die GÖTTERSTURM in eine verderbenbringende schwimmende Festung verwandeln.

»Xerxes gab den Befehl an Qart Hadasht oder Karchedon, über Tyros und dessen Flotte bald die griechischen Kolonien auf Sizilien anzugreifen. Wir werden Gelon, dem Tyrannen von Syrakus, gegen die Perser helfen. Ihr seid eingeladen.«

Für den Bau der Schiffe hatte Ptah eine Art Serienfertigung erfunden. Die Teile kamen von kleineren Werften und Handwerkern und wurden hier zusammengefügt. Mehr als hundertfünfzig Schiffe waren fertig, bemannt, ausgerüstet und versuchten, als Teile einer Flotte zu operieren. Immer wieder brachten die Griechen Ptah zur Verzweiflung, weil jeder von ihnen persönliche Heldentaten vollbringen wollte. Sie waren nicht willens, sich einem Befehlshaber zu unterstellen: Neid, übersteigertes Selbstbewußtsein oder der Wunsch, besser oder anders zu sein als der Kapitän des Schiffes nebenan, grassierten wie Fieber. Ptah lachte kurz.

»Und dabei kämpfen sie wie die Teufel! Jeder verteidigt sich, seine Familie, seine Stadt.«

»Glaubt mir«, sagte Ismar, der bärtige Kapitän mit der sarkastisch knarrenden Stimme, »wenn sie sich den persischen Schiffen gegenübersehen, fällt ihnen auch Disziplin ein.«

»Ich werde mit neuen Orakeln dafür sorgen müssen«, versprach Ptah. »Freunde; es ist heute der Abend des Festes. Kommt alle zu mir, jeder ist willkommen. Sagt es den anderen Kapitänen.«

Die Werkstatt, an deren Wände Rüstungen und Waffen hingen, Teile von Modellen, verblassende Karten und kräftige Kohlezeichnungen, war umgeräumt worden. Holzkohlen glühten, Braten drehten sich an Spießen, riesige Schüsseln voller Salate, Früchte und Dutzende Becher, Pokale und Krüge warteten auf uns, eine Schar junger Athenerinnen half dem Baumeister, und je länger das Fest dauerte, desto mehr Musiker kamen, desto enger rückten Charissa, Indraya, Ptah-Sokar und ich zusammen. Schließlich saßen wir vor dem Feuer, hielten unsere Pokale fest und berichteten einander, was wir erlebt hatten.

»Ich gebe dir recht, Atlan«, sagte Ptah schließlich. »Die Vorstellung ist verlockend. Ein riesiges Reich, in dem alle schöpferischen Kräfte zusammengefaßt sind und in dem eine Sprache gesprochen wird. Aber nicht unter der Herrschaft der Perser. Ich habe erlebt, wie die Griechen umdenken können, wenn ein Mann wie Themistokles mit ihnen richtig umgeht. Wir werden die Perser nicht vernichten können. Aber die Griechen schaffen's, ihre Heimat und ihre Staatsideen zu verteidigen.«

»Wir haben uns also entschieden? Die Wahl fällt auf Griechenland?« fragte Charis. »Und wenn wir uns irren?«

»Dann sind's, wie besprochen wurde, unser Irrtum und unsere Welt, unser Leben«, sagte ich hart. »Keiner ist leichtfertig gewesen. Helfen wir also unserer neuen Heimat!«

»Nach Möglichkeit so, daß Geschichtsschreiber uns nicht mit Zeichen, Wundern und dem Wirken der Götter in Verbindung bringen.«

Darin hatten wir nicht wenig Erfahrung. Wir leerten die Pokale, schlichen aus der fröhlichen Menge davon und schliefen nach langer Zeit wieder in dem Gefühl ein, verantwortungsvoll gehandelt zu haben und alles, was vor uns lag, einem großen Ziel unterordnen zu können.

13.

Im frühen Sommer bewegten sich die beiden Heere aufeinander zu. Zehntausend Griechen sammelten sich und kamen auf verschiedenen Wegen durch Thessalien an dessen Nordgrenze. Ihr Ziel war der Tempe-Paß, ein natürliches Tor inmitten höherer Gebirgszüge. Die Hopliten waren hervorragend ausgerüstet und bauten die erste Verteidigungslinie aus. Die Felsentäler wurden besetzt, man stellte Posten mit spiegelnden Schilden auf und mit Fackeln für Signale. Die Schiffe, mit denen zehntausend Männer samt ihrer Ausrüstung nach Halos gebracht worden waren, legten ab und kehrten um, denn mehr und mehr persische Schiffe kreuzten in griechischen Gewässern.

Der Marsch zum Paß verlief ohne nennenswerte Zwischenfälle; das persische Heer war noch weit genug entfernt. Die Hopliten gruben sich ein und warteten, schärften die Spitzen ihrer langen Lanzen, die zum Stechen ebenso zu gebrauchen waren wie zum gezielten Wurf. Schwerter wurden geschärft, die Schilde ölte man und prüfte ihre Ausgewogenheit. Die Riemen der Panzer wurden ausgebessert, nachdem man die täglichen Übungen hinter sich hatte. Kleine Gruppen Späher streiften durch die Täler und versuchten, die Perser zu sehen, bevor man sie selbst erblickte.

Die Siedlungen in Thessalien fühlten sich sicherer; unaufhörlich gingen und kamen Boten. Die Abwehrkette stand, und noch war von den Persern nichts zu sehen, obwohl wir wußten, wo sich der Hauptteil des Heeres befand. Ich saß in Ptahs Werkstatt vor der Karte; die GÖTTERSTURM mit Ptah, Indraya und dem Kapitän war auf dem Weg nach Syrakus. Vor mir standen Nachrichtengeräte, und ich drehte die Rosette eines Abstimmknopfes. In der Stunde der größten Hitze hatte ich Erfolg. Verschiedene Stimmen waren zu hören; nur für mich, denn ich trug die Lautsprecher in den Ohren.

». . . zwei Möglichkeiten. Entweder überrennen wir sie am Paß . . . besser, den anderen Paß in Perrhäbien zu nehmen. Weniger steil, Mordonios. Er wird nicht bewacht.«

»Die Hellenen können von uns ausgehungert werden. Wie entscheidest du?«

»Nichts von allem. Wir gehen westlich des Berges entlang, dem Olymp. Es kostet uns zehn Tage; das Land ist reich an Nahrung. Wenn die Hopliten bleiben, lande ich Truppen in ihrem Rücken und reibe sie von zwei Seiten auf. Schickt die Boten los . . .«

Ich erkannte die Stimme des Xerxes. Bei einem meiner Besuche hatte ich es riskiert: Ich tauschte zwei Dolche aus, in deren Griffen kleine Sender eingebaut waren. Verlor er sie, konnte ich nicht erfahren, was er plante. Wenn er die Waffen nicht trug, waren meine Versuche erfolglos. Ich wählte eine andere Einstellung, berührte einen Knopf.

»Bist du allein, Themistokles?« sagte ich und schaltete einen stimmverändernden Kanal ein. Dort, wo der Athener sich aufhielt, summte der Kopf der Göttin an der Kette. Nach wenigen Augenblicken sagte eine überraschte Stimme:

»Lange war ich ohne deinen Rat, Herrscher der Kriege.«

»Xerxes nimmt den Kampf nicht an. Er wird nach Westen um den Olymp wandern. Auch will er südlich der Zehntausend am Tempe-Paß Krieger anlanden. Zieh das Heer zurück und verteile es neu.«

»Deine Augen durchdringen alles«, sagte er erschüttert. »Was also sollen wir tun?«

»Die Berge auf deiner Karte zeigen es, Lenker der Griechen«, sagte ich geheimnisvoll. »Mit wenigen Kräften könnt ihr in der Landesmitte die Pforten der Täler verteidigen.«

Er dachte nach, schließlich rief er:

»Du sprichst vom Paß der Thermopylen, Gott!«

»Dort können wenige gegen viele gewinnen. Gib einem tapferen Mann das Kommando.«

Ich schaltete ab, ehe er etwas sagen konnte. Nach allen militärischen Regeln würde sich, bedingt durch die Geschwindigkeit marschierender Heere, der erste große Kampf dort ergeben. Auch die Perser handelten mit errechenbarer Zuverlässigkeit, denn zwischen den Bewegungen der Flotte und denen des Landheeres bestanden strenge Zusammenhänge. Das Nachrichtenwesen war hervorragend organisiert. Wir hatten – wenigstens glaubten wir es – die Griechen zu einer klugen Taktik überreden können: Angriff auf dem Wasser, Verteidigung auf dem festen Land. In einigen Stunden würde Ptah schildern, wie siegreich die sizilischen Griechen und ihre Flotte waren. Heimkehrende Schiffe gaben die Berichte ab, Themistokles sprach in den Nächten mit der Stimme seines Traumgotts, Nachrichten kursierten; unsere Geräte sammelten Informationen. Robotadler, Falken und Tauben kreisten über dem Heer des Xerxes und übermittelten Bilder. Für Charissa und mich fast zuviel.

Die Lastenkamele des persischen Trosses wurden dezimiert, als in den Nächten hungrige Löwenrudel aus den Gebirgstälern kamen und die Kamele ansprangen. Heillose Aufregung bemächtigte sich der Treiber, als die goldfarbenen Schatten zwischen die rasenden Lasttiere sprangen, donnernde Schreie ausstießen und die geschlagene Beute davonschleppten. Die Flottenteile der Perser sammelten sich, näherten sich der nördlichsten Grenze des Meeres bei Thasos und stießen in langgezogenen Formationen auf Therme vor. Ihr Weg führte durch den Kanal, den Xerxes vor einem Dutzend Jahren hatte graben lassen. Eine der fingerartig vorspringenden Halbinseln, die am weitesten östlich gelegene, war dadurch zur Insel geworden. Die persischen Schiffe fädelten sich durch dieses Nadelöhr. Die Bewohner der thrakischen Küsten sahen diesen Aufzug von Segeln und knarrenden Riemen und entsetzten sich. Tag um Tag verging. Aus dem Frühjahr wurde Sommer, schließlich Herbst: Krieg überzog das Land auf seltsame, fremdartige Weise. Hier wurde eine Stadt geschleift und dem Erdboden gleichgemacht, dort schützte Xerxes einen heiligen Hain oder einen Tempel. An diesem Tag war er gnadenlos, und das Heer verwandelte sich in eine Furie aus Totschlag, Mord, Brand und Wunden. Am anderen Tag beschenkte er einen Statthalter mit den Sklaven, die er am Vortag gemacht hatte. Sein Heer, in drei Säulen gegliedert, näherte sich Athen und Sparta meist parallel zur zerklüfteten Küste.

Im siebenten Mond stand ein Heeresteil unter Xerxes unmittelbar vor Thermopylai. Rund siebentausend Griechen, meist Hopliten und Leichtbewaffnete, fanden sich zusammen mit dreihundert Spartanern an der Sperrstellung ein. Sie waren entschlossen, hier den Vormarsch der Perser aufzuhalten, koste es, was es wolle. Man übertrug dem König von Sparta, Leonidas, den Befehl über die Truppen.

Und gleichzeitig versammelten sich fast alle griechischen Schiffe am vorspringenden Kap von Artemision. Die Griechen stellten sich: Sie wollten das persische Heer so lange aufhalten und schwächen, bis ihre Flotte die persischen Schiffe in die Flucht getrieben hatte.

Leonidas hatte die düstere Nacht allein verbracht. Er sprach mit seinen Göttern und sich selbst; er hatte mit seinem Leben abgeschlossen. Er wollte siegen und überleben, aber als er die Masse der Perser mit eigenen Augen sah, zweifelte er daran. Er hatte sich geschworen, mit seinen Spartanern auszuhalten bis zum letzten Zucken seiner Muskeln, geschehe, was wolle. Im fahlen Licht des frühen Morgens lehnte er an einem Felsen und sagte sich, daß der Perser nicht weniger halsstarrig war als er selbst. Der Zugang nach Griechenland war einen Kampfwagen breit! Nicht breiter! Im Westen erhob sich der Oitaberg, unzugänglich hoch und abschüssig; nicht einmal Ziegen sprangen dort umher. Im Osten näherten sich der Strand, der Sumpf und schmale Wasserläufe dem Paß. Die Löcher warmer Quellen dampften in der Kühle des Morgens. Ein einfacher Altar, auf dem man dem Herakles opferte, und eine alte Mauer mit durch Trümmer gefüllten Torbögen – sonst nichts. Leise sagte Leonidas, den schweren Helm in den Händen:

»Sie können weder ihre Reiterei einsetzen, noch nützt ihnen ihre große Anzahl etwas. Beim Zeus! Bald werden sich Leichen zu Bergen türmen. Eine gute Zeit für Raben. Auch Xerxes ist sterblich.«

Leonidas drehte sich um. Er hatte den Feind gesehen. Jetzt erblickte er weit hinter dem Paß das eigene Lager. Seine Männer trieben Kriegsspiele, wuschen sich, bereiteten das Essen und berieten. Aus dem persischen Lager näherte sich zu Pferd ein einzelner Mann, unbewaffnet, wie Leonidas sah. Seit Tagen, während ein Sturm aus dem Norden über das Land brauste, war Xerxes untätig geblieben. Ein Bote also? Undenkbar. Ruhig sah Leonidas zu, wie der Späher das Lager betrachtete, die Verteidiger aus verschiedenen Städten und Landstrichen, blitzende Waffen und den Rauch unter den Kesseln. Hundert Atemzüge später wendete der Reiter sein Pferd und ritt zurück. Leonidas winkte einen Boten herbei; einen halbwüchsigen Jungen, der nur einen Dolch und den Helm seines Vaters trug.

»Was weißt du von den Phokern, die den geheimen Pfad bewachen?«

»Sie sind bereit. Tausend Hopliten. Ich habe sie gestern bei Einbruch der Nacht verlassen.«

»Sie sind mutig? Keiner, der davongerannt ist in Schande?«

»Niemand, König.«

Leonidas schenkte ihm ein karges Lächeln. »Dann geh nach hinten und sieh zu, wie wir sterben, mein Sohn.«

Verwirrt lief der Junge davon. Vier Tage lang warteten hunderte Griechen in voller Rüstung und hielten ihre Waffen bereit. Am fünften Morgen donnerten im persischen Lager die Trommeln. Fanfaren stießen grelle Schreie aus. Meder und Kissier rückten vor. Sie rannten zum Paß, ihre Waffen schwingend, die Gesichter verzerrt und von ihren Hauptleuten mit gellenden Befehlen und der Peitsche angetrieben. Augenblicke später schrie Leonidas seine Befehle. Eine lebende Mauer aus Griechen bildete sich. Eisenbeschlagene Sandalen, erzene Beinschienen, große Schilde und glänzende Panzer, eiserne, ledergefütterte Helme und funkelnde Lanzenspitzen sahen in den Augen der Meder aus, als wären sie aus gewachsenem Fels. Hunderte Perser rannten herbei, als die Hopliten sich zur Seite drehten. Hinter ihnen tauchten Bogenschützen auf, schossen einmal und zweimal, und die erste Welle des Angriffs brach zusammen. Noch vor der Mauer bildete sich ein Wall aus Gefallenen. Die nachrückenden Kissier kletterten über die zuckenden Körper, warfen ihre Speere und wurden von den Lanzen der Griechen niedergestoßen, noch ehe sie ihre Schwerter packen konnten. Ins Klirren von Metall auf Stein und auf Metall mischten sich Schreie und Flüche. Fünfzehn Stunden lang dauerte der Kampf des ersten Tages.

Zwischen dem Lager der Griechen und der vordersten Kampffront rannten Waffenträger. Verwundete wurden weggeschleppt, frische Leute traten an ihre Stelle. Spartaner starben und wurden durch Tegeaer ersetzt, die ebenso mutig fochten. Lanzenschäfte brachen knirschend. Immer wieder schlugen die Männer des Leonidas sich gegenseitig mit den Schwertern die abgebrochenen Speere und Pfeile aus den Schildhäuten. Wahre Hagel aus Geschossen kamen von den Persern; die Griechen hielten die Schilde waagrecht über ihre Köpfe. Als die Lakedaimonier in fünf klirrenden Reihen den Paß sperrten, narrten sie die Perser auf tödliche Weise. Ein Kommando ertönte, das keiner der Meder verstand. Alle Griechen drehten sich um und rannten davon. Die Barbaren erhoben ein siegreiches Geschrei und hetzten ihnen nach. Hundert Schritte weit, weiter kamen sie nie, denn die scheinbar Flüchtenden drehten sich um, hieben und stachen die Meder nieder, und ihnen kamen von rechts und links ausgeruhte Leute zur Hilfe.

Im Morgengrauen des nächsten Tages schickte Xerxes seine Unsterblichen in den Kampf. Er selbst sah von seinem Thronsitz zu, der überall dort aufgestellt wurde, wo der Herrscher seinen Kriegern zuzusehen wünschte. Die Männer seiner Umgebung merkten, wie er rasend ungeduldig wurde, je länger der Kampf dauerte. Man sah stets nur eine Handvoll Griechen und eine Unmenge Perser, die sich gegenseitig behinderten.

Ein Bote erreichte Leonidas: *Harrt aus, bis sich die Flotte durch die schmale Fahrtrinne nach Süden zurückgezogen hat. Es wird diese Nacht sein.*

Die Unsterblichen kämpften wie die Löwen. Ihre Lanzen waren gleichlang wie die der Griechen. Für jeden toten Griechen lagen aber, als es Abend wurde, zwanzig oder mehr Perser auf dem verwüsteten, blutgetränkten Boden. Zwischen den Bergen der Leichen, die gräßlichen Geruch verströmten, krochen Verwundete zum persischen Lager zurück, wurden von den nachrückenden Kriegern niedergetreten und von deren Waffen getötet.

Die knirschenden Geräusche, mit denen Lanzenspitzen aufs Metall der Schilde oder Panzer trafen, Schwertklingen, die gegen die Felswand schlugen und brachen, das hornissenhafte Surren der Pfeile und die dumpfen Einschläge der Wurfspeere, das Keuchen der Männer und ihre Rufe zu den Göttern, das Stöhnen der Verwundeten und die Schreie der Sterbenden, immer wieder das Klatschen der Peitschen und das Trappeln der Stiefel und Sandalen, der Staub, der sich auf alles legte, Bäche von Schweiß und Blut, die heiße Raserei des Kampfes, wenn sich zwei Männer als Gegner erkannten und einander töten mußten, der langsame Weg des Gestirns über den Himmel und die wechselnden Schatten, und ganz weit entfernt das Fauchen des Windes und die Geräusche der ewigen Brandung: Stunde um Stunde das gleiche. Die Toten hörten es nicht mehr. Die Verwundeten wurden im Lager der Griechen auf Wagen gelegt, auf Stroh; Ochsen zogen sie zurück nach Alpenoi.

Hydarnes opferte Hunderte Unsterbliche, aber es gelang auch ihm und seiner Elitegruppe nicht, die Griechen zu vertreiben. Wieder stürzte sich Leonidas, den die Griechen und Perser am zerbeulten, von glänzenden Schrammen bedeckten Helm mit dem wuchtigen Stirn- und Kinnschutz erkannten, selbst in den Kampf. Er besaß Kräfte, die weit über das Maß hinausgingen, das andere Krieger hatten.

Ein einheimischer Führer namens Ephialtes meldete sich bei Xerxes. Man brachte ihn unter starker Bewachung zum Großkönig. Er erhoffte, sich eine Belohnung und erbot sich, eine Abteilung der Perser über einen geheimen Pfad in den Rücken der Spartaner zu bringen. Hydarnes wurde gerufen. Mit ätzender Stimme rief ihm der Großkönig zu:

»Die Unsterblichen können unter deiner Leitung beweisen, daß sie mit der Hinterlist des griechischen Verräters mehr leisten als im offenen Kampf. Nimm ein paar tausend Lanzenkämpfer mit: Ephialtes sagt, daß tausend Griechen auf euch warten. Am nächsten Morgen sollst du im Rücken dieses Leonidas kämpfen, den ich lieber an deiner Stelle sähe.«

Hydarnes verneigte sich kreidebleich fast bis zum Boden, rief seine Unterführer zusammen und folgte dem Griechen. Es dunkelte, und die Perser kamen wieder unverrichteter Dinge vom Paß. Die Unsterblichen schleppten tote und verletzte Kameraden mit sich, als Hydarnes mit ausgeruhten Männern aufbrach. Entlang eines Flusses, der durch eine unzugängliche Schlucht zu Tal strömte, auf einem Hirtenpfad, der so schmal war, daß nicht einmal zwei Männer nebeneinander klettern konnten, über sonnendurchglühte Felsbrocken und durch Gestrüpp voller Dornen und scharfer Blätter, das aromatischen Geruch ausströmte, der die Unsterblichen an gewisse Gärten ihrer Heimat erinnerte, stiegen sie die ganze Nacht lang auf. Auf feuchten Gesteinsbrocken überquerten sie nicht nur einmal die schäumenden Katarakte des Flusses. Mehrere Männer verloren den Halt, stürzten ab und zerschmetterten sich Brustkörbe, Wirbelsäulen und Köpfe oder speerten sich mit den eigenen Waffen. Die Sterne des fremden Firmaments drehten sich über den Köpfen, verblaßten und machten einem Grau Platz, das wie die ewige Asche der Feuer Zoroasters war. Der Sturm hatte längst aufgehört.

Die Eichen, von denen der Gipfel des Berges dicht bedeckt war, waren naß vom Tau. Unter den Stiefeln der Perser raschelten trockene Blätter. Die schweren Tritte ließen die Eicheln aufbrechen. Plötzlich drehte sich Ephialtes um, legte warnend die Finger vor die Lippen, aber schon war Lärm zu hören.

»Die phokischen Hopliten!«

Nur wenige Lanzenwurfweiten trennten die Perser, die sich schnell formierten, von den überraschten Männern. Die Phoker rissen ihre Schilde hoch, warfen Speere und zogen sich zu einer Verteidigungsreihe zurück. Im ersten Licht der Sonne funkelten die Rüstungen der persischen Elitesoldaten. Auf beiden Seiten fielen Männer, ehe der Grieche und Hydarnes die Fortsetzung des Pfades fanden und auf der anderen Seite des Berges abstiegen, ohne sich weiter um die Phoker zu kümmern.

Die Perser waren verschwunden, kaum daß sie aufgetaucht waren. Erst jetzt begriffen die Griechen, daß der Angriff nicht ihnen gegolten hatte. Sie machten sich an die Verfolgung, aber es gelang ihnen nicht, viele Perser einzuholen und zu töten.

Eine Hand rüttelte Leonidas aus einem abgrundtiefen Schlaf. Er packte das Schwert, aber ein Mann drückte seinen Arm hinunter.

»Der Seher hat uns den Tod vorhergesagt«, keuchte eine Stimme. Einige Männer kamen mit Fackeln. Leonidas erkannte einen Späher, sprang auf und tauchte seinen Kopf in einen Kübel mit Quellwasser.

»Megistias hat gesagt, daß wir sterben. Aber nicht, wodurch.«

»Durch die Hand der Perser, die über den geheimen Pfad aufsteigen und den Paß in wenigen Stunden erreicht haben werden. Es ist soweit, Leonidas.«

»Noch ist Zeit, Wein zu trinken und Brot zu essen. Ruft die Männer zusammen.«

Leonidas suchte etwa tausend Männer zusammen, von denen er wußte, daß sie mit ihm in den Tod gehen würden, versammelte die Führer der Phalangen um sich und sagte den Thebanern, Thesbiern und Spartanern, daß sie den geordneten Rückzug aller anderen Kämpfer sichern und sich zuletzt selbst in Sicherheit bringen sollten. Boten ritten nach allen Richtungen. Der Spartaner fuhr fort: »Und du, Recabarren, sage diesem Schiffsbaumeister, daß ich bedaure, nicht auf seinen Rat gehört zu haben.«

»Ich werde es ausrichten, bei meinem Leben.«

»Und sage jenen, die in Sparta geblieben sind, daß wir hier sterben werden, so wie es unser Gesetz befiehlt.«

»Ich wünsche dir einen schnellen, schmerzlosen Tod, König!« Recabarren eilte davon. Noch in der Nacht zogen die Griechen ab. Leonidas aß und trank mit seinen Männern. Dann stellten sie sich auf und warteten, tausend Männer, auf den Feind. Eine Stunde nach Sonnenaufgang näherte sich die unüberschaubar große Masse des persischen Heeres. In der Mitte des bewaffneten Haufens ritt Xerxes, von einem lanzenstarrenden Wall aus Leibern umgeben. Die Griechen hatten die Mauer besetzt, und so kam es, daß die ersten Kämpfe nicht mehr an der engsten Stelle des Passes begannen. Wieder heulten Schwärme von Pfeilen heran und schienen den Himmel zu verfinstern. Unzählige Perser ertranken, weil sie abgedrängt und ins Meer gestürzt wurden. Die Griechen starben langsam nacheinander, und da jeder von ihnen wußte, daß sie sterben würden, kämpften sie mit Todesverachtung. Die letzten Lanzen waren gegen Mittag zerbrochen, also riß man die Waffen aus den Händen und unter den verknäulten Körpern der Unsterblichen hervor und erstach die Perser mit ihren eigenen Waffen und Speeren.

Der Kampf verlagerte sich auf einen kleinen Hügel. Von tausend Griechen kämpften nur noch siebenhundert. Dann waren es noch sechshundert. Leonidas, der sich zu weit aus dem Igel der Phalangen hervorgewagt hatte, starb lautlos und schnell, nachdem er einen Sohn des Dareios, Abrokomas, getötet hatte. Hyperanthes, dessen Bruder, wurde von einem Schwert tödlich getroffen. Perser und Griechen, die den Leonidas hatten zusammenbrechen sehen, lieferten sich einen Kampf um seine Leiche, der mit unbeschreiblicher Wildheit geführt wurde – die Sterbenden schienen nicht wahrhaben zu wollen, daß sie nicht mehr kämpfen konnten. Sie kämpften mit Schilden wie mit Rammen, mit Tritten der gepanzerten Sandalen, Feldsteinen, zerbrochenen Schwertern, die sich in tödliche Geschosse verwandelten, mit Dolchen, Fausthieben und Zähnen. Perser erwürgten Griechen mit Gürteln, Griechen erschlugen Perser mit deren eigenen Goldketten. Viermal schlugen die Griechen – fünfhundert oder weniger – die Perser über der ausblutenden Leiche des Leonidas in die Flucht.

Die Griechen zogen sich hinter die Mauer zurück, dorthin, wo der Kampfplatz eine geringere Breite besaß. Die Perser warfen ihre Speere fast senkrecht nach oben, und unzählige Griechen starben, ohne die Waffe zu sehen, die sie tötete. Dasselbe taten die persischen Bogenschützen. Nicht mehr als zweihundert griechische Kämpfer, fast jeder von ihnen durch schwere Wunden gezeichnet und am Ende seiner

Kräfte, sahen rechts und links die Kameraden umsinken, von Speeren und Pfeilen getroffen. Es gab keine Waffen mehr. Die Rasenden sprangen die Perser mit bloßen Händen an und rissen ihnen die Dolche aus den Scheiden. Die Perser, selbst die Angehörigen jener Völkerstämme, die wilde Tiere jagten und keinen Schmerz kannten, erschraken gegenüber dem Ausdruck solch rasender Wildheit. Wenige Augenblicke der Überraschung und des Erschreckens reichten, und den Persern wurden die Waffen aus den Händen gewunden und geschlagen. Sie starben unter den Hieben ihrer eigenen Schwerter und Stiche der Dolche.

Dann kam ein Augenblick, an dem alle Bewegungen aufhörten. Stille, furchtbarer als das Lärmen und Keuchen zuvor, trat ein. Jedes der wenigen Geräusche war überaus schrill und grell und schmerzend. Die wenigen Griechen, die noch lebten – man sagte später, sie wären aus Theben gewesen –, sackten zusammen, setzten sich hin und ließen sich fallen. Ihnen war gleich, was nun geschah.

Die Perser führten sie hinweg, und dann ritt Xerxes heran und betrachtete das Schlachtfeld. Der Großkönig war im tiefsten Innern getroffen. Er begriff, daß hier weniger zwei Heere aufeinandergeprallt waren als zwei Ideen. Um einen Griechen zu töten, hatte er zwanzig oder dreißig Männer geopfert. Der Boden war von Händen, Schwertern und Absätzen aufgewühlt und hatte sich in Tausende kleiner Krater verwandelt. In den Löchern der heißen Quellen lagen tote Körper. Brustpanzer und Schilde, aus deren Rändern zackige Abschnitte fehlten, lagen umher. Schwertklingen und Griffe, zerbeulte Helme, blutüberströmte Panzer, deren Riemen gerissen waren, häuften sich zwischen den Körpern der Toten. Schädel, halb aus den Helmen gerutscht, kollerten zur Seite, wenn man an sie anstieß. Unmengen zerbrochener Pfeile steckten im Boden wie fremdartige Gewächse mit bunten Blüten an den Enden. Mauersteine, Pferdekadaver, der grauschillernde Inhalt menschlicher Schädeldecken, Bauchhöhlen und wässeriges Blut, dies alles war von einer Schicht metallisch glänzender Fliegen bedeckt, die aufgeregt summten und den Eindruck erweckten, ihre Beute wäre noch lebendig. Diese Reste der Schlächterei bedeckten gleichmäßig den gesamten Hügel von oben bis hinunter zum Meer. Das Wasser hatte hellbraune Farbe angenommen; der Schaum der Brandungswellen hatte sich fahlrosa gefärbt. Die Perser starrten einander in grauer Furcht an.

Einige Barbaren zerrten die Leiche des Leonidas unter einem Berg von verstümmelten Körpern hervor. Unterwürfig näherte sich ein Unsterblicher, dessen Kleidung und Panzerung nur noch aus Fetzen und Bruchstücken befand. Er blutete aus einer Kopfwunde.

»Herr! Was sollen wir mit dem Leichnam des Spartaners tun?«

Xerxes schien aus tiefem Schlaf aufzuwachen. Er befahl:

»Zeichnet die Hälfte der Überlebenden mit glühenden Eisen. Sie sollen an diesen Tag denken bis an ihr Lebensende. Köpft Leonidas. Pfählt den Körper und richtet das Mal hoch auf.«

Man wußte von Xerxes, daß er die tapferen Feinde ehrte. Leonidas aber haßte er so, hieß es später in seinem Heer, daß er sich vergaß. Obwohl er nicht gegen den Spartaner gekämpft hatte, waren die Wunden, die ihm Leonidas geschlagen hatte, tiefer und schmerzender, als jemals jemand aus seiner Umgebung merkte. Überdies wußte der Großkönig: Die Männer um Leonidas hatten das Ziel ihrer verzweifelten Verteidigung erreicht. Das Landheer war so lange aufgehalten worden, bis sich die griechische Flotte unbeschädigt durch die Enge des Euripos zurückgezogen hatte. Der Weg nach Griechenland war frei.

Wieder setzte sich mit der Unausweichlichkeit eines Erdbebens, eines schwelenden Flächenbrands oder einer verheerenden Seuche der riesige Heerzug des Xerxes in Bewegung. Er überrollte die Gemeinden in Mittelgriechenland und stand binnen kurzer Zeit vor Delphi, dem heiligen Sitz des Orakels. Noch aber waren die genauen Verluste, die man der persischen Flotte zugefügt hatte, dem Großkönig nicht bekannt.

Der Kampf der tausend Schiffe fing, wie so vieles in dieser verworrenen Zeit, mit der zufälligen Begegnung weniger Schiffe an. Weder Ptah noch ich waren zu dieser Zeit an den Ereignissen beteiligt. Nahe der Insel Skiathos lagen Dreiruderer der Griechen vor Anker. Die Hälfte der Mannschaften schlief, die andere Hälfte suchte das Meer mit den Augen ab. Themistokles hatte eindeutige Befehle erteilt und den Fluch aller Götter auf denjenigen herabbeschworen, der bei dieser wichtigen Aufgabe versagte.

Es war Mittag, die Zeit, in der es in der Hitze fast selbstmörderisch war, sich zu bewegen, und noch hirnrissiger, wie ein gepeitschter Sklave zu rudern. Seeleute schliefen auf den Bänken, hingen im Ausguck, standen hinter den Schanzkleidern und warteten auf das Auftauchen der fremden Schiffe. Ereignislos tropfte die Zeit dahin. Die Dreiruderer hoben und senkten sich im Seegang, die Stille wirkte einschläfernd. Und dann sahen die Männer das Segel. Noch eines. Ein drittes, viertes; Dutzende persischer Schiffe bogen um das Kap.

»Sie kommen!«

Die gegnerischen Schiffe näherten sich schnell. Riemen hoben und senkten sich; sie schleuderten die Schiffe der persischen Seeaufklärung den Griechen entgegen. Binnen einiger Atemzüge waren bei den Griechen die Ankertaue gekappt, die Segel aufgezogen und die Riemen eingesetzt. Die drei Schiffe fuhren einige Ruderschläge weit den Persern entgegen, drehten nach Backbord ab und flüchteten; sie hatten den Befehl, sofort zu berichten. Der Wind war den Persern besser gesonnen – sie näherten sich schnell auf direktem Kurs. Die Griechen erhöhten die Schlagzahl ihrer Ruderer; der Keleustes, dessen Rufe den Takt angaben, verdoppelte ihre Anstrengungen. Wenn die enge Passage zwischen Insel und Küste passiert war, wenn die Schiffe ihre Schnäbel nach

Norden richteten, öffnete sich eine fast kreisrunde Bucht, deren einziger Zugang nach Süden wies. Dorthin versuchten die Griechen zu flüchten.

Während die Vorhut der persischen Flotte aufholte, arbeiteten sich die Ruderer durch die Wellen. Die schlanken Leiber der Schiffe hoben und senkten sich. Von Stunde zu Stunde kamen die schnellsten Schiffe der Perser näher; die Bogenschützen und Seesöldner der Trieren machten sich bereit. Einige Augenblicke der Unaufmerksamkeit des Steuermanns brachten den Dreiruderer vorübergehend aus dem Kurs, ließen ihn auf einen Unterwasserfelsen zudriften, dessen unsichtbare Schärfe die Planken unter der Wasserlinie in einer Länge von mehreren Schritten aufriß. Der Kapitän gab den Befehl, das Schiff zu verlassen und an Land zu schwimmen. Das zweite Schiff drehte kurz bei. Den Persern schlug ein Hagel aus Pfeilen und Spießen entgegen. Die Schleuderer warfen die brennenden Kugeln aus Werg und Erdpech, aber nur wenige trafen. Zwei persische Schiffe schoben sich von beiden Seiten auf die Trireme zu und scherten alle Riemenschäfte ab, dann schwangen sich die Krieger an Tauen an Deck und enterten das Schiff.

Die drei Schiffe kamen aus dem Kurs, schlugen quer und versperrten den nachfolgenden Schiffen den Weg. Die wütenden Kämpfe ermöglichten es dem dritten Schiff, dessen Kundschafter mit blinkenden Schilden die Boten an den Ufern verständigten, zu entkommen. Endlich schlug der Wind in das Segel, riß das Schiff vorwärts und in nördliche Richtung. Die Schiffe der Perser blieben zurück; sämtliche Geschosse fielen ins Meer. Das Schiff setzte im nördlichen Teil der Bucht auf den Strand, die Mannschaft raffte ihre Waffen zusammen und schlug sich in Eilmärschen zu ihrer Heimatstadt durch.

In Athen erfuhren sie, daß die Perser sich mit ihrer geballten Macht näherten. Themistokles, der erfahren hatte, welche wichtige Rolle die GÖTTERSTURM in der Seeschlacht bei Sizilien gespielt hatte, wartete vergebens auf eine Nachricht seines Schiffsbaumeisters Ptah-Sokar.

Die Perser errichteten zwischen der Insel und der Durchfahrt Seezeichen, um der Flotte den Weg zu weisen. Als sie sich auseinanderfächerte und begann, alle Stellen der Bucht zu kontrollieren, öffnete sich zum zweitenmal während des Feldzugs der Sack des Aiolos: Sturm brach aus; wütete siebzig Stunden lang. Eben, am Nachmittag, war der Himmel klar gewesen, und böiger Wind wehte aus Südost. Überraschend schnell überzog sich das Firmament mit riesigen Wolken, schneeweiß und sich ineinanderballend, zu neuen und höheren Gewittertürmen wachsend, mit schwarzen Rändern; die Sonne verschwand, der Wind starb, kam wieder, sprang um und setzte mit furchtbarer Wucht aus Nord ein. Er traf die Schiffe der Perser von vorn, hob die Schnäbel und zerfetzte die Segel. Zweihundert Schiffe hatten sich vom Hauptteil abgesondert und waren außen um die Insel Skiathos herumgesegelt. Die Griechen sollten getäuscht werden; die Späher hatten zweihundertsiebzig griechische Schiffe gemeldet.

Die Rudersklaven stemmten sich, als der Wind die Schiffe umherschüttelte, gegen die federnden Riemen. Die Steuerleute klammerten sich an den Rudern fest und zwangen die langgestreckten Körper in den Kurs zurück. Wind kreischte in der Takelage. Die Männer auf den Planken schwankten unter dem Ansturm der Wellen. Schilde rissen sich los und wirbelten über Deck. Lose Tauenden schwangen umher wie dicke Peitschen und ließen Knochen brechen.

Der Plan der Perser war gewesen, unbemerkt in den großen Sund einzufahren und dort zu warten, um dem Gegner den Weg zu versperren oder ihn im Rücken anzugreifen. Spione und Überläufer hatten berichtet, daß sich die griechische Flotte nahe von Kap Artemision zum Kampf stellen würde. Der erste Windstoß hatte die Schiffe aus dem Kurs gedrängt, und beim Versuch, wieder in eine geordnete Formation zurückzukehren, schrammten mehrere Schiffe mit den Bordwänden aneinander. Die Riemen splitterten, abermals drehten die langen Rümpfe quer zu Wind und zu Wellen und kenterten. Die nachfolgenden Schiffe ruderten durch die Trümmer, schnitten die hilflos Schwimmenden unter und fuhren in Schlangenlinien, um den halb vollgeschlagenen Wracks auszuweichen.

Nur wenige Schiffe erlitten Schiffbruch. Viele Schwimmer, die sich an den Blättern der Riemen festklammerten und um Hilfe brüllten, wurden auf die Decks gezogen. Blinkzeichen, Signale mit schwarzem Rauch und farbigen Tafeln zuckten vom Land zu den griechischen Schiffen und von Schiff zu Schiff. Dreißig Schritt waren die Trieren lang, fast neunzig Ellen, zwanzig Fuß breit und etwa fünfzehn Fuß hoch. 156 Ruderer handhabten die langen Riemen. Die Thalagmiten der untersten Reihe, die Hygiten der mittleren und die Thramiten, die zuoberst saßen, bewegten Riemen unterschiedlicher Länge. Die Schiffe mit zwei Masten und Segeln, mit einfacheren und wirkungsvolleren, die der aigyptoitische Schiffsbaumeister eingeführt hatte, waren schnell beweglich; auf vielen Schiffen saßen ausgebildete Mannschaften.

Fünfzig Krieger standen auf dem schmalen Deck. Fast jede Waffengattung war vertreten. Die griechischen Schiffe waren wendiger und gingen flacher als die meisten großen Schiffe der Perser. Während der Sturm in langen Stößen und ebenso langen Pausen über das Meer tobte, verständigten sich die Griechen darüber, daß sie bis zur Nacht in Artemision bleiben und dann vor Mitternacht, im Schutz der Dunkelheit, den zweihundert persischen Schiffen entgegenfahren würden. Wind solcher Stärke machte den wenigsten Kapitänen etwas aus.

Die große Flotte der persischen Seemacht wartete bei Aphetai. Einige kleinere Schiffe wagten sich, unbehelligt von den Griechen, bis zur Lephtariklippe und luden ihre Last aus. Die Männer zimmerten ein Seezeichen und verkeilten es zwischen den Felsen des Kliffs. Zwischen Skiathos und Kap Sepias wies diese Barke den Persern den Weg und sollte verhindern, daß Schiffe auf die Felsen liefen und zerbrachen.

Bis zum Einbruch der Nacht schwächte sich der Wind tatsächlich ab, wurde dann wieder stärker, und die Wolken verschwanden in der Dunkelheit. Kein Perser verstand die Bedeutung der griechischen Signale, kein persischer Kapitän entdeckte das dunkle Schiff, auf dessen gepanzerten Flanken sich Sternenlicht in schwachem Schimmer brach.

Am nächsten Morgen sahen die Perser ein erstaunliches Bild. Vor ihrer riesigen Flotte, die um den Standort der Griechen herum einen Zweidrittelkreis bildete, war ein Keil scheinbar aus der Nacht, dem schwarzen Nichts aufgetaucht. Niemand hatte die Dreiruderer gehört oder gesehen. Die Schnäbel der griechischen Schiffe richteten sich auf den Feind; die Riemen standen wie Stacheln eines seltsamen Tieres schräg nach oben. Die flachen Strahlen der Sonne brachen sich an den Rüstungen der Männer, an Beschlägen und an den metallenen Rammspornen auf dem Kielbalken unter dem Bug der Schiffe.

In der Mitte des Keiles, der mit seiner Spitze auf die riesige Armada zielte, standen zwei schwarze Segel im Wind. Für die Perser sah es aus, als würde sich die nahe Küste hinter den Schiffen in eine Mauer, der Himmel mit seinen drohenden Wolken, zwischen denen es wetterleuchtete, in ein Chaos verwandeln. Langsam bewegten sich die Einheiten beider Flotten. Die Perser sahen, daß sie an Steuerbord und Backbord ihrer wallartigen Angriffslinie zu wenig Raum zum Manövrieren und Kämpfen haben würden. Der Wind, der auch an diesem Tag aus wechselnden Richtungen kam, ließ ihre Schiffe taumeln.

Ein Zischen ertönte. Niemand wußte genau, woher es kam. Nur wenige sahen den weißen Rauchstreifen, der wie die Spur eines Brandpfeils senkrecht nach oben wies. Dann erschien über den Griechenschiffen eine Wolke, in der es rot und gelb funkelte. Das Signal. Gleichzeitig senkten sich alle Riemen. Die Rahen wurden in den Wind geschwenkt, die Taue straff gespannt und belegt. Die Griechen griffen an. Zwischen beiden Flotten gab es nur noch einige Bogenschußweiten Abstand. Aus dem keilförmigen Schiffsverband schob sich das dunkle Schiff hervor, das statt des Schnabels eine gezähnte Rammeinrichtung trug. Die schwarzen Segel blähten sich, die Riemen arbeiteten im Takt, immer schneller. Wenige Augenblicke später erfolgte der Aufeinanderprall.

Griechen und Perser versuchten die gleiche Taktik. Ihre Schiffe rasten aufeinander zu und versuchten, dicht an der gegnerischen Bordwand vorbeizukommen. Rammsporne bohrten sich in splitternde Bordwände. Reihenweise brachen die langen Riemen ab, wurden den Ruderern aus den Fäusten gerissen und mit großer Wucht zwischen den Ruderbänken hin und hergeprellt. Schmerzensschreie ertönten, denn die abgebrochenen Teile verwandelten sich in Keulen, die nach den Männern schlugen. Befehle gellten. Schiffe fuhren rückwärts und rissen ihre eisernen Widerhaken aus den berstenden Planken. Auf den Decks schossen die Bogenschützen nach den Steuermännern und den anderen Kriegern.

Ein Athener kaperte das erste Schiff der Perser, legte Feuer unter

Deck und nahm den Kapitän und den Steuermann gefangen. Das Schiff mit den schwarzen Segeln zog die Riemen ein, fuhr geradeaus zwischen zwei Persern hindurch und schlitzte deren Bordwände auf, nachdem sämtliche Riemen zersplittert waren. Das persische Kampfschiff, das hinter der Linie zu kreuzen versuchte, wurde von einem furchtbaren Stoß im Heck getroffen, legte sich schwer auf die Seite und nahm Wasser auf. Der Rammbug des schwarzen Schiffes schlitzte das Heck auf, zertrümmerte das Ruder und fegte mit dessen Hebel den Steuermann in hohem Bogen über Bord. Die erste Angriffswelle der Griechen hatte die persische Linie durchbrochen und segelte in auseinandergezogener, nach Steuerbord weisender Reihe ins freie Wasser. Schnell wurden Verletzte versorgt, Schäden ausgebessert und die Toten dem Meer übergeben. Hinter den Griechen brannten und versanken neun persische Kampfschiffe. In den folgenden Stunden wechselte aber das Glück des Kampfes.

Griechische Schiffe wurden gekapert und versenkt, persische Rudersklaven ertranken jämmerlich. Brandpfeile schlugen in die Planken eines bewegungslos driftenden Seglers aus Karchedon. Überall versuchten sich Schwimmende in Sicherheit zu bringen. Die Wolkenbänke im Norden wichen nicht und türmten sich höher auf. Kurz nach dem höchsten Stand der Sonne verschwand das Gestirn hinter den schwarzen Massen, die mehr als die Hälfte des Firmaments bedeckten. Die zweite Phalanx der Schiffe aus Athen und Korinth griff an, als das Unwetter losbrach. Zuerst herrschte Windstille, und man hörte jeden einzelnen Laut weit und überaus deutlich.

Die Schiffe der Perser, die noch nicht am Kampf teilnahmen, ankerten an der Küste, in langen Reihen, manchmal acht Schiffe tief. Der Nordwind brach unvermittelt und mit furchtbarer Wucht los. Er überraschte sämtliche Schiffe auf See, aber seine Kraft tobte sich zwischen der Stadt Kasthanaia und dem Vorgebirge des Sepias aus. Nach wenigen Augenblicken wehte der Sturm aus Nordost; Hellespontier nannten die Seefahrer diese seltene Erscheinung. Die Griechen, die diese Wolken und deren Bedeutung kannten, wendeten ihre Schiffe und ruderten an Küstenstreifen und Stränden, an denen sie landen und die Dreiruderer in Sicherheit auf den Strand ziehen konnten. Die persische Flotte wurde getroffen, auseinandergerissen, aufs Meer hinausgetrieben und der Wut des Sturmes und der Wellen ausgeliefert. Nur die besten Kapitäne und Mannschaften überlebten.

Frachtschiffe mit Nahrungsmitteln kenterten ebenso wie die schweren Kampfschiffe. Die leichteren Schiffe der Griechen überstanden die ersten Stunden des Sturmes nicht nur deshalb, weil die Kommandanten Strömungen und rettende Ufer kannten, sondern weil die Boote auf den Wellen tanzten wie trockene Holzstücke. Die Perser waren vom Unglück verfolgt; der größte Teil ihrer Flotte wurde vernichtet. Fast jeder Strand, jedes Stück felsiges Ufer, jedes Riff und all die unzähligen

Inselchen waren binnen eines Tages von Trümmern, Wracks, Verletzten und Leichen bedeckt. Unersetzliche Werte gingen verloren, Tausende von Menschen starben.

Fünfzehn persische Schiffe wurden zwischen die Griechen getrieben, die ihre Boote in Sicherheit gebracht hatten. Die Griechen zerstörten alle fünfzehn Segler und führten die Besatzungen in die Gefangenschaft. Die Nacht kam, wilde Wolkenfetzen trieben über den Himmel und verdeckten den Mond. Rund um die Halbinsel Magnesia trieben steuerlose große Schatten auf die Klippen und zerbarsten. Das hohle Jaulen des Sturmes, das schmetternde Krachen der Brecher und der Brandungswellen sowie das Knirschen und Bersten der Schiffe rissen nicht ab. Drei Tage und drei Nächte lang tobte der Sturm, wurde der Hellespontier durch schwere Gewitter unterbrochen. Blitze verwandelten Teile der Meeresoberfläche und die schrundigen Wände der Küstenfelsen in dämonische Orte, an denen Schiffe jeder Größe zerschellten und Männer starben. Mit zerfetzten Segeln und zerbrochenen Rudern schossen Schiffskolosse durch die Brecher. Die Blitze erhellten Bruchteile von Augenblicken die Schreckensnacht und machten andere, tödliche Einzelheiten sichtbar. Regenschauer schlugen herunter und schwemmten die Leichen, die von den Wellen an die Strände geworfen worden waren, zurück ins Meer.

Die Kriegskasse der Perser wurde bei Sepia ans Land gespült, dazu eine unglaublich große Menge goldener und silberner Trinkgefäße in jeder Größe. Prunkwaffen lagen verstreut am Ufer, und an den stürmischen Tagen sah man Griechen, die diese Schätze einsammelten. Die persischen Kommandanten, denen es geglückt war, ihre Schiffe sicher an Land zu bringen, fürchteten einen weiteren Angriff der Griechen, selbst in diesem Sturm oder an den Tagen danach. Aus Trümmern der Flotte, die unaufhörlich angeschwemmt wurden, errichteten sie einen hohen, seltsam aussehenden Wall aus Planken, Kieltrümmern, Schnäbeln und Tauen, aus Gittern, die wiederum aus zerbrochenen Riemen zusammengebunden waren. Man zersägte die Bruchstücke der Masten und rammte sie als Pfosten in den Boden. Niemandem gelang es, ein Feuer anzuzünden, damit die persischen Soldaten eine warme Suppe erhalten konnten.

Als am vierten Tag der Sturm nachgelassen hatte, als nach weiteren Tagen sich die Reste der Flotte gesammelt und die Schiffe alle Ufer abgefahren hatten, wurde das Unglück in all seiner Größe sichtbar. Hundert Schiffe, zweihundert, dreihundertfünfzehn, mehr als vierhundert, wenn man die Transportsegler und die kleineren Boote mitzählte. Alle Schiffe der Griechen, durch Boten und Signale benachrichtigt, sammelten sich und segelten an den Persern vorbei zurück nach Artemision. Die Perser verharrten in Lähmung. Schrecken und Furcht vor dem Zorn des Großkönigs würden sie, hätten die Griechen sie abermals angegriffen, zu willenlosen Opfern gemacht haben.

Fast zur selben Zeit, als der Nordoststurm aufhörte, starb Leonidas von Sparta bei dem Paß der Thermopylai. Als man Xerxes mitteilte, daß etwa ein Drittel seiner Kriegsflotte unwiderruflich vernichtet worden war, und zwar ohne ernsthafte Kampfhandlungen, daß darüber hinaus die Verluste der griechischen Flotte gering geblieben waren, bemerkten seine engsten Vertrauten denselben Ausdruck in seinem Gesicht: nach innen gekehrt, als lausche er einer unhörbaren Stimme, verwundert und, wie von rasendem Schmerz, verstört; und ungläubig.

Mehr als ein ganzer Mond verging; der Krieg bestand jetzt aus vielen kleinen Auseinandersetzungen, in denen mal Griechen, mal Perser siegten und verloren. Die Kämpfe am Paß und bei Kap Artemision waren, trotz der schweren Verluste der Angreifer, letztlich ein Sieg der Perser; sie hatten den Zugang nach Griechenland erzwungen. Fast alle Gemeinden in Mittelgriechenland sandten Xerxes Wasser und Erde, das Zeichen ihrer Unterwerfung. Delphi ergab sich und rettete dadurch die Schätze seines Orakel-Heiligtums vor der Plünderung durch die Barbaren. Das persische Heer kroch unaufhaltsam weiter. Die Männer Athens brachten Kinder, Frauen und Alte in Sicherheit und bemannten ihre Kampfschiffe. Vielleicht dreihundert Schiffe scharten sich, aus allen Teilen Griechenlands kommend, um die GÖTTERSTURM.

14.

An der engsten Stelle zwischen der riesigen Halbinsel, in deren Mitte Sparta lag, und Boiotien, das die Städte Athen und Theben beherbergte, wurde eine gewaltige Mauer errichtet. Die Verteidiger sollten sich dahinter sicherer fühlen vor dem Heer, das aus dem Norden nach Süden sickerte, sich spreizend wie eine Hand mit vielen gierigen Fingern. Südlich dieser Mauer, im großen Golf, der mit Inseln, zerklüfteten Ufern, weit vorspringenden Halbinseln und vielen Klippen gespickt war, begannen sich die Schiffe der Griechen zu sammeln. Der Landstrich Salamis gab dem Golf seinen Namen. Athen fiel ohne nennenswerten Widerstand in die Hand der Perser. Wie immer, waren die Griechen unsicher und von höchst unterschiedlichen Meinungen. Die einen fürchteten sich und wollten wegsegeln, die anderen drängten zum Kampf, die einen gaben alles verloren, wieder andere glaubten den Orakelsprüchen, die nicht nur mehrdeutig die Zukunft weissagten.

Themistokles und ein Kern wetterfester, weitgereister Kapitäne, siegreiche Mannschaften der Seegefechte und wir, die Besatzung der GÖTTERSTURM, wußten, daß der nächste Kampf unausweichlich war, zur größten und entscheidenden Seeschlacht wurde. In langen Gesprächen überzeugten wir die Griechen. Wir erhielten unterschiedliche Antworten: Bald würde die Heimat fest in der Hand der Eindringlinge sein. Die Griechen hatten noch eine Flotte von rund dreihundert kampftüchtigen Schiffen und etwa sechzigtausend Seekrieger.

Themistokles schickte einen Boten, der sich als Verräter ausgeben sollte, zum Xerxes. Der Grieche sollte dem Großkönig berichten, daß die Griechen sich entschlossen hatten, zu flüchten und die Perser an anderer Stelle anzugreifen. Was Xerxes plante und sprach, erfuhren wir nicht mehr: Hin und wieder fing ich von den Dolch-Mikrophonen Worte und Geschrei in einer Sprache auf, die wir nicht verstehen konnten; nur der kreisende Adler lieferte uns sichere Bilder.

Zweihundertvierzig Tage dieses Jahres waren vergangen. Trotz des Krieges wurde geerntet, Kinder wurden gezeugt und geboren. Menschen starben. Die seltsamen Gesetze des Krieges schufen in Griechenland, das vom persischen Heer besetzt war, eine Landkarte aus Kämpfen, tiefstem Frieden, Feuer und verbrannter, verwaister Erde. Die Gegensätze waren scheinbar nicht zu vereinbaren. Sparta und Athen hatten sich verbündet; endlich schienen wir erreicht zu haben, daß die Mehrzahl von dreihundert Kapitänen daran glaubte, daß wir die Feinde vernichten oder endgültig in die Flucht schlagen konnten.

»Nun, meine Freunde.« Ptah-Sokar grinste sarkastisch. »Es geht wohl um den letzten großen Einsatz. Drei Elemente muß ein Schiff fürchten: Feuer, Wasser und Löcher. Auch uns kann ein persischer Rammsporn treffen.«

Charissa und Indraya waren an Bord. Unsere wichtigsten Vorräte hatten wir versteckt, der Gleiter wartete in einer unauffindbaren Höhle. Unsere Rüstungen besaßen den zuverlässigen Schutz von Abwehrfeldern und Deflektoren.

»Dann wirst du vermeiden«, sagte ich, »daß wir uns in eine solche Position manövrieren.«

Ein kluger, rücksichtsloser Spartaner, Eurybiades, war von Themistokles als Führer der Schiffe eingesetzt worden. Wir hatten Pläne entwickelt, denn die Übermacht der Perser war trotz aller Verluste groß. Ich zeigte auf die Bilder der Monitoren.

»Persische Schiffe transportieren Mannschaften.«

»Im Schutz der Dunkelheit. Ihr Ziel ist die Insel Psyttaleia.«

Charissa senkte den Kopf und meinte: »Die Perser sollen, denke ich, unsere Schiffbrüchigen töten, die Psyttaleia erreicht haben.«

Ich wußte, daß auch die Griechen Schwerbewaffnete zur Insel schickten; das Landheer der Perser lagerte im Norden. Was auch geschah, unser Schiff war das am wenigsten gefährdete beider Flotten, und Ptahs Einfallsreichtum überzeugte selbst mich.

»Unsere Leute wissen, worum es geht?« Ich deutete auf die Ruderer. »Den Griechen helfen, keine selbstmörderischen Unternehmungen?«

ES hatte Rico beeinflußt, der das Schiff ausrüstete. Die Mannschaft, fünfzig Männer, die wenig redeten und in allen Kriegskünsten erfahren waren; keine Roboter, wahrscheinlich Androiden mit hellbrauner, bronzefarbener oder dunkler Haut und dem Aussehen von Griechen. Sie gehorchten jedem Befehl; nie schien es, als würden sie unter Zwang handeln. Bei Artemisia hatten sie viele Griechen beschämt: Ihre Tapferkeit stand außer Zweifel.

»Sie tun, was nötig ist«, sagte Ptah. »Es ist eine Herausforderung, gegen eine doppelt so große Flotte zu kämpfen.«

»Ich ziehe achtungsvolle Siege vor.« Ich sah mich um in dieser jämmerlichen Wirklichkeit der Kampfbereitschaft. Unsere Schiffe lagen in einer Bucht, die sich nach Osten öffnete. Obwohl viele Teile der Küste von Persern besetzt waren, herrschte jetzt, am tiefen Abend, gespannte Ruhe. Nur wir an Bord der GÖTTERSTURM wußten, daß die Perser Psyttaleia anliefen. Neue Bilder des Falken: Schiffe eines medischen Verbandes warfen die Leinen los, lichteten die Anker und wurden nach Westen gerudert, um die Bucht im Süden abzusperren, ein taktisch klares Vorgehen, das aber viele unserer Gegner ermüdete. Drei Viertel der Griechen wurden von ihren Kameraden bewacht und schliefen.

Nachdem sich Dunkelheit über die Küsten gesenkt hatte, kamen aus östlicher Richtung Lichtzeichen. Eurybiades verlangte das Losungswort und erhielt es. In den letzten Tagen waren oft Schiffe und Schiffsverbände zu uns gestoßen, so daß wir etwa dreihundertachtzig Schiffe haben mußten. Mehrere Dreiruderer kamen an und wurden freudig, aber leise begrüßt. Die Steuermänner berichteten, daß ihnen die Perser folgten und versuchen würden, uns im Norden der Bucht, unterhalb des Barbarenlagers, von der anderen Seite zu fassen. Der Logiksektor sagte: *Diesmal, Arkonide, kann euch Rico nicht mit der Voraussage von Stürmen helfen. Weder Zeus noch Aiolos werden mit euch kämpfen!* Ich steuerte den Adler in eine andere Position und deutete die Leuchtpunkte auf dem Bildschirm. Nach Mitternacht mußten wir unseren Ankerplatz verlassen. Und dann würden wir, vorausgesetzt, die Bewegungen hielten an und entwickelten sich einigermaßen logisch, zwischen zwei Angriffsreihen der Perser stehen.

»Im Süden die Flotte der Rômet, im Norden Phoiniker und Ionier«, sagte Ptah. »Es wird Zeit, daß wir dem Themistokles und dem Eurybiades aufzeichnen, wie es wohl gehen wird.«

Wir turnten über schwankende Decks, vorbei an abgeschirmten Öllämpchen, zum Schiff des Befehlshabers und berichteten. Auf Planken und Pergament zeichneten wir Küste, Inseln, die Geschwader, Windrichtung und unsere Positionen ein und besprachen die Einzelheiten. Eurybiades war ein typischer Grieche; schwankend, stark abergläubisch, tüchtig und eigenwillig, undiszipliniert und verbissen; unnachgiebig sich selbst gegenüber. Er würde kämpfen wie Leonidas.

»Wir brechen noch in der Nacht auf«, versicherte er. »Wir werden tapfer kämpfen. Meine Männer brauchen ein Beispiel, das sie mitreißt.«

»Sie werden ihr Beispiel bekommen«, versprach ich. Die Nacht war sternenklar und fast zu warm für diese Jahreszeit. Der Wind kam, wie fast immer, aus West und drehte ein wenig nach Nord oder Süd. Ablandiger Wind zog dünne Wolken mit sich, die sich über dem Wasser auflösten. Sterne spiegelten sich in den Wellen, der Mond zog wie ein gespannter Bogen über das Firmament. Vom Ufer kam das sägende Zirpen der Grillen. Glucksend schlugen winzige Wellen an die Planken. Wo die Perser lagerten, sahen wir undeutliche Feuerstellen, aber nicht, wie sich Phoiniker und Ionier näherten und in einer Linie von Ost nach West aufstellten. Auch die Perser sahen und hörten nicht, wie griechische Schiffe lautlos von Westen kamen und ihre Truppen auf Psyttaleia ausschifften.

»Wann wird wieder Frieden sein?« sagte Indraya.

»In Jahrzehnten! Wenn die Geschichte der Völker das nachvollzieht, was wir morgen beginnen. Auch wenn wir siegen – es wird nicht der letzte Kampf sein.«

»Dein Freund Mordonios«, murmelte Ptah, »wird sich aus dem Land nicht vertreiben lassen.«

»Du sagst es.«

Wieder rannten Boten, wurden Lichtzeichen ausgetauscht und Kennworte geflüstert. Nacheinander setzten sich unsere Schiffe in Bewegung. Wind faßte die Segel, unser Antrieb summte, Ruderer arbeiteten ohne Anstrengung, die Bucht leerte sich. Die Schiffe der Anführer Themistokles und Eurybiades fuhren an die Spitze längerer Flottenteile und verschwanden in der Dunkelheit. Winzige Lichter, die Bug und Heck der Schiffe kennzeichneten, dienten zur Orientierung.

»Die Perser werden morgen mit allem, was sie haben, kämpfen, und zwar bis zur Besinnungslosigkeit«, sagte ich. Ptah, der an der Steuerung unseres ungewöhnlichen Schiffes lehnte, stieß meine Schulter an und murmelte:

»Woher hast du diese Gewißheit? Ich habe zwar keinen Meder als Feigling bezeichnet, aber wenn du dich an Recabarrens Bericht über Leonidas erinnerst . . .«

»Weil morgen Xerxes sich dieses Schauspiel nicht entgehen lassen wird. Zweimal hat er große Niederlagen erlebt. Jeder einzelne Meder wird denken, die Augen des Großkönigs ruhen nur auf ihm.«

Ptah stieß einen leisen Pfiff aus. Unser Schiff bewegte sich ohne Riemenschlag mit schäumender Bugwelle und breiter Heckspur durch das Wasser.

»Du hast recht. Wenn wir nicht versagen, sieht Xerxes morgen die dritte Niederlage.«

Mordonios befehligte das Landheer. Ich würde nicht mit ihm zusammentreffen. Bei der gedanklichen Vorbereitung auf diese Seeschlacht hatten wir wieder erkannt, daß diese Art Kampf den Namen nicht verdiente. Zwar gab es auf großen Schiffen ballistische Schleudern und

Skorpione, mit denen man eine Vielzahl von Geschossen recht genau ins Ziel feuern konnte, zudem kämpften Bogenschützen und Speerwerfer. Aber wenn Schiffe sich gegenseitig die Rammsporne in die Verplankungen bohrten, brach an den Decks ein Kampf aus wie im offenen Feld. Mann gegen Mann, mit Schwert, Lanze und Schild. Derjenige, der die meisten Gegner getötet hatte, legte Feuer ans Schiff und versuchte, sein eigenes Schiff freizubekommen. Die GÖTTERSTURM würde auf andere Weise kämpfen. Zwischen Mitternacht und Morgen bauten wir unsere Schlachtreihe auf. Wenige Taue, von Schiff zu Schiff gespannt, verhinderten, daß Bordwände und Riemen einander berührten. Schnäbel und Rammsporne unserer Dreiruderer deuteten nach Norden.

»Die Perser werden es schwer haben.« Ptah verteilte heißen Würzwein, mit Honig gemischt. »Die Felsküsten sind nahe. Wenig Platz für langsame, durchdachte Manöver.«

»Vielleicht haben wir es dadurch leichter«, hoffte ich und trank. »Wir haben die bessere Taktik, wir kämpfen um die Freiheit, und in diesen Gewässern ist nicht die Menge, sondern die Geschicklichkeit ausschlaggebend.«

Die Griechen stritten in dieser Nacht nicht; vielleicht war ihnen die Erwartung nicht nur auf die Mägen, sondern auch auf die Kehlköpfe geschlagen. Ihnen fehlte der Obrigkeitsglaube der Meder. Jeder Grieche sein eigener König! Ohne dieses Maß an Anarchie, Gläubigkeit an Tausende ungeschriebener Ehrengesetze, hunderte Götter und jene Orakel hätten die Griechen die Perser erst gar nicht in ihr Land hereingelassen. Ich mochte diese Chaoten, die nichts lieber taten als reden und reden. Wenn sie zum Kämpfen gezwungen wurden, taten sie dies aber mit dem Ingrimm verwundeter Löwinnen. Trotzdem wußten wir, daß wir uns richtig entschieden hatten. Überdies wäre es jetzt zu spät gewesen.

Ein klarer Morgen, der einen herrlichen Tag versprach. Südwestwind kam auf und wurde stärker. Die letzten Sterne verblaßten, das erste Grau machte dem Licht der rosenfingrigen Göttin Eos Platz, der Morgenröte, die Zehntausenden Männern ein Bild von überwältigender Größe und Pracht zeigte. Auf den Zeichen der Feldherren und Schiffsführer, auf Beschlägen und unzähligen Waffen funkelte Sonnenlicht. Zweitausend Segel bewegten sich schlaff. Soweit man sehen konnte, bedeckten Schiffsrümpfe das Wasser. Noch kein Signal! Auf einer felsigen Höhe, abgesetzt von den Pünktchen der Zelte, sah ich eine Plattform und hob das Fernglas: Der Thron des Xerxes war aufgebaut. Undeutlich hörte ich Trommelschläge und Fanfaren, die Meder blinkten Befehle zur Flotte. Die Perser zogen an den größten Schiffen Flaggen hoch. Ptah bewegte einen Hebel, eine Winde zog an unserem hohen Mast seine Fahne auf, in auffallender Größe die Hand mit den gespreizten Fingern und einem Schriftzug in der Staatssprache der Perser. Der kurze Satz war eine gezielte Beleidigung, die sich mit bestimmten Fragen der Herkunft beschäftigte. Der Großkönig würde schäumen, wenn ihm hinterbracht wurde, von welchen Vorfahren angeblich er abstammte. Ich mußte laut lachen, schüttelte den Kopf und meinte zu Ptah:

»Mitunter läßt du feine Lebensart vermissen, Freund.«

»Versuche dir die Wirkung auf die Meder vorzustellen«, er grinste kalt. »Zumindest auf die, die lesen können.«

»Sie werden vor Lachen nicht kämpfen«, murmelte ich und sah, wie sich ein einzelnes griechisches Schiff aus dem Verband löste. Ich brüllte: »Es geht los, Freund!«

Ein athenischer Dreiruderer hatte, wohl aus Versehen, den Verband verlassen. Themistokles und Eurybiades handelten diesmal gleichzeitig und richtig. An ihren Schiffen gingen die Angriffsflaggen hoch. Ich feuerte dreimal die schwere Waffe ab, dreimal hallte ein dröhnender Schlag über das Wasser. Griechen und Perser begannen wild zu schreien. Ein persischer Segler wurde von dem Athener gerammt, die Schiffe konnten sich nicht mehr voneinander lösen. Der wütende Kampf mit Beilen, Schwertern und Lanzen von Deck zu Deck brach los. Andere Schiffe lösten sich aus unserer Kampfreihe und kamen dem Athener zu Hilfe.

Die GÖTTERSTURM-Maschine setzte die Riemen ein, wir fuhren auf den größten persischen Fünfruderer los, der backbords und auf die Athener zustampfte. Nach dreißig Ruderschlägen, die das Schiff stark beschleunigten, legten sich die Riemen parallel zum Heck und wurden eingezogen, fast alle Öffnungen verschlossen. Der Bug hob sich aus dem Wasser, Tropfen spritzten vom halbmondförmig gekrümmten Rammsporn. Hinter dem Heck und vor dem spitzen Bug erschienen gischtende Wasserwirbel und auseinandergezogene Spuren. Ptah-Sokar stand am Ruder und hielt die Hebel des Geschwindigkeitsreglers. Wir duckten uns, als Pfeile heranheulten und ihre Steinspitzen mit schrillem Kreischen über das Metall rutschten. Dann hob ich den langen Pfeil mit der schweren Spitze auf die Sehne meines Bogens.

»Achtung!« sagte Ptah scharf. Unser Schiff glitt im letzten Augenblick nach rechts, gerade, als der Bug des Persers und sein rostiger Rammsporn vor uns aufragten. Die gezähnte, geschliffene Schneide unserer Bugwaffe berührte nacheinander die Riemen an der Backbordseite des Schiffes und ließ sie in einem langgezogenen Krachen, Splittern und Poltern zerbrechen. Sekundenlang flogen Bruchstücke nach allen Seiten und prasselten auf unser Deck. Mein Pfeil heulte von der Sehne des Langbogens und bohrte sich in die Planken des Schiffes, dicht über der Wasserlinie. Eine Explosion zerriß Planken und Spanten, ein mächtiger Schwall Wasser stürzte ins Innere des Großruderers.

Wir rasten schlingernd am Heck des Riesenschiffs vorbei. Aus den vordersten Riemenöffnungen schoben sich zwei kurze Rohre. Ein Heulen erscholl, lauter als der lauteste Sturm. Aus den Öffnungen wurde mit Gewalt weißer Rauch ausgestoßen, der sich über der Wasseroberfläche in alle Richtungen ausdehnte und an den Schiffswänden hochkroch. Die GÖTTERSTURM führte eine scharfe Wendung über Backbordbug durch und näherte sich dem Perser von achtern. *Nur kleine Wunder, Arkonide!* warnte der Logiksektor. *Später wird man ohnehin von einem Sieg fremder Mächte schreiben und erzählen.*

An Deck schlugen Klappen auf. Unsere Mannschaft sprang auf die Planken, in silberglänzende Rüstungen gekleidet. Sie boten auf dem dunklen Schiff einen furchterregenden Anblick. Nicht einmal Themistokles hatte sie so gesehen. Viele schleuderten mit unheimlicher Zielsicherheit kurze Wurfspeere. Die Geschosse zischten nach drei Seiten, sie trafen die nächstbefindlichen persischen Schiffe in die Planken. Wieder ertönten schmetternde Explosionen. Die Männer verschwanden wieder unter Deck, die Klappen schlossen sich. Jetzt war vielen klar, daß sich unsere Schiffe wirkungsvoller handhaben ließen. Beide Flotten kämpften mit äußerster Verbissenheit. Die Kampflinien hatten sich auseinandergezogen – zahlreiche Einzelkämpfe fanden statt, zwischen gegnerischen Schiffen oder zwischen kleineren Verbänden.

In den Rümpfen der vier gegnerischen Schiffe, an deren Heck wir dahinglitten, breiteten sich Löcher aus, fast lautlos, aber um so erschreckender. Wo die Spitzen der Wurfgeschosse steckten, zerfraß hochkonzentrierte Säure unter starker Hitzeentwicklung binnen weniger Augenblicke Holz, Metall und Tauwerk. Beißender Rauch stieg auf, und an diesen Stellen löste sich der Zusammenhalt der Planken auf; die Schiffe zerbrachen leise und versanken langsam. Wir schossen zwischen zwei kleineren Schlachtschiffen hindurch, wieder prallten Speere und Pfeile von unseren Flanken ab, während ich Pfeil um Pfeil in die Bordwände schoß und das Krachen der zerfetzenden Detonationen hörte. Ptah lachte schauerlich und drückte einen Knopf. Wir tauchten aus der dichten Rauchwolke über dem Wasser auf, mit schwarzen Segeln, wie die Verkörperung der Rachegöttin. An den Masten fingen Lautsprecher zu arbeiten an.

Dumpfe, überlaute Trommelschläge ertönten, dazwischen ein Laut, der wie Sturm, gemischt mit Marschtritten, klang, Fanfaren bliesen schmetternde Takte. Der Lärm dieser barbarischen Musik übertönte in weitem Umkreis das anfeuernde *»Allalalei!«* unzähliger Ruderer und Kämpfer und die Geräusche des Kampfes. Eine Frauenstimme schrie:

»Vorwärts, Griechen! Vernichtet die Meder! Treibt die Flotte des Xerxes zurück! Oder wollt ihr rückwärts rudern, Athener?«

Wieder erscholl grausige Musik. Ich sah verblüfft zu, wie unser Schiff, nachdem es zwei persische Schiffe gefechtsuntüchtig gemacht hatte, in schneller Fahrt und Schlangenlinien durch den von Trümmern übersäten Raum zwischen gegnerischen Verbänden jagte. Einige griechische

Schiffe folgten uns sehr viel langsamer. Die Ionier, die im Osten angegriffen hatten – Vasallen der Perser, eingeborene Griechen – schienen nicht voller Selbstaufgabe zu kämpfen. Vielleicht hatten sie die Botschaften des Themistokles gelesen, die er an vielen steilen Küsten-Felswänden hatte anbringen lassen.

»Wohin jetzt?« Ich sah mich um. Charissa kletterte den geschützten Niedergang herauf und brachte Becher mit kühlem Wein. Sie betrachtete schweigend die Wracks und die Schiffe, die mit Schlagseite in den Wellen trieben, die brennenden Segel und die Masse aus Trümmern, Leichen, Schwimmenden und Ertrinkenden, aus zerbrochenen Riemen und anderem Schwemmgut, und ging wieder unter Deck. Ptah sagte:

»Hinüber, in eine Linie mit dem Felsen, der wie eine Faust aussieht. Dort können wir die Perser in Verwirrung stürzen.«

Perser versuchten ebenso wie Griechen, die Schiffe der Anführer zu entern. Diese Schiffe fielen durch ihre Größe, die Anzahl der Bewaffneten an Deck, durch Signalflaggen und prächtige, goldstrotzende Heereszeichen auf. Wir fuhren, den Bug halb aus dem Wasser, klatschenden Regen aus Tropfen und Gischt erzeugend, auf einen Pulk persischer Dreiruderer zu.

»Jeder, der uns sieht, muß glauben, daß wir Götter sind, die sich aus Langeweile in die Schlacht stürzen!« rief Ptah. Er meinte es ernst; zumindest die Griechen glaubten, in jedem Gewitter und jeder anderen ungewöhnlichen Erscheinung die Anwesenheit ihrer zahlreichen Götter zu erkennen.

»Nun gut«, meinte ich. »Der ganze Olymp kämpft auf Seiten der Griechen.«

Noch hielten sich die Griechen an das taktische Vorbild, das Themistokles, Eurybiades und wir gaben. Sie griffen an, zerstörten und zogen sich zurück, geschickt die Lücken zwischen den schwerfälligen Persern nutzend. Zwei Kriegsschiffe des Xerxes waren an den Felsen des Inselchens Hagios Georgios gestrandet und brannten.

»Achtung! Festhalten!« Nachdem die Musikfetzen leiser geworden waren, dröhnte die Stimme meines Freundes. Unser Rammsporn zertrümmerte Ruder, Heck und Planken eines Persers, dessen Mannschaft versuchte, das Schiff des Eurybiades zu entern. Ein furchtbarer Stoß ging durch beide Schiffskörper. Als unsere Maschinen mit voller Kraft rückwärts liefen, rissen wir das Schiff des Gegners vom Griechen weg, gleichzeitig verwandelte sich das Wasser um unseren Bug in ein Chaos aus splitterndem Holz und reißendem Tauwerk. Wir schleppten das schlingernde Schiff zwei Bogenschüsse weit mit und stießen vorwärts, um uns aus dem Trümmerberg zu lösen.

»Das nächstemal fahre ich mitten hindurch!« Ptah fluchte.

»Das kannst du bei kleineren Schiffen tun.«

»Und das werde ich tun, ohne Zweifel.«

Wieder spie, als wir angriffen, die GÖTTERSTURM farbigen Rauch aus. Da wir am Bug riesige Augen aufgemalt hatten und einen schmalen, zahnbewehrten Rachen, sah es aus, als speie unser Schiff aus den Mundwinkeln Dampf und Rauch. Jetzt setzte Ptah das »Horn des Pharao« ein – einen Schallerzeuger, der einen so gräßlichen Ton von sich gab, daß sogar ich erschrak. Ein Brüllen, tausendfach stärker als das eines Löwen, fuhr über den Kampfplatz hinweg und ließ Perser und Griechen erstarren. Viele handelten kopflos – schon fünf Ruderer, die ihre Riemen nicht im Takt handhabten, konnten über die Manövrierunfähigkeit des Schiffes entscheiden. Rauchend, dröhnend, halb auf den Wellen reitend, mit flatternden Segeln, aus den Riemenlöchern schenkeldicke Speere mit Flammen an den Enden und brennenden Spitzen ausstoßend, schoß die GÖTTERSTURM durch die Reihen der Perser in die Richtung auf Psyttaleia.

Recabarren riß seine Blicke nur mit Mühe von dem schwarzen Schiff los, das derartige Heldentaten vollbrachte. Fassungslos murmelte er:

»Bei Zeus! Bei Poseidon! Sie kämpfen wie Leonidas, den ich hab' sterben sehen.«

Er stand neben dem Steuermann seiner VERFLUCHT SEI XERXES. Die Mannschaften, welche die Skorpione und die Katapulte bedienten, schufteten wie Rasende. Ihre halbnackten Körper waren, drei Stunden nach Beginn der Seeschlacht, von salzigem Schweiß bedeckt. Sie kurbelten die Arme zurück, spannten die Seile und luden tönerne Kugeln in die Löffel. Die Geschosse hatten viele unregelmäßige Löcher, waren mit Flachs gefüllt, das man in Öl und Erdpech getaucht hatte. Auf dem Deck zogen sich schwarzschmierige Spuren dahin. Der Meister des Katapults hob den Balken, der das Gerät kippte und drehte, und er schätzte mit der Sicherheit eines erfahrenen Mannes die Flugbahn ab und glich die Bewegungen denen der VERFLUCHT an.

»Fackel!« donnerte seine Stimme. Ein Mann senkte die Fackel und entzündete die kopfgroße Kugel in der kupferausgekleideten Schale. Im selben Moment riß der Schütze eine Sperre zur Seite. Der Löffel, zweimal mannslang, schnellte mit äußerster Wucht nach oben und schlug dröhnend gegen das Querjoch. Alle Schiffstraversen erbebten bei diesem Schlag. Die Kugel stieg brennend auf, eine Rauchwolke hinter sich herziehend, verharrte am Scheitelpunkt und senkte sich in schnellem Sturz zwischen den Masten auf das persische Schiff, zerschellte auf den Decksplanken; sofort loderte Feuer auf. Brennendes Öl und Pech tropften nach innen, versengten die Rücken der Ruderer und entzündeten die ausgetrockneten Planken. Der Grieche rannte zum nächsten Katapult, in dessen Korb vierzehn kurze Wurfspeere ein Bündel bildeten, dessen Spitzen aufwärts deuteten.

Schon während er rannte, zog man den Löffel des Katapults in waagrechte Lage zurück und goß Wasser über die Seile. Dann erdröhnte das

Schiff unter dem Anprall, als sich der Skorpion wie ein gigantischer Bogen entspannte, den Korb zwei Mannslängen weit nach vorn schleuderte und damit einen Hagel rasender, blitzender Speere über das Deck des Persers jagte. Die Speere durchdrangen die persischen Schilde, bohrten sich durch Panzer und Schulterblätter oder Brustkörbe der Krieger, die mehrere Schritte weit wie Strohpuppen durch die Luft geschleudert wurden. Eine Feuerkugel stieg nach rechts auf, die andere nach links, die todbringenden Geschosse töteten viele Perser. Wieder hinterließ das griechische Kampfschiff, dessen Bewaffnete das Deck nicht verließen und hinter den festgebundenen Schilden mit den schweren Bogen gezielte Pfeilschüsse abgaben, eine Doppelreihe weidwund geschossener persischer Schiffe. Riemen hoben und senkten sich; in diesem Schiff saß ein Flötenspieler und gab mit seinem Hirteninstrument den Takt an.

Wieder drehte sich Recabarren um. Sie hatten ein persisches Schiff passiert, dessen Schützen sie mit Pfeilen buchstäblich gespickt hatten. Überall steckten Geschosse und wippten im Takt der Ruderschläge. Verwundete stolperten, von Kameraden gestützt, schreiend und fluchend unter Deck. Recabarren schaute dorthin, wo sich das Schiff des Aigyptois mit seinem seltsamen Freund befand, angeblich einem persischen Überläufer, ein Wundarzt. Nebel breitete sich aus, schauerliche Töne erklangen, und das schwarze Schiff, dessen vorderstes Segel in rauchenden Fetzen von der Rah hing, pflügte die Wellen. Es fuhr auf drei Perser zu, die einen einzelnen Griechen verfolgten, dessen Segel sich blähte und ihn auf die östliche Landspitze von Kyno Sura zutrieb.

»Nach Backbord. Dort hinüber!« befahl Recabarren. Der Steuermann sah ihn fragend an; sein Blick unter dem eisernen Steg des Helms war unsicher.

»Warum kämpfen wir nicht wie die anderen, Recabarren?«

Der Kolonialgrieche deutete mit ausgestrecktem Arm auf das schwarze Schiff, das eine Nebelspur hinter sich ließ und einem Perser die Bordwand in einer Länge von dreißig Fuß aufriß.

»Das Meer tötet die Männer für uns. Sie ertrinken. Wir bringen die Schiffe um.«

»Ich glaube, du hast recht, Mann!«

Die persischen Ruderer waren fast ausnahmslos Sklaven und gehorchten der Peitsche. Auf den Ruderbänken der griechischen Flotte saßen aber freie Männer. Es war kein Unterschied in der Anstrengung zu erkennen, auch nicht in der Geschwindigkeit, mit der die Schiffe sich bewegten. Die Seeschlacht hatte sich nunmehr, etwa eine Stunde vor Mittag, über den gesamten Golf ausgebreitet. Zwischen Schiffen, die ineinander verkeilt waren, gab es große Zwischenräume. Recabarren befahl, auf die beiden persischen Schiffe zuzurudern, die von Psyttaleia zu der Stelle ruderten, an der sich die Phoiniker bei Sonnenaufgang getroffen hatten.

»Ladet die Skorpione, spannt die Katapulte!«

Als sein Schiff sich dem ersten schweren Zweiruderer bis auf etwa tausend Schritt genähert hatte, eröffneten die Katapulte das Feuer. Sie schleuderten abwechselnd Feuerkugeln, schwere Wurfspieße und kantige Steine und richteten wüste Zerstörungen an, die kein Meder aus der Welt schaffen konnte. Zuerst brannten Segel und Tauwerk. Die Flammen liefen hurtig an den dicken Tauen aufwärts, bis sie durchgefressen waren und den Mast nicht mehr halten konnten. Die riesige schräge Rah krachte mit dem lodernden Segel herunter und begrub Dutzende Männer unter sich. Auf das brennende Tuch schlugen von oben die Felsbrokken und zersplitterten; die schweren, geschmiedeten Spitzen hölzerner Spieße bohrten sich durch die Planken und durchschlugen die Decks von oben nach unten. Recabarrens Schiff wurde mit jedem dieser Schüsse einer Spur leichter. Seine Bogenschützen stemmten die Enden der Bögen gegen die Zehen der Füße und tauchten die Spitzen der Pfeile in heißes Erdpech. Die medischen Sklaven unter dem Deck des anderen ruderten weiter. Blind und steuerlos trieb das Schiff auf Recabarrens Trireme zu. Der Steuermann Recabarrens warf das Ruder herum und fuhr einen Rammkurs, der im spitzen Winkel zum Gegner führte und den Sporn hinter dem Bug in das Holz krachen ließ. Das Deck, das sich mit Kriegern füllte, wurde von den Skorpionen gesäubert, die ihre Speerbündel schleuderten. Männer mit Äxten sprangen auf den Sporn, turnten nach vorn und schlugen, die Abwehr mit Lanzen und Riemen nicht beachtend, das Holz um den Sporn in Trümmer und klammerten sich fluchend fest, als die Ruderer Recabarrens rückwärts arbeiteten und die Schäfte ihrer langen Werkzeuge von sich wegstemmten, statt sie an sich zu ziehen. Hitze und Gestank vom träg kriechenden Rauch nahmen zu. Recabarren ließ Wein und Wasser bringen, als sein Schiff sich wieder in freiem Wasser bewegte.

Er wagte nicht, den Gedanken bis zum Ende zu denken. Wenn er das Geschehen richtig deutete, hatte er nur zwei eigene Schiffe brennen sehen. Er stellte fest, daß selbst die seekriegserfahrenen Phoiniker sich hatten täuschen lassen. In der Enge des Sundes von Salamis zeigte es sich noch deutlicher, daß die persische Führung mit den Verhältnissen nicht vertraut war.

»Mir scheint«, sagte er, vom Brüllen der Befehle erschöpft und vom Bogenschießen, »daß es den Medern nach der Stunde des Mittags schlecht ergehen wird. Sie kämpfen tapfer. Aber die größte Tapferkeit ändert wenig. Zurück zu den Felsen, Androklastes!«

»Zurück zum Kampf, Recabarren!«

Sie passierten vier Griechenschiffe, die nebeneinander lagen und in großer Eile verwundete Männer auf einem breitgebauten Segler zusammenzogen. Die Griechen winkten, riefen und schrien einander rohe Bemerkungen zu. An anderer Stelle versuchten persische Besatzungen auszuweichen und ruderten zum Teil rückwärts, zum anderen drehten sie auf engstem Raum ihre Schiffe. Von hinten kamen phoinikische und aigyptische Ruderer, die sich auf einen Griechen mit zerschlissenem Segel stürzten. Die Ruderer dieses Schiffes versuchten auf beiden Seiten des Schiffes die gleiche Anzahl von Riemen einzusetzen. In der Hast, dieses Schiff zu entern, rauschten die Meder mit geblähten Segeln mitten in die eigenen Schiffe hinein und rammten sie mit furchtbarem Erfolg.

An Steuerbord, zur offenen See hin, wurde ein Schiff aus Halikarnassos von zwei Griechen verfolgt. Überrascht sah Recabarren, daß neben dem Steuermann eine Frau stand. Jetzt wußte er es; es war die Fürstin der Karer, Artemisia. Ihr Schiff trug die Spuren von Kämpfen, aber es segelte und wurde gerudert. Die Griechen waren schneller, ihre Schiffe leichter – sie kamen unerbittlich näher. Artemisia mußte wissen, daß sie einen zweiten Kampf nicht mehr riskieren durfte. Nicht mit attischen Schiffen, auf denen ausgeruhte Männer ruderten. Ihr Blick ging wie gehetzt nach Steuerbord und Backbord. Keine Fluchtmöglichkeit auf beiden Seiten! Vor ihr eine dichtgedrängte Reihe eigener Schiffe, die ihrerseits versuchten, die Griechen anzugreifen. Jetzt überholte das attische Schiff seinen Nachbarn und näherte sich mit peitschenden Riemenschlägen. Eine schäumende Bugwelle und die Gischtwirbel der Riemenblätter verfolgten die Fürstin.

Es gab kein Entkommen mehr: Sie stürzte zum Steuermann und schrie ihre Befehle. Er starrte sie entsetzt an, gehorchte aber augenblicklich. Wenige Atemzüge später hatte er ihr Vorhaben durchschaut: Ein kleineres Schiff, schon angeschlagen, tauchte unmittelbar vor dem Bug auf, ein Ruderer aus Kalynda, dessen Bug herumschwang, als das Schiff kurz vor dem Heck getroffen und aus dem Kurs geworfen wurde. Vor dem Zusammenprall konnten die Ruderer viele Riemen einziehen. Es brachen nur wenige, und als das Schiff des Damasithymos vollschlug, sich schwer und langsam zur Seite legte und zu sinken begann, kam das Schiff der Fürstin wieder frei und wurde davongerudert.

Dem Ruderer aus Attika schoben sich die Schnäbel der Perser entgegen, die vor dem Rammstoß der Artemisia ängstlich auseinandergedriftet waren. Der Verfolger schien zu glauben, Artemisias Schiff wäre ein eigenes, weil es ein persisches Schiff gerammt hatte und freigekommen war. Er drehte ab und suchte sich in dem chaotischen Durcheinander ein Ziel, das noch nicht von anderen Schiffen eingekreist war. Schiffe der Perser, schwer angeschlagen, mit Toten und Verletzten übersät, versuchten zu fliehen, nach Süden und dann nach Osten, um zum Phaleron zu entkommen, dem älteren Hafen Athens, der fest in der Hand der Meder war.

Aber eigene Schiffe, die sich in den Kampf stürzten, kreuzten den Kurs der dahinschleichenden Einheiten und prallten mit ihnen zusammen. Allen Persern war inzwischen bewußt, daß nur ein Geschenk des Ahuramazda, ihres Gottes, ihnen den Sieg an diesem Tag noch schenken konnte. Die Schiffe, die in den ersten Stunden des Nachmittags den Athenern entkamen, wurden jenseits der Insel von den Aigineten angegriffen und zum großen Teil vernichtet. Das Meer füllte sich mit Schwimmenden, die nichts anderes im Sinn hatten, als zu überleben. Sie klammerten sich an Trümmer und wurden mitleidlos von den eigenen Leuten unter das Wasser gedrückt, wenn die scharfen Bugsporne durch die See schnitten.

Der Wind, der an diesem furchtbaren Tag herrschte, war von ausdrucksvoller Mittelmäßigkeit. Fischer hätten ihre Freude an ihm gehabt; er kam gleichmäßig aus westlicher Richtung. Wenige Wolken trieben über den Himmel. Das Meer, Thalassa, hatte sich verwandelt. Jeder, der einen Funken Gläubigkeit besaß oder durch die Anstrengung der Kämpfe noch nicht abgestumpft war, starrte in die vielfach gebrochenen Wellen und auf die zerklüfteten Ufer. Das große Sterben brach an. Viele Parasangen oder Stadien weit war die Oberfläche des Meeres bedeckt mit Gegenständen und Dingen, die niemand je gesehen hatte. Hunderte Schiffe waren vernichtet. Griechen und Tonier und Phoiniker, kleine und große Schiffe waren versunken und ragten nur mit den Spitzen der Masten aus dem Wasser. Das riesige flache Gewässer starrte vor Wracks, die an seichten Stellen auf Grund gegangen und gekippt waren. Die Spanten, von denen die Planken abgefallen waren, ragten wie die geschwärzten Teile gestrandeter Wale in die Höhe.

Im weiten Umkreis war das Wasser vom schaurigen Abfall der Seeschlacht bedeckt, die noch lange nicht zu Ende war. Tausende Leichen trieben im Meer der Griechen, auf dem Rücken oder auf dem Bauch. Das salzige Wasser hatte die furchtbaren Wunden ausgewaschen, und die Haut wirkte seltsam bleich und unversehrt. Der eine Tote streckte seine Beine hoch, weil ihn das Gewicht des Helmes und des Brustpanzers unter Wasser zog. Beim anderen war es umgekehrt. Köpfe sahen mit toten Augen aus den Wellen, hoben und senkten sich, als gehörten sie Schwimmenden. Tausende und aber Tausende von Trümmern, vor Stunden noch geschnitzte Riemen, schaukelten wie tote Fische auf dem Wasser. Fetzen von Segeln breiteten sich aus und bewegten sich im Takt der Wellen. Auf allen Gegenständen lag Asche verbrannter Schiffe. Teile von Planken. Riesige Flecken Öl, Wassersäcke, Weinkrüge und Büschel aus Werg, eine Flagge und eine Standarte, ein Bündel Pfeile, von denen sich die Befiederung löste, abermals verkohlte Trümmer und Leichenteile, Trümmer von Ruderbänken, Planken und lange Taue, die wie Seegetier aussahen – die Bucht von Salamis war voll davon. Durch dieses Trümmerfeld fuhren Schiffe hin und her, und wer noch lebte und zu schwimmen versuchte, wurde von ihren Bugplatten oder Kielen getötet, verfing sich in den Riemen oder wurde zwischen Steuerruder und Heck eingeklemmt. Fast unmerklich bildete sich im Sund eine Strömung, eine riesige Doppelspirale, deren Ausläufer die ersten Trümmer in die Richtung der Insel Andros zogen.

Die noch Kämpfenden schenkten dieser furchtbaren Ernte keinen Blick und fuhren fort, sich gegenseitig zu vernichten.

Aristeides, Lysimachos' Sohn, bedeckte sein Gesicht mit beiden Händen. Das Schiff, das er befehligte, war überladen. Aber es war eines der wenigen, die auf sein Winken und sein Geschrei hin den Strand von Salamis angelaufen hatten. Jetzt war es dicht vor Psyttaleia. In weniger als einer Stunde würden die Hopliten von Bord gegangen sein. Nachdem sein kleines Schiff mühsam den Persern entkommen und auf den Strand gesetzt worden war, hatte der Athener eine, wie er es nannte, göttliche Eingebung: Er und einige seiner Freunde rannten entlang der Strände von Salamis auf und ab. Dort hatte Themistokles Schwerbewaffnete postiert, die jeden Meder, der das Land erreichte, erschlagen sollten. Dieses Geschäft betrieben sie nun von Sonnenaufgang an. Entlang von rund zwanzig Stadien Küstenlinie – die Buchten und Felsen waren stark zerklüftet – lagen halb im Wasser, halb auf festem Grund, Tausende Leichen. Nach der Mittagsstunde wurden nur noch Ertrinkende und Ertrunkene angeschwemmt. Aristeides sammelte die Hopliten und stellte sie zu Gruppen zusammen. Dann gab er mit seinem Schild so lange Zeichen, bis endlich ein Schiffsherr auf ihn aufmerksam wurde und außerhalb der Klippen das Ufer entlang segelte.

Nachdem er begriffen hatte, landete er vorsichtig. Hunderte ausgeruhter Hopliten gingen an Bord. Aristeides hatte, als er auf seiner Flucht an Psyttaleia vorbeigerudert war, die Kämpfe zwischen den in der Nacht gelandeten Griechen und Persern beobachtet. Er fürchtete, daß die Perser siegen könnten. Ihre Aufgabe war es, die hilflosen Griechen ebenso zu erschlagen wie es die Hopliten mit den Medern getan hatten.

Der Bug stieß gegen das Ufer, der Kiel schob sich wenige Schritte in den nassen Sand. Sofort begann man mit der Ausschiffung der Bewaffneten. Die Hopliten waren ausgeruht und kampfeslüstern. Zusammen mit den Truppen, die vor Anbruch des Tages hierher gebracht worden waren, griff Aristeides die Perser an. Die niedrige Insel, nur aus Felsen und wenigem Bewuchs bestehend, war bis zum frühen Abend der Schauplatz eines Kampfes, der kaum von den Griechen und gar nicht von den Persern beachtet wurde. Nicht ein einziger Perser überlebte. Die Griechen nahmen den Erschlagenen alle Waffen weg, häuften die Schmuckstücke und die Beute, die jene Meder gemacht hatten, in ihre Schilde. Die Leichen der Erschlagenen wurden ins Meer geworfen und trieben nach Süden, als die Ebbe einsetzte. Nur wenige Handbreit Unterschied gab es zwischen Ebbe und Flut, dennoch entstand ein Sog, der die Bucht von Salamis langsam zu leeren begann.

Vom Thron des Xerxes gaben die Perser Signale. Die Griechen konnten sie nicht deuten, und als sie die Flottenführer Ptah und Atlan-Anhetes fragten, wußten diese auch keine Erklärung. Zunächst löste sich ein großer Teil der persischen Flotte aus den Kämpfen. Schiffe, die den Kampfplatz noch nicht erreicht hatten, wandten sich; sie segelten und ruderten mit westlichem Wind nach Süden, an Piraius vorbei und nach dem Phaleron. Teile des Landheeres, dessen Weg nicht weniger schwierig war, trafen an dieser Stelle ein. Im Innern des Sundes wurde noch immer gekämpft.

Xerxes schickte den zweiten Boten nach Susa. Das Nachrichtenwesen war keinen Tag lang vernachlässigt worden; der Großkönig stand mit jedem Statthalter und allen Stationen entlang des Heerweges in schneller Verbindung. Die Angareion-Reiterkuriere waren ständig unterwegs. Die erste Nachricht – daß man Athen eingenommen habe – rief im persischen Reich unendlichen Jubel hervor. Der zweite Bote hatte es weniger leicht. Die Reiter galoppierten Tag und Nacht, von Pferdewechsel zu Pferdewechsel. Mit nur wenigen Abkürzungen nahmen sie denselben Weg, den das Heer von Abydos aus gewandert war. Über die Meerenge brachte ein schnelles Ruderboot den erschöpften Boten. Dann bewegte sich die Nachricht innerhalb von nur neun Tagen entlang der Königsstraße, bis sie in Persai eintraf.

Diese Botschaft aber rief im Reich des Xerxes Bestürzung, Furcht und Klagen hervor. Niemand hatte auch nur im Traum daran gedacht, daß die Flotte der Perser besiegt werden könnte. Gegen Abend griff der Großkönig zu einer letzten List. Er befahl Handelsschiffe herbei und ließ sie Anker werfen. Vom Land aus wurde in die Richtung auf Salamis zu, also nach Westen, eine Brücke aus Schiffen, Trümmern und Felsbrocken errichtet. Teile des Landheeres arbeiteten daran, andere Abteilungen wichen nach Phaleron bei Athen aus, und das Hauptheer wurde dem Mordonios unterstellt. Es sollte in Thessalien als Besatzungsmacht bleiben.

Langsam näherte sich der Tag seinem Ende. Der Kampf der tausend Schiffe schien vorbei zu sein, denn es gab nur noch wenige Meder, die sich stellten und nicht zu fliehen versuchten. Erschöpft zogen sich die Griechen an die Ufer von Salamis zurück. Viele meinten, daß man an diesem Tag fast fünfmal hundert Barbarenschiffe vernichtet habe. Aber auch die eigenen Verluste waren groß.

Als eines der letzten Schiffe warf die GÖTTERSTURM ihre eisernen Anker. Wir trafen uns unter den Dächern großer Zelte, deren Seitenwände man hochgeschlagen hatte. Kühler Wein und Essen wurden gereicht. Wir legten die Waffen ab und hoben die Helme von den Köpfen. Das Haar klebte triefend an der Kopfhaut, jedes Gesicht zeigte die tiefen Spuren erbarmungsloser Anstrengungen. Themistokles wandte sich, nachdem wir die ersten Verlustmeldungen und Siegesmeldungen gehört hatten, an Eurybiades.

»Wir haben einen großen Sieg erkämpft. Mein Rat ist nun, die Perser zu verfolgen, bis auch ihre letzten Schiffe vernichtet sind. Sie sammeln sich bei Phaleron. Späher berichteten, daß die Schiffsbrücke über den Hellespont so zerstört ist, daß man sie kaum wieder aufbauen kann. Noch haben wir genug Schiffe.«

»Die Männer sind erschöpft.« Eurybiades schüttelte den Kopf. »Sie brauchen lange, bis sie wieder kämpfen können, sagen sie. Sie werden dir nicht gehorchen.«

Ptah-Sokar hob die Hand. »Jeder Perser, der euer Land betritt oder verläßt, muß über diese Meerenge gebracht werden. Verfolgt die Flotte, rate ich euch! Vernichtet die Brücken, wenn sie noch nicht von den Stürmen zerstört sind. Denn dann vernichtet ihr auch das Heer des Xerxes.«

»Wir verfolgen sie!« stimmte Eurybiades zu. »Sie werden nach Süden flüchten.«

Inzwischen war es Nacht geworden. Mehr als zwölf Stunden lang hatten die Kämpfe gedauert. Scharfer Westwind ließ die Fackeln und Lampen flackern. Themistokles wandte sich an uns.

»Was werdet ihr tun? Unterstützt ihr meinen Rat?«

»Dein Rat ist gut«, sagte ich. »Verfolgt die Barbaren und treibt sie zurück nach Persien. Jedes Schiff, das ihr versenkt, bedeutet viele Gegner weniger. Denn der Oberste Feldherr wird Griechenland so schnell nicht verlassen. Auf See seid ihr die Besseren, die Siegreichen.«

»Wir werden zusehen, was geschieht.« Ptah wich aus. »Vielleicht helfen wir euch. Jedenfalls werden wir Xerxes nicht warnen!«

Die Stimmung war, wie wir es befürchtet hatten. Es wäre folgerichtig gewesen, wenn die Griechen die Armada der Perser bis weit in den Süden verfolgt und viele Schiffe vernichtet hätten. Aber die meisten waren der Meinung, genug gekämpft zu haben. Sie verkannten die Gefahr. Xerxes würde mit einem größeren und furchtbareren Heer wiederkommen; eines nicht allzu fernen Tages. Ich warf meine Waffen über die Schulter, nahm den Helm unter den Arm und sagte in endgültigem Ton:

»Die Mannschaft der GÖTTERSTURM wird diese Nacht in Ruhe und tiefem Schlaf verbringen. Morgen sehen wir, was sich verändert hat.«

Entlang der riesigen Menge beschädigter Schiffe brannten Feuer. Die Griechen waren zu müde zum Feiern. Sie warfen sich zu Boden und schliefen. Wir gingen zum Schiff und ahnten, daß zwar dieser Kampf, aber noch lange nicht der Krieg gewonnen worden war. Und natürlich behielten wir recht.

ERINNERUNGEN AN DIE NÄCHSTEN JAHRE. Xerxes handelte schnell. Seine Befehle rissen das Heer auf die Beine. Befehle gingen noch in dieser Nacht an die Flotte. Alle Schiffe der Perser, auf ihnen ein großer Teil des Heeres, brachen vom Phaleron auf und segelten in der Dunkelheit davon. Sie passierten viele kleine Felsen, die sie in dem schwachen Licht für griechische Schiffe hielten. Nach dem furchtbaren Schrecken sammelten sie sich wieder, fuhren in langen Reihen an der

Insel Andros vorbei und näherten sich der Meerenge zwischen dem Perserreich und Griechenland. Dort warteten sie, weil die Brücken tatsächlich zerstört waren.

Xerxes ließ Mordonios mit etwa fünfzigtausend Kriegern, darunter viele Unsterbliche, in Thessalien zurück. Mit einem kleinen Teil des übriggebliebenen Heeres zog Ksayarsha-Xerxes fünfundvierzig Tage lang durch Griechenland. Hunger suchte das Heer heim; sie nahmen den Bauern das Korn weg, aßen Gras und schälten mitunter Rinde von den Bäumen. Viele Krankheiten überfielen die Männer und töteten sie, und Xerxes wußte keinen anderen Ausweg, als die Kranken in Städten zurückzulassen, die sich ihm ergeben hatten.

Als das Heer sich bis zu der Stelle geschleppt hatte, an der sich die Brücken befinden sollten, sah Xerxes nur noch die Trümmer. Die Flotte, die das Herannahen des Großkönigs sah, setzte das Heer über, und nach kurzer Zeit befand sich Xerxes in Sardes. Ein Jahr später wurden die Perser bei Plataiai und nahe der Insel Samos abermals geschlagen. Xerxes zog sich nach Susa zurück. Immer wieder griffen die Griechen an, und die Kämpfe dauerten länger als dreißig Jahre.

(Ksayarsha wurde mit seinem Sohn Darius vom Anführer der Palastwache, Artabanus, nach zwanzig Jahren Herrschertum erschlagen).

RECABARREN: Die griechischen Schiffe machten sich zögernd an die Verfolgung der persischen Schiffsmacht. Späher berichteten, daß die Flotte aufgebrochen sei. Die Griechen verfolgten die Perser bis nach Andros, konnten sie aber nicht mehr einholen. Sie versuchten, die Insel zu belagern, gaben die Versuche aber bald wieder auf und zogen sich nach Salamis zurück. Schon jetzt verließen einzelne Schiffe die Flotte und segelten in ihre Heimathäfen. Niemand dachte mehr daran, die Perser bis zum Hellespont zu verfolgen, deren Schiffe zu verbrennen und dadurch den Xerxes im eigenen Land einzuschließen und das riesige Heer in vielen kleinen Gefechten aufzureiben und zu vernichten.

Die Götter erhielten Weihegaben in großen Mengen. Dem Apollo von Delphi wurde eine Kolossalstatue gestiftet, die den Bug eines Dreiruderers in der Hand hielt. Recabarren besserte sein Schiff aus, wartete, bis sich seine Männer erholt hatten, und kam dann zu uns. Er ahnte, daß auch wir die Reihen der griechischen Kampfschiffe bald verlassen würden. Er lud uns zu sich ein. Wir versprachen, ihn auf Sicilia zu besuchen, wenn es für uns eine Möglichkeit gab. Da keiner in die Zukunft sehen konnte, beließen wir es bei dieser Zusicherung und nahmen Abschied. Eines Tages war Recabarren mit seinem schlanken Dreiruderer verschwunden.

THEMISTOKLES: Niemand konnte genau sagen, aus welchen Gründen die Athener Themistokles nicht mehr wählten. Viele meinten, er sei unersättlich in seinen Forderungen gewesen, Geld für die Flotte einzutreiben. Wieder andere schworen, er habe sich unangemessen bereichert, was weder Ptah noch ich ernsthaft glauben konnten. Nächtliche Stimmen seiner Traumgötter hörte er nicht mehr. Bei der Abstimmung darüber, wer der Tapferste der Griechen bei Salamis gewesen sei, erhielt Themistokles den zweiten Preis. Die Griechen bestätigten, wohl aus Neid oder wegen ihrer eigenbrötlerischen Ansichten, dieses Ergebnis nicht. Themistokles, zwar hinreichend gelobt, ließ sich von Sparta feiern und überließ die Regierungsgeschäfte Aristeides und Xanhippos.

Wir hörten niemals wieder davon, daß er Einfluß ausübte – aber schließlich hatten wir uns zu dieser Zeit bereits weit von den Schlachtfeldern entfernt.

MORDONIOS: Zunächst versuchte er, mit vielen Versprechungen und Drohungen die wenigen Griechen, die sich gegen die Perser verbündet hatten, auseinanderzusprengen. Erstaunlicherweise waren sich Athen und Sparta einig. Das Heer der Perser fiel abermals über Attika her und zerstörte Athen. Damit vernichtete der Feldherr aber die letzte, geringste Möglichkeit, ohne Kämpfe und Schlachten davonzukommen. Die Griechen stellten neue Heere auf.

Die Hopliten, die mit ihren Schilden lebende Mauern bildeten, fanden sich zusammen und zeigten dem Perser, daß sie seine Reiterei nicht fürchteten. Mordonios setzte auf seine Reiterei, wechselte den Standort des Heeres und suchte eine Kampfstätte, auf der er den Griechen seine kämpferischen Bedingungen diktieren konnte. Er fand eine Ebene in Boiotien; bei Plataiai am Kithairon-Gebirge, die er zu einem idealen Schlachtfeld zu verändern versuchte. Bäume wurden gefällt, Gräben zugeschüttet, weite Landstriche verwandelten sich in eine Fläche, über die man weit hinwegsehen konnte.

Mordonios wußte, daß der Neffe jenes Mannes, der dem Xerxes bei Thermopylai getrotzt hatte, der oberste Feldherr der Hopliten war. Etwa dreißigtausend Schwerbewaffnete konnte Pausanias ins Feld führen. Das Heer des Mordonios betrug fast zwanzigmal tausend Männer mehr. Rund ein Jahr nach dem Sieg im Sund von Salamis trafen beide Heere aufeinander. Lange Zeit ging der Kampf unentschieden hin und her. Pausanias hatte die Reiter der Meder niemals unterschätzt, und Mordonios, der die Hopliten hatte kämpfen sehen, wußte, welch eine furchtbare Waffe diese Männer darstellten. Schließlich aber gelang es den persischen Reitern, den Hauptteil des Griechenheers zu umgehen und die einzige Wasserstelle in ihrem Rücken unbrauchbar zu machen. Da das Heer gewaltige Mengen Wasser brauchte, um auch nur kurze Zeit bestehen zu können, mußte Pausanias den Rückzug einleiten.

Widerstand seiner Männer und offener Ungehorsam machten das Unternehmen zu einem chaotischen, selbstmörderischen Gefecht.

Die Athener blieben und kämpften weiter. Spartaner und Tegeaten sicherten, indem sie die persischen Angriffe abschlugen, die vorsichtigen Versuche, die Ebene zu verlassen. Wieder kämpften sie mit größter Tapferkeit. Sie schafften es sogar, das Lager der Perser zu erobern. Während dieser Kämpfe fand Mordonios, einer der tapfersten Meder, den Tod. Die Griechen machten keine Gefangenen, weil der Haß über die Zerstörung Athens und der Umgebung ihre Kampfeswut verdoppelte. Pausanias mit seiner Truppe aus Sparta eilte auf dem Schlachtfeld zu den Brennpunkten des Kampfes und griff immer wieder ein. Endlich gelang es ihnen, den Feind trotz seiner Übermacht zu besiegen. Obwohl noch einige Perser überlebten, war ihre Elitetruppe unter der Führung ihres besten Feldherrn vernichtet und existierte nicht mehr.

Noch in diesem Jahr griffen die Griechen Ionien an, griechisches Land, das die Perser besetzt hielten, und dessen Bewohner zu Vasallen des Großkönigs geworden waren. Wieder war es die Flotte, die unter der Führung des Spartaners Leotychidas landete und das Schiffslager der Perser stürmte. Der Sieg über Mykale in Ionien war das Signal für unzählige Griechenstädte, sich von der persischen Herrschaft loszusagen, und tatsächlich baten immer mehr Inselherrscher, Städte und Siedlungen, in den Kampfbund zwischen Athen und Sparta aufgenommen zu werden.

Die GÖTTERSTURM: Charis saß auf den Stufen des Niedergangs zwischen Ruder und Deck. Der Wind zerwirbelte ihr Haar. Das Schiff lag schräg in den Wellen; der Herbst war gekommen, und wir meinten, daß es wärmere und gastlichere Gegenden gäbe als Griechenland in diesen Jahren und dieser Jahreszeit.

»Die wichtigsten und größten Schlachten sind wohl geschlagen. Sinnlos sind Tausende von Menschen getötet worden. Wir haben die Entscheidung getroffen und den Griechen geholfen. Wer sagt uns, daß es richtig war? Wer nimmt mir meine Zweifel, Atlan?«

Die Mannschaft unseres Schiffes und wir hatten den Ausgang der Schlacht bei Plataiai abgewartet. An den Kämpfen hatten wir uns nicht beteiligt; zu oft mußten wir über jene Schlachtfelder gehen, auf denen Tausende blutüberströmter Körper lagen, verwesend, von Hunden und Raben angefressen.

»Ich kann dir deine Zweifel nicht nehmen.« Ich überlegte, welches Ziel wir ansteuern sollten. »Ich weiß es nicht besser. ES hat nicht mit uns gesprochen. Vielleicht erfahren wir es später. Aber wenn ich wieder einmal das Gleichnis der beiden Waagschalen zitieren darf . . .«

»Es ist nicht das beste, aber wir verstehen es.« Ptah-Sokar grinste mich an.

»... dann hat sich wohl bei uns allen die Schale der Griechen gesenkt. Es gibt zu viele bedenkenswerte, häßliche Dinge, die wir in Persien sahen und erlebten. Verglichen damit sind die halsstarrigen, streitsüchtigen Griechen wohl das kleinere Übel. Bisher macht aber niemand Anstalten, einen Eroberungskrieg im Reich des Xerxes anzufangen.«

»Weil sie aus Uneinigkeit kein genügend großes Heer zusammenbringen«, sagte Ptah. Was wir in diesen Jahren von ihrer Kultur und Zivilisation gesehen hatten, war nicht besser oder schlechter als die Kunst der Handwerker von Parsei. Die Kunst und die Philosophie zeigten aber, im Gegensatz zu der medischen, weitaus menschlichere Dimensionen, auch wenn ein Olymp, der eine viel zu große Anzahl Götter für jeden erdenklichen Vorgang besaß, verwirrend wirkte und selbst bei den Griechen anscheinend jeden Gedanken an Einigkeit unmöglich machte. Gastfreundschaft und Freundschaft hatten wir hier wie dort erlebt. In beiden Fällen war sie echt und ehrlich gewesen.

Mit dem Schiff hatten wir nacheinander alle Verstecke aufgesucht und sämtliche Ausrüstung an Bord genommen. Der Gleiter würde ferngesteuert dorthin schweben, wohin wir ihn dirigierten. Rico überwachte uns und steuerte die Tauben, den Falken und den Adler. ES schien eine innere Sperre bei den Angehörigen unserer Mannschaft beseitigt zu haben. Sie waren, abgesehen vom notwendigen Gehorsam an Bord, in ihrem Verhalten von dreißigjährigen Griechen kaum zu unterscheiden. Der Rammsporn war bis auf die senkrechte Kante auf dem Kielbalken entfernt worden, unsere Segel waren nicht länger schwarz. In den Laderäumen waren zwar noch unsere Waffen griffbereit, aber überall dort, wo wir hatten einkaufen oder tauschen können, suchten wir uns für die Reise ins Ungewisse das Beste heraus. Weine, Früchte, Schinken und Würste, das hauchdünne karthagische Brot, das ohne Sauerteig bereitet wurde und sich mondelang hielt, Schmalz, fette Würste, die man über dem Feuer braten konnte, versiegelte Krüge voll kostbarem Salz und seltene Gewürze. Die Griechen hatten uns reich beschenkt – jeder verfügte über silberne und goldene Erinnerungen an die Zeit der Perser und Griechen. Ich hob die Hand und betrachtete schweigend den Ring des Xerxes.

Du spielst mit dem Gedanken, ihn noch einmal zu benutzen? fragte lauernd der Logiksektor. Charis fing meinen Blick auf, lächelte mich an und nahm meine Hand. Ohne Schwierigkeiten drehte sie den schweren Ring vom Finger herunter und wog ihn, als wolle sie ihn ins Meer werfen, in der Handfläche. Es war für sie fast eine symbolische Handlung. Neugierig schweigend sah uns Ptah-Sokar zu.

»Nein. Ich möchte ihn behalten«, sagte ich. »Und zwar nicht als Andenken an Ksyarsha, sondern an Mordonios, der ein guter Mann war.«

Ich versenkte den Ring in ein Fach meines Gürtels.

»Was werden die Griechen wohl tun? In den nächsten Jahren und Jahrzehnten?« fragte Indraya.

»Sie werden zuerst gegen die Perser, dann gegen sich selbst Kriege führen, endlos miteinander reden und streiten und wieder Kriege führen. Und dabei könnten sie ohne Anstrengung die größte Macht im Binnenmeer sein; mit jener Erfindung der *Demoskrateia* oder so ähnlich.«

Die Zeit und die Entfernung ließen, als wir segelten oder ungesehen schwebten, die blutigen Schlachten mehr und mehr verblassen. Bis vor wenigen Tagen hatten wir seit Salamis das Leben von Seevagabunden geführt und waren von Hafen zu Hafen gesegelt. Nun waren wir an Kreta-Keftiu vorbei und näherten uns, von drehenden Winden getrieben, der Insel Sicilia, auf der Recabarren einen Gutshof und Weinberge besaß.

»Ich glaube, auch in Sizilien ist der Winter kalt«, sagte Indraya nach einer Weile. Sie schmollte. »Ihr wißt alles, du und Ptah. Dann kennt ihr auch einen Ort, an dem es so warm ist, daß wir uns alle wohl fühlen.«

»Wir denken darüber nach.« Ptah zog sie an sich. Je länger wir uns mit den Griechen beschäftigten, desto unglaublicher erschienen ihre Siege. Vielleicht war es eines der größten Wunder in der Geschichte des Barbarenplaneten. Sie hatten für ihre Freiheit und um ihre Eigenständigkeit gekämpft und über ein absolutistisches Herrschersystem gesiegt. Wir konnten nicht ahnen, ob sich ihre Staatsideen durchsetzen würden.

»Was sie nicht vergessen«, sagte Indraya, »ist das schwarze Schiff, das so viele Perser rammte.«

»Du irrst!« widersprach Charis. »Ich denke, daß niemand jeden eurer Kämpfe mitangesehen hat. Vielleicht Xerxes; er wird schwerlich euer Loblied singen. Viele Griechen sahen kleine Szenen; schließlich, als euer Segel brannte – die Segel göttlicher Schiffe brennen niemals.«

»Wahr gesprochen«, gab Ptah zu. »Außerdem sind die Fremden seit mehr als einem Mond aus Salamis verschwunden. Nichts wird so schnell vergessen wie tatkräftige Hilfe eines Überlegenen.«

Unsere Maskierung war gefallen; mein Haar wuchs in weißen Strähnen nach, der persische Bart war längst vergessen. Ptah sah wieder wie jener kurzgeschorene Rômet aus, als den ich ihn kennengelernt hatte. Aus der Göttin, die dem Themistokles in der Höhle erschienen war, wurde eine hellhaarige junge Frau mit gebräunter Haut, die ihre Eltern und ihre Heimat nicht kannte, und meine Charis mit den feinen Linien und Punkten in der Haut ihres Körpers hatte längst die letzte Ähnlichkeit mit der Leibsklavin des Wundarztes verloren. Ich blickte übers Meer, sah dem Spiel der Wellen und den Windmustern zu, und plötzlich erschienen vor meinem inneren Auge fremde Küsten, Buchten und bewaldete Uferberge. Nein – nicht fremde Küsten! Ich erinnerte mich!

ES gab freiwillig wieder einen Teil meiner Erinnerungen frei. Es schien dies ein Hinweis unseres Herrschers zu sein, denn ich entsann mich der Küstenlinie des großen, dreieckigen Riesenkontinents und menschenleerer Buchten, in die Bäche oder stürzende Quellen mündeten. Ich erinnerte mich auch der Entfernungen und daran, welchen Kurs wir steuern mußten. Ich stöhnte auf, fing mich wieder und flüsterte:

»Habt ihr es auch . . . gemerkt?«

»Ich entsann mich einer Bucht, in der wir glückliche Tage verbrachten«, murmelte Ptah-Sokar.

»Also werden wir dorthin reisen«, entschied ich. »Die Nacht wird sternenklar, es hat guten Wind. Wollen wir weitersegeln, wenigstens diese Nacht? Es scheint mir ein richtiger Abschluß zu sein.«

»Wir werden auf Deck sitzen und Wein trinken, in dicke Mäntel gehüllt.« Auch Charis entschloß sich. Ptah-Sokar sagte, als er Indrayas verständnisloses Gesicht sah:

»Wo wir morgen abend ankern, ist es warm, Geliebte!«

Diese Nacht segelten wir unter einem Sternenhimmel dahin, wie wir ihn selten gesehen hatten. Der Mond war nur eine haarfeine Sichel, die Finsternis erschien vollkommen, die Sterne standen unbeweglich und riesengroß. Das Meer leuchtete grünlich im Kielwasser, und wir erkannten backbords eine Schule springender Tümmler. Die GÖTTERSTURM begann zu schweben, die Luken waren weit geöffnet, und ein einziges Windlicht warf seinen gelben Schein auf unsere Gesichter. Wir saßen in der Mitte des Decks, dort, wo uns der Wind am wenigsten belästigte, und tranken kühlen persischen Beutewein aus Bechern und Pokalen, die von Salamis übrig waren. Im Morgengrauen schwebten wir nach Südsüdwest, bis wir auf die Buchten trafen, die wir in unserer Erinnerung gesehen hatten.

Wärme und weißer Sand empfingen uns, nur Spuren von Wild waren zu sehen und der Wall aus Schwemmgut. Wir setzten das Schiff mit dem Heck auf den Strand, an der geschütztesten Stelle. Als wir den Adler, der uns bisher begleitet hatte, auf Patrouillenflug schickten, lieferte er uns eine halbe Stunde scharfe Bilder von einer unberührten und menschenleeren Küste, von einer kaum sichtbaren Straße, die zu den Resten eines runden Turmes führte. Dann flimmerten die Bilder, der Schirm erlosch ganz, und die Maschinen des Robotvogels versagten. Brennend stürzte das künstliche Tier, das jahrelang seinen Dienst versehen hatte, ins Meer. Ein böses Omen? Bald waren Zelte aufgeschlagen, Leitern führten zur Reling des Schiffes, eine Feuerstelle wurde aus Steinen errichtet.

Unbeschwerte Tage brachen an, in denen wir gute Gespräche führten, in den Uferwäldern jagten und Früchte sammelten, schwammen und im Schatten schliefen, unseren Körpern und dem Verstand jene Ruhe und Entspannung verschafften, die wir fast drei Jahre lang nicht hatten genießen können. Zweifel und Selbstzweifel fielen von uns ab wie Schuppen. Die Wärme durchdrang uns, und immer wieder zeigten sich in der Mauer, die unsere gemeinsamen Erinnerungen umgab, winzige

Spalten und Risse, durch die wir in Zeiten und Länder zu schauen vermochten, die es einst gegeben hatte.

Eines Morgens vermißten wir Indraya und Ptah. Als wir in ihrem Zelt nachsahen, fehlten Kleidung, Stiefel und einige Waffen. Beunruhigt ging ich den Spuren nach und ahnte, daß sie zum zerfallenen Turm führten. In langen Sprüngen hetzte ich zwischen windzerzaustem Gestrüpp den Hang hinauf und entdeckte die Gestalten vor der graubraunen Ruine. Sie kamen langsam auf mich zu. Ich setzte mich schwitzend auf einen Steinblock. Ptah hielt Indraya an der Hand und blieb stehen, als er mich sah. Ihre Gesichter trugen einen eigenartigen Ausdruck. Sie setzten sich zu mir. Ich sah sie schweigend und fragend an. Nach einer Weile sagte Ptah:

»Wir waren bei den Trümmern des Turmes. Er muß uralt sein. Man sieht weit ins Land hinein und auf See hinaus.«

Die Schönheiten des Ausblicks konnten schwerlich der Grund für ihre nachdenkliche Stimmung sein.

»Uns erschien eine . . . Vision«, flüsterte Indraya. »Wir sahen, ganz deutlich, Türme, Mauern und Menschen. Und viele Haine und grüne Felder. Ein schöner Ort, voller Ruhe.«

ES manipuliert schon wieder! sagte der Extrasinn scharf. Ich nickte. »Es ist vielleicht weniger geheimnisvoll, als du denkst. Unser geheimnisvoller Herrscher hat euch einen Streich gespielt.«

»Es ging ein Ruf von dieser Stadt aus, Atlan«, sagte Ptah leise. »Es war uns beiden, als zöge uns etwas dorthin.«

»Wir können jederzeit das Schiff nehmen und dorthin fahren – aber wo ist es? Kanntest du die Gegend wieder? Hoffentlich ein Ort, an dem es warm und sonnig ist.« Ich scherzte. Ptah und seine Freundin blieben seltsam stumm und bedrückt. Die Vision mußte tief in ihrem Innern etwas ausgelöst haben, das stärker war als die Faszination des Augenblicks.

»Ich weiß es nicht. Es glich allen Gegenden, die ich kenne, Atlan.«

»Was war Besonderes an dieser Stadt?«

»Eigentlich nichts. Sie war schön und hell. Und alle Menschen schienen nichts mit Krieg oder Kampf im Sinn zu haben.«

»Ihr wollt dorthin, wenn ich euch recht verstehe?«

»Ja. Wir haben den Wunsch, dorthin zu reisen. Es ist geheimnisvoll, ich weiß; nach all den Jahren bei den Griechen bin sogar ich geneigt, an das Wirken eines Olympiers zu glauben«, sagte Ptah, verlegen lachend. »Im Ernst, Atlan. Ich habe selten einen solchen Drang gespürt.«

»Wir sprachen lange darüber. Mir geht es nicht anders.«

»Ich verstehe, Indraya. Schlafen wir einmal über dieses Problem. Oder wollt ihr allein sein?«

Sie schüttelten die Köpfe. Langsam gingen wir zum Lager und setzten uns unter das große Sonnensegel. Unsere Mannschaft veranstaltete Wettrennen und schwamm durch die Bucht. Charis kam mit einem halbgefüllten Krug aus dem Zelt und setzte sich zu uns. Nachdem Ptah erzählt hatte, welche Sehnsüchte die Spiegelung von ES in ihnen geweckt hatte, wurde Charis tief nachdenklich. Wir hatten gelernt, spätestens seit ES uns diese schwere Entscheidung auferlegt hatte, solche Zeichen ernst zu nehmen. Dieses hingegen war schwer zu deuten. Warum sollten Ptah und Indraya ausgerechnet diese Ortschaft aufsuchen, obwohl sie nicht einmal wußten, wo sie wirklich lag? Was sollte diese Aufforderung, die nur Ptah und nicht uns betraf? Niemand konnte eine Erklärung finden, die uns zufriedenstellte. Der Wein machte uns schläfrig, und wir verteilten uns auf die Zelte; bald schliefen wir.

Ich schlief traumlos und tief. Als ich erwachte, lag Charis' Kopf auf meiner Schulter. Ihr Haar hatte meinen Hals gekitzelt. Vorsichtig, um sie nicht zu wecken, richtete ich mich auf. Die tiefe Stille kam mir zum Bewußtsein, ich stand auf und trat vor das Zelt. Gleichmäßig rauschend brachen sich die Wellen der niedrigen Brandung. Es war später Nachmittag, fast Abend. Ich spürte in meinen Gelenken eine Schwäche, die nicht vom Wein kam oder von zu großer körperlicher Anstrengung.

Das Schiff war verschwunden. Ich stand da wie betäubt. Erst nach und nach bemerkte ich andere Einzelheiten. Kalte Furcht kroch in mir hoch.

Als einziges stand noch unser Zelt. Nahrungsmittelvorräte, Waffen und Gepäck waren im Schatten eines Sonnensegels gestapelt, Weinkrüge waren im feuchten Sand halb vergraben. Fußspuren führten von den Stellen, an denen die anderen Zelte aufgeschlagen gewesen waren, zum Strand und endeten nahe dem tief eingedrückten Einschnitt des Hecks der GÖTTERSTURM.

»Ptah!« flüsterte ich, unfähig, klare Gedanken zu fassen. »Die Stadt. Er ist . . . sie sind alle fort!«

Ich rannte zum Zelt, weckte Charis und berichtete stockend, was geschehen war. Charis wand ein dünnes Tuch um die Hüften, trat ins goldrote Licht der Abenddämmerung. Sie blickte schweigend in meine Augen, ein seltsames, wissendes Lächeln glitt über ihr Gesicht.

»Fürst meines Herzens«, sagte sie leise. »O Kapitän der Zeit, Steuermann vieler Dinge – es ist schwer für dich, das zu verstehen?«

Ich nickte und hielt mich am Zellaktivator fest. Charis nahm mein Gesicht in beide Hände, lächelte wieder und sagte:

»ES schenkte ihnen die Bilder einer Stadt, in der sie als Menschen leben, alt werden und sterben können. ES schenkte ihnen das wunderbare Schiff. Sie alle zogen es vor, keine Unsterblichen zu sein, nicht in kalter Starre zu schlafen, bis sie ein neuer Befehl erreicht.« Sie küßte mich und murmelte: »Es ist ihr Glück, Atlan. Ich weiß, es zerreißt dir das Herz, weil Ptah dein Freund war . . . ist. Weil er's ist: Gönne es ihm, freu dich mit ihm und dieser liebenswerten Frau. Sag Rico, er soll keine Sonde losschicken – du wirst andere Freunde finden.«

Sie legte die Arme um meinen Hals, ich zog sie an mich und sagte: »Es braucht Zeit, viel Zeit; eines Tages werde ich mich an tausend gemeinsame Abenteuer an Ptah-Sokars Seite erinnern. Es schmerzt, von Freunden verlassen zu werden.«

»Ich, Liebster, verlasse dich nicht. Wir schlafen nebeneinander, wenn es wieder an der Zeit ist, und wachen zusammen auf. Ich bin nicht nur die Frau, die dich liebt, weißhaariger Sternensegler – auch als Freundin bleib' ich an deiner Seite.«

Ich senkte den Kopf; in mir wüteten Enttäuschung, Rührung, Verlassenheitsgefühl, Trotz, Wut und ein aufwallendes Gefühl, das ich mit Mühe wiedererkannte: auch der bewußte Versuch, mit den Kräften der Dagor-Philosophie innere Ruhe und kühle Abgeklärtheit wiederzuerlangen, beseitigte nur einen Teil des Chaos. Überzeugung und Sicherheit blieben: Ich liebte Charis. Ich atmete tief, mein Blick forschte in ihren Augen, in ihrem Gesicht; ich nickte und sagte leise, mit rauher Stimme:

»Ich bleibe dein Geliebter und dein Freund, o Schwester der Klugheit. Da ich aber die Zukunft nur in grauenhaft engem Rahmen beeinflussen kann – vorausgesetzt, ich kenne sie –, weiß ich nicht, wie es uns und unserer Liebe ergehen wird.«

»Wenn man liebt, Atlan, erwartet man lächelnd den nächsten Morgen. Lächle! Sieh; ich lächle auch.«

»Den nächsten Morgen, Charis, aber nicht das übernächste Jahrhundert. Bald lächle ich wieder, wart nur.«

»Erzähl mir heut' nacht den wirklichen Unterschied zwischen morgen früh und einem kühlen anderen Morgen, irgendwann, am anderen Ort, zu anderer Zeit.«

Sie nahm meine Hand und zog mich vorwärts. Neben den Waffen und unserem umfangreichen Besitz lehnte eine Platte. Ich erkannte die Schreibtafel des Freundes. Wir gingen hinüber, und ich hob sie auf, löste den kunstvollen Knoten, und ein großes Pergamentblatt fiel mir raschelnd entgegen. Ich ließ mich beim Zelt in den Sand fallen und las leise, mit stockender Stimme, was er uns geschrieben hatte.

»DIES ABER SCHREIBE ICH, PTAH-SOKAR: Atlans und Charis' Freund, in der Morgenröte dieses schrecklichen Tages. Lange habe ich mit mir gekämpft, fünf Zehntage lang, bei Amûn, und noch jetzt weiß ich nicht, ob ich einen Fehler mache oder wirklich an Indrayas Seite das Glück suche. Die Stimme von ES rief uns alle in der Nacht. Nur ich, Ptah-Sokar, so sagte ES, könne mich entscheiden: Wieder einschlafen, zu einer anderen Zeit aufwachen, und an der Seite Atlans Abenteuer zu bestehen. Oder mit den Ruderern segeln, die fremde Stadt suchen, um mit Indraya eine Familie zu gründen. Die halbe Nacht war ich entschlossen, bei euch zu bleiben. Die andere Hälfte der Stunden aber sagte mir: Du wirst es verstehen, Atlan, und von Charis weiß ich es, denn sie versteht alles. Ich bin ein Sterblicher, ein Mensch dieser barbarischen Welt. Ich

weiß, was ich kann, und ebenso, was ich nicht vermag. Da ich keine Erinnerung an unsagbar viele Geschehnisse habe, weiß ich nicht, was ich versäume, wenn ich nicht mehr an Atlans Seite bin. Auf Gemetzel wie in den letzten Schlachten indes kann ich frohen Herzens verzichten. Ich werde sterben, nachdem ich viele Jahre in einer einzigen Zeit gelebt habe. Meine Söhne, vielleicht, werden das Schiff segeln. Wenn ich alt bin, werde ich wissen, daß ich wirklich einen Teil der Welt so erlebt habe, wie es einem Menschen zukommt.«

Charis und ich sahen uns an. Um ihren Mund spielte ein verständnisvolles Lächeln: »Nachts wachte ich auf; sie waren alle da. Ich hatte einen Traum, dachte über Ptahs Vision nach und sagte mir, daß es die einzige Möglichkeit ist, wie ein Mensch zu altern und zu sterben. Nicht wie wir, die wir keine wirkliche Heimat in den verstreichenden Jahren haben.«

»Du bist klug«, sagte ich betroffen. »Du hast recht. Ptah hat es vorgezogen, das Leben auf seine Weise zu leben. Und wir?«

»Wir rufen den Gleiter. ES wird uns wieder in den Schlaf zwingen. Du, das weiß ich, bleibst ein Wanderer in den Zeiten.«

Sie berührte den Zellschwingungsaktivator. Ich holte tief Luft und las Ptahs Brief zu Ende.

»Vielleicht lichtet sich, wenn ich alt und zahnlos bin, der Nebel um meine Erinnerungen. Dann werde ich Enkel auf den Knien schaukeln und ihnen erzählen vom weißhaarigen Fremden von den Sternen, von der schönen Charis, die ihr Geschmeide in der Haut trägt, von Tagen, Abenden, Nächten und tausend Listen, mit denen wir die Barbaren täuschten. Uns blutet das Herz, Charis und Atlan, von euch Abschied zu nehmen; deshalb schreibe ich. Hätte ich mit euch sprechen müssen, wäre ich geblieben. Ihr werdet euch eine Weile in der Welt umsehen und dann in Schlaf versinken. Wenn ihr aufwacht, wird euch die Erinnerung fehlen, auch an Ptah-Sokar, den Rômet.«

Ich saß blicklos da, fühlte meine Tränen und wußte: Wie er geschrieben hatte, so würde es sein. Charis setzte sich neben mich, legte den Arm um meine Schulter und murmelte tröstende Worte.

Professor Cyr Aescunnar resignierte; vorläufig. Er zog sich in sein persönliches Universum aus Schall und Dunkelheit zurück. Wenn halb Gäa in positronischer Agonie lag, brauchte er sich keine Hoffnungen zu machen, daß sich die Psychotherapeuten an seinem Lager versammelten, um ihn zu überzeugen, daß er klinisch gesund und von Phobophobie geschlagen war. Hundert Milliarden Nervenzellen in seinem Gehirn; verästelte Neuronen und etwas, das sich geheimnisvoll zwischen Auge und Sehrinde schob, wo hundert kleine Areale miteinander kommunizierten, um die Abbilder der Außenwelt in den Kopf zu projizieren – Aescunnar seufzte und streckte sich in seinem Krankenbett: Er brauchte, was es im Moment auf Gäa nicht gab, Ruhe und Aufklärung.

In Atlans Erzählungen trat eine Unterbrechung ein. Cyr schaltete die Monitoren aus, setzte die Brille wieder auf und empfand die Dunkelheit erstmals nicht als gefährliche Drohung: Er und seine Freunde waren Zeugen gewesen, wie sich eine eisenzeitliche Demokratie gegen das Reich eines despotischen Monarchen stellte und halbwegs gesiegt hatte. Dieser Teil der europäischen Geschichte war ihm alles andere als fremd.

»Nun gut«, murmelte er. »Meine optischen und auralen Systeme sind fadenscheinig geworden. Überaus unwichtig! Aber draußen galoppiert das Verhängnis. EMP-Impuls! ES jagt Atlans Erinnerungen! ES tilgt Seiten meiner ANNALEN DER MENSCHHEIT. Rogier Chavasse, als furchtlos-makabrer Ritter gegen die größten Rechner des Planeten, will ES bekämpfen. Atlan redet, hoffentlich weiterhin ungefährdet, weiter. Alle seine Freunde zittern; was tut ES? Ist Atlans Leben, seine Heilung, gefährdet?«

Cyr hörte mit, wie Solarmarschall Tifflor mit Oehmchèn und Drigene sprach. Er war nicht zu Ghoum-Ardebil oder zur Intensivstation des Planetaren Krankenhauses durchgeschaltet worden. Djosan Ahar, der Anthropologe, kam ins Studio, um seine Freundin Drigene abzuholen. Der nächste Anrufer, ebenso besorgt, war Spezialist Ronald Tekener – man beruhigte sie mühsam. Irgendwo hinter den Kulissen kämpfte Chavasse gegen das Verhängnis. Und mitten in dem einzigartigen Chaos, das sich durch Kabel, Lichtleiter, über Funkwellen und das Visiphonsystem lautlos ausbreitete, sprach Atlan weiter, körperlich reglos und bewußtlos, aber trotzdem, noch immer in der Lage, über seine blockierten, verschütteten, tief begrabenen Erinnerungen endlich in logischer Folge sprechen zu können; als kathartischer Selbstschutz des jahrtausendealten Verstandes. Gab es akustische Anker oder Angelpunkte? Wenn ja, dann war er es, Cyr, der sich an der ruhigen Stimme des Arkoniden festhielt, um nicht Teil der allgemeinen Panik zu werden. Atlan sprach weiter, und solange er berichtete, schienen die Verhältnisse in der Provcon-Faust wenigstens an dieser Stelle in überschaubarer Ordnung zu sein. Cyr hörte zu:

Niemandem fiel das einsame Fischerboot auf, das weitab des Geschehens im ruhigen Wasser dümpelte – aber nah genug, so daß Knephalos von Nikaia alles, was er aufschrieb, deutlich sah. Der lange, dünne Mann, dessen Haar schütter geworden war, und dessen Sichelnase scharfrückiger, trug einen blassen Bart und im linken Ohr einen schweren Goldring. Er schrieb, riß ab und zu scheinbar wütend oder verzweifelt am durchbohrten Ohrläppchen oder am Ring, und er war darauf bedacht, das Sonnenlicht nicht ins Innere des Kästchens fallen zu lassen. Am Boden der leeren Truhe bewegten sich Menschen und Dinge, und wenn Knephalos den Bronzewirbel des Scharniers drehte oder weiter herauszog, veränderte sich auch die Sicht auf jene winzigen Menschlein und das Geschehen. Knephalos, der aus Massalias Schwesterstadt kam, dachte an Sardonia, schwitzte, trank aus dem meergekühlten Krug roten Wein und seufzte; es schien, als habe sich das Holz des Bootes in schwarze Glut verwandelt.

15.

Die gnadenlose Hitze des achten Mondes hatte das Gras verdorren lassen. Viele Quellen waren versiegt. Am Tag und in den Nächten, in denen schwacher auflandiger Wind wehte, stank es rund um Halikarnassos nach faulendem Tang, Fisch und brackig abgestandenem Wasser. Das Meer, auf dem persische Schiffe ungehindert patrouillierten, hatte sich in einen blauschimmernden Spiegel verwandelt, der das grelle Licht und die Hitze verdoppelte und zurückwarf wie der Schild eines makedonischen Hopliten. Seit zehn Tagen leistete die Hafenstadt erbitterten Widerstand. Die Makedonen waren nicht einen Schritt weitergekommen.

Das Funkeln der Sonnenstrahlen auf Waffen und fremde Stimmen weckten Ephialtes auf. Der Athener sprang vom Lager, riß das Schwert an sich und hastete die Holzleiter zum Dach hinauf. In der Stadt war es ruhig; über die dicken Mauern aus Steinquadern kamen die ersten Sonnenstrahlen. Mit einem schnellen Rundblick sah Ephialtes, daß alle Wachen auf den Dächern, auf der halbkreisförmigen Mauer und den Felsen der beiden Vorgebirge standen.

»Was bedeutet das Lärmen, Mann?« schrie er, beide Hände am bärtigen Kinn. »Greifen sie endlich an?«

»Vielleicht später am Tag. Sie waren am Hafen, in der Nacht. Im Westen. Jetzt kommen sie zurück.«

»Der Graben im Norden?«

»Sie füllen ihn noch immer auf. Sollen wir ihnen die Arbeit sauer machen?«

»Noch nicht. Erst müssen wir beraten.«

Der befestigte Hafen öffnete sich nach Nordwest. Die Stadt erhob sich wie ein Theater, in halbkreisförmigen Straßen und immer höheren Rängen, zwischen uralten Bäumen bis zur Stadtmauer. Sie war gegen die Felder und ebenen Flächen durch einen zwanzig Schritt breiten und zehn Schritt tiefen, felsigen Graben geschützt. Die beiden Männer, die auf einem der obersten Häuser standen, konnten fast ungehindert über die Mauern und aufs Meer blicken. Zuerst starrten sie dorthin, wo die Fremden schufteten. Ein Windhauch brachte den stechenden Geruch des Schweißes heran. Mit mehr als fünfzig Tausenden war der junge

Makedone über den Peleponnes gekommen und verfolgte Memnon und die persischen Flüchtlinge, Überlebende der Schlacht von Granikos, bis an die Tore der Stadt.

Es sah aus, als wolle der kleinwüchsige Sohn des großen Philipp die Stadt so lange belagern, bis sie geschleift werden konnte. Hütten aus Balken und nassen Fellen schützten die Makedonen vor Pfeilen und Steinschleudern der Verteidiger. Unaufhörlich schleppten Hunderte schwitzender Männer Steine und Erde in Körben heran und schütteten einen breiten Damm im Graben auf. Dort würden die Belagerungsmaschinen aufgestellt werden. Auf der Innenseite der Ringmauer wuchs der Turm der Verteidiger. Die Söldner bauten ihn unter dem Befehl des Mannes aus Rhodos, Memnon: eine hölzerne Pyramide, auf deren Plattformen Katapulte, Pfeilschleudern und Krieger stehen sollten. In der Nacht war wenig gearbeitet worden, jetzt kamen Zimmerleute und Schmiede wieder zusammen. Von einem Mauerturm ertönte ein häßliches Schnarren, dann erschütterte ein harter Schlag die Ruhe des beginnenden Tages, und heulend raste ein Schwarm kurzer Pfeile von der Mauer hinüber zu den schuftenden Makedoniern. Die Männer sprangen fluchend in die Deckung der nassen Felle. Zwischen den kantigen Zinnen lachten die Verteidiger zu jedem weiteren Schuß.

»Sie haben bei Granikos gesiegt, vor drei Monden«, murmelte Ephialtes und sah die langgestreckten Wolken der rosenfingrigen Eos an, der Morgenröte. »Und sie werden auch Halikarnassos schleifen, die Rasenden.«

Er ahnte, daß dieser Tag nur ein Glied war in einer langen Kette eherner Tage, und das Ende vieler kampfreicher und entbehrungsreicher Tage war Tod und Chaos. Vielleicht auch für ihn. Jeder starb seinen eigenen Tod. Ephialtes, der athenische Miliarch, schob das Schwert in die Gürtelscheide und kletterte zurück in den winzigen Wächterraum. An den Wänden standen und hingen Waffen, auf einem Wandbrett stand ein Krug. Der Athener trank vom gemischten Wein; längst pflegte er dieser persischen Sitte.

Ephialtes legte die Waffen an und ging zur Burg, unten am Hafen. Die Stadt wimmelte von Kriegern des Dareius in farbenprächtigen Rüstungen und Kleidungsstücken und von griechischen Söldnern mit wettergegerbten Gesichtern. Kaum war er einige Schritte gegangen, ertönte hinter ihm wildes Geschrei. Er blieb stehen, drehte den Kopf und sprang in den Schutz einer offenen Tür. Ein kantiger Felsen, so groß wie der Oberkörper eines Kindes, wirbelte mit dumpfem Heulen durch die Luft, kam schräg herunter, überschlug sich und prallte gegen den steinernen Bogen über zwei Säulen. Steinbrocken, Teile des Simses und abgerissene Figuren schlugen, eingehüllt in Staub und Sand, zu Boden. Aufgeregt gackernd flogen Hühner in alle Richtungen, ein Pferd scheute, und fluchende Männer sprangen zur Seite. Die Säulen, ihres Haltes beraubt, taumelten. Eine fiel knirschend um und zerschmetterte zwei Schafe, die blökend stehengeblieben waren. Langsam kollerte der zerplatzte Steinbrocken die abschüssige Straße hinunter.

»He, Ephialtes, wohin rennst du?«

»Hinunter, zu Memnon. Er soll uns sagen, was wir gegen den Knaben aus Pella tun. Keiner hier kann ruhig schlafen.«

»Dareius wird kommen und die Makedonen zurückschlagen.«

»Der hat anderes zu tun«, knurrte Ephialtes und würgte den Rest eines Fluches herunter. Die Mauern und ihre Türme, die Zinnen und die Aufschüttungen hinter dem wuchtigen Ringwall bevölkerten sich mit bewaffneten Kriegern. Die hölzerne Pyramide wuchs von Tag zu Tag. Man traute der Ruhe des Augenblicks nicht und hängte nasse Felle an die Balken und vor die Plattformen. Überall hämmerten Handwerker die Pfeilschleudern und die Teile der Katapulte zusammen. Nur aus Nordost oder aus dem Westen konnten die Makedonen angreifen. Die Stadt war entschlossen, ihnen bis zum letzten Blutstropfen zu widerstehen. Kinder und Jugendliche sammelten Steine und Felsbrocken und schichteten sie nahe der Katapulte zu Haufen. Thrasybolos und Ephialtes hatten am meisten zu befürchten: Die Makedonen hatten verlangt, daß sie ausgeliefert werden sollten. Sie waren entschlossen, zu überleben – oder zu sterben.

Die Belagerungstürme der Makedonen wurden herangeschafft und zusammengesetzt. Sie entstammten Entwürfen des Diades, einem Griechen aus Thessalien, Schüler des besten Erfinders von König Philipp. Kleinere Katapulte wurden im Lager der Makedonen in Stellung gebracht. Auch die Angreifer hatten Mengen von Steinen und Felsbrokken gesammelt; die ebenen Flächen und die Feldraine vor den Mauern waren voll davon.

Ab und zu gaben die Bedienungsmannschaften einen Schuß ab. Sie mußten die Wurfweite ihrer Geschütze einstellen. Innerhalb der Mauer wurden die schweren Stützpfeiler verbreitert, mit Stufen versehen und verstärkt. Argwöhnisch beobachteten einander beide Parteien. Die Truppen des Makedonen kamen sieglos vom westlichen Hafen zurück, der sich nur zum Schein ergeben hatte. Der Stadtgraben wurde aufgefüllt, zwischen den Zelten loderten Feuer und stiegen Rauchsäulen in den Himmel, von dem die Sonne erbarmungslos herunterstach. Die Katapulte hatten sich eingeschossen und fegten mit einem dauernden Hagel kleiner Felsen, die man mit Hämmern gespalten und so in kantige Geschosse verwandelt hatte, die Verteidiger von den Mauern. Jeder weitere Tag zeigte beiden, den Verteidigern und den Angreifern, die Fortschritte der seltsamen, insektenhaften Bauwerke aus Bohlen, Balken und Tauwerk.

Die Pyramide hinter den Stadtmauern wuchs. Sie überragte die Zinnen um dreißig Ellen. Hinter den nassen Vorhängen aus Fell und den Brettern sahen die wachsamen Verteidiger hervor, und die Pfeilschleudern richteten sich auf die näher kommenden Belagerungstürme. Während die Türme auf breiten Rädern und eisernen Achsen heranrumpelten, prasselten Steinbrocken gegen die Mauern, durchschlugen Dächer, verwundeten und töteten die Verteidiger und prallten von den Schutzbrettern vor den Pfeilschleuderkatapulten ab. Unaufhaltsam näherten sich von mehreren Seiten die Belagerungstürme, deren Flanken von zerbeulten Schilden strotzten. Die Männer, die sie schoben, waren unter den vorspringenden Schutzdächern versteckt. Die Verteidiger, deren Schiffe das Ausladen von schweren Bündeln und Seilrollen beobachtet hatten, wichen immer wieder von den Wällen, wenn die Hagelschauer der Pfeile und der Steinbrocken aus der Ebene kamen. Die Makedonen steigerten ihre Anstrengungen und ihre Wut von Tag zu Tag. Die Hitze wurde kaum geringer, nur einmal prasselte ein kurzer Regen über die Landschaft hinweg.

Die Belagerungstürme erreichten ein breites Mauerstück zwischen den Toren und den Tortürmen. Aus dem untersten Bereich schoben sich mannsdicke Balken, die an Stricken hingen. Sie schwangen vor und zurück, und die Eisenköpfe donnerten gegen die Mauer; ein Signal für den letzten Angriff. Jeder Schlag zertrümmerte ein Stück Gestein, machte es bröckelig und ließ es herunterrieseln, zerstörte weitere Teile des Quaders und trieb ihn mit jedem Schlag aus dem Verbund der Mauer hinaus. Auf jeder Seite des schweren Balkens wuchteten dreißig ausgeruhte makedonische Krieger die Ramme hin und her, vorwärts und zurück. Einen ganzen Tag lang schnellten die Arme der ballistischen Geschütze hoch, schlugen die Schenkel der Pfeilschleudern an und rissen die Sehnen nach vorn, heulten die kurzen Pfeile mit den eisernen Spitzen über die Mauern und durch die schmalen Gassen von Halikarnassos. Die Nacht kam; eine der furchtbarsten Nächte, in der es keinen Schlaf gab. Zwei Stützpfeiler und ein großer Teil der Mauer selbst waren halb zerstört und konnten jede Stunde zusammenbrechen.

Mitten in der Nacht, im nachlassenden Schwirren der Pfeile und Steine, tauchten auf dem wankenden und durchlöcherten Wall Männer auf. Sie schützten sich mit schweren Schilden, griffen hinter sich und schleuderten besonders lange Fackeln gezielt auf die Belagerungstürme. Kochendes Öl spritzte und entzündete sich. Die Fackeln loderten und qualmten, und es wurden immer mehr, die wie seltsame, stürzende Sterne durch die Finsternis wirbelten. Die trockenen Felle brannten wie Zunder. Sie stanken und qualmten so stark, daß die Krieger aus den Maschinen sprangen und versuchten, den Pfeilen von den Mauern zu entgehen. Die Maschinen fingen zu brennen an. Das lodernde Öl lief an den Balken entlang und sickerte in die Fugen der Holzbohlen. Makedonische Wachen rannten umher, suchten Waffen und Rüstungen. Dann brachen die Mauern zusammen.

Über die Quadern, durch eine gewaltige Staubwolke hindurch, sprangen und rannten die Verteidiger. Sie waren schwer bewaffnet, und ihr Vorstoß wurde von Hunderten Bogenschützen gedeckt. Sie schleuderten Speere, kaum daß sie vor dem Hintergrund der schwelenden Lagerfeuer die Silhouetten der Wachen erkannten. Tödlich trafen die heulenden Pfeile von der Mauer. Schwärme von Verteidigern begannen die Brocken und Quader wegzuschleppen. Hinter der eingestürzten Mauer konnte man im fahlen, zuckenden Licht der Feuer und Fackeln und der hochzüngelnden Flammen der Belagerungstürme eine halbrunde, zweite, weiter zurückgesetzte Mauer sehen.

Als die ersten Zelte in Flammen aufgingen, die langen, geschliffenen Klingen der Sarissen blinkten, und als das Stampfen von schweren Schritten das Kommen der makedonischen Phalanx ankündigte, zogen sich die Verteidiger Schritt um Schritt zurück. Ihr Rückzug wurde von den verbliebenen Mauern und der neuen Sperre unterstützt, und aus dem Lager kamen die Befehle, die Belagerungsmaschinen mit dem Trinkwasser der Makedonen zu löschen. Nur wenige Verteidiger, aber viele Angreifer lagen als dunkle, bewegungslose Bündel auf dem zerwühlten Land. Tagelang besserten Verteidiger und Angreifer die Maschinen und Mauern aus. Die Toten wurden begraben, und jeder, der das Geschäft des Krieges und der Belagerung kannte, sah die Zeichen: Es wurde mit mehr Wut und mehr Verbitterung gekämpft. Der Würgegriff der Eroberer schloß sich enger um die Stadt.

Einige Nächte später schritten Krieger aus der Taxis des Perdikkas, zwei völlig betrunkene Makedonen, durch einen Teil des riesigen Lagers. Sie galten als gute Kämpfer und als Freunde, die den letzten Trunk Wasser mit ihrem Nebenmann ebenso teilten wie die Wunden, die sie in zahlreichen Kämpfen empfangen hatten. Sie schrien und torkelten noch nicht; aber ihr Mut war ins Unermeßliche gewachsen. Schnell schlossen sich ihnen andere an, die nicht wußten, worum es ging. Die Krieger schafften es, den anderen und einer großen Menge von Männern einen Plan schmackhaft zu machen. Schnell zerstreuten sich die Männer, bewaffneten sich und versammelten sich außerhalb des Lagers. Sie wollten es denen von Halikarnassos zeigen – der neue Schutzwall sollte noch diese Nacht geschleift werden.

Hunderte von Makedonen, viele von ihnen berauscht vom guten Wein, näherten sich der Stadt. Außer ihren Waffen trugen sie Fackeln und Feuerbrände, die sie aus den Lagerfeuern herausgerissen hatten. Ein langer Heerwurm näherte sich dem riesigen Loch in der äußeren Mauer. Die Stille der Nacht wurde von den drohenden, dröhnenden Schritten der Makedonen, vom Waffenklirren und heiseren Schreien durchbrochen. Der Boden vor der Stadt war durch ein nächtliches Gewitter naß und tief geworden. Die Verteidiger zeigten sich nicht, als die ersten Krieger im Schlamm ausrutschten. Sie ließen sich auch nicht blicken, als die Makedonen an der Mauer standen und versuchten, die mitgebrachten Leitern anzulegen. Als die Verwirrung der Angreifer den ersten Höhepunkt erreicht hatte, wagten die Verteidiger den Ausfall.

Sie kamen von überall, kletterten über Strickleitern von der neuen

Mauer, stürzten aus den schmalen Toren, schwangen sich an Seilen von den Auslegern des Katapults ebenso wie von den Türmen mit den Spuren der langen Belagerung. Zwischen den Kämpfern tauchten Bogenschützen auf und schossen auf die Makedonen. Die Pfeilschleudern ertönten dumpf. Die Löffel der Katapulte hoben sich und ließen einen Regen von Steinen auf die Angreifer prasseln. Der Gegenangriff, an dessen Spitze sich nach kurzer Zeit Memnon selbst setzte, trieb die Angreifer unter schweren Verlusten weit zurück. Mehr Fackeln wurden gebracht, und die Fläche unterhalb der Mauer verwandelte sich für viele Makedonen in eine tödliche Ebene. Frauen und Männer aus Halikarnassos fluteten hinter den Kriegern nach draußen und schleppten die toten Angreifer in die Stadt. Diejenigen, die noch lebten, wurden erschlagen.

Dann erst flammten die Fackeln in der Mitte des makedonischen Lagers auf. Die Hörnersignale zerfetzten die Mitternacht, Befehle gellten, das Klirren der Waffen weckte auch diejenigen, die am tiefsten schliefen. Schnell formierten sich die Reihen der Hopliten; vor den Sarissen, die senkrecht hochgestellt waren, rannte ein kleinwüchsiger Mann mit fliegendem Haar hin und her, dessen Befehle mit angsteinflößender Geschwindigkeit ausgeführt wurden. Im Laufschritt näherten sich die ersten Reihen den Kämpfenden, Flüchtenden und Nachdrükkenden. Die langen Sarissen senkten sich, wieder schnitt das makedonische Angriffsgeschrei durch das Tosen.

Die Verteidiger zogen sich langsam zurück. Ihre Linien schlossen sich, wichen nach den Seiten aus, gingen wieder vor und verbreiteten Tod und Verwundungen unter den trunkenen Makedonen. Aber als die Phalangen sich formiert hatten, sich die Schilde fester zusammenschlossen und sich die Sarissen senkten, hob Memnon sein Schwert und die Fackel und brüllte:

»Zurück! Wir haben ihr Lager mit einem Wall von Toten umgeben.«

Die Tritte der Kämpfer stockten, als sie ihre toten Kameraden sahen. Wurfspeere und abgebrochene Pfeile ragten aus den blutenden Körpern. Für jeden Schritt, den die Makedonen vorrückten, machten die Verteidiger einen größeren Schritt zurück. Noch immer loderten viele Fackeln auf der neuen Mauer, und als die Fremden in den Bereich der Bogenschützen kamen, mußten sie in ohnmächtiger Wut zusehen, wie sich hinter den letzten Verteidigern die schmalen, mit Erz beschlagenen Pforten der neuen Mauer schlossen.

Am nächsten Morgen kamen makedonische Unterhändler und baten um die Rückgabe der Toten. Memnon wußte, als er von der Spitze des Katapultturms der Übergabe zusah und den langen Zug derer betrachtete, die zwischen sich einen toten Kameraden zum Lager zurücktrugen, daß dieser Rückschlag den Makedonen noch rasender machen würde. In den nächsten Tagen und Nächten änderte sich das Wetter. Mehr Wolken trieben über den Himmel, in den Abenden und Nächten wetterleuchtete es weit auf dem Meer, und es gab mehr Wind und Gewitter.

Die Donnerschläge und das Hämmern der Rammen wetteiferten miteinander. Die Makedonen steigerten ihre Angriffe mit jeder Stunde. Ihre Maschinen warfen und zertrümmerten ohne Pause; die Mannschaften wechselten einander ab. Aber die Verteidiger waren mutig und schnell.

Und sie waren erfahren in der Kriegsführung, wagten blitzschnelle Ausfälle. Stets waren sie von ihren Geschützen und von Bogenschützen gedeckt. Die Söldner der Stadt konnten es an Erfahrung und Kampfesmut mit den Makedonen aufnehmen. Zudem wagten sie sich nicht sonderlich weit aus dem Schutz der Mauern hinaus. Ihre Kameraden deckten jeden Schritt der keilförmigen Streitgruppen; viele Makedonen bezahlten ihre mangelnde Wachsamkeit mit ihrem Leben.

Wenige Tage später, gegen Abend, unternahmen die Verteidiger, von Ephialtes angeführt, einen Ausfall von großer Geschicklichkeit. Es begann damit, daß die hölzerne Pyramide hinter der Mauer zu einem rasenden Ungetüm wurde, das einen Regen aus Steinbrocken und wahre Schwärme von Pfeilen über die Angreifer warf. Eine Masse schweigender und zu allem entschlossener Verteidiger brach aus den Toren hervor, Fackeln in den Händen. Die Krieger rannten auf die Belagerungstürme zu, die vor den Mauern im Nordosten standen und sich scharf gegen den Himmel des Sonnenuntergangs abhoben. Die ersten Fackeln flogen in die Türme und setzten abermals das trockene Holz in Flammen. Die Wachen der Makedonen, die von dem Angriff abgelenkt worden waren, kämpften gegen die Verteidiger und starben an den Pfeilen und Steinbrocken, die aus der Stadt auf sie herunterkrachten. Um die Belagerungstürme brachen erbitterte Kämpfe aus, Mann gegen Mann. Eine zweite Gruppe verließ die Stadt, als das Getümmel um die Maschinen und Türme am größten war.

Hunderte Krieger drängten sich durch das westliche Tor, sammelten sich im Schatten der Mauer und der unbezwingbaren Felsen und griffen an, die Lanzen gesenkt und die Schwerter quer über den Köpfen. Sie rannten, bildeten einen Keil und bewegten sich in einem leichten Bogen auf die Stelle zu, an der die Belagerungsmaschinen zu brennen begannen, an der die ersten Sarissenträger aus dem Lager eintrafen und die Verteidiger und Angreifer sich ineinanderkrallten. Das Klirren der Schwerter und das Keuchen der Kämpfer bildeten inmitten der Flammen und der dunkler werdenden langen Schatten eine Insel des Todes, einen schauerlichen Tanz aus Schilden und Schwertern.

Mehr Makedonen kamen in geordneten Gruppen aus dem Lager, in dem die Hörner Angriffssignale schmetterten. Noch waren die Verteidiger stark genug, jede Verstärkung zurückzuschlagen oder in harte Kämpfe zu verwickeln. Als Memnon erkannte, daß nicht die alten, kampferfahrenen Makedonen in den Kampf rannten, sondern die jüngeren Krieger, rissen seine Leute das Tor auf. Wieder brach eine ausgeruhte, todesmutige Gruppe aus der Stadt hervor und griff in den Kampf ein. Die Angreifer wurden zurückgetrieben, während noch einige von ihnen mit Erfolg versuchten, die rennenden und glühenden Maschinen zu löschen. Wilde Schreie gellten durch die hereinbrechende Nacht. In einem weiten Halbkreis vor den Mauern schlachteten sich die Angreifer und die Verteidiger ab. Dann prallte die dritte Gruppe auf die Kämpfenden. Chaos brach aus. Befehle wurden gar nicht oder falsch befolgt; es bildete sich eine neue Kampflinie. Alte, bärtige Veteranen fällten ihre Sarissen, rückten aneinander, bis sich ihre Schultern berührten und rückten mit grimmigem Nachdruck vor. Wieder sah man zwischen ihnen einen breitschultrigen, nicht sonderlich großen Mann, der knappe Befehle schrie und genau wußte, was hier und jetzt zu geschehen hatte.

Eine erste Reihe von vierzig oder mehr bildete sich, bald darauf eine zweite, dann eine dritte, und schließlich kamen an beiden Flanken weitere Gruppen zusammen. Ihr Schrittmaß änderte sich, wurde schneller, und eben an dieser neugebildeten Schlachtreihe richteten sich die fliehenden Makedonen wieder auf. Sie wichen ihren erfahrenen Kameraden rechts und links aus und sammelten sich hinter den Reihen. Die Verteidiger, deren erste Welle in die Klingen der Sarissen rannte und starb, gerieten ins Stocken. Inzwischen war der letzte rote Glanz der Abenddämmerung vergangen; nur noch die nahen Berggipfel und hohe Wolken spiegelten das Blutrot der Sonne wider, die ins Meer tauchte.

Die Männer aus Halikarnassos zogen sich zurück. Binnen kurzer Zeit wurde aus dem geordneten Rückzug eine Flucht, die bald in Panik abglitt. Verteidiger und Angreifer stolperten über Leichen und Verwundete. Die ersten Verteidiger erreichten die Stadtmauern und suchten die Tore. Nach wie vor standen Bogenschützen und Peltasten auf der Mauer. Faustgroße Steine heulten durch die beginnende Nacht, Pfeile bohrten sich mit trockenem Krachen durch die harten Lederpanzer und fuhren ins Fleisch. Aber die Verteidiger auf den Zinnen und Türmen konnten nicht mehr zwischen Feind und Freund unterscheiden und trafen vermehrt auch ihre eigenen Leute. Die Torflügel flogen auf, während sich hinter ihnen die Schwerbewaffneten aufstellten. Auf der Mauer erschienen mehr Fackeln; das Durcheinander nahm zu.

Die ersten zogen sich zurück, schlüpften durch die engen Tore, wurden von den hinter ihnen Stehenden zurückgerissen in den fragwürdigen Schutz der Stadtmauern, der Häuser und Gassen, deren Stufen voller Trümmer waren. Die Männer auf den Türmen und Mauern verdoppelten ihre Bemühungen, die Makedonen abzuwehren. Ihre Geschosse vermochten nicht sicherzustellen, daß jeder Verteidiger den Einschnitt in den zernarbten Mauern erreichte. Vor den Toren ballten sich die Verteidiger zusammen, und nur wenige von ihnen drehten sich um und wandten sich gegen die Angreifer, um zu kämpfen. Als die Makedonen nachrückten, schlossen sich die Tore.

Niemand hatte den Befehl gegeben. Die Verteidiger, zwischen Makedonen und Mauern, wurden derart bedrängt, daß sie sich kaum wehren konnten in der fürchterlichen Enge. Ephialtes fiel im Kampf mit mehreren Makedonen, die gar nicht erkannten, wen sie niederhieben. Um die Stadttore entbrannte ein furchtbarer Kampf; die Makedonen schleppten einen hölzernen Widder herbei und hämmerten zwischen Kämpfenden und Toten gegen die Pforte. Anführer schrien hinauf zur Mauer:

»Unser Herrscher verlangt, daß ihr als Griechen die Stadt übergebt. Dann wird er Gnade walten lassen.«

Persische Flüche erschollen durch die Nacht. Die Hellenen schienen zu zögern, und einige von ihnen schossen weiterhin auf die Angreifer. Die Tore dröhnten unter den harten Schlägen der Ramme. Vor den Eingängen der Stadt herrschte eine heillose Verwirrung. Mehr Fackeln wurden herbeigeschleppt und angezündet. Ohne daß die Angreifer es merkten, folgten die persischen Anführer einem Plan, der ihrer Bedrängnis entsprungen war. Die Mauer war eingebrochen, vom Tod des Ephialtes hatten sie erfahren, und sie schienen Verrat innerhalb der Stadt zu befürchten. Plötzlich schlugen riesige Flammen aus dem Turm der Katapulte und machten aus der Konstruktion binnen kurzer Zeit ein brennendes Gerüst, dessen flackernde Glut auch das Geschehen vor der Mauer beleuchtete. Für wenige Augenblicke stockte der wütende Angriff, denn die Makedonen glaubten nicht, was sie sahen.

Der Wind peitschte die Flammen höher. Brüllend und knatternd zuckten aus vielen Häusern dicht innerhalb der Mauer lange Feuerzungen.

»Die Perser brennen ihre erste Verteidigungslinie nieder!«

»Zur zweiten Nachtwache – sie nützen die Wut des Windes aus!«

Ein tiefgestaffelter Bogen aus geräumten Häusern brannte. Ebenso loderten die Dachsparren der Waffenhalle. Die Menschen flüchteten auf die Burg nahe dem Hafen. Orontobates, der persische Satrap, konnte auf die Flotte rechnen und auf die noch höheren, wuchtigeren Mauern, von denen die zwei kantigen Vorgebirge mit ihren senkrecht abfallenden Wänden geschützt wurden. Die ersten Fackeln flogen in die Häuser; als der Wind sich vor der Mauer staute und riesige Funkenschwärme hochwirbelte, galoppierte ein Kurier ins Lager zurück. Bald darauf näherte sich das Geräusch rasenden Hufschlags. Inmitten seiner Reiter erschien Alexander vor den Mauern. Die glühende Hitze sprengte die Mauern. Alexander gab seine Befehle.

»Hört mit der Ramme auf und brecht die Mauern nieder. Es soll eine große Fläche eingeebnet werden, damit wir leichter die Vorgebirge berennen können. Tötet die Brandstifter, wenn ihr sie faßt, aber niemand vergreift sich an den Bürgern der Stadt!«

Alexander schickte nach der Schlacht alle Krieger, die jung verheiratet waren, zurück zu ihren Frauen. Sie sollten den Winter dort bleiben und erst dann wieder zum Heer stoßen, wenn er sie rief. Alexander dünnte seine Truppen aus: Ein Teil des Trosses ging nach Sardes zurück und von dort weiter nach Osten auf dem Königsweg. Alexander sagte, daß er auf der Küstenlinie nach Lykien und Pamphylien marschieren würde, um den Mut des Gegners zu brechen.

Die qualvolle Zeit des Aufgewecktwerdens, die unsere Körper an eine neue Phase des wirklichen Lebens gewöhnen mußte, war von leicht zu begreifenden Informationen und Musik untermalt. Ich konnte noch nicht unterscheiden, ob es arkonidische Stücke waren oder Gesänge der Barbaren. Auf den riesigen Bildschirmen, die unsere Antigravliegen umstanden, liefen Bilder ab: Landkarten, kurze Filme, von Robotspionen aufgenommen, Ausschnitte aus der entsetzlichen Belagerung einer Hafenstadt, dazu simple Texte und Standbilder. Aus den Lautsprechern drangen hin und wieder kurze Erklärungen. Charis und ich konnten gerade die Köpfe heben und die Finger und Handgelenke bewegen.

In der Mitte des Jahres X (124 Jahre nach der Seeschlacht von Salamis) wird Alexander als Sohn von König Philipp II. Olympias geboren. Geburtsort: Pella.

Eine kleine makedonische Stadt erschien; seit einem achtel Jahrtausend schien sich in diesem Land nicht viel verändert zu haben. Wir hörten zu und betrachteten die Bilder. Bisweilen ging Rico zwischen uns und den Monitoren hindurch. Im selben Jahr brannte der Artemis-Tempel (eines der Wunder der Welt) in Ephesos ab. Brandstifter: Herostratos. Wir sahen andere Bilder. In meinem Verstand hob sich eine Art Dämmerung: Makedonien und Teile von Griechenland waren Gegner, dazu kämpften griechische Söldner für Persien, und das bewies mir, daß die persische Herrschaft über weite Teile Griechenlands noch bestand. Woher wußte ich dies? *Jahr X plus 2: Philipp beginnt einen Eroberungsfeldzug in Griechenland. Eroberung Methones, Niederlage gegen die Phoker, Feldzug nach Sieg über die Phoker nach Thrakien. Sechs Jahre nach X wird das Mausoleum (eines der Wunder der Welt, Grabmal des Königs Mausolos) in Harlikarnassos – Karien – errichtet.* Allmählich rundete sich das Bild. Es war also im Norden Griechenlands, in Makedonien, eine neue Macht entstanden. König Philipp II. schien entschlossen zu sein, ein riesiges Reich zu errichten.

Ich wollte etwas sagen, aber noch gehorchte mir meine Kehle nicht. Mit Charis konnte ich mich nur mit langen Blicken verständigen. Mein Logiksektor sagte zäh: *ES hat euch geweckt. Offensichtlich hat das etwas mit diesem Philipp zu tun.*

Wieder schilderte ein Text, was die Bilder bedeuteten. *Jahr 12: Philipp wird beim Feldzug gegen die Illyrer schwer verwundet. Sein Sohn Alexander findet ein besonderes Exemplar eines Reitpferdes und nennt es Bukephalos; ein Rappe. Jahr 13: Alexander wird als König von Epirus eingesetzt. Jahr 14: Makedonen beginnen Feldzug gegen Thrakien. Für drei Jahre wird der Philosoph Aristoteles zum Lehrer Alexanders. Am Ende dieser Zeit ist Thrakien makedonische Provinz.*

Dieser Alexander, mit vierzehn Jahren schon Reichsverwalter seines Vaters, schien ein bemerkenswerter Junge zu sein. Während wir die Informationen aufnahmen, ermüdeten wir: Der Schlaf lastete auf uns. Wir schliefen ein, von Versorgungsgeräten beobachtet.

Die zweite Hälfte der nächsten Periode sah uns bereits in weichen Mänteln, eine Spur kräftiger, zu wenigen Bewegungen fähig und zu einer Art Sprache aus Flüstern und rauhen Rachenlauten.

»Wir dürfen wieder ins Sonnenlicht . . .«

»Aus welchem Grund, Charis – das werden wir bald erfahren.«

Jahr 16: Philipp belagert Perinth und Byzanz, es gibt Konflikte mit Athen und Persien. Die Staaten des mittleren Griechenlandes schließen mit Athen ein Freundschaftsbündnis gegen Philipp, den sog. Hellenischen Bund. Langer, furchtbarer Krieg. Wir sahen Landkarten, einzelne Heerzüge und Schlachtenverläufe, viele Bilder verschiedener Landschaften und Waffen. *Jahr X plus 18: König Philipp siegt bei Chaironeia, Alexander führt in diesem Kampf das Reiterheer. Im Herbst und Winter dieses Jahres wird Griechenland neu geordnet, der Korinthische Bund, ein Zusammenschluß gegen Persien, wird neu gegründet. Artaxerxes III., der Herrscher Persiens, stirbt. (Nachdem der Eunuche Bagoas Artaxerxes III. vergiftet, macht er dessen jüngsten Sohn Arses zum König und vergiftet ihn zwei Jahre später). Bagoas setzt Darius III., »Kodomannos«, auf den Thron.* Ich holte tief Luft und spürte, daß meine Lungen weniger stark schmerzten. Die flüssige Nahrung hatte unser Hungergefühl erst deutlich gemacht. Mühsam sagte ich:

»Welch ein Chaos! Woher hast du all diese Daten, Rico? In eigener Verantwortung gesammelt?«

»Teilweise, Gebieter«, antwortete er mit seiner Roboterstimme. »Zum anderen Teil diktierte ES meine Suche. Ihr werdet gut vorbereitet sein, wenn ihr die Kuppel verlaßt.«

»Ich verstehe«, röchelte ich. »Noch hat ES uns die Aufgabe nicht gestellt.«

»Sie wird alles andere als leicht sein«, vermutete Charis. Die Bilder zeigten makedonische Reiterei: Männer und Pferde, hervorragend ausgebildet. Philipps Reiter – der makedonische Dialekt machte aus Philipp »Bilip« – wurden von ihm, einem hervorragenden Reiter, erbarmungslos trainiert; etwa so, daß kleine Gruppen hinter dem kämpfenden Heer ritten und Deserteure niedermachten. Mehrere tausend Reiter gab es mittlerweile, sogenannte Berittene Kampfgefährten. Philipp saß ohne Sattel und, was halb selbstmörderisch im schnellen Ritt und im Kampf war, ohne Steigbügel auf dem Pferd. Ein Satteltuch aus grobem Stoff und Leder war um den Hals des Tieres gebunden und meist zum Schutz der Reiterknie mit Polstern versehen. Der Reiter trug über der gegürteten Tunika einen Fransenrock aus Metall und Leder, um die Weichteile zu schützen. Lederne und metallene Brustplatten, Armschienen und oft auch Beinschienen, einen Helm aus Eisen; ein Schwert oder ein gekrümmter Jagdsäbel bildeten die übrige Ausrüstung. Entweder schleppte ein Knappe den Schild, oder der Reiter trug ihn auf der Schulter oder auf dem Rücken. Die Fußbekleidung, sandalenähnlich, bot wenig Schutz; die Reiterei wirkte durch den Schock wilder, aber disziplinierter Angriffe. Die bevorzugte Waffe, eine leichte Lanze, eine kurze Sarisse, aus dem harten, federnden Holz der Kornelkirsche hergestellt, und deren Klinge, drei Handbreiten lang, aus geschliffenem Metall. Sie federten beim Galopp und brachen meist ab, wenn die Klingen die Schilde oder die Knochen des Gegners trafen. Der erste Zusammenprall warf jeden Reiter vom Pferderücken. Verblüfft sah ich, daß die Reiter, die den einzigen Halt am Zügel und an der Pferdemähne hatten, trotzdem eine brutale Kampfweise pflegten: beidhändige Lanzentechnik, Angriff im Stoßkeil, schnelle Richtungsänderungen, klare Befehle. Die Angehörigen der makedonischen Aristokratie, junge Männer und jene Älteren, deren Leben aus dem blutigen Geschäft des Krieges bestand, bildeten das Rückgrat von Philipps und Alexanders Heer.

Wieder ertönten aus den Lautsprechern suggestiv klingende Erläuterungen. Die Wiedergabe grenzte unsere Aufgabe langsam ein. *Jahr X plus 20: Philipp heiratet (in 7. Ehe) Eurydike Kleopatra. Auseinandersetzungen um die Herrschaft innerhalb der Königsfamilie. Alexanders Mutter wird nach Epirus verbannt, sie nimmt A. mit. Korinthischer Bund berät über Krieg gegen Perser. Bei Hochzeitsfeierlichkeiten Mitte des Jahres (Ph.s Tochter Eurydike soll mit A.s Schwager verheiratet werden) wird König Philipp im Theater von Aigai vom Leibwächter Pausanias ermordet.*

A. handelt schnell und zweckmäßig. Pausanias, mit Eisenklammern an Bohlen gefesselt, durch Durst und Hunger getötet. Attalos, Onkel von Philipps 7. Frau, des Verrats bezichtigt und getötet. Ebenso der Säugling der Eurydike K., also A.s Halbbruder.

Amyntas, möglicher Thronfolger: getötet, ebenso zwei Brüder, Söhne eines Lynkesten Aeropos. Alexander läßt sich als einzig möglicher Nachfolger seines Vaters offiziell, im Herbst, krönen.

Die Informationen hörten auf. Unser Verstand sollte nicht mit Reizen überflutet werden. Später faßte Charis – wir konnten uns innerhalb temperierter Räume langsam bewegen – ihre Gedanken zusammen:

»Was wissen wir? Wenig? Viel? ES hat uns einige grundsätzliche Erinnerungen gestattet. Rotwein aus Makedonien fließt überall in Strömen, Männer der herrschenden Schicht lieben die Jagd, lieben Knaben, nehmen sich jede Frau, und sie kämpfen. Uneinigkeit herrscht zwischen jeder größeren Stadt und ihrer Nachbarin. Wenn die Männer betrunken genug sind, zitieren sie Hexameter des blinden Homer. Sklavenheere arbeiten in Bergwerken und sieden Pech für die Schiffsbauer.«

Sie hatte recht: Auf dem Barbarenplaneten herrschte politisches Chaos von hohem Rang. Je fruchtbarer diese Rasse war, desto mehr Menschen befanden sich im Streit. Alexander schickte sich an, seinerseits ein großes Gebiet zu erobern oder zurückzuerobern.

»Dazu kommt«, meinte ich zögernd, »daß das Denken und Fühlen der Barbaren sich in engen Kreisen bewegt: die Götterwelt, die sich in den

Äußerungen der Natur zeigt, die Jagd auf Bären, Löwen und Auerochsen, die Pflichten der Landwirtschaft, hemmungslose Sucht nach Macht. Mit dem Leben des Herrschers steht und fällt die Staatsidee. Philipp ist ein treffendes Beispiel. Sein Sohn wird ebenso scheitern wie er. Früher oder später.«

»Wenn unsere Überlegungen nur zum Teil richtig sind, Liebster«, sagte Charis leise, »werden wir seinen Aufstieg begleiten müssen.«

Ich nickte schweigend. Mein Extrasinn verzichtete auf einen Kommentar. *Jahr X plus 22: Perser erobern Ägypten zurück. Alexander erobert Theben und zerstört die abtrünnige Stadt, die attische Währung gilt im gesamten griechischen Kulturkreis. Alexander bricht auf, um die Perser anzugreifen. Antipater bleibt als Regent in Makedonien zurück. Die Städte südlich des Peleponnes werden von der persischen Herrschaft befreit. Erste offene Feldschlacht, in der die Makedonen dank Alexanders persönlichen Fähigkeiten gewinnen. Kampfstätte: nahe Fluß Granikos. A.s Heer: ca. 32 000 Mann Fußtruppen, darunter 9000 makedonische Kerntruppen. 3000 Schildträger, 8000 Mann griechische Verbündete, 7000 leichtbewaffnete Thraker und Illyrer. Deren barbarische Kampfweise ist gefürchtet. Dazu 1800 berittene Kampfgefährten und gleich viele schwerbewaffnete Thessaler, zusammen mit berittenen Spähern etwa 6000 Reiter.*

Bereits beim Aufbruch deutlicher Mangel an Geld zur Bezahlung der Söldner. Heerführer sind herausragende Elitesoldaten. Hilfs- und Versorgungsdienste, Nachschub und Troß sind schnell und wirkungsvoll, überlegt ausgerüstet. Die Qualität der Truppe ist einzigartig; sie baut Straßen, Belagerungsmaschinen, es gibt Ärzte, Landvermesser, Kartenzeichner, Verwaltungsfachleute, Schiffsbauer und solche, die sich Baumeister, Flußregulatoren und Dichter nennen. Kallisthenes, Historiker, soll dafür sorgen, daß jede Nachricht schnell in die Heimat gelangt. Selbst ein Archiv reist mit. Weder Sold noch Nahrungsmittel sind aber ausreichend. Nach dem Sieg am Granikos kann Memnon für Darius III. mit seiner Söldnerarmee und seinen punischen sowie kyprischen Seestreitkräften die schutzlosen griechischen Inseln und Städte belagern.

»Die letzten Bilder bestätigen, was wir erfuhren.« Ich richtete mich ächzend auf. »Ich bin neugierig geworden. Zwei Fragen: Wo ist Alexander mit seinem Heerwurm jetzt, und was hat er vor?«

»Qualität und Ausführlichkeit der Informationen deuten darauf hin, daß sie sich der Gegenwart nähern.«

Landkarten schilderten die politischen Grenzen. Höhenaufnahmen, gestochen scharf, waren farbig unterlegt, Länder, Siedlungen und charakteristische Geländemerkmale durch Schriftzeichen bezeichnet. Wieder wurden wir von Lampen gebräunt, die das Spektrum von Larsafs Stern ausstrahlten. Spezielle Nahrung ließ unsere Kräfte zurückkehren. Zellwäschen, Massagen, Bäder und optisch-akustische Untermalungen stellten sicher, daß wir den Zustand zwischen langem Schlaf und neuer

Aktivität überstanden. Ricos Maschinen arbeiteten daran, unsere Ausrüstung herzustellen, zu erneuern oder zu ergänzen. Noch war ich nicht kräftig genug, um mich ernsthaft dafür zu interessieren.

Vierundzwanzig Stunden später saßen Charis und ich in einem Illusionsraum, umgeben von der Scheinwirklichkeit einer Larsaf-III-Landschaft. Zwischen uns stand ein gedeckter Tisch, Kerzen brannten; es gab ausgesuchtes Essen und Getränke. Zweifellos Aufbaunahrung, aber ebenso wohlschmeckend wie der kühle Wein. Müdigkeit und Schlaffheit waren aus unseren Körpern und Gesichtern verschwunden.

»Wir werden auf eine schwierige Zeit vorbereitet.« Charis hob den Pokal, ein Beutestück von der Oberfläche – keiner wußte genau, woher und aus welcher Zeit. ES hatte nicht alle unsere Erinnerungen blockiert, aber wohl die meisten. »Inzwischen können wir auch mit trägem Verstand ausrechnen, daß wir mit diesem Alexander zu tun bekommen. Nur haben wir ihn nicht ein einziges Mal aus der Nähe gesehen.«

»Auch das kommt noch«, sagte ich lächelnd. »Sollen wir ihm etwa helfen, ein neues Weltreich zu gründen?«

»ES ließ euch wecken, beeinflußte die Speicher und die positronischen Programme.« Rico mit dem Aussehen eines braunhaarigen attischen Schönlings näherte sich der Tafel. »ES verbindet mit einem Auftrag auch gewisse Besonderheiten.«

»Davon sind wir überzeugt«, entgegnete Charis. Das Licht der tiefstehenden Sonne – wir saßen scheinbar auf einer Klippe über dem Meer – ließ die Pünktchen in ihrer Haut glühen, die Schnörkel und Linien schimmerten aufregend. Ich faßte meine Überlegungen zusammen:

»Es mag sein, daß Alexander ein großes Reich gründet und, vielleicht, auch zusammenhalten kann. Das dürfte der Grund sein, daß ES Alexander helfen will; in diesem Fall ist die Wahrscheinlichkeit, daß es den Barbaren gelingt, deutlich größer.« Ich zuckte mit den Achseln und murmelte: »Und daß sie ein Raumschiff bauen, irgendwann, wie auch immer. Oder ein Schiff von Arkon herbeirufen. Oder ein anderes.«

»Du hast dieses Ziel niemals aufgegeben?«

»Nein. Nie. Auch wenn es eine phantastische Vorstellung ist . . .«

Von der letzten Massage der Geräte schmerzten meine Muskeln noch immer. Aber es war ein ehrlicher Schmerz. Als wir unsere Pokale hoben, fühlten wir plötzliche Leere in unseren Gedanken. Ebenso leer wurden unsere Blicke; wir saßen erstarrt und hörten erwartungsgemäß das dröhnende Gelächter von ES.

Wir geben einander die besten Stichworte, nicht wahr, Arkonide Atlan? Eine kurze Pause, Stille, dann erwartungsvolle Bereitschaft, mit ES zu sprechen, die Stimme richtig zu verstehen. *Eure Vermutungen sind fast zutreffend. Ich habe euch geweckt, ohne daß ein kosmisch wichtiger Grund vorläge. Kein drohendes Debakel! Kein Desaster der Natur! Keine Katastrophen geflüchteter Androiden! Ich sah aber, daß ein großer Entwicklungssprung für den Planeten bevorstehen könnte.*

»Alexander«, murmelte ich. Wieder ertönte das Lachen und erstarb in Echos.

Richtig. Alexander. Der Zweiundzwanzigjährige, der sich anschickt, ein Weltreich zu errichten. Ich traue ihm dies zu; er scheint einzigartig. Ihr, Atlan und Charis, sollt entscheiden, ob Alexander es wert ist, daß ihm geholfen wird. Hilfe, Arkonide, kann viel bewirken, auch krasse Ablehnung dessen, dem geholfen werden soll. Es kann aber auch sein, daß der junge Makedone die Welt rund um das Binnenmeer einigt, das Geld vereinheitlicht, sogar die Sprache und wissenschaftlichen Erkenntnisse. Dann sähe ich für dich eine Möglichkeit, Atlan.

Es gelang mir, mit unsicheren Fingern den Pokal abzustellen und meine Hand auf Charis' Arm zu legen. Ich fragte:

»Du verfolgst einen bestimmten Plan?«

»Ich verfolge immer Pläne. Mit den einzigartigen Bewohnern dieses liebenswerten Planeten. Und mit dir. Erinnere dich: Du selbst hast dir die Verantwortung für Larsaf Drei aufgeladen. Müßig, darüber zu sprechen, daß in der Gegenwart nichts wahrscheinlich oder sicher ist. Auch ein Alexander braucht Zeit, um ein solches Vorhaben in die Tat umzusetzen. Viel Zeit, Gesundheit, die ihresgleichen sucht, einen Überlebensfaktor, ebenso groß wie deiner, Arkonide.

»An den Ufern des Binnenmeers werden sich, wenn überhaupt, Kultur und Zivilisation entwickeln.« Charis schüttelte ihr hellbraunes, langes Haar. »Auch dort, wohin Alexanders Heere ziehen?«

Es liegt an euch, Alexander dazu zu bringen, die Richtung des größtmöglichen Erfolges einzuschlagen – im Sinn unserer Überlegungen. Deine Sache, wie du es anstellst. Die Ausrüstung wird euch zufriedenstellen, in jeder Hinsicht. Ich habe dafür gesorgt.

»Zu Alexander«, sagte Charis aufgeregt. »Alle Herrscher, von denen wir wissen, hatten ein kurzes Leben. Es mag reicher und farbiger sein als das anderer Männer . . .«

Ihre Worte wurden vom Lachen des Überwesens unterbrochen; ein schmerzliches Gelächter. Es schien die Hirnschalen sprengen zu wollen.

Rico stand bewegungslos neben unserem Tisch. Die Kerzenflammen brannten mit fast unsichtbaren Rußfäden. Mein Extrasinn wisperte in aufflackernder Panik: *Achtung! Das Gespräch wird eine unangenehme Richtung nehmen!*

Ich sagte unruhig: »Ich habe auch deswegen einen so hohen Überlebensfaktor, weil du mir den Zellschwingungsaktivator gabst.«

Ricos Arm streckte sich. Wir achteten nicht darauf, weil uns wieder lautes ES-Gelächter erschütterte. *Richtig, du Dagor-Großmeister! Du gehörst zu den Ausgewählten. Ich und ihr, wir werden ein großes Risiko eingehen; aber weit offenen Auges. Du wirst entscheiden, Atlan, ob Alexanders Leben auch durch einen Zellaktivator verlängert werden soll. Du, Charis, wirst Atlan deinen Rat nicht verweigern; er braucht ihn. Hier ist der Aktivator.*

Rico klappte ein Kästchen auf. Darin lag an einer unzerreißbaren Goldkette ein Amulett, das einen Jünglingskopf mit graphischen Einzelheiten zeigte; mit Widdergehörn, Sterndiadem und Götterzeichen der Rômet- und Mederschrift. Neben dem Amulett lag ein unauffälliger goldener Ring. ES erklärte:

Der Ring ist für dich, Arkonide.

»Was soll ich damit?«

Der Aktivator, den du Alexander übergeben kannst oder nicht, ist mit dem Ring zu desaktivieren. Aber nur einmal; die Schaltung zerstört das lebensverlängernde Amulett. Ich weiß, daß ich fast zuviel Verantwortung in deine Hände lege, Arkonide: Ich denke, daß es sich diesmal lohnt. Vielleicht erobern die Barbaren unter einem greisen, weisen, scheinbar jungen Herrscher und dessen Freund Atlan die Sterne? Ich weiß, daß du nur aus wohlerwogenen Gründen die Wirkung des Amuletts ausschalten wirst. Eure Erinnerungen sind zum Teil blockiert; glaub mir, das ist sinnvoll. Du hast mehrere solcher Entscheidungen getroffen und den unwissenden Barbaren geholfen. Wie auch immer eure Entscheidung sein wird – sie ist richtig. Noch etwas:

Ihr hattet einen Freund, der es vorzog, sein Leben auf herkömmliche Art zu beenden. Er machte eine Siedlung zur blühenden Stadt. Ihr werdet sie finden. Dort sind die Namen Atlans ein Teil der lokalen Kulte. Euch wird ein unvergeßlicher Empfang zuteil werden. Dort werde ich eure Erinnerungen zum Teil freigeben. Wieder entstand eine Pause. Die Bedeutung der Rede brannte sich tief in unsere Gedanken ein. ES hatte sich zum zweitenmal entschlossen, einem Wesen die potentielle Unsterblichkeit zu geben. Irrtum! Alexander würde nur sehr viel länger in voller Gesundheit leben! Gab es auch für meinen Zellaktivator einen Schalter? Wer trug ihn? ES hatte meine gedankliche Frage gehört, und wir verstanden:

Ihr werdet Alexander in eineinhalb Monden treffen. Ich sorge dafür, daß ihr in seine Nähe kommt. Den Zeitpunkt, an dem er das Amulett bekommt, bestimmt ihr. Macht es ihm leicht. Er soll keine Zweifel an der Gabe haben. Viel Glück für die ersten Schritte in die Richtung Arkons. Mit gräßlichem Gelächter verabschiedete sich das unglaubliche Wesen.

Ich drehte nachdenklich den Ring in meinen Fingern und sagte stokkend: »Es wird gut sein, behutsam mit diesem Geschenk umzugehen.«

Die Anordnungen von ES, deren Bedeutung ich nur undeutlich erkannte, überforderten mich. Alexander genau kennenzulernen war die geringste Schwierigkeit. Rico stand unbeweglich neben mir und hielt das Kästchen. Ich nahm das Amulett heraus.

»Was sagst du zu dieser Entwicklung?« fragte ich. Leise, mit Bestimmtheit antwortete der Roboter:

»Mir hat ES den Auftrag und alle technischen Möglichkeiten gegeben, euch stets zu schützen und für euch zu sorgen; unsere Fähigkeiten sind bekanntlich groß. Offensichtlich habe ich mich während der Aufenthalte an der Oberfläche qualifiziert. Alexander ist der erste Barbar, der einer solchen Auszeichnung würdig sein – könnte.«

Uns entging nicht die Betonung des letzten Wortes. Ich betrachtete das münzenartige Amulett nachdenklich und warf es zwischen die brennenden Kerzen, neben den Ring und die kostbaren Pokale. Ich nahm Charis in die Arme und trug sie in den privaten Bereich, in den uns Rico nur auf ausdrücklichen Wunsch folgen würde.

Rogier Chavasse, die erloschene Zigarre zwischen den Zähnen, lehnte sich schweigend zurück und musterte Stück für Stück die komplizierten Peripheriegeräte. Seit es für Chavasse, Schöpfer dieses riesigen Computerverbunds, feststand, daß ES seine Versicherungen wahrgemacht und sich in Atlans Erzählungen eingeschaltet hatte, suchte Rogier nach einer Möglichkeit, das Geschehen zu beeinflussen. Gegen ES war er machtlos, aber wirklich ohne Einfluß? Verschiedene Geschehnisse ließen sich nicht mehr korrigieren: Ergebnisse standen fest.

Die Computerballung war intellektuell tiefgefroren. Rasend schnell sog ES Informationen aus allen Speichern. ES handelte, wußte aber noch nicht, daß Atlan starb, wenn er nicht weitererzählen konnte. ES mußte die Bedeutung der zahlreichen Verdrängungsmechanismen der arkonidischen Natur kennen! Die Wichtigkeit von Träumen, Erinnerungen, von der befreienden Katharsis dieser Berichte! Der Bildschirm von MEDO-CONTROL gab eine Information an Chavasse:

Input: Sämtliche Blöcke des Computerverbandes, außer Subconscious-Center, haben sich abgeschaltet. Noch nehme ich Informationen aus der SERT-Haube Atlans auf. Ich werde sie in sieben Minuten nicht mehr verarbeiten können, weil ich über keine Speicherkapazität mehr verfüge. Output: Frage an Chavasse: Frühindikatoren der funktionierenden Überwachungsgeräte deuten auf beginnende Krise Atlans hin. Informationsfluß wird in Kürze von mir unterbrochen werden.

Chavasses Finger rasten über die Tastatur und schrieben an MEDO-CONTROL: *Abschaltzeit verstanden. In Kürze erfolgen detaillierte Anweisungen.*

Der Störungsalarm hatte die integrierten Schaltungen wirksam werden lassen. Alle Speicher und sämtliche Großrechner waren stillgelegt worden. Zwar arbeiteten an allen möglichen Punkten des Planeten kleinere Geräte und verhinderten den Zusammenbruch des öffentlichen Lebens. Auch einzelne Sektoren der Großrechner »dämmerten« vor sich hin. Aber nur ein einziges Gerät besaß seine volle Kapazität. Es war Subconscious-Center, die wichtigste Schöpfung Chavasses. Rogier schuf seinerzeit diese Einrichtung, das sogenannte Unterbewußtsein der Computer, als Regulativ. Es erfüllte einen ähnlichen Zweck wie die Erinnerungen eines Menschen, wie die schwer erkundbare dunkle Seite des Verstandes. Ein Netz von Informationskanälen verband sämtliche

Großrechner mit Subconscious-Center. Dieses Netz und die Schaltungen konnte Chavasse souverän manipulieren; es handelte sich um sein Spezialgebiet: eine geniale Leistung.

Chavasse schaltete eine Leitung zur Wachstation neben Atlans gläsernem Sarg. Diesmal dauerte es nur sieben Fehlverbindungen lang, bis er das knochige Gesicht des Ara-Arztes auf dem holografischen Schirm hatte.

»Ich höre eben«, sagte Chavasse ohne eine Spur Ironie, »daß es gewisse Probleme gibt. Vor einiger Zeit sagte ich, daß ihr die Heilung dem Zellaktivator überlassen solltet? Was ist los? Funktioniert dieses Ei nicht mehr?«

Der Ara antwortete mit großer Sicherheit:

»Der Aktivator arbeitet. Atlans körperliche Genesung ist gegenwärtig nicht bedroht. Aber in ein paar Minuten schaltet MEDO-CONTROL die Aufnahme ab. Dann stockt der Informationsfluß. Schon jetzt redet Atlan lauter und macht Pausen.«

»Nehmt die Haube weg. Laßt einfache Aufnahmegeräte laufen. Vielleicht . . .« Chavasse machte eine Pause, dachte nach und stieß hervor: »Ihr wißt, daß sich ES, positronisch vereinfacht gesprochen, in allen möglichen Speichern herumtreibt und nach Atlan-Stories sucht!«

Chavasse wurde nachdenklich und forderte Scarron auf, ihm sofort auf einer nicht computerkontrollierten Interkom-Leitung den Text zu überspielen. Er schaltete ein Aufnahmegerät ein.

»Was sagen die Überwachungsgeräte, Doc? Was haben wir zu erwarten?«

Mit dem letzten Satz bezog er sich wieder in den Kreis jener Personen ein, die sich um Atlans Überleben und seine Genesung sorgten. Chavasse hörte die vorsichtig formulierte Antwort.

»Die Wahrscheinlichkeit ist groß, daß Atlan irreparable Schäden des Verstandes erleidet. Er muß weitersprechen. Gerade in diesem Abschnitt der Erzählung empfindet sein Körper mit, was seine Erinnerungen hervorbringen. Ich schließe von ähnlichen Fällen auf diesen Fall, Rogier! Wir haben die Modifizierte SERT-Haube hochgeklappt und ausgeschaltet sowie sterile Mikrophone rund um den Kopfteil der gläsernen Konstruktion aufgestellt. Ich weiß nicht, wann und mit welcher Wucht die Krise einsetzt, aber sie wird einsetzen. Natürlich nehmen wir seine Geschichte weiter auf. Aber es sollte schnellstens etwas geschehen.«

»Habt ihr Informationen wie es Atlan gelang, mit ES zu sprechen – in seiner Erzählung, meine ich?«

»Nein. Es scheint, daß er ES nicht erreichte.«

»Verstanden. Ich melde mich wieder. Danke, Ghoum!«

Rogier schaltete ab. Die Gesichter der Frauen und Männer zeigten, was sie empfanden. Sie waren übermüdet und voll Sorge, konnten nicht mehr tun als warten und zittern; dieser Zustand drückte schwer auf ihre

Schultern, ihre Nerven waren bis zum Zerreißen gespannt. Die Zeit verging schnell wie immer, wenn man sie am liebsten angehalten hätte. Chavasse verlor seine Ruhe aus demselben Motiv heraus, aber wegen einer anderen Facette der Aktion.

»Ich scheine alt zu werden«, knurrte er im Selbstgespräch, »mir fällt nichts mehr ein.«

Die Anwesenheit von ES (oder einem zielbewußt handelnden Teil seiner gigantischen Kapazität), die Gefahr, in der sich Gäas Verwaltung befand (was außer Chavasse und wenigen anderen niemand ahnte), und seine eigene Einfallslosigkeit. Ein Gedanke zuckte durch seine Überlegungen, leuchtend wie ein Meteor und ebenso schnell. Er erhaschte nicht einmal mehr den Schimmer einer Idee.

»ES«, murmelte er. »Wie schaffe ich es?«

Scharfes Klicken unterbrach ihn. Er wurde kurz irritiert und drehte den Kopf. Der Recorder hatte sich automatisch abgeschaltet. Chavasse wußte, daß Ablenkung oft das letzte Mittel war, einen Einfall zu produzieren. Er jagte das Band rückwärts und schaltete das Richtungslautsprechersystem ein. Dicht neben seinem rechten Ohr redete Atlans Stimme. Sie war unverkennbar; in jedem Wort drückte sich sein Zustand aus. Nach vier, fünf Worten war Rogier fasziniert. Ohne einen anderen Anstoß machte es in Chavasses Verstand ebenso *Klick* wie vor zwei Minuten der Recorder. Chavasse handelte ohne Zeitverlust, führte Schaltungen aus. Die gesprochenen Worte wurden von einem unabhängigen Element der Textverarbeitung umgesetzt und digital gespeichert. Mit der nächsten Serie Schaltungen aktivierte Rogier eine Verteilerstation. Dann verband er den Text mit dem Verteiler und startete die Bandschleife.

Dreihundert Sekunden lang spielte Chavasse auf den Peripheriegeräten und nahm schnelle Schaltungen vor, jagte Befehle in unterschiedlichen Computersprachen kreuz und quer durch seine vernetzten Systeme, spielte mit der einzigen Information, die er verschickte und legte sie auf sämtliche Speichermöglichkeiten. Die Worte, ständig vom Band wiederholt, begannen die Speicher aller Großrechner im Computerverbund zu füllen. In vielen Fällen traten sie an die Stelle gelöschter Informationen, in ebenso vielen Fällen besetzten sie leere Speicheradressen, krochen sozusagen überall dorthin, wo sie einen Weg und einen Platz fanden. Chavasse, der seine Maschinen selbst im Alptraum kannte, stellte sich Bilder vor, die ihn schmunzeln ließen:

ES, getarnt als Weltraum-EMP-Impuls, sickerte von den Hauptleitungen aus über Knoten- und Schaltpunkte in alle Speicher vieler Großcomputer hinein. Nicht nur Informationen von Atlans Erzählungen wurden gelöscht, sondern auch – beabsichtigt oder unabsichtlich? – große Blöcke anderer Speicherinhalte. ES suchte weiter, war fest entschlossen, möglichst viele Erzählungen des Arkoniden zu löschen. ES hatte *expressis verbis* versichert, die Erinnerungen Atlans und seiner Freunde an jene Rettungsaktionen zu löschen. Der Schock Atlans löste diese scheinbar sichere Blockierung, und nun mußte ES die Texte vernichten und jene, die der Publizierung harrten.

Gleichzeitig erfolgte die Abwehr von den unwichtigsten Adressen aus, sozusagen von unten nach oben. An einigen Speichern trafen sich die Suchimpulse von ES und die letzten Sätze von Atlans Schilderung. Zunächst versuchte ES, die neuen Speicherinhalte zu verdrängen, dann, im Feedback, ertastete ES zunächst die Worte, dann den Sinn der Worte. An dreißigtausend Speichern stellte ES identische Texte fest. ES hörte, wie Atlan um Hilfe rief. Der erste Erfolg der Manipulation war, daß ES mit der zerstörerischen Suche abrupt aufhörte.

In komprimierter, nach neuesten psychoergonometrischen Gesichtspunkten gestalteter und submikrominiaturisierter Form erlebte Rogier nach wenigen Minuten das Patt zwischen ES und Atlan/Chavasse in seinem Arbeitsraum mit: Jedes Gerät, das mit Leuchtfeldern, Bildschirmen, Druckern, Composern, Vocodern, Laserbildern und Holografien, Analog- und Digitalprojektionen, Farben und Fehlfarben, über Lautsprecher oder Kopfhörer oder Grafiken arbeitete, wurde schlagartig voll aktiv. Rogier sah sich umgeben von einer mehrdimensionalen Brandungswoge der Darstellungsarten. Es fehlte nur noch eine Batterie Synthesizer, die aufpeitschende Musik spielten.

»Beim mehrfach geläuterten Megabyte!« staunte er. »Ganz wie in alten Zeiten.«

Sämtliche Geräte stellten nur eine Frage. Nur kleideten sie die Fragestellung unterschiedlich. Es erschienen Fragezeichen, die ihre Farben und Größen gleitend veränderten, in sämtlichen Schrifttypen, mehrdimensional, geheimnisvoll unscharf oder in gestochener Schärfe. Ein Schnelldrucker wiederholte, mehrere Schriftzeilen zusammenfassend und die Typen achtfach vergrößernd: WAS IST LOS? WAS IST LOS? WAS IST LOS? WAS IST LOS?

Chavasse war zufrieden, aber nur, was den ersten Schritt betraf. Er drückte einen Kontakt und sagte leise in ein Mikrophon:

»Ich hätte gern eine brennende Zigarre, Marke ist bekannt, und etwas Anregendes. Für den Kreislauf. Champagner, am besten. Alles sofort! Hierher!«

Eine mitreißende Altstimme hauchte neben seinem Ohr: »Verstanden.« Chavasse, wie Atlan von schwerer Krankheit genesen, befand sich so gut wie jenseits aller Verpflichtungen. Seine Laune wuchs mit jedem winzigen Teilerfolg. Kurze Zeit vergaß er Atlan und dessen Zustand und genoß den Erfolg seiner Arbeit, hier und jetzt. Schließlich hatte er einen würdigen Gegner: ES. Nicht weniger, nicht mehr. Der kybernetische Aufstand der Peripherie – so geruhten Fachleute alle jene angeschlossenen Geräte der Terminals lässig zu bezeichnen – sagte ihm, daß der Angriff von ES ins Stocken geraten war.

Gerade in dem Moment, in dem Chavasse die Menge der bisher

gefahrenen Texte verringerte und auf der Tastatur schrieb: ICH MUSS MIT »ES« KOMMUNIZIEREN!, öffnete sich hinter ihm das Schott. Eine Frau kam herein, ein Tablett in der Hand. Darauf stand eine Flasche, eine Trinkschale, ein Aschenbecher aus billigem Plastik, darin eine schwelende Zigarre. Hinter der Frau, jung, schlank und schwarzhaarig, schob sich eine gelbgekleidete Gestalt in den Raum und warf ein Multiprüfgerät zu Boden.

»Ich kündige«, sagte der schmalschultrige Computertechniker und zertrat mit dem Absatz den Tester. Zugleich mit dem Geräusch des sich öffnenden Verschlusses sagte Chavasse:

»Eine hervorragende Idee. Schließen Sie die Tür. Von außen, wenn möglich. Was wollen Sie?«

Es war der Techniker, der die Nummer 1 und die Schriftzüge *compuservice* auf dem Brustteil des Anzugs trug. Jetzt waren Gesicht, Hände und Anzug des Technikers ölverschmiert. Seine Miene drückte Ärger, Ratlosigkeit und Wut aus. Chavasse trank einen Schluck des perlenden Getränks. Während er mit der linken Hand das Glas hob, tippte, regelte und schaltete Rogier mit der Rechten. Der Hardware-Spezialist versetzte den Trümmern des Testers einen wütenden Tritt und schrie erbost:

»Ich bin tatenlos, verstehen Sie? Nichts funktioniert mehr! Jede Messung ist falsch, es herrscht potenziertes Chaos! Wer ist dafür verantwortlich?«

Chavasse deutete gutgelaunt zur Decke, nahm einen Schluck Champagner und sagte:

»Höhere Gewalt. Aber – was wollen Sie? Hier – alles funktioniert hervorragend. Sehen Sie selbst.«

Mit hervorquellenden Augen musterte der Techniker die Geräte, die in voller Funktion waren und ihr Programm spielten. Allerdings war nicht die Aktivität der Großrechner der Grund, sondern der Versuch von ES, mit dem Unbekannten am anderen Ende des zopfartig verflochtenen Kommunikationsstranges in Verbindung zu treten. Chavasse wandte sich um und meinte scharf:

»Gehen Sie endlich! Wecken Sie Tifflor, Atlan oder sich selbst auf. Sie stören eminent. Oder überprüfen Sie Ihr Gehaltskonto. Dort sind sicherlich gerade vierzigtausend Fragezeichen auf der Haben-Seite verbucht worden. *RAUS!«*

Der Nummer-1-Techniker warf einen scheelen Blick auf den Champagner, einen Blick gesteigerten Neides auf die Schwarzhaarige, dann würgte der Techniker einen Fluch herunter und keuchte:

»Ich finde es noch heraus, wer dafür zu zahlen hat, verlassen Sie sich darauf!«

Chavasse nahm die Zigarre und wedelte; ein Zeichen, daß sich der Störenfried entfernen sollte. Für wenige Sekunden hingen symbolhaft ineinander verkringelte Rauchspuren in der Luft. Dann erschienen auf dem Monitor direkt vor Chavasse in schneller Folge Buchstaben. WER WILL MIT MIR SPRECHEN? ICH BIN »ES«.

Chavasse schaltete den Schirm auf den Vocoder, regelte verschiedene Werte neu ein und sagte:

»Ich eröffne hiermit den Dialog. Du, ES, scheinst nicht zu wissen, was du zu tun im Begriff bist.«

Der Techniker schloß das Schott – von außen. Die junge Frau folgte ihm. Rogier war in voller Aktion: Jetzt war er dynamischer als ein Dreißigjähriger, dachte gerissen wie der morganatische Sohn Macchiavellis und Miß Turandots, agierte wie ein zwölffingriger Barde und vergaß, wie MASTERCONTROL in gesundem Zustand, nicht die geringstfügige Winzigkeit. Auf diesen Dialog schien er sich diabolisch zu freuen.

»Ich suche nach Erzählungen, die ich nicht autorisiert habe«, sagte ein Lautsprecher.

»Und gleichzeitig bringst du dein willigstes und preiswertestes Werkzeug aus alten Zeiten um!« Chavasse stieß eine Rauchwolke aus.

»Deine Feststellung ist überraschend. Eine Anklage?«

»Die Wahrheit; mit etwas mehr Sorgfalt hätte es sich vermeiden lassen, daß Atlan augenblicklich dank deiner Intervention im Sterben liegt.«

Es mußte ES sein, denn nicht einmal ein völlig irr gewordener Bibliothekscomputer hätte diese Antworten geben können.

»Was ist geschehen?«

Warum ES mit ihm, Rogier, nicht lautlos per Gedankenstimme wie mit Atlan und Ptah-Sokar und wie sie alle seinerzeit geheißen hatten, verkehrte, entzog sich Chavasses Kenntnis. Er trank Champagner und zog an der Zigarre.

»Das fragst du? Atlan kann nicht weitererzählen, weil du die Speicher plünderst wie seinerzeit Attilas Leutnants.«

»Erklärung!«

Chavasse erklärte ES mit vierzehn mittellangen Sätzen die Situation. Dabei ging er davon aus, daß ES einen Intelligenzquotienten hatte, der mindestens so klein wie sein eigener und maximal unvorstellbar groß war. Einige Sekunden lang schwieg ES. ES dachte nach.

»Aber – Atlan lebt!«

»Noch! Du blockierst Erinnerungen und solltest es besser wissen als hundert Milliarden anderer Lebewesen: Zuviel verdrängte Erinnerungen und Konflikte und solches Zeug sind ebenso tödlich wie ein Schlag auf den Kopf.«

»Ich kann es nicht zulassen, daß alle diese Informationen jedermann zugänglich sind. Du bist . . . der überwachende Großcomputer?«

Chavasse bekam einen Lachkrampf. »Ich bin«, sagte er nach Luft schnappend, »der einzige, der Atlan noch retten kann, falls du dich zurückziehst.«

»Gibt es eine Garantie, daß die Erzählungen nicht weiterhin für jedermann publiziert werden?« ES fragte auf bizarrem Umweg durch viele Computer und kilometerlange Glasfaserkabel.

»Warum eigentlich? Deine Rolle in den Geschichten ist keineswegs deinem Image abträglich!«

»Kein Kommentar. Was geschieht, wenn ich mich zurückziehe?«

»Ich schalte die SERT-Haube Atlans ein und verstecke die Informationen, deren Preisgabe seinen Verstand retten und überdies hohen Unterhaltungswert haben, in einem Teil des Computerverbands.«

»Wer kann sie von dort abrufen?«

»Du, ES. Und ich. Aber ich bin kein Verleger von U-Literatur. Sie bleiben also dort. Vielleicht hört ein überwachender Arzt das eine oder andere Wort mit.«

»Unwichtig. Ich will und darf Atlan nicht gefährden.«

»Dein Eingriff hat bereits eine totale Verwirrung auf Gäa hervorgerufen. Die Folgen werden Monate brauchen, bis sie beseitigt sind«, erklärte Rogier grammatikalisch halbkorrekt. »Es besteht eine offene Interkomleitung zu Atlans Schmerzenslager. Steck einen geistigen Finger aus und kontrolliere die Wahrheitsgehalte meiner Ausführungen.«

»Ich habe mich vergewissert«, sagte ES. »Da alle Geschichten aus den Speichern gelöscht, fast alle aktuellen Buchspulen zerstört und auch der laufende Text vernichtet ist, gehe ich auf deinen Vorschlag ein.«

»Welchen?«

»Ich ziehe mich zurück und ersetze deinen Hilfeschrei-Text in den Speichern durch jene Informationen, die ich abgezogen habe. Atlan soll weitersprechen. MEDO-CENTER wird wieder funktionieren und aufnehmen. Ich werde kontrollieren, in welchem geheimen Speicher die Erzählungen verborgen sind.«

»Aber dabei solltest du geschickter als heute vorgehen. Das gesamte Neue Einsteinsche Imperium leidet unter schwindsüchtigen Computern, dank deiner geneigten Hilfe.«

»Ironie«, sagte ES. »Hervorragend. Dein Name?«

Rogier schrieb ihn in die Tastatur.

Dann sagte er: »Ich bin ein alter, müder Mann, ES. Für die Menschheit waren Atlans Schilderungen einer Welt, die es so nicht mehr gibt, historische Ereignisse von hohem Rang. Es ist deine Sache, wenn du die Berichte unterdrücken willst; wir werden uns nicht wehren. Aber sorge dafür, daß nur du und ich und jener Speicher die Garantie dafür bieten, daß Atlan endlich aus dem Tank herauskommt und gesund wird. Seine Freundin hat graues Haar bekommen über dem langen Warten.«

Wieder entstand eine Pause. Chavasse sah, daß mehr Bereiche der Großcomputer zögernd zu funktionieren begannen. Ihre Speicher wurden gefüllt und überflutet; das Sortieren schien ES Arbeit zu machen. Allerdings vergingen bei all diesen schwierigen Operationen nur Dutzende von Sekunden. ES erklärte, unwillig, wie es schien:

»Ich sehe ein, daß ich nicht an der falschen Stelle Schicksal spielen darf. Atlans Tod ist weder vorgesehen noch wünschenswert. Sein Hilferuf von damals hat mich in meinem Entschluß schwankend gemacht. Eine Warnung, Chavasse! Ich komme wieder und führe Kontrollen durch. Ich hoffe, in den Speichern keine zugänglichen Daten mehr zu finden.«

Leichtfertig versicherte Chavasse:

»Darauf kannst du dich verlassen. Ende?«

»Ende«, schrieb ES auf die rund dreißig Monitoren in Chavasses Arbeitsraum. Betäubt schob Rogier Regler in Nullstellung zurück. Dann aktivierte er den Interkom und sagte zu Ghoum-Ardebil:

»Setzt Atlan die SERT-Haube auf. Den Rest erledige ich. Er kann weitersprechen, und MEDO-CENTER überwacht ihn wieder. Später über alles mehr interessante Einzelheiten. Klar?«

»Verstanden«, sagte Ardebil verwirrt und befolgte Rogiers Anweisung. Chavasse lehnte sich ächzend zurück und sagte sich, daß ES es eigentlich besser wissen müßte. Oder nicht?

Unzählige Male mußte ES während seiner rastlosen Suche und Vertilgungsaktion auf das Funktionsschema des Computerverbands von Gäa gestoßen sein. Dabei war klar zu erkennen, daß jeder wichtige Rechner an das Subconscious-Center angeschlossen war. Dies war seine, Chavasses, Sicherung dafür, daß MASTERCONTROL, GALAX-SPEED oder wie immer sie heißen mochten, Entlastungsventile besaßen. Was für einen Menschen übermäßiger Alkoholgenuß war, die Beichte bei einem Freund oder Psychiater, Zertrümmern von Mobiliar, cholerische Ausbrüche oder andere Anfälle, das war für die Computer Subconscious-Center, die Zusammenballung des positronischen Unterbewußtseins. Dort waren Atlans Schilderungen hervorragend aufgehoben; gleichwertig unter ähnlichen Datenblöcken.

»Ich unterstelle ES«, murmelte Chavasse listig, »daß ES dieses Subconscious-Center kennt. Aber schließlich kann ich nicht verlangen, daß ES *mir* erklärt, wie ich ES betrügen kann.«

Er gab MEDO-CENTER Anweisungen und schaltete einen Kanal in jenen Speicher. Er wartete. Aber zu seiner Überraschung ertönte in seinem Verstand nicht das donnernde Gelächter von ES. Vielleicht »las« ES gerade einige Niederschriften jener Abenteuer, in denen ES keine so gute Rolle gespielt hatte. War es möglich? ES war eitel?, darauf bedacht, gegenüber der Menschheit in besonders strahlendem Licht zu stehen?

Unwahrscheinlich, sagte sich Chavasse. *Immerhin möglich. Auch Götzen, Götter und übergeordnete Prinzipien haben ihre Schwächen.*

Der direkte Kommunikationskanal zwischen Atlan und dem Unterbewußtsein der Gäa-Computer war weit offen. Chavasse wartete darauf, daß sich der Zustand des Arkoniden wieder stabilisierte. Es schien, als ob die erste große Schlacht fast gewonnen war.

Natürlich drehte sich der Planet weiter, während wir unsere Vorbereitungen trafen. Die Informationen in diesen fünfzig Tagen waren lückenlos; sinnlos, alles begreifen zu wollen. Alexander kämpfte an mehreren Fronten. Die Perser stellten sich ihm, wichen aus, zogen sich zurück. Makedonen, Hellenen und Perser versuchten, die Herrschaft zu behalten oder zu übernehmen. Alexander führte einen Winterfeldzug, der ihn weit ins Reich des Darius hineinführte. Die persische Flotte eroberte Inseln und Städte zurück. Parmenion, der Heerführer Alexanders, hatte die zerlegten Belagerungsmaschinen mitsamt dem Troß und einem Großteil der »Kampfgefährten«, also der Reiterei, nach Sardes geführt und lag dort im Winterlager.

Für uns bedeuteten kleine Siedlungen nur Namen auf einer Karte. Uns ging es um die großen Entwicklungen. In Schnee und Kälte kämpfte Alexander mit unerschütterlichem Glauben an sich und seine Krieger, mit zu wenig Proviant und einem kleinen Heer. Thermessos, Aspendos und Xanthos erhielten makedonische Verwalter. In Phaselis schonte Alexander sein Heer.

»Wie sieht unser nächster Schritt aus?« sagte Charis, als wir unsere Ausrüstung mit peinlicher Genauigkeit durchgegangen waren. Ich brauchte nicht lange nachzudenken.

»Wir müssen mit Alexander zusammentreffen. Es wird nicht einfach: Wenn wir Einfluß auf ihn ausüben sollen, setzt das voraus, daß wir einigermaßen gleichwertig sind. Ich bin weder Königssohn noch habe ich ein Hunderttausend-Mann-Heer.«

»Aber zwanzig Mann, die man bald eherne Krieger nennen wird.« Rico deutete auf einen Punkt unserer Karte. »Hier warten eure Begleiter. Für alles andere ist gesorgt. Hier, die Sondenbilder! Mit hoher Wahrscheinlichkeit trefft ihr Alexander in Gordion.«

Eine Oase am Oberlauf des Neilos, den wir noch als Hapi oder Jotru kannten. Es mochte sich viel verändert haben, nicht aber die jährliche Nilschwelle und die Sonne, die auf Sand, Palmen und Tamarisken strahlte. ES gönnte uns eine lange Vorbereitungszeit fernab des Winters. Ich klappte die Schwingen des schwarzen Robotadlers zusammen und den Deckel des Behälters zu.

»Pferde? Schiffe? Gleiter?« fragte Charis. Rico antwortete:

»Ich handle schnell. Was ihr braucht, bekommt ihr.«

Ich wußte, daß ich mich auf die Kombination ES und Rico verlassen konnte. Fragen erübrigten sich, bis auf eine.

»Wann?«

»Es liegt an euch. Sagt es.«

Charis und ich verständigten uns mit einem einzigen Blick und begannen zu lachen. »Morgen, Rico!«

»In der Mitte des Jahres trefft ihr in Gordion zusammen. Alexander ist dann dreiundzwanzig Jahre alt. Er trifft sich mit dem Großteil des Heeres. Für euch ist alles vorbereitet.«

Tatsächlich befanden wir uns, als wir nach den Transmitterdurchgängen aufwachten, in der Oase. Gefiltertes Licht umgab uns; wir lagen in einem geräumigen Zelt aus weißem, dichtem Stoff, auf dessen Dach die Schatten der Palmen ein Streifenmuster bildeten. Irgendwo rieselte Wasser. Ein Pferd wieherte leise, regelmäßige Schritte waren im Sand zu hören. Wir gingen hinaus in die Helligkeit des Morgens. Ein hochgewachsener, breitschultriger Mann mit sehr hellbrauner Haut kam auf uns zu und sagte:

»Androiden erwarten euch. Wir tragen Namen, die denen von Toxarchos Atalantos und Charis gleichen. Ich bin Atagenes. Wir gehorchen jedem Befehl und wissen, was zu tun ist.«

Ich legte meinen Arm um Charis' Schulter, lachte gelöst und antwortete: »Ich glaube, daß viele Jahre vor uns liegen und viele Gefahren. Ich bitte trotzdem, Atagenes, ein kleines Frühstück aus auserwählten Delikatessen zu bereiten.«

Er lächelte breit; zwischen Palmenschäften, Zelten und gestapeltem Gepäck sahen wir andere Männer.

»Wir haben darauf gewartet, daß ihr aufwacht. Dort geht es zum Wasser. Alles ist bereit.«

Wir folgten den Spuren von Hufen und Stiefeln und bloßen Füßen durch weißen Sand. Die Quelle war von gerundeten, braunen Steinen umrahmt und bildete ein mannstiefes Becken. Alles schien neu für uns: Jede Einzelheit betrachteten wir mit wortlosem Staunen, als wäre sie die Fortführung unserer Träume. Wir wuschen uns, ein muskulöser Androide namens Choros brachte weiche Tücher und führte uns zu einem reich gedeckten Tisch. Sonnensegel waren zwischen den Stämmen und Lanzen ausgespannt. Jemand ritt in hartem Galopp hinter dem Buschwerk vorbei. Säuerlich bemerkte der Logiksektor: *Der Aufwand ist beträchtlich. Ihr werdet für jede Stunde Wohlleben bitteren Zins zahlen müssen.*

»Zins«, murmelte ich, »ist immer eine bittere Sache.«

Aber mir schien, als schulde uns ES und der Barbarenplanet mehr als wir ihnen; meine gute Stimmung litt nicht. ES hatte die Androiden nach seinen Vorstellungen ausgesucht. Jeder war ein besonderer Charakter. Während wir mit Atagenes, Choros, Atares und Churti aßen, kamen zwei Reiter mit ihren Pferden. Die Tiere waren schweißbedeckt, und die Männer steckten in makedonischen Rüstungen – jeder Teil war so gestaltet, als ob ES selbst an der Seite Alexanders kämpfen würde.

»Habt ihr alle diese Ausrüstung?« fragte Charis verblüfft, betrachtete die Sättel und die Waffen, Helme und Teilpanzerung der Männer. Die Reiter nannten ihre Namen – Charsin und Atisa – und nickten.

»Diese und viel mehr. Im Gegensatz zu denen, die wir treffen sollen, benutzen wir Sättel und Steigbügel. Und wir sind, wie ihr, durch zauberische kleine Geräte geschützt.«

»Dann sehe ich den kommenden Jahren ruhig entgegen.« Ich biß zufrieden in eine Dattel, zwischen deren Hälften Gazellenfleisch geschoben war. Kühler Wein! Speisen aus Eiern und geröstetem Schinken! Dicke Scheiben krustigen Bratens, wohl gesalzen und fein gewürzt! Die Welt der Barbaren wartete mit ihren Köstlichkeiten auf.

Die folgenden Tage waren ungetrübt: Über der Sandwüste und der Oase, die einen Durchmesser von mehr als dreihundert Schritten hatte, wölbte sich ein wolkenloser Himmel. Ausgesucht schöne Pferde warteten auf uns. Die Androiden waren in allen Kampftechniken ausgebildet; sie wußten Abwehrfelder, Lähmdolche und alles andere aus dem arkonidischen Arsenal perfekt zu handhaben. Ich programmierte den schwarzen Adler, der bald darauf hoch über uns seine wachsamen Kreise zog und als Funkrelais diente. Charis und ich bräunten, ritten viel, wuchsen langsam in Bewegungsabläufe hinein, die wir einst gelernt hatten und jetzt, halb unbewußt, wieder einübten. Wir härteten unsere Muskeln, indem wir Bogenschießen übten, Schwertkämpfe; wir schleuderten Speere und Dolche, führten zu Pferd Scheinkämpfe, und ich entdeckte, daß Rico einige Dutzend Pfeile auf ganz besondere Art präpariert hatte. Toxarchos: Herrscher der Bogenschützen. Wer diese Pferde zugeritten und an Zügel, Schenkelhilfen und Befehle gewöhnt haben mochte, war ein Meister seines Berufs. Aber die fröhlichen Tage und das Gefühl, jeden Tag wirklich zu leben, durften uns nicht darüber hinwegtäuschen, daß schwierige Aufgaben lauerten.

Die Nächte schienen uns von unserer Aufgabe abhalten zu wollen. Die Schale des Sternenhimmels mit dem wandernden Mond schloß uns ein und machte aus der Oase und dem Gluthaufen des Lagerfeuers eine Insel. Wir waren abgeschlossen vom Rest der Welt. Alles mündete hier, es war, als bräche sich alles in einer Linse und konzentrierte sich auf uns. Wir führten, gegen die Kälte der Wüste in unsere Kapuzenmäntel gehüllt, lange Gespräche und diskutierten das Problem in allen Einzelheiten. Rico lieferte uns Informationen. Die Männer waren Geschöpfe des Universums, sie kannten die Bedeutung von Sonnen und Planeten und kosmischen Abläufen. Natürlich hatte ES sie auf diesen Einsatz vorbereitet; wir wußten, worüber wir redeten. Dazu kam, daß sie die wichtigen Sprachen gut kannten und schrieben. Über uns zogen Sternschnuppen flammende Zeichen durch die kristallene Schwärze. Der Wein beeinflußte uns alle wie Mondfieber; unsere Gedanken flirrten in einsamer Kühnheit auf, wie Brocken von Kometenmaterie. Atomas sagte in einer Gesprächspause:

»Toxarchos Atalantos mit seinen Pfeilen und dem Wissen, wie er Alexander beeinflussen kann! Wir als unverletzbare Kampfgefährten zu Pferde. Charis, deren Erzählungen von den Rändern der Welt ihn neugierig machen werden, und sein Glaube an Götter, Vorzeichen, die Eingeweide der Opfertiere . . . wir sind wohl die einzige Gruppe dieses Planeten, die ihn zu bestimmtem Tun leiten kann, ohne daß er die Beeinflussung merkt.«

Ich hob die Hand und sah in die flackernden Flammen.

»Er ist ein Barbar. In ihm sind einige Handvoll Eigenschaften vereinigt, gute und schlechte; alle sind groß. Er wird sich selbst vorwärtspeitschen. Ein falsches Wort oder eine ebensolche Tat werden ihn jene, die er liebt, hassen lassen – und umgekehrt. Er ist ein Mann, den es alle fünfhundert Jahre nur einmal gibt. Es würde mich nicht wundern, wenn er sich für den Sohn des Zeus hält; Bruder des feuerbringenden Prometheus ist er schon, und Herakles zählt zu seinen direkten Vorfahren. Er kann alles erreichen oder alles zerstören.«

Charis brachte das Gespräch auf den Boden der Wirklichkeit zurück. »Er kann sogar schreiben und lesen«, bemerkte sie trocken.

Als sich das Gelächter gelegt hatte, wandte ich ein:

»Als Schüler des Aristoteles ist dies selbstverständlich. Er ist in allem, was er tut, großartig. Selbst nach etlichen Pokalen ungemischten Weines, wenn seine Freunde längst torkeln und speien, steht er noch gerade.«

»Zeus hat seine Leber gesegnet«, sagte Atama. »Ich meine, daß selbst für diesen Alexander diese Welt zu groß ist.«

»Es reicht«, meinte ich ernsthaft, »wenn alle wichtigen Völker und deren geistigen Kräfte rund ums Binnenmeer zusammenarbeiten. Es wird an uns liegen, ihn davon zu überzeugen. Nomaden, Jäger oder Buschleute im Süden werden es schwerlich schaffen, die Ideen für die ersten Schritte zu den Gestirnen zu haben.«

»Geh nach Westen, Alexander, sagte Atlan«, murmelte Charis in mildem Spott, »und schon fangen die Schüler von Poleidos, dem Erfinder, an, Atlans Raumschiff zu bauen. Wir sollten diesen Gedanken nicht allzu weit spinnen.«

»Keine Sorge, Liebste.« Ich versuchte das Gelächter abzuschwächen. »Er braucht nur die Startrampe zu bauen. Und da wir viel Zeit zur Verfügung haben, können wir Mißerfolge in Kauf nehmen.«

Sie, Charis, hatte diese Zeitspanne nicht. Sie spürte, wie ich mich versteifte, als ich begriff, was ich ausgesprochen hatte. Sie streichelte meinen Nacken und flüsterte:

»Ich werde dir dann als runzlige Greisin nachwinken.«

Ich antwortete nicht. Ich war tief betroffen. Der Triumph des einen war stets die Bitternis eines anderen. Und jede Zelle meines Körpers schien mir zu sagen, daß Charis die Frau war, die ich in den Jahrhunderten meines Aufenthalts unter dem Meeresspiegel geliebt hatte und liebte, und zum erstenmal war ich ES dankbar, daß dieses Wesen meine Erinnerungen blockierte.

Gordion lag in Phrygien, nahe dem Fluß Halys, am Königsweg zwischen Sardes und Susa; eine alte, wenig aufregende Hauptstadt, von ausgedehnten Feldern umgeben und von wuchtigen Mauern und Türmen gegürtet, die weithin über das hügelige Land ragten. Auch im sechsten Mond herrschte auf der Königsstraße und in den Karawansereien starker Verkehr. Ich wußte, daß der Feldherr Parmenion längst eingetroffen war und auf die Verstärkung seines Heeres wartete.

Wir wohnten im bürgerlichen Palast eines reichen Persers, nahe der Stadtmauer, zwischen Feldern und Weiden. So wie Alexanders Leute bereiteten wir uns auf kommende Anstrengungen vor. Unser Auftritt hatte Aufregung bei den makedonischen Reitern hervorgerufen; trotzdem machte keiner den Versuch, die hilfreichen Steigbügel zu benutzen. Wir versuchten, an Alexander heranzukommen, aber dieses Unterfangen war schwer. Schließlich waren wir keine Bittsteller oder Heerführer. Letztere hätten sich ihm ungehindert nähern können – so wollten wir es nicht.

Im Palast eines früheren phrygischen Königs, einer tempelähnlichen Halle, stand ein Streitwagen, mit einer Legende der Thronbesteigung König Gordions vor Jahrhunderten verbunden. Den lokalen Gott, dem der Wagen geweiht war, hielten die Makedonen für Zeus, Herrscher des griechischen Olymps. Ein großer verworrener Knoten aus feinen Rindenstreifen band ein Joch an die Deichsel. Niemand hatte je diesen Knoten öffnen können; man sagte, daß es viele kluge und mächtige Besucher versucht hatten. Alexanders Wahrsager Aristander wollte, daß auch Alexander diesen Knoten zu öffnen versuchte. Bis heute hatte er den Tempel nicht betreten.

Jeden Tag kamen neue Truppen. Viertausend Männer schlugen zusätzlich ihre Zelte auf. Alexander mit kleinem Gefolge begrüßte die Männer, die aussahen, als ob sie sich auf die kommenden Kämpfe freuten. Charis und ich, begleitet von Chord und Athyra, kamen aus der Umgebung Gordions zurück. Wir hatten persischen Handwerker und Baumeister der Makedonen Ratschläge gegeben, die von ihnen begeistert aufgenommen wurden.

»Dort kommt der oberste Makedone.« Chord deutete auf eine Staubwolke vor den Stadtmauern.

»Nicht unseretwegen«, gab ich zurück. »Dort hinten nähern sich Verstärkungen für Parmenion.«

Stadt und Umland waren zu einem Heerlager geworden. Die Spione und die Händlerkarawanen auf der Königsstraße hatten berichtet, daß auch Darius sein Heer zusammenfaßte und wohl nach Norden ziehen würde, den Makedonen entgegen. Wir ritten zur Seite und warteten. Auf den Feldern arbeiteten Bauern und ihre Sklaven. Ein Stadion, hundertneunzig große Schritte, trennten uns von der Gruppe um Alexander. Bisher hatten wir ihn undeutlich auf Bildschirmen gesehen. Er löste sich aus dem Keil seiner Begleiter und ritt in hartem Galopp auf uns zu. Dicht vor uns parierte er seinen Bukephalos, ein ungewöhnlich großes Tier.

Ich erschrak, von Erinnerungen gepeinigt. Weißblondes, lockiges Haar! Ein scharf geschnittenes Gesicht, das keine Ähnlichkeit mit den Gesichtern der Barbaren hatte. Aieta Demeters und mein Sohn! Sein Vorfahr? Alexander hob die Hand und grüßte mich. Ich blickte in große, braune Augen; Aietas Augen. Der Logiksektor wisperte: *Er kann nicht ahnen, daß er – wenn auch mit sehr geringer Wahrscheinlichkeit! – einige deiner Erbanlagen trägt. Du bist ihm ebenso aufgefallen. Mach das Beste daraus!* Alexander war bartlos; er hielt den Kopf leicht schräg und musterte uns prüfend. Eindeutig war zu erkennen, daß sich hinter den Augen ein exzellenter Verstand verbarg. Er schwieg einige Atemzüge lang, sagte dann:

»Du mußt jener Toxarchos sein. Atalantos?«

»So ist es, König«, antwortete ich. »Ein Reisender, der die Welt kennt.«

»Was bringt dich nach Gordion? Kommst du von Darius?«

Ich lachte kurz auf. Für diese Abenteuer hatte ich mein Haar dunkelbraun gefärbt und meine Augen durch eine Injektion dunkelgrau werden lassen. Ich schüttelte den Kopf.

»Nein. Ich kenne seinen Namen, seine Bedeutung. Wir kommen aus dem Land am Neilos. Charis, meine Gefährtin, und unsere Begleiter schreiben auf, was wir an neuen Erfindungen finden.«

»In Gordion wirst du wenig finden«, sagte er. Alexander war nicht sonderlich groß oder kräftig. Eine durchschnittliche Figur, wohlproportioniert und muskulös, ein gutaussehender junger Mann von dreiundzwanzig Jahren, der mir bis zum Kinn reichte. Sein weißblondes Haar wies braune Strähnen auf, war reich gelockt – jemand, der ihn als löwenköpfig bezeichnete, hatte recht. Er hatte tatsächlich etwas von einem Raubtier, das sich seiner Kraft bewußt war; je länger ich mit ihm sprach, desto stärker wurden die Erinnerungen an Aieta. Ich schüttelte sie ab und sagte lächelnd:

»Immerhin gibt es einen unlösbaren Knoten.« Er betrachtete mich ebenso prüfend wie ich ihn. Die Pferde bewegten sich unruhig.

»Nichts ist unlösbar«, versetzte er. »Willst du in meine Dienste treten? Für mich kämpfen?«

»Wir kämpfen nur, wenn wir angegriffen werden«, antwortete ich. »Vielleicht kann unser Wissen über Straßen, Pässe und fremde Landstriche dir etwas nützen.«

»Du kennst das Land weiter südlich? Du weißt, daß ich Späher und Landvermesser habe?«

»Beides weiß ich, wissen wir.« Ich deutete auf die Reiter hinter mir. Alexanders Haut war dunkel gebräunt, mit Salben gepflegt, die fremdartig rochen. Er fragte nachdenklich:

»Wann reitet ihr weiter? Und wohin?« Verglichen mit seinen Offizieren und Kriegern war er von gewinnender Höflichkeit; er bestimmte das Verhalten seiner Umwelt. Sein Selbstbewußtsein entsprach dem eines arkonidischen Fürsten.

»Das haben wir noch nicht entschieden«, sagte Charis. Er warf ihr einen befremdlichen Blick zu, den sie heiter zurückgab. Frauen hatten auch bei Alexander wenig zu sagen.

»Du weißt, daß wir gegen Darius kämpfen, um die Grausamkeiten langer persischer Weltherrschaft zu rächen.«

Es war eine Feststellung. Wieder nickte ich. Dann sagte ich leise: »Du versuchst, ein großes Reich und unzählige Städte zu gründen, Alexander. Dein Vorhaben ist von göttlicher Größe: Um alles zu erreichen, müßtest du zweihundert Jahre leben. Du weißt selbst am besten, daß die mächtigsten Herrscher das kürzeste Leben haben. Die Götter gönnen den Sterblichen nicht beides: Macht und ein ruhiges Alter.« Dann zitierte ich: » . . . hier ist kein Entrinnen, schon längst gefiel es so besser Zeus und seinem Sohne, dem Schützen, die früher so gnädig immer mich schirmten. Doch nun ist mein Verhängnis gekommen . . .«

Homers Dichtung. Die Worte des sterbenden Hektor vor Ilion. Alexander kannte die Gesänge; ich hatte sie in der richtigen Betonung aufgesagt. Sein Gesichtsausdruck veränderte sich jäh. Mit einer Handbewegung hielt er seine Kampfgefährten zurück. Langsam sagte er:

»Mir scheint, daß wir lange miteinander reden sollten, ehe ich nach Süden aufbreche.«

»Deine Krieger wissen, wo wir wohnen«, entgegnete ich und zeigte dorthin, wo hinter grünbelaubten Bäumen kalkgestrichene Wände und rote Dächer des Gutshofes leuchteten.

»Ich weiß es auch.« Er gab uns zu verstehen, daß er stets gut unterrichtet war. »Bald sehen wir uns, Atalantos.«

Ein Schenkeldruck zwang Bukephalos herum, Alexander setzte sich zurecht und preschte davon. Seine Begleitung, in der mir ein grauhaariger Mann auffiel, folgte ihm, nicht ohne uns neugierige Blicke zuzuwerfen. Charis drängte ihr Pferd heran und meinte:

»Ihr habt euch angesehen, als wärt ihr verwandt. Er denkt jetzt darüber nach, wie wir ihm am meisten nützen können.«

»Der erste Schritt«, sagte Chord ruhig. »Du darfst nicht den Fehler machen, Atalantos, den Einfluß des Irrealen auf ihn und die Seinen zu unterschätzen.«

»Du hast recht.« Wir ritten auf unser Quartier zu. »Den gesamten Umfang des Aberglaubens klug zu schätzen – das wird schwer sein.«

Eine Handvoll Tage später zügelte im Hof ein Reiter sein Pferd. Atagenes und Atares rannten hinaus. Wir saßen beim Essen und versuchten dem persischen Pächter beizubringen, wie er die Bewässerungskanäle besser ausnützen konnte. Ich ging zur Tür und blinzelte in die Vormittagssonne.

»Alexander schickt mich«, sagte der Meldereiter, als er mich sah.

»Morgen setzt sich das Heer in Marsch. Du sollst, Toxarchos, zusehen, wie er den Knoten löst und zum Herrscher der Phrygier wird.«

»Wann?« fragte ich. Der Bote gab zurück:

»Heute, nach dem Mittag. Viele sollen es sehen.«

»Sag deinem König«, rief ich zurück, »daß wir dabeisein werden.«

Er grüßte und ritt davon, die Schenkel dicht an den Pferdekörper gepreßt. Wir aßen weiter, besprachen das Vorhaben und rüsteten uns aus. Wir rechneten mit allem: legten die Rüstungen an, schnallten Schwerter um und setzten die Helme auf. Als wir durch die Gassen zum Palast ritten, starrten uns alle an: Perser wie Makedonen. Der Arkonstahl, aus dem die Rüstungen gefertigt waren, Beinschienen und Armschienen, die Schilde mit dem Zeichen – alles war aus mattschwarzem, stellenweise silbern funkelndem Erz; wir strahlten Kraft und Unbesiegbarkeit aus. Sonst galten wir nichts in den Augen von Männern, die nichts anderes anerkannten als die Herrschaft der Waffen. Am westlichen Himmel ballten sich Gewitterwolken zusammen, und über uns kreiste wachsam der Adler.

»Wenn die Wirkung unseres Auftritts«, sagte Charis neben mir, in einer weniger schweren Rüstung, »auf Alexander ebenso durchschlagend ist wie auf alle anderen . . .«

»Er sieht alles, besser als seine staunenden Krieger.«

Wir erreichten den Palast und ließen uns von den Wachen den Weg zur Säulenhalle zeigen. Überall warteten die Würdenträger der Stadt, die Heerführer und engsten Vertrauten Alexanders. Der König stand vor dem alten Streitwagen und blickte den Knoten an, die Fäuste in die Seiten gestemmt. Kleitos war bei ihm, der Freund, der ihm beim Granikos das Leben gerettet hatte; ein junger Makedone von athletischer Gestalt. Leises Murmeln breitete sich aus, als wir eintraten, die Helme unter den Armen. Alexander begrüßte uns, sichtlich verwundert.

Der Raum begann sich zu füllen. Man brachte den Wagen auf die Terrasse. Immer mehr Männer stellten sich rund um den Wagen auf. Der Knoten war, wie das Gespann, uralt und würde sich nur mit Mühe lösen lassen, die Wicklungen waren verfilzt und verklebt. Alexander hob beide Arme, trat vor, als ein würdiger Mann seiner Begleitung Zeus, König Midas und das Schicksal anrief und versicherte, daß derjenige, der den Knoten löste, zum Herrscher über die Welt des Darius berufen sei. Dann packte Alexander zu, und alle Zuschauer schoben sich näher heran. Jetzt herrschte ein tiefes Schweigen, man hörte nur das erregte Atmen der Männer und das Scharren von Sandalen.

Alexander zog an einem Stück der Schlingen, bohrte seine Finger unter die straffen Fasern, versuchte einen Anfang oder das Ende zu finden. Die Gewitterwolken schoben sich vor die Sonne. Nach einigen Atemzügen wurde Alexander unruhig, ging auf die andere Seite des Kampfwagens. Ein Raunen erhob sich. Die Krieger zeigten Ungeduld; Stadtbewohner lächelten geringschätzig. Wieder zog, ruckte und stocherte Alexander, Schweißtropfen auf der Stirn. Er richtete sich auf und sah sich unbewegten Gesichts um. Er schien niemanden anzusehen, aber ich wartete, bis seine Augen mich trafen, faßte langsam mit der Rechten den Schwertgriff und machte mit der Linken eine hackende Bewegung. Ich bewunderte Alexanders Beherrschung. Obwohl er meine Bewegung wahrgenommen hatte, veränderte sich sein Gesichtsausdruck keineswegs. Er wischte nicht einmal den Schweiß von der Stirn, dann sagte er mit durchdringender Stimme:

»Am Gewitterhimmel schwebt der Vogel des Zeus, das Zeichen, daß ich unter seinem Schutz stehe. Dieser Knoten des Midas . . .« Er riß blitzschnell das Schwert aus der Scheide, die Waffe blitzte auf und krachte hart auf die Deichsel herunter, spaltete den Knoten bis auf das Holz und wirbelte eine Wolke von Fasern und Staub auf. Der erste Blitz schlug in die Felder, ein gewaltiger Donnerschlag ließ den Boden beben. Noch während die Enden des Knoten fielen, steckte Alexander die Waffe in die Scheide zurück und lächelte selbstbewußt, während die Anwesenden in Geschrei ausbrachen. Dann überzog ein nachdenklicher Ausdruck sein Gesicht.

Die Spannung löste sich in einem heiteren Chaos. Wein wurde gebracht, und Becher; Aristanders weissagende Worte gingen im Lärm unter. Einmal erhaschte ich einen Blick Alexanders, während er einen Pokal hob. Er nickte fast unmerklich. Mein zweiter Schritt hatte mich näher zu Alexander herangebracht, jetzt stand er in meiner Schuld. Dies änderte meine Bedeutung.

»Es war wohl der beste Weg«, flüsterte Charis in mein Ohr. Ich winkte meinen eisenstarrenden Männern, und wir gingen hinaus.

»Er ist gerissen, fast perfekt«, murmelte ich. »Aus den Charakterzügen, die große Herrscher machen. Wird er es überleben?«

An diesem Abend blieb das Gewitter über Gordion. Blitze zuckten, langanhaltend rollten Donnerschläge über die Stadt und die vielen Zelte. Ein milder Regen ergoß sich auf die Felder und löschte die Feuer der Makedonen. Adler, Blitz und Donner: deutliche Zeichen, daß Zeus seine Zustimmung gab. Die Nachricht verbreitete sich in rasender Eile.

Nur wenig später traf die Meldung ein, daß Darius' Feldherr Memnon bei der Belagerung von Mitylene auf Lesbos gestorben sei. Der einzige Feldherr des persischen Großkönigs, der Parmenion und Alexander gefährlich hätte werden können, starb, und mit ihm waren die Kenntnisse über Makedonien verschwunden, die Fähigkeit, mit griechischen Söldnern umzugehen und die Treue zu Darius. Ein herber Schlag für Alexanders Gegner.

Das Heer wandte sich nach Osten. Bergstämme, wilde Krieger in den Gebieten nördlich Ankyras unterwarfen sich dem mächtigen König. Alexander hatte mich wissen lassen, daß wir ihm bis zum Paß der kilikischen Tore folgen sollten. Spät in einer sternklaren Nacht holte mich ein Bote in Alexanders Zelt. Der König war allein und nicht mehr nüchtern, aber sein Verstand arbeitete mit großer Klarheit.

»Hier bin ich.« Er deutete auf einen Sitz; ich setzte mich in die dicken Felle über dem Feldsessel. »Vor uns liegt der Paß. Für mich wird es Zeit, das Heer zu verlassen.«

»Ich will dich nicht zwingen, für mich zu kämpfen«, sagte er. »Für deinen Rat in Gordion hast du meinen ewigen Dank und, was schwerer wiegt, mein Vertrauen. Du wirst schweigen?«

»Ich habe dir geraten, was ich selbst getan hätte«, sagte ich trocken. »Ich schweige, König, auch deshalb, weil mir niemand glaubt, wenn ich sagte, Alexander hätte den Rat eines Fremden nötig.«

Im großen Zelt roch es nach Wein und nach dem Ruß der Öllampen. Auf den Tischen breiteten sich in heilloser Unordnung Krüge, Becher, roh gezeichnete Karten und Waffen aus.

»Kluge Worte, eine gute Antwort«, sagte er mit kaum merkbar schwerer Zunge. »Was hast du vor, Atalantos?«

»Wir wollen nach Tyros, dort auf ein Schiff. An den nördlichen Ufern des Meeres warten Geheimnisse auf wissensdurstige Menschen.«

»Warum bleibst du nicht beim Heer, bei mir?«

Ich nahm einen Krug, eine Schale und trank etwas Wein. Alexander schien das Gespräch mit mir zu suchen und hoffte, etwas zu erfahren, was ihm seine Makedonen nicht sagen konnten. Meine Antwort mochte ihn enttäuschen.

»Wir sind keine Söldner. Wüßte ich, was deine Ziele sind, könnten wir für dich handeln, auf unsere Weise kämpfen. Was wirst du tun, wenn du Darius besiegt hast?«

»Dann habe ich ein riesiges Reich, vereinigt mit Makedonien und mit dem Rest der Griechen, selbst mit Athen. Dann werden Baumeister griechische Städte bauen, und in diesem Reich spricht man eine Sprache, zahlt man mit einer Münze, betet man zu denselben Göttern.«

»Was Perser erfunden und erdacht haben, entwickelst du weiter?«

»Ebenso nehmen die Völker des Darius unsere Gedanken an und das, was bei uns besser für alle Menschen ist.«

Er wirkte keinen Atemzug lang schwärmerisch. Für ihn stand fest, daß dieser Weg vorgezeichnet war. Ich versuchte, tiefer in den Charakter dieses erstaunlichen Mannes einzudringen, der viel klüger war als jeder Gleichaltrige. In Alexander brannte unter der Schicht des sich selbst disziplinierenden Herrschers offensichtlich rasender Machtdrang, wie Lava unter einer dünnen Erdschicht. Alexander, den besiegten Feinden gegenüber gerecht, blieb dennoch ein Mann des Kriegshandwerks und ein Sohn seiner Zeit. Ich sagte nach einigem Nachdenken:

»Griechenland, Ägypten und Persien sind aber nur ein winziger Teil dieser Welt, Alexander.«

»Erst wenn ich die Grenzen kenne, kann ich über sie hinausstoßen. Würdest du mir folgen, wenn ich den Rand der Welt suchen würde?«

»Ich würde dir diesen Weg zeigen«, sagte ich. »Aber vor dir liegen unzählige Schlachten und viele Jahre.«

»Ich bin jung.«

»Jeder, du und ich«, ich begann vorsichtig, »hat seine Träume. Ich träume davon, daß in einem Reich alle Erfinder zusammenarbeiten, um wirklich große, neue Dinge zu schaffen.«

»Das wird geschehen, wenn Alexanders Reich, des Schützlings von Zeus, groß ist, ohne Krieg, ohne Hungersnöte, voll Reichtum.«

Wieder tranken wir, schwiegen, dachten nach, und dann sagte der König überraschend nüchtern:

»Bald wird sich Darius stellen.« Er gähnte und sprang auf. »Zeus ist mit mir; ich siege, Zeus wird gegen Ahuramazda siegen! Ich will das ganze Reich sehen, auch das Land am Neilos. Ich weiß nicht, wo ich in einem Mond bin, wo mein Heer im nächsten Jahr kämpfen wird. Es gibt Orakel, die mich ins Neilosland treiben! Wir können einander helfen. Aber wie fange ich es an, daß du freiwillig rätst, wenn ich's brauch'? Ein gezwungener Ratgeber ist gefährlich, es wäre töricht, es zu tun. Rate mir!«

Ich brauchte eine würdige, besondere Gelegenheit, ihm den Aktivator zu überreichen, und Zeit, um zu sehen, welchen politischen Weg Alexander nahm. In vielen Nächten hatte ich mein Vorgehen bedacht, aber ich konnte sein Verhalten noch nicht in meine Pläne einbeziehen. Also sagte ich:

»Da wir nicht für die Makedonen kämpfen, haben wir im persischen Reich keine Schwierigkeiten.«

»Mir ergeht es anders«, lachte er. Ich zog von meiner Linken einen kantigen Ring ab und warf ihn spielerisch hoch.

»Am Neilos sprach ich mit einem Priester. Er gab mir den Ring, erzählte eine erstaunliche Geschichte. Ich glaubte sie nicht. ›Wenn du diesen Ring drückst‹, sagte der Priester«, ich führte die Bewegung aus, ›und meinen Namen rufst, werde ich kommen und dir helfen!‹ Tage später überfielen mich nomadische Räuber und plünderten mich aus, ließen mir aber den Ring. Ich tat, was der Alte geraten hatte. Soldaten des Satrapen befreiten mich. Es ist so unbegreiflich wie das Orakel der Eingeweide, der Blitz des Zeus oder andere Zeichen der Götter. Nimm den Ring und versuch, mich zu rufen, wenn du mich brauchst. Vielleicht wirkt er so, wie er mich rettete.«

Ich gab ihm den Ring und zeigte ihm, wie ich zu rufen war. Das Spielzeug würde jahrelang funktionieren. Mit sichtlicher Verwunderung schob Alexander den Ring über seinen Mittelfinger. »Du weißt, daß ich überall im Land Späher reiten lasse?«

»Ich weiß. Sag ihnen, daß ich dein Vertrauen habe.«

»Und nun? Was hast du vor?« fragte er.

»Ich werde Darius entgegenreiten. In seinem Gefolge und in Susa oder Persepolis gibt es unzählige Gelehrte. Mit ihnen will ich sprechen.«

Alexander kam, halb vor Müdigkeit, halb vom Wein schwankend, auf die Beine. Ich sah, daß sie unproportioniert waren, zu kurz für seinen Körper.

»Toxarchos Atalantos«, sagte er langsam, »wir sehen uns wieder. Achte darauf, daß mein Heer dich nicht zertritt, denn es wird den Darius vernichten. Und eines Tages werden wir das Neilosland bereisen, das Land voller Wunder.«

Er legte mir die Hand auf die Schulter. Ich starrte in sein Gesicht und meinte zu erkennen, daß Alexander zunächst an sich und seine kühnen Ideen und sein Sendungsbewußtsein glaubte. Darüber hinaus, als Grundlage seiner Überzeugung, waren alle Zeichen für ihn Bestätigung oder Verbote: Adler, Donner und seltsame Weissagungen wie jene aus Gordion. Er hielt sich für kaum besiegbar; jeder weitere Erfolg machte ihn gewandter und risikobereiter.

»Ich komme, wenn du mich brauchst. Mich oder meinen Rat.«

»Ich brauche nicht nur Männer, die zu jedem Befehl ›Ja!‹ sagen und ›Allallalei!‹ schreien«, lallte er. »Der Kluge hört auf Männer, die eine andere Meinung haben. Ein solcher Mann bist du, Toxarchos. Wie kommst du zu diesem Ehrennamen?«

»Weil meine Pfeile auch im Dunklen treffen«, antwortete ich wahrheitsgetreu. Er schüttelte den Kopf und brummte:

»Auch das werde ich eines Tages sehen. Zeus wache über deinen Schlaf. He, her mit der Fackel!«

»Er schenke dir nur Siege und ein langes Leben.« Ich ging zurück zu unseren Zelten. Dieser Schritt, eine Handspanne in die Richtung meiner eigenen Ziele, war wohl der wichtigste zwischen Alexander und mir gewesen, jedenfalls der größte.

In diesem Sommer gab es harte Rückschläge für Alexanders bedeutende Pläne: Die Flotte wurde zu früh aufgelöst, und die Perser konnten Chios und Mytilene erobern. Alexander wandte sich von Gordion nach Osten, befriedete Paphlagonien, marschierte mit 50 000 Soldaten entlang einer Salzwüste, überquerte den Fluß Halys und stieß über die Königsstraße durch Kappadokien vor, wieder in südliche Richtung. Die Bergbevölkerung ließ er ungeschoren, sie überfiel sein Heer auch nicht. Fünfzehn Tage, nachdem das Heer den Halys überschritten hatte, war Alexander an der südöstlichen Grenze Phrygiens, überschritt mit leichtbewaffneten Kriegern den Paß und hatte außerordentliches Glück bei einem Angriff in völliger Dunkelheit. Dann wandte er sich hinunter in die Ebene von Kilikien und schlug den Weg nach dem noch fernen Tarsus ein.

16.

Darius erfuhr vom Tod des Memnon und vom Anmarsch Alexanders sehr spät. Das persische Landheer rüstete sich zur entscheidenden Schlacht; Darius marschierte auf Babylon zu. Inzwischen hatte Alexander nach einem erschöpfenden Eilmarsch in größter Hitze Tarsus erreicht und nahm ein Bad im eiskalten Wasser des Kydnos-Flusses. Wenige Stunden nach dem Bad befiel ihn ein Frösteln, dann ein Fieber, und die Ärzte machten sich um sein Leben größte Sorgen.

Mit meinen arkonidischen Medikamenten hätte ich ihm schnell helfen können, aber ich war nicht zur Stelle, und er rief mich nicht. Ricos Sonden schwirrten umher, und mir berichtete er, daß im Gefolge des makedonischen Heeres griechische Kultur, Zivilisation, Münzprägung, Städtebau und Dichtkunst so kraftvoll wie möglich eingeführt wurden. Alexander ließ Verwundete und Alte in den Städten zurück, die sich unter seiner Herrschaft befanden.

Alexander lag rund sieben Zehntage lang im Fieber. Währenddessen rückte Darius mit einem Heer und dem Troß näher, deren Zahl und Prächtigkeit selbst Charis, mich und die zwanzig Ehernen erstaunte. Auch Alexanders Heer marschierte. In der verfallenen Stadt Anchialos fand man das Grabmal des Assurbanipal. Die Inschrift, von Assyrern übersetzt, machte alle Makedonen und auch ihren genesenden Anführer nachdenklich. Sie lautete:

Sardanapalos erbaute Anchialos und Tarsus an einem Tag. Fremdling! Iß, trink und liebe, da andere menschliche Beschäftigungen nicht mehr wert sind als dieses.

Mit *dieses* war eine obszöne Geste gemeint. Zehn Tage später war Alexander wieder gesund. Ende des neunten Monats schickte Parmenion eine Botschaft, daß Darius mit seinem Heer an der syrischen Grenze gesehen worden war.

Der Winter stand vor der Tür; die Heere marschierten aufeinander zu, aneinander vorbei und befanden sich dann sozusagen im Rücken des anderen. Charis und ich hatten in diesen Monden nur zugesehen: ein Chaos gewaltigen Ausmaßes. Als Darius in die Gegend von Issos kam, fand er makedonische Fußtruppen. Seine Soldaten schlugen den Verletzten die Hände ab; die Überlebenden flohen zu Schiff, benachrichtigten Alexander, der ihnen nicht glaubte und trotzdem ein Dreißigruderschiff ausschickte.

Es gelang Alexander, den Standort des persischen Heeres festzustellen und mit seiner erschöpften Armee zum Schlachtfeld zu marschieren.

Als der elfte Mond hellenischer Rechnung anbrach, lagerten wir in einer kleinen Bucht nahe der kilikischen Grenze. Noch standen unsere Zelte. In wenigen Tagen wollten wir die Küstenfahrt zum Neilosdelta antreten. Im Lager herrschte gedrückte Stimmung. Das Durcheinander der Heere, die Unschlüssigkeit, das Gewitter der letzten Nächte und die Frage, was wir tun sollten, lähmten uns und versetzten uns in einen wenig beneidenswerten Zustand. Immer wieder studierte ich die Luftaufnahmen; Linien und Schraffuren markierten die Stellung beider Heere.

»Ich gestehe es ungern«, sagte ich. »Aber ich bin ratlos, Freunde.«

»Alexander weiß, daß wir nicht für ihn kämpfen«, argumentierte Athyra. Der Adler und die Sonden zeigten die letzten Bilder beider Heere, die ihre Lager bezogen hatten. Wir sahen, wie Alexander durchs Heer ritt und mit seinen Kriegern redete. Überall loderten die Feuer des persischen und makedonischen Heeres; sie sprenkelten das Land mit Funken, durchglühtem Rauch und der Ahnung kommender Tode.

»Er hat nicht um Hilfe gebeten!« sagte Charis behutsam. Konnte es sein, daß ich darauf wartete? Unsere Ausrüstung war schon an Bord, die Pferde und wir wollten folgen. Auch zwischen unseren Zelten brannte ein mächtiges Feuer; die Flammen rochen nach dem Salz des Treibholzes. Ich sagte, während ich die Szenen aus den Lagern betrachtete und den Bildschirm mit der Hand abblendete:

»Dreißigtausend Makedonen erwarten den Kampf gegen eine Übermacht der Perser. Es mag dich nicht freuen, Liebste, aber ich habe eine ganz bestimmte Meinung. Wir haben uns aus allem herausgehalten und keiner der beiden Parteien geholfen. Ich sage: Wir ruhen uns aus, halten alles bereit; erst wenn Alexander uns wirklich braucht, greifen wir ein.«

Uns trennten etwa drei Parasangen vom wahrscheinlichen Schlachtfeld. Das eindringende Heer kämpfte, weil Darius an Alexander vorbeigezogen war, nach Norden.

Wir stellten nur eine Wache auf. Die Bewohner des nahen Dörfchens kannten uns, weil wir Nahrungsmittel gekauft hatten. In der Morgendämmerung bewegten sich beide Heere auf den Kampfplatz zu. Reiterei besetzte die Berghänge; die furchtbaren Sichelwagen der Perser rasselten heran. Die Kampflinie breitete sich vom Meeresufer bis zu den Berghängen aus, vier Parasangen breit, was mehrmals zwanzigtausend Großschritte bedeutete. Die Perser bezogen Stellung an einem Fluß. Meldereiter galoppierten wie die Rasenden hin und her, auf beiden Seiten. Die Sarissenträger der Makedonen rückten vor, der Boden war naß und glitschig, und die Reiterei des Darius griff an beiden Seiten der Kampflinie an.

Alexander führte die Reiterei an. Die Kampfgefährten bildeten unter dem *»Allallalei«* der bogenschießenden, steinschleudernden und lanzenwerfenden Fußtruppen einen Stoßkeil und stürmten durch das aufgischtende Wasser des Flusses, durch Schlamm und zerfetzte Ufergewächse, über nachgebenden Sand und Kies auf die persischen Bogenschützen, die Leichtbewaffneten und die panzerbedeckten Reiter los. Alexander, inmitten seiner Männer, schlug wie jeder andere wild um sich. Umheult von Pfeilen und von Steinen, die dröhnend gegen die Schilde hämmerten, schlug er mit dem Schwert die Lanzen zur Seite und wandte sich, nachdem er den Gegner verwirrt und Teile zur Flucht gezwungen hatte, gegen den Mittelpunkt des persischen Heeres. Dort befand sich Darius in seinem Streitwagen.

Hinter Alexander lösten sich seine eigenen Truppen auf. Sie hatten versuchen müssen, so schnell wie die Reiter zu sein. Im Wasser wurden sie auseinandergedrängt und wußten nun nicht mehr, welcher Befehl galt. Die hellenischen Söldner des Darius schlugen die Sarissen der Makedonen zur Seite und drangen in erbittertem, grausamem Kampf Mann gegen Mann durch die Linien der Männer des Alexander. Mittlerweile hatten wir uns am Rand des Kampfplatzes eingefunden; Charis blieb beim Schiff. Vor uns wehrten sich die Krieger Parmenions gegen persische Schleuderer. Ich straffte die Handschuhe und blickte auf das metallene Armband. Dort würde, wenn Alexander meine Hilfe brauchte, sich ein Tonsignal zugleich mit einem Leuchtfeld zeigen. In diesen Stunden waren meine Überlegungen und Hoffnungen bei Alexander; ich schaffte es nicht, objektiv zu sein.

Wieder preschten Alexanders Reiter auf das Zentrum der Perser zu. Hier wurde Darius von einem Wall aus Körpern geschützt. Die Unsterblichen rammten die Lanzen in den Boden und bildeten einen stählernen Igel. Die Bogenschützen in den Sichelwagen feuerten Pfeil um Pfeil auf die makedonischen Reiter ab. Die flammenförmigen Dolche an den Naben und Speichen drehten sich, als die Gespanne begannen, einen Schutzring um Darius und seinen Bruder Oxathres zu bilden. Vor Alexander brachen zwei Pferde zusammen. Kaum daß die Reiter den Boden berührt hatten, wurden sie von den Persern mit Dolchen getötet.

In dieser Phase des Kampfes, als es für die Reiterei auf des Schwertes Schneide stand, hatte Alexander ein seltsames Erlebnis. Ein Pfeil schrammte über die Fläche seines Schildes und heulte schräg aufwärts. Ein Schleuderstein traf den Helm, der wie ein Kupferkessel aufdröhnte. Dann näherte sich, langsam und immer größer werdend, eine Lanzenspitze, die zwischen dem Schwertarm und dem Schild auf Alexanders Hals zielte. Für unendlich lange Augenblicke schienen alle Bewegungen angehalten zu sein. Der makedonische König brachte seinen Arm herum und versuchte, den Speer zur Seite zu schlagen. Währenddessen erfaßte sein Blick die Lage neben und vor sich. Dann löste sich der Bann. Der Speer fuhr neben ihm in den Boden. Er nahm das bluttriefende Schwert in die Zähne, schob mit fliegenden Fingern den Ring zusammen und schrie:

»Atalantos! Hilf den Kampfgefährten. Wir sind bei Darius.«

Jetzt wußte ich es. Ich hatte auf diesen Schrei gewartet. Die Androiden hatten ihn gehört und handelten sofort. Wir banden die Kinnriemen fest und schalteten die körpereigenen Abwehrfelder ein. Niemand sprach. Jeder zog sein Schwert und trieb das Pferd an. Lanzenspitzen funkelten in der Nachmittagssonne. Ich ritt an die Spitze und sah, unendlich klein, die kampfumtoste Zone, in der sich Darius und Alexander einander näherten. Auch wir bildeten einen Keil.

Rappen und Falben, ein Schimmel, dunkles, blitzendes Eisen der Rüstung, rasendes Hufgetrappel, gesenkte Lanzen und geschwungene Schwerter, die großen Schilde, die jeden verbliebenen Sonnenstrahl zurückwarfen, so donnerten wir durch die Reihen der Kämpfenden. Die Lähmwaffen heulten ununterbrochen auf. Vor uns bildete sich eine breite Schneise stürzender, fallender und taumelnder Körper. Wir wußten, was zu tun war: kein Anteil am Gemetzel!

In rasendem Galopp näherten wir uns den rasselnden, Schlamm aufwirbelnden Sichelwagen. Alexander war links von uns eingekeilt und hieb wild um sich, einen erschrockenen Ausdruck im Gesicht. Die persischen Reiter, mit denen er sich schlug, waren unangenehm prächtig und schwer gerüstet; sie kämpften aber schlecht. Alexanders Schenkel war von einer tiefen Schnittwunde gezeichnet und blutüberströmt. Niemand beachtete uns, bis wir die Sichelwagen erreichten. Das Geschrei der Kämpfenden, Hufschläge, das Keuchen der Pferde, die Todesschreie, das Gebrüll der Verwundeten, das Rattern der schweren Räder und das Kreischen der Achsen, das eisig kalte Schlagen unserer Strahlwaffen: Alles vereinigte sich zu einem Geräuschinferno, in dem das klare Denken aussetzte. Rechts und links von uns fielen Perser, und diejenigen, die ihre Kameraden aus dem Sattel kippen sahen, ohne daß Speere aus ihrem Rücken ragten oder Blut über ihre Körper rann, wandten sich in heilloser Flucht irgendwohin. Ungesehen trafen die Lähmstrahlen die Lenker der Wagen.

Plötzlich war Alexander mit wenigen seiner Getreuen an meiner linken Seite. Er funkelte mich an, hob das Schwert und formte mit seinen Lippen unverständliche Worte. Wir wechselten einen Blick; ich starrte in das totenbleiche Gesicht des Darius, keine dreißig Schritt entfernt. Er sah im selben Moment seinen Gegner. Wieder dröhnten die Paralysatoren auf, und ich führte unseren Stoßkeil in weiter Kurve zurück zu dem Punkt, an dem wir losgeritten waren.

Das Tageslicht begann zu schwinden, als Darius seinen Wagen wandte und floh. Wir kämpften uns im Galopp einen Weg zurück. Überall flüchteten die Perser. An unseren Schutzschirmen prallten alle Geschosse ab. Ein letzter Blick zeigte mir Alexander, dessen Mut außer jedem Zweifel stand. Er versuchte, Darius mit einer Sarisse zu töten, aber todesmutig warfen sich Krieger zwischen ihn und den Perser. Drei Streitwagen rasselten davon, in den sinkenden Abend hinein. Die Perser schützten ihren Herrscher mit ihrem Leben. Die Makedonen, die ihren Sieg schon greifbar nahe sahen, begannen wie die Geschundenen zu schreien. Irgendwo am Rand des Schlachtfelds, wo der Wagen wegen der Bodenwellen nicht mehr weiterkam, ließ Darius seinen prunkvollen Königsmantel und den Schild im Wagen zurück, wechselte auf ein Pferd und floh nach Süden.

Unser Sturmangriff endete, wo es keine Perser gab. Wir schalteten die Schirme aus und trabten zum Schiff. Ich fing einen langen Blick Chalcos auf.

»Mir scheint«, sagte er ruhig und hängte sich den Helm über die Schulter, »daß du einen Narren an Alexander gefressen hast.«

Ich grinste säuerlich; meine Antwort klang wie ein Bekenntnis: »Du hast nicht unrecht. Ich entdeckte, daß wir einander ähnlich sind; er könnte mein ferner Enkel sein. Glaub mir: Ich würde mich im entscheidenden Augenblick auch gegen ihn entscheiden. Er verdankt uns sein Leben.«

»Den Eindruck hatte ich heute mehrmals!« Atisa lachte heiser. »Bist du Feind oder Freund Alexanders?«

»Ich bin, meinen Freunden gegenüber, kein ›Zerbrecher von Männern‹.« Ich starrte in sein Gesicht. »Ich weiß es nicht. Noch nicht. Für heute: Weder – noch.«

Am nächsten Morgen legten wir mit drei Schiffen ab und näherten uns dem Delta des Neilos. In Gaza gingen wir an Land und wollten den Rest des Weges im Sattel zurücklegen. Ich war sicher, die Pfade, Wege, Spuren und Straßen schon einmal geritten zu sein; mit Ptah-Sokar und anderen, deren Namen mir nicht gegenwärtig waren.

Die gnadenlose Auseinandersetzung bei Issos hatte gewaltige Folgen. Viele davon würden sich erst nach geraumer Zeit auswirken; wenn die Nachrichten auch in die entlegenen Winkel der beiden Reiche durchgesickert waren. Alexander verfolgte Darius mehr als fünf Parasangen weit, fing ihn aber nicht mehr. Als er gegen Mitternacht mit schlecht versorgter Dolchwunde im Schenkel ins Lager zurückkam, wurde er in das Zelt des Darius geführt. Unerhörter, nie gesehener Luxus empfing ihn. Die Kampfgefährten hatten nicht nur mehr als dreitausend Talente in Gold und Silber erbeutet – eine unfaßbar große Summe –, sondern auch die Gattin des Darius, deren sechsjährigen Sohn, die Mutter des Perserkönigs und eine Frau von rund dreißig Jahren, Barsine, die Frau des Heeresführers Memnon, gefangengenommen. Alexander behandelte die Frauen mit unnachahmlicher Großzügigkeit, nahm Barsine offiziell zur Geliebten und kümmerte sich geradezu rührend um die Verwundeten und Überlebenden des Heeres.

Ein ägyptischer Verbündeter des Persers, Semtautefnechet, rettete sein Leben und flüchtete von Issos durch zahlreiche Länder zurück ins Neilosland. Sabakes, der Satrap Ägyptens, floh mit achttausend Kriegern nach Memphis – Mennefer oder Menefru-Mirê – und wurde samt der Mehrzahl seiner Soldaten vom Satrapen Mazakes umgebracht.

Alexander, jeglicher Geldsorgen ledig, entschloß sich, seinen Plan weiterzuverfolgen. Darius würde zu einer weiteren Entscheidungsschlacht rüsten, zweifellos. Er, Alexander, besetzte die nächsten Städte an den Küsten des Perserreiches. Arados, Byblos und Sidon traten dem makedonischen Reich ohne Umstände bei. Alexander erstrebte tatsächlich ein dauerhaftes, gefestigtes Imperium. Mit der kampflosen Eroberung der Küstenstädte vermochte er zur See die persische Flotte endgültig zu schlagen. Der Sohn des Stadtkönigs von Arad überreichte Alexander die goldene Unterwerfungskrone. Anfang des vierten Mondes des folgenden Jahres stand Alexander vor Tyrus. Die mächtige Küstenstadt, mit Quart Hadasht verbündet, verweigerte die Unterwerfung. Als Alexander dem Gott Melkart opfern wollte – den die Griechen mit Herakles, dem Ahnen Alexanders gleichsetzten –, sagten die Tyrer kalt, er solle dies in einem Tempel außerhalb der Inselstadt tun. Karchedon – Quart Hadasht – versprach der Hafenstadt Waffenhilfe.

Alexanders Zorn war unbeschreiblich. Er schwor, Tyros zu vernichten. Die Belagerungsmaschinen des Thessaliers Diades wurden herbeigeschafft und zusammengesetzt. Für mich war aber klar, daß selbst Alexander die Stadt nicht erobern konnte.

Binnen weniger Monde waren wir die besten Freunde der Kaufleute von Naukratis im Mündungsdelta des Neilos geworden. Nachdem wir Issos verlassen hatten und bei Gaza statt Tyrus an Land gegangen waren, führte uns der Weg entlang der Küste in kurzen Etappen ins alte Hapiland. Dreimal hatten wir Handelskarawanen gegen räuberische Nomaden helfen müssen, und einer der Karawanenherren lud uns nach Naukratis ein. Dort stellte er seine Handelswaren zusammen. Naukratis war vor rund drei Jahrhunderten von ionischen Söldnern besiedelt worden und hatte sich seit dieser Zeit zu einem Zentrum des Handwerks und Handels entwickelt. Allein mit unseren detaillierten Karten vermochten wir den Führern der Karawanen sichere Straßen zu zeigen. In Naukratis traten wir ohne unsere raffinierten Rüstungen auf.

Aus dem staubigen Hof ertönte ein hallender Ruf.

»Atalantos! Charis! Ein Bote mit seltsamer Neuigkeit.«

Charis und ich hatten versucht, auf dem Dach des Nebenhauses eine genaue Karte zu zeichnen. Hotep-thot, der Kaufherr, wollte den sichersten Weg nach Sardes wissen. Ich ging unter dem Sonnensegel zur Brüstung und blickte hinunter.

»Wie lautet die Neuigkeit?«

»Komm herunter!« rief Atholan und winkte. »Vielleicht gefällt dir, was er zu berichten hat.«

Ich ging die Treppe hinunter ins grelle Sonnenlicht. Um uns herum herrschte die lärmende Betriebsamkeit der Karawanserei. Pferde, Sklaven, Treiber, Unmengen gestapelter Waren aus allen Teilen des Landes, Kamele und Esel, Tröge voll Wasser und Mengen von Futter, ein ständiges Kommen und Gehen und dazu das Rascheln und Knistern der Palmwedel – wir fühlten uns, weitab makedonischen Schlachtenlärms, so wohl wie kaum je zuvor. Vor mir, flankiert von Chapar und Athyra, stand ein sonnenverbrannter Ägypter. Er hob grüßend die Hände. Um seinen Hals, an einer Kette, hing das Zeichen Nechet-Atons, eines einflußreichen Händlers.

»Du willst zu mir?« Ich begrüßte ihn. Er schien einen weiten Weg hinter sich zu haben; er zog eine Papyrusrolle aus dem Gürtel und las vor: »Aus Siwa, der Oase des Ammon, schickt der Tempel Salz nach Naukratis. Dafür will der Tempel bestimmte Nahrungsmittel, Räucherwerk und andere Dinge, die auf dieser Liste stehen. Den Hütern des Tempels ist daran gelegen, daß jener mächtige Fremde die Karawane begleitet, der so gut die Welt des Wassers, der Felsen und des Sandes kennt, ebenso gut wie wir die unerforschlichen Welten des Schicksals. Er soll kommen; der Tempel braucht seinen Rat.«

Der Logiksektor meldete sich in heller Aufregung. *Woher kann jemand in Siwa dich kennen? Achtung, Arkonide!*

Ich blickte in die dunklen Augen des Ägypters. Er wirkte auf mich nicht so, als wüßte er mehr, als in der Botschaft stand. Den Namen der Oase kannte ich; dorther kam Salz bis zur Hofhaltung des Darius.

»Steht in deiner Botschaft, warum mich die Priester zu sprechen wünschen?«

»Nein. Die Karawane meines Herrn Nechet-Aton wird bald aufbrechen. Aber er glaubt zu wissen, daß ein Besucher von großer Wichtigkeit im Orakel Ammons erwartet wird.«

Natürlich drängte sich mir die Überlegung auf, daß es entweder Alexander oder, weniger wahrscheinlich, Darius sein mußte. Siwa lag weit im Westen, in der endlosen Wüste aus Felsen, Schluchten und Sand, und die Bedeutung als Orakel war groß. Ich nickte und meinte:

»Wenn ich dem Ruf der Priester folge, dann nicht allein.«

»Der Tempel sagte nicht, daß es verboten sei, die Karawane zu begleiten. Mein Herr weiß, daß der Weg schwierig ist.«

Natürlich reizte mich das unwägbar Phantastische dieser Bitte. Eine vage Idee irrlichterte durch meine Überlegungen. Trotzdem blieb das meiste geheimnisvoll. Ich lachte, deutete auf den Boten und sagte:

»Sag deinem Herrn, daß wir eure Karawane begleiten und beschützen werden, und daß wir uns freuen, von den Priestern eingeladen zu werden. Wann brecht ihr auf?«

»Ich denke, in drei Tagen.«

Meine Freunde schwiegen überrascht. Der Bote hob die Hand und verließ den ummauerten Hof, nicht ohne vorher seinen Kopf ins Wasser gesteckt und ausgiebig getrunken zu haben. Ich sagte zu den Freunden:

»Ich ahne, daß es eine große Sache wird. Alexander belagert Tyrus! Kommt hinauf aufs Dach! Ich werde euch sagen, was ich denke.«

Wir entwickelten unseren Plan. Rico würde dafür sorgen, daß wir über Alexanders Taten lückenlos informiert wurden. Schon steuerte der Adler in die Richtung der Oase und tastete alle Einzelheiten des vor uns liegenden Weges ab. Ammon-Orakel! Die Priester schienen entweder klüger zu sein als wir, oder sie versuchten, mit geheimnisvollen Aussagen zu verblüffen, um ihren Ruf zu stärken. Charis und ich besuchten den Herrn der Karawane; er bat uns, an seiner Stelle diesen Transport zu leiten. Gegen eine symbolische Bezahlung willigten wir ein und ritten los.

Schon nach wenigen Tagesritten befanden wir uns in einer Umgebung, die aussah, als befänden wir uns auf einem anderen Planeten. Etwa zweihundert Kamele und Pferde trugen Lasten und Reiter, eine schier endlose Prozession. In der Stunde legten wir in den ersten Tagen weniger als eine Parasange zurück – die Entfernung betrug rund 125 Parasangen. Brunnen und Tümpel, die wertvollsten Teile der Landschaft, waren von pharaonischen Posten bewacht. Unseren Weg säumten, in weiten Abständen, schneeweiße Gerippe von Eseln, Kamelen oder Pferden; die wenigen Stoffetzen, die wir sahen, waren zerfetzt und ausgebleicht.

»Ein Teil der Wirkung dieses Orakels«, sagte Charis zu mir, »liegt darin, daß es so einsam liegt.«

»Immerhin hat der zweite Nektanebo dem Gott Amûn-Ra einen kleinen Tempel dort bauen lassen.«

Wir versuchten unsere Tiere zu schonen. Unsere Wasservorräte waren größer als berechnet. Wir näherten uns einer Hügelkette am Horizont. Chord deutete darauf, er hatte die Aufnahmen ebenso gut im Kopf wie wir.

»Bald kommen wir in den Bereich der Schluchten.«

»Die Karawanenführer kennen den Weg«, murmelte ich. »Ihr Herr wird sie kaum loben, wenn sie Tiere sterben und Lasten verderben lassen.«

In einem Gleiter hätten wir es einfacher gehabt, aber wir hielten Ausschau nach den winzigen Einzelheiten, die uns viel mehr sagten als die besten Bilder von Sonden. Hatten wir erst die kleinere Oase Gha'rach erreicht, trennte uns nur eine Tagesreise vom Orakel. Jetzt war ich sicher, daß die Tempelpriester auf einen Besuch des künftigen Weltherrschers warteten – die Makedonen waren in ihrem Götter- und Zeichenglauben und in ihrer Orakelhörigkeit nicht zu übertreffen. Tag um Tag ging es weiter, und in den Nächten lagerten wir unter dem unvergleichlichen Himmel über der kalten Wüste. Endlich sahen wir vor uns zwischen Palmen das Funkeln der Sonne auf Wasserflächen. Charsin ritt an uns vorbei und rief:

»Alles ist vorbei! Die Oase!«

Alle Tiere schienen Schatten, Ruhe und Wasser zu wittern. Die Geschwindigkeit der langen Karawane wuchs, und in wenigen Stunden hatten wir die Grenze zwischen ödester Wüstenei und der Wohltat menschlicher Behausungen überschritten. Atagelos, bis zur Unkenntlichkeit mit weißen Tüchern vermummt, stand abseits und tränkte seinen Rappen aus einem Lederbeutel. Ich sprang neben ihm aus dem Sattel. Wir alle zeigten Spuren des langen Rittes.

»Du erwartest also«, Atagelos rieb Fett in seine Lippen, »daß dir die Priester das Schicksal Alexanders nennen?«

»Mehr oder weniger. Ich erwarte sicher«, sagte ich und schnallte den Wassersack ab, »daß sie sagen, warum sie ausgerechnet auf uns und auf Alexander warten.«

»Charis meinte, daß jene Priester möglicherweise mehr wissen als wir normalen Sterblichen.«

»Kaum möglich«, sagte ich entschieden. »Wir sind keine normalen Sterblichen! Was wir wissen, weiß sonst niemand – oder aber er erfährt es sehr viel später.«

Wir hielten uns drei Tage in der ersten Oase auf und genossen die Gastfreundschaft der Wüstenbewohner. Nur wenige Soldaten aus Siwa waren zu sehen. Wir ließen einen Teil der Tiere als Tauschware hier, ebenso viele Waren. Dann formierte sich die Karawane wieder und stieß durch Schluchten vor, wie ich sie noch nie gesehen hatte; tiefe und weniger tiefe Risse der Planetenkruste, durch die vor Jahrhunderttausenden reißende Flüsse geschäumt haben mußten. Ritzzeichnungen unbekannter Völker waren in den Wänden; für uns war es wie eine Reise durch bizarre Auswüchse der kranken Phantasie, wie eine Irrfahrt durch ein Labyrinth der Alpträume. Kochende Hitze und bewegungslose Luft wechselten mit eiskalten Schattenzonen ab. Hoch über uns winselte ein heißer Wind durch die Löcher und Kamine der Felsen. Wir fühlten uns, als wären wir auf dem Weg ins glutflüssige Innere des Planeten. Jede Unterhaltung erstarb, selbst die Tiere verloren ihre Störrigkeit und schlichen dahin, bis sich der Weg wieder auf eine Hochebene öffnete. Eine Kavalkade Soldaten kam uns entgegen, als wir die Hälfte der glühenden Ebene hinter uns gelassen hatten. An den Satteltüchern trugen sie prall gefüllte Wassersäcke.

»Nur noch ein paar Stunden!« riefen sie und wirbelten einen Hagel von Steinen auf. Der Jubel, der sie empfing, war nur schwach. Wir ritten in Serpentinen hinunter in eine Schlucht, und auf den Zacken tief neben uns sahen wir zerbrochene Knochen Herabgestürzter. Weiße Sanddünen schoben sich uns in den Weg. Der Pfad war durch Lanzen mit farbigen Wimpeln markiert. Eine Stunde später kam Charis in einer Wolke staubfeinen Sandes herangetrabt und berichtete aufgeregt:

»Die Soldaten ziehen die Lanzen aus dem Sand! Sie sorgen dafür, daß niemand außer uns die Oase erreicht.«

»Nur zur Sicherheit«, sagte ich. »Wir können die Oase schon sehen.«

Die Umgebung war schwermütig, trostlos. Als die Sanddünen endeten, breiteten sich weiße Flächen aus, die wie Diamantstaub glitzerten. Unförmige pilzartige Steingebilde schoben sich durch den Boden. Salzfelder und knochentrockene Salzseen umgaben die Oase. Ein Pfad wäre nicht zu erkennen gewesen, wenn nicht Lanzen im Boden gesteckt hätten. Hoch über uns drehten Falken ihre Kreise, und unser Adler glitt höher hinauf. Inmitten der Oase, hinter ausgedehnten Wäldern, erhob sich ein festungsartiges Bauwerk auf einem Hügel, der nicht höher war als dreißig Mannslängen. Wir konnten nur wenige Menschen in den Salzfeldern arbeiten sehen; sie sägten einzelne Blöcke heraus. Der Anführer hob die Hand und winkte mir.

»Die Oase ist in drei Bezirke aufgeteilt. Auf dem Hügel findest du den Palast der Herrscher, dann einen Ring, in dem Familien, Diener, der Schrein Ammons und die Haremsweiber wohnen. Der Rest gehört Soldaten und Arbeitern. Hier treiben's die Männer miteinander, als wären sie verheiratet – gib acht, Atalantos!«

Ich machte eine eindeutige Bewegung. Erstaunlich, daß dieses Orakel von Menschen aus allen Himmelsrichtungen besucht wurde; sogar Griechen, hatte man mir gesagt, kamen, weil sie die Wahrhaftigkeit zu schätzen wußten. Die Bewohner der Oase schienen über die Besucher außer sich vor Freude. Die Gruppen zerstreuten sich, kaum daß wir die Stadttore passiert hatten. Ausgedehnte Zonen aus Palmen und Obstbäumen, Weideflächen und Felder breiteten sich entlang der Bäche aus, die wie Krakenarme aus Siwa hinauswuchsen in das wüste Land. Aus Häusern kamen Bewohner, winkten und riefen uns Scherzworte zu. Wir bezogen Quartier in Häusern neben der Stadtmauer, bei denen es auch Stallungen für die Tiere gab. Das Verschachern der Karawanenlasten war nicht mehr unser Geschäft.

Wir trafen uns, als wir unsere Tiere und das Gepäck in einem Hof unter kühlem Schatten versorgten.

»Nun wartest du darauf, daß du zum wichtigsten Gast der Ammon-Orakelpriester berufen wirst?« Charis lehnte sich an meine Schulter.

»Ich rechne damit«, antwortete ich. »Zuerst sollten wir uns um unseren Freund kümmern. Alexander ist vor Tyrus oder Ushu-Djarh und belagert die Insel. Bis er hierherkommt, dauert es eine ganze Weile.«

»Vermutlich. Sieht es so aus, oder ist es wirklich so . . .?« Charis flüsterte. »Im Augenblick geschieht nichts. Die Wirklichkeit gerät ins Taumeln. Pläne, Gedanken – ich kann nicht erkennen, daß all die lang besprochenen Dinge zügig ihren Fortgang finden.«

»Charis!« sagte ich vorwurfsvoll. »Wir haben nie damit gerechnet, daß wir in einem Jahr am Ende des Weges sein können. Wärst du lieber im Lager der Makedonen vor Tyrus? Wir müssen warten. Die Oase hat ein

Geheimnis, das ich vielleicht herausfinden kann. Und da es mit Alexander zusammenhängt, wie ich meine, ist es für uns wichtig.«

Atagenes hob die Hand und mahnte: »Atalantos hat recht. Wir haben genügend Zeit. Außerdem arbeitet die Zeit für uns.«

Wir verteilten uns im Haus, schalteten unsere Nachrichtengeräte ein und sahen zu, wie Alexanders Damm zwischen dem Festland und der Insel wuchs. Während wir versuchten, die Ausstrahlung Siwas festzustellen und in uns aufzunehmen, verging der Rest des Tages. Ich machte einen Spaziergang; der Adler zog in niedriger Höhe seine Kreise. Die Bewohner dieses abgeschiedenen Punktes waren fleißig und hatten die Haine und Felder bestellt, sie zogen mit ihren Herden hin und her, und keiner von ihnen litt Not. Schon äußerlich war die Existenz dieses Fleckens bemerkenswert: Weit und breit gab es nichts außer lebloser Wüste. Trotzdem barst die Siedlung vor Leben. Die Bewohner rissen sich förmlich um all das, was die Karawane mitgebracht hatte: Werkzeuge, Waffen und andere Güter, die man in Siwa nicht herstellte. Vor dem Tempel setzte ich mich auf eine niedrige Mauer. Viele breite Stufen führten zum verschlossenen Eingang. Ich wartete in steigender Unruhe.

Wir alle, besonders ich, wurden von vielen Augen beobachtet. Wenn man mich hierher gerufen hatte, würde man mich zu finden wissen. Wer? Herrscher oder Priester, oder beide. Ich schnallte die Dolche von den staubüberpuderten Stiefeln, tastete nach meiner Ausrüstung und sah nackten Kindern beim Spielen zu. Die Sonne sank hinter den Palmen, über scharf gezeichneten Dünen. Fackeln und Öllampen wurden angezündet, als ich mich von der Mauer gleiten ließ. Aus dem Schatten zwischen Mauern und Lehmziegeln kam ein schlanker, kahlköpfiger Mann in weißem Umhang auf mich zu. Er griff an seine Brust und hob ein Amulett. Es zeigte einen Männerkopf mit Widdergehörn; wie das Aktivator-Amulett von ES.

»Du bist der Reisende, den wir riefen?« fragte er leise.

»Ich bin der Toxarchos Atalantos«, entgegnete ich. Mit meiner halb ziellosen Suche hatte ich ins Schwarze getroffen. »Du bist ein Ammonpriester?«

»Ich soll dich zum Ältesten führen. Ammon-Redjedet will mit dir sprechen. Ich weiß, daß er viele Fragen hat.«

»Möglicherweise kenne ich einige Antworten.«

Ich folgte ihm durch die Dunkelheit, die von Herzschlag zu Herzschlag abgrundtiefer wurde. Neben der großen Treppe führte ein Pfad aufwärts, von ausgetretenen Steinplatten unterbrochen. Mein Führer glitt durch die Finsternis wie eine Schlange, ich folgte ihm stolpernd und rutschend. Wir gelangten durch eine schmale Tür in den äußeren Tempelhof. Der Tempel war klein, glich aber den prächtigen Bauten des Hapilands. In Nischen flackerten Öllampen, es roch nach Weihrauch; zwischen den Mauern hörte ich das singende Murmeln von Männerstimmen, die Gebete leierten. Neben dem innersten Tempelraum verlief ein

Korridor aus Steinplatten, durch den wir tappten. Nach einem Weg um viele Ecken gelangten wir in ein Gewölbe, das aus kleinen Zellen bestand und die Rückwand des Tempels bildete. Eine Tür wurde knarrend geöffnet, und ich trat in ein würfelförmiges Gemach. Ein großes Fenster, vor dem sich ein dünner Vorhang blähte, öffnete sich auf das Hinterland der Oase. Im Licht vieler Öllampen erkannte ich einen kahlen Greis mit weißen Brauen und ebensolchem Bart.

»Ammon-Redjedet?« fragte ich. Hinter mir schloß der Priester von außen die Tür.

»Setz dich. Der Mond, scheint uns, steht günstig für Traum und Wandel.«

Ich versuchte, diese Gesprächseröffnung zu analysieren, setzte mich in einen knarrenden Holzstuhl und lehnte mich zurück. Dann sagte ich bedächtig:

»Wir sollten Worte von Träumen scheiden, Priester. Was willst du wissen?«

»Wir kennen das Orakel, das uns Dinge berichtet, die sich an anderer Stelle in den Herzen der Menschen abspielen. Wir schmieden keine Pläne im Feuer.«

Die Priester Siwas sprachen aus, was das Orakel verkündete. Ich wußte, daß sie es durch Bejahen oder Verneinen auf Fragen der Ratsuchenden taten, und versuchte, mich dieser Technik anzugleichen.

»Du erwartest einen Fragenden, der groß ist unter den Königen dieser Welt, und willst von mir wissen, ob ich ihn kenne. Das bedeutet, daß sich die Antworten des Orakels danach richten, was ich dir sage. Leblose Dinge vermag ich nicht sprechen zu lassen. Aber ich kenne diesen Herrscher, einen Krieger von unendlicher Tapferkeit.«

»Ammon kann die Ameisen laufen hören. Was wird Alexander fragen?«

»Ich habe seinen Namen nicht genannt, Priester!« betonte ich. Der alte Mann lächelte wissend. Unzählige Runzeln zerteilten sein schmales Gesicht. Zwischen dünnen Lippen leuchteten weiße Zähne. Die Greisenfinger spielten mit dem Ammonsamulett. Der Blick des uralten Mannes, dessen Stimme von den Jahren kaum gebrochen war, verriet Klugheit und Wissen, die über das Vermutete weit hinausgingen. Ich formulierte in Gedanken meine Antwort aus.

»Nur wenn wir von demselben Mann sprechen, weiser Ammon-Redjedet, gilt, was ich sage. Werde ich die Welt beherrschen? wird er fragen. Wohin führen mich die Kämpfe der nächsten Monde und Jahre? Wie sieht die Welt aus, wo sind ihre Grenzen? Ich will Persiens Volk und die Griechen zusammenführen unter eine Herrschaft. Wie lange werde ich leben? Messe ich dem Adlerflug die richtigen Bedeutungen bei? Wer schenkt mir mehr Jahre als einem anderen Sterblichen? Jeder Morgen, so wird er dir sagen, fällt sinnlos in meine fragenden Gedanken, in mein unsicheres Herz.«

Nach einer Weile entgegnete der Priester:
»Dies fragen viele, die Ammon um Rat ersuchen.«
»Aber selten ist einer so mächtig wie jener Ratsuchende.« Ich sah mich im kahlen Raum um. »Wann kommt er?«
Zu meiner Überraschung erhielt ich die ruhige Antwort:
»Wenn Tyrus gefallen und Gaza genommen ist. Und wenn er die Krone beider Länder empfängt, des Landes der Binse und der Biene am ewigen Hapistrom.«
Ich beugte mich vor und faßte den Greis ins Auge:
»Du weißt mehr als andere Sterbliche, Mann! Enträtselt Ammon die Steinschrift der Herzen? Tragen dir Falken Nachrichten zu? Und wer von euch kennt die Zukunft?«
»Amûn oder Ammon spricht aus mir, ich bin nur das Werkzeug.«
»Dann wird Ammon auch wissen«, versetzte ich ärgerlich, »daß ich bei mir das größte oder verderblichste Geschenk trage, das je einem Menschen gemacht werden kann?«
»Nur die Götter verleihen den Sterblichen Allmacht, Glück und ein Leben, das nach Jahrhunderten zählt.«
Er weiß alles! Er liest die Schrift deines Verstandes! rief in höchster Erregung der Logiksektor. Ich schloß die Augen und sank im Sessel zusammen. Das war unmöglich! Der alte Priester versuchte mich hereinzulegen. Er gab vor, mehr zu wissen. Was sollte ich tun?
»Besitzt du das endlose Leben?« fragte ich. Ich hätte die Antwort wissen müssen.
»Nicht das Leben auf dieser Welt.«
»Kannst du durch Ammon dieses Geschenk austeilen?«
»Ammon prüft die Spuren des Verfalls, und er rät nur, sagt nur Wahrheiten, lehrt die Menschen, aber er vergibt keine Zaubertränke. Deine Gedanken sind wirr; du weißt nicht, ob du dem Falschen das Geschenk machst, ob es zum Guten oder Bösen führt, ob nicht das Wissen darum, unverwundbar wie ein Gott zu sein, den Menschen übermütig, lästernd und maßlos machen muß. Aus dem Fackelfeuer in der Bergwand kann ein Lauffeuer werden, das die Länder verbrennt.«
»Das fürchte ich, und überdies habe ich Grund, meine Dummheit zu fürchten«, knurrte ich. »Für einen Weisen wie dich ist dies unschwer festzustellen.«
»Es ist so«, Ammon-Redjedet lächelte breit, »daß wir beide unsicher sind. Jeder versucht, vom anderen Antworten auf seine Fragen zu bekommen. Jeder zögert, das Geschenk einem Unwürdigen zu übergeben. Warum lassen wir nicht Ammon selbst entscheiden?«
»Mein Freund.« Ich holte tief Luft. »Du hast recht. Ich habe in einem wahrhaft langen Leben gelernt, Götter zu achten. Aber ich zögere, einem Orakel zu glauben. Wenn ich dieses Geschenk in deine Hand lege und dich bitte, Ammon entscheiden zu lassen?«
»Dann werde ich tun, was Ammon für richtig hält«, antwortete der

Priester von Siwa. Ich drehte mich herum und ergriff den zierlichen Stiel einer brennenden Öllampe, deutete auf die Flamme und sagte:

»Jemand hat die Lampe entzündet. Gäbe es genügend Öl, würde sie unendlich lange brennen. Aber . . .« Mit einem heftigen Atemstoß löschte ich die Flamme. » . . . jede Lampe, Öl hin oder her, ist auszulöschen. Auch ein Geschenk kann genommen werden. Wenn es Ammon gelingt, Alexander zu lehren, was diese Welt braucht, dann soll er dieses Geschenk haben.«

Der Greis neigte den Kopf.

»Dein Gott oder Herrscher muß sehr mächtig sein. Mächtiger als Ammon? Mag sein. Ich habe dich verstanden; im Namen Ammons verspreche ich, so zu handeln, wie es besprochen wurde.«

Die Zelle war karg, aber nicht ungemütlich eingerichtet. Hunderte von Schafadurollen steckten in Aussparungen der Wände. Tierfelle am Boden, ein Schreibpult, Hocker und Bilder aus Erdfarben an den Sandsteinwänden vervollständigten das Bild des Raumes, der dem Schlafen und Nachdenken diente. Die Ammonpriester schienen von großer Anspruchslosigkeit zu sein.

Langsam holte ich das Amulett hervor, das einem Diskus glich, wie eine Münze geprägt. Ich betrachtete das eingeprägte Bild. Es zeigte den Kopf Alexanders mit nackenlangem Lockenhaar, jenen »Löwenkopf« mit dem Widdergehörn des Ammon! Das Spiel, in dem wir Figuren waren, schien perfekt vorbereitet zu sein. Immer wieder ES mit seinen Kenntnissen! War es möglich, daß ES wußte, wie alles endete? Warum dann dieser Auftrag? Warum der Aufwand an Menschen, Androiden und Material? Ich legte Kette und Amulett in die Hand des Priesters.

»Wenn Ammon Alexander dieses Amulett gibt, schenkt er ihm eine endlose Reihe von Jahren!«

Von der unerschütterlichen Gesundheit sagte ich nichts, auch nichts davon, daß ihn ein Pfeilschuß ins Auge oder ins Herz auch mit dem Amulett tötete. Schweigend betrachtete Ammon-Redjedet das Bild.

»Das also ist Alexander«, stellte er ruhig fest. Ich nickte. Da zahlreiche Pilger hierherkamen, fingen die Priester viele Informationen auf. Das bedeutete, daß sie in vielen Sprachen nicht unerfahren waren. Aber wie schafften sie es, derart gut orientiert zu sein? Und woher bezogen sie das Wissen über die Zukunft der Orakelsuchenden?

»Ja. So sieht er aus«, bestätigte ich. Wieder hatte ich Gelegenheit, das Leben im Tempel zu bewundern. Es klopfte an der Tür, ein junger Mann mit feurigen Augen brachte auf einem Tablett zwei große Becher. Er stellte schweigend den Wein vor uns ab und zog sich leise zurück.

»Nun.« Ich hob den Becher. »Du hast mich gerufen, um Antworten zu bekommen. Woher weißt du von mir?«

»Du kennst Hyrkanien?«

»Ich kenne den Namen und weiß, wo das Land liegt, aber ich war noch nie dort.«

»Ein Gesicht wie deines ist dort in Felsen gegraben. Männer, die dich kannten, schrieben in den Fels, daß deine Bedeutung groß sei. Auch von dort kamen Pilger und berichteten mir. Ammon weiß, wer du bist – ein Mann vieler Namen und Kenntnisse. Ich will gar nicht mehr wissen; den Priestern genügt es, daß du ein Werkzeug des Mächtigen bist. Vielleicht glauben wir beide an einen Gott, der nur verschiedene Namen hat.«

Es war sinnlos, mit Ammon-Redjedet über ES, Tiefschlaf und Überlebenskuppel zu reden. Es war fast zuviel, was er wußte. Ich nahm einen Schluck Wein und wußte, daß eine Gruppe Männer, an deren Seite ich einst auf dem Barbarenplaneten gekämpft hatte, sich erinnern durften. Inzwischen lebten wohl ihre Enkel und Urenkel in dem Dorf Hyrkaniens. Ich sagte mir, daß ich den besten Weg gefunden hatte, Alexander den Aktivator zu überreichen, und wenn das Ammon-Orakel dem Makedonen seine Träume bestätigte und sein Verhalten in die richtigen Bahnen lenkte, mochten auch unsere Träume wahr werden. *Das denkst du. Glaubst du es wirklich, nach all deinen Erfahrungen?* erkundigte sich sarkastisch der Extrasinn.

»Vielleicht ist es so, wie du sagst«, meinte ich. »Ich vertraue auf deine Weisheit und darauf, daß du Ammons Orakel richtig deutest. Die Mächtigsten sind am meisten in Gefahr, jegliches Maß zu verlieren. Alexander ist jung; Ammons Orakel wird nur eine von tausend Einflüsterungen sein, denen er zuhören muß. Ammon sollte ihn darauf vorbereiten, daß jedes Geschenk auch genommen werden kann.«

Schweigend senkte er den Kopf, die Geste der Zustimmung. Ich stand auf und hielt ihm den Becher entgegen.

»Du wirst mich nicht mehr brauchen?« fragte ich. Er hängte das Amulett um seinen Hals. Ich nahm es ihm ab und sagte in entschiedenem Ton: »Nein. Nur Alexander darf es tragen – als Sterblicher. Hänge es um den Widderkopf deines Gottes, Ammon-Redjedet.«

»Ich verstehe nicht«, murmelte er. »Aber ich tue, was du sagst.«

Es gab nichts mehr zu sagen. Wir tranken den Wein aus und verabschiedeten uns. Der Ammonpriester sagte mir, daß wir von den Soldaten eine lange Wegstrecke begleitet werden würden, bis an die Stelle, an der wir mit unserem Wasservorrat den Rand des Deltas erreichen konnten. Zwei Tage später, in der letzten Stunde der Nacht, schwangen wir uns in die Sättel und packten brennende Fackeln. Viele Bewohner und ein Teil der Karawane versammelten sich; sie riefen, lachten und scherzten. Ich setzte mich an die Spitze, Charis folgte, eine Kolonne Soldaten ritt neben uns. Von den Fackeln flackerten funkenstiebende Flammen, und der Rauch mischte sich in den aufgewirbelten, salzig schmeckenden Sand.

Unterdessen drangen die Nachrichten von der furchtbaren Belagerung der Hafenstadt Tyrus ins Delta: Der siebente, heißeste Mond begann, und längst verband ein achthundert Schritt langer Damm das Festland mit der schwerbefestigten Inselstadt, deren Durchmesser neun

Zehntel einer Parasange betrug. Eine Flotte der anderen phönikischen Städte kreuzte, zusammen mit Schiffen der Zyprioten, auf See und verhinderte, daß aus Tyrus Schiffe ausliefen und karthagische Dreiruderer ihnen halfen. Belagerungstürme standen auf dem Damm, und von ihren Plattformen schossen die Piloi, die Werfer, mit Pfeilen nach den Verteidigern der wuchtigen Mauern. Auf der Schicht aus Kalk zeichneten sich die Spuren der Brände ab, des kochenden Öls und der Einschläge der Bolzen, die von tyrischen Katapulten zweihundert Schritt weit geschleudert wurden. Bis zu zwanzig Plattformen der makedonischen Türme waren von Maschinen und Männern besetzt.

Die »Schildkröte« war herangeschafft worden, ein riesiges Monstrum auf Rädern, unter dessen Dach Soldaten Seile und eine Walze bedienten; Rammen arbeiteten ununterbrochen an den Mauern und zertrümmerten die Felsblöcke. Maultiere schleppten die Maschinen vor die Stadt. Lederne Eimer, mit Wasser gefüllt, standen bereit. Vierhundert Schritte weit schleuderten die Torsionskatapulte der Makedonen riesige Steinbrocken in die Stadt, zermürbten die Mauern, zerschlugen Wände aus Lehmziegeln und ließen Dächer einbrechen.

Noch bevor die Belagerung wirklich begann, hatte Alexander Boten in die Stadt geschickt. Sie versicherten den Tyrern den königlichen Frieden, wenn die Stadt kampflos übergeben würde. Die tyrischen Soldaten töteten die Boten auf den Zinnen der Mauern und warfen sie den Angreifern vor die Füße. Sie schadeten sich selbst damit mehr, als sie ermessen konnten, denn diese Tat verletzte unsühnbar ein ungeschriebenes griechisches Gesetz.

Die Tyrer rüsteten ein riesiges Lastenschiff mit Spänen, Kiefernholzfackeln, Unmengen von trockenem Holz und Stroh aus, mischten Pech und Öl unter die Ladung, banden am Bug an zwei Balken Kessel voller Öl und beschwerten das Heck, so daß der Bug hoch aus dem Wasser ragte. Als ein günstiger Wind wehte, schleppten Dreiruderer das Feuerschiff zur Mole. Matrosen entzündeten das treibende Schiff, schwammen zu den Schiffen und sahen zu, wie das brennende Schiff gegen die Belagerungstürme getrieben wurde und diese in Brand setzte. Gleichzeitig legten Beiboote an, und Krieger zerstörten die Katapulte. Daraufhin ließ Alexander den Damm auf sechzig Schritt verbreitern. Man verwendete dazu die Steine der zerstörten Altstadt.

Phönikische und zyprische Erfinder trafen sich mit den Männern Alexanders. Zwei Schiffe wurden miteinander verbunden und zwischen ihnen eine Ramme an schräg zusammengefügten Balken aufgehängt. Der mauerbrechende Sturmbock schlug seine Löcher an jenen Stellen, an denen man vom Damm aus nicht angreifen konnte. Pausenloses Sperrfeuer hämmerte gegen die Mauern und zermürbte sie ebenso wie den Mut der Verteidiger. Riesige Räder, von Tyrern in Drehung versetzt, wirbelten lange Seile um sich herum und lenkten die Wucht vieler Geschosse unschädlich ab. Die Rammschiffe wurden von Steinquadern, die man nach ihnen warf, gezwungen, an ungünstiger Stelle zu ankern. Taucher durchschnitten die Ankertaue der makedonischen Belagerungsschiffe so oft, bis sie durch Ketten ersetzt wurden.

Die makedonischen Schleudern fuhren fort, gewaltige Steinbrocken über die Mauern zu schleudern. Die Makedonen wurden von Tyrern mit Dreizacken harpuniert und, weil an den Waffen Seile befestigt waren, von den Plattformen heruntergerissen. Arbeiter, die am Fuß der Mauern gruben, wurden mit erhitztem Sand überschüttet, der zwischen Kleidung oder Panzer und Haut geriet und die Haut versengte.

Während der Kämpfe schickte Darius ein Friedensangebot. Er bot die Hälfte seines Reiches für den Frieden und sein Leben. Parmenion meinte: »Wenn ich Alexander wäre, würde ich dieses Angebot annehmen und den Krieg beenden, ohne uns weiteren Gefahren auszusetzen.«

»Auch ich würde dies tun«, erwiderte Alexander ungerührt, »wenn ich Parmenion wäre.«

Dreizehn der besten Kriegsschiffe von Tyrus liefen aus und näherten sich unbemerkt den makedonischen Schiffen. Rudernd rammten sie drei zypriotische Schiffe und versenkten sie. Alexander selbst griff mit seinem Fünfruderer ein, rammte die Angreifer und vernichtete die Schiffe. In den nächsten Tagen und Nächten vervielfachten die Makedonen ihre Anstrengungen. Rammschiffe brachen an verschiedenen Punkten Löcher in die Mauern. Schiffe voller Schleudern gaben ihnen Deckung und Feuerschutz. Die Flotte griff beide Häfen der Inselstadt an. Mauern sanken zusammen. Kriegsschiffe voller Bogenschützen und Katapulte umrundeten die Stadt und lenkten die Verteidiger ab. Schwere Katapulte rissen die Mauern auf. Zugbrücken klappten von den Belagerungstürmen herunter, und Scharen von Peltasten und Schwerbewaffneten ergossen sich auf die zerbrechenden Mauern.

Die erste Welle kommandierte Admetos, der auf der Mauer starb. Alexander führte die zweite Gruppe an, kämpfte heldenhaft und drang an der Spitze seiner besten Truppen in die halb zerstörte Stadt ein. Tyrus fiel in die Hand der Makedonen, und jetzt breitete sich eine merkwürdige Form von Zerstörung, Morden, Milde und Brandschatzung aus. Etwa dreißigtausend Bürger wurden in die Sklaverei geführt, achtmal tausend wurden erschlagen. Entlang des Strandes richteten die Makedonen zweitausend Kreuze auf und schlugen an ein jedes einen Bürger. Alle Tyrer, die sich in Tempel oder Heiligtümer hatten flüchten können, wurden durch diesen Gottesfrieden gerettet, darunter auch Stadtkönig Azemilk. Der Weg zum Neilosland schien frei zu sein.

Dor, Ashdod und die Burg von Straton ergaben sich und wurden weitere Mosaiksteine des makedonischen Weltreichs. Achtundzwanzig Parasangen weiter südlich stand Gaza im Weg, knapp zwanzig Stadien vom Meer entfernt, beherrscht vom Satrapen Batis, einem fetten, häßlichen Verschnittenen. Jedes Friedensangebot wurde schroff abgelehnt, obwohl Batis von den Mauern der scheinbar unbezwingbaren Festung die Größe des Heeres und die Teile der Belagerungsmaschinen ebenso hatte sehen wie er die Berichte der Boten hatte verstehen können – er handelte selbstmörderisch, als er Alexanders Ansinnen ablehnte. Sechzig Tage lang belagerten die Makedonen die Festung.

Nachdem eine Sandrampe aufgeschüttet und die Mauern untergraben worden waren, nach langem Beschuß durch Felsschleudern und Katapulte, brachen die Mauern zusammen. Alexander, der wie immer an der Spitze seiner Männer zu finden war, wurde zweimal verwundet: Ein Soldat tat, als wolle er sich ergeben, und drang mit einem Dolch in der linken Hand auf ihn ein. Der Bolzen eines feindlichen Pfeilkatapults verletzte ihn viel schwerer. Schild und Harnisch wurden durchschlagen und der Bolzen grub sich nahe dem Schlüsselbein tief in die Schulter.

Wieder wurden alle männlichen Bewohner der Stadt getötet. Frauen und Kinder gingen in die Sklaverei. Stämme aus der Umgebung wurden in die Stadt gebracht, die von einer makedonischen Verwaltung übernommen wurde. Alexander ließ Verwundete zurück, die Alten und jene, die ihn baten, in dieser oder der anderen Stadt bleiben zu dürfen. Wieder tat er, was er versprochen hatte: Alexander streute griechische Kultur und Zivilisation an den wichtigsten Punkten über den eroberten Teil der Welt. Batis wurde von einem Streitwagen zu Tode geschleift.

Das nächste Ziel hieß Ägypten: das mächtigste, älteste und am meisten geordnete Königreich im Herrschaftsgebiet des Darius. Alexander, inzwischen ein Vierteljahrhundert alt, wanderte mit seinem Heer durch Sümpfe und Wüste, und die tödlichen Sümpfe am Uferrand besiegte er, indem seine Schiffe Wasser und fußkranke Soldaten transportierten. Zwölf Jahre zuvor war hier ein persisches Heer dezimiert worden. Bevor das Jahr endete, befand sich der Feldherr am östlichsten Arm des Neilosdeltas. Die Ägypter empfingen ihn mit echter Begeisterung.

Die Überschwemmung des Neilos war vorbei, sicher ruhte die Saat im feuchten Boden. Nun brach, kurz vor der Wende des Jahres, für das Land eine kurze Zeit der Ruhe an. Für die Handelskarawanen und die Schiffe der Phöniker war es leicht, den Strom zu überqueren und zu befahren. Wir begannen uns in Naukratis zu langweilen. Jetzt betrachteten wir eine Karte, die das bisher von Alexander eroberte Gebiet zeigte.

»Es ist beeindruckend, nicht wahr?« fragte Charis. »Ich ahne, daß er noch lange nicht genug hat.«

Ich schraffierte behutsam das Land entlang des Neilos und deutete darauf. »Das wird der nächste Abschnitt. Aber bis Persepolis und zu den Ländern im Osten ist es noch weit.«

»Du solltest ihm diese Karte zeigen, Atlan.«

»Er würde sie noch nicht verstehen. Ich müßte ihn in unzähligen kleinen Schritten auf das Aussehen und die gewaltigen Entfernungen vorbereiten.«

»Und das würde bedeuten, daß du oder wir mit ihm ziehen müßten«, meinte sie. »Das wollen wir nicht.«

»Eines Tages werden wir keine andere Wahl haben«, sagte ich. »Ich bin sicher, daß Mazakes und die Priester unserem Schützling huldigen werden.«

Auch Alexander schonte sich. Sein Heer fand Nahrungsmittel, Sonne und Schatten im Überfluß. Natürlich hatten Boten sein Kommen angekündigt. Wir saßen da, vertrieben uns die Zeit mit Hilfeleistungen für Handwerker und Kaufleute und waren zornig darüber, daß wir auf seine Aktionen warten mußten. Mir erging es nicht anders als den Freunden. Wir hatten jede Form der Unterstützung und hervorragende Ausrüstung und brauchten nichts davon. Nach meinen Erlebnissen im Ammontempel Siwas beschäftigte mich eine andere Frage.

»Noch ist Alexander nicht in Mennefer-Memphis. Er hat ein einziges Mal nach unserer Hilfe gerufen, sah, daß wir ihn retteten – er dankte niemals, rief auch kein zweites Mal.«

Nur ein Dutzend der Freunde befand sich im Landhaus, das wir bewohnten, inmitten brauner Felder und schlammiger Weiden. Ich erntete fragende Blicke und zog die Schultern hoch.

»Vielleicht hatte er andere Sorgen?« vermutete Charis. »Viele Monde lang kämpfte er ununterbrochen.«

»Jetzt kämpft er nicht. Er reitet im Heer hierher, mit wachsendem Troß.« Atalido deutete auf die Karten. Die Innenseite der Truhe, ein acht Hände großer Bildschirm, zeigte den riesigen Heerwurm des Makedonen. Über ihm flog der Adler und lieferte diese Bilder.

»Lange warte ich nicht mehr«, brummte ich. Würde Alexander noch fünfzig Jahre lang über Pässe, durch Ebenen, von Stadt zu Stadt ziehen, um sein Reich zu vergrößern – uns drohte auf diese Weise gigantische Langeweile. Meine Gedanken waren wie gelähmt: Das ereignislose Warten schien auch meine Phantasie gelähmt zu haben. Charis' Vorschlag war wenig aufmunternd:

»Wir sollten warten, bis Alexander durch das Orakel erfahren hat, wie sein Leben weiterhin verläuft. Überdies dreht sich die Welt nicht nur um Alexander. Frag Rico, wo du aufregende Erlebnisse findest.«

»Ein guter Einfall«, sagte ich begeistert. »Ich werde darüber schlafen.«

»An meiner Seite.« Charis lachte. »Im Ernst! Wir könnten auch versuchen, den Persern zu einem Sieg zu verhelfen.«

Wir fielen ins laute Gelächter ein. Aber dadurch änderte sich das Problem nicht. Ich rechnete damit, daß ES sich gedanklich zeigte; ES blieb aber stumm. Wir waren wieder auf uns gestellt, und ich litt an einem hohen Maß an Ratlosigkeit. Ich beschloß, mit Rico Kontakt aufzunehmen. *Denk darüber ernsthaft nach,* sagte der Extrasinn, *ob du nicht doch Alexander die Karte seines möglichen Weltreichs zeigen solltest!*

Ich würde darüber nachdenken. Allerdings wußte ich nicht, ob es einen Sinn hatte. Immerhin – mir fiel etwas ein. Ich deutete zum Mündungsarm und meinte:

»Satrap Mazakes weiß, wer wir sind; wir können uns überall im Reich frei bewegen. Alexander wird nach Mennefer kommen, Mazakes lädt ihn ein, so sicher wie der nächste Sonnenaufgang. Gehen wir nach Memphis, wo sie dem Welteneroberer zujubeln.«

»Einverstanden. Das Leben in der großen Stadt ist abwechslungsreicher als hier bei Naukratis.«

»Und ihr?« fragte ich. Wir hatten das Schiff aus dem Versteck geholt. Es glich einem griechischen Lastenschiff, war schnittiger und voll verborgener Einrichtungen. Die Händler kannten diesen Schiffstyp. Das Schiff lag nur zwei, drei Bogenschußweiten entfernt im Schilf.

»Wir kennen Memphis auch nur aus der Luft«, brummte Atarga. »Auf nach Memphis.«

Während Alexander heranmarschierte, bereiteten wir uns auf die Fahrt neilosaufwärts vor. Ich erinnerte mich an die Zeit, in der ich dieses Land wie kein zweites kennengelernt hatte. In der Dunkelheit zogen Charis, ich und ein paar Freunde uns aufs Dach zurück, ins Licht weniger Öllampen und unter das leinene Sonnensegel. Wir schalteten die Kommunikationsgeräte ein, bekamen Kontakt mit Rico und stellten unsere Fragen. Der Roboter stand vor der Wand der arbeitenden Holos und Programmierpulte. Auf einem Schirm erkannten wir uns selbst. Also wurden wir überwacht. Nach einer Weile sagte Rico:

»Atalantos! ES hat offensichtlich den mißlichen Zustand seiner Truppe vorausgesehen. Er hat«, er deutete auf die Terminals, »ein Programm gespeichert. Willst du die volle Länge hören?«

»Nein. Sag's mir in kurzen Worten, Rico!« befahl ich.

»Um wirklich festzustellen, was und wer Alexander ist, wird es nötig, sich in seine Nähe zu begeben. Besonders, nachdem er das Amulett erhalten hat. Das Risiko, daß zwei Individuen von Atlans Erfahrung auf einem Planeten leben, ist groß. Auch wenn mit dieser Kontrollfunktion ein höheres Maß an Gefährdung verbunden ist, wird dieser Umstand von der Sorge um die Welt diktiert.«

Rico schien mit den Terminals in unhörbarer Verbindung zu stehen. Es wirkte, als denke der Robot; er sagte:

»Kontrolle und Schutz aller Beteiligten wird um eine Potenz verstärkt. Ende der Information.«

Ich blickte ins Gesicht meiner Geliebten und in ihre unergründlich tiefen Augen und wußte nicht, ob ich voll Verzweiflung lachen sollte. Ich beherrschte mich und sagte:

»Ihr habt es gehört. Ab jetzt gehören wir zur Eskorte des Makedonen. Blutige Tage voller Entbehrungen und Kämpfe brechen an, Freunde. Auf nach Memphis!«

Chatalion knurrte: »Heut' erscheint mir alles besser als Langeweile.

Bald werde ich das Gegenteil behaupten und fluchen, daß die Berge widerhallen.«

»Wenn wir nicht gerade in einer Ebene reiten«, schränkte Atagin ein. »Die eherne Schar ist auf dem Weg! Tretet zur Seite, Völker!«

Ich beugte mich vor und sagte leise und nachdenklich:

»Ich kenne die Barbaren besser. Bis Alexander am Ende seines Weges angekommen ist, werden Ströme von Blut geflossen sein. Die Macht zeigt sich unverhüllt, grausam und barbarisch. Wir haben zu gehorchen, wir werden entsetzlichste Dinge mit ansehen müssen: Tränen und Blut, Wunden, Fieber und Tod, Seuchen und Kämpfe, Schlachten und Morden. Das erwartet uns an der Seite Alexanders.«

»Nicht in Memphis!« widersprach Charis.

»Und nicht in Siwa. Ich ahne, was geschehen wird. Wir sollten die letzten ruhigen Monde nutzen. Rudern wir zu Mazakes nach Memphis.«

Rico sagte, daß er alles tun würde, um uns so gut wie möglich zu schützen. Wir schalteten die Verbindung ab. Das Gepäck, ein Teil der Ausrüstung und die wichtigsten Waffen waren bald im Boot verstaut, dem großen Gleiter. Wir segelten stromaufwärts nach Memphis.

Mazakes, von Darius eingesetzt, zog Alexander entgegen und erwartete ihn an der östlichsten Grenze des Deltas, bei der Festung Pelusion. Makedonen gingen auf Schiffe und wurden nach Memphis gerudert. Alexander, der behauptete, den Frevel der Meder zu rächen, wurde von den Priestern für würdig befunden, die Doppelkrone des Reiches zu tragen. Er erschien mit großem Gefolge in Memphis und wurde als Horus verehrt, als der göttliche Sohn des Sonnengottes Ra. Wir legten an einem Kai an, wurden von einem Verwalter des Nechet-Aton begrüßt und in dessen Stadthaus gebracht. Alexander wohnte im Palast des Pharao, seine Soldaten schlugen in den Palmengärten ihre Zelte auf.

Wir durchstreiften die Stadt und konnten von persischen Greueltaten nicht einmal Spuren entdecken – nur Gerüchte hörten wir, daß Artaxerxes vor elf Jahren angeblich den heiligen Stier des Gottes Apis getötet und am Spieß gebraten habe. Alexander wurde von den Priestern in den Tempel geleitet. Soldaten, die in Doppelreihen entlang der Straßen standen, schlugen mit den Speeren an die Langschilde. Treppen und Gassen füllten sich mit Menschen. Memphis lag unter dem grellen Licht der Sonne, es wehte warmer, trockener Wind. Unter unzähligen Sonnensegeln und Palmwedeldächern schacherten Händler; wir hörten die aufgeregten Stimmen der Stadtbewohner, die rauhen Laute der Griechen und den Singsang der Priester. Obwohl wir fremdartige Kleidung und Waffen trugen, fielen wir kaum auf. Wir näherten uns der breiten Prozessionsstraße zwischen dem Tempelbezirk und den Palastbauten. Hier standen die Menschen dichtgedrängt.

»Er wird der Herr der Biene und des Schilfs!« rief ein Fellache uns zu.

»Wer? Der Fremde?« fragte ich. Lebhaftes Nicken war die Antwort. »Er ist im Tempel, bei den Priestern.«

Kurze Zeit später kamen die Makedonen zwischen den Säulen hervor. Die bärtigen, kriegerischen Gestalten wirkten wie Fremdkörper, obwohl man sie bekränzt und mit Blüten geschmückt hatte. An der Spitze der Heerführer und Kampfgefährten, etwa fünfzig Mann, verließ Alexander den Schatten zwischen den Säulen. Wir schoben uns zwischen den Reihen der Zuschauer hervor und blieben neben den Soldaten stehen. Alexander, von der Sonne gebräunt, scherzte mit seinen Begleitern, hinter ihm sah ich Mazakes und Reihen halbnackter Priester. Seltsam nahm sich die zeremonielle Krone auf seinem Kopf aus. Er blieb stehen, mitten in der Menge, hob beide Arme und nahm, nachdem er die jubelnden Menschen begrüßt hatte, die Krone vom Kopf.

Er gab sie den Priestern zurück, die ihn zusammen mit dem Satrapen in den Tempel zurückbrachten. Unauffällig schoben sich unsere Männer hinter Charis und mich. Ich stemmte die Fäuste in die Seiten und wartete, bis Alexander an uns vorbeischritt. Seine Haltung und seine Gesten waren königlich; er war, seit ich ihn das letztemal gesehen hatte, mehr als nur um wenige Jahre gealtert. Sein Gesicht trug die scharfen Spuren von Entbehrungen, Kämpfen und Verwundungen, von unmäßigem Weingenuß. Aber seine braunen Augen strahlten unverändert Selbstbewußtsein aus, das noch gewachsen war.

Aufmerksam betrachtete er die Umgebung, die Bauten, deren Größe ihn sichtlich überraschte, die Menschen mit hellbrauner Haut, die gewaltigen Tempel und Anlagen, die einer mächtigen Kultur entstammten, den blauen Himmel – und dann traf sein Blick uns. Zuerst sah er Charis an, dann mich, schließlich überzog ein breites Lächeln sein Gesicht. Er löste sich aus seiner Begleitung und eilte auf uns zu.

»Toxarchos Atalantos!« rief er. »Wir haben uns aus den Augen verloren. Niemals habe ich vergessen, wie du mit deinen Reitern die Reihen der Feinde gelichtet hast.«

Wir packten unsere Unterarme mit festen Griffen und schüttelten sie. Ich erkannte wieder, daß er mit wenigen Worten in der Lage war, selbst kritische Menschen für sich einzunehmen. Vor Charis, deren Gesicht mit den geschwungenen Pünktchen und schimmernden Plättchen auch ihn bezauberte, verneigte er sich; seine Augen leuchteten auf. Ich sagte:

»Viel ist seither geschehen, Alexander. Du ziehst einen beschwerlichen Weg durch die Oikumene.«

Er machte eine harte Handbewegung. In seiner Begleitung sah ich bekannte Gesichter: Onesikritos, der Philosoph, Kleitos, Kallisthenes, Nearchos, der Heerführer.

»Mühsal wird belohnt«, sagte er. »Viel habe ich von dir gehört. Du warst im Orakel von Siwa?«

»Dort, wohin auch du gehen solltest. Sie wissen die Zukunft zu deuten, die Orakelpriester«, antwortete ich. »An welchem Punkt deines langen Weges bist du heute, Alexander?«

Bei aller Herzlichkeit, bei seinem unzweifelhaften Geschick, sich überraschend und erfolgreich zu verhalten, gab Alexander von sich wenig zu erkennen. Er schien nicht ertragen zu können, seine Gedanken zu entblößen. Nach Augenblicken des Überlegens erwiderte er:

»Nicht mehr am Anfang, Atalantos. Aber noch lange nicht am Ende. Darius sammelt zum drittenmal ein Heer: Babylon, Susa, Persepolis und seine Reiche im Osten gehören noch nicht zum makedonischen Reich. Der Kampf geht weiter, Freund.«

»Vielleicht fällt er dir leichter, wenn wir näher bei dir sind.«

»Das würdet ihr tun?«

»Wenn du Aufgaben für uns hättest, die nicht mit Krieg und Töten auf dem Schlachtfeld zu tun haben?«

»Du bist ein Mann vieler Fähigkeiten. Du kennst das Land. Was hältst du von der Umgebung um Rhakotis?«

»Das Grenzfort, zwischen Süßwasser und Salzwasser, mit dem natürlichen Hafen? Was reizt dich an dieser Gegend?«

»Ich werde dort eine Stadt gründen. Sie soll meinen Namen tragen, soll reich und großartig wie das geschleifte Tyrus werden. Willst du an meiner Seite für ein mächtiges Reich streiten, wie wir es besprochen haben, dann geh dorthin und bau mir eine Stadt. Du kannst es. Ich komme dorthin, und wir werden schöne Tage haben, wenn wir Alexandreia in seinen Grundmauern entwerfen. Wenn dies so gelingt, wie du mein Leben gerettet hast, wird es die schönste Stadt der Welt werden.«

Binnen kurzer Zeit schienen die Fronten geklärt, war die Langeweile vergessen. Wir hatten einen Auftrag, der uns mitriß; wer hatte je auf dieser Welt die Macht gehabt, eine Stadt so zu erbauen, wie er es wollte – und zudem auch noch ein Arkonide, der mehr konnte als ein Barbar? Ich nickte und versuchte, meine Aufregung zu unterdrücken.

»Wir gehen dorthin, nur mit ortskundigen Ägyptern. Wenn du erscheinst, sind die ersten Entwürfe bereit.«

Diesmal war seine Bewegung umfassend und von makedonischer Großartigkeit. »Ich sorge dafür, als Herrscher dieses Landes, daß du alles bekommst, was du brauchst.«

»Einverstanden, Alexander!« sagte ich. »Wenn wir uns dort treffen, am westlichen Delta, sprechen wir über andere Dinge. Dann ist Zeit dazu.«

»Geh nur! Ich kämpfe, du baust, und das Reich wird mächtig und dauerhaft. Ab heute ist jeder, der dir nicht gehorcht, mein Feind.«

Alexander hob die Hand und nickte beschwichtigend. Die Krieger betrachteten uns voll Mißtrauen. Es waren Männer, die gewohnt waren, überall Feinde und Gegner zu sehen und Fallen zu wittern. Ich war mir bewußt, daß mich Alexander für das Eingreifen auszeichnen wollte. Ich verabschiedete mich von ihm: »In wenigen Tagen wissen wir mehr.«

Er stapfte, Handbreiten kleiner als die meisten in seiner Umgebung, weiter und drehte sich nicht einmal um. Meine Freunde hatten jedes Wort verstanden. Ich erkannte, daß sie von dieser Aufgabe nicht gerade begeistert waren. Wir blieben drei Tage in Memphis, fuhren flußabwärts und luden unseren Besitz in die Barke. Zehn meiner Krieger nahmen die Pferde und ritten uns auf den Uferstraßen nach.

Rhakotis, ein pharaonisches Grenzfort, lag in einem Gebiet zwischen vielen Schwemmlandinseln, das sich zur Städtegründung anbot. Die Ratgeber Alexanders hatten einen guten Einfall gehabt. Der Mündungsarm Kanopus führte nahe der geplanten Stadt vorbei, und die vielen Kornfelder des Landes würden den Makedonen siegen helfen; auf der griechischen Halbinsel gab es wenig Platz für große Kornäcker. Schon während der ruhigen Fahrt stromabwärts wertete ich die Luftaufnahmen aus. Ich entwarf einen einfachen Binnenhafen im Süßwassersee, der mit dem Hapiarm über eine Straße in Verbindung stand, dazu eine doppelte Seehafenanlage jenseits der Stadtmauer im Schutz einer kleinen Insel mit zerklüfteter Uferlinie. Acht Straßen in nordsüdlicher Richtung und achtzehn in westöstlicher bildeten einen Raster, der dem griechischer Siedlungen entsprach. Die Tempel für etliche Götter, Leuchttürme, die Totenstadt und die Befestigungen der Stadttore zeichnete ich auf viele Blätter, denn ich ahnte, daß sich Alexander in seiner Begeisterung einem fertigen Plan widersetzen würde. Die Stadt würde seinen Namen tragen. Alexanders Entschluß, die Organisation des pharaonischen Heeres und ihrer Fellachen-Hilfskräfte, die makedonischen Schrittzähler und Landmesser, die Wissenschaft der Priester und mein erster Plan ließen eine Stadt entstehen – aus Pfählen, gekalkten Steinen und den schnurgeraden Linien aus weißem Hafermehl und kalkigem Sand.

Wir schlugen im Osten des Geländestreifens, der den See vom Meer trennte, unser Lager auf. Unsere Reiter und der Rest der Ausrüstung trafen ein. Rhakotis, die Festung, war ein Teil der geplanten Stadtanlage; als sich die Nachricht verbreitete, der neue Pharao würde eine Hafen- und Handelsstadt bauen, strömten die Herdentreiber der umliegenden Dörfer nach Rhakotis. Der Sommerwind aus Nordwest nützte den Schiffen, und das Land würde zum erstenmal seit Jahrtausenden einen Hafen im Binnenmeer haben.

Alexander traf ein, brachte einen Baumeister aus Rhodos mit, der die Stadt bis zu ihrer Fertigstellung zeichnen sollte, ferner Kleomenes, den ich schon aus Naukratis kannte und der sich freute, mit den merkwürdigen Fremden zusammenarbeiten zu können. Er schien ein Mann mit gesundem Sinn für Geld und Handel zu sein.

»Du hast Alexandreia die Umrisse eines makedonischen Kriegsmantels gegeben, Atalantos!« Alexander lobte mich und zeichnete mit raschen Strichen den Standort des Isistempels ein. »In den ersten Monden des Jahres sollen die Bauarbeiten beginnen.«

Er war von der Arbeit begeistert und schritt mit uns die Linien ab, entlang denen sich die Stadtmauer erheben sollte. Je mehr er von meinen Fähigkeiten sah, desto energischer kümmerte er sich um jede Einzelheit. Noch war der Seeverkehr gefährdet durch zahlreiche Piratenschiffe und persische Kampfruderer, aber die Flotten von Rhodos, Zypern und Byblos waren zu den Makedonen übergetreten; sie würden Alexandreia anlaufen und die Piraten bekämpfen. Aus allen Teilen des Landes kamen Arbeiter mit ihrem Gerät. Kanäle und Fundamente wuchsen zugleich mit dem Bau der Stadtmauer. Meine Freunde und ich besprachen neue Techniken mit den Baumeistern des Königs, während makedonische Veteranen, Gefangene, die Bevölkerung der umliegenden Gebiete, unzählige Fellachen, Menschen niedrigen Standes und kleine Gruppen derer, die von der Byblos-Küste kamen, damit begannen, Häuser zu errichten und Felder anzulegen.

Wieder trafen Alexander und ich zusammen. Es war an der Stelle, wo die Befestigungswälle von Rhakotis in die neue Mauer übergingen. Der König musterte mich freundlich und fragte, übergangslos und mit Unsicherheit in der Stimme:

»Man sagte mir, daß dich die Priester nach Siwa gerufen haben.«

»Das ist richtig«, antwortete ich. »Nach einem langen, abenteuerlichen Ritt durch lebensfeindliche Wüste traf ich sie. Sie kennen dich besser als mich. Sie scheinen alles zu wissen.«

»Alles? Was bedeutet das?«

»Sie lesen das Schicksal der Menschen in der Natur, in den Sternen, in der Welt ihres Gottes Ammon; sie sind Orakelpriester. Wenn du die richtigen Fragen stellst, antworten sie.«

»Ammon, der Gott, der auch den Namen Zeus trägt«, meinte er. In seinen Blick kam etwas Schwärmerisches. In diesem Moment hatten Alexanders Triebkräfte wohl etwas Phantastisches, das er nicht kontrollieren konnte. Ich wußte, daß er dorthin reiten würde. »Wie fandest du den Weg?«

»Ich ritt mit einer Karawane, von Naukratis aus.«

»Ich muß zu Ammon; Perseus und Herakles waren vor mir dort. Würdest du mich führen?«

Ich schüttelte den Kopf und versetzte kühl: »Der schwarze Adler, der mich begleitet, wird dich leiten – der Vogel des Zeus. Geh nach Siwa. Du wirst klüger und mächtiger zurückkommen, als du aufgebrochen bist.«

»Aus Kyrene an der westlichen Grenze kamen Boten mit Geschenken. Ich werde mit ihnen gehen«, versicherte er. »Die Stadt wird gewachsen sein, wenn ich zurück bin, klüger und mächtiger, wie du selbst gesagt hast.«

»Ich sorge dafür, daß deine Vorstellungen zu Stein werden«, versprach ich. Überall wurde gearbeitet: Massen von Menschen bewegten Erde, bearbeiteten Steine, schleppten Balken und zogen Traversen hoch. An vielen Stellen brannten Feuer, über denen Kessel mit Essen hingen. Wieder war ich verwundert über den Gehorsam und den rasenden Eifer, mit dem Alexanders Soldaten und die Angehörigen des Trosses arbeiteten. Alexandreia wuchs von Tag zu Tag und füllte sich mit farbigem und höchst unkriegerischem Leben.

Charis stützte das Kinn in die Hand, blickte über das große Lager hinweg und sah den Rauch der Feuer vor dem Königszelt. Wie jeder Makedone und jeder Perser in der großen Ebene fürchtete sie die Ereignisse der nächsten Stunden oder der nächsten Tage. Sie nahm den leichten Schreibstift, der wie ein Binsenrohr geformt war, legte ihre Hand auf das Papyrusblatt und schrieb langsam:

Alexander hatte Darius insgesamt eineinhalb Jahre Zeit gegeben, die Herrschaft abzugeben oder ein neues, besseres Heer zu sammeln. Als es sich absehen ließ, daß die Stadt Alexandreia unter Atlans Oberaufsicht wuchs und gedieh, folgte er den Abgesandten des westlichen Paraetonium und ritt mehr als fünfundvierzig Parasangen weit nach Westen. Er brach mit Pferden, Kamelen und großen Wasservorräten nach Siwa auf und folgte dem fast unsichtbaren Pfad nach Süden. Dort wurde er, nach vielen Ehrungen, allein ins Innerste des Ammon-Tempels eingeladen und erhielt neben Antworten auf seine Fragen auch das Amulett, den lebensverlängernden Zellaktivator von ES. Das Orakel hatte wohl alle seine kühnen Träume bestätigt und ihn ermutigt, mit dem Segen aller Götter ein Weltreich zu erobern. Niemand erfuhr, was wirklich in Siwa gesprochen wurde und vorfiel; Alexander sprach nicht darüber, nicht einmal mit seinen engsten Freunden.

Von Siwa nach Memphis benutzte Alexander »unseren« Karawanenpfad oder wenigstens große Teile davon. In Memphis erholte er sich und ließ große Spiele abhalten, die ihm die Begeisterung der Ägypter sicherten. Sein Heer zählte inzwischen wieder etwa 40 000 Fußsoldaten und 7000 Reiter. Im fünften Mond kehrte er nach Phönikien zurück, um den Aufstand der Stadt Samaria niederzuschlagen. In Tyrus bereitete er den Zug gegen Darius vor. Die Fernaufklärung Alexanders war unzuverlässig; er vermutete, daß ihn der Gegner vor Persepolis erwartete. Deswegen schickte er seinen Heerführer Hephaistion mit dem größten Teil des Heeres zum Euphrates und in Richtung auf Babylon mit dem Auftrag, Brücken zu schlagen. Dreitausend persische Reiter kamen ihm entgegen, und unter Leitung des Satrapen Mazäos lagerten die Perser auf der anderen Flußseite. In beiden Heeren gab es viele griechische Söldner, die sich über den Fluß hinweg verständigten, in ihrer Heimatsprache. Die Brücken wurden nicht zu Ende gebaut, weil die Makedonen befürchteten, die Perser würden sie verbrennen. Hephaistion und Mazäos standen einander einige Tage gegenüber. Alexander befand sich im Anmarsch, und Mazäos verbrannte mit seinen Reitern das Land bis hinunter nach Babylon.

Man hinterbrachte Alexander, der die Brücken auf Atlans Rat hin aus Flößen, verbunden durch eiserne Ketten, fertigstellte, folgendes Gerücht: Die griechischen Söldner im persischen Heer und wohl auch Mazäos selbst würden sich im entscheidenden Kampf nicht allzu stark gegen Alexander werfen. Falls er siegte, sollte Alexander daran denken. Er marschierte durch den Landstreifen, der nicht verbrannt war. Ortskundige Führer und unsere Krieger, vom Adler geführt, wiesen dem Heer den Weg – es gab keine griechischen Karten.

Alexander ließ sich Zeit und brauchte mehr als vierzig Tage bis zum Tigris. Atlan sagte ihm, daß am zwanzigsten Tag des neunten Mondes eine Mondfinsternis eintreten würde. Der König benutzte dieses Wissen, um Tieropfer darzubringen und den Soldaten zu versichern, daß der Himmel mit ihnen sei. Einen Tag nach der Mondfinsternis stürmte Alexander weiter auf der Königsstraße nach Osten. Drei Tage lang zeigte sich kein Perser. Schließlich sagten ihm gefangene Reiter, daß Darius zwei Parasangen weit entfernt lagerte, mit einem riesigen Heer. Alexander ließ ein Lager hinter einem Graben und einem Palisadenverhau errichten, kam zu uns ins Zelt und bat Atlan, ihm zu helfen.

In dem Augenblick, da ich dies schreibe, sind unsere Freunde mit Alexander unterwegs, um die Stärke des persischen Heeres zu erkunden. Wir wußten längst, wo Darius mit seinem erschreckend großen Heer wartete.

Charis verschloß den Schreibstift, rollte den Papyrus zusammen. Die Krieger striegelten die Pferde, ruhten sich aus und schärften die Klingen.

Kurz vor Mitternacht brach das Heer Alexanders aus dem Lager auf. Wir ritten auf dem rechten Flügel, Alexander stets im Blickfeld. Meine Freunde und ich waren völlig gerüstet, ausgeruht und entschlossen, das Leben Alexanders zu schützen. Beim Dorf Gaugamela, in einer völlig flachen Ebene, rechts vom Berg Gomel und jenseits des Flüßchens Choser lagen die riesigen Heerhaufen des Darius. Wir erreichten den Scheitelpunkt eines Bergrückens und hielten an. Alexander winkte die Heerführer zu sich.

»Du auch, Atalantos«, sagte Chapar und schirmte seine Fackel gegen den Feind ab. Ich nickte und galoppierte davon. Schon von hier aus hörte ich Parmenion. Er rief in unterdrückter Aufregung:

»Und ich sage dir, Alexander, wir sollten hier warten und alles erkunden! Die Perser haben Hindernisse, Fallen und Gräben für uns bereit. Darius ist gewarnt. Auch wenn es dir alle raten, Alexander, greif jetzt nicht an.«

Ich mischte mich in das Stimmengewirr. Fast alle Kampfgefährten waren der festen Meinung, man müsse jetzt angreifen, obwohl es noch nicht hell war. Ich zügelte mein Pferd und sagte:

»Mein Rat lautet, das Heer in der Kampfordnung hier lagern zu lassen. Es ist undenkbar, daß Darius uns nicht genau gesehen hat. Wir kennen das persische Heer. Es mag vielleicht zehnmal so groß sein wie unseres. Während der Schlacht werden wir überraschende Angriffe führen können. Jetzt nicht. Seht nur die hunderttausend Lagerfeuer!«

Vor uns breitete sich, wie es schien, das Spiegelbild des Sternenhimmels in der düsteren Ebene aus. Ich fügte hinzu:

»Beim ersten Licht werden, so denke ich, Alexander und meine Krieger sich das Schlachtfeld näher ansehen. Ich habe bemerkt, wie die Perser Fallen für die Reiterei aufgebaut haben: Schlingen, zugespitzte Pfähle und Fallstricke. Sie planierten den Boden für ihre Sichelgespanne. Und noch etwas, ihr makedonischen Feldherren: Ich sah mehr als ein Dutzend riesige graue Tiere. Kolosse mit langen Zähnen, die man Elefanten nennt. Sie kommen aus dem tiefsten Innern des Landes, aus dem der Neilos entspringt. Wenn die Pferde sich diesen Kolossen nähern, werfen sie die Reiter ab. Hütet euch, auch nur in ihre Nähe zu kommen, setzt Piloi ein, mit scharfen Pfeilspitzen und Lanzen.«

Alexander gab seine Befehle und ordnete an, ein Opfertier zu bringen. Bald waren wenige Zelte aufgeschlagen, und, unsichtbar für die Perser, brannten Lagerfeuer und Fackeln. Am nächsten Morgen schwärmten mehrere Gruppen schneller Reiter aus. Sie griffen nicht an und zogen sich zurück, wenn sich ihnen persische Posten näherten. Ich ritt an der Seite Alexanders, und wir galoppierten in weitem Bogen um das Kampffeld. Wir zählten zweihundert Sichelwagen. Ein nächtlicher Angriff hätte die Makedonen vernichtet. Die Anzahl der Feinde betrug insgesamt etwa fünfundzwanzigmal zehntausend Männer. Mindestens 25 000 Reiter! Stundenlang besprachen wir jeden möglichen Vorstoß des Feindes und die makedonischen Taktiken.

Am Abend gruppierte Alexander sein Heer um und sprach mit den Anführern jeden einzelnen Zug durch. Zehntausend Hopliten mit Sarissen bildeten den unverrückbaren Mittelpunkt des Heeres, als Alexander im silberfunkelnden Helm an ihnen vorbeiritt und jede Einheit ermunterte. Als mein Adler über dem Heer erschien und in die Richtung des Feindes schwebte, hielten sie es alle für ein göttliches Zeichen und vergaßen ihre Schrecken und Ängste.

Zwei Tage lang hatte Alexander den Feind warten lassen. Die Perser waren unausgeschlafen und gereizt. Unter jedem Schritt wallte Staub auf, als das makedonische Heer die Ebene erreicht hatte. *Der Staub,* sagte der Extrasinn, *wird dichter werden, und niemand vermag dann den Gegner zu erkennen. Richte deine Taktik danach aus!* Gegen Mittag bildete das Heer, die Reiterei auf der rechten Seite, in einer schrägen Reihe die erste Gruppe in einer aufkommenden Staubwolke. Je mehr sie sich dem Feind näherten, desto mehr schwenkte die Masse nach rechts ab. Der Boden unter den Pferdehufen wurde rauh und wellig. Hierher kam kein Sichelwagen, ohne Deichsel und Achsen zu brechen. Sofort handelten die persischen Reiter. Die Schlacht fing an. Tausende persischer Reiter kamen von links und ritten in weitem Bogen nach rechts, kesselten uns und Alexander ein. Auch unter ihren Hufen erhoben sich schräge, dichter werdende Staubwolken. Kurz darauf griffen schwerbewaffnete Skythen und Baktrier an und näherten sich uns. Auf mein Kommando schalteten wir alle unsere Schutzfelder an und senkten die Lanzen mit den Lähmstrahlern.

»Vorwärts!« schrie Alexander. »Verwickelt sie in einen Kampf. Sie dürfen uns nicht in den Rücken fallen.«

Wir bildeten zwei gleichgroße Gruppen, sicherten unseren festen Sitz im Sattel und setzten uns links und rechts von Alexander. Die Reiterei bildete einen Stoßkeil mit uns in den vordersten Positionen. Wir donnerten auf die Perser zu, die sich uns mutig stellten. Der Kampf war schnell und grausam, ein vollendetes Chaos. Vor uns bäumten sich Pferde mit schäumenden Mäulern auf, wurden Reiter weit durch die Luft geworfen und unter Pferdehufen zermalmt. Waffen blitzten und klirrten aufeinander. Durch das dumpfe Trommeln der Hufe erscholl das Geräusch der abgefeuerten Strahler. Vor uns bildete sich in den dichten Gruppen eine Gasse. Pfeile heulten durch den Staub und bohrten sich krachend in Schilde und Pferdekörper, in Leder und Schultern, Gesichter und Schenkel. Lanzenschäfte splitterten mit nervtötendem Knistern und Prasseln. Schwerter schlugen in Schilde und in weiches Fleisch. Männer und Tiere schrien gellend. Als der Kampf, in dem wir jetzt einen unregelmäßigen Kreis um den rasend kämpfenden Alexander bildeten, seinen Höhepunkt erreicht hatte, entschied eine makedonische Doppelabteilung den Erfolg.

Berittene Phäonen kamen aus der Tiefe unseres Heeres, zwischen ihnen Tausende kriegserfahrener Söldner, die sich versteckt gehalten hatten. Sie kesselten die Perser ein und drangen auf die riesige, hin und her wogende Reitermenge von außen ein, während wir uns einen Weg schräg zum Zentrum freischlugen. Inzwischen erreichten die Sonnenstrahlen hier nicht mehr den Boden. Unsere Pferde keilten aus, stiegen hoch und wirbelten mit den Hufen, warfen sich auf Schenkeldruck nach rechts oder links. Wir bildeten einen unregelmäßigen Halbkreis, eine Reihe wild um sich schlagender Gestalten. Von allen Seiten drangen persische Reiter auf uns ein, zusammen mit dichter werdenden Staubwolken, mit dem Klirren der Waffen und dem Orkan schreiender Stimmen, keuchender, aggressiv und angstvoll wiehernder Pferde.

Ein Schock kam über uns alle. Wir verloren den klaren Abstand zur Umgebung und fühlten uns bedroht, waren plötzlich Teil dieses erbitterten Kampfes, kämpften gegen die Fremden in vergoldeten Rüstungen. Ich sah mich im Sattel, hoch über dem Boden, der unter dem brodelnden Staub verschwunden war. Wieder wurden Reiter vom Pferderücken gerissen, verschwanden im Staub, tauchten gespenstisch wieder auf und wurden von den Fußtruppen erschlagen.

Mein Schimmel bäumte sich auf. Einige Wurflanzen prallten vom Abwehrfeld ab, und meine Lanze schwang mit äußerster Wucht nach rechts. Die schartige Spitze traf einen Perser unterhalb der Schulter, ließ ihn taumeln und den Arm mit dem erhobenen Schwert hochreißen. Gleichzeitig dröhnte der Lähmschuß auf und traf einen zweiten persischen Reiter in die Brust. Weit hinter uns, im wandartig aufsteigenden Staub, ertönte das gräßliche »Allallalei!« der Makedonen.

Vor uns, in der Mitte des ebenen Schlachtfelds, rasselten die Sichelwagen los, ebenso an den beiden Flügeln des Darius-Heeres. Wieder warfen wir Blicke auf Alexander. Er kämpfte wie ein Rasender und riß seine berittenen Kampfgefährten mit, führte gewaltige Hiebe mit seinem zypriotischen Schwert. Das Amulett, das er unter dem zweifachen Lederpanzer trug, schien ihn unverwundbar gemacht zu haben. Er saß, als sei er auf dem Pferderücken festgeklebt. Langsam zogen sich die überlebenden skythischen Reiter zurück, mehr und mehr fielen unter den Hieben der Fußsoldaten. Der Staub verschluckte alles, und durch die Wolken galoppierten reiterlose Pferde.

Die furchtbaren Gespanne ratterten an uns vorbei auf das makedonische Heer zu. Zweitausend Agrianer warfen aus sicherer Entfernung einen vernichtenden Hagel kurzer Speere. Ein großer Teil der Gespanne kam durch, während rechts und links von ihnen der Tod grassierte. Von beiden Seiten sprangen jetzt Kämpfer in die Wagenkörbe, nachdem sie die Kampfwagen an sich hatten vorbeirasseln lassen. Die Wagenlenker wurden hinterrücks aus den Körben gerissen, die Soldaten schlugen mit Schwertern und Äxten auf die rasenden Pferde ein. Die geschlossenen Reihen im Hintergrund des Schlachtfelds waren weit geöffnet; ein Keil vorwärtsgepeitschter Kampfwagen entkam dem blutigen Gemetzel und drang tief in die eigenen Linien ein.

Dort wurden fast alle Wagenlenker und Kämpfer, obwohl sie sich mit dem Mut der Verzweiflung wehrten, von Troßknechten, Leichtverwundeten und Bogenschützen getötet. Das Schlachtfeld war jetzt völlig unübersichtlich. Wir schafften es, uns zu sammeln und zu erkennen, daß Alexander Reiter und Fußsoldaten um sich zu scharen begann.

Undeutlich sah man von hier aus eine Lücke in dem endlosen Gewimmel der Kämpfenden. Dort stand der reich geschmückte Kampfwagen des Darius. Der Perser versuchte ebenso wie seine umstehenden Unsterblichen, zu sehen, wie es um seine Truppen stand. Überall dort, wo sich Tiere und Menschen bewegten, wirbelten gewaltige Massen Staub auf. Die Elefanten trompeteten schrill und traten auf der Stelle. Dann wurden auch sie von den Staubschleiern verschluckt, so daß nur die hölzernen Türme zu sehen waren, in denen Bogenschützen standen und nicht wußten, wohin sie ihre Pfeile abfeuern sollten. Alexanders Reiterei bildete, einige Galoppsprünge abseits von unserer Gruppe, langsam wieder einen Stoßkeil. Fußsoldaten rannten herbei und warfen den Reitern neue Sarissen zu. Die gegnerischen Verteidiger schienen, dem Staub nach zu urteilen, weit nach rechts abgedrängt worden zu sein und kämpften dort gegen unsere Fußtruppen.

Hinter Alexanders Reitern formierten sich die Phalangen, rückten mit den Schilden zusammen und hielten die Sarissen senkrecht. Ich sprengte mitten in unsere Gruppe hinein und brüllte hustend:

»Dieser verdammte Staub! Niemand erkennt seinen Gegner. Dort! Alexander will den Darius direkt angreifen.«

Atagelos rieb sein Gesicht mit einem feuchten Tuch ab und stopfte es achtlos in die Satteltasche zurück.

»Die Unsterblichen werden für Darius ihr Leben opfern!«

»Alexander wird sein Leben lassen!« schrie Chenta. »Wir schützen ihn, Atalantos?«

Ich nahm den Bogen und einige Pfeile mit dicken, farbigen Köpfen aus dem Köcher. »Ja. Wir können nicht riskieren, daß er auf der Ebene von Gaugamela getötet wird.«

Alexander senkte den Arm mit dem blutigen Schwert. Der Keil seiner Reiterei galoppierte an. Hinter den Reitern, zu denen wir stießen, kamen Fußkämpfer im Laufschritt. Zunächst zielte die gesamte Heermasse nach rechts, schwenkte ab und griff nun die Mitte an. Die Linien und kantigen Formationen der Sarissenträger bewegten sich wie selbständige Organismen. Unaufhörlich veränderten sie ihre Form, ohne jemals ihren Schrecken zu verlieren.

Ein Speerhagel prasselte auf sie nieder. Sie duckten ihre Köpfe unter die Schilde und trafen auf die persischen Reihen. Wieder erhoben sich gewaltige Staubmassen, aus denen es blitzte und funkelte, schrie und klirrte. Die Sicht betrug an den meisten Stellen nur sieben oder zehn Schritte. *Allallalei!* schrien die Makedonen heiser. Alexander führte seine Leute in einem scharfen Winkel an den Elefanten vorbei und auf Darius zu. Die farbenprächtigen Krieger, seine Unsterblichen, bildeten augenblicklich einen fast undurchdringbaren Wall zwischen uns und der Gruppe um den Perserkönig. Darius, das sahen wir aus den Sätteln, war viel zu prunkvoll gekleidet, um selbst kämpfen zu können. Er stand mit hängenden Schultern im Korb des Prunkwagens und feuerte mit schrillen Schreien und ausladenden Gesten seine Krieger an. Leichen versperrten nach kurzer Zeit selbst den Pferden das Durchkommen.

Ich richtete mich im Sattel auf, hielt den Schimmelhengst an und schoß den ersten Pfeil dorthin, wo ich aus dem brodelnden Nebel die Türme auf den Elefantenrücken erkennen konnte. Der erste Pfeil detonierte mitten unter den Kolossen mit einem Donnerschlag, lauter als der eines Gewitters, und die Explosion löste einen grellen Lichtblitz aus. Für ein Augenzwinkern erschienen die Riesentiere in der Staubwolke wie scharfumrissene Schattenrisse, dann bemächtigte sich ihrer die Panik. Sie rannten trompetend, rüsselschwingend und die kantigen Köpfe senkend nach allen Seiten davon und brachten Verwirrung und Tod unter die persischen Krieger. Vor uns sanken bewußtlose Männer zu Boden, getroffen von unseren lähmenden Lanzen.

»Darius . . .«, sagte ich verblüfft, als ich sah, was der Perser vorhatte. Seine Soldaten opferten sich für ihn, aber er wendete die Zugtiere des Wagens, hob die Peitsche und riß wild an den Zügeln. Mit flatternden Mähnen und hochgestellten Schwänzen galoppierten die Pferde los und rissen den Kampfwagen schleudernd hinter sich her. Darius übergab die Zügel dem Wagenlenker und klammerte sich an der Brüstung des

Gespanns fest. *Er flieht!* sagte der Logiksektor. *Misch dich nicht ein. Alexander würde es dir niemals verzeihen!* Ich hatte nicht die Absicht, ihm in diesem Punkt zu helfen. Wir konzentrierten uns darauf, den Makedonen inmitten der riesigen Schar von rund dreitausend Reitern zu schützen. Immer wieder drang er aus deren Mitte heraus und sprengte, sein erschöpftes Pferd antreibend, gegen die Unsterblichen. Wir schoben uns von beiden Seiten zwischen ihn und die Unsterblichen und fingen den Hagel von Speeren, geschleuderten Steinen und Pfeilen mit den Schutzfeldern auf. Aber auch unsere Pferde waren ermüdet, über und über von Staub bedeckt. Durch die Staubschicht zogen sich breite Schweißstreifen, gelber Schaum flockte von den Gebissen.

»Darius ist geflüchtet!« schrie ich, als ich mich an Alexander vorbei auf einen persischen Reiter stürzte, der vier Makedonen einen Kampf von unglaublicher Schnelligkeit und großem Geschick lieferte.

»Wohin?«

Einige hundert persische Reiter hatten die Flucht beobachtet und verließen ebenfalls den Kampfplatz. Sie bildeten hinter dem verschwundenen Wagen breite, undurchdringliche Reihen.

»Dorthin«, antwortete ich und deutete nach Süden. »Siege zuerst auf der Ebene, dann verfolge ihn mit frischen Pferden!«

Er schrie etwas zurück, das ich nicht verstand. Ich rettete dem tapferen Perser das Leben, als ich ihn mit dem Lähmstrahl traf.

Viele Einzelheiten des erbitterten Kampfes ließen sich erst Tage nach dessen Ende erkennen: Der dichte Staub, durch den einzelne Bahnen Sonnenlicht drangen, machte es für alle Truppenteile unmöglich, zu sehen, was hundert Schritt vor ihnen oder an den Seiten vorging. In der Mitte der Makedonen, die hinter Alexander auf das Zentrum der Perser losgestürmt waren, bildete sich eine Öffnung. Fast unbemerkt ergoß sich eine breite Flut von Indern und Persern in diese Lücke. Die Reiter schienen unser Feldlager gesehen zu haben.

Alexanders Kampfreserve hatte den Vorstoß bemerkt. Ohne die Führung des Parmenion sammelten sich die Krieger, schlossen ihre Reihen und fielen den plündernden und mordenden Persern in den Rücken. Fußsoldaten mit bronzenen Dreispitzen an langen Schäften näherten sich vorsichtig den einzelnen Elefanten und fügten den Tieren, die nach den Angriffen rasend wurden und die Soldaten von ihren Rücken schleuderten, so schwere Wunden zu, daß die Tiere eingingen. Alexander schaffte es, etwa zwei Tausendschaften seiner Reiter seine Befehle verständlich zu machen. Sie brachen zur Verfolgung des Perserkönigs auf.

Es sollte anders kommen, als Alexander es vorhatte. Die flüchtenden persischen Reiter auf ihren goldgeschmückten Tieren, denen die Mäuler bluteten und die Flanken, wehrten sich mit dem Mut der Verzweiflung. Jetzt erst schienen sie begriffen zu haben, was vom Ausgang dieses Kampfes abhing. Sechzig Gefährten des Makedonen wurden während des Versuchs verwundet, die Reihen der Flüchtenden zu durchbrechen. Eine der vielen Staubfahnen in der Ferne wurde von den Rädern des Kampfwagens aufgewirbelt, an denen die Sensen und Sicheln blitzten und sich rasend schnell umeinander drehten. Auch Hephaiston, Alexanders Freund, erhielt eine Wunde. Als die Perser tot oder entkommen waren, sah niemand mehr, wo sich Darius befand.

Er hatte zu dieser Zeit den kleinen Fluß Zab überquert, den Wagen verlassen und sich auf ein Pferd geschwungen. Er wandte sich gen Arbe. Selbst in der Staubschlacht auf der Gaugamela-Ebene schien sich unter den Persern herumgesprochen zu haben, daß sie führerlos waren. Die unfaßbare Wut, die jene ersten Stunden des Aufeinanderpralls gekennzeichnet hatte, war bei den Persern gewichen. Die baktrischen und skythischen Reiter, die durch die Kämpfer der Sarissen hohe Verluste erlitten hatten, ritten einfach davon.

Parmenion und seine thessalische Reiterei änderten ständig ihre Positionen und kämpften gegen einzelne Haufen persischer Soldaten zu Pferde und zu Fuß, wirbelten zwischen den halb zertrümmerten Kampfwagen und den Kadavern der Zugpferde umher und griffen einander an. Mazäos sammelte seine Krieger und bündelte die Kräfte, die ihm auf dem rechten Flügel des Kampfplatzes geblieben waren. Rückwärts gehend und immer wieder zu Pferde vorpreschend, flüchteten seine Truppen, vor allem die griechischen Söldner, die ihren Landsleuten auf der makedonischen Seite am Flußufer gegenübergestanden hatten.

Alexanders Reiterei, die den Darius verfolgte, mußte am Ufer des Zab einsehen, daß in der hereinbrechenden Dunkelheit jeder weitere Schritt sinnlos sein würde. Man tränkte die Pferde, erfrischte sich selbst und ritt dann im Schein von Fackeln langsamer weiter, bis nach Arbela. Dort trafen die Verfolger am frühen Morgen ein.

Man berichtete ihnen, Darius sei nach Osten geflohen, auf Hamadan zu. Alexander nahm die Schatzkammer Arbelas in Besitz, ließ sich von seinen Soldaten als König des ganzen Landes feiern und ritt auf der Königsstraße zurück nach Gaugamela. Der Hügel nahe der Siedlung wurde Nakatorion getauft, Berg des Sieges.

Und auf der staubigen Ebene blieben die traurigen Reste einer der schwersten Schlachten, die Alexander je geschlagen hatte. Die schauerliche Arbeit der siegreichen Truppen war fast so bedrückend wie das Gemetzel selbst. Tausende herrenloser Pferde wurden eingefangen, getränkt und angepflockt. Auf jedem Körper, jedem einzelnen Beutestück, jeder Waffe und allem, was sich noch bewegte, lag dunkel schimmernder Staub. Es stank nach Blut, Erbrochenem und dem Kot Tausender Tiere. Rabenschwärme und Raubvögel kamen aus allen Richtungen und ließen sich auf den Kadavern der Elefanten nieder. Einzelne Sonnenstrahlen blitzten auf goldenen Panzern.

Hier hob eine Schar schwitzender, nackter Makedonen ein riesiges Grab aus. An anderer Stelle richteten sich Verwundete auf und schrien nach Wasser und einem Arzt. Woanders krochen Perser umher, die sich tot geglaubt hatten und feststellten, daß sie mit schmerzenden Gliedern aus einer tiefen Lähmung aufwachten. Frauen und Kinder des Trosses sammelten Waffen, Schmuckstücke und Helme ein. Hinter einem einzelnen Reiter schleppte sich, an ein langes Seil gefesselt, eine Schar persischer Gefangener mit blutigen Rüstungen und Kleidungsstücken einher. Wie Inseln ragten die überlebenden Elefanten aus der Mauer toter Körper, des zerwühlten Bodens, der Berge aus Leichen hervor, zwischen denen die Schäfte der Lanzen und Sarissen wie Stacheln riesiger Fabelwesen nach allen Seiten hinausdeuteten. In der Nacht hatten wir das riesige Feld mit Fackeln abgesucht, jetzt wanderten wir beim ersten Licht eines kalten Morgens umher und versuchten, zu helfen, wo es möglich war. Die Makedonen achteten den tapferen Gegner.

Die Gefangenen wurden zusammengetrieben; man gab ihnen Wasser und Brot, und keiner wurde mißhandelt. Die ersten Zelte des nachrükkenden Trosses wurden weitab des Schlachtfelds aufgeschlagen. Noch immer gab es weder Wind noch Regen. Die Sonne schälte sich riesig und gelb aus dem Nebel im Osten heraus. Inzwischen begannen die Kadaver der Tiere zu faulen. Die Fleischbrocken, die aus den Schnäbeln der sattgefressenen Raben fielen, wurden von Ameisen umwimmelt. Der Geruch des Todes weitete sich aus. Hin und wieder schrie einer der Elefanten, an die sich keiner der Makedonen herantraute, und ein anderer antwortete traurig trompetend.

Charis, meine Freunde und ich hatten Zelte aufgeschlagen, auf riesige Feuer ebenso große Kessel gesetzt, in denen heißes Wasser dampfte. Viele Frauen – Weiber aus dem Troß, verwahrloste Dirnen ebenso wie Damen mit weißen Fingern, verrunzelte Makedoninnen oder dunkelhäutige Inderinnen, Perserinnen, Ägypterinnen – halfen uns. Eine unübersehbar lange Kette verwundeter Soldaten erstreckte sich in einem Bild von makaber, bizarrer Eindringlichkeit scheinbar bis zur Mitte des Schlachtfelds. Wir reinigten Wunden, nähten klaffende Schnitte, schienten gebrochene Knochen und verteilten Becher eines Trunkes, der schmerzunempfindlich machte.

Hunderte toter Makedonen wurden begraben. Über anderen Feuern kochte dicke Suppe voll Fleischbrocken. Das Lachen der Kinder, die zwischen Leichen spielten und mit zertrümmerten oder erhaltenen Waffen daherrannten, schnitt in den Ohren. Der Gestank nahm zu. Von Süden näherte sich eine Gruppe Reiter. Sie wirkte über dieser riesigen Platte des Todes unendlich fremd. Charis hob den Kopf, wischte sich Staub und Schweiß von der Stirn und fragte leise:

»Hat ES das gewollt, Liebster?«

Fern von uns formierten sich die ersten Teile des Heerzugs. Intakte Wagen, frische Tiere, ausgeschlafene und unverletzte Soldaten bewegten sich in ungeordneten Reihen nach Süden. Wieder ritt Parmenion auf seinem riesigen Schecken über die Ebene und gab seine Befehle. Ich antwortete: »ES hat es gewußt, Charis. Auf diesem barbarischen Planeten ist in diesen Jahren ein Weltreich nicht anders zu gründen. Je größer es werden wird, desto mehr Schlachten dieser Art werden geschlagen. Was wir erleben, ist aber die Anständigkeit makedonischer Sieger. Ich hätte nicht in die Hand persischer Sieger fallen wollen.«

»Alexander hat den entscheidenden Sieg errungen?«

»Noch gehört ihm das Land zwischen hier und Persepolis nicht; ich fürchte, er will auch noch den Rest der Welt unterjochen.«

»Das schafft er trotz des Amuletts nicht.«

»Und bislang führt ihn sein Weg auch nicht an die anderen Ufer des Binnenmeers.«

»Dort vorn, bei den Reitern – ist es Alexander?«

Ich blickte schärfer hin und ignorierte das Stöhnen eines Persers, der eine schauerliche Kopfwunde hatte und vor uns auf einem Tisch lag. Durch die riesigen Schwärme der Aasfliegen musterte ich die Reiter. Ich schüttelte den Kopf.

»Nein. Es sind Boten.«

Die Mücken, der Gestank der Leichen und ein seltsamer stechender Geruch vertrieben innerhalb kürzester Zeit alle Sieger, die Besiegten und den Troß von der Ebene. Die Verwundeten schleppten sich hinterher, und nach kurzer Zeit folgten auch wir auf ausgeruhten Pferden und mit aller Ausrüstung. Alexander hatte den Befehl erteilt, nach Babylon zu ziehen. Dort sollte sich das Heer erholen und neu organisieren.

Alexander, der Mann, der die Welt verändern wollte, veränderte sich von Mond zu Mond selbst am meisten. Sicher war ihm in Siwa das Geheimnis des Amuletts offenbart worden. In den Tagen nach dem halben Sieg war er übermäßig lebhaft und unbeständig, er entwickelte Züge von Übermenschlichkeit, in der ihn Aristander ebenso bestätigte wie Onesikritos. Zudem war jeder Soldat im makedonischen Heer davon überzeugt, für einen Halbgott zu kämpfen.

Wir ritten, den Tigris auf der linken Seite des Heerwurms, nach Süden. Wir mußten damit rechnen, daß der dritte Darius – Dareios Kodomannos – ein neues Heer aufstellte. Hinter uns blieben die schauerlichen Gerüche des Schlachtfelds zurück, dann verlor sich das geplünderte Lager des Persers bei Arbela hinter dem Horizont, schließlich sahen wir einen Erdspalt, aus dem Gase und Pech brennend hochschlugen. Wir umritten den See aus Erdpech, der sich um den Spalt gebildet hatte. Einheimische gossen an einem Abend an den Seiten des Weges zum königlichen Quartier breite Erdpechstreifen aus und entzündeten sie. Die Flammen wanderten schnell von einem Ende zum anderen und bildeten eine lodernde Mauer, über die alle Makedonen staunten. Die Ewigen Feuer von Baba Gurgan brannten in den Nächten, und an den Tagen marschierten wir durch endlose Flächen, die von Gerste und Hirsefeldern bedeckt waren. Überall standen Dattelpalmen, schufteten Arbeiter und Sklaven. Das Land war mehr als fruchtbar; es barst förmlich vor Wohlstand. Alle Krieger konnten sich mehrmals am Tag sattessen.

Vor Babylon kamen wir an riesigen Kanalsystemen vorbei, die durchdacht angelegt, aber stellenweise versandet waren. Seit zwei Jahrhunderten lieferte dieses Land riesige Mengen von Abgaben aller Art an Darius und dessen Verwaltung. Wir hielten vor den Mauern Babylons an. Sonnenlicht brannte auf den Wehrtürmen, als sich die Stadttore öffneten. Das Herannahen des Heeres war längst bemerkt worden. Unsere berittenen Kampfgefährten sicherten den Vormarsch, indem sie weit ins Land ausschwärmten und immer wieder zurückkehrten.

Das Land war friedlich, und Alexander war bemüht, seine Soldaten diszipliniert zu halten. Wir wußten, daß Mazäos, der Satrap der Perser, die Stadt verließ, um uns entgegenzuziehen. Vor sieben Tagen war er noch unser Gegner auf dem Feld des Kampfes gewesen. Jetzt brachte er eine größere, prunkvoll gekleidete Gruppe mit. Alexander blieb mißtrauisch und befahl dem Heer, sich wie zum Kampf aufzustellen. Als wir nahe genug waren, stießen die Würdenträger alle Stadttore auf, man streute Blumen auf die Straßen, Priester tanzten zu heiterer Musik. Von silbernen Altären dampften Weihrauchschwaden, Pferde wurden herangetrieben, Rinderherden als Geschenk den Makedonen übergeben, sowie ein prunkvoller Streitwagen. Man betrachtete verwundert die zahmen Löwen, die Käfige voller fauchender Leoparden und die Musiker. Lauten, Posaunen und Trommeln erzeugten Klänge, die von den Mauern widerhallten. Im Schutz der eigenen Wachen und unserer gepanzerten Krieger fuhr Alexander, begleitet von den begeisterten Stadtbewohnern, bis zum Palast der Perser. Mazäos übergab ihm seine Söhne als Geiseln.

Fünfunddreißig Tage lang blieb Alexander in Babylon, schickte Boten in alle Richtungen, hörte zahllose Berichte von Kurieren und Spähern, begutachtete alle sehenswerten Bauwerke – das Ishtartor, den Ziggurat mit sieben Plattformen, den Steinviadukt über den Euphrat, das Labyrinth der sechshundert Zimmer des Palasts, die Festung mit den Ausstellungsstücken des Nebukadnezar, die hängenden Gärten, die gefüllten Schatzkammern. Das Heer vergnügte sich in den Schänken und Freudenhäusern und verpraßte den großzügigen Sold sowie die Belohnung, die Alexander mit vollen Händen ausgeteilt hatte.

Alexander und ich begegneten uns, halb zufällig, in den Zederngärten des terrassierten Palasts. Er winkte mir zu, hielt mich an beiden Handgelenken fest und sagte in vertraulichem Ton:

»Wir haben wieder gesiegt! Der schönste Sieg war, daß sich Babylon ohne einen Schwerthieb ergeben hat.«

»Das Weltreich«, blieb ich ernst, »das du zusammenfügst, wird größer und reicher.«

»Und prächtiger, Atalantos. Die Paläste der Perser im Osten . . . ich werde sie nehmen, einen nach dem anderen.«

»Und wann denkst du daran, die Grenzen deines Reiches zu festigen?« fragte ich abwartend. »Darius schart irgendwo in Hamadan Truppen um sich.«

»Noch nicht, mein Freund. Du hast bei Gaugamela gekämpft wie ein Löwe!«

»Und Wunden versorgt, als bekäme ich dafür einen Siegespreis«, fügte ich hinzu. »Wohin marschiert das Heer nun?«

Charis und ich wußten über Darius Bescheid; wir hatten unsere Karten auf den neuesten Stand gebracht. Ich beschloß, Alexander auf sein neues Lebensgefühl anzusprechen.

»Alles gelingt dir, seit du das Amulett aus Siwa über deinem Herzen trägst.«

Er schüttelte meine Arme und versicherte mit herausfordernd selbstbewußtem Ausdruck:

»Du hast es mir prophezeit, bevor ich mit Ammons Orakel sprach und mit seinem alten Priester. Er sagte mir, daß ich alles erreichen werde, was ich erträume. Gesundheit versprach mir das Orakel, hohes Alter und niemals nachlassende Kräfte. Und die größte Macht, die je ein Halbgott besaß.«

»Es wird Macht über Menschen und Land sein. Wahrscheinlich erreichst du viel von deinen Träumen, aber als Mensch wirst du nicht genug Stunden am Tag haben, um das Reich zu verwalten. Sind die Verstärkungen aus Griechenland auf dem Weg?«

»Ja. Fünfzehn Tausendschaften werden bald eintreffen.« Er deutete vage nach Osten. »Ebenso warte ich auf Boten aus Susa. Dorthin marschieren wir, ohne Hast, durch fruchtbares Land. Da ich alle Zeit dieser Welt zur Verfügung habe, braucht es keine Eile.«

»Niemand hat alle Macht und alle Zeit!« warnte ich. »Nicht einmal die Götter haben sie.«

»Sieh! Schon ändert sich alles«, fuhr er fort und deutete auf Arbeiter, die griechische Baumschößlinge zwischen Rottannen und Zedern pflanzten; wie ich ahnte, ein sinnloses Unternehmen. »Mein Bild ist nun auf den Münzen, die wir aus persischem Gold und Silber schlagen. Makedonische Erfinder rechnen und zeichnen zusammen mit Medern und Indern. Das Heer besteht nicht mehr nur aus Makedonen. Viele sprechen aber unsere Sprachen, so daß ein jeder den anderen versteht. Makedonen reiten auf Kamelen, und statt des Signalhorns verwenden wir das Feuer mit Rauchzeichen und Blitzen. In der Heimat wurde der spartanische Aufstand niedergeschlagen. Städte sind gegründet worden, und noch viele mehr werden wir bauen, Atalantos!«

Er schien von Dämonen besessen zu sein, denn seine Rede wurde drängender, aufgeregter. Wieviel hatten ihm die Orakelpriester verraten? Ich hob meine Hand und sah den Ring an, mit dem ich über Alexanders Leben entscheiden konnte.

»Ich vermag es, neben dir – oder hinter dir, wie es einem namenlosen

Sterblichen geziemt – eine solche Entwicklung zu ertragen. Mich wird keine neue Erfindung überraschen, Alexander«, sagte ich bedächtig. »Aber viele andere, heute noch deine Freunde, werden dich morgen beneiden, werden nicht erkennen, in welcher Höhe deine Gedanken fliegen.«

Ich zeigte auf den Adler, der als winziger Punkt über Babylon schwebte und nach Alexanders Meinung das Zeichen war, daß Zeus ihn anerkannte. Er blickte mir mit schief geneigtem Kopf in die Augen.

»Und was unterscheidet dich von den anderen?«

Ich lächelte und deutete auf die riesigen Bauwerke der Stadt.

»Dort, woher ich komme, wissen die Frauen und Männer, wie Babylon zum erstenmal errichtet wurde. Meine Freunde haben Könige kommen und gehen sehen. Sie erlebten, wie Reiche zu Asche zerfielen, wie Weltreiche zerrissen wurden.«

»Haben sie gesehen, wie Götter reagierten?« fragte er herausfordernd. Er schien mir jedes Wort zu glauben. Oder entfernte er sich innerlich bereits von der Wirklichkeit?

»Nein.«

»Besaßen die Könige das Göttergeschenk endlosen Lebens?«

»Davon ist nichts bekannt.«

»Gab es größere Reiche als jenes, das ich erobere?«

»Ja«, antwortete ich. Er nickte und hob den Arm. Sein Chiton verrutschte an der Schulter. Im hellen Sonnenlicht studierte ich die schweren Tränensäcke unter seinen Augen, die Narben, die unter der Wirkung des Aktivators verheilt waren, die geplatzten Äderchen und die Bartstoppeln. Die ersten tiefen Falten machten sein Gesicht schärfer, männlicher und härter, zugleich aber auch träumerischer. Unzweifelhaft beherrschten ihn bisweilen phantastische Zukunftsträume. Ich begriff: Sein Weltreich würde niemals groß genug sein. Wenn es ihm vergönnt war, würde er den Planeten beherrschen wollen.

»Du gibst dir selbst die Antwort auf deine Fragen«, sagte er und atmete schwer aus und ein. »Noch ist das Reich nicht groß genug. Du selbst hast mir geraten, die Küsten der Meere zu besetzen.«

»Das tat ich«, gab ich zu. Er lächelte mich bittend an. Bis zum heutigen Tag hatte er es nicht gewagt, mir seine Freundschaft anzutragen. Er blieb mißtrauisch, unsicher.

»Reite nach Susa«, bat er. »Mit deinen ehernen Kriegern und meinen Reitern. Bereite den Palast vor und sage den Persern, daß ich nicht als Tyrann komme.«

»Sie wissen es schon von den Babyloniern«, sagte ich.

»Um so besser. Du weißt, wo sich Darius aufhält?«

»Nein«, log ich. »Nicht genau. Das ist dein Kampf, Alexander.«

»Der nicht zu Ende geht«, murmelte er zukunftsweisend, schüttelte mich mit einem harten Schultergriff und ging zu seiner Eskorte zurück. Als er um die ersten Pfeiler der Terrasse bog, blieb er stehen. Ich folgte seinem Blick und sah Charis, die neben einer persischen Dame ging und offensichtlich den Schatten genoß und zuhörte. Alexander starrte meine Freundin an, als sähe er sie zum erstenmal. Dann verbeugte er sich zögernd und ging weiter. Charis kam auf mich zu, sah ihm lange nach und murmelte:

»Ich mag diesen Blick nicht, mit dem er mich angesehen hat. Als ob seine Augen mich verbrennen würden.«

Ich legte meine Arme um sie und entgegnete leise:

»Er wünscht, daß wir nach Susa reiten und ihm helfen, die Stadt kampflos einzunehmen.«

»Sein Weg ist noch nicht zu Ende, das Weltreich noch immer zu klein?« fragte Charis. Ich ging zwischen den beiden Frauen durch die Allee aus steinernen Fabelwesen mit Augen aus Edelsteinen und antwortete achselzuckend:

»Wir werden noch einige Jahre lang mit ihm reiten. Er will viele Städte in abgelegenen Gegenden gründen.«

»Wahrscheinlich ist er auf die Pracht Babylons neidisch.«

»Oder, wenn er erst Persepolis sieht, auf dieses Kleinod der Perser.«

Unser weiterer Weg schien vorgezeichnet zu sein. Stets in der Nähe des mächtigen Alexander, von Kampf zu Kampf, Stadt zu Stadt, mühsam Informationen sammelnd und versuchend, die ersten Erkenntnisse den Menschen zu vermitteln, daß ihre eigentliche Bestimmung der Weg zu den Sternen war. Ein langer, schier endloser Weg, überdies beladen mit der Verantwortung, über Leben oder Tod des makedonischen Eroberers zu entscheiden.

Alexanders Verbindungen mit Makedonien, mit Griechenland und Thrakien, waren immer fragwürdiger geworden. Vor sechs Jahren erst war der zweite Philipp ermordet worden. Vor dem Feldherrn lagen, weitestgehend wehrlos, die letzten wichtigen Residenzen des ehemaligen achämenidischen Weltreichs. Noch trat Alexander als Rächer der vielfältigen Freveltaten des Xerxes auf – bald würde er eine andere Rolle spielen müssen. Wir ritten zügig durch die Hitze auf Susa zu. Unsere gesamte Ausrüstung schaukelte auf den Rücken der Maultiere. Chatalion überholte seine Kameraden und setzte sich an die Spitze, neben Charis und mich.

»Du erwartest einen Aufschwung der Kultur und Zivilisation, Atalantos«, begann er und traf den Punkt der Überlegungen, die ich angestellt hatte. »Welche Fortschritte sind dir seit einem halben Jahrzehnt bekannt?«

»Es sind wichtige Schritte getan worden«, sagte ich. »Zugegeben, das Endziel ist noch immer unendlich weit entfernt.«

»Ich höre?« Chatalion schüttelte Staub aus seinem nackenlangen Haar. »Ich frage dich, weil wir uns so oft darüber unterhalten haben.«

»Ich weiß. Praxagoras erkannte den Unterschied zwischen Arterien und Venen. Der Hebel ist bekannt, seine Gesetze werden erforscht. Der attische Münzfuß existiert. Von Pytheas aus Massilia wissen wir, daß er fast den nördlichen Pol erreicht und dessen Lage durch Messungen festgestellt hat. Euklid betreibt Geometrie mit wenigen mathematischen Grundsätzen, und Aristoteles hat immerhin erkannt, daß es einen freien Fall gibt, eine beschleunigte Bewegung. Plato hat eine brauchbare These über das Aussehen des Sonnensystems gefunden. Es gibt einen Goldenen Schnitt, Herakleides hat errechnet, daß es eine Erdachse gibt, ebenso hat sich Eudoxos von Knidos mit Mond und Planeten beschäftigt, und es existiert sogar eine philosophische Lehre vom Atom. Wir sehen, daß die Barbaren sich bemühen, ihren archaischen Status zu verändern.«

»Das Bemühen spricht ihnen niemand ab. Aber die Erfolge sind dürftig. Was kann Alexander ändern? Und . . . will er etwas ändern?«

Der Königsweg war breit, aber staubig. Die kantigen Steine, die ihn gegen das Land abgrenzten, dienten den Bematisten, den griechischen Schrittmessern, als Grundlage ihrer Karten. Dennoch gab es nicht einen unter ihnen, der die Umrisse und Ausdehnungen der Kontinent-Teile richtig erkannt hatte. Noch war es nicht an der Zeit, ihnen auf listenreichem Weg exakte Karten zukommen zu lassen. Wir ritten in einer lang auseinandergezogenen Formation und suchten den Schatten der Palmen. Der Friede der arbeitenden Bevölkerung wurde von den Heeren des Makedonen und den Persern nur wenig gestört. Ich hob den Kopf und sah, daß unser Riesenvogel seine gleichmäßigen Kreise unterbrach und sich uns näherte. Ein Zeichen!

»Alexander«, sagte ich und wies auf den Robotvogel, »wird alles unternehmen, das seine Macht festigt. Auch Wissen und Kenntnisse bedeuten Macht für ihn. Alles was ihm nützt, wird von ihm gefördert.«

»Mögest du, kluger Schütze im Dunkel, immer recht behalten!« sagte mein Gefährte halb feierlich, halb spöttisch. Der Adler schlug über unseren Köpfen mit den Schwingen, wirbelte Staub auf und krächzte abgehackt:

»Ein Bote aus Susa. Der Sohn des Satrapen will zu Alexander. Sprecht mit ihm.«

Ich gab das Signal, daß wir verstanden hätten und er an seinen Platz zurückschweben könne. Zwei Stunden später trafen die Gruppen aufeinander. An der Spitze der Perser ritt ein glutäugiger, schwarzhaariger Mann auf prächtig geschmücktem Rappen. Als wir einander richtig erkennen konnten, hoben wir gleichzeitig die Arme und zügelten die Pferde.

»Alexander wartet auf ein Zeichen von euch. Kampf oder Friede?« fragte ich. Gleichzeitig faßte ich an den Griff des Schwertes.

»Wer bist du?«

»Kein Makedone; aber der Abgesandte Alexanders. Wir sollen euch davon überzeugen, daß es besser ist, Susa kampflos zu übergeben. Wir sind, sollst du deutlich wissen, keine Krieger des Alexander.«

»Ihr müßt diese seltsamen Fremden sein, von denen man spricht«, sagte er. »Ich bin der Sohn des Satrapen, und auch uns liegt nichts am Kampf, da Darius geflohen ist und kaum einer weiß, wo er ist, und ob er noch einmal gegen Alexander kämpfen wird.«

»Hättest du erlebt, wie Alexander sieben Monde lang Tyrus belagert hat, dann würdest du nicht einmal das Wort Kampf in den Mund nehmen«, wies ich ihn zurecht. »Laßt uns im Schatten sitzen und sprechen. Noch einmal: Wir sind unabhängig und keine Krieger des Makedonen.«

Wir einigten uns schnell. Die Perser, etwa dreißig Mann, öffneten ihre Weinschläuche. Wir berichteten, woher wir kamen und wie wir zu Alexander standen. Je mehr wir erzählten, desto deutlicher wurde es den Abgesandten aus Susa, welches Schicksal ihnen drohte. Die Perser schilderten uns den Zustand des Reiches und die Furcht vor der Wut Alexanders.

»Die Stadt hat keine Mauern«, sagte ihr Anführer. »Sie liegt am Fluß Kara Su, und wir sind schutzlos gegen ein solches Heer. Ich gebe euch einen Boten mit, der euch in Susa einführt. Ich reite zu Alexander und führe ihn nach Susa. Dir, Atalantos, gebe ich einen Brief an meinen Vater. Ihr sollt ein gutes Leben in Susa haben, weil ihr uns vor Augen geführt habt, wie es uns hätte ergehen können.«

»Als Sieger«, wandte Charis ein, »ist er milde, gerecht und ritterlich.«

»Er wird Susa als Sieger kennenlernen.«

Die Perser musterten unsere Sättel und Steigbügel ebenso neugierig wie die Ausführung der einfachen Zelte, die aus dem Gepäck als Stangenbündel hervorragten. Wir unterhielten uns noch lange über die Stadt, das sterbende Perserreich und die Landschaft, die vor uns lag. Susa, am südlichen Ende des Königswegs, war vom ersten Darius erbaut worden und hatte inzwischen eine Ausdehnung von rund sechs Parasangen. Nach der Schilderung begannen wir zu ahnen, daß unsere Luftaufnahmen uns nicht alles gezeigt hatten.

»Die Beute, die Alexander in Susa machte, war immens. Rund vierzigtausend Silbertalente und neuntausend geprägte Dareiken fand er in der persönlichen Schatzkammer von Darius. Die Stadt ist prunkvoll. Goldene Platanen über den Betten, zweihundert Jahre alte Purpurstikkereien, ähnliches mehr. Alexander opferte griechischen Göttern und hielt griechische Kampfspiele ab. Ein wenig befremdlich war es, als Alexander auf den Thron des Darius kletterte; als Schemel für seine kurzen Beine brauchte er einen Tisch. Alexander setzte neben dem persischen Satrapen eine Garnison ein, samt General und Schatzmeister und einen Stadtkommandanten. Für die Mutter des Darius und die Kinder wurde ein Lehrer für griechische Sprache bezahlt. Interessant wird sein innerer Zustand, Alexanders Überlegungen, meine ich.«

Ich machte eine Pause, wischte mein Gesicht mit einem nassen, kühlen Tuch ab und schwitzte sofort wieder. Es war brütend heiß in Susa. Rico versuchte, unsere Erlebnisse und Gedanken zusammen mit den optischen Informationen zu speichern. Vielleicht gelang es uns, ES wenigstens vorübergehend zu überlisten. Überdies würde es einfach sein, mit Hilfe der Positroniken aus vielen einzelnen wissenschaftlichen Kenntnissen bessere Programme zu entwickeln – für die Barbaren.

»Bisher rächte er Xerxes' Untaten. Die letzte wichtige Stadt für diesen Vorwand ist Persepolis. Bis dorthin sind es siebenundachtzig Parasangen, die er über schwierige Straßen und Pässe zurücklegen muß. Kurz vor dem Beginn des neuen Jahres brach er auf und mußte nach vier Tagen erkennen, daß auch die Landschaft sich völlig verändert hatte. Ab jetzt waren die Makedonen Fremde in einem wilden, nie gekannten Land. Nomaden überfielen das Heer und wurden blutig zurückgeschlagen. Hundert Pferde, dreihundert Maultiere und dreißigtausend Schafe zahlten sie als Strafe und für ihr Leben. In einer Schlucht überfiel seinen Teil des Heeres ein starker persischer Verband. Parmenion führte den Troß und die Schwerbewaffneten auf einem anderen Weg nach Persepolis. Charis und die Gefährten sind bereits dort, ich folge ihnen bald mit dem Gleiter. Ein kleiner Teil des Heeres umging die Falle in der Schlucht, in der Steinlawinen die Makedonen erschlugen. Eine Abteilung Leichtbewaffneter umging auf einem Ziegenpfad die Verteidiger, fiel in ihren Rücken ein, und auf ein Fanfarensignal rückten beide Teile der Makedonenkrieger zugleich auf die Perser los. Die Perser wurden bis auf wenige Ausnahmen erbarmungslos niedergemetzelt.«

Als die ersten Flüchtenden Persepolis erreichten, ahnten die Einwohner, daß ihr Schicksal besiegelt war. Sie verweigerten ihren eigenen Leuten den Einlaß. Charis hatte mir aus der Stadt berichtet.

Das leicht erregbare Gemüt Alexanders wurde, nachdem er die Ebene Marv'i-dasht überwunden hatte, auf eine zweifache Probe gestellt. Hier kämpfte er nicht mehr für Städte, die sich von persischer Herrschaft befreien ließen. Er kämpfte in Persien gegen Perser. Er, der Fremde, war vom Rächer zum Eroberer geworden. Kurz vor Persepolis stieß das Heer auf weniger als tausend Männer, meist ältere Griechen mit ihren Familien. Sie waren als Handwerker und Sklaven von persischen Königen aus Griechenland verschleppt worden.

Alexander weinte tatsächlich, als er den Zustand der Greise sah. Alle waren verstümmelt: Jene Gliedmaßen, die sie für ihre Tätigkeit nicht benutzten, waren abgeschnitten worden. Die Verstümmelten baten ihn um Hilfe, und er gewährte sie in überschwenglichem Maß. Er wollte die Familien sogar nach Griechenland zurückbringen lassen. Sie lehnten ab und sagten, dort wären sie verstümmelte Fremde, und hier blieben sie unter den gewohnten Gefährten ihres Zustands. Alexander beschenkte sie mit Geld, Gewändern, Ochsen, Schafen und Weizen. Abermals nannte er vor allen Kriegern Persepolis die ›verabscheuungswürdigste

Stadt unter der Sonne‹. Er rief den Soldaten etwa folgendes zu: ›Plündert die Stadt, nehmt ihnen alles! Aber schont die Bevölkerung! Und den Palast verschont – er gehört mir.‹«

Ich sah nach dem Stand der Sonne und schloß meinen Bericht:

»Ich habe die Ruhe dazu benutzt, mit dir zu sprechen, Rico. In der kommenden Nacht fliege ich nach Persepolis. Wir haben unsere Zelte vorsichtshalber außerhalb der Stadt aufgeschlagen. Die Gefährten warten auf mich.«

»Ich habe verstanden, Gebieter. Ich werde den Gleiter wieder unter meine Obhut nehmen.«

»Wie bisher, Rico.«

Ich schaltete das Funkarmband ab und lehnte mich zurück in dem harten Gleitersessel. Ich wartete hier in einem gut getarnten Versteck auf den Abend. Ich wollte nicht riskieren, daß mich jemand in diesem seltsamen Flugapparat sah. Vermutlich würde ich zugleich mit den Spitzen des makedonischen Heeres vor Persepolis eintreffen, den riesigen Palästen, die sich auf rund zehnmal mannshohen Hügeln erhoben mit ihren tausend Säulen.

17.

Persepolis breitete sich schutzlos vor uns und dem Heer aus. Die beiden Teile von Alexanders rund 60 000 Mann starken Kampfverbänden hatten sich vereinigt; die Heerführer ritten an der Spitze. Wir gehörten seit der Mission in Susa dazu. Uns bot sich ein wahrhaft erstaunlicher Anblick. Auf einer künstlichen Landterrasse zwischen dem »Berg der Gnade« und dem Wasser des Araxes breiteten sich die hochstrebenden Bauwerke einer herrlichen Stadt aus. Persepolis war der staatliche Mittelpunkt des Reiches; die Stadt strahlte im Licht des Vormittags königliche Macht aus. Langsam, in ehrfürchtigem Schweigen, aber unaufhaltsam und drohend, rückten die Bewaffneten näher. Alexander führte das Heer geschlossen bis an die Stufen des nordwestlichen Aufgangs heran, der zum Tor des Xerxes mit den flankierenden Riesentieren aus Stein hinaufwies. Der junge Bagoas, intimer Freund Alexanders, sagte mit honigsüßer Stimme:

»Du bist an deinem Ziel, Alexander!«

Alexander richtete sich auf und drehte sich herum. Er musterte sein Heer, das sich nach beiden Seiten auseinanderzog. Über der Szene lag gespanntes Schweigen.

»Noch lange nicht. Es ist im Weg des Halbgotts nicht mehr als ein Stadien-Stein«, sagte der Philosoph Onesikritos. Alexander schwieg, dann bohrte er seinen Blick beschwörend in meine Augen. Ich machte eine beschwichtigende Gebärde. Kleitos mahnte: »Die Männer werden ungeduldig, Alexander. Laß sie nicht zu lange warten.«

Auch Krateros, einer der Heerführer, nickte zu dieser Bemerkung. Alexander ließ sich vom Pferderücken gleiten und stieg auf die erste Stufe. Die Treppe war aus großen, niedrigen Plattformen zusammengesetzt; viele Menschen fanden auf dieser Rampe Platz. Die Makedonen hatten derlei Pracht noch nie in solch großartiger Zurschaustellung gesehen. Alexander schritt zwischen den Reliefs aufwärts. Sie zeigten Reihen von prächtigen Leibwachen. Jede Treppenstufe wurde von gemeißelten Figuren flankiert. Der persische Statthalter erschien in demütiger Haltung und kam Alexander entgegen.

»Es wird ihnen wenig nützen, diese Unterwerfung«, murmelte der Weissager Aristander. »Seit Monden begleitet der Adler des Zeus unseren Helden!«

Du würdest staunen, dachte ich, *wenn du das Innere dieses Göttervogels sehen würdest. Nein. Du würdest nichts verstehen, weil dein Weltbild zusammenbräche.* Alexander, eine Stufe unterhalb der Perser, winkte. Aus dem Heer, das die Marschordnung verlor, erscholl ein zorniges Brummen wie von einem gewaltigen Hornissenschwarm. Wir folgten in gebührendem Abstand treppauf. Audienzsäle, der königliche Harem, bronzegepanzerte Tore, zehn und mehr Mannsgrößen hohe Ziegelmauern, Säulen aus Marmor und Holz auf glockenförmigen Sockeln – der Eindruck war noch massiger und barbarischer. Man führte Alexander und, mit einigem Abstand, seine Begleitung, in eine Welt unvorstellbar protzig angehäuften Reichtums hinein.

»Meine Kampfgefährten werden sich freuen. Sie lieben Gold«, sagte Parmenion sarkastisch. Der Kreter Nearchos zog, als habe ihn plötzlicher Frost gepackt, die Schultern unter dem Reitermantel hoch. Tausende persischer Familien schienen sich verkrochen zu haben – es würde ihnen nichts nützen. Eine Säulenhalle, ein Quadrat mit fünfzig Schritten Kantenlänge, nahm uns auf. Dann betraten wir die Hundertsäulige Halle. Hier war Xerxes dargestellt, der erklärte Feind der Makedonen und Griechen aus der Vergangenheit, der die Dämonen des Bösen tötete; geflügelte Löwenvögel und löwenköpfige Dämonen. Ein Bauwerk aus Lehmziegeln mit feuerrotem Boden und weißen Säulen, erhellt durch winzige Dachluken war die Schatzkammer. *Der Statthalter will Alexander besänftigen! Welch ein Reichtum!* Der Logiksektor staunte. Ein Perser sprach, jemand übersetzte:

»Hundertzwanzigmal tausend Talente Gold und Silber. Man sagt, daß es nirgendwo auf der Welt einen größeren Schatz gibt, Herrscher!«

Barren und Zylindersegmente waren im Halbkreis entlang der Wände gestapelt. Das Sonnenlicht umschmeichelte Kanten und Ecken und warf von den Oberflächen funkelnde Reflexe. Die Makedonen begannen schwer zu atmen.

»Der Palastschatz ist mein Eigentum«, sagte Alexander. Er nickte, als er Parmenions Geste verstand. Der Feldherr deutete nach draußen.

»Ich habe versprochen«, Alexander wandte sich an die Perser, »das Leben der Menschen zu schonen. Aber die Stadt soll geplündert werden. Ihr sollt verstehen: Wenn ich dem Heer verbiete, Persepolis zu plündern, werden sie sich an euch vergreifen.«

»Herr«, sagte der Statthalter mit bemerkenswertem Mut, »wir geben dir, was du willst. Verschone die Stadt. Wir geben dir alles.«

Alexander antwortete kühl, aber mit einem Rest verständnisvoller Freundlichkeit: »Mann! Ich bin nicht gekommen, um zu nehmen, was ihr mir geben wollt. Ich kam, um euch zu lassen, was mir richtig erscheint.«

Ein Wort von den Lippen eines Halbgotts, tatsächlich! Es entbehrte nicht der Großartigkeit. Nach einem Atemzug Pause fügte Alexander etwas leiser und versöhnlicher hinzu:

»Ich lasse euch das Leben.«

Er verließ die Schatzkammer, blieb auf der Terrasse stehen und sah, daß das Heer eine breite Front gebildet hatte. Die Spannung, die sich zwischen ihm und den sechzig Tausendschaften aufgebaut hatte, glich dem Moment, die jeder Bogenschütze vor dem Auslösen des Pfeiles kannte. Alexander holte tief Atem, hob die Arme und wartete, bis jeder Krieger seinen Blick auf ihn gerichtet hatte. Dann rief er laut tönend:

»Makedonen! Meine Kampfgefährten! Vier Jahre und länger habt ihr auf reiche Kriegsbeute gehofft! Ich sage euch: Schont das Leben der Menschen; wir sind Makedonen, keine persischen Verbrecher! Plündert die Stadt und behaltet, was ihr euch genommen habt! Persepolis gehört euch!«

Die Spannung entlud sich in einem einzigen, wilden Schrei, der die Mauern erzittern ließ. Dann löste sich der Rest der Ordnung. Gruppen bildeten sich, Männer rannten fächerförmig auseinander, schwangen ihre Waffen, schrien und liefen auf die Paläste, die prunkvollen Häuser und die Gärten los. Ich lehnte mich gegen die Flanke eines Wandstücks, dessen Ziegel mit Gold und leuchtenden Glasuren geschmückt waren. Nur eine Gruppe bewegte sich nicht, wich aber den stürmenden Kriegern aus: Charis und meine Gefährten. Ich winkte ihnen.

Wir hörten die ersten Axthiebe und Schreie. Die Makedonen brachen die Türen auf, rannten durch Gassen und Gärten, stolperten über die Kieswege und durchs Wasser flacher Zierteiche. Sie wandten sich in rasender Gier nach rechts und links und suchten sich besonders prächtige Häuser aus. Das Klirren von Glas ertönte. Dann kreischende Entsetzensschreie – bis hierher. Charis und ich starrten uns wortlos an.

»Wieder einmal nichts anderes als Mord, Raub, Blut und Tod!« flüsterte sie entsetzt.

»Wir wußten es. Was noch schauerlicher ist – wir können nichts tun. Alexander würde uns kreuzigen lassen.«

Gegen sechzigtausend halb verrückte Plünderer haben wir keine Chance, trotz der Ausrüstung«, brummte Atalido finster. »Suchen wir einen Lagerplatz und einen Stall für die Tiere!«

Wir wandten uns in die Richtung zum Stadtrand, wo wir fanden, was wir suchten. Der orgienhafte Vorgang der Plünderei hatte die gesamte Stadt erfaßt, noch nicht aber die Paläste. Dort würden die Makedonen das königliche Lager Alexanders aufschlagen. Eine Gruppe Makedonen, in deren Kleidung goldene Pokale klapperten, zerrte mit Seilen eine Marmorstatue vom Sockel. Mit Beilen und Schwertern schlugen andere Männer auf das Kunstwerk aus geädertem Stein ein. Ein persischer Wächter taumelte blutüberströmt zwischen den Zierbüschen hervor und brach zusammen. Wieder krachte das Holz aufgebrochener Tore und Türen.

»Sie töten, obwohl Alexander . . .«, begann Charis, aber ich winkte ab.

»Raserei entwickelt eigene Gesetzmäßigkeiten. Sie hören nicht eher auf, als bis alle betrunken sind. Irgendwann in der Nacht.«

Wir ritten in eine Anlage hinein. Sofort verteilten wir uns, schlugen in Sichtweite der Tore die Zelte auf und entfalteten hektische Betriebsamkeit. Charis lief ins Haus und versuchte die Perser zu beruhigen. Als eine zehnköpfige Gruppe halbbetrunkener Makedonen erschien, warfen wir sie hinaus und brüllten sie an, sie sollten nicht in unserem Revier plündern. Schimpfend zogen sie ab. Die persische Familie mit Dienern und Sklaven verlor ihre Furcht nur langsam, aber sie glaubten uns, daß wir weder plündern noch brandschatzen oder schänden würden. Meine Unruhe wuchs im gleichen Maß, wie der Lärm sich vergrößerte. Zwei Stunden später hielt ich es nicht mehr aus, schwang mich in den Sattel und nahm fünf Gefährten mit.

»Versuchen wir, wenigstens das Schlimmste zu verhindern.« Athyra glaubte selbst nicht daran. Wir ritten entlang einer breiten Straße, die in leichtem Schwung die Stadt durchschnitt. Noch waren keine Brände ausgebrochen; aber die Gier der Sieger beherrschte Persepolis. Überall wurden Statuen des Xerxes und unbekannter Götter, Würdenträger oder Fabelwesen umgestürzt. Zerschmetterte Tonkrüge lagen auf den Wegen. Frauen, denen man die Ketten vom Hals riß, flüchteten schreiend aus den Häusern. Makedonen rannten vorbei, schwer behängt und bepackt mit Beute, verloren einzelne Stücke, blieben stehen, fluchten und lachten, klaubten die Beute auf, rempelten ihre betrunkenen Kameraden an und torkelten weiter. Hinter ihnen starrten Stadtbewohner blutend und hohläugig her; Sklaven rannten, wieder krachte eine Statue zu Boden und zersprang klirrend. Wir ritten in einer Reihe, bewaffnet und in voller Rüstung, die glockenförmigen Helme im Nacken. Vor uns schlugen Söldner aufeinander ein und zerrten an der Beute, an den Henkeln prächtiger Krüge, an Ketten und Geschmeide und ledernen Säcken voller Münzen.

Ein Berittener hing zwischen den Köpfen zweier prächtiger Schecken mit vergoldetem Zaumzeug, die er aufgeregt mit sich riß. Die Tiere scheuten, stiegen hoch und rissen den Mann hin und her. Im Zickzack entfernte sich die Gruppe in kurzem Galopp, während die Füße des Makedonen durch den Staub schleiften. Die Beute schien in den Häusern geringer, als die Söldner glaubten. Perser, vor der Wut der Makedonen flüchtend, fielen uns in die Zügel und flehten uns an. Sie schienen uns für Heerführer zu halten. Ich deutete nach rechts und links, und Atomas und Atagin brachten die Leute zurück in ihre Häuser. Dort blieben sie stehen und trieben die Makedonen zurück. In den Häusern herrschten Zerstörung und Wirrwarr, die Räume waren vom Klagen und Wimmern der Ausgeplünderten erfüllt. Endlich zogen sich die Makedonen aus diesem Teil der Stadt zurück – es gab nichts mehr, was es zu rauben lohnte. Die Gefährten trabten heran; ihr Gesichtsausdruck schilderte, was sie erlebt hatten.

Einige Schritte weiter sahen wir im Chaos einige Makedonen, die ein Feuer angefacht hatten; aus zerschlagenen Möbeln, zierlich gearbeitet, voller Intarsien, prasselten Flammen. Balken und Bretter zerschmetterter Türen wurden von Sklaven herbeigeschleppt, die Sklaven trugen Spuren von Mißhandlungen. Die Frauen wurden gezwungen, den Griechen Wein zu bringen. Die Söldner saßen auf Hockern und den Fragmenten zerschmetterter Statuen. Jeder war berauscht, klatschte unrhythmisch in die Hände und gab zitternden Musikern einen schauerlichen Takt an. Um die Flammen tanzten nackte Mädchen und junge Frauen. Wenn sie aufhörten, schüttete man Wein über sie, bedrohte sie mit Lanzenspitzen oder schlug sie mit Bogensehnen. In den Gürteln steckten juwelenverzierte Dolche und Schwerter mit goldenen Griffen. Unter den Sandalen, aus denen schmutzige Zehen hervorsahen, klirrten Münzen. Zwei Krieger schlugen in erbitterter Wut aufeinander ein. Aufkreischend, weil ihr Haar den Flammen zu nahe kam und zu schmoren anfing, rannte ein schönes Mädchen auf uns zu. Wir lenkten unsere Pferde zur grölenden Gruppe. *Versprich ihnen Gold, mehr Beute!* riet der Logiksektor. Ein Guß aus dem Weinkrug löschte das rauchende Haar des Mädchens. Die Nackten froren trotz der mannshohen Flammen; ihre Füße bluteten, weil sie in Scherben und Glutstücke traten. Ich brüllte:

»He! Makedonen! Ihr wißt nicht, wo die gute Beute ist!«

Wein tropfte von den Kinnen, die Bewegungen waren schwerfällig, und die Augen schienen nicht nur vom beißenden Rauch zu tränen, als einige Makedonen aufsprangen. Zwei Mädchen drückten sich zitternd an die Sättel von Athyra und Atares.

»Ihr seid es, die Ehernen!« lallte ein Krieger. »Hier! Trink, Fremder!«

Er schwankte auf mich zu und gab mir einen prachtvollen Metallkrug. Ich nahm einen Zug und wischte über meinen Mund.

»Dank dir, tapferer Peltast«, sagte ich. »Warum plündert ihr diese

Häuser, wenn es im Palast noch mehr Gold gibt? Münzen und Barren sind doch leichter zu schleppen als Geschmeide.«

Die Musiker hörten auf, als sich alle uns zuwandten. Die Frauen flüchteten ins nächste Haus. Ich deutete auf den Palast, dessen Zedernholzdächer über die Wipfel herübersahen.

»Ihr müßt schnell rennen. Die Kampfgefährten schleppen das Gold weg. Ich rede nicht von Alexanders Schatz.«

Einige Makedonen kamen auf ihre Füße, rafften die Beute zusammen und schwankten davon. Die anderen blieben unentschlossen. Wir ritten, noch immer die Mädchen zwischen uns, näher ans Feuer heran. Die Sklaven wußten nicht, was sie tun sollten. Ich warf dem Makedonen den Krug zu; er war leer, meine Gefährten hatten getrunken.

»Männer«, sagte ich. »Ihr vertut eure Zeit. Die Perserinnen werden sich den Siegern an den Hals werfen. Warum nehmt ihr mit Gewalt, was ihr geschenkt bekommt? Los! Sucht die Schätze des Darius und seiner Vasallen.«

»Du hast recht, Ägypter!« rief ein Piloi-Krieger. »Kommt! Holen wir das Gold. Viele funkelnde Dareiken!« Sie halfen sich gegenseitig, vergaßen in ihrem Rausch die Bratenstücke, die in den Flammen verbrannten. Sie schlichen davon, schleppten die Beute mit und würden, wenn einmal ihr Lager stand, nicht wissen, was sie damit tun sollten. Ich rief den Persern zu, ihren letzten Besitz zu vergraben und ihre Frauen zu verstecken. Binnen weniger Atemzüge war der Platz leer, und nur das Feuer brannte mit unverminderter Kraft.

Atomas wendete sein Pferd und zeigte zum Ende der Straße. Dort stand ein Tempel. Überall rannten Makedonen und Perser, kämpften, hasteten, flüchteten in die Häuser und wurden wieder hinausgetrieben. Schreie und Fußtrampeln, Hufschlag galoppierender Pferde und das Geräusch von Axthieben erfüllten die Straße. Wir fuhren herum und sahen eine Phalanx von etwa zwei Dutzend berittener Kampfgefährten, die keineswegs so aussahen, als hätten sie an den Plünderungen teilgenommen. Sie blickten uns nur kurz an und ritten auf die Makedonen zu, die mit Sarissenschäften auf Perser eindroschen.

»Hört auf! Ihr habt Alexanders Verbot zu beachten!« Sie schrien und hieben mit Peitschen auf die eigenen Leute ein. »Vergreift euch nicht an den Bürgern!«

Es herrschte ein gewaltiges Durcheinander. Nach stundenlangem Ritt mußten wir erkennen, daß es kaum ein einziges Haus gab, in dem nicht alles Wertvolle gestohlen, alles Zerbrechbare zerschlagen und die Bewohner zu Tode erschreckt oder verwundet waren. Wir fanden Tote und Geschändete; wieder trafen wir auf die Anführer der Heeresgruppe, die versuchten, die Bewohner von Persepolis zu schützen. Gegen Abend, als ich zusammen mit Charis und drei Gefährten auf den Palastbezirk zuging, stieß mich Charis an.

»Unser Freund scheint nachdenklich geworden zu sein!« Am Ende einer Rampe lagen die auseinandergebrochenen Teile eines riesigen Standbilds. Es war vom Sockel gestürzt und in Stücke geschlagen. Wir erkannten die zeremoniell erstarrten Gesichtszüge des Xerxes. Alexander und seine engsten Freunde standen vor den Trümmern; er blickte in die steinernen Augen des bärtigen Antlitzes, und seine Freunde maßen ihrerseits ihn mit einem Ausdruck, als würden sie ein Wunder oder die Aufklärung eines Rätsels erwarten.

»Sollen wir an dir ohne Achtung vorbeischreiten? Sollen wir die Trümmer liegenlassen?« fragte Alexander den zerbrochenen Koloß. »Du hast Feldzüge gegen uns geführt. Sollen wir deine Statue aufbauen, weil du ein König warst, wie man sagt, voller Hochherzigkeit?«

Meine wenigen Erinnerungen an Xerxes waren anders. Der König der Makedonen blieb lange stehen, wickelte sich enger in seinen Mantel und kam schweigend auf mich zu; er musterte uns mit unergründlichen Blicken und sagte: »Ich habe gehört, daß du meine Makedonen zur Ordnung gerufen hast, Toxarchos.«

»Ich erinnerte sie an deine Befehle. Sie wüteten unter den Bürgern wie auf dem Schlachtfeld.«

»Sie sind verrückt nach Gold. In der Nacht wird Ruhe sein. Wir bauen das Lager auf.«

»Und nun?« fragte Charis. »Du bist an deinem Ziel. Persepolis und das Reich gehören dir.«

»Darius lebt noch.«

»Er ist nahe Hamadan und sammelt Truppen in seiner Zuflucht in den Bergen«, sagte ich. »Jeder Mann in deinem Heer wird sich fragen: Was nun, König?«

»Weil dies so ist, lasse ich sie plündern. Niemals mehr wird Persepolis das sein, was es war.«

»Zweifellos«, stimmte ich zu. »Noch folgen dir alle Makedonen. Es wird aber der Tag kommen, an dem sie der Kämpfe müde geworden sind. Viele fremde Söldner im Heer machen die Kämpfe von Mal zu Mal schwieriger. Aber nun brechen für uns gute Tage an, mit Spielen und Gastmählern?«

»So wird es sein, Atalantos.« Alexander lachte. »Thais wird mit uns feiern.«

Er grüßte freundlich und eilte mit seinen Freunden weiter. Inzwischen schlief ein Teil des Heeres, das für einen neuen Angriff ausgesucht war, die Räusche aus. Pasargadai sollte eingenommen werden; eine Siedlung um einen Tempel des Cyrus, in dem sich ein Teil des Staatsschatzes befinden sollte. Aus Susa würden Zehntausende Packtiere kommen, von denen die Schätze des Perserreichs weggeschafft werden sollten. Ein Teil der unermeßlichen Beute war für Antipater bestimmt, der Makedonien verwaltete und dort für Ordnung sorgte. In dieser Nacht heulte eiskalter Wind durch die Stadt und durch die entlaubten Kronen der Bäume. Schneeschauer hüllten die Makedonen ein, als sie, nach saurem

Wein stinkend, die Ordnung ihres Lagers herzustellen versuchten; viele erfroren und wurden am Morgen steif aufgefunden.

Dreißig Tage lang schwärmte Alexander mit tausend Reitern und einer Truppe der besten Fußkämpfer durch die Provinz Persis. Ein Kriegszug durch das schneebedeckte und eisige Gebirge begann. Alexander war selbst jetzt von einer inneren Unrast befallen, die seine Krieger ansteckte und mitriß, gleichermaßen aber mißtrauisch und ungeduldig machte. Die Hauptarmee erholte sich – oder versuchte es wenigstens. Die Bevölkerung der Stadt und der umliegenden Gebiete wurde zwar gezwungen, Nahrungsmittel und Dienstleistungen zu stellen, aber Vergewaltigungen oder Morde hörten auf. Für uns warf sich wieder die Frage auf, wie wir sinnvoll handeln sollten, ohne uns entscheiden zu müssen.

»Alexander – bedeutet Kämpfe, Wanderungen, Schlachten und Entbehrungen. Erfolge?« sagte Charis herausfordernd. »Wann werden wir wirklich Erfolge sehen?«

»Wenn Alexander sicher weiß, daß sein Reich die größte Ausdehnung erreicht hat.« Ich hatte eine andere Meinung. »Die Perser, ein riesiges Volk mit vielen Stämmen, deren einfache Menschen sich nicht von denen anderer Weltgegenden unterscheiden, halten die Herrschenden für göttlich, obwohl jene grausam und wirklichkeitsfremd sind; ungewohnt, sich wirklich großen Aufgaben zu stellen.«

Die Hirten und Nomaden der Berge hatten niemals erwartet, daß die Makedonen sich mit dem Querbeil Pfade durch die Eisplatten hacken würden. Sie unterwarfen sich, als Alexander ihnen begreiflich machte, daß sie gerecht behandelt werden würden. Für sie machte es keinen Unterschied, ob fern von ihnen Makedonen oder Perser regierten. Als Alexander sicher sein konnte, daß in der kälteklirrenden Provinz Ruhe herrschte und er keinen Verrat zu befürchten hatte, marschierte er nach Persepolis zurück.

In der Stadt wurden Festgelage und Spiele abgehalten. Alexander beschenkte aus der unfaßbar reichen Beute seine Freunde und Kampfgefährten. Der persische Statthalter wurde wieder in sein Amt eingesetzt, dreitausend Männer bildeten eine Garnisonsarmee, ein enger Freund des Makedonen erhielt die Verantwortung über Stadt und Provinz. Wieder bewies der junge Makedone ein außergewöhnliches staatsmännisches Geschick: Zum Verwalter der Provinz ernannte er den Sohn eines adeligen Persers. Sein Vater, einer der Sieben Familien, war in der Schlacht am Granikos getötet worden.

Das Gefühl des Unwirklichen wuchs: Je weiter das Jahr vorrückte, je wärmer es wurde, je mehr Saaten grünten, desto mehr ließ Alexander erkennen, daß sich in seinem Innern ein Wandel vollzog. Das Leben verlief von einem siegreichen Kampf zum anderen. Es gab nur wenige kritische Stimmen. Seine Freunde hielten ihn für einen Halbgott oder den Sohn Gottes; Aussagen, die er sich stumm gefallen ließ. Ich ahnte, daß er selbst daran glaubte. Er trug das Ammon-Amulett Tag und Nacht auf der Brust, so wie ich meinen Aktivator. Es schien nicht nur uns, als ob er begonnen habe, einen Kampf gegen sich selbst zu führen, schweigend, nachdenklich, durch jähe Ausbrüche von Kampfeswut, Unrast und Unsicherheit unterbrochen. Sein Charakter änderte sich; er wurde Schritt für Schritt zu einem Perser, zu einem Mann, der maßlos zu werden begann. Bisher hatte sich sein Ehrgeiz darauf beschränkt, ein Reich zu erobern und die Perser zu bestrafen. Persepolis war in seiner Hand, Darius beunruhigte ihn; vor ihm lag nun die ganze Welt.

Das Fest begann am Abend. Alexander hatte viele Makedonen, Söldnerführer und Perser eingeladen. Sie waren alle gekommen und hatten noch Freunde mitgebracht, Personen, die sich während des Festes Alexander nähern und ihn um etwas bitten wollten. Charis, Atagenes und ich waren von ihm selbst zum Fest geladen worden. Atagenes stieß ein häßliches Lachen aus.

»Wir sind eingeladen, weil er Charis mit seinen gierigen Augen verschlingen wird, trotz der weißhäutigen Thais.«

»Leider ist etwas Wahres daran.« Charis schüttelte sich wie im Frost. »Jedesmal, wenn er mich ansieht, denke ich, er will etwas Wahnsinniges von mir. Nicht, daß es ein Blick glühender Leidenschaft wäre!«

»Wenn er dich anrührt, werde ich ihm mehr als ernsthafte Vorhaltungen machen«, sagte ich grimmig. Viermal hatte ich diesen Blick bemerkt. Ich vermochte die Bedeutung nicht zu erklären. Die Stadt war ungewöhnlich ruhig. Die Perser wagten sich nicht aus den Häusern heraus, und das Heer lagerte in den Zelten, umgeben vom lärmenden Troß. Es wimmelte in den Palästen von Menschen: Sklaven, Griechen, Makedonen und Wachen, Perser und die wachsende Menge enger Freunde Alexanders. Der junge Bagoas, die athenische Kurtisane Thais, namenlose Lustsklaven und Sklavinnen und ein Gewimmel aus Mundschenken, Köchen und Dienern. Der Palastbezirk verwandelte sich in eine steinerne Landschaft aus zuckenden Lichtern und Schatten.

»Alexander ist eben auch in dieser Leidenschaft maßlos«, meinte Charis. »Wie im Kampf und Erobern.«

»Und im Abbrennen von Häusern.«

Einige kleine Paläste, in Wirklichkeit Bürgerhäuser adeliger Perser, waren während der Plünderung abgebrannt. Die Perser beschuldigten Makedonen; diese lehnten alle Schuld an den Bränden ab. Den riesigen

Königsschatz hatte Alexander nach Susa und zu Antipater geschickt. Für sich, einen neuen Feldzug, behielt er einen Teil. Wir schlossen uns seinen Anführern an. Lachend und scherzend stiegen sie die Treppe zum Hundertsäulensaal hinauf. Die makedonischen Wachen verdeckten mit ihren Körpern, Sarissen und Fackeln in den Händen, die Gestalten der legendenhaften Bilder am Treppenaufgang. Ich nahm den Arm meiner Gefährtin und nickte Männern zu, die mich kannten.

»Ich hoffe, daß das Gastmahl vor dem Morgengrauen endet.« Charis zeigte offen ihr Unbehagen. Der Palast mit seinen Quaderwänden, Säulen und der riesigen Baumasse verschluckte uns wie das Maul eines Giganten aus der Urzeit. Der Stein strömte Kälte aus, trotz Fackeln und Kohlebecken.

»Das neueste Gerücht, Atalantos? Schon gehört?« fragte Atagenes nach einigen Schritten. »Im Heer, unter Hellenen und Makedonen, macht sich ungute Stimmung breit. Sie glauben, daß Alexander bei den Barbaren bleiben und hier seinen Wohnsitz nehmen will.«

Viele persische Städte hatten Einrichtungen, von denen Athen oder Sparta nicht einmal träumten. Persepolis erhielt sein Wasser über Brükkenbauwerke; unterirdische Kanäle durchzogen einen Teil der Stadt. Derlei Zeichen der Zivilisation mochten den einfachen Griechen Schrecken einjagen. Ich konnte deren Stimmung verstehen.

»Das will er sicher nicht«, sagte ich. Wir hörten zwischen den Mauern leisen Gesang, Pfeifen und Flöten von melancholisch wimmernden Rohren, dumpfe Beckenschläge, das Klingeln von Messingplättchen und Rasseln. Andere Teile des Palasts waren dunkel und unbewohnt. Wir näherten uns dem Hundertsäulensaal und dem Audienzsaal des Darius. Wärme aus Glutbecken ließ den Geruch der schweren Zedernbalken stärker werden. Die Helligkeit der Öllampen und der Fackeln erreichte die Dächer der Säle nicht. Sie lasteten über uns wie die Decke eines Grabes.

»Wir müssen, hoffe ich, nicht zu nahe bei Alexander sitzen«, flüsterte Charis. Ich schüttelte den Kopf und brummte: »Schwerlich. Wir sind unbedeutend. Aber er wird uns wohl mit Anerkennung überhäufen.«

Der Lärm vieler Stimmen und die Musik wurden lauter. Als wir aus den Schatten hölzerner Säulen hervortraten, schlug uns Helligkeit unzähliger Flammen in die Augen. Schätzungsweise dreihundert Personen saßen, standen oder lagen um niedrige Tische oder schwere Tafeln, die man auf Fabelwesen aus vergoldetem Stein gelegt hatte. Schalen, unzählige Krüge, Becher und Pokale standen auf den Tischen, über denen kostbare Tücher hingen. Im Hintergrund des Saales musizierten Frauen, schlugen dunkelhäutige Männer auf die Trommeln. Alexander und seine Freunde saßen unter dem goldverzierten Baldachin. Der Rauch der Fackeln, die Rußfäden der Öldochte und die Luft der Feuerschalen vereinigten sich unter der Decke zu einer grauen Schicht, die über uns wie Nebel verharrte. Geruch heißer Speisen wehte heran.

Persepolis und die Region Persis schleppten ihre Tribute herbei. Unaufhörlich brachten Sklaven große Platten und Tröge, mit Fleisch, gesotten und gebraten, dampfend, nach Würzkräutern duftend. Pokale klirrten. Tonkrüge zerschellten auf dem Steinboden. Eiserne Spieße, an denen zwischen Scheiben gelben Gemüses halbe gebratene Vögel steckten, wurden über Tische gelegt. Die Arme der Köche und Vorleger troffen vor Fett und Fleischsaft. Die Makedonen aßen, wie sie kämpften. Mit ihren Dolchen spießten sie die Brocken auf und rissen mit den Zähnen die Fleischstücke daraus heraus. Schmalschädelige persische Jagdhunde strichen zwischen den Beinen der Schmausenden herum und balgten sich um die Knochen und Fleischreste.

Es gab keinen leeren Tisch. Wir sahen unzählige Szenen, aus denen sich das Gastmahl zusammensetzte. Es herrschte fröhliche Stimmung; niemand merkte, daß widerwillige Besiegte ihren Sieger bedienten. Die persische Kultur hatte es verstanden, die Fremden einzuschließen, in sich aufzusaugen, mit den weichen Fesseln des Wohllebens zu binden.

»Ich glaube«, sagte Atagenes zufrieden, während er sich einen kopfgroßen Pokal vollschenken ließ, »es fängt an, mir zu gefallen. Persis beschenkt uns mit allen Genüssen.«

»Laß dich nicht zu sehr beeindrucken«, mahnte Charis. »Wir werden später dafür bezahlen.«

Als aus der Richtung Alexanders Gelächter und Händeklatschen zu hören waren, sprangen einige Perser auf und verließen den Platz an einem Tisch, der sich unter der Last von Speisen und Bechern durchbog. Wir setzten uns in makedonische Feldstühle, über die Decken mit Silberstickerei gebreitet waren. Atagenes trank Charis und mir zu.

»Ein guter Platz«, meinte ich. »Wir sehen vieles, aber kaum jemand wird uns sehen.«

»Du willst gesehen werden, Liebster«, sagte Charis mit ihrem schönsten Lächeln, »und du wirst zweifellos bemerkt werden.«

Rechts und links zogen sich Bündel hölzerner Tragsäulen in die Höhe, von vergoldeten Eisenbändern zusammengehalten. Das Zedernholz atmete den Geruch aus, den wir aus den Wäldern um Byblos und Tyrus kannten. Wir kosteten zahlreiche Gemüse, mehrere Arten Fleisch aus Schüsseln, indem wir Brot falteten und als Löffel benutzten. Auf jedem Tisch standen Kostbarkeiten: zerriebenes Salz und solches mit getrockneten Kräutern, Honig, Datteln, Nüsse jeder Art, gebratene Innereien, Tiere, Früchte des vorigen Herbstes, Brot aus weißem Mehl, gesüßt und weich, mit eingebackenen getrockneten Weintrauben. Wir tranken vorsichtig den schweren, roten Wein.

Seltsam, sagte ich mir. Wir kannten jeden Quadratfuß jener Länder, die Alexander durchmaß, besser als ein anderer Mensch, aber die Beziehungen, Freund- und Feindschaften, all jene menschlichen Strömungen innerhalb der Heerscharen, Freunde und Kampfgefährten Alexanders, davon hatten wir nur wenig Ahnung. War Bagoas wirklich einer der

Lustknaben Alexanders? Erstreckte sich seine Leidenschaft auch auf Thais? Welche Rolle spielte Kleitos? Schlief er mit Barsine? Ich winkte einem Diener, nachdem ich von dreißig verschiedenen Speisen gekostet hatte. Man brachte mir ein dampfendes Tuch, das nach Weihrauch roch; ich säuberte mich. Als ich den Pokal hob, rief mich Parmenion aus dem Dunkel jenseits der Säulen.

»Atalantos? Toxarchos!«

Parmenion, wichtigster Feldherr Alexanders, bedeutete mir, ich solle sitzen bleiben. Er schnippte mit den Fingern. Sklaven stellten neben mich einen reichverzierten Sessel, in dem sich die breitschultrige Gestalt ausnahm, als würde sie das Holz zersprengen.

»Deine Augen, Toxarchos, sind überall. Sicher, daß du das wirklich Wichtige siehst?« sagte er. Ich schwieg; seine prüfenden Blicke hatte ich nicht vergessen, als Beile, Speere, Schleudersteine und Pfeile vom Schutzschirm abgeprallt waren.

»Was ist wichtig? Das Treiben um den Sohn des Perseus mit dem Kranz um die Schläfen? Oder zu sehen, wie sich jene bewegen, die Befehle ausführen? Oder soll ich den Prunk des Darius bewundern? Sag mir, was wichtig ist.«

Vermutlich war Parmenion derjenige, dem Alexander seine Siege verdankte. An seiner Freundschaft zu Alexander gab es keine Zweifel. Dennoch machte er den Eindruck eines Mannes, der zutiefst nachdenklich geworden war.

»Wichtig ist«, er grüßte meine Gefährtin und meinen tapfersten Kämpfer, »ob Alexander unserem Rat gehorcht.«

»Ich kann mich nicht entsinnen«, sagte ich, »daß er je meinen Rat gewünscht hätte. Sucht er deinen Rat?«

Ein kluger Barbar. Ich mochte ihn seit dem ersten Treffen. Hätte Darius eine Handvoll solcher Männer gehabt, würde er Alexander gejagt haben wie eine Herde Gazellen.

»Er erhält ihn; mitunter hört er auch auf ihn. Wirst du helfen, wenn ich ihn vor den Einflüsterungen dieser athenischen Hure bewahren will?«

»Was flüstert sie?« Gespannt hörten Charis und Atagenes zu. Parmenion machte eine unbestimmte Bewegung und verschüttete viel Wein.

»Sie will, daß er den Palast niederbrennt als Rache dafür, daß Perser den Tempel Athens anzündeten.«

Ich überlegte meine Antwort lange, dann erwiderte ich:

»Die Perser erkennen Alexander als ihren neuen Herrscher an. Alles Wertvolle ist aus dem Palast entfernt. Wenn er brennt, wird man sagen, daß der neue Herrscher – noch lebt Darius! – wahnsinnig geworden ist. Was das persische Heer nicht geschafft hat, kann dieses Gerücht bewirken. Ein König, Sohn der Götter, der wegen einer Dirne Paläste niederbrennt: Ich wüßte, was ich von einem solchen Feldherrn zu halten hätte.«

»Noch ist er unentschieden.« Parmenions Gesicht war von Sorgen gezeichnet und wirkte jetzt wie altes Leder.

»Wenn er noch einige Pokale Wein getrunken hat, wird er deinen Einflüsterungen nicht mehr zugänglich sein!« sagte Charis mit ungewohnter Schärfe. Schweigend nickte Parmenion; er murmelte:

»Du sagst kluge Worte, Charis.« Sie nickte nur.

Parmenion hob die Hand, um einen Mann zu begrüßen, der sich genähert hatte: der Kreter Nearchos, ebenfalls ein unerschrockener Heerführer. Er war nicht mehr nüchtern, aber er stand fest. Mit dem Daumen deutete er über die Schulter:

»Der Wein fließt in wahren Bächen.«

Wir hörten mehr Lärmen und Gelächter aus der anderen Ecke des Saales. Die Musiker verdoppelten ihre Anstrengungen. Das Schrillen der Pfeifen gellte; für uns hatten diese Klänge etwas Drohendes. Meine Muskeln spannten sich, ich ließ meinen Blick über die Gesichter der beiden Griechen gleiten.

»Kann ich etwas tun, das uns hilft . . . und Alexander?« sagte ich. »Vielleicht sollten wir ihm begreiflich machen, daß er kein Halbgott ist?«

Beide schüttelten die Köpfe. Sie gaben keine Antwort. Auch sie schienen sicher zu sein, daß es sich um keinen gewöhnlichen Sterblichen handelte. Wieder klirrten Tonkrüge, und Sklaven sprangen zur Seite. Ein Pokal rollte scheppernd über den Boden. Ein Mann riß eine Fackel aus der Halterung.

»Zu Ehren des Gottes der Trunkenheit! Ehre sei Dionysos«, kreischte eine Frau. Wir standen auf und konnten nicht glauben, was wir sahen: Eine zweite Fackel wurde aus den eisernen Doppelringen gehoben. In der Nähe Alexanders gab es Streit. Parmenion winkte uns schweigend und bahnte sich einen Weg durch die aufgeregte, halb betrunkene Menge. Wir folgten ihm schnell, die Pokale in den Händen. Jetzt sah ich Thais: eine schlanke Griechin mit weißer Haut und dunklem Haar. Die kostbare persische Kleidung machte sie aufreizend sinnlich; ihr Gesicht drückte kühle Berechnung aus, jetzt hielt sogar sie eine lodernde Fackel, in der anderen Hand einen Becher.

»Zeigen wir ihnen, wie Makedonen feiern!« rief sie. Ihr gehörte diese durchdringende Stimme. Alexander stand mitten in einem dichten Kreis Makedonen. Seine Augen blickten kalt und überlegen, sein Gesicht war vom Essensfett glänzend, von Wein und Aufregung gerötet. Um die Stirn lag ein Kranz aus Blättern und Blumen. Er riß einem Diener den Weinkrug aus der Hand und setzte ihn an die Lippen. Aus den Mundwinkeln liefen Rinnsale und besudelten seinen Chiton und den Chlamys. Langsam ging er weiter, setzte den Krug ab und rief im gleichen Befehlston, mit dem er seine Truppen mitriß:

»Zur Terrasse! Hinaus, in die Nacht!«

Alexander führte eine Gruppe von drei Männern an. Sie durchbrachen den Kreis. Thais schloß sich an. Da die anderen Gäste ihrem Gastgeber nicht nachstehen wollten, rissen auch sie Fackeln von den Wänden und schwenkten sie, daß die Funken stoben. Ein Tuch begann zu brennen und wurde mit Wein gelöscht. Diener brachten unangezündete Fackeln, die in aufstiebende Glutschalen gestoßen und in Flammen gesetzt wurden. Der Zug wuchs an, grölend und rülpsend leerten die Gäste ihre Becher und Pokale.

»Halt, Alexander, mein Freund!«

Parmenion drang durch die Menschenmenge und breitete vor Alexander die Arme aus. Er hätte den Herrscher niederschlagen müssen; es war zu spät. Alexander lachte ihm schallend ins Gesicht und schob ihn mit der Schulter zur Seite. Er sah mich, blickte aber durch mich hindurch. Die Fackeln stanken und loderten auf. Jetzt war der Umzug der Betrunkenen schon rund zwanzig Personen lang. Die jungen Männer, von denen sich Alexander bedienen ließ, kamen hinzu, dann rannten die Lustsklavinnen zu ihren Liebhabern und ließen sich von ihnen lachend und kichernd mitziehen. Noch mehr Fackeln. Jemand zerbrach eine Lampe, deren heißes Öl sich auf dem Boden entzündete und mit gelben Flammen brannte. Kreischend sprangen die Mädchen auseinander. Der lange Zug wand sich zwischen den Säulen hindurch und auf den Ausgang zu. Inzwischen hatten die übrigen Gäste begriffen, was sich anbahnte. Die meisten versuchten, es denen mit den Fackeln nachzumachen. Bald waren es mehr als sechzig, siebzig Menschen, die den Saal verließen, durch die Gänge schwankten, sangen, lachten und sich gegenseitig behinderten. Sie verließen den Bereich, in dem Feuer und Flammen für Wärme sorgten. Kalte Nachtluft schlug ihnen entgegen. Einige schienen einen Teil ihrer Trunkenheit zu verlieren. Sie senkten die Fackeln und traten zur Seite, ließen die anderen vorbeihasten.

»Rache für Athen!« schrie Thais immer wieder und lachte schrill. Ich fand mich in einer schweigenden Menge wieder, die hinter den Betrunkenen hinausdrängte. Jeder wollte sehen, was geschah. Viele ahnten nicht, in welches Inferno dieses Vorhaben ausufern konnte. Einige Makedonen unterhielten sich miteinander, und was sie sagten, hatte mit Alexanders Launen zu tun. Ich erreichte, Charis an der Hand, die steinernen Portale und sah zu, wie sich der Zug taumelnd und in Schlangenlinien über den Treppenaufgang bewegte und die Terrasse erreichte. Alexander verschwand als erster in einer langen Kette blakender Flammen im Eingang zum Hundertsäulensaal. Die anderen folgten ihm. Ich erkannte neben mir Parmenion. Er knurrte schreckerfüllt: »Sie schaffen es noch, diese Säufer! Sie brennen den Palast nieder!«

Hinter Alexander wankte Thais in den Eingang. Die Bronzetore waren weit offen. Ein Windstoß ließ alle Flammen und die armdicken Rauchfahnen über den zungenförmigen Lichtern nach einer Richtung schwanken und zurücktaumeln. Ein Schauer weißglühender Funken löste sich und wirbelte in die Höhe. Wie von selbst bewegte ich mich, ging hinter dem Zug her, dessen Mitglieder die obersten Stufen der zeremoniellen Treppe erreicht hatten. Es gab genügend Licht; ich stolperte nicht ein einziges Mal. Wieder drang eine Woge Gelächter, Geschrei und trunkener Gesang an meine Ohren.

Dann glaubte ich zu sehen, daß Alexander die Fackel über seinem Kopf schwang und dann von sich schleuderte. Sie überschlug sich, wilde Kreise aus Flammen beschreibend, und zerstob auf dem Boden der Hundertsäulenhalle. Sofort fingen Stoffetzen Feuer, irgendwelche Späne brannten. Thais warf die zweite Fackel, dann, wie im Wahn, warfen fast alle Freunde, Kampfgefährten, Anführer und Frauen die brennenden Stäbe in dieselbe Richtung. Ich fing zu laufen an und sah, wie der Haufen brennender Fackeln immer größer wurde. Brandherde entstanden, die anwuchsen, entlang der Zedernbalken leckten, schleierartige Tücher und die Stoffflächen der Teppiche erfaßten und wie Zunder entflammten. Die ersten Flammen erreichten die Querbalken, das ätherische Öl trat aus, die Flammen wuchsen.

Plötzlich war das Feuer auf allen Seiten der Balken. Es breitete sich von unten nach oben aus. Die Flammen wuchsen und wurden lauter, es erklang ein Summen und Knistern und Knattern. Einige Atemzüge später schwelte und brannte das trockene Holz tief in die Risse und Sprünge hinein, und eine Säule verwandelte sich in eine seltsame Figur aus Feuer, die wie ein schwankender Baum aussah. Der Baum bekam plötzlich Äste, die nach allen Seiten davonstrebten und sich verzweigten. Kleine Explosionen fanden in den mächtigen Deckenbalken und im Futter zwischen ihnen statt.

An vier anderen Säulen begannen die Flammen sich abwärts zu tasten. Eine Öffnung in der Decke saugte den Rauch an, aus dem Knattern wurde ein hohles, fauchendes Brausen. Zu spät. Es gab keine Rettung mehr. Aus dem Dach schoß mit grausiger Kraft eine senkrechte Flamme. Im fernen Lager erhoben sich die ersten Stimmen. Jemand blies wie ein Rasender in ein Horn. Die Flammen brannten andere Löcher ins Dach, das sich in Funkenregen auflöste, die der Wind in schleierartigen Wirbeln über die Terrasse wehte.

Plötzlich war da kein Lachen mehr, kein Geschrei, keine Lieder. Die Makedonen hasteten aus dem Eingang des Hundertsäulenpalasts und stießen sich gegenseitig nieder. Wir vier traten zur Seite, zurück in die Dunkelheit, zwischen die feingemeißelten Steingestalten. Die Luft wurde angesaugt, heulte und verschwand zusammen mit Staub und Herbstblättern im Innern des Saales. Jetzt brannte das Dach an mindestens zwanzig Stellen; die Flammen wurden höher und lauter. Die Tragbäume verwandelten sich in grellrote Glut. Ein Teil des Daches stürzte zusammen – die Folge war, daß andere Säulen an den Füßen zu brennen anfingen, daß der Luftsog stärker und der Brand unlöschbar geworden waren. Jemand stolperte auf mich zu. Ich erkannte Alexander, der sich den Blütenkranz vom Kopf riß und wegschleuderte.

Charis und ich waren wohl die einzigen Menschen, die gewohnt waren, in geschichtlichen Zusammenhängen zu denken. Der Brand, der mit jedem Atemzug furchtbarer wurde und sich auf die anderen Palastbezirke auszudehnen begann, schadete Alexander mehr, als jemand ahnen konnte.

»Du brennst Persepolis nieder, Alexander!« Ich kam ins vage Licht neuer Fackeln, die von Soldaten gehalten wurden. Die Schattenlinie vor uns wich schrittweise zurück, weil die Flammen breiter und höher wurden. Durch das Heulen, Jaulen und Krachen schrie der Makedone zurück.

»Ich wollte Athen rächen – und jetzt bedaure ich es.«

»Es ist nicht mehr ungeschehen zu machen«, sagte ich, packte ihn an der Schulter und drehte ihn halb herum. Die Flammen beleuchteten jetzt sein Gesicht, in dem es zu arbeiten schien. Seine Miene, die ständig wechselte, war schwer zu deuten.

»Der Brand bedeutet in deinem Leben einen Einschnitt, tief wie eine Erdspalte«, sagte ich. Verständnislos wandte er sich um. Er blinzelte, als er in meine Augen starrte.

»Es ist dein erster schwerer Fehler, Alexander«, fügte ich hinzu. »Perseus tötete die Gorgo Medusa. Prometheus brachte den Menschen das Feuer. Und du nimmst es, um wegen einer Hure einen Palast anzuzünden. Ganz Persien und der Osten werden es erfahren.«

Er wiederholte tonlos, wie halb in einer Ohnmacht:

»Mein erster Fehler, wirklich.«

Meine Stimme war laut und schneidend geworden. In diesen Augenblicken vollzog ich innerlich den Bruch mit dem Welteneroberer. Ich fuhr fort: »Vielleicht folgen noch größere Fehler, Alexander.«

»Ich habe ein Reich zu erobern«, knirschte er. »Was bedeutet ein Palast?«

»Es ist ein Zeichen«, sagte ich. »Eines Tages wirst du wieder einen Fehler machen, einen solchen wie jenen«, ich zeigte auf das brausende Feuermeer, »und das wird dein letzter Fehler sein, dein letzter falscher Entschluß aus der Gottähnlichkeit heraus. Und dieser letzte Fehler wird tödlich sein, Alexander.«

»Wer bestimmt darüber?«

»Andere, ungleich größere Mächte.« Ich lächelte kalt. »Du wirst es merken, denn Eroberern gönnen die Götter keinen sanften Tod.«

Ich ließ ihn stehen und ging zu Charis zurück. Seit ich sie kannte, meinte ich zu wissen, was Liebe wirklich war. Mit den ehernen Kriegern, sämtlichem Gepäck, über uns den Adler, verließen Charis und ich einige Tage später die kolossale Ruine. Uns folgte in der Wärme des fünften Mondes das Heer. Alexander zog weiter nach Osten, nicht zu den Küsten des Binnenmeeres; nun war er zum Söldner seines Wahnsinns geworden.

Unser kleines Lager hatten wir in einer menschenleeren, idyllischen Landschaft aufgeschlagen. Die Pferde weideten, Charis wendete die Stücke eines Bratens, vom sandigen Seeufer kam warmer Wind. Vor mir standen zwei aufgeklappte Truhen. Beide Monitoren arbeiteten: Einer verband mich mit Rico, der andere mit einem Teil von Alexanders rastlosem Heer. Eine Sonde, vom Deflektorfeld geschützt, richtete sich auf einen Truppführer, der bedächtig auf ein Shafadublatt – das die Makedonen »Papyros« nannten – mit zu dünner Tusche schrieb. Ich las:

DAS SCHREIBT KOTHELAS, Truppführer der Peltasten der 6. Phalanx an seinen Freund Knephalos aus Nikaia; tausend Tage nach der Schlacht am Granikos. Berichte denen, die zuhören, was wir erleben.

Am 120. Tage dieses Jahres marschieren wir nach Hamadan. Es sind hundertsechsundzwanzig Parasangen. Wir gehen nach Norden. Die Bematisten, die Schrittzähler, sagen uns: Es sind hundertsechzigmal fünf Tausende und 730 Schritte. Am Wegrand stehen die Steintafeln der Meder. Wir erkennen Pfeile und Namen fremder Städte. Die Sonne ist heiß, der Staub begleitet uns Tag für Tag. Sechs Tausendschaften Verstärkung stoßen zu uns. Jetzt sind wir wieder fünfzig Tausende ausgeruhter Krieger. Wir zählen nicht den Troß. Dort sind die feurigen medischen Dirnen, unser Essen und das Futter für die Tiere. Unsere Pferde grasen in den leeren Weiden. Die Gespanne sind voller Kisten. Darin klirrt das Gold des unermeßlichen Schatzes aus dem niedergebrannten Persepolis und Pasargadai.

Wir verfolgen den dritten Dareios. Überläufer und Spione sagen, daß er mit 10 000 Kriegern und griechischen Söldnern nach Hamadan geflohen ist. Der Meder hofft auf Uneinigkeit in Alexanders Heer. Dies aber geschieht nicht, also hofft Dareios auf die Hilfe von Skythen und Kadusiern. Mit ihnen will er den Paß östlich von Rhagai gegen uns halten. Niemand kam ihm zu Hilfe, es gab Aufruhr unter seinen Kriegern. Sie, die aus Balkh kamen, wollten dorthin zurück, ohne gegen uns zu ziehen. Bald haben wir Gabai erreicht. Die aufsässigen Stämme besiegen wir, eine Palastburg nehmen wir. In Gabai hören wir von der Flucht des Persers. Die Nachricht ist sechs Tage alt. Wir stürmen schneller nach Hamadan und erreichen die Stadt dreißig Tage nach dem Aufbruch. Die Sonne ist heißer geworden, der Staub beißt bitter in Auge und Lippe.

Alexander läßt Proviant herbeischaffen und sagt den thessalischen Reitern, daß der Feldzug der griechischen Rache vorbei ist. Auch uns, die Hellenen, entläßt er. Er wird in wenigen Tagen, sagt er, den Perser fassen und in Ketten legen. Dazu braucht er entschlossene Krieger, die mit ihm bis ans Ende der Welt marschieren. Auch ich verpflichte mich neu. Ich erhalte meinen Sold, und Alexander verspricht mir reiche Beute.

Parmenion erhält den Befehl, den Schatz für Harpalos in Hamadan zu hinterlegen. Dann soll er mit großem Heer gegen die Kadusier im Nordwesten ziehen. In Gurgan will sich Alexander mit seinem Kriegsherrn treffen. Vor uns liegen die Gebiete der Wüstenstämme.«

Ich nahm einen Schluck kühlen, gemischten Wein, dachte über all dies nach und rief die Aufnahmen ab, die Rico gesammelt und zusammengestellt hatte. Vor zwei Tagen hatte er einen kleinen Container abgesetzt; wieder waren wir mit arkonidischer Perfektion neu ausgerüstet. Ich sah zu, wie Alexander ritt. Charis setzte sich nach einer Weile neben mich, legte den Arm um meine Schulter und sah schweigend zu.

Die Pferde keuchten und röchelten. Schweiß sickerte in breiten Bahnen in ihr Fell und vermischte sich mit dem ätzenden Staub. Die Mäuler schäumten gelb. Trotzdem griffen die wohlgenährten Tiere schnell aus. Ihr Hufschlag bildete seit acht Tagen einen dröhnenden Wirbel entlang der Straße. Staub lag ebenso im Haar der Reiter wie auf den Waffen. Äußerlich waren die Soldaten verwildert, aber ihr Zorn und ihr Gehorsam trieben sie ebenso voran wie den Feldherrn.

Dort, wo die mächtige Staubwolke sich wieder senkte, folgte dem Heer der Troß. Auch die Wagen, die Zugtiere und die Lasttiere, ebenso wie die Fußsoldaten, waren für diesen Gewaltmarsch ausgesucht worden. Es gab nicht viel Gepäck; Waffen, Wasser, Futter für die Tiere, Handwerkszeug und alles, was für einen Kampf gebraucht wurde. Immer wieder wich Alexander ins freie Gelände aus. Er hatte den Glauben, Darius abseits der Straße zu fassen. Soldaten brachen zusammen und lallten nach Wasser. Man legte sie auf die rumpelnden Fuhrwerke, deren Achsen wie geschundene Katzen kreischten. Tiere fielen aus dem Galopp, taumelten und schlugen mit den Läufen. Krämpfe durchzuckten ihre Körper. Die Reiter führten Schnitte durch die Hälse der Reittiere, an denen die Adern fingerdick hervortraten. Das Blut, das in den Staub und ins dürre Fasergras schoß, schien zu kochen.

Die Nächte brachten nur wenig Erholung. Die Truppe war glücklich, wenn sie einen Bachlauf oder eine Quelle erreichte. Der Staub wurde abgewaschen, aber der stechende Geruch nach Schweiß, Urin, stinkendem Leder, dem Auswurf der Tiere und dem schmierigen Achsenfett, wich nicht von der Schar. Die Tiere wurden ins Wasser getrieben und kühlten ihre geschwollenen Fesseln. Nur kleine Feuer brannten; meist fielen die Soldaten ohne warmes Essen in tiefen Schlaf. Die Sterne und die Mondsichel blickten auf leeres, wenig fruchtbares Land herunter. Alexander schien der einzige Mann zu sein, der keine Ermüdung spürte. Oft griff er nach dem Amulett, das seinen Kopf mit den Widderhörnern des Ammon zeigte. Alexander vertraute dem riesigen Adler, der das Heer begleitete. Es war das Zeichen des Zeus, der Vogel, der das siebenundzwanzig Jahre zählende Leben des Welteroberers schützte.

Die Nacht verging viel zu schnell, nur die Laute der Tiere, das Schnarchen der Männer durchbrachen die lastende Stille. Im Morgengrauen hörten die Posten das Trappeln von Pferdehufen. Blakende Fackeln tauchten zwischen abgestorbenen Bäumen und Felsen auf.

»Die Späher kommen!«

Alexander hatte in östlicher Richtung kleine Gruppen schneller Späher ausgeschickt; Makedonen und medische Verbündete von großer Zuverlässigkeit und Landeskenntnis. Die abgekämpften Männer, die aus den Mähnen der Tiere zopfartige Haltegriffe geflochten hatten, schüttelten die Köpfe.

»Wir haben keine Spuren gefunden. Aber wir wissen etwas.«

»Was haben euch die Nomaden gesagt?«

»Darius will den Kampf in die Nordteile seines Reiches hereinziehen«, keuchten die Männer. Posten führten die zitternden Tiere zum Wasser. Alexander kroch unter dem Wagen hervor, steckte seinen Kopf in einen Wassereimer und schwankte heran.

»Er will mich zum Aufgeben zwingen«, knurrte er. »Aber in Wirklichkeit hetzen wir ihn. Wo ist er?«

Ein Makedone, der wie ein Verdurstender von seinem Wein trank, faßte zusammen, was sie in tagelangen Irritten mühsam erfahren hatten:

»Irgendwo zwischen hier und Rhagai. Im Nordosten, nahe der Wüste. Vielleicht auf der Königsstraße. Er hat kein großes Heer, das ist sicher.«

»Dann werden wir ihn mit unseren wenigen Kämpfern besiegen.« Alexander blinzelte im Fackellicht. »Ich will ein Ende machen!«

Er stieß eine Reihe Befehle aus und kroch zurück zwischen Decken und Felle. Längst war er an Rhagai vorbeigeritten. Dorthin konnte er zurückgehen – in dem Augenblick, da er sich eingestehen mußte, dieses Verfolgen sei sinnlos geworden. Gedanken, kein einziger davon ausgereift, bekämpften einander in seinen Halbträumen. Ein neuer Anfang mit anderen Voraussetzungen war gemacht worden. Das Reich, von dem er unverändert träumte, war erst zu Teilen in seiner Macht. Um mehr Teile halten zu können, mußte Alexander mehr von den Gebräuchen der Meder übernehmen. Schwierigkeiten türmten sich auf wie Mauern. Im Morgengrauen waren die düsteren Träume verflogen. Von jedem Gedanken blieb ein Stich zurück, wie die Spur eines Pfeiles.

Der schonungslose Ritt ging weiter. Elf Tage lang waren sie unterwegs gewesen. Jetzt schleppten sie sich zurück nach Rhagai. Die Soldaten ließen sich verwöhnen, die geschundenen Tiere erholten sich.

Die Stadt wimmelte von Gerüchten: Die Satrapen Areias und von Arachosien sollten sich gegen Darius gestellt haben. Auch der Wezir Nabarzanes, Bessos, wollte mit Alexander Frieden schließen, über den Kopf des Königs hinweg, hieß es. Zu jeder Stunde trafen in Rhagai Nachzügler des Gewaltmarsches ein. Nach Tagen, in denen Alexander vor Wut über die Umstände raste und auf jedes Gerücht binnen Stunden eines erfuhr, das dem ersten widersprach, schleppten sich zwei Babylonier ins griechische Lager. Das Pferd des einen – es war der Sohn des Mazäos – brach nieder und verendete in der Mitte der Straße.

»Holt Alexander«, krächzte der Reiter. »Wir wissen, daß Darius gefangen ist.«

Die Nachricht riß viele Makedonen auf die Beine. Alexander stürmte in einer Schar hohlwangiger Reiter auf die Nachzügler los.

»Wo ist Darius?« schrie er in höchster Aufregung. *»Gefangen?«*

»Wir sprachen mit Nomaden. Darius kam mit einem kleinen Heer über den Paß der beiden Tore. Dort stellten sich die Satrapen gegen ihn und legten ihn in Ketten aus Gold.«

»Wo, frage ich!« donnerte Alexander.

In den Staub der Straße zeichneten die Nachzügler eine Art Landkarte. Das letzte bekannte Lager des Darius war am Rand der Wüste aufgeschlagen worden, die man *Choarenai* nannte. Von dort hatten ihn die Truppen der Satrapen in Ketten fortgebracht. Alexander handelte mit der Sicherheit, die alle in seinem Heer kannten. Er drehte sich herum, winkte, riß den Arm hoch und schrie Anordnungen. Die Worte hallten von weißgekalkten Lehmmauern wider.

Mit den Fingern schätzte Alexander die Entfernungen ab. Schweigend überlegte er. Seine Stirn furchte sich; er war ausschließlich mit den neuen Problemen beschäftigt. Seine Krieger suchten die kräftigsten Pferde aus, ließen Wasserschläuche füllen und bewaffneten sich. Mit den beiden Babyloniern und den Spähern unterhielt er sich über Wege, Wasserstellen und Entfernungen, über Bessos und Einzelheiten der Verfolgung. Dann hob er den Blick in den flirrenden Himmel, zur sichelförmigen Silhouette des Riesenadlers.

»Wir brechen auf. Nicht mehr lange, und wir legen Hand auf die Macht des Darius.«

Mehr als hundert Reiter sammelten sich, schlangen Knoten in die Reittücher und stopften Nahrungsmittel und Früchte in die Beutel und Taschen. Alexander sagte seinen Männern, was er vorhatte. Er konnte sich darauf verlassen, daß alles befolgt wurde. Er schwang sich auf den Rücken seines Pferdes; es war nicht Bukephalos, sein vierbeiniger Gefährte aus Makedonien. Die Reiter stoben im kantigen Galopp zwischen Häusern und Bäumen hinaus auf die Königsstraße.

»Zwei Tagesritte, Freunde!« Alexander wirkte entschlossen und sicher. Alle Unruhe, jeder Zweifel waren von ihm abgefallen wie ein schmutziger Chlamys. »Der letzte Kampf!«

Er konnte nicht glauben, daß die Satrapen der Perser ihren Herrscher wirklich gefangengenommen hatten. Während die Reiter ihrem Anführer folgten, die Stadtbewohner dem Aufbruch der Krieger staunend zusahen, trafen am anderen Ende der Siedlung die letzten Nachzügler des Gewaltmarsches aus Hamadan ein.

Wieder ging der Ritt hinein in die Grelle und die Hitze. Zur linken Hand erhoben sich die Berge der Grenze zu Hyrkanien. Glutheißer Wind kam aus der Wüste. Die Schatten der Parasangensteine bildeten schwarze Querstriche auf der Straße, die zum Paß führte. Zweihundert Reiter folgten Alexander. Die Straße wand sich durch die Landschaft. Einmal tauchte eine Reihe mächtiger Bäume auf, in deren Schatten es wunderbar kühl war. Dann überquerte ein Nomade mit Schafherden und Kamelen die Straße und trieb schreiend seine Tiere weg, als er die gepanzerte Schar aus dem Staub auftauchen sah. Vorbei! Tümpel voll Bitterwasser zeichneten sich zwischen grellfarbigen Felsen ab; die Tiere mußten mit Gewalt vorbeigetrieben werden. Hier ein zerfallender Tempel, dort ein kantiges Grabmal, einige Stadien weiter drei Hütten, ein Stall und zwei Bäume in staubigem Grün. Am Abend des ersten Tages versperrte ein medischer Reiter die Straße und hob die Hand, in der er ein Tuch schwenkte.

»Ich bin der Waffenfreund des Mazäos-Sohnes«, schrie er den Reitern entgegen. Er trug einen großen korinthischen Schild. »Ich kenne die Wasserstellen. Ihr solltet in der glühenden Nachmittagshitze nicht reiten.«

»Es gibt Wichtigeres als Schweiß!« sagte Alexander. »Weiter! Führe uns.«

Die Pferde rissen die Köpfe hoch, wirbelten mit den Hufen und griffen aus. Die Kavalkade folgte dem Meder, neben dessen Beinen gefüllte Wassersäcke baumelten. Die Stunden vergingen ereignislos. Noch waren Krieger und Pferde ausgeruht. Aber die Kraft nahm rasch ab. Die furchtbare Sonne beschrieb ihren Weg über das wolkenlose Firmament. Im Rücken der Reiterei ging sie als riesiger, blutroter Ball unter. Schatten fielen über die Merkmale des Landes und verwischten die harten Linien. Der persische Reiter hing dicht hinter dem Hals seines Pferdes aus der Zucht des Königshauses. Sein breiter Bug war von einer Schicht trockenen Schaumes bedeckt. In der Dunkelheit fielen die Tiere in Trab. Alexanders Reiter wurden im Licht der Sterne und des Mondes zu Schemen, die wie mit weißer Farbe angestrichen wirkten. Eine Fackel flammte knisternd, eine zweite wurde angesteckt. Die wenigen Hirten, die in der Nacht hochschreckten, sahen den Trupp auftauchen und vorbeipreschen, und sie erschraken, weil sie wußten, daß eine andere Zeit angebrochen war.

Alexander ließ in dieser Nacht dreimal halten. Kurze Pausen, eiskaltes Quellwasser, eine hastige Mahlzeit, die geübten Griffe der Reiter, mit denen sie Krämpfe zu beseitigen versuchten. Die Pferde wurden getränkt, flüchtig gesäubert und gestriegelt. Die Makedonen erfrischten sich, indem sie die Köpfe ins Wasser steckten. Jeder Muskel schmerzte, die Männer schwankten vor Müdigkeit und schliefen für kurze Spannen ein, als die Reiter sich wieder auf den Weg machten. In den Nachtstunden fielen die schwächeren Tiere zurück und bildeten, zusammen mit den makedonischen Reitern, eine kleine Nachhut. Rücksichtslos sprengte Alexander, meist an der Spitze seiner Männer, mit erhobener Fackel weiter.

Dünen wurden im Mondlicht sichtbar. Salzkristalle funkelten wie Juwelen im Mondlicht. Die Sichel des »Bogens der Artemis« wurde breiter und leuchtete die Landschaft unvollkommen aus. Das einzig

Vertraute blieb die Königsstraße zwischen Felsen und Bäumen, dahingeduckten Häusern und kargen Feldern.

Aus der Wüste kam jetzt, vor dem ersten Licht, ein eiskalter Hauch. Die Kälte spornte Männer und Tiere zu neuen Leistungen an. Aus dem Trab fielen die Pferde von selbst in Galopp und trugen ihre müden Reiter davon, nach Osten, in den schmalen Streifen Licht hinein, der die gezackten Konturen des Horizonts aus dem Dunkel hervorzauberte. Die harten Stöße des Pferdekörpers durchzuckten die Männer wie Keulenhiebe. Sie blinzelten und senkten die Köpfe, als ihnen die ersten Strahlen der Sonne entgegenschlugen.

In den Stunden, in denen die Reiter eine Parasange nach der anderen zurücklegten, glaubten sie weit vor sich goldene Rüstungen aufblitzen zu sehen, aber stets waren es Trugbilder. Erschöpfung, Wut, Schmerzen, Hunger und Durst und die Gedanken an den Augenblick des Kampfes, die Griffe um die klappernden Waffen, schwer wie Steine – alles vermischte sich in den Köpfen zu einer Art Wahnsinn, der es möglich machte, daß sie die Martern dieses wahnsinnigen Rittes ertragen konnten.

Zunächst führte die Königsstraße in die grausame Scheibe der Sonne hinein, dann wand sie sich einen Berghang abwärts nach Süden, versank in einem Tal voller Schatten, in dem es einen Hain gab, eine Quelle und nur noch wenige Früchte an den Ästen. Hier sahen die Reiter zwischen Felsblöcken verendete Tiere, an denen Geier und Krähen fraßen. Die Aasvögel ließen sich von den Bewaffneten, die klirrend und polternd durch die Felseinschnitte ritten, nicht stören. Die Makedonen waren eingesponnen in ihre schrecklichen Gedanken an Kampf und Schlaf, und keiner feuerte auch nur einen Pfeil ab.

In der schlimmsten Hitze, kurz nach Mittag, führte der Meder die Reiter in einen schütteren Wald. Nomaden lagerten hier am Wasser. Goldstücke brachten sie dazu, den Pferden Futter zu bringen und den Rest ihrer Nahrungsmittel mit den Reitern zu teilen. Die Makedonen schlangen die Fleischstücke und Brotfetzen hinunter, ohne zu spüren, worein sie ihre Zähne schlugen. Dann warfen sie sich im Schatten zu Boden und schliefen ein, als habe man ihnen Keulenhiebe versetzt. Als die Schatten länger waren, saßen sie auf und ritten weiter, gerade, als die Nachzügler sich zum Wasser schleppten, die Pferde hinter sich herzerrend. Die Nomaden hatten berichtet, daß das Lager des Darius »dort vorn, am Rand der Salzwüste, bei den bleichenden Knochen« aufgeschlagen war, drei Parasangen weit entfernt. Ob seine Krieger in der Lage waren, zu kämpfen oder nicht, schien Alexander nicht einen Augenblick lang zu beschäftigen.

Er hetzte weiter. Wieder verendeten Pferde qualvoll, abermals mußten Männer zurückgelassen werden. Die Straße wand sich zwischen Steinen, die ein Titan am Rand der Einsamkeit verstreut hatte. Im sinkenden Licht lagen die Wüste und, in einiger Entfernung, das Lager der Perser vor den Griechen. Alexander zügelte nach einem Dutzend scharfer Galoppsprünge sein Pferd und rief krächzend:

»Es können nicht viele Krieger im Lager sein. Wir reiten mitten hindurch.«

Aus den Reihen der Reiter kam ein kraftloses *Allallalei!* Die Makedonen vergaßen alles – außer ihrer Kampfeswut. Schwerter glitten aus den Scheiden, Helme wurden aufgesetzt, Kinnriemen gebunden, Schilde hoben sich. Die Reiter formierten sich, während sie sich dem Lagerrand näherten, zu einem der Stoßkeile, die im Reich des Darius so gefürchtet waren. Wieder bildete hinter den Hufen der Tiere eine riesige Staubwolke eine brodelnde Drohung. Neben Alexander ritt Kardiane; weitere Reiter schirmten den Feldherrn ab. Keiner war mehr vom anderen zu unterscheiden – eine gallebittere, stechend riechende Staubschicht bedeckte alles. Schon jetzt sahen sie, daß die Zelte des Lagers nur flüchtig aufgeschlagen, die Lagergassen leer und die Feuer kaum besetzt waren. Perser rannten aufgeregt hin und her, machten aber keine Anstalten, eine Verteidigungslinie zu bilden. Die Reiter donnerten an einigen Gehegen vorbei, in denen Lastesel und Lastkamele standen.

Die Meder griffen nicht zu den Waffen. Rasselnd hielt Alexanders Reiterei mitten in der Lagergasse an. Schreie, Fragen und Befehle schwirrten wild durcheinander.

»Wo ist Darius?«

»Satrap Bessos hat ihn gefangengenommen.«

»Wohin sind sie?«

»Weiter auf der Königsstraße. Nach Qumys, gen Osten.«

»Mit Gespannen kommen sie nicht durch die Wüste.«

Die Makedonen erkannten, daß die Perser alles andere als Kampf im Sinn hatten. Die stärksten Führer waren geflüchtet. Sie hatten Darius entthront und in Ketten gelegt. Schnell wurden frische Pferde gebracht. Die Makedonen aßen und tranken, versuchten noch einmal, ihre Kräfte zusammenzunehmen und holten ortskundige Führer. Alexander stürzte einen Pokal Wein in die Kehle und drängte auf schnelle Verfolgung.

»Jetzt jage ich nicht nur einen König, sondern auch noch einen Verräter«, sagte er mißmutig. Seine Kraft schien ungebrochen. Fackeln wurden den Persern aus den Händen gerissen, und zum letztenmal – wie sie hofften – ritten die Makedonen los. Sie schnitten den Viertelkreis der Straße mit einem Ritt durch die Wüste ab. Zwischen dem Einbruch der Nacht und dem ersten Sonnenstrahl brachten die Griechen elfeinhalb Parasangen hinter sich; mehr als 60 000 Galoppsprünge. Keiner vergaß je diesen Ritt. Er führte durch die Schrecknisse der Unterwelt. Nur Helden konnten ihn gehen. Schatten und Mondlicht, trügerische Schrittfallen, Hunger und Durst und die erbarmungslosen Stöße der Tierkörper brachten die Makedonen weit über den Punkt hinaus, an dem sie noch zu denken und zu empfinden vermochten. Als die ersten Sonnenstrahlen blendeten, sahen die Griechen dreierlei wie eine Traumerscheinung: Die Wüste ging in grünes Land über, Wasserläufe an einer Straße, die sich durch bearbeitetes Land schlängelte, darauf bewegte sich ein Zug aus Gespannen, Lasttieren und Reitern. Waffen und Metalle funkelten und warfen Blitze. Alexander hielt die Reiter an und redete beschwörend auf sie ein, zeigte mit der Schwertspitze ins pastellene Blau des Morgenhimmels und rief, mit seiner Kraft auf die Getreuen übergreifend:

»Seht! Der Adler ist mit uns! Los!«

Die Stelle, an der sich der Weg der Makedonen durch die Wüste mit der Straße kreuzte, lag vor ihnen. Ein letztes Mal peitschten sie die ausgemergelten Pferde, erschien hinter den Reitern eine Staubwolke, von der die Perser erschreckt wurden. Noch zehn Stadien! Es waren sechzig Reiter, die in holprigem Galopp die Perser erreichten, die Nachhut niederritten, die zur Flucht entschlossenen Unsterblichen auseinandersprengten und mit gellenden Schreien, geschwungenen Schwertern und gesenkten Sarissen versuchten, den Gegner so zu erschrecken, daß er die Gegenwehr vergaß. Persische Reiter jagten in wilder Flucht davon. Gespanne rasten die Straße entlang. Einige Wagen kippten in den Graben. Perser warfen sich im dichten Staub über die Wagen, einige stießen sich Dolche in die Brust, andere warfen sich vor die Hufe der Pferde. Die Karawane war zum Stillstand gekommen, inmitten des Chaos. Die Makedonen ließen sich, die Waffen erhoben, von den Pferden fallen. Es gab keine Gegenwehr. Durch die Staubschleier erscholl eine Stimme.

»Alexander! Hierher! Schnell.«

Die Stimme, kraftlos, besaß etwas im Tonfall, das alle, die sie hörten, hochriß. Sie erkannten einen Truppführer, der, sein Pferd hinter sich, neben einem prächtigen Gespann am Straßenrand stand. Schlamm tropfte von seiner Hand. Er hatte nach Wasser für sein Pferd gesucht, dessen Flanken sich wie Blasebälge hoben und senkten. Alexander bahnte sich einen Weg durch die Männer. Die Perser waren an den Rand des Weges zurückgewichen und zitterten vor Furcht. Zwei Reitern gelang die Flucht; die Makedonen blickten verständnislos ein Wagenrad an, das sich waagrecht drehte und schauerliche Geräusche von sich gab. Erst jetzt fiel ihnen auf, daß Darius mit den Truppen des Bessos geflohen sein mußte. Noch einmal winkte und rief der Makedone.

»Alexander! Sieh in den Wagen.«

Der Heerführer erreichte mit einer Handvoll Reiter den Kastenwagen. Räder, Achsen und Seitenwände waren dreckbespritzt, die Zugseile zerrissen und die Deichsel abgebrochen. Alexander starrte in den Wagen hinein, nachdem er sich ächzend hochgezogen hatte.

»Dareios der Dritte«, sagte er rauh. »Er ist tot.«

Er legte die Rückseite seiner Hand an die Wangen und den Hals des Körpers, der an allen Gelenken mit goldenen Ketten gefesselt war. Durch die prächtige Kleidung war Blut gesickert. Der Körper war von vielen Dolchstößen durchbohrt. Es schien einige Herzschläge lang, als ob noch eine Spur Leben im Körper sei, aber als Alexander seinen salzverkrusteten Umhang von den Schultern nahm und Darius' Leiche einhüllte, merkte er, daß die Starre des Todes eingetreten war.

»Die Verfolgung ist zu Ende.« Alexander stand auf der Felge des Wagenrads und breitete die Arme aus. »Darius ist tot. Wir kehren zurück nach Rhagai, Hagmatana oder Hamadan. Er soll ein angemessenes Begräbnis in Persepolis bekommen, wie es einem großen König gebührt. Erholt euch. Wir haben Ruhe nötig.«

Seine Streitgefährten schlugen mit den Waffen gegen die Schilde. Für Jubelgeschrei waren sie zu müde. Sie gingen daran, die persischen Gefangenen zu verhören, und fanden die Adeligen heraus, ließen die Pferde von den Gefangenen versorgen und holten sich Leckerbissen aus dem Proviant. Mehrere Wagen, umgestürzt oder verlassen, enthielten Zedernholzkisten voller Gold, unermeßliche Werte in Bechern, Pokalen, Geschmeide, Silber und Säcke voller edler Steine. Die Griechen waren zu müde, um sich darüber freuen zu können. Während Alexander die Teile des gewaltigen Schatzes bestaunte, fügte er die neue Wirklichkeit, den Sieg, den Zufluß an Besitz und alles, was er erfahren hatte, zusammen. Sein Heer hatte gemurrt, und schon mit der ersten Bemerkung schaffte der Feldherr Ruhe.

»Er, Darius, hat sich nicht mehr ergeben und um Gnade bitten können«, sagte Alexander nachdenklich. »Niemand soll sagen, daß Alexander seine Feinde bis über den Tod hinaus verfolgt. Ich bin der legitime Erbe des Reiches. Aber Bessos wird diesen Titel an sich reißen wollen. Unser nächster Feind, Freunde.« Er hielt keuchend inne, seine Hand tastete unter dem Lederpanzer nach dem Amulett; er sagte laut:

»Meinen treuen Gefährten dieses Wahnsinnsrittes werde ich aus dem Schatz königliche Geschenke machen. Für uns alle zuerst: Ruhe, Essen, Schlaf!«

Die Reiter, die mit wundgeriebenen Schenkeln nur breitbeinig stolzieren konnten, stimmten mit müdem Grinsen und mattem Waffenrasseln zu. Ein Schatten wischte über sie hinweg, einige hoben die Köpfe und sahen mit entzündeten, blutunterlaufenen Augen den Adler. Für den Welteneroberer war, nach dem Brand von Persepolis, das zweite Kapitel abgeschlossen.

Ich schaltete den Monitor ab und blickte in die Gesichter Atagenes und Chapars. Charis zuckte mit den Achseln; Choros murmelte: »Ich bin nicht abergläubisch, Atalantos. Aber dieser kurzbeinige Makedone hat wirklich das Glück des Tüchtigen. Darius tot, von Bessos ermordet! Ein Gewaltritt, bei dem ich nicht hätte dabeisein wollen – mich schaudert! Mit unserem Gleiter wären wir schneller dort gewesen.«

Wir hatten, über Gabei, Hagmatana oder Hamadan, Rhagai und dem

Paß das Land Hyrkanien erreicht; im Frühjahr eine zauberische Landschaft voll Ruhe und Schönheit. Wir ritten in kurzen Etappen, und am Ende des weglosen Rittes fanden wir ein größeres Dorf auf einem Hügel, von hellen Felsen überragt, und aus einem dieser Felsvorsprünge, etwa zwölf Ellen hoch, war ein männlicher Kopf herausgemeißelt, in mühsamer Arbeit. Ich erschrak nicht, aber unzweifelhaft war dies mein Kopf!

Das Gerücht kannten wir aus der Oase Siwa . . . und während wir näher ritten, geschah das Unerwartete: ES gab eine Handvoll unserer Erinnerungen frei. Gleichzeitig entsannen Charis und ich uns vieler Abenteuer an der Seite unseres Gefährten Ptah-Sokar. Chastar winkte uns; er hatte unter dem Felsen einen verwitterten Schiffsbug gefunden, mit unzerstörbaren Augen und Schriftzeichen . . . TTERSTUR . . . entzifferten wir. Ich richtete mich lächelnd im Sattel auf und sagte:

»Bis hierher sind Ptah, Indraya und unsere tapferen Ruderer gekommen. Das Ufer kann nicht weit sein.«

Auf den Karten aus Ricos Höhenphotos konnten wir den Weg der GÖTTERSTURM verfolgen; durchs Binnenmeer, durch beide Meerengen und von West nach Ost ins Hyrkanische Meer. Shanador, hatten die wenigen Hirten gesagt, sei der Name des Städtchens; die Optiken des Falken vergrößerten die »Gottesworte«, *medu-neter,* von den Makedonen »Hieroglyphen« genannt, die unter dem Kopf gemeißelt waren; ich las laut vor:

»Dies ist Atlan, Freund der Menschen. Mit vielen Namen und Masken. Seid ihr in Not, ruft ihn. Er wird kommen. Betritt er Shanador, liebt ihn und gehorcht ihm, wie ihr mir gehorchtet.«

»Auch ich hätte diese Worte gewählt«, sagte Charis lächelnd. »Wenn ich Ptah hätte schildern sollen. Unser Freund, Zeitkapitän!«

»Seine späten Nachfahren.«

Einige Pfade vereinigten sich zu einer Straße, die zwischen Bäumen zum Seeufer führte und nach drei, vier Windungen gepflastert war. Das Geräusch der Hufe rief binnen weniger Atemzüge Dutzende Bewohner aus den Häusern, und als man meine Ähnlichkeit mit dem Sandsteinkopf erkannte, brach Jubel aus. Eine Stunde nach unserer Ankunft bewohnten wir Häuser am Hang, die Tiere waren versorgt, alle Ausrüstung verteilt, und Hornsignale riefen die Fischer zum Steg zurück. Jäger, Fischer, Ackerbauer, Handwerker bestaunten uns, brachten Geschenke und fragten Charis und mich nach den Abenteuern aus, die wir mit dem Stadtgründer erlebt hatten. Ich wies Rico an, unser Schiff ferngesteuert nachts zum Steg zu bringen, den Ptah entworfen und gebaut hatte. In Shanador kelterten sie einen herrlichen hellroten Wein.

Mitunter beschäftigten wir uns nachts mit dem siebenundzwanzigjährigen Alexander und seinem rastlosen Streben nach den Grenzen seines Reiches, nach dem Rand der Welt, nach den Orten, in denen die Winde entstanden; sein Heer würde auf dem Weg nach Osten an der Stelle vorbeikommen, wo wir von einer Königsstraße nach Nord geritten waren. Dort, im unsichtbaren Kielwasser seiner Heere, vermischten sich die Völker: Mederinnen paarten sich mit thessalischen Reitern, Peltasten oder makedonischen Händlern, und Sklaven, Diener, Handwerker, Schreiber und Baumeister kamen aus allen Himmelsrichtungen und verkauften ihr Können an jeden, der mit makedonischer Münze zahlte. Zu den vielen Sprachen des Mederreiches gesellten sich das Hellenische und das Makedonische: Mit den Sprachen kamen Ideen, Gesetze und Dichtung einher. Während wir in Häusern lebten, die halb auf Stelzen zwischen der Hügelkuppe und dem Strand standen, jagte Alexander den Königsmörder Bessos. Ich glaubte den König so gut zu kennen, daß ich mit Überraschungen rechnen mußte.

18.

Wieder wälzte sich der Heerwurm über Straßen, durch Furten, durch Ödland und entlang von Kulturland. Viele Ausfälle seiner Makedonen waren durch persische Abteilungen ersetzt worden. Die altgedienten Krieger blickten auf die prunkvoll gekleideten Meder verächtlich herab. Für sie waren das keine Soldaten. Von den Rändern der Wüstengebiete führte Alexander das halbierte Heer auf das Gebirge zu. Baktrien war das vorläufige Endziel, dort regierte Bessos. Der Marsch ging durch reiche Wälder aus Eichen, Kastanien und silberschimmernden Tannen. In den Waldungen fingen die Soldaten Wild, schossen auf flüchtende Wölfe und sahen Raubtiere, die man Tiger nannte. In diesen Wäldern verbargen sich persische Familien, die zögernd hervorkamen. Obwohl sie mit Darius gekämpft hatten, strafte Alexander sie nicht.

Satibarzanes, der Satrap von Areia, gelobte Alexander die Treue. Auch er entging durch diese Unterwerfung der Strafe für den Königsmord. Die Makedonen sahen Teile neuer Welten, erfuhren von seltsamen Pflanzen und Tieren und staunten angewidert über die Sitten der Nomaden und der Bergvölker. Alexander, der die Sprache des eroberten Imperiums nur schlecht beherrschte, setzte Adelige ein, die ihm halfen und das eroberte Gebiet verwalteten. 1500 griechische Söldner, die unter Darius gekämpft hatten, wurden ins Heer eingegliedert.

Ein neuer Liebhaber gewann Alexanders Herz: Ein Sohn des Pharnuches, jung, ungewöhnlich hübsch, sprach beide Sprachen und fiel Alexander im Gefolge des Satrapen auf. Hephaistion, Alexanders Freund, schäumte vor Wut, beherrschte sich aber. Die Heerführer drehten die Köpfe zur Seite, wenn sie des Jünglings ansichtig wurden. Alexander erfuhr von dem Eunuchen über Persien mehr Einzelheiten, als er selbst zusammentragen konnte. Unaufhaltsam näherte sich das Heer der Bergkette, die das Meer von den inneren Gebieten im Süden trennte. Zadrakarta, Hauptstadt von Gurgan, war das nächste Ziel.

Parmenion, der alte Reiteranführer, war in Hagmatana geblieben, rüstete seine fünfundzwanzig Tausende aus, sicherte die Nachschubwege und bewachte den riesigen Schatz. Kleitos war beauftragt worden, die Krieger aus der Stadt abzuziehen und Alexander zu folgen. Nur rund dreißig Tausende begleiteten Alexander, und je mehr sich das Heer dem Ufer des Hyrkanischen Meeres näherte, desto erbarmungsloser wurden die Überfälle der Bergvölker.

Eine schleichende Veränderung begann, die auch Alexander nicht verborgen blieb. Die Makedonen waren eine Truppe, in der es nur ausgesuchte Männer gab. Alle anderen waren getötet, verwundet und als Besatzung persischer Städte zurückgelassen worden, wurden zu Befehlshabern der neu eingetroffenen Soldaten gemacht. Es waren jene »Überlebenden«, die den harten und durch nichts zu erschütternden Kern des Heeres bildeten und ihrem Anführer bis in die Unterwelt folgen würden. Sie kannten alles, was mit Krieg zusammenhing. Aber auch sie murmelten und fragten, wie Alexander das Imperium zusammenhalten konnte, das von Tag zu Tag wuchs. Selbst Darius, der mächtigste König der Welt, hatte es nicht vermocht. Noch folgten sie ihm gehorsam. Wenn Bessos bestraft worden war, mochte ihr Gehorsam in Zweifel umschlagen. Jetzt aber gab es Proviant im Überfluß; Sommergewitter und Regen erfrischten Männer, Pferde und Lasttiere. Aber ebenso regelmäßig wie die Gewitter waren die Überfälle der Bergstämme aus Hinterhalten und Verstecken heraus; eine Taktik, die den Griechen nicht behagte. Alexander bildete Kampfgruppen aus Reitern und leichtbewaffnetem Fußvolk, gab ihnen Meder mit, einheimische Führer, und jagte sie in die dichten Wälder. Und damit begann für uns, die ehernen Krieger und Charis und mich, das schmerzliche Kapitel.

Am späten Morgen erreichten wir die Ruinen. Wir, etwa dreißig Männer und Charis, hatten das Lager im Wald verlassen und näherten uns der riesigen Felswand. Die Stämme wuchsen weniger hoch, das Gebüsch wich zurück, das Laub über unseren Köpfen ließ Sonnenlicht durch. Vor uns lag ein abgeschrägter Hang. Zwanzig, dreißig Ellen über der Linie, an der die Schrägflächen die senkrechten, feuchten Felsen berührte, erstreckten sich Säulen, Gestalten, Schriftzeichen und Kavernen des dunklen Felsens. Rechts und links der Bildwand, die für die Ewigkeit gedacht war, stürzten Wasserfälle herunter und erfüllten die Luft mit Rauschen und den Wald mit Nebel. Die Sonnenstrahlen zauberten Regenbögen. Wir mußten schreien, um uns zu verständigen.

»Und keiner von euch weiß, wer die Ruinen hinterlassen hat?« Ich band die Zügel meines Schimmels an einen Ast.

»Nein. Unsere Vorväter fanden sie, weil sie auf der Jagd das Rauschen hörten.«

Aus Schatten und, vom Wasser überströmt, aus sonnenhellen Teilen starrten uns bärtige Gesichter mit riesigen Augenhöhlen an. Wurzeln hatten die kantigen Säulen gekerbt. Moos wuchs darauf, Getier nistete darin, Sonne und Sturm hatten die Kanten gebleicht und abgeschliffen. Riesen aus der Urzeit dieser Welt blickten über die Wipfel hinweg und in weite, geisterhafte Fernen.

Die Männer aus Shanador blickten die Felsbilder gebannt an. Die Krieger aus Stein, mit Fellen behangen und riesige Waffen in den Pranken, schlugen auf weniger gut bewaffnete Verteidiger ein. Tiere und Männer, aus deren Körpern Blut hervorschoß, lagen zwischen den Füßen der Krieger. Im Hintergrund loderten Flammen, von denen Hütten und Türme verzehrt wurden. Die Szenen waren voll äußerster Brutalität. Menschen erschlugen andere Menschen, unterjochten sie, plünderten sie aus und führten sie in die Sklaverei. Die Höhlen zwischen den Darstellungen schienen entsetzliche Geheimnisse zu verbergen. Als die Sonne wanderte und mehr Schatten und Lichtfilter über die gnadenlosen oder angstvollen Gesichter zuckten, schienen die Darstellungen erneut ein schauerliches Leben zu gewinnen. Alles war archaisch, aber die Spuren des Menschlichen blieben unverkennbar. Ein Augenblick der langen, erbärmlichen Jahre war in Stein festgefroren, ein Satz nur aus der langen Geschichte der Menschheit. Mich schauderte. Noch war ich einige Bogenschußweiten von all dem entfernt, aber es würde mich wieder einholen: Leben, Tod, Barbarei und Chaos. Für uns hatte diese Gewalt Namen: Darius, Alexander, Parmenion, Satibarzanes. Zu anderen Zeiten hießen sie anders, die Könige und Eroberer. Sie gingen so nackt wieder zurück in den Schoß der Erde, wie sie geboren worden waren, aber diese Erfahrung machten sie auf Kosten geschundener Mitmenschen. Auch für Alexander war der letzte Kuß der Mutter der erste Kuß der Todesgöttin gewesen. Ahnte er es? Vielleicht, sonst wäre er seinen Weg nicht in dieser rasenden Eile gerannt. Ich wandte mich ab und packte, von Vermutungen heimgesucht, Atalido an der Schulter.

»Unsere Kuriere! Wißt ihr etwas?«

»Ja. Sie sind offen den Makedonen entgegengeritten. Wir haben alles abgesprochen.«

Atagin, Chord und drei junge Jäger hatten den Ältesten begleitet. Ein Pergament, auf dem ich in makedonischer und persischer Schrift eine Botschaft an Alexander geschrieben hatte, wurde mit dem Ring versiegelt, den ich von Alexander erhalten hatte. Zudem hatten alle Kuriere den Text auswendig gelernt. Shanador wollte keinen Kampf, stellte sich unter den Schutz des Mannes, der die erste Stadtgründung des Alexanders entworfen hatte, versprach den Truppen des Herrschers Nahrung und Unterkunft. Chord und Atagin trugen die getarnten Waffen.

»Ich hole unseren Gleiter«, sagte ich. »Fliegen wir hinter ihnen her!«

Ein junger Jäger, der Sokaris hieß, schüttelte den Kopf und winkte ab.

»Wir kennen jeden Pfad und jedes Versteck bis zu den Bergen. Den Kurieren wird nichts geschehen.«

Langsam entfernten wir uns vom Rand der Lichtung und konnten wieder miteinander sprechen, ohne zu schreien und von dem Wassernebel durchnäßt zu werden.

»Hat niemand je erfahren, was es mit diesen Felsbildern auf sich hat?«

»Niemals, Freund Atalantos. Sie waren immer da. Ptah-Sokar hat gesagt, selbst er wisse es nicht.«

Ich warf Charis einen langen Blick zu und fragte:

»Haben dich die Gestalten auch daran erinnert, daß hinter den Bergen unser Welteneroberer vorbeizieht?«

»Ich wollte nichts sagen, um deine Stimmung nicht zu verderben.« Sie lächelte. In den Tagen der Kämpfe und Auseinandersetzungen richtete mich dieses Lächeln auf, und während der ruhigen Tage gehörte das Gesicht zu den wenigen Angelpunkten der glücklichen Stunden.

»Meine Stimmung beginnt sich zu festigen«, sagte ich und sah, daß sich unsere Gruppe gesammelt hatte. Ein letzter Blick hinauf zu den archaischen Gestalten, dann saßen wir auf. Unser Weg sollte zur Wegkreuzung gehen, von der die Straße nach Zadrakarta wegführte, nach Osten, entlang des Südufers.

»Genug gesehen, Freunde?« wollte Sokaris wissen. Atares hob den Arm und rief:

»In sieben Stunden ist Nacht! Wir sollten einen guten Rastplatz finden.«

Wir ritten den gewundenen Pfad abwärts. Die Natur war reich, fruchtbar und erzeugte Überfluß in einer mäßig bevölkerten Gegend.

Einige Tage lang ritten wir auf Wegen, die mir seltsam vertraut schienen. Natürlich war dieser Eindruck eine Illusion; ich war niemals hier gewesen. Jenseits der Erinnerungsblockade gab es bei Charis und mir so etwas wie eine karge Ahnung. Bilder und Umgebungen, die wir einmal gesehen hatten, konnten wir nicht restlos vergessen. Es war wie das zögernde Tasten, mit dem Amöben ihre Pseudopodien ausstreckten. Die tropischen Wälder, die herrliche Natur und die unaufdringliche Freundschaft der Nachkommen unseres Freundes hatten bei uns Zufriedenheit und Freude erzeugt und vertieft, von denen wir wußten, daß sie der Auftakt grausiger Ereignisse sein mußten – wir hatten gelernt, dem Frieden nicht zu trauen. Aber in diesen Tagen vergaßen wir unsere Ahnungen und erfreuten uns an Jagden voller abenteuerlicher Erlebnisse, an den Nächten, die wir in Fischerbooten verbrachten, angelten und Netze auswarfen, Wein tranken, endlose Geschichten erzählten und Fisch über dem Holzkohlenfeuer brieten, mit wohlschmeckenden Kräutern gewürzt.

Es war später Morgen an einem dieser unvergeßlichen Tage. Wir waren nur noch zwei Stunden von Shanador entfernt und ritten in gestrecktem Galopp den Strand entlang. Die Pferde witterten die fetten Weiden und rannten. Ihre Mähnen, unsere Mäntel und das Haar flatterten im Wind. Wir standen in den Steigbügeln und genossen den schnellen Ritt, der Sand hochschleuderte, das frisch schmeckende Wasser aufspritzen ließ und die Vögel vom Sand wegscheuchte.

Ich spürte es zuerst: In der ruhigen Luft des Vormittags war Rauch. Ich hob den Kopf, blinzelte und versuchte, etwas hinter den Hügeln zu erkennen. Die Pferde wieherten unruhig. Wir sprengten weiter; der Rauchgeruch verstärkte sich. Er kam aus der Richtung der Siedlung und wurde aufs Meer hinausgeweht. Sokaris schrie hinter mir:

»Sie haben den Braten fertig, wenn wir ankommen!«

Es roch keineswegs nach Braten. In den Rauchfäden zwischen den Baumstämmen und dem Unterholz waren vertraute Gerüche. Ich spürte Horn, verbranntes Leder, verbranntes, verkohltes Fleisch. Meine Unruhe wuchs, ich stellte mich in den Steigbügeln auf und überholte alle Reiter. Zwischen uns und der Siedlung schoben sich drei grüne Hügel bis nahe an den Strand, schon sah ich dahinter die Felsnase aufragen, sah die Linien, Schatten und das schulterlange Haar, das mit dem Stein verlief, mein eigenes Gesicht, das auf die Siedlung hinunterblickte.

Mein Schimmel merkte meine Aufregung und wurde schneller. Der steinerne Damm tauchte auf, Boote schoben sich in mein Blickfeld. Ein halbes Dutzend von ihnen lagen auf dem Strand . . . jeder Herzschlag ließ mich erkennen, daß meine Ahnungen eingetroffen waren. Die Boote waren halb zertrümmert; an einigen Stellen schwelten Stringer und Planken. Ich riß den Schimmel herum, als ich freien Blick auf die halbmondförmig ansteigende Siedlung hatte, parierte das Tier durch, das auf die Hinterbeine sank und durch den Sand rutschte, sich schüttelte und hochkam.

Shanador war überfallen worden! Ich drehte mich im Sattel herum und sah, daß meine Freunde im gestreckten Galopp herankamen. Über den Mauern lagen tote Körper. Mein Pferd sprang die unregelmäßigen Stufen hinauf; auf dem Platz sprang ich aus dem Sattel und zog mein Kampfbeil. Langsam ging ich weiter.

Mein Fuß stieß an einen Helm, der klappernd über das Pflaster rollte. Todesstille herrschte. Nur das Säuseln des Windes war zu hören und das Plätschern der Wellen. In hölzernen Wänden steckten Pfeile mit abgebrochenen Schäften. In einem Winkel lag ein Kind mit einer Wunde, die den Schädel weit aufklaffen ließ. Aus einem Hauseingang, dessen Pfosten versengt waren, kroch auf allen vieren eine alte Frau. Ich fand den Schild eines unserer Freunde. Mein Entsetzen wuchs von Schritt zu Schritt. Es gab für mich keinen Zweifel, daß Alexanders Truppen die Siedlung überfallen hatten. Frauen und Kinder waren in die Sklaverei geführt worden. Mit meinem Schmerz wuchs mein Zorn und machte mich sprachlos.

Meine Freunde schrien wild durcheinander, schwärmten aus und begannen, die Siedlung zu durchsuchen. Ich trat in ein Haus, das ich gut kannte. Es war ausgeraubt; ein Greis lag, einen Speer im Rücken, im Patio neben der Quelle. An jeder Stelle sah ich Spuren der Verwüstung. Ich ging die Treppe hinauf, die zu unseren Häusern führte. Auf der elften Stufe lag ein toter Makedone mit einem Pfeil im Hals. Ich erkannte die Befiederung unserer Pfeile. Ich blickte auf das Hyrkanische Meer hinaus und zählte neun Segel. Es gab also eine Spur Hoffnung. Ich lief die nächsten Stufen hinauf.

Zwei tote Perser waren im Angriff zusammengebrochen. Beide hatten Pfeile in der Brust, genau unterhalb des Kinns. Ich hob meine Streitaxt und rannte die Treppe nach rechts. Hier hatte es nicht gebrannt. Eine ausgegangene Fackel lag auf den Stufen. Blutspuren sickerten hinter einer Tür hervor. Ich riß sie auf, sprang zur Seite und wuchtete mit dem Knie den Körper eines bärtigen Makedonen in den Staub. Sein Hals war von einem tödlichen Schwerthieb getroffen.

Ich stolperte zwischen vier Toten hindurch. Angehörige von Alexanders Truppen, durch Pfeilschüsse getötet. Wieder sah ich ein Kind, dessen Schädel zerschmettert, einen alten Mann, dessen hölzerner Dreizack abgebrochen war. Das nächste Haus, das einige unserer Krieger bewohnt hatten, mit ihren medischen und persischen Dienern und Freundinnen, war leer. Ich sah in den Verstecken nach – etwa die Hälfte unserer Werkzeuge, Ausrüstungen und Waffen waren verschwunden.

Ich wußte jetzt, daß meine unterdrückten Vorbehalte richtig gewesen waren. Ich wirbelte durch die Gärten, die überdachten Höfe, die kleinen und großen Räume. Ich fand nur tote Angreifer und dreizehn tote Bewohner der Siedlung. Zwanzig getötete Makedonen, Perser und eingeborene Führer fand ich an den höchsten Punkten der Ansiedlung. Schließlich stand ich an dem Tor der Mauer, von der herabrutschendes Erdreich aufgefangen worden war. Die Pforte klaffte weit offen. Wie betäubt lehnte ich mich an den kühlen Stein. Über mir rauschten die Blätter eines Eichbaums. Ich wirbelte herum, als ich leise Schritte hörte. Mein Arm zuckte hoch, ich sprang in Deckung. Aus dem Halbdunkel der Büsche flüsterte jemand heiser:

»Ich bin's, Atalantos, Atarga!«

»Komm heraus. Was ist passiert – und, wann kamen die Griechen?«

Atarga schob die Büsche auseinander und taumelte, ich fing ihn auf und legte einen Arm über meine Schultern. Schweigend schleppte ich ihn bis zur Steinbank. Atarga war blutüberströmt. Eine Stirnwunde, eine am linken Oberarm, ein klaffender Riß im Lederwams, seine Hände waren voll getrocknetem Blut, er keuchte, war zu Tode erschöpft und trug die leere Schwertscheide, einen Köcher und den blutbeschmierten Bogen.

»Sie kamen von der Mole. Ich versteckte unsere Ausrüstung, riß Waffen an mich und schrie, was ich konnte.«

Ich nickte ihm zu, hob die Hände an den Mund und brüllte hinunter zu den anderen Freunden:

»Helft uns. Atarga lebt. Bringt Wein, macht Wasser heiß!«

Ich fing an zu überlegen.

»Es waren vielleicht zweihundertfünfzig. Sie schleppten die Kinder und die Frauen weg. Es gab fast nur Alte in der Siedlung. Die anderen waren mit euch oder beim Fischen. Chalco ist tot. Er schaffte es nicht mehr, zur Ausrüstung zu kommen.«

»Chalco!« sagte ich dumpf.

»Zehn Makedonen hat er erschlagen. Dann speerten sie ihn. Ich kann nicht mehr, Atalantos.«

»Es wird dir bald bessergehen«, versprach ich und hob seinen Körper über die Schultern. Ich tappte in das Haus von Charis und mir, streckte ihn auf der Liege aus und suchte in der durchwühlten Ausrüstung. Ich spritzte ein betäubendes Mittel, versorgte seine Wunden und entfernte seine Kleidung. Zwei Verwundungen mußten genäht werden. Während ich arbeitete und lautlos fluchte, schlief er ein. Charis löste mich ab, und ich fing an, meine Vorbereitungen zu treffen.

Die Bilder und Tonaufnahmen des Adlers zeigten den Heerzug Alexanders kurz vor Zadrakarta. Offensichtlich war eine Abordnung streitbarer Siedlerinnen bei Alexander erschienen, der sich trotz Thais und Bagoas mit ihrer Königin vergnügte, einer jungen Frau namens Thalestris. Noch immer kämpften einzelne Kampfgruppen gegen die Bergstämme. Alexanders persische Freunde, die Adeligen, die sich unter seinen Schutz stellten, waren beeindruckt. Darius hatte niemals diese Stämme besiegen können. Ich fand die Fernsteuerung inmitten der geplünderten Vorräte. Der Gleiter wurde herbeigerufen. Die meisten wichtigen Waffen lagen unangetastet in Verstecken. Sokaris und Atares kamen herein, als ich arbeitete. Sie starrten wortlos die Karten und Höhenphotos an.

»Wir haben unsere Toten begraben«, sagte Sokaris. »Neununddreißig Kinder und Alte.«

»Rüstet die Pferde aus«, sagte ich. »Atares! Bring unsere Freunde hierher. Sie waren bei den Fischern?«

»Die meisten ja, Chord und Atagin sind bei den Kurieren. Einige sind noch verschwunden. Was hast du vor?«

»Zuerst holen wir die Gefangenen und alles zurück, was sie uns gestohlen haben.«

Wir räumten die Häuser auf und stellten unsere Verluste fest. Ich studierte die Bilder auf dem Schirm, die der Adler übermittelte. Irgendwo zwischen Zadrakarta und hier zerrten die Makedonen unsere Freunde gefangen mit sich.

Wir legten Waffen, Nahrungsmittel und Ausrüstung zurecht. Der Gleiter, als Ruderboot mit Hilfssegel getarnt, landete auf dem Hauptplatz Shanadors und rief Verwunderung hervor. Die Fischerboote waren an Land gezogen worden; sieben unserer Freunde und Männer der Siedlung waren auf See gewesen und hatten von fern den Rauch der Brände gesehen. Fast einen Tag hatten die Makedonen Vorsprung. Der Überfall hatte einen Tag vor unserer Ankunft stattgefunden. Es gab vier Überlebende. Sie nannten als Anführer den Makedonen Thapsakos. Ich merkte mir den Namen; den Mann selbst hatte ich nie kennengelernt. Hundertneunzig Kinder und Frauen fehlten!

Am späten Nachmittag zeigte der Adler den Zug der Angreifer. Sie bewegten sich nach Osten, auf einem schmalen Pfad. Die Vergrößerung ließ erkennen, daß sich nichts geändert hatte: Makedonen, entschlossen, roh und genügsam, aufgeputzte Perser, und die Gefangenen, die aneinandergefesselt waren und mit Peitschenhieben vorwärtsgetrieben wurden. Ich sagte:

»Das ist unser Teil, Atares. Ich und vier von uns. Du weißt, welche Waffen. Alle anderen folgen in größter Eile. Hier treffen wir uns.«

Ich zeigte auf die Stelle des Höhenphotos. Die Pfade waren fast nicht zu erkennen. Atagenes hob die Hand und zeigte auf Sokaris.

»Wir kennen die Stelle.«

Natürlich hatten die Makedonen auch alle Pferde gestohlen, die wir nicht gebraucht hatten; die Sättel samt Steigbügeln hatten sie liegengelassen. Ich ließ den Gleiter hochschweben, stand auf und sah Dutzende Gesichter auf uns gerichtet. Öllampenflammen bildeten Inseln der Helligkeit.

»Freunde«, sagte ich laut, aber ich merkte, daß meine Stimme rauh vor Wut und Haß wurde, »Söhne und Töchter von Ptah-Sokar! Es ist geschehen, trotz unserer Vorsicht kamen die Griechen. Wir werden sie bestrafen, wir holen alles Gestohlene zurück, und die Anführer werden ein gräßliches Schicksal erleiden. Kommt uns entgegen, in zwei Tagen, dann bringen wir eure Kinder und Frauen. Sie werden Hilfe brauchen. Ich weiß, daß kein Grieche in den Wäldern ist, also braucht ihr euch nicht zu fürchten. Wir kommen zurück.«

Der Gleiter schwebte durch die Dunkelheit davon. Ich ließ die Maschine steigen und raste mit Höchstgeschwindigkeit nach Osten. Mondlicht auf den Wellen ließ uns das Wasser erkennen. Noch höher als wir schwebte der Adler und beschrieb weite Kreise. Fahrtwind heulte um unsere Körper und ließ unser Haar flattern. Chapar fragte durch das Heulen:

»Hat Alexander diesen Überfall befohlen?«

»Ich glaube nicht. Ich habe keinen Beweis. Wir werden es von diesem Thapsakos erfahren.«

»Glaubst du, daß Thapsakos die Kuriere abgefangen hat?«

»Wehe ihm, wenn ich das Pergament bei ihm finde oder Chord oder Atagin.«

Wir banden die Kinnriemen fest. Unsere Rüstungen glänzten fahl im Mondlicht. Die Sehnen der Bögen summten. Die verdammten Griechen hatten unser Paradies zerstört, den einzigen Ort, der in dieser Welt Ruhe versprach. Waffen lagen bereit. Die Abwehrfelder, in Gürteln verborgen, waren eingeschaltet. Ich deutete entlang des Bugspriets und rief unterdrückt:

»Die Lagerfeuer der Makedonen!«

Ich war sicher, daß Thapsakos auf eigene Verantwortung gehandelt hatte. Es war eine Sache, gegen Bergstämme zu kämpfen, eine andere, ein wehrloses Dorf zu überfallen, eine dritte, trotz einer Ergebenheitsurkunde vorzugehen . . . Thapsakos würde uns die Wahrheit sagen.

»Ihr seid bereit?« Ich ließ den Gleiter heruntersinken. Ich flog einen Kreis, der die Feuer zum Mittelpunkt hatte. Die Gefangenen waren in zwei Haufen getrennt worden, Männer hier, in Ketten, mit Seilen gefesselt, die Kinder und Frauen drüben. Um vier Feuer lagerten die Griechen, brieten und tranken, gestikulierten und schienen miteinander zu reden. Einige waren betrunken. Leise sagte ich meinen Freunden, wie wir vorgehen würden.

»Wir haben alles verstanden!« Atarga legte den Pfeil auf den Bogen. Er feuerte den Pfeil, als wir im Norden des Lagers waren, senkrecht nach oben. Im Scheitelpunkt der Bahn, die das Geschoß beschrieb, entzündete sich eine Ladung.

Genau über dem Mittelpunkt des Lagers erschien eine riesige Feuerkugel, die zuckendes Licht auf die Lichtung warf. Aus dem Außenlautsprecher dröhnte, während die Umgebung taghell beleuchtet wurde, meine Stimme; sie klirrte:

»Makedonen! Krieger des Alexander! Söldner! Ihr habt gegen die Götter und gegen die Gesetze des Krieges verstoßen. Die Götter werden euch strafen!«

Atares, Chapar und Atarga spannten ihre Bögen, während ich den Gleiter über den Baumwipfeln einen niedrigen Kreis fliegen ließ. Ich schaltete die automatische Steuerung ein. Die Pfeile mit den dicken Köpfen heulten durch die Luft. Die Griechen flüchteten und schrien vor Furcht. Die Ladungen detonierten mit Donnerschlägen, die fast die Trommelfelle zerrissen. Blitze in gelber, feuerroter und eisigblauer Farbe zuckten. Feuerkugeln breiteten sich aus. Ich hob die Lanze, stellte die Energie auf Maximum ein und schaltete einen spitzen Strahlungskegel. Dann röhrten meine Lähmschüsse hinunter, trafen die Körper der Makedonen und der Perser. Durch Schreie und Flüche, angsterfülltes Wimmern und die vielfältigen Geräusche drang das Kreischen der Kinder. Wieder zischten Pfeile, explodierten zwischen dem Wald und den stolpernden und kriechenden Makedonen. Durch den heillosen Lärm schrie ich:

»Sie spüren den Zorn der olympischen Götter!«

Mit jedem der Schüsse traf ich mehr als einen Angreifer. Rund um die Feuer gab es binnen kurzem nur regungslose Körper. Bratenstücke, Ausrüstung, Becher und Krüge, Schilde und Kleidungsfetzen bildeten ein heilloses Durcheinander. Die Makedonen hatten nicht einmal den Versuch unternommen, sich zu wehren. Ich feuerte Lähmstrahlen zwischen den Baumstämmen in die Büsche und in die Schwärze des Waldes. Das Schreien wurde leiser, der Gleiter beschrieb eine Spirale und landete zwischen den Feuern. Meine Freunde sprangen über die Seitenwände, schalteten Leuchtkugeln ein und hängten sie an die Äste. Ich schaltete die Waffe aus, packte mein Kampfbeil und aktivierte es. Vorsichtig stiegen wir über die bewegungslosen Makedonen und gingen auf die Gefangenen zu.

»Wir sind es, Freunde.« Atares warf seinen Bogen über die Schulter. »Hört auf zu schreien.«

Das Licht fiel voll auf unsere Gesichter. Einige Frauen erkannten uns und sprangen auf. Ich hob die Hand und fragte laut:

»Wo sind die Pferde? Wohin ist der Anführer geflüchtet?«

Wir fingen an, die Fesseln durchzuschneiden und Ketten mit unseren Strahlwaffen aufzubrennen. Zuerst faßten sich die älteren Kinder. Sie schafften es, uns zuzulächeln; als wie sie aufforderten, halfen sie, die Fesseln zu lösen.

»Thapsakos ist dorthin gerannt, als der Blitz aufzuckte!«

Gefangene zeigten auf eine Gruppe von Bäumen mit auffallenden Wurzeln. Zuerst befreiten wir alle Gefangenen. Die jungen Männer holten Wein und Wasser, und wir befahlen, die Makedonen und Perser bis auf die bloße Haut auszuziehen, alles Wertvolle auf einen Haufen zu werfen und sämtliche Kleidungsstücke ins Feuer zu schleudern.

Charsin stand langsam auf. Er fand sich begraben unter einer Schar Kinder, die sich zu ihm geflüchtet hatten. Sein Gesicht war von Strapazen, Müdigkeit und einem Peitschenhieb gezeichnet. Mit einer Stimme, die keiner von uns erkannte, sagte er: »Chord und Atagin sind tot. Perser haben sie erschlagen, ehe sie die Gürtel schalten konnten.«

»Wo?« Ich griff in die Tasche. Ich war auf seinen Zustand vorbereitet und zog die geladene Spritze heraus.

»Am Treffpunkt der Kuriere, mit diesem Räuber Thapsakos. Sie wehrten sich wie die Rasenden.«

»Also doch!« schrie Atares. »Ich bringe ihn um, den Griechen.«

Die jungen Männer aus Shanador kümmerten sich um ihre Freunde, Geschwister und Familienangehörigen. Wir erfuhren, daß etwa dreißig Kinder, Frauen und ältere Männer während des Marsches an ihren Wunden, an Erschöpfung oder an Grausamkeiten der Angreifer gestorben waren. Wir würden sie entlang des Pfades finden.

Es dauerte eine halbe Stunde, um die Kinder in Schlaf zu versetzen. Wir legten sie auf Decken und Felle zwischen den Bäumen ins Laub.

Die Vorräte der Makedonen waren schnell gefunden und verteilt. Unsere Freunde aus Shanador bewaffneten sich mit den erbeuteten Waffen. Wir verteilten Fackeln und suchten nach Angreifern. Bis jetzt hatten wir den Anführer nicht gefunden.

Atama und Chapar verteilten Fackeln und schwärmten aus. Hammerschläge klirrten durch die Nacht – Makedonen wurden mit Ketten zusammengeschmiedet. Ich hatte mit der preßluftgetriebenen Spritze Charsin ein beruhigendes Mittel injiziert und schleppte ihn zum Gleiter. Er schlief auf den hintersten Sitzen. Stinkender Rauch breitete sich aus. Es war voreilig gewesen, die Kleider der Griechen zu verbrennen. Die Flammen krochen entlang der Säume und versetzten die Stoffe in schwelende Glut. Schwärme von Motten und Fliegen versammelten sich um die Feuer.

»Hier, die Pferde!«

Einige Shanadorianer zogen die Pferde der Makedonen und unsere Tiere aus dem Wald. Zwei Makedonen, die zur Bewachung zurückgelassen worden waren, hatten sich beim Fluchtversuch die Füße gebrochen. Die Jungen erschlugen sie mit Steinbrocken und Knüppeln. Ich wandte mich an eine Gruppe von erwachsenen Männern, die einen kräftigen Eindruck machten. Alle trugen makedonische Waffen und Säcke voller Beute auf dem Rücken.

»Ihr nehmt die Pferde. Die Alten und Schwachen und Mütter mit kleinen Kindern reiten. Geht auf dem Pfad zurück. Wenn es hell ist, sind wir bei euch. Nehmt Essen mit und alles, was ihr gefunden habt.«

»Später werden wir uns bedanken«, sagte ein langhaariger Mann mit schwarzem Kinnbart. »Ihr seid rechtzeitig gekommen. Wie sieht es in Shanador aus? Schlimm?«

»Viele sind gestorben«, sagte ich leise. »Trauern werden wir später. Laßt uns unser Geschäft zu Ende bringen.«

Die Gruppen um Atama und Atares schleppten besinnungslose Griechen aus dem Wald. Sie warfen einen mittelgroßen Mann, bärtig und mit breiten Armbändern aus Gold vor meine Füße.

»Ich denke, da hast du den Thapsakos!« Atama schaute sich um. Jemand schleppte einen Arm Fackeln herbei und verteilte sie. Ich durchsuchte den Makedonen. Nach einer Weile fand ich die Pergamentrolle mit aufgebrochenen Siegeln. Sie steckte in einem unserer Gürtel. Ich nahm an mich, was uns gehörte, und winkte unsere Helfer heran.

»Plündert ihn aus, bindet ihn, zieht einen Sack über seinen Kopf und werft ihn ins Boot«, sagte ich hart. »Er wird ein furchtbares Erwachen haben.«

Arbeit und Betriebsamkeit hatten verhindert, daß wir an unserer Wut erstickten. Mitten in der Nacht setzte sich der schweigende Zug in Bewegung. Als die letzte Fackel zwischen den Bäumen verschwunden war, blickten wir stumm die besinnungslosen Makedonen an und hoben die Schultern. Unter dem Glanz der Sterne, den riesigen Mond hinter uns, kehrten wir nach Shanador zurück. Dort erfuhren wir, daß die Leichen einiger Perser und Makedonen an den Strand getrieben worden waren. Und auch der Leichnam von Atomas, dessen Pfeile in den Körpern der Angreifer steckten.

Vier eherne Krieger wurden begraben. Trauer überschattete unseren hilflosen Zorn. Der Makedone wurde in einem feuchten Keller gefangengehalten. Niemand sprach mit ihm, nicht einmal an dem Tag, an dem wir aufbrachen und Shanador endgültig verließen.

Die Steinaugen des Atlan-Kopfes blickten uns nach. In kräfteschonendem Galopp ritten wir durch das Gras neben der Straße. Hier war Alexanders Heer durchgezogen, das jetzt um die namenlose persische Festung lagerte. Die Makedonen hatten das Städtchen *Hekatompylos* genannt, »Stadt der hundert Tore«. Hinter uns lag Shanador; ein für allemal wollten wir vergessen, was dort geschehen war.

Wir ritten mit einem Minimum an Troß, fünfunddreißig Reitpferde und die Packtiere. Der Gleiter und das Schiff waren in Shanador versteckt.

Und ich wartete auf die Stunde, in der ich Alexander zur Rede stellen konnte. Chatalion ritt heran und fragte:

»Alexander wird kreuz und quer über die Welt stürmen. Reiten wir ihm hinterher?«

Immer wieder stellte sich uns diese Frage. Noch gab es keine Entscheidung. Seit mehr als drei Jahren beobachteten wir jeden Schritt Alexanders, nun, nicht jeden einzelnen.

»Nein«, sagte ich entschlossen. »Wir reiten nicht mit ihm. Wir versuchen, ihn zu warnen. Wart ab, Chatalion.«

»Er wird uneinsichtig bleiben«, erwiderte er wütend. Ich neigte zu derselben Ansicht. Aber ich vertraute auf einen Erkenntnissprung, der durch Zusammenballung der Kenntnisse erreicht werden konnte. Nur so war es vielleicht möglich, in absehbarer Zeit ein Raumschiff zu bauen. Immerhin verstanden es die Barbaren bereits, Draht von erstaunlich geringem Durchmesser herzustellen. Viele mathematische Gesetze verstanden sie bereits, aber noch immer kannten sie nicht den Unterschied zwischen Sonne und fernen Sternen.

Unser Ritt führte durch ebenes Land, im Norden und Osten von Bergen gesäumt. Die Spuren der durchziehenden Makedonen waren überall zu sehen. Der Troß der Truppe war angewachsen. Tiefe Einschnitte der eisenbeschlagenen Felgen, unzählige Hufspuren, zerbrochene Waffen und Stoffetzen, ab und zu ein Hügel aus Steinen, unter dem ein Makedone oder ein Angehöriger der persischen Hilfstruppe lag, kennzeichneten den Weg des Heeres. Wir sahen die Spitzen der ersten Zelte. Ich sagte: »Seine Soldaten haben dafür gesorgt, daß ich nichts vergesse. Ich mag ihn nicht, ich werde niemals mit ihm befreundet sein können. Ich hasse alles, was er als Mann verkörpert. Es ist zuviel Blut an seinen Händen.« Charis drängte ihr Pferd an meine Seite.

Wir erreichten die ersten Posten des Lagers. Die Meldereiter kannten den Namen von Toxarchos Atalantos und seinen ehernen Kriegern und geleiteten uns durch die Gassen des Lagers bis in die Nähe von Alexanders Zelt.

Die Szenerie, die uns erwartete, war einigermaßen bizarr. Der Einfluß der Meder war groß geworden. Waffen und Zelte, Lastenkamele, die persischen Konkubinen, selbst das Treiben zwischen den Zelten und an den Feuern, an den Stellen, wo die Kleidung gewaschen und die Rüstungen ausgebessert wurden, sah anders aus. Es traf zu, was wir besprochen hatten: Die vorhandenen Kulturen der Meder und ihrer zahllosen Völker vermischten sich mit dem, was die Makedonen mitgebracht hatten. Alexander förderte diesen Prozeß.

Sein Zelt, größer, prächtiger und durch Sarissen, Schilde, purpurgesäumte Stoffe und Goldbänder verziert, stand auf einer hölzernen Plattform. Stufen, mit Teppichen bedeckt, führten hinauf. Pagen und Wachen umgaben das Zelt, die Sonnensegel, viele kleinere Zelte in mehrfacher Reihe. Ich nahm den Helm unter den Arm und sagte zu einer Wache:

»Geh zum Zertrümmerer von Weltreichen. Sag ihm, der Mann ist da, der die Stadt Alexandria gebaut hat. Er will ihm den Anführer Thapsakos zurückbringen.«

Um das Zelt, im Schatten einiger Palmen, bewegten sich gemessenen Schrittes die Freunde des Feldherrn in weiß und purpurn gestreiften Tuniken. Die bärtigen Kriegergesichter darüber, die muskulösen Arme mit den bronzebeschlagenen Lederbändern und die knotigen Beine schufen einen lächerlichen Gegensatz. Kaum einer der Männer, die mit Alexander den Hellespont durchschifft hatten, fühlte sich in dieser unechten Rolle wohl. Ich fing einen Blick von Kleitos auf, der einen vergoldeten Brustpanzer und einen Purpurhut trug.

»Thapsakos? Der Unselige, der seine Männer nackt im Wald zurückließ?« Der Wächter wußte nicht, ob er lachen oder fluchen sollte.

»Das, was er heute ist.« Ich winkte nach hinten. Charsin und Athyra zerrten den Gefesselten, der eine Augenbinde trug, aus dem Sattel des Packtiers und zu den Stufen des Zeltes.

Türsteher, Stabträger, einige junge Frauen, makedonische Wachen und Krieger bildeten eine Gasse, dann einen Halbkreis um uns und die Stufen des Zeltes. Der Vorhang wurde zur Seite gerissen; Alexander stürzte hervor. Er schwankte wegen des Sonnenlichts, der Überraschung oder weil er zuviel Wein im Leib hatte. Charis lehnte sich an meine Schulter.

»Toxarchos! Baumeister meiner Städte! Freund Atalantos!« Alexander sprang die Stufen hinunter. Er packte mich begeistert an den Schultern. Tatsächlich roch er nach Wein. In seinen Locken, die bis in den Nacken hingen und an den Spitzen schweißnaß waren, funkelte ein Diadem, die Beute von Darius.

»Wir sind gekommen, um Thapsakos zurückzubringen. Er hat gegen deine Befehle gehandelt. Oder hast du nicht den Befehl ausgesprochen, daß alle Siedlungen, Bergstämme und Nomaden unbehelligt bleiben, wenn sie sich deinem Schutz unterstellen?«

Alexander runzelte die Stirn, hob die Schultern und nickte mehrmals. Sein Gesicht war gebräunt und sorgfältig rasiert. Die Tränensäcke schienen schwerer zu sein und hatten blaugraue Linien. Falten, seit Persepolis tiefer und schärfer, zogen sich von den Nasenflügeln zum Kinn.

»Diesen Befehl kennt jeder Mann meines Heeres«, sagte er scharf. »Und jeder befolgt ihn, beim Zeus!«

Aus einem kleineren Zelt kam ein junger Mann mit lockigem, schwarzem Haar. Die Riemchen seiner Sandalen, die hohe Absätze hatten, waren vergoldet. Mit vorsichtiger Geste faßte er an sein Ohrläppchen und strich sein Haar nach hinten. Ich merkte, wie meine Reiter erstarrten. Aber es entkam ihnen nicht ein Wort. Der schöne Jüngling, das mußte Bagoas, der Verschnittene, sein.

»Ein Anführer der Makedonen hat ihn *nicht* befolgt, Alexander«, sagte ich nachdrücklich. »Bringt ihn her!«

Athyra und Chatalion schoben den schwankenden Gefangenen vor Alexanders Füße, rissen die Binde von seinen Augen und durchschnitten seine Fesseln. Ich zog das Pergament unter meinem Wams hervor und blieb neben Thapsakos stehen. Er erschrak, als er blinzelnd seinen Feldherrn erkannte.

»Das ist Thapsakos«, sagte ich. »Er traf, als er unterwegs war, um die Bergstämme zu befrieden, eine Gruppe Kuriere. Ich, Toxarchos Atalantos, schickte sie. Sie unterwarfen sich und gaben ihm dieses Pergament. Mit deinem Siegel, Alexander. Lies, was ich schrieb!«

». . . Shanador . . . unter den Schutz des mächtigen Alexander . . . Nahrung und Wasser, wenn es die Soldaten brauchen . . . unterschrieben von Atalantos . . . beim Ammon und Herakles, meinem Ahnen! Was hast du getan, als du diese Zeilen gelesen hast, Thapsakos?«

Unser Gefangener wand sich, schwieg und setzte zum Sprechen an. Mit tänzelnden Schritten, in einer Wolke aus stark riechenden Salben und Duftwässern, kam Bagoas näher und lehnte mit übereinandergeschlagenen Schenkeln gegen eine Zeltstange. Ich antwortete an Thapsakos' Stelle laut:

»Er überwältigte die Kuriere, tötete meine Freunde und überfiel die Siedlung am Wasser. Sie hätten euch alles gegeben, aber er tötete Kinder, Greise und Frauen und führte andere in die Sklaverei. Die Götter kamen in der Nacht über sie und stellten die Ordnung her. Blitz, Donner und gerechte Kräfte waren mit den Göttern. Die Gefangenen sind frei, und die Krieger kamen so zurück, wie sie diese Welt betreten haben – nackt und gebunden.«

»Das weiß ich«, schnarrte Alexander. »Was sagst du zu deiner Verteidigung, Thapsakos? Du kennst die Strafe für jeden, der nicht gehorcht?«

Er nickte und antwortete stotternd: »Die Kuriere gebrauchten böse Worte gegen dich, Alexander. Ich habe ihnen . . . nicht glauben können.«

»Du hast mein Siegel erkannt. Du kennst den Namen meines Freundes!«

Bagoas warf den Kopf mit prinzlicher Bewegung in den Nacken und tänzelte in den Schatten. Von links tauchte eine der vielen namenlosen Kurtisanen auf. Noch hatte ich die schöne Thais nicht wieder gesehen. Der Adler schwebte über dem Lager; seine Gegenwart schuf eine rätselhafte Komponente. An Alexanders Schläfen, unter dem Diadem, schwollen die Adern. Sie traten hervor wie winzige Nattern.

»Ich . . . sie haben mir nicht gehorcht . . . sie wollten Beute machen!« Thapsakos versuchte sich zu verteidigen. Alexander sah mich an, richtete seinen Blick auf die entschlossenen Gesichter meiner Reiter. Sie bildeten hinter Charis und mir eine Mauer aus Helmen, Rüstungen und Schilden.

»Niemand glaubt dir, Thapsakos«, sagte Alexander in unheilvoller Ruhe. »Die Männer, die ich deinem Befehl unterstellt habe, berichteten alles. Alles! Geh vors Lager und bring es hinter dich, wie ein Makedone.«

Er winkte; ein Wächter gab ihm einen Dolch. Alexander warf ihn in den Sand vor Thapsakos' Füße. Der Anführer hob die Waffe auf und starrte sie an, als sähe er zum erstenmal einen Dolch. Ich sagte:

»Vor vielen Jahren kamen Freunde von mir ans Ufer des Hyrkanischen Meeres. Sie gründeten eine Siedlung und meißelten, um sich unter meinen Schutz zu stellen, meinen Kopf aus dem Stein. Thapsakos überfiel die Siedlung, tötete meine Freunde und deren Frauen. Er stand unter deinem Befehl, Alexander. Erinnerst du dich, worüber wir sprachen, als Persepolis brannte?«

»Ich sagte, dies sei mein erster Fehler gewesen«, murmelte er und sah zu, wie der makedonische Anführer, wieder Herr seiner selbst, durch die auseinanderweichenden Reihen seiner Freunde ging, den Dolch in der Rechten. »Und du sprachst zu mir über Prometheus, der den Menschen das Feuer brachte.«

»Jener, den ich als meinen Vorfahren betrachte. Die Schändung der harmlosen Siedlung, in der meine Freunde schutzlose Fischer und Jäger verteidigten, war der zweite Fehler. Entsinne dich, was du empfunden hast, als sie deinen Vater umbrachten. Nicht anders empfinde ich. Du wirst, das ist unausweichlich, einen dritten Fehler machen. Die Götter haben ihre Gesetze und kümmern sich nicht um uns, die Sterblichen, zu denen auch du gehörst, auch wenn du es nicht gern hörst, Alexander.«

Alexander schwieg. Er verstand, daß ich es ernst meinte. Die Frage war, ob er mich als Gegner genügend hoch einschätzte; er kannte die Wirkung seine Medaillons.

»Thapsakos ist bestraft. Die Toten werden nicht mehr lebendig. Von Tag zu Tag wird dein Reich größer, Alexander. Deinen Weg werden Städte säumen, die deinen Namen tragen. Ich möchte nicht mit dir über wichtige Dinge reden, wenn dein Troß uns zuhört. Es sind zu viele, ich kann nicht behaupten, daß mir alle gefallen.«

Einige Augenblicke lang stieg er von seinem unsichtbaren Thron herunter. Er hatte zuviel erreicht; noch kannte er keine Selbstzweifel und keine Besinnlichkeit. Sein Gesicht wirkte jung und verwundbar, als er nach einer Weile antwortete:

»Es mag sein, daß ich mehr als nur zwei Fehler gemacht habe, Atalantos. Wir sind uns ähnlich und verschieden gleichermaßen. Ich verstehe, daß es dich nicht drängt, mein Freund zu werden . . .«

»Es ist für jeden schwer, nicht nur für mich«, unterbrach ich schroff. »Erst wenn du wirklich die Ruhe des großen Königs erreicht hast, werden wir Freunde werden. Wenn du willst, wenn ich es will.«

»Viele Jahre werden vergehen . . .«

»Tausende werden in dieser Zeit sterben, Alexander. Es wird einen Tag geben, an dem auch du dir die Frage stellst, ob das Erreichte die Kämpfe, Strapazen, Entbehrungen, Wunden und Räusche wert war. Und ob diejenigen, von denen die Stufen deines Thrones belagert werden, auch wirklich wert sind, daß du sie als Freunde bezeichnest. Dir fehlt, was Ältere, Reifere haben.«

»Was ist es?«

»Besinnlichkeit, Selbstkritik und das Erkennen des Maßes der Dinge. Dein Dichter, Homer, hat gute Worte dafür gefunden. Lies und erkenne!«

Er schwieg und, wie es schien, dachte er darüber nach. Endlich fragte er: »Wohin führt dich dein Weg, Atalantos?«

»Irgendwohin«, sagte ich. »Vermutlich an eine Stelle der Welt, an der niemand deinen Namen kennt.«

»Gilt noch immer, was wir besprachen?«

Ich verstand, was er meinte. Es war, auf seine Art, abermals eine Bitte um Freundschaft. Ich wurde einen Augenblick schwankend und dachte an Persepolis und die Gräber von Shanador.

»Rufe mich«, sagte ich leise, »wenn du wirklich einen Freund brauchst. Ich bin kein Bagoas, kein Kleitos und keine Thais. Ich suche meine Freunde aus; wenige bestehen die Probe. Noch eines, zwischen dir und mir, Alexander! Die Götter wissen es! Dein dritter Fehler wird dein letzter sein.«

Er kam die niedrigen Stufen herunter und streckte mir die Hand entgegen. Wir packten einander mit hartem Griff an den Handgelenken.

»Gehe, wohin du willst. Dein Name wird im Heer stets der Name des Freundes sein. Und eines Tages werden wir uns wieder treffen. Vielleicht bin ich dann alt und weise genug.«

»So soll es sein«, sagte ich. »Die Welt ist klein genug für mich, und für dich ist sie zu groß. Denk darüber nach.«

»Ich verspreche es«, sagte er, aber schien nicht recht daran zu glauben. Ich blickte ihn ein letztes Mal an und schwang mich in den Sattel. Wir verließen schweigend und nachdenklich das Lager des Alexander bei Hekatompylos.

Nicht Herakles, sondern Prometheus hatte nach den Sagen den Barbaren das Feuer gebracht. *Feuer* stand für jede Form der Erkenntnisse und des Wissens, die aus steinzeitlichen Jägern ein Volk machten, das Gelehrte hervorbrachte und – einen Philipp und einen Alexander. Herakles, Ammon und Zeus mochten Alexanders Heroen sein, meiner war Prometheus.

Gegen Abend sahen wir eine Felsnadel in der wasserarmen Ebene. Sie warf einen langen Schatten. Im Licht der sinkenden Sonne erkannten wir auf der Flanke Linien und Zeichen, verwittert, aber gut zu erkennen. Seit dem Tag, an dem sie eingemeißelt worden waren, schien sich das Wetter hier nicht geändert zu haben. Charis und ich galoppierten hinüber. Ich deutete darauf.

»Ein Pfeil deutet nach Osten. Daneben ein Zeichen . . . Sonne, Mond und eine Zahl. Neun. Das könnte bedeuten, daß es neun Tagesreisen bis zu einem nächsten Punkt sind . . .«

»Wer hat dieses Zeichen gesetzt? Es muß Jahrhunderte her sein.« Charis staunte. »Oder länger. Die Schrift ist uralt. Ich kann sie nicht lesen.«

Es war eine Bilderschrift. Ich konnte Hieroglyphen gut lesen und versuchte, Bilder und Zeichen zu entziffern. Es waren fremde Elemente darunter. Langsam sprach ich, während meine Finger über die Vertiefungen glitten.

»In der Zeit des Amenhemhêt zieht hier die wunderbare Karawane vorbei, die eine Straße schafft bis zum östlichen Rand der Welt«, sagte ich stockend. »Auch Alexander betritt nur Straßen, die vor seiner Zeit geschaffen wurden. Nichts Neues unter der Sonne, Atisa.«

»Wer schuf diese Straße? Ein größerer Eroberer als Alexander?«

»Jedenfalls einer, dessen Name längst vergessen ist«, sagte ich. »Ich weiß es nicht.«

Wir zuckten zusammen. Jeder suchte in Sekundenbruchteilen den beruhigenden Blick des anderen, als sich in unseren Gedanken das donnernde Gelächter dieses Rätselwesens breitmachte. ES sprach mit uns. Wir krümmten uns unter dem Ansturm dieser Welle sarkastischen Lachens. Dann kam die Stimme unseres Beherrschers.

»Atlan und Charis! Ihr, eherne Krieger! Ihr sitzt da, starrt die Sterne an und fragt, was sinnvoll ist. Ich habe euch auf diese Welt geführt, um euch prüfen zu lassen, wie sich diese Barbaren entwickeln. Ich sehe, daß ihr euch langweilt!«

Ich antwortete lautlos, aber drängend:

»Du weißt, aus welchem Grund. Soll ich Alexander umbringen, nur weil er Maß und Ziel verloren hat?«

»Du hast eine Stadt für ihn gebaut. Warum hilfst du ihm nicht bei weiteren Städtegründungen? Du würdest in jeder Weltgegend Sied

lungen errichten oder vergrößern. Jede Stadt könnte den Handel fördern und Verkehr aus verschiedenen Gebieten der Welt. Alexander fügt seine makedonisch-griechische Kultur zur Zivilisation anderer Völker hinzu. Du könntest dein Wissen von diesen Städten ausstrahlen lassen.«

Ich schüttelte den Kopf und spürte, wie sich Charis' Finger in meine Hand schoben.

»Ich helfe nicht gern dem Eroberer, der das Geraubte nicht halten und seinen Besitz nicht klug verwalten kann. Oder hast du gesehen, daß sich Persai oder Persepolis, Alexandria oder Babylon seit zwei Jahren zu Zitadellen der Wissenschaft entwickelt hätten?«

»Ihr seid zu ungeduldig! Wenn ich betrachte, was Alexander leistete, kommen auch mir Zweifel. Dennoch solltest du eine Stadt bauen, Atalantos, du mit deinen klugen Freunden; nicht nur eine Ansammlung von Gebäuden, es soll mehr werden. Willst du, daß ich euch dorthin bringe?«

»Sag uns mehr über diese Siedlung. Wo liegt sie?«

»Im Süden, an einem riesigen Fluß, der in ein Mündungsdelta ausläuft. Der Indus. Dort gibt es eine winzige Siedlung am Ostufer. Sie heißt Pattala. Ein ehrgeiziger Herrscher namens Chandragupta Maurya wartet auf einen Berater und Städtegründer. Du bist durch einen halben Kontinent von Alexander und seinen Truppen getrennt. Dein Robot kann berichten, was entlang des Weges geschieht, den der Eroberer nimmt. Er ist bei bester Gesundheit und voller Tatendrang.«

»Das haben wir erfahren müssen«, bemerkte Charis aggressiv. »Er tötete unsere Freunde.«

»Um es genau zu sagen, schreitet er über die Straßen und Hochpässe der Welt, als wäre es ein zu seinen Ehren aufgetürmter Schädelhaufen. Er bekommt, was er will. Sein Stolz wird grenzenlos, so groß wie sein Reich. Wir wissen es besser. Er weiß es noch nicht, daß es schwerer ist, ein kleines Reich klug zu verwalten als ein großes Reich zu erobern. Sein Leben verzehrt sich wie das Öl einer hellauf brennenden Lampe. Es wird, denke ich, aufflammen wie ein Meteor und strahlend verzischen. Ich habe Zeit, darauf zu warten. Ihr solltet die Jahre bis zu diesem Tag auf würdige Weise nutzen, Freunde. Schließlich ist es das Geschäft von Wächtern einer Welt, über diese Welt zu wachen. Du hast Erinnerungen, wie du geholfen hast; unzählige Male; einzelnen Menschen, Gruppen von Barbaren oder aufstrebenden Reichen. Noch mehr Erinnerungen habe ich blockiert, und das sind die meisten. Und nicht die unwichtigsten, Atalantos.«

»Ist auch die Erinnerung an die wunderbare Karawane blockiert?« fragte ich sofort. ES antwortete:

»Ja. Ich werde euer Schiff, den Gleiter und die Ausrüstung in die Nähe von Pattala schaffen. Dorthin werdet auch ihr gebracht, denn der Weg würde zu weit sein. Morgen! Reitet weiter, und ES wird für den Rest sorgen. Wie immer. Ihr werdet alles erfahren, was ihr wissen und können müßt. Lebt wohl – bis zu eurem nächsten Anfall von Langeweile; interessante Arbeit wartet auf euch.«

Wieder ertönte das Gelächter. Ich war sicher, daß hinter der harmlosen Ankündigung das Versprechen lauerte, daß alles ganz anders sein würde. Anders jedenfalls, als wir es jetzt dachten. ES war für seinen skurrilen Humor bekannt. Ich reckte meinen schmerzenden Rücken.

»Wir haben eine neue Aufgabe, Freunde! Morgen abend wissen wir mehr. Versucht euch an den Zustand zu erinnern, der herrschte, ehe wir auf Alexander trafen.«

Charis sagte voll Skepsis:

»Selbst am Ende der Welt werden wir Alexander nicht entkommen können.«

19.

Das schreibt Polydamas, Freund des Feldherrn Parmenion, am dritten Tag meines Rittes nach Hamadan, an seinen Freund Kothelas, Anführer der Peltasten, der es Knephalos von Nikaia schreiben oder erzählen soll: Ich weiß nicht, was König Alexander in den Briefen schrieb, die ich trage. Ich ahne, daß furchtbares Geschehen über uns verhängt ist von den Göttern.

Ich bin gekleidet wie ein Nomade. Unter hellen Gewändern, von denen die Sonne abprallt, trage ich meine Waffen. In einem ledernen Beutel sind Briefe an Parmenions Unterführer und Briefe an Parmenion selbst. Einer ist von Alexander, der andere trägt den Namen von Philotas, dem Sohn Parmenions.

Ich reite nicht über die Königsstraße des Caraios. Ich und meine zwei Führer sitzen auf jenen seltsamen Tieren, die schnell sind und wenig Wasser brauchen, oft für einige Tage gar keines. Ihre Hufe spalten sich wie die der Ochsen, und dadurch sinken sie nicht in den Sand ein. Wir sind in rasender Eile, und zwischen Farrah (das wir Prophtasia nennen) und Hamadan braucht ein eiliger Kurier mehr als einen vollen Mond. Meine Führer, ebenso wehrhaft und müde wie ich, sagen, daß wir in acht Tagen eintreffen werden. Ich glaube ihnen nicht. Die Tiere, die störrisch sind, aber schnell und trittsicher, rennen und rennen. Man nennt sie Kamele oder Renndromedare. Sie sind wie ein Boot im Sturm, ganz anders als Pferde.

Ich weiß nicht viel über die Verschwörung gegen unseren Feldherrn. Ich habe niemals nach seinem Leben getrachtet. Ich bin ein Freund des Feldherrn Parmenion; Alexander versicherte, daß ich deswegen keine Verfolgung erleiden soll. Dennoch berichte ich, was ich weiß. Da Bessos ausstreuen läßt, er sei nächst Dareios der König Persiens, muß unser König, der Dareios besiegt hat, nun Bessos fangen. Der Rest des Heeres ist zu uns gestoßen, als wir nahe Hekatompylos lagerten. Während dieser Tage ritt Toxarchos Atalantos ins Lager und stieß den Thapsakos vor Alexanders Füße. Thapsakos, dessen Männer nackt nach Zadrakarta gehinkt waren, mit Seilen gefesselt. Die Gipfel der Gebirge im Norden und Westen, die Wüsteneien in den anderen Windrichtungen, sprach Alexander: Er redete von unseren Siegen, von Entbehrungen und davon, daß es wichtig ist, den Osten zu erobern und Bessos zu schlagen. Er versprach uns reichere Beute, als wir sie in Persai gemacht hatten. Er riß uns mit seinen Worten mit, und wir schrien alle die Worte: *Führe uns, wohin du willst!*

Die Wegstrecken zwischen den Karawansereien sind endlos wie das Geschwätz der Weiber. Dieses Sprichwort der Meder ist richtig. Vor uns liegt eine Welt, unendlich weit und voller Geheimnisse. Auch ihre Krieger taugen nichts, verglichen mit uns Makedonen, mit den Söldnern und den Medern, denen wir beibringen, wie man marschiert und kämpft. Wir marschierten schnell. Nach hundertdreizehn Parasangen hielten wir dort an, wo uns die medischen Landeskundigen sagten, hier kann Alexander zwischen zwei Wegen wählen: der Straße nach Osten, die seit Urzeiten entlang untrüglicher Wegzeichen verläuft, und dem Weg, der nach Süden führt, zur Ebene des »Windes der hundertzwanzig Tage«. Hinter dem Gebirge im nördlichen Osten stand Bessos und wartete. Also umging ihn unser Feldherr.

Nachdem Alexander erst seinen Troßwagen mit dem Gepäck angezündet hatte, verbrannten wir unsere Troßwagen. Alles Gepäck kam auf die Rücken der Packtiere. Wir marschierten. Dann kamen Kuriere und berichteten, daß der Satrap Sartibarzanes, Harivas Herrscher, einen Aufstand vom Zaun gebrochen und sich gegen Alexanders Befehle aufgelehnt hatte. Alexander suchte die Besten unter uns aus. Zwei Tage lang rannten wir nach Südosten und berannten Artakoana, verbrannten die Rebellen mitsamt den Wäldern, zerbrachen mit unseren Katapulten die Mauern und versklavten einen Teil des Volkes. Der andere sollte die Stadt wieder aufbauen. Alexander nannte sie nach seinem Namen. Aber Sartibazanes war geflüchtet und hatte sich zu Bessos gerettet. Sein Sohn erhielt Hariva und die Oase zum Lehen. Wir vereinigten uns mit dem Heer und marschierten, von sechs Tausendschaften aus der Heimat verstärkt, über Pässe und zwei Flüsse. Kalter Wind, Sandstürme, Durst und Hunger begleiteten uns, aber da wir keine Wagen hatten, gingen wir schnell. Bald waren wir in Farrah.

Alexander hatte dreißig Tausendschaften. Parmenion in Hamadan hatte zwanzig Tausendschaften, um den medischen Schatz zu bewachen. Dann, als wir, verzweifelt und todmüde, ein Lager aufschlugen, schlichen Gerüchte um das Feuer.

Während sie einander sich ihrer Körper ergötzten, verriet ein Makedone seinem Geliebten, daß man den Alexander würde töten wollen. Er nannte Namen der Verräter. Der Lustknabe erzählte es aber seinem

Bruder Kebalinos, dieser ging zu Philotas, dem Sohn Parmenions, dem Freund Alexanders. Zwei Tage lang schwieg Philotas gegenüber Alexander. Kebalinos dachte, daß Philotas zu lange schwieg, und ging zu Alexander, der mit seinen Konkubinen im Bad war. Man rief Dimnos, den Makedonen, aber dieser stürzte sich in seinen Dolch, um der Schande des Verrats zu entgehen. Alexander sprach mit Philotas, wie es erfahrene Krieger zu tun pflegen, gab diesem die Rechte als Zeichen der Großmütigkeit, denn Philotas hatte nichts anderes getan als gezaudert. Dann hielt Alexander Rat mit seinen Freunden.

Nachts, nach dem Mahl, holte man Philotas aus seinem Zelt, legte ihn in Ketten, er verriet niemanden und wurde getötet. Sieben Verräter wurden getötet. Andere beschuldigte man, aber sie waren unschuldig. Alexander von Lynkestis konnte sich nicht herausreden, und die Wachen bohrten ihm die Speere in die Brust.

Philotas, der Sohn Parmenions, sprach nichts über die Schuld seines Vaters. Aber alle Freunde Alexanders beschuldigten ihn, sich zum Gegenkönig ausrufen zu lassen. War es so? Niemand außer den beiden wußte es, und Philotas war tot. Ich werde die Siegel auf den Briefen nicht brechen. Überdies vermag ich nur schlecht zu lesen, besonders das Medische. Ich bin Kurier, derjenige, der schlimme Botschaften trägt.

Drei weitere Tage vergehen. Wir reiten, als gelte es unser Leben. Vorbei an Oasen rennen die Dromedare. Unsere Bögen schleudern Pfeile auf Nomaden und Wegelagerer. Unsere Körper stinken, uns plagen Staub, Sonne, Fliegen und Ungeziefer, wir haben Durst und Hunger. Wir schlafen im Sattel oder im Sand. Wir reiten auch nachts, denn meine Führer kennen die Sterne. Elf Tage statt dreiunddreißig brauchen wir; dann reiten wir durch die Stadttore von Hamadan.

Ich, unglückseliger Bote, schleppe mich durch die Stadt und finde die Heerführer Parmenions. Ich übergebe die Briefe, auf denen ihre Namen unter dem Siegel stehen. Ich trinke Wein, so gut, wie ich ihn lange nicht hatte.

Pharnus, der Anführer der Peltasten, ließ mich in seinem Haus baden, gab mir reichlich Essen und schickte mir für die Nacht eine medische Kurtisane, die seltsame Künste verstand. Ich ließ sie auf meinem Lager schlafen, als ich mit den Unterführern nach Sonnenaufgang zu Parmenion ging. Wir genossen den kühlen Schatten der Palastgärten, in dem Parmenion spazierte. Zuerst las er den Brief Alexanders. Er freute sich, den Freund seines Sohnes und eigenen Freund zu sehen. Als er den Brief öffnete, den Philotas geschrieben hatte, stießen mich die Makedonen zur Seite, zogen die Dolche und stachen Parmenion nieder, der zuerst lachte und dann in seinem Blut starb.

Ihre Blicke waren wie Kastriersicheln, und sie sagten mir: Die Macht weckt das Böse in Alexander. Ich ziehe meinen schmutzigen Chiton über den Kopf und weine um meinen Freund Parmenion. Weniger als eine halbe Stunde dauerte es nur, dann brach unter den Truppen Tumult aus. Sie versammelten sich, drohten mit Meuterei. Aber man verlas ihnen mit lauter Stimme die Briefe Alexanders. So erfuhren die Makedonen, daß Philotas und Parmenion sich gegen Alexander verschworen hatten. Niemand wußte dies. Gleichzeitig wurden die Befehle bekannt. In fünfmal sieben Tagen sollte der größte Teil des ausgeruhten Heeres auf den bekannten Straßen zu Alexander stoßen. Ich aber mußte nach zwei Tagen Rast auf frischen Rennkamelen zurück zu Alexander, um alles zu berichten.

So, wie ich es schreibe, habe ich's erlebt. Es war nicht anders. Die Gedanken in den Köpfen der mächtigen Könige sind mir nicht bekannt. Genutzt hat es Alexander nicht. Er wird mit kritischen Augen angesehen. Auch ohne Worte, sagen die Kreter, läßt sich's gut lügen. Und mit Worten noch besser. Parmenion, das ist wahr, zählte siebzig Lebensjahre.

»Ich bin froh, nicht mehr in seiner Nähe zu sein«, sagte Charis. Wir saßen inmitten von Teilen unserer Ausrüstung im Heck des Schiffes. Langsam fuhren wir mit halbgeblähten Segeln gegen die Strömung an. Hin und wieder winkten wir zum Backbordufer. Dort brachen schnelle Elefanten unserer Bundesgenossen durch das Unterholz und scheuchten Wasservögel auf.

»Dennoch werden unsere Gedanken oft bei ihm sein. Denk daran«, sagte ich vorsichtig, »daß wir über einen Ring verfügen, der sein wunderbares Amulett abschaltet.«

Ich hielt die Hand hoch und zeigte auf den unscheinbaren Reif. Unser Schiff, das jetzt INDRAS VAJRA hieß, also Wurfkeil des Gottes Indra, näherte sich den Hügeln, auf denen die Hütten Pattalas standen. Von Land her kamen zwei Drittel unserer Freunde mit Pferden und Lasttieren auf dasselbe Ziel zu. ES hatte uns Wege gezeigt, Informationen gegeben, uns die Sprache und Schrift gelehrt und sogar Schiff und Gleiter umgestaltet, so daß die Menge der Einzelheiten bei den Eingeborenen den Eindruck des Bekannten, Vertrauten hervorrief.

Das Land war, abgesehen von den Uferhängen, meist flach. Wie in den Unterläufen von Tigris und Euphrat handelte es sich um Schwemmland, von dem riesige Gebiete überwuchert waren.

»Alles, was wir von ihm sehen und hören«, Charis meinte den Bildschirm, der die Beobachtungen von Ricos Spionsonden wiedergab, »unterstreicht unsere Gedanken über seine wilde Lebenskraft. Sieht man ihm tagsüber zu, glaubt niemand, daß er nachts den Schlaf der Gerechten schläft.«

Ich mußte lachen. Zugegeben, der Umstand, daß wir tatsächlich durch einen halben Kontinent von ihm getrennt waren, erleichterte es, in guter Stimmung zu sein. Zuletzt hatten wir die Bilder der Veteranen dieses Eroberers gesehen. Sie schauten schweigend und mit offenem

Unmut dem Treiben um ihren Feldherrn zu, jener Travestie auf das persische Hofzeremoniell. In ihren Augen nistete der kontrollierte Ekel von Provinzkriegern, die überraschend in ein Lusthaus eindrangen, in dem sich alle Sünden dieser Welt austobten. Es würde der Tag kommen, an dem sie allein aus diesem Grund ihrem Alexander den Gehorsam verweigern würden.

Ich schaltete die Nachrichtenverbindung ab, klappte die Truhe zu und versetzte unsere Ausstattung wieder in den Zustand, in dem sie bekannt war: unauffällig und unscheinbar. Dann kletterte ich zum Steuermann Charlan.

»Auch heute nacht werden wir am Ufer ankern«, meinte ich. »Ein menschenleeres Gebiet?«

»So scheint es«, sagte er. Auch unsere Kleidung hatten wir angeglichen; andere Bilder auf den Schilden, andere Haartracht und tiefe, natürliche Bräune machte uns den Eingeborenen ähnlicher. »Immer starren uns Augen aus dem Wald an.«

»Hoffentlich blicken sie freundlich. Oder sollte sich unsere Wichtigkeit bereits herumgesprochen haben?«

In den Fluß, dessen Delta mit beiden großen und den kleinen Abflüssen wir verließen, schoben sich die Luftwurzeln knorriger Urwaldriesen. Inseln aus Kies, Schwemmgut und Schilf schienen am Schiff vorbeizudriften. Wir sahen Krokodile, Elefanten, die sich im Schlamm wälzten und Wasserfontänen durch ihre Rüssel bliesen. Ich verglich unsere Position mit den Höhenphotos. Der Fluß hatte in der Vergangenheit weite Teile des Landes überflutet. Wir sahen es an den Hinterlassenschaften der Überschwemmung – vielleicht kam das Wasser regelmäßig jedes Jahr nach der Schneeschmelze oder den großen sommerlichen Regen. Pattala war auf einem Schwemmlandhügel gebaut. Fische sprangen in der abendlichen Kühle aus dem Wasser. Zwischen den Ästen summten Wolken schillernder Mücken und Fliegen.

Die INDRAS VAJRA bewegte sich wie die Reitergruppe entlang einer alten Grenze. Der Einfluß des medischen Reiches verlief hier im Osten etwa entlang des vielfach gewundenen Indus-Flusses. Charsada, hoch im Norden, »Stadt des Lotos«, sicherte die Handelsstraßen zwischen Ost und West. Die Bewohner dieses Landes kannten Eisen, verwendeten sogar eiserne Münzen. Eine Unmenge kleiner Fürstentümer bekriegte einander an den Grenzen der Einflußgebiete.

Rico hatte Unmengen von Informationen zusammengetragen: Chandragupta Maurya, ein junger Herrscher, wußte besser als wir, daß Bogenschützen aus Gandara und Hindush in persischen Heeren gegen Alexander kämpften, zuletzt in Gaugamela. Persische Baumeister und Künstler arbeiteten für einige Fürsten. Auch die Schrift der Achemäniden, von rechts nach links ausgeführt, hatte in diesem Land die Kultur beeinflußt.

»Dieser Chandragupta«, der Steuermann lenkte das Schiff in einer

Kurve auf den linken Uferstreifen zu, »scheint im Land Stützpunkte errichten zu wollen.«

»Pattala bietet sich als Hafen an. Für den Fluß ebenso wie für die letzte Station vor dem Meer«, sagte ich. »Die Hauptstadt dieses lockeren Reiches ist in der Mitte des Subkontinents, in Pataliputra. Ich glaube, daß er unerkannt hier eingetroffen ist.«

»Immerhin kontrollieren seine Krieger uns.«

»Ich würde es nicht anders machen. Sie werden uns berichten, was wir wissen wollen. Am Ankerplatz.«

Der Wald trat zurück und machte Gebieten Platz, die vollständig eben waren – wie in Mesopotamien. Wir sahen Fischerdörfer, nicht größer als eine Handvoll windschiefer Hütten auf Stelzen, wir vermochten vom Deck des Schiffes aus kleine Dörfer inmitten dürrer Felder zu sehen. Jetzt, am Abend, zogen Rauchfahnen in die Luft und wurden nach Nordosten abgetrieben. Vorherrschende Windrichtung war Süd bis Südsüdwest; feuchtwarmer Wind blähte die Segel des Schiffes.

»Wir sind in einem fruchtbaren Flußtal. Hier gibt es alles im Überfluß. Ich hoffe, daß wir auch mehr von der Kultur des östlichen Teiles sehen werden.«

»Dafür muß Chandragupta sorgen.«

Wir näherten uns dem Ufer und begannen einen Lagerplatz zu suchen. Die Sonne stand als rote Scheibe eine Handbreit über dem Horizont. Schließlich fanden wir eine vorspringende Kiesinsel, wo wir den Anker ausbrachten. Einige wateten an Land und schlangen Halteknoten in die Trossen. Ich schlug mit der Klinge der Doppelaxt eine Gasse in Schilf und Bambusrohr. Ein Vogelschwarm stob auf. Chastar und Atarga holten die Haltetaue straff und sprangen über die Reling. Nach der langen Fahrt schien der Boden unter unseren Stiefeln zu schwanken. Chastar fragte fröhlich aufgeregt: »Versuchen wir, einen fetten Braten zu schießen? Holz für ein feines Feuer gibt es genug.«

Zwischen trockenen Gewächsen lagen große Mengen Schwemmholz. Ich holte meinen Bogen. Wir schlugen Gestrüpp um und schaufelten eine Vertiefung für das Feuer. Die Schatten wurden länger, und gegen die riesige Sonne zeichneten sich drei Elefanten ab. Auf ihrem Rücken trugen sie Plattformen mit Haltestäben und Seilen. Als die Krieger uns sahen, winkten sie, wie es schien, freundlich; sie waren mit Lanzen bewaffnet.

»Vielleicht haben sie schon unseren Braten«, spöttelte Atarga in das Schnattern einer Affenherde, die durch die Äste flüchtete.

»Das ist gut möglich.«

Die mächtigen grauen Tiere, »die eine Hand besaßen«, wie die Leute sagten, hoben ihre Rüssel und trompeteten. Wie riesige Schiffsbuge bahnten sie sich den Weg vom Ufer durch die flache Insel. Hinter den kantigen Schädeln saßen halbnackte, braunhäutige, schwarzhaarige und dunkeläugige Krieger. Sie lachten mit blitzenden Zähnen.

»Wir haben Krüge voll Wein! Habt ihr etwas für die Bratenspieße?«

Nebeneinander hielten die Kolosse an. Sie hoben ihre Lenker mit dem Rüssel herunter und setzten sie vor uns ab. Die anderen Männer, je drei, kletterten an Seilen zu Boden. Vor uns fielen zwei schwere Körper ins Schilf.

»Hier, der Braten, ein Geschenk unseres Fürsten.«

»Von Chandragupta?«

»Er ist begierig, euch zu sehen. Deine Freunde, Weißhaariger, sind nicht mehr weit.«

»Sie sind so zuverlässig wie wir«, sagte ich. »Bleibt ihr hier? Haltet eure Riesen vom Schiff fern; wir brauchen keine Trümmer.«

»Keine Angst, Weißhaariger. Ich, Shastry, sorge dafür. Ich bringe dich zu Chandragupta.«

»Nenne mich Atalantos.« Ich erwiderte seinen Gruß. Er legte beide Hände gegeneinander, faltete sie vor der Brust und verneigte sich leicht. Seine Blicke irrten ab, er heftete sie auf Charis, die mit ausgebreiteten Armen über die Planke balancierte.

»Das ist Charis, meine Gefährtin«, sagte ich und lächelte. Übergossen vom lodernden Rot des Sonnenuntergangs trat Charis auf wie eine unirdische Erscheinung. Sie trug einen weißen Rock zu den Stiefeln, deren Verzierungen landesübliche Muster aufwiesen. Über einem breiten Gürtel mit der auffallenden Schließe glänzten die Nähte eines ärmellosen Mieders; auch dies eine Anlehnung an vorhandene Stilelemente. Ihr braunes Haar fiel auf die Schultern, die Linien und Muster der winzigen Goldplättchen, der funkelnden Steine und der natürlichen Pigmentierung blitzten im roten Licht. Ich half ihr an Land.

»Shastry sorgt für uns«, sagte ich. »Er ist ein guter Bogenschütze. Seine Pfeile sind noch zu verbessern.«

Ich zeigte auf die geschossenen Tiere, junge Hirsche. Die Lenker trieben mit Tritten hinter den ausgefransten Ohren die Elefanten flußaufwärts, wo sie sich im Schlamm wälzten und von den Männern unter fröhlichem Geschrei gewaschen wurden. Vorher hatten die Tiere mit den Rüsseln mitgeholfen, die Plattformen herunterzuheben. Wir bildeten einen Kreis, jeder arbeitete mit. Als die Sonne im gewaltigen Farbenspiel riesiger Wolkenballungen untergegangen war, loderte unser Feuer.

Die Nahrungsmittel des Schiffes und der Krieger ergänzten einander. Unsere Gewürze und das kostbare Salz verwandelten die Braten in Köstlichkeiten. Unsere Waffen wurden ebenso bestaunt, wie wir die Riesentiere und ihre Lenker bewunderten. Becher gingen rundum. Alle Fragen schienen im Dunkel der Nacht verschwunden zu sein.

»Wie kommt es, daß Chandragupta *hier* eine Stadt bauen will?« fragte ich kauend. »Es herrschen die Fürsten und der König der Nandus.«

»Das ist richtig«, erwiderte Shastry. Seine Krieger nickten. Im Bambus bewegten sich mit grollenden Eingeweiden die Elefanten. »Chandragupta ist jung. Einst wird er die Hauptstadt beherrschen. Wenn er die Fürsten einigen will, braucht er Stützpunkte, in denen er Männer findet und Verpflegung; Männer wie uns. Überall im Land. Hier, im Delta, soll es diese Stadt sein.«

»Uns erzählten Händler von ihm und den Plänen für Pattala. Wer erzählte ihm von uns?«

»Das wissen wir nicht«, war die Antwort. Die wesentlichen Punkte ihrer Erzählungen deckten sich mit unseren Informationen.

»Wir sind Fremde, Shastry«, ich musterte die aufmerksamen Gesichter, »wir sind leicht zu verwunden, unauffällig zu töten. Also müssen wir uns entweder verstecken wie die Krokodile, oder wir reiten neben dem mächtigsten Herrscher auf dem Elefanten.«

»Wir sind Chandraguptas Männer. Wir schützen ihn, er schützt und befiehlt uns. Noch müssen wir sein wie die Krokodile. Bis zu den Tagen, in denen Chandragupta das Reich gründet. Es kann Jahre dauern.«

»Es dauert auch Jahre, die Stadt zu bauen«, sagte ich. »Wir werden sie bauen.« Ich hob meinen Becher. »Langsam und ohne aufzufallen. Chandragupta Maurya hilft mit Geld, Arbeitern und Handwerkern. Wir bereiten die Stadt und das Land darum für einen Tag vor, an dem er sie feierlich übernimmt. Wir erhalten Lohn und haben die Freiheit, zu tun, was wir für richtig halten.«

Es gab so etwas wie wortlose Übereinstimmung. Man fand sie oft unter Männern, die gewohnt waren, sich in Gefahren zu bewegen. Ein solcher Zustand herrschte zwischen Shastry und mir. Wie dauerhaft er war, konnte ich nicht abschätzen. Es würde sich zeigen, wenn es hart auf hart ging.

An diesem Tag hatten wir eine weit größere Strecke zurückgelegt. Durch Höhenphotos wußten wir, daß der Indus sein Bett veränderte, wenn er Hochwasser führte und gewaltige Mengen Lehm, Erde und Schwemmgut aller Art. Ich erinnerte mich, wie in Babylon Stadt und Kanäle geschaffen worden waren, damals, als ich mit Hammurabi zusammen als Shar-Atlan fremde Raumfahrer gejagt hatte. Hier herrschten etwa die gleichen Verhältnisse, und einige Jahrtausende mochten auch die handwerklichen Fähigkeiten der Barbaren verbessert haben. Aufmerksam musterten wir die Ränder des Flusses, verglichen das, was wir sahen, mit den Luftaufnahmen und machten Pläne. Mit Hunderttausenden Helfern würden wir eine große Stadt in kurzer Zeit bauen können. Chandragupta würde die Entscheidung treffen – wir fühlten uns herausgefordert und würden, dachten wir, eine gute Zeit haben. Ich konnte Alexander im Auge behalten und würde eine neue Zivilisation in einem Teil der Welt unterstützen, den ich noch nicht kannte.

Baumriesen reckten sich an den Ufern in die Höhe. Seltsam würziger

Geruch hing in der Luft. Weit vor uns ging ein Regenschauer nieder. Links tauchten wieder die Elefanten mit ihren Reitern auf freiem Gelände auf. Die Insassen kleiner Kanus blickten aufmerksam zu uns herüber und winkten, manchmal riefen sie uns etwas zu. Aufgeblähte Kadaver trieben vorbei. Am frühen Nachmittag schob sich die INDRAS VAJRA auf den krümeligen Lehm einer Böschung hinauf. Unsere Freunde erwarteten uns mit einem Feuer, zwei riesigen Fischen und Beutetieren, die sie aus dem Fell geschlagen und an Bratspieße gesteckt hatten.

Vier dünne Lederschnüre hielten die Ecken eines großen Tuches. Mit beschwerten Säumen lag es über den Planken des Achterdecks. Wütend summten Stechmücken um die Flamme der Öllampe in der Nähe des Ruders. Wir waren allein, um uns gab es nur die Laute der Natur. Ich lag ausgestreckt auf dem Rücken und dachte nach. Mein Verstand summte wie ein Kreisel und beschwor Szenen und Bilder.

»In Wirklichkeit ist, was wir treiben, eine Vision«, flüsterte Charis. »Mir scheint, wir haben von den Krebsen gelernt, Deckung zu suchen. Was tun wir wirklich? Was verändern wir?«

Vernunft und gelernte Klugheit fielen auf dieser Barbarenwelt ab wie der Panzer einer Larve. Überleben war alles. Der Versuch, am unendlich weit entfernten Endpunkt der Entwicklung ein Raumschiff zu bauen, schien eine Utopie zu sein.

»Wir bringen den Bewohnern dieser Welt Wissen, Kultur und Schönheit«, antwortete ich. »Davon sind wir überzeugt. Was sie daraus machen, ist nicht in unserer Macht.«

Ich wünschte wieder, ich könnte Charis die Arkon-Welten zeigen, ihr den dritten Planeten von Larsafs Stern aus dem Weltraum vorführen. Alles, was ich vermochte, war, ihr Sicherheit und Zufriedenheit zu geben. Ich küßte sie und fuhr durch ihr Haar.

»Unsere Worte und Taten«, sagte ich leise, »haben schon die Bedeutung von Kerben im Stein angenommen. Vielleicht hält Chandragupta, was Alexander versprochen hat.«

»Glaubst du daran?«

»Nein«, sagte ich. »Schon versperrt sich der Horizont wie ein rauchender Vulkan. Die Zukunft ist reichlich dunkel. Etwas heller ist sie für uns, Liebste.«

»Heller? Einzuschlafen mit der Gewißheit, wieder aufzuwachen und sich Fragen gegenüberzusehen, die wiederkehren wie der Regen vom vorigen Jahr?«

»Die Griechen sagen: Das Chaos ist das Natürliche! Auch für uns.«

»Wer außer dir, Geliebter, ist unsterblich?« fragte sie. »Und dieser Makedone, der ein schlimmes Ende nehmen wird.«

Ganz zweifellos war Chandragupta Maurya ein bemerkenswerter Jüngling. Wir trafen ihn in seinem Zelt aus Flechtwerk und Stoff, das Artefakt einer nomadischen Kultur. Seine Haut war dunkel, seine mandelförmigen Augen schienen fast schwarz, und sein schwarzes Haar trug einen blauen Schimmer, ebenso wie der dichte Oberlippenbart. In jeder seiner zielsicheren und geschmeidigen Bewegungen erinnerte er mich an einen Gepard und an jenen Alexander, der von Makedonien aufgebrochen war, nicht an den Usurpator persischer Grenzbefestigungen.

»Du bist der Fürst dieser Reiter, Herr des Schiffes und jenes Bootes, in dem nur ein Mann sitzt und das, wie man mir sagte, in der Nacht zu fliegen vermag?«

War er achtzehn, zwanzig Jahre alt? Nicht viel älter. Er saß in einem zerlegbaren Sessel, über den ein Tigerfell geworfen worden war. Meine ehernen Krieger waren vollzählig. Der Hügel lag unter ausladenden Riesenbäumen, unter uns breitete sich die armselige Siedlung aus.

»Ja«, antwortete ich. »Deine Männer sprachen voller Ehrfurcht von dir, und jetzt, da ich dich sehe, sage ich, daß es zutrifft. Wie hast du von uns und unseren Berufen erfahren?«

Sein Blick bekam etwas Abschweifendes, als er mit blitzenden Zähnen lachte und antwortete:

»Ich weiß, daß ich eines Tages über das Land herrschen werde. Ich weiß, daß sich Eroberer von dort nähern.« Er wies nach Nordnordwest. »Ich habe vieles, was eintraf, geträumt. Ich träumte, daß eine Handvoll Fremder von Westen kamen. Im Traum trat einer vor mich hin und sprach so: Du brauchst Männer, die dir treu sind und warten können, kluge Männer, die dir helfen. Ich bin der Fürst dieser Männer, und ich will nicht so wie du die Herrschaft, weil ich ein Wanderer bin, den die Macht nicht lockt.«

»Kluge, fremde Männer sind eigenartig, Chandragupta. Sie dienen nur dann gern, wenn sie Freiheit haben. Und wenn wir Jahre warten müssen, bis du Herrscher bist, braucht dies mehr als nur einen Handschlag. Für den, der dich haßt, jenen, der dich vom Thron stoßen will, sind wir so wertvoll wie für dich. Wir können hier eine Stadt entstehen lassen, eine Hafenstadt, deren Schiffe zu fernen Ländern segeln, und wir können dies schaffen, ohne daß der Nandu-König es merkt. Aber wir müssen sicher sein. Sag, was du willst, Chandragupta.«

Wir redeten lange, und davon waren viele Worte sehr gewichtig. Der Traum war von Schicksalsdeutern und Priestern angehört, seine Bedeutung gedreht und gewendet worden. Auf Mauern waren plötzlich Grundrisse einer Stadt erschienen. Der potentielle Eroberer reiste durch das Land und sammelte Vertraute, Freunde und Helfer. Hier war er in der südöstlichsten Ecke seines – so das Schicksal huldvoll war – zukünftigen Reiches. Pattala war als Station zwischen Fluß- und Seeweg wichtig, als Versorgungslager und als Fluchtpunkt. Die Dörfler brachten Essen, wir stifteten Wein, und spät nachts hatten wir die Grundzüge einer Planung entworfen. Chandragupta würde uns Siedler, arbeitslose Baumeister, Bauern und andere Männer schicken, die wilde Elefanten fingen und abrichteten und all das konnten, was Shastry und Arthasar uns gezeigt hatten. Er würde Geld und Nachrichten schicken und Nachrichten empfangen.

»Wann sollen wir anfangen?« fragte ich.

»Baut zuerst die Häuser für euch und die Kornspeicher. Wartet die Überschwemmung ab. Wartet auf die Helfer, die zu euch kommen.«

»Wir haben unsere eigenen Vorstellungen«, meinte Charis. »Wie lange bist du in Pattala?«

»Einige Handvoll Tage.« Chandraguptas Wangen glühten. »Ich muß über den Fluß, und das Wasser wird steigen.«

Später war noch immer Zeit, ihm zu zeigen, daß es mit dem Schiff keine Schwierigkeit sein würde. Charis schlug vor:

»Warte einige Tage. Wir ziehen das Schiff ans Land und richten uns ein, und dann sagen wir, wie Pattala einst aussehen wird. Eines schon jetzt: Es wird Jahre dauern. Und laßt uns von heiteren Dingen sprechen.«

Chandragupta blickte mich voll Erstaunen an und meinte: »Ein seltsames Land, aus dem ihr kommt! Dort dürfen Frauen offen reden und sind im Rat der Männer dabei.«

Meine Antwort war voll unüberhörbarer Schärfe.

»Dort, woher wir kommen, junger Fürst, herrschen andere Gesetze. Dort ist nur der Lauf der Sonne so wie hier. Frauen, die so klug wie Männer sind, sprechen so laut wie wir. Dort gibt es keine Kasten, keine Einteilung in Sklaven, Krieger und Fürsten. Dort darf jeder reden, auch wenn er Unsinn schwätzt. Die anderen werden ihn davon schon überzeugen. In unserem Reich entlohnt man Treue und Leistung nicht fürstlich, sondern königlich.«

»Und noch etwas«, vollendete Atama. »Dorther kommen Männer, die sich erbarmungslos wehren, wenn sie hinterlistig angegriffen werden. Unter uns«, er deutete auf mich, »gibt es Krieger, deren Straße von Gräbern erschlagener Feinde reich gesäumt ist, viele Tagesritte weit.«

Chandragupta lachte lange und laut, schlug sich auf die Schenkel und rief dröhnend aus:

»Eine Sprache, die sich verstehe. Wir werden gute Freunde werden, Fremde! Fühlt euch wohl in dem reichen Land, das bald unter meiner Herrschaft stehen wird.«

»Ersteres tun wir bereits«, knurrte Chapar ausdruckslos, »und letzteres wird sich zeigen.«

Der letzte Krug wurde geleert, während die jungen Frauen der Siedlung, unterstützt von Trommlern, Flötisten und Sängern, für uns einen stampfenden Tanz darbrachten, der uns in seiner Schlichtheit die Größe der Aufgabe erkennen ließ. Chandragupta dachte an Palastsklavinnen, ich dachte an Schulen für Junge und Alte. Am frühen Morgen wankten wir zum Schiff und zu den Zelten und schliefen in den Tag hinein, der mit Regen begann und erst gegen Nachmittag blauen Himmel zeigte. Etwa die Hälfte unserer Gruppe schwang sich in die Sättel und ritt das Gebiet ab, das wir zu verwandeln gedachten. Das Wasser des Indus stieg um einen Fingerbreit.

Die Völker, die sich den Makedonen auf dem Weg zum Sturz des Bessos entgegenstellten, kämpften mit verbissener Tapferkeit. Ihr Götterglauben steigerte ihre Wut. Aber Todesverachtung und Disziplin der Heere Alexanders siegten in jedem Fall. Vierzigtausend Mann und der Troß krochen wie ein riesiges, stacheliges Tier vorwärts. Je mehr sie sich von Prophthasia entfernten, desto unbekannter wurde das Land.

Die Gipfel der fernen Berge waren nähergekommen. Der Arios war überschritten, Arachosien lag östlich vor der Spitze der Armee. Die Makedonen gründeten Städte, vergrößerten persische Stationen, ließen alte, kranke und unwillige Soldaten als Sicherung dort; entlang des Weges bildeten sich winzige Inseln griechischer Kultur. Wo das Heer durchgezogen war, herrschte Alexanders Gesetz. Eine einheitliche Währung wurde geschaffen. Im letzten Fünftel des Jahres verließen die Soldaten das Tiefland und wagten sich ins Gebirge. Winter, Hungersnöte und Aufständische machten den Männern zu schaffen. Durch Frost und Schneeschauer kämpften sich zweiunddreißig Tausendschaften nach Kapsia und gingen dort ins Winterlager.

Sie befanden sich nun im Land Sogdiane. Dort führten Einheimische die Griechen zum Grab des Prometheus; die Männer fanden das Nest des mythologischen Adlers und Reste der Ketten, mit denen der Bringer des Feuers an die Felsen geschmiedet gewesen war. Unter gräßlichen Opfern kämpfte sich das Heer von den Gipfeln herunter. Die Pferde trugen lederne Schneestiefel; später wurden die Tiere geschlachtet und ihr Fleisch gegessen. In den Ebenen brannten Reiter des Bessos die Felder ab, um dem Verfolger die Kraft des Hungers entgegenzuschleudern. Bessos floh; da sie seine Feigheit nunmehr erkannten, sagten sich acht Tausendschaften baktrischer Reiter von ihm los. Im sechsten Mond traf Alexanders Vorhut auf den alten Artabazos, den Vater der Lustsklavin Barsine, die sich Alexander nach dem Sieg bei Issos genommen hatte.

Artabazos berichtete, daß er und andere Heerführer Satribarzanes getötet hätten. Seit Persepolis waren die Soldaten rund neunhundert Parasangen marschiert. Nun folgte ein Gewaltmarsch auf den Spuren des Bessos, der alle Überlebensfähigkeiten der Soldaten bis zum Äußersten ausschöpfte. Die Eingeborenen dieser sandigen Steppe ergriffen Bessos und schickten zu Alexander Boten, daß sie ihn ausliefern würden. Man schaffte den Mörder des Darius herbei; nackt an ein hölzernes Joch gefesselt. Alexander ließ ihn auspeitschen, man schnitt ihm Ohren und Nase ab und schaffte ihn zunächst nach Balkh, schließlich nach Hamadan. Dort sollte er öffentlich gepfählt werden.

Das Ziel Alexanders war erreicht. Jetzt war er der unangefochtene Nachfolger des Darius. Weitere Städte wurden gegründet. Alexander, den in der Mitte des Jahres ein Pfeilschuß am Bein schwer verwundete, genas überraschend schnell und sagte, daß seine Kräfte und seine Gesundheit von einem Segen abhingen, der ihm im Tempel des ägyptischen Ammon erteilt worden war. Spitamenes, der Baktrer, stellte sich gegen Alexander. Die nördlichen Grenzen wurden gegen die Skythen abgesichert. Zehn Monde lang hatten die Rebellen das Heer belästigt, und sie ließen nicht von ihren Angriffen ab. Nur noch fünfundzwanzigtausend Soldaten waren Alexander verblieben, als er ins Winterlager ging.

Wir fingen klein an, aber jeder Handgriff war ein winziger Teil einer auf Jahre angelegten Arbeit. Zuerst gruben wir tiefe, kegelförmige Löcher. Der Aushub, Lehm und nasser Sand, wurde mit Stroh und Häcksel vermengt und zu Ziegeln geformt, die alle dasselbe Verhältnis von Länge, Dicke und Breite hatten. Brennöfen erfüllten mehrere Zwecke: sie brannten die Ziegel, rösteten Getreide, brutzelten Braten und wurden zum Backen von Broten verwendet. Schwemmholz und Bäume, die wir zwischen den anderen herausfällten, versorgten die Feuer. Aus den gebrannten Ziegeln, die sich im Wasser und im Regen nicht auflösten, wurden die Brunnen gemauert. Überall entstanden Hügel und Dämme aus Lehm, Steinen, Erdreich und eingerammten Pfählen. Wir pflanzten Bäume, die mit ihren Wurzeln die Dämme befestigten.

Zuerst errichteten wir für uns ein großzügig geplantes Haus auf dem Hügel. Im Schatten mächtiger Bäume breiteten sich Ställe aus, ein Kornspeicher aus Stein und gebrannten Ziegeln entstand, und an den Waldrändern legten wir Felder an. Langsam wuchs die Siedlung, Schritt um Schritt. Kanäle, noch nicht mit dem Fluß verbunden, reichten bis tief in das Hinterland hinein. Da wir versuchten, eine Stadt für lange Lebensdauer zu bauen, arbeiteten wir besonders gründlich.

Chandragupta schickte Münzen und Handwerker. Eines Tages trieben bemannte Flöße den Indus herunter. Auf ihnen erkannten wir Familien und große Mengen Steine, die aus Brüchen des oberen Flußlaufes stammten. Die Anzahl der Helfer nahm zu, aber noch immer waren erst die Grundrisse der Stadt zu erkennen, mehr nicht. Die sorgfältig angelegten, umzäunten, gedüngten und bewässerten Felder brachten größere Ernten. Erste Vorräte wurden eingelagert.

Große Pflüge, von Elefanten gezogen, rissen den Boden für die Saaten auf. Ochsengespanne wurden zusammengestellt, schwere Fahrzeuge wurden gebaut. Handbreit um Handbreit hob sich eine Plattform, ein Tafelberg mit mehreren Einschnitten, dehnte sich aus und schuf Sicherheit vor der nächsten Flut. Als die trockenen Tage kamen, in denen der Regen für Monde ausblieb, öffneten wir die Schieber; das Wasser des Indus ergoß sich in vielfach verzweigte Kanäle. Jeder gepflanzte Baum, jedes Gärtchen und alle Felder konnten bewässert werden, und eiskaltes Grundwasser aus Brunnen versorgte Tiere und Menschen. Nun waren wir schon zweieinhalbtausend Menschen, die verwundert erlebten, daß es ihnen von Mond zu Mond besser erging. Ich kurierte mit Charis' Hilfe viele Krankheiten, die Jäger Chandraguptas versorgten uns mit Wild in Hülle und Fülle. Ununterbrochen schleppten Elefanten Bäume aus dem Wald. Wir lichteten ihn behutsam aus, denn wir wollten um die Siedlung einen breiten Ring schaffen, in dem es nicht von Wild wimmelte, das unsere Felder leerfraß. Das Klima ließ alle Gewächse überraschend schnell nachwachsen.

Die abfallenden Flanken der Kanäle waren voller Gräser. Ziegen wurden darüber getrieben und hielten den Bewuchs kurz. Auf den Dämmen entstanden die ersten Häuser. Lager und Werkstätten von Handwerkern; überall gab es Platz für Erweiterungen. Alle fruchttragenden Bäume, deren Schößlinge wir im Wald fanden, wurden sorgfältig eingepflanzt, bewässert und beschnitten.

Auch unser Haus wurde größer und wucherte nach drei Seiten. Großzügige Räume für meine Freunde, Charis und mich entstanden, Häuschen, in denen die Diener wohnten, eine langgestreckte Scheune, in der Heu, Stroh und unsere Vorräte lagerten.

Es gab sogar eine Schule, in der alle Kinder täglich mehrere Stunden rechnen, schreiben und lesen lernten, zudem unterrichteten Fachleute die Heranwachsenden in Techniken, die sie beherrschten. Für Werkstücke und Dienstleistungen wurde in Ware »bezahlt«; und wir warteten sehnsüchtig auf eine Handelskarawane, die mit unserem Gold und einer langen Wunschliste unterwegs war.

Fleischer schlachteten Tiere, pökelten und räucherten, füllten Wurst in Därme und gaben die Felle den Gerbern, die Knochen den anderen, die Leim daraus kochten. Während jeder versuchte, sein Leben zu verbessern und zu erleichtern, wuchs Pattala fast unbemerkt, so lautlos wie die Bäume, die wir gesetzt hatten. Fast ohne daß wir es merkten, waren vierhundert Tage vergangen. Wieder kam die jährliche Regenzeit.

Nachdem die Makedonen in der größten Jagd, die in Bazeira je stattgefunden hatte, mehr als dreieinhalbtausend Tiere in den Wäldern erlegt hatten, feierten die erschöpften Soldaten ein gewaltiges Mahl. Es gab Fleisch in Überfülle, ebenso wie Wein. Und Alexander, der Spitamenes noch immer im Nacken spürte, versuchte, seine eigene Unruhe zu besänftigen. Zu seinen Ehren war in Samarkand ein Gastmahl vorbereitet worden. Der Herrscher saß in seinem Sessel, trank unvermischten persischen Wein und grübelte. Sein Gesicht war verschlossen und finster. In seiner Laufbahn war ein Punkt erreicht, wieder einmal, der nach dramatischen Lösungen schrie.

Es war Sommer. Die Hitze lastete über dem Land. Alexanders Truppen versuchten unentwegt, Dörfer und Siedlungen von den Aufständischen unter dem Befehl von Spitamenes zurückzuerobern. Lärm und Gelächter, die Prahlerei der makedonischen Freunde und Heeresanführer schien er nicht zu hören. Seine Nerven waren zerfasert wie alte Taue. Wieder nahm er einen Schluck Wein; die Einheimischen tranken ihn pur wie die Makedonen. Alexanders Gedanken kreisten verwirrt um eine einzige Befürchtung: hier lehrten die Kämpfe ihn, daß ein Eroberungsfeldzug ein Ding war, der Versuch hingegen, das Land zu behalten und in sein Reich einzugliedern, ein anderer. Hier beugten sich die Eingeborenen nicht. Sie starben lieber für ihre Freiheit als einzusehen, daß ihnen ein riesiges Reich nur Vorteile bringen konnte. Und da war Spitamenes, der sie unablässig aufstachelte. Er, selbsternannter Nachfolger Bessos', war nicht zu packen.

»He, Feldherr! Hat man dir Wasser in den Wein getan?« brüllte plötzlich Kleitos vom Ende der überladenen Tafel. Alexander winkte, ohne Kleitos anzusehen, schweigend ab. Seine Gedanken gingen zurück. Jede Parasange des Marsches wiederholte er. Seit dem Aufbruch von Prophthasia waren unzählige Männer verwundet worden, ebenso viele gestorben; eine Unmasse von Waffen, Ausrüstung, Pferden, Kamelen und Eseln waren den Gewaltmärschen zum Opfer gefallen. Unbekannte Gebirgspfade durch Schlamm und Staubstürme, Schnee und Eis, Wüste und Horden der Eingeborenen waren zu breiten Straßen geworden; jeder Schritt bedeutete Opfer. Er war stets an der Spitze seiner Männer gewesen und hatte alles mit ihnen geteilt: Entbehrungen, Niederlagen und Siege. Zeit, umzukehren? Alles in Alexander wehrte sich gegen diesen Gedanken. Er, gezeugt vom Blitz des Zeus, Sohn der Götter, auf wunderbare Weise mit eiserner Gesundheit gesegnet, Herrscher über den größten Teil der bekannten Welt, gab nicht auf. Es zog ihn weiter – er mußte das östliche Ende der Welt erblicken.

Sein Blick fiel auf Kleitos. Fünfzigjährig, voller Bartstoppeln, rotgesichtig und betrunken schwankte er, der Hipparch der Reiterei, der letzten »Kampfgefährten zu Pferde«, der Bruder jener Amme, an deren Brüsten Alexander gesäugt worden war. Plötzlich haßte Alexander sie alle mit ihrem beschränkten Ehrgeiz, mit ihrer Kleinmütigkeit. Sie waren treu, kämpften wie die Rasenden, und die Reiter des Kleitos waren mit ihren Pferden verwachsen. Wieder einmal mußte er an Atalantos denken, den einzigen Mann, den er nicht zwingen konnte. Toxarchos war auf unangreifbare Weise selbständig wie er, unabhängig und voller Fähigkeiten, um die ihn Alexander beneidete, obwohl er sie nicht kannte. Von ihm konnte er erfahren, wie die Welt wirklich aussah, meinte er. Durch das Lärmen drang Kleitos' schneidende Stimme:

»Sonst bist du einer der Lustigsten, Alexander. Warum so still, heute, wo alle anderen trinken und feiern?«

»Weil ich«, sagte Alexander in die plötzlich entstandene Stille hinein, »über Vergangenes, Gegenwärtiges und Zukünftiges grüble, während ihr in der Gegenwart euch berauscht.«

Brüllendes Gelächter und Pokalgeklirr antworteten ihm. Seine ziellose Wut wuchs, sein Blut begann sich zu erhitzen. Unter dem Diadem pochten die Schläfenadern. Streit lag in der Luft. Pagen rannten hin und her, brachten volle und tauschten sie gegen leere Weinkrüge. Braten dampften, Gesichter und Hände der Männer waren fettverschmiert; kleine Stücke der Gewürzkräuter klebten auf den Wangen und in den Bärten. Sie verliehen der Gesellschaft den Ausdruck kranker, pustelbedeckter Bacchanten.

»Im Rausch habe ich die besten Gedanken!« hörte Alexander wieder diese Stimme. Er antwortete in aufflammender Bitterkeit und in einem Tonfall, der weniger betrunkene Männer hellhörig gemacht und gewarnt hätte: »Regiere du Baktrien und werde am Oxus in Würden alt.« Und gallig fügte er hinzu: »Wein, Lustknaben und Hetären gibt es auch hier.«

Dort saß er, lästerte und schimpfte, brüstete sich mit Heldentaten, die für andere Männer alltäglich waren. Alexander hob die Schultern und dachte an den eigentümlichen Fremden, er stellte sich vor, wie er und dessen eiserne Reiter ihn aus dem Getümmel herausgeschlagen hatten. Noch, so dachte er traurig, steckte an seinem Finger der Ring, mit dem er seine Hilfe herbeirufen konnte. Aber in einer jähen Aufwallung herrscherlichen Stolzes rief er sich zur Ordnung. Er, der göttliche Alexander, hatte Hilfe, die nicht freiwillig und aus Begeisterung für ihn heraus gegeben wurde, nicht nötig. Er streckte den Arm aus, ein Page goß Wein in den schweren Pokal.

»Wein«, schrillte Kleitos, »ist der Spiegel der Seele.«

Alexander schoß einen Blick auf Kleitos ab, den nur Hephaistion und Bagoas sahen. Alexander suchte etwas, das für Kleitos sprach. Der Mann alterte. Er war krank gewesen, trank zu häufig, zu viel, und er fing an zu pöbeln. Er vergaß nicht, daß Alexanders Vater Philipp eine andere Weltanschauung hatte. Er war beleidigend zu Alexanders bestem Freund Hephaistion. Er war sicher, daß seine Würde verletzt wurde.

Jetzt – Alexander verstand nur einiges von dem, was er hervorstieß – brüstete er sich damit, daß ohne seinen Mut Alexander am Granikos getötet worden wäre. Dann sprach er davon, daß Alexanders Ruhm eigentlich Makedonien galt, etliche Zeit später beschimpfte er Alexander und warf ihm vor, er eifere den Helden der Sage nach, weil er hoffte, von einem größeren Sänger als Homer besungen zu werden. Und als er ausrief, daß Alexander viel von einem Zeus-Sohn, wenig aber von einem erfolgreichen Feldherrn habe, stand Alexander auf und trank den Pokal leer.

Alexander holte Atem und bezwang sich, obgleich er innerlich raste. Die Gestalten verschoben sich vor seinen Augen und verschwammen miteinander. Ein Lichtblitz störte ihn, er wandte den Kopf und sah die Reihe der bärtigen Gesichter der Wachen an der Innenwand des Zeltes. Die Sarissenträger taten so, als verstünden sie kein Wort.

»Kleitos!«

Alexander glich, obwohl kein Mann mehr in der Lage war, es zu bemerken, mehr denn je einem Löwen vor dem Angriff. Kleitos hob den Kopf, suchte den Ursprung der Stimme und stützte sich, als er den Feldherrn erkannte, schwer auf die Tischkante.

»Was willst du, kleinwüchsiger Eroberer?«

»Du sollst schweigen und nicht Männer«, sagte Alexander mit schwerer Zunge, »in den Schmutz ziehen. Männer, die besser sind als du.«

Kleitos lachte höhnisch.

»Bringe den Spitamenes zur Strecke, Feldherr, und dann beweise uns, daß deine Taten größer als dein Wuchs sind!«

»Deine Zunge ist, und das weiß jedermann, größer als dein Mut!«

»Ammon ist besser als du, älter, mit mehr Erfahrung!«

»Lasse Ammon aus dem Spiel, alter Narr.«

Die Freunde versuchten, Alexander und Kleitos auseinanderzuhalten. Aber beide Männer wurden lauter. Wein floß, Becher kollerten über den Bretterboden, es gab Geschrei, in dem Musikanten und Sänger untergingen. Schimpfworte und Gelächter flogen hin und her. Wieder stritten die jüngeren Gäste, die an dem würdelosen Spektakel viel Spaß hatten, mit denen, die älter und besonnen waren und wußten, daß böse Worte nie zurückgenommen werden konnten und sich wie Felsen aufgetürmt hatten. Sowohl Alexander als auch Kleitos fegten die Freunde, die ihnen in die Arme fielen, zur Seite. Zwischen ihnen bildete sich eine Gasse, durch die hindurch sie sich anschrien. Als Kleitos noch immer Alexanders Freunde als Lustknaben beschimpfte, die Frauen als schmutzige Dirnen, Ammon als Hirngespinst und Alexander als zwergenhaften Betrunkenen, verlor der Feldherr die Beherrschung. Er, rasend vor Zorn, bewegte sich mit einer Schnelligkeit, mit der niemand gerechnet hatte, sprang zur Seite, entriß in einer blitzschnellen Bewegung dem Sarissenträger den langen Speer, kehrte ihn in derselben Bewegung in der Luft um und schleuderte ihn quer durch den Raum. Die Lanze traf Kleitos in die Brust; die Spitze drang zwischen den Schulterblättern durch den purpurgesäumten Chiton. Alexander sprang hinzu, riß die Sarisse heraus und lehnte sie geistesabwesend an die Wand. Neben Alexander war plötzlich Hephaistion, riß ihn zur Seite und stöhnte:

»Mord! Nacht des Schreckens!«

Alexanders Zorn war ausgelöscht. Er sackte zusammen, schlug die Hände vors Gesicht und brach in Tränen aus. Sein Körper zuckte und schüttelte sich, er machte sich aus der Umklammerung der Arme des ältesten Freundes frei und stürzte sich auf Kleitos. Die Erschütterung war tief und rührte an die Wurzeln des jungen Mannes. Er war unfähig zu reden und stammelte wirres Zeug. Als er zusammenzubrechen drohte, brachten ihn die Freunde hinaus und auf sein Lager. Tödliche Stille breitete sich aus; der Schock der Tat ging durch die Zelte wie die Ringe, wenn ein Stein in einen ruhigen Teich gefallen war.

Mittlerweile war natürlich viel geschehen. Dort, wo wir Holz gefällt hatten, entstanden schmale, aber gut ausgebaute Straßen in die Richtung der beiden benachbarten Siedlungen. Ein ausgedehntes Netz von Kanälen, die sich verzweigten und regulierbar jedes Feld mit Wasser versorgten, durchzog Pattala und seine Umgebung. Um die Plattform aus Lehm höher und größer aufzutürmen und für die vielen Wälle gegen das Hochwasser hatten wir ein Loch ausgehoben, das sich mehr und mehr vergrößerte. Es lag hinter einem dichten Grüngürtel und würde beim nächsten Hochwasser geflutet werden. Dann verfügten wir über einen Teich, einen See, der später zusätzlich von dem Wasser einer Waldquelle gespeist werden sollte. Die Felder waren von Obstbäumen gesäumt, wir sammelten Gewürze und verkauften sie sehr teuer an die Händler. Am Rand der Siedlung lag eine kleine Karawanserei, die einer Handelskarawane alles bot, was sie brauchte.

Wir züchteten Pferde, Rinder, Schweine, Ziegen und Schafe, erzeugten unser Leder und unsere Stoffe selbst. Es gab mehrere Felder, auf denen Reis angebaut wurde. Die Arbeit wurde, so gut es ging, geteilt: Köhler erzeugten Holzkohle und lieferten gebrannte Rohziegel, Bäcker stellten täglich Unmengen frischen Brotes her, wir tauschten Eisen ein und gossen unsere Bronze selbst; auch dabei fielen große Mengen der widerstandsfähigen Ziegel an. Da nicht jede Bauernfamilie tagtäglich alle Arten von Arbeit verrichten mußte und dies den Spezialisten überließ, konnten die Felder intensiv bestellt und jene Arbeiten ausgeführt werden, die allein der Erweiterung und dem Ausbau der Stadt dienten. Jedes größere Anwesen besaß eine weitab gelegene Sickergrube, aus der natürlicher Dünger geschöpft werden konnte. Die Schmiede lieferten Hacken und Werkzeuge, Pfeilspitzen und jede Art von Beschlägen, und die hartgebrannten Ziegel ihrer Essen wurden immer wieder gegen frische Lehmrechtecke ausgetauscht.

Wir begannen mit dem Bau des Hafens und der Mauer. Beides hatte doppelten Zweck. Es sollte Pattala gegen das Wasser schützen und gleichermaßen der Verteidigung und den Fischern sowie hauptsächlich dem zukünftigen Handel dienen. Der breite Fluß und die Arme des Deltas boten sich als »Landstraße« geradezu an.

Von der langen Reihe der wuchtigen Speicher aus bauten wir einen neuen Damm, der im Kern aus Baumstämmen bestand, von denen wir wußten, daß sie unendlich langsam vermoderten. Auf dem Land – vor dem Damm verlief der große Abwasserkanal, der bogenförmig zugemauert war – verschmolz der Damm mit den übrigen Hügeln der Stadt. Auf seinem Rücken entstand eine Straße aus flachen Steinen, zwischen denen Gras wuchs. Als die ersten Baumstämme in den Ufergrund des Flusses gerammt wurden, mußten wir sie mit dreibeinigen Rammen befestigen. Die Gespanne, von sechs Ochsen gezogen, brachten Steine und Geröll herbei, und wir versenkten viel Material dort, wo der Indus an die geschwungene Baumreihe drängte. Der Druck der Strömung preßte den Schutt gegen die Pfähle. Jeden Tag schafften wir einen Schritt, karrten Erdreich herbei und setzten Uferpflanzen. Auch im Innern des gerundeten Vorsprungs, wo sich die Strömung jetzt zu drehen begann, entstand ein Schüttdamm.

Gegen Ende des Jahres waren die wichtigsten Einrichtungen vorhanden. Genug Platz, um hundert Fischerboote an Land zu ziehen. Erste Gebäude und Gerüste, die den Kern einer Werft bildeten, in der jetzt erst die INDRAS VAJRA stand, befand sich gegenüber einer Häuserzeile, in der die Fische ausgenommen, eingesalzen und verkauft oder eingetauscht werden konnten. Ein dickbäuchiger, listiger Mann richtete ein Haus ein, in dem jeder trinken und essen konnte; die erste Hafentaverne. Aber zu dieser Zeit gab es nur kleine Salzkarawanen und wenige Boote, die aus der Richtung des Meeres kamen und meist nur das kostbare Salz eintauschten, das wir nicht selbst gewinnen konnten. Es gab bereits die gemauerten Fundamente, die später einen Leuchtturm aufnehmen sollten.

Und von der Stelle aus, in der unser Hafen mit dem Ufer und den Außenbezirken Pattalas verschmolz, errichteten wir Schritt um Schritt eine Mauer, die auf wuchtigen Steinen ruhte und aus gebrannten Ziegeln hochgemauert wurde. Natürlich diente sie mehr dem Hochwasserschutz als der Verteidigung gegen einen starken Angriff. Es war sinnlos, daran zu denken, daß unsere liebenswerte Stadt einem starken Angreifer ernsthaften Widerstand entgegenbringen konnte.

Das nächste Hochwasser kam.

Als das Wasser stieg, öffneten wir die Schieber des Hauptkanals. Wasser schäumte herein, zischte über die Ziegel, leckte am Pech der Befestigungen und bildete eine zungenförmige Welle. Ganz Pattala stand am Kanal und sah zu, wie er sich füllte, wie das lehmbraune Wasser quer durch die Stadt und schließlich in den See floß. Die untersten Abschnitte des grünen Tafelbergs wurden überflutet, und in diesem Jahr gab es keine Stelle, an der die Wucht der Strömung die Wälle zerstörte. Die eingerammten Stämme hielten, kein Schwemmaterial rutschte in den Indus.

Als der Hauptkanal gefüllt war, als der See sich brodelnd und gurgelnd in eine ebene Wasserfläche verwandelt hatte, schlossen wir den Hauptschieber bis auf einen kleinen Spalt und öffneten die Gatter der abzweigenden Kanäle.

Binnen Stunden sahen wir von den Dächern der Häuser das Netz- und Gitterwerk der gefüllten Kanäle bis zum Rand des Dschungels, in dem in den Nächten das grollende Donnern der Tiger zu hören war und das aufgeregte Kreischen der Affen.

20.

Die Tochter des sogdianischen Fürsten Oxyartes, Roxane, in der Landessprache *Kleiner Stern* genannt, bezauberte Alexander. Er vergaß Barsine, Bagoas, seine Konkubinen und heiratete sie zeremoniell. Dreitausend junge Iraner ließ er aussuchen, nahm sie mit und wollte sie makedonisch-griechisch ausbilden lassen, zudem besaß er so gegenüber ihren Vätern ein Faustpfand. Hephaistion wurde zum König neben Alexander ernannt, zum Chiliarch. Das neue Jahr dieses Feldzugs brachte Aufregungen, die aufgereiht waren wie die Perlen einer Kette.

Alexander, der aus seinem Zustand nach dem Mord an Kleitos nichts gelernt hatte, verlangte von seinen Freunden eine Zeremonie, die von den Makedonen *proskynesis* genannt wurde. Offensichtlich waren Kniefall und Wangenküsse vor dem Feldherrn gefordert worden. Mittlerer Aufruhr war die Folge. Für einen freien Griechen grenzte diese Art der Verehrung einem knapp Dreißigjährigen gegenüber an Blasphemie. Bei einem Gastmahl wurde diese Verehrung durchgeführt, mit ausgesuchten Gästen. Nur Kallisthenes, der Historiker, empfing von Alexander keinen Kuß und ging davon, laut ausrufend, daß er in seinem langen Leben einen einzigen Kuß leicht verschmerzen könne. Noch vor einem halben Jahr hatte er seinen jungen Freund über den Mord an Kleitos getröstet. Und nach einer aufgedeckten Verschwörung der Pagen, die Alexanders Tod betrieben, wurde der Historiker in Fesseln geschlagen.

Im Sommer fing Alexander den »indischen Feldzug« an. Alexander wollte bei seiner Sucht, die Welt zu beherrschen, auf Indien nicht verzichten. Vor den Makedonen und Persern tat sich eine neue Welt auf. Perdikkas und Hephaistion wurden mit starken Abteilungen in die Richtung auf den Indus in Marsch gesetzt. Heute gab es einen Kampf, am nächsten Tag unterwarfen sich Dörfer, Festungen und kleine Fürstentümer, wie immer wälzte sich Alexanders Heer weiter, angeschwollen inzwischen zu einem bunt gemischten Volk auf Rädern, Füßen, Hufen und Klauen, überschritt den Indus auf der Brücke, die seine beiden Feldherren geschlagen hatten.

König Taxiles nahm ihn und das Heer freudig auf, bewirtete ihn und zeigte Alexander, wie das Land wirklich aussah, daß der Indus nicht ins Binnenmeer mündete, daß das östliche Ende der Welt zu weit selbst für diesen rasenden Makedonen war. Jenseits dieses Königreiches aber lag das Reich eines Großfürsten, den die Makedonen *Poros* nannten, und Alexander besiegte ihn – abermals ein Beweis, daß er als Feldherr jeden anderen Herrscher berghoch überflügelt hatte.

Die Elefanten von Poros wurden von makedonischen Peltasten so verwirrt, daß ihre Raserei die eigenen Truppen gefährdete und zerstreute. Alexander beließ großmütig dem verwundeten Poros sein Königreich und stellte ihm makedonische Verwalter zur Seite. Ohne Widerstand marschierte der Eroberer nach Süden, bis er in Kathay Gegenwehr spürte und Sangala, die Königsstadt, erstürmen mußte. Krokodile und Lotosblumen ließen Alexander vermuten, er wäre bei den Quellen des Nils. Die Inder zeichneten Karten und versuchten ihm zu erklären, daß er irrte.

Als er seinen Männern eröffnete, weiter nach Osten zu ziehen, warfen sie die Waffen zu Boden und meuterten, ließen sich nicht mehr umstimmen. Ihre Furcht, daß er sie in noch rätselhaftere Gegenden führen würde, war zu groß. Nach langen Beratungen sah er ein, daß er allein weiterreisen mußte, ohne Soldaten. Daraufhin tat er folgendes: Altäre wurden errichtet, auf denen man opferte.

In langer Zeit entstand eine gewaltige Flotte. Nearchos erhielt das Kommando und in dem gewaltigen Gemenge von Soldaten, Troß, Familien und Schlachtvieh breitete sich Zufriedenheit aus. Alexander war abermals an eine Grenze gestoßen, aber die Gebiete innerhalb des Walles aus Vorstellungen und Gedanken schienen sicher zu seinem Besitz zu gehören. Rechts und links des Indus marschierten die Truppen, und auf dem Fluß bewegte sich langsam die Flotte nach Süden. Die Schiffe waren griechischen Dreiruderern ähnlich; Nearchos, der ahnte, daß dieses Meer anders sein würde als das Meer zwischen den griechischen Inseln und Keftiu, begann sich zu fürchten. Der alte Rappe aus Alexanders frühen Jahren, Bukephalos, war hinfällig geworden und verendete. Man bestattete das Pferd feierlich und benannte eine der vielen neuen Städte nach dem Tier: Bukephala. Das vierte Jahr des großen Feldzuges neigte sich dem Ende zu.

Pattala! Eines fernen Tages, in einem entfernten Jahr, wird diese Stadt eine Stadt sein mit allen Begleiterscheinungen. Wir hatten getan, was wir konnten. Meine Aufgabe war es, über die Kinder, die Frauen und Mütter zu wachen. Dadurch, daß die Menschen ihre Gebete in ihren Häusern verrichteten und nicht darauf hören mußten, was ihnen die Priesterkaste der Brahmanen einflüsterte, schufen wir ein System individueller Freiheit, das sich – vielleicht – ausbreiten würde.

Während der äußere Bereich unseres Lebens ein einziges, mehr als vier Jahre andauerndes Erfolgserlebnis war, nahm meine Unsicherheit im Innern zu.

Alexanders Heer hatte den Hauptast des Indus erreicht und bewegte sich langsam nach Süden, also auf das Delta und das Meer zu. Es war abzusehen, daß sie auch Pattala erreichten mit ihren Schiffen, den Marschierern und dem gewaltigen, beutestrotzenden Troß.

Rund vier Monde nach dem Tag, an dem Alexander den Indus abwärts segelte und ruderte, von seinem Heer begleitet, führte ich Atagenes und Shastry durch den Empfangsraum in mein Arbeitszimmer. Langsam zog ich die Vorhänge aus farbiger Wolle zusammen. Der Raum lag im Halbdunkel.

»Du hast«, wandte ich mich an den Meister aller Jäger und Wächter Pattalas, »mit Maurya viele Botschaften getauscht. Jetzt zeige ich dir eines unserer Geheimnisse.«

»Chandragupta ist auf dem Weg hierher«, sagte Shastry. »Er will uns loben und belohnen.«

Ich klappte die Truhe auf, schaltete den Bildschirm ein und rief einen Zusammenschnitt der wichtigsten Meldungen ab. In der Pause erklärte ich dem Eingeborenen, daß er Bilder sehen würde, wie sie ein Vogel sah. Er beäugte mißtrauisch die Ausrüstung und erschrak, als die winzigen und dreidimensionalen Gestalten auftauchten. Tausende und aber Tausende – das Heer des Eroberers.

»Schreibe Chandragupta«, murmelte ich, »daß er in tödliche Gefahr gerät, wenn er im Lauf der nächsten fünf Monde hierherkommt. Erkennst du die Bedeutung?«

Wir sahen, wie es in ihm arbeitete. Er sah Soldaten und Troß, Schiffe und Lasttiere. Langsam wichen seine Zweifel und machten Furcht und Einsicht Platz.

»Es sind Menschen. Mit Waffen. Unendlich viele Krieger!« stammelte er.

»Mehr als fünfzig Tausende!« brummte Atagenes unbehaglich.

»Deine Männer, Atalantos?«

Ich schüttelte den Kopf und beobachtete die Phasen des Vormarsches.

»Nein. Weit gefehlt. Das Heer eines Eroberers, den ich kenne. Weil ich ihn nicht liebe, bin ich hier. Dieses Heer walzt jeden Widerstand nieder. Die Nachrichten deiner Vögel werden es dir sagen. Das breite Wasser, auf dem seine Schiffe schwimmen, ist unser Indus.«

Verwirrt, voll Entsetzen sagte er:

»Sie kommen nach Pattala! An die Stelle, wo sich der Indus dreimal verzweigt!«

»Es wird etliche Monde dauern«, versicherte ich. »Hör zu, was wir erzählen; berichte es an Chandragupta!«

Er beugte sich vor. In seinem Gesicht stand konzentrierte Aufmerksamkeit. Er verschlang förmlich jedes unserer Worte, die wir mit Bildern und flüchtigen Zeichnungen unterstrichen. Wir rieten ihm, daß Chandragupta warten und weitere Ruhepunkte wie Pattala schaffen sollte. Wenn Alexander fortgezogen war, konnte der Herrscher versuchen, *sein* Reich zu erobern . . . wenn er Manns genug war, dieses Vorhaben durchzuführen. Shastry schwieg betäubt. Dann raffte er sich auf und fragte:

»Was können wir tun? Du, Atalantos, und wir, die Leute aus Pattala?«

»Warten, bis Alexander eintrifft.« Ich hob die Schultern. Es konnte sechs Monde oder ein Jahr dauern. Dann sagte ich:

»Wenn er erscheint, werde ich mit ihm reden, Wir unterwerfen uns; die einzige Möglichkeit, unsere Stadt zu retten.«

»Kannst du das schaffen?« fragte er ängstlich. Atagenes stieß ein rauhes Lachen aus und knurrte:

»Wenn es einer vermag, dann nur Atalantos!«

Ich versuchte, mit meiner Selbstsicherheit Shastry anzustecken.

»Bis zu dem Tag, an dem Alexander Pattala wieder verläßt, arbeiten wir weiter, als sei nichts geschehen. Für die Zeit danach finden wir sicher eine Aufgabe.«

Shastry schüttelte den Kopf. Es brauchte nicht viel Phantasie, um die Bedrohung im vollen Maß zu erkennen. Er glaubte nicht, daß ich in der Lage war, das Schlimmste von Pattala abzuwehren. Ich wußte es besser. Unruhig trank er den Becher leer und verließ schweigend unser Haus. Wir sahen hinter ihm her und waren voller düsterer Ahnungen.

3000 Bogenschützen, 1000 berittene Bogenschützen, fünfunddreißig Tausendschaften aus der Heimat, achtzehn Hundertschaften Makedonen, persische Reiter und Söldner bildeten die Einheiten des Heeres von etwa fünfzig Tausendschaften. Elefanten mit eingeborenen Lenkern kämpften mit dem Eroberer. Tag folgte auf Tag, Kampf auf Kampf; letzten Endes blieb Alexander siegreich. Hinter sich ließ das Heer neue Städte, in denen sich alte und verwundete Soldaten niederließen. Von den Indern lernten die Makedonen, Perser und Griechen, und diese brachten fremde Bräuche mit sich. Nachdem ein mächtiger König, den die Griechen Poros nannten, in schweren Kämpfen besiegt worden war, ließ ihm Alexander großmütig die Königswürde. Andere Herrscher, die ihm Treue gelobt hatten, rebellierten nach kurzer Zeit; sie wurden hart gestraft. Im Herbst, nachdem Alexanders hochfliegenden Pläne bekannt geworden waren, weigerten sich die Makedonen, mit ihm zu ziehen. Verzweiflung packte das Heer. Man meuterte. Alexander war bis in den tiefsten Grund des Herzens verstört. Schließlich gab er sich geschlagen und errichtete als Zeichen seiner inneren Einkehr zwölf Altäre.

Seine Wahrsager pflichteten ihm darin bei, daß das Heer den Wendepunkt erreicht habe. So vermied Alexander den Kampf gegen den mächtigen König Dhana Nanda, der jenseits der Hochwasser führenden Flüsse herrschte. Am Indus entstanden achthundert Schiffe. Es gab genügend Seefahrer im Heer; Phöniker, Ägypter oder Männer aus Zypern. Es fing die langsame Reise zum Ozean an, entlang der verschiedenen Flüsse und schließlich auf dem Hauptlauf. Purpurne Segel und halbnackte Ruderer trieben die riesige Armada flußabwärts; ein ganzes Volk, eine schwimmende Stadt mit allem, was sich denken ließ, ein riesiger Troß, eine Völkerwanderung mit viel Besitz und noch mehr Überflüssigem. Boote kippten um, rammten einander und versanken, wurden gehoben und instand gesetzt, und schließlich ging Alexander mit seinen tapfersten Kriegern an Land. Im sechsten Jahr, seit er das Land betreten hatte, schlug ihm der Widerstand der Maller entgegen. Die Festung Aturi hielt bis zuletzt stand. Wieder einmal warf sich Alexander an der Spitze seiner Männer gegen ein Stadttor. Aturi fiel, ein riesiges indisches Heer verschanzte sich auf der anderen Seite des Flusses, in einer Stadt mit wuchtigen Mauern, die man Multan nannte. Das Tor in der Mauer am Fluß brach, schließlich legten die Makedonen Leitern an die Brustwehr der inneren Verschanzung.

Die Krieger zögerten. Alexander packte fluchend die Holme der Leiter und kletterte aufwärts. Drei Heeresführer folgten, einer trug den Schild des Feldherrn. Der Feldherr wich einigen Geschossen aus, schwang sich mit gezogenem Schwert über die Brustwehr und trieb, zusammen mit wenigen Männern, die Verteidiger zurück, verwundete und tötete sie und schleuderte sie über die Mauern. Einen Augenblick lang stand der Feldherr bewegungslos da. Seine Rüstung und sein Schild, den er gesenkt hatte, funkelten in der Sonne. Einige Leitern wurden von Steinbrocken getroffen, stürzten um und zerbrachen. Die Stürmenden legten andere Leitern an, aber zu lange Zeit konnte keiner von ihnen Alexander folgen. Er nutzte, blind vor Kampfgeist, den Sprung nach vorwärts. Neben einem Baum landete er innerhalb der Mauer auf dem Boden. Hinter ihm donnerte ein Pfeil eines Katapults gegen einen Pfeiler und stürzte einen Steinhagel neben Alexander herunter. Von allen Seiten drangen Krieger auf ihn ein. Schweigend und verbissen kämpfte er. Pfeile schlugen in den Baumstamm. Alexander warf sein Schwert zu Boden und schleuderte mit gewaltiger Wucht scharfkantige Bruchsteine nach den Angreifern. Sie wichen zurück, als Alexanders Kampfgefährten kamen und ihn zu decken versuchten.

Die Bogenschützen zielten besser, und ihre Pfeile jaulten heran. Zwei Griechen brachen neben Alexander zusammen. Er wirbelte herum, um hinter den Stamm in Deckung zu springen, als sich ein drei Ellen langer Pfeil mit Wucht durch das Leder des Harnischs bohrte und, tief in die Brust eindringend, Alexander gegen den Baum schleuderte. Ein Inder rannte heran und hob sein Schwert. Durch den Nebel aus Schmerz und Todesangst hindurch fuhr ein letzter Stoß von Kraft durch den taumelnden und stöhnenden Feldherrn. Er rammte dem Angreifer die Spitze des Schwertes in die Brust; der Inder, vom eigenen Schwung vorwärtsgerissen, brach neben Alexander zu Boden.

In diesem Moment erreichten die rasenden Makedonen, die zerbrochene Leitersprossen als Trittstöcke in die Mauerfugen geschlagen hatten, den Schauplatz. Sie vertrieben die Verteidiger und sahen, daß Alexander wie tot dalag. Als sie ihn auf dem Schild ins Lager zurücktrugen und er für einen kurzen Augenblick wieder zu sich kam, preßte er den Ring zusammen und rief keuchend, blutigen Schaum auf den Lippen:

»Toxarchos . . . Atalantos . . . hilf mir. Hilf!«

Vor einer halben Stunde hatte mich der Logiksektor geweckt. Wortlaut und Bedeutung des Hilferufs noch im Ohr, warf ich meine Ausrüstung in den Gleiter. Die Maschine raste los, hoffentlich unbeobachtet. Ich schaltete sie auf Höchstgeschwindigkeit. In der Abenddämmerung erreichte ich den Rand des Lagers, sicherte den Gleiter im Schilfversteck und aktivierte das Abwehr-Kraftfeld der Maschine. Dem ersten Makedonen, den ich traf, zeigte ich den schweren Ring und sagte schroff:

»Bring mich sofort zu ihm! Schnell!«

Wir rannten durchs Lager. Totenstille herrschte; ohne aufgehalten zu werden, erreichten wir das Zelt Alexanders. Das Gerücht, daß er tot sei, verbreitete sich. Die Wachen ließen mich durch, und einer sagte:

»Zweimal rief er nach dir, Toxarchos!«

Im Zelt verbreiteten Öllampen flackernde Helligkeit. Ein Arzt stand neben Alexander, der totenbleich auf einem Tisch lag. Überall waren blutbefleckte Tücher. Im Hintergrund kochte Wasser auf einem Dreibein. Ich ließ mir berichten, was geschehen war; wieder stöhnte der Feldherr. Auf einem Tisch breitete ich den Inhalt meiner Arzttasche aus.

»Ich habe den Pfeil herausgeschnitten. In der Wunde sah ich Blut und schaumige Bläschen«, sagte der Arzt. »Niemand weiß, ob du ihm helfen kannst. Aber er will es.«

Zuerst sah ich die Spitze des Pfeiles an. Sie hatte eine schwere, tiefe Wunde gerissen. Mit einiger Wahrscheinlichkeit war die Lunge verletzt. Zunächst lud ich ein betäubendes Medikament und schläferte Alexander ein. Dann entfernte ich die nassen Tücher, säuberte die klaffende Wunde und hörte aus dem Einschnitt ein gurgelndes Zischen bei jedem der flachen Atemzüge. Alexander entkrampfte sich langsam, plötzlich fiel mir auf, daß der Zellaktivator fehlte. Ich fragte scharf:

»Wo ist das Ammon-Amulett? Bringt es sofort!«

Es fand sich in einer Schüssel Wasser; man hatte das Blut abgewaschen. Ich legte die Kette um Alexanders Hals und bettete das Amulett auf seine Brust. Dann säuberte ich die Wunde, desinfizierte sie, sprühte Zellgewebeschaum in die Öffnung und setzte, so gut ich konnte, eine Naht. Alexanders Stirn war glühend heiß, und ich glaubte zu spüren, wie das lebenserhaltende Geschenk von ES seine Arbeit aufnahm. Die gerötete Wunde verschloß ich mit einer dünnen Schicht Bioplast und wusch meine Hände.

»Wird er sterben?« fragten die Umstehenden. Sie musterten mich hoffnungsvoll, denn offensichtlich hatte ich durch die Art meiner Handlungen überzeugend gewirkt. Ich ließ mir Wein geben und erwiderte:

»Ich glaube, er wird leben. In zwei Tagen wissen wir's alle – entweder stirbt Alexander, oder zehn Tage später kann er wieder Befehle geben.«

Pagen räumten die Reste der Operationen weg. Ich sagte ihnen, was der Koch für den Feldherrn zubereiten mußte, verlangte ein Lager und blieb zwei Tage lang an der Seite Alexanders. Zuerst schlief er zwanzig Stunden lang, war rasend vor Durst und erkannte mich. Als wir allein waren, sprach ich eindringlich mit ihm. Er hörte zu, den Rücken gegen ein hartes Kissen gestützt.

Er röchelte mehr als er flüstern konnte:

»Ich danke dir. Warum können wir nicht Seite an Seite siegen?«

»Deinetwegen, Makedone«, sagte ich, lächelte kühl und nahm Abschied, indem ich sein schweißnasses Handgelenk packte. Sieben Tage danach ruderten sie ihn den Fluß abwärts, ins Hauptlager, und unbeschreiblicher Jubel brach aus, als er zu seinem Prunkzelt ritt und ohne Hilfe abstieg. Die Inder ergaben sich und brachten als Versöhnungsgeschenk unfaßbare Mengen exotischer Dinge für die Eroberer.

Was Alexander plante, führte er auch durch. Wir bereiteten uns auf die Ankunft vieler Menschen vor, und wir konnten sehen, daß der Feldherr gesund war. Nein, nicht ganz: Er schonte sich tatsächlich und umging schwere körperliche Anstrengungen.

Eines Tages war es soweit. Der Blick des Adlers zeigte uns hinter der Krümmung des Flusses die Schiffe. Wir sattelten die Falben, die Rappen und die Schimmel, unsere Jäger bestiegen die Elefanten. In voller Rüstung galoppierten wir über unsere Straßen, zum Hafen und den Hochwasserdamm auf den Turm zu, unser Wahrzeichen aus Holz und gebrannten Ziegeln. Dort erwarteten wir Alexander.

Sein prächtiges Schiff wurde herangerudert, landete, und er kam an Land. Unsere Begrüßung war freundlich. Seine Heerführer versammelten sich um uns, als wir Pattala übergaben und uns versichern ließen, daß die Felder nicht zertrampelt und die Bewohner nicht ausgeraubt würden. Vier Monde lang hauste das Heer um Pattala. Die Schiffe wurden ausgebessert und ausgerüstet. Alexander zahlte mit Gold für unser Korn und Schlachtvieh. Die Regenfälle setzten im siebten Mond ein wie jedes Jahr zuvor, der Fluß schwoll an. Mehr hölzerne Wälle entstanden um und in Pattala. Alexander ließ sein Schiff und einige schlanke Begleitfahrzeuge ins Delta rudern, und im Sturm liefen die besten Einheiten auf Grund. Fischer aus den umliegenden Stämmen begleiteten die Griechen stromabwärts – und als schließlich die Schiffe in einem geschützten Altwasser sich in Sicherheit meinten, setzte die Ebbe ein. Die Schiffe saßen im Schlick fest. Zum erstenmal lernten die Makedonen die Wirkung der Gezeiten kennen. Und wieder schaffte es Alexander, allen Widrigkeiten zum Trotz.

Er erreichte das Meer, opferte den Göttern und faßte einen neuen Plan: Heer und Troß würden am Rand des Meeres nach Westen marschieren, zurück ins Kerngebiet Persiens. Günstige Winde nach der Regenzeit sollten die Flotte entlang der Küste nach Babylon treiben.

Als Charis und ich davon erfuhren, starrten wir uns schweigend an. Der indische Bogenschütze hatte vergeblich seinen Pfeil abgeschossen: Es gab nichts, was den Feldherrn aufhalten konnte. Seine Gedanken waren nach wie vor gigantische Blasen, lodernde Feuer der Illusion von Weltherrschaft.

Das Heer und der größte Teil des Trosses brachen am Anfang des achten Mondes auf. Noch wurde Nearchos – in unserem Haus ein gern gesehener Gast – mit seiner Flotte im Delta festgehalten. Der Wind vereitelte seine Abfahrt. Unfruchtbare Ebenen erstreckten sich vor den Marschierenden. Königin Semiramis büßte ihre Truppen ein, der Perserkönig Kyros erreichte sein Reich mit einem Bruchteil seiner Männer. Alexander mußte sie übertrumpfen und riskierte das tödliche Abenteuer. Das Heer verdünnte sich, der Weg wurde markiert von bleichenden Gebeinen und verendeten Tieren. Kämpfe, Hunger, Durst und Strapazen dezimierten die Menschenmenge. Eingeborene Führer führten sie in die Irre. Es war ein Wahnsinnsmarsch, aber irgendwann würden die letzten Überlebenden das Ziel erreichen.

Vor seiner Abfahrt besuchte uns Nearchos, der alte, zähe Freund Alexanders. Wir saßen, umgeben von wenigen Getreuen, am lodernden Kaminfeuer und beredeten die Dinge.

»Nimm es mit, präge dir jede Einzelheit ein und denke daran, daß alles Geschriebene unter der Sonne verbleicht!« Ich breitete die Zeichnung aus. Nearchos betrachtete sie genau. Es war eine exakte Wiedergabe der Höhenphotos. Sie zeigte die Strecke zwischen dem Indusdelta und dem Delta von Tigris und Euphrat.

»Mein Weg?« knurrte er. Ich nickte und machte eine vage Handbewegung.

»Woher, Freund und Retter Alexanders, weißt du das alles?« fragte der ledergesichtige, kantige Mann ohne sichtliches Erstaunen. Ich erwiderte:

»Vor vielen Jahren segelten wir entlang dieser Küste. Ich sage dir, was du zu tun hast . . .«

Ich erklärte ihm, wie eine Flotte die lange Fahrt überstehen konnte. Mit Landungen in den Buchten, mit Suche nach Süßwasserquellen, mit Fischfang – und mit größter Vorsicht. Er las meine Bemerkungen, die ich quer zur Küstenlinie geschrieben hatte. Schließlich ächzte er:

»Du ahnst, daß Beratungen stattgefunden haben, ehe ich den Befehl erhielt?«

»Ich weiß. Wenn du dich an diese Ratschläge halten kannst, werdet ihr überleben. Was man von denen, die mit Alexander durch Gedrosien marschieren, nicht wird sagen können.«

»Es ist der Marsch des Hades, der Unterwelt, aber wir haben es ihm nicht ausreden können«, verteidigte sich Nearchos. Er war ein zuverlässiger, knorriger Charakter, liebenswert wie ein Krokodil, ebenso listig und gefährlich. Charis warf ein:

»Persien und Griechenland werden von Indien viele Waren, Rohstoffe und Ideen beziehen. Deine Reise wird einen Handelsweg eröffnen, Nearchos!«

Er grinste und meinte trocken:

»Nur die Furcht vor Atalantos, Schönste, hält Alexander ab, dich keuchend zu begehren.«

»Ich bringe mich eher um«, schnappte sie. »Wer Atalantos kennt, ist für Alexander verdorben. Er ist maßlos.«

»Du hast recht, Charis«, entgegnete er. »So ist es. Ohne Maß. Ein Olympier zwischen uns Sterblichen.«

Nearchos studierte jede Linie, jeden Punkt und jeden Schriftzug der Karte, die innerhalb von wenigen Viertelmonden bis zur Unkenntlichkeit verblassen würde. Er fragte in einem Ton, der wie eine freundliche Drohung klang:

»Sehen wir uns wieder? Wann und wo?«

»Frage das Schicksal«, sagte ich, »und man wird dir antworten.«

Vier Monde lang marschierte Alexander durch wüstenähnliche Gebiete, entlang des Meeres durch die teuflischste Wüste, die es in diesem Teil der Welt gab. Von vierzigtausend Menschen in Heer und Troß lebten, als er in Karmanien endlich Proviant erhielt, nur noch fünfzehntausend. Dort stieß Nearchos zu ihm, der die Schiffsreise überstanden hatte.

Um die Zeit, als Alexanders zweiunddreißigster Geburtstag nahte, befanden sich Heer und Flotte wieder in Susa, im Herzen des Darius-Landes. Alexander, vierzehn Handbreit groß, ein paar Tage älter als zweiunddreißig, mit neun gräßlichen Narben an seinem Körper, fand ein Reich vor, in dessen dreiundzwanzig Provinzen vierzehn versuchten, seine Herrschaft abzuschütteln. Nach wie vor floß bei den zahlreichen Festen der schwere Wein in Bächen, zahllose Gesandtschaften huldigten ihm, und seine Pläne wurden nicht geringer. Strafexpeditionen marschierten, und nun faßte Alexander den Plan, das Land zwischen dem Roten Meer und dem Medischen Golf zu erobern. Patrouillen und Schiffe wurden ausgerüstet.

In Susa fand zum Mittsommerfest eine Massenhochzeit statt, in der viele Makedonen medische Frauen heiraten mußten; ihre Söhne sollten einst Persien mit Griechenland vereinigen, zwei Kulturen ineinander verschmelzen lassen. Ein riesiges Fest fand statt, in dessen Verlauf Alexander die älteste Tochter des Darius und die jüngste Tochter dessen Vorgängers, des dritten Artaxerxes heiratete – während Roxane nach einer Fehlgeburt zum zweitenmal schwanger war und Bagoas schmollte, nicht weniger als Alexanders ältester Freund Hephaistion. Alexander fuhr den Tigris aufwärts, gründete eine der letzten von insgesamt siebzig Städten, machte halt in Opis. Dort meuterten die Makedonen, die sich gegen die drastischen Veränderungen in der Reichsherrschaft sträubten. Von Opis – dort hatte er die Meuterei klug beschwichtigt – ging es nach Hamadan, wo Alexander ein neues Fest einer nicht abreißenwollenden Kette veranstaltete. Dort starb Hephaistion am Fieber.

Alexander gebärdete sich vor Trauer wie ein Rasender; er vergrub sich im eigenen Elend, tiefer als nach dem Mord an Kleitos. Während er auf Umwegen von Hamadan nach Babylon zog, lebte er in ungezügelter Maßlosigkeit. Er kostete jeden Pokal Wein, jeden Knaben und jede Konkubine des Königlichen Harems aus; seine Hofhaltung wurde von Tag zu Tag prächtiger. Unsicherheit befiel ihn, zum erstenmal in seinem Leben. Aus dem Nebel des Weindunstes, der seinen diademgeschmückten Kopf ausfüllte, schälte sich eine Vision heraus:

Umkehr! Änderung! Das Erreichte festhalten, eine geistige Mauer um das Reich ziehen! Dabei konnte ihm nur ein Mann helfen, der weder Meder noch Grieche war, den Gold und Ehrungen nicht lockten, der wußte, wie die Welt aussah, denn er hatte Nearchos jene legendäre Karte gegeben, ihm selbst mehrmals das Leben gerettet, jene armselige Stadt im Osten, am Indus, erbaut, die Babylon nicht das Wasser reichen konnte, und wo die Menschen dennoch fröhlicher und gesünder waren. Er faßte den Entschluß, verwarf ihn wieder, spielte mit den Gedanken, und in einer weintrunkenen Nacht, mit einer namenlosen Frau auf seinem königlichen Ruhelager, bewegte er den Magischen Ring und rief den Fremden zur Hilfe.

Ich nahm langsamen Abschied von dieser Stelle meines Wirkens. Ich ahnte: Die Wahrscheinlichkeit, Pattala wiederzusehen, lag bei fünfzig Prozent.

»Charis geht mit nach Babylon. Ihr habt hier zu tun, jeder von euch kann mit seinen Fähigkeiten im Heer des Chandragupta Maurya reich und geachtet werden. Ihr müßt euch nur das Haar färben.«

Charlan und Atama nickten einander zu und gingen. Charis und ich blickten ihnen nach, dann wandten wir uns zum Haus, um den Dienern zu sagen, was sie für diesen Abend vorbereiten mußten. Atisa und Shastry, der Feldherr Chandraguptas, folgten uns. Je tiefer die Sonne sank, desto mehr füllte sich das Haus mit Musikanten und Instrumenten, mit Besuchern, die Abschiedsgeschenke überreichten, mit Männern und Frauen, die ihre schönsten Gewänder und blitzenden Schmuck angelegt hatten. Die Kamine loderten, die Tafeln füllten sich mit allem, was Pattala zu bieten hatte. Es roch nach Braten und seltsamen Würzkräutern. Charis und ich legten die purpurgesäumten Gewänder um, die uns Alexander geschenkt hatte. Das Fest begann langsam, schrittweise. Fackeln und zahllose Öllampen brannten an allen Stellen. Jeder brachte ein Gefühl von Dankbarkeit und Fröhlichkeit mit, sie alle hätten es lieber gesehen, wenn Charis bei ihnen geblieben wäre – auf mich verzichteten sie leichteren Herzens.

In das wetterharte, scharfkantige Gesicht Atalidos kam ein verständnisvoller Zug. Er murmelte:

»Werdet glücklich. Wenigstens ihr beide. Niemand hat es mehr verdient.«

Jede weitere Äußerung dieser Art vertiefte den Abschiedsschmerz. Im Hof begannen die jungen Mädchen einen langsamen Tanz.

»Was erwartet uns, Liebster?« fragte Charis. Ich hatte mir unablässig Gedanken gemacht und antwortete nach einer kleinen Pause:

»Ich werde ein letztes, unwiderruflich letztes Mal versuchen, Alexander die Wahrheit über die Welt zu sagen. Ich versuche, ihn dazu zu bringen, alle Erkenntnisse zu konzentrieren. Dabei muß ich unendlich viele Irrtümer seiner Weltsicht berichtigen. Er ist am untersten Punkt seines Lebens angekommen und wird, hoffe ich, auf mich hören.«

»Hoffentlich. Und dann, *Atlan,* kehren wir hierher zurück?«

»Ich verspreche es«, sagte ich. Schrittweise wuchsen Lärm, Fröhlichkeit und heitere Trunkenheit. Wieder einmal war unser Haus Mittelpunkt der Stadt, diesmal nicht, um neue Ideen zu verkünden. Wir aßen, tranken und sahen, daß hier ein Höchstmaß an Zivilisation und Kultur erreicht worden war. Genau die richtige Zeit, um zu gehen.

Heitere, trunkene Frauen und Männer erfüllten das Haus. Meine Freunde schäkerten mit ihren schönen einheimischen Frauen und Freundinnen. Charis und ich gingen leichten Schrittes durch das Gewimmel und sprachen mit jedem, tauschten Händedrücke und Küsse, sprachen von den Jahren nach dem Abschied und vergaßen den nagenden Schmerz. Einige Paare taumelten in die Dunkelheit davon.

Wir gingen hinaus, und unter uns lag Pattala. In jedem Fenster, auf jedem Vorsprung der ganzen Stadt standen Öllämpchen oder steckten Fackeln. Auf dem Indus trieben dünne Lichterketten mit der Strömung. Ein See von Lichtfunken, die sich in den Kanälen spiegelten, erfüllte das Rund der Siedlung. Die Metallgongs wurden geschlagen, und unzählige Stimmen riefen Abschiedsworte und beschworen den Segen der Götter auf uns. Charis weinte lautlos. Ich ging ein paar Schritte ins Dunkel, damit den anderen meine Rührung verborgen blieb.

Nach Stunden löste sich das Fest auf. Zurück blieben ein Chaos aus Essensresten, blakenden Lampen und leeren Bechern – und wir. In dieser schwülen Nacht in Pattala liebten wir uns, als sei es das letzte Mal. Und doch wußten wir beide, daß ES uns eine Art von Zukunft zugesichert hatte, in der wir uns wieder trafen, unvorbereitet, ohne Erinnerung, ein altes, neues, junges Liebespaar, das sich seit Jahrhunderten kannte. Ohne daß uns jemand nachblickte, stiegen wir mit dem Gleiter im Morgengrauen auf, nur von dem schwarzen Adler begleitet. Noch funktionierte er leidlich, aber er sah aus, als sei er in der Mauser.

21.

Seit ich – wann? Vor Jahrtausenden jedenfalls – mitgeholfen hatte, Babylon zu erbauen, hatten sich die Gebäude, wenig aber der Grundriß verändert. Alexander stattete uns mit Dienern, einem Stadtpalast in der Nähe der Palmengärten, mit Pferden und Vorräten aus und tat, als wäre ich sein lange verschollen gewesener Bruder. Ich begegnete ihm mit Mißtrauen und erfuhr, daß er die Wirkung des Ringes, mit dem er mich herbeirufen konnte, der Macht der Götter zuschrieb. Als ich ihn zum erstenmal sah, war ich erschüttert.

Alexander war ein guterhaltenes Wrack. Seine Versuche, mit Wein eine Betäubung herbeizuführen, die Anstrengungen der Feldzüge und die schwere Verletzung hatten seinen Körper gezeichnet. Seine Augen schienen uralt zu sein. Lider und Tränensäcke hingen schwer herunter. Die Sehnen am Hals traten scharf hervor, die Haut war schlaff und faltig. Der Zellschwingungsaktivator kämpfte gegen die Exzesse an und verlieh ihm ein junges, falsch erscheinendes Aussehen. Er wirkte fahrig, unausgeschlafen; von der Überlegenheit griechischer Götter hatte er nichts. Er war allein, als ich an seinen Tisch trat, musterte mich lange und sagte:

»Es ist Zeit, Dinge zu tun, an die wir früher nicht dachten. Dein Haar ist weiß geworden, Atalantos. Nimm Platz.«

Er war klug genug, von mir weder Wangenkuß noch Kniefall zu verlangen. Ich setzte mich und erwiderte:

»Ich habe mehr als zehn Jahre deine Feldzüge mit angesehen. Deine Schläfen sind kahl, graue Strähnen sind in deinem Haar. Warum hast du mich gerufen?«

Sein Blick ging durch die Bögen der Türen in den Palastgarten, vorbei an Lanzenträgern und Wachen. Dann krümmte er die Schultern und sagte:

»Du erinnerst dich, Atalantos: Ich habe ein riesiges Reich erobert, und nun muß ich alles zusammenfügen. Nur ich kann es; die Provinzen brauchen eine harte Hand. Ich bin durch die Welt gezogen, und man kann mir nicht sagen, wie diese Welt wirklich aussieht. Viele Karten zeigen nur Ausschnitte und können nicht zusammengefügt werden. Ich brauche Rat. Ich will die Wahrheit erkennen.«

»Herrscher.« Ich sah zu, wie er aus den Truhen die Karten hervorkramte und betrachtete. »Deine Finger zittern. Du bist unruhig. Um zu herrschen, brauchst du die Ruhe der Seele. Das kann ich dir nicht vermitteln, selbst wenn ich es möchte.«

»Kannst du mir sagen, wie die Flüsse fließen, in welches Meer sie münden, wo der Ozean ist, der sich um die Welt windet?«

»Bringt dieses Wissen deine Ruhe zurück?« fragte ich. Er wanderte ziellos hin und her. Er hinkte leicht. Dann fuhr er herum und rief klagend:

»Niemand versteht mich wirklich. Sie tun, was ich verlange. Makedonen und Meder sollen zu einer neuen Herrscherschicht verschmelzen. Ihre Kinder werden meine neuen Truppen, Wächter und Satrapen sein. Alle sollen die gleichen Rechte haben. Gelder und Handel müssen im gesamten Reich gleich verwaltet werden. Ich muß an alles denken, jede Kleinigkeit regeln. Die Sprache soll griechisch sein! Noch weiß ich nicht, wo die schnellsten Straßen verlaufen, wie meine Boten reiten. Zeig es mir, so wie du Nearchos die Küste gezeigt hast.«

In seiner Bitte lag eine große Gefahr. Ich kannte die »Weltkarte« der Griechen, die einen Ausschnitt der Länder rund um Griechenland und die Inseln zeigte. Zwar war diese Darstellung einigermaßen korrekt, aber je mehr sie sich vom Zentrum entfernte, desto unrichtiger wurde sie. Sie zeigte ein Zehntel der Erdoberfläche. Zeichnete ich die wirkliche Ausdehnung der Landmassen, würde Alexander erkennen, daß er nur einen Bruchteil der Welt besaß. Ich antwortete nachdenklich:

»Ich werde deine Karten nehmen und zusammenfügen. Sie zeigen nur das Herz deines Reiches. Unendliche Landmassen erstrecken sich hinter jeder Grenze.«

»So muß es sein. Was brauchst du, Atalantos?«

»Zeit, große Tische, gute Kartenzeichner, alle deine Marschkarten und sehr viel weißes Pergament und Papyrus. Einen hellen Saal, Tische und Farben und das alles.«

»Du sollst es haben, in großer Eile. Woher kennst du das wahre Aussehen der Welt? Die endlosen Wüsten, in denen Menschen ihre Feuer mit kostbaren Gewürzen schüren?«

Er meinte die Wüste zwischen den beiden Golfen, im Süden vom Ozean begrenzt, menschenleer, nur an den Küsten und Oasen besiedelt.

»Du solltest bedenken«, sagte ich, »daß sich ein Heer und eine unfruchtbare Wüste nicht vertragen. Die Wüste ist unbarmherzig und tötet Männer und Tiere.«

»Ich weiß es, und einen Fehler mache ich kein zweitesmal.«

»Wann soll ich beginnen?« Ich stand auf. Inmitten des barbarischen Prunks der Hallen und Säle wirkte ich wie ein Fremdkörper.

»Ich sende einen Boten«, sagte er. »Du hast alle Bequemlichkeiten?«

»Alle«, bestätigte ich. »Hast du Nachrichten von Siwa, der Ammons-Oase?«

Er hatte dorthin Kuriere geschickt, um bestätigen zu lassen, daß das Orakel dem toten Hephaistion göttlichen Rang zubilligte; ein kolossales Grabmal befand sich in der Planung.

»Noch nicht«, antwortete er.

»Ich frage, weil ich glaube, daß das Orakel dir damals gewisse Regeln auferlegt hat.«

»Wie du gehört hast«, murrte er voller Ungeduld, »vergesse ich niemals die geringste Kleinigkeit.«

Ich hob grüßend den Arm und ging langsam durch die Korridore, an Eunuchenwächtern vorbei, in den Park. Viele Gesichter, besonders aus der engsten Umgebung Alexanders, kannte ich noch, und die Männer begrüßten mich freundlich und rauh. Die Stadt hatte sich in ein Heerlager verwandelt. Überall wurde gearbeitet, die Truppen führten Scheinkämpfe, auf dem Fluß übten die Mannschaften mit den Schiffen.

In der Ruhe meines eigenen Raumes verglich ich die vielfach überarbeiteten Karten mit den Höhenphotos, auf denen andere Einzelheiten zu sehen waren. Die Beschreibungen der *Bematisten* und meine Informationen ergänzten einander und ergaben, freilich in quälender Langsamkeit, wirklichkeitsgetreue Karten. Charis und ich spazierten an den Abenden durch die Stadt, ritten an den Nachmittagen entlang der Kanäle, und in den Nächten hörten wir das Lärmen der wilden, berauschenden Feste, die der Hofstaat und Alexander feierten.

Auf den Stufen saß ein Halbwüchsiger und blies wechselnde Tonfolgen auf einer langen, hölzernen Flöte. Ich nickte ihm zu und freute mich auf den ersten Becher Wein mit Charis. Aus den Augen des Jungen sprach tödliche Verlegenheit. Gewohnt, auf solche Einzelheiten zu achten, legte ich die Hand auf meinen Dolch, die Klinge rutschte aus der Scheide, als ich die angelehnte Tür aufstieß und ins Haus hinein horchte. Tiefstes Schweigen. Unruhe packte mich wie eine eisige Faust, ich rannte weiter und rief:

»Charis! Gambre! Amynta!«

Niemand antwortete. Ich rannte in den anderen Flügel, nachdem ich in drei menschenleere Räume hineingeblickt hatte. Vor dem geschnitzten Türrahmen hing der weiße Vorhang. Ich riß ihn zur Seite und sah, endlich, Charis. Sie schlief, ausgestreckt auf ihrem Lager. Ich machte ein paar Schritte und sah, daß sie tot war.

Noch begriff ich nichts. In ihrem Schoß lag der kleine Dolch, den sie stets trug. Ein getarnter Thermostrahler. Ich starrte sie an und sah das fingergroße Brandloch in ihrem Kleid, unter der linken Brust. Ihre Hand rutschte zur Seite, als ich sie berührte. Die Erkenntnis traf mich wie ein Schwerthieb. Ich hörte mich aufstöhnen, Schwäche packte mich, meine Finger und Knie begannen zu zittern. Kraftlos fiel ich auf den Rand der Liege, schwankte hin und her, mein Blick fiel auf die Pergamentrolle auf dem Tisch. Dreimal packte ich zu, die Rolle fiel zu Boden, auf allen vieren kroch ich hinzu und hob sie auf.

Ich registrierte sinnlose Einzelheiten. Ich begriff nicht, was der Extrasinn schrie, innerlich und äußerlich gelähmt, unfähig, nur einen klaren Gedanken zu fassen. Charis hatte sich mit äußerster Sorgfalt geschminkt, ihr Haar lag auf dem Kissen, als habe sie versucht, im Tod besonders schön auszusehen – für mich. Sie trug das Kleid aus Ptah-Sokars Stadt. Sie hatte all ihren Schmuck angelegt. Ihr Gesicht strahlte Ruhe und ein winziges Lächeln aus. Ich war wie vereist; sinnlos tanzten die Lettern, als ich zu lesen versuchte.

Mein einziger Geliebter. Du hast gesehen, was ich getan habe. Niemals mehr würde es wie vorher gewesen sein. Ich kann dieses Grauen nicht einmal mit Dir teilen. Grauen? Ich verstand nichts. Ich hörte die Flöte aus dem Garten; Töne, die sich in mein Bewußtsein kerbten wie Dolchschnitte. Ich legte meine Hände, die das Pergament hielten, auf die Knie, weil sie so stark zitterten, daß ich nicht weiterlesen konnte. Meine Tränen tropften auf das Pergament. Bruchstückweise las ich weiter. Sie ist tot, wiederholten meine Gedanken unaufhörlich. *Seit Pattala weiß ich, daß ich unser Kind trage. Ich glaube fest, daß es ein Sohn wird.* Mir wurde übel. Ich wankte auf die Terrasse, prellte meine Schulter an der Mauer und spie, bis mich ein Schüttelfrost hilflos umherwarf. Irgendwie schaffte ich es, ins Zimmer zurückzukommen. Ich suchte das Pergament, um weiterzulesen. Eine Leere, wie ich sie noch nie gekannt hatte, verdrängte jeden anderen Schmerz. Ich fand die Rolle und versuchte, weiterzulesen. *Alexander lief mir heute nach, als ich mit Amynta zum Markt ging. Er umschmeichelte mich, er war betrunken. Er schickte Amynta weg, zog mich in ein Zelt, ich wehrte mich und sagte, daß ich deinen Sohn trage. Er sagte, dann würde ich Zwillinge zur Welt bringen, und einer davon wäre von einem Gott gezeugt. Dann nahm er mich mit Gewalt, und ich hatte meinen Dolch nicht am Gürtel.* Noch immer hörte ich die Flöte. Es dunkelte, ohne daß ich es merkte. Ich las weiter, und mir war nicht bewußt, daß mein Herz unter der Knochenplatte so heftig hämmerte, daß jeder Pulsschlag meinen Blick verdunkelte. Noch immer rasten meine Gedanken in Kreisen und Spiralen.

Ich badete mich und trank Wein. Was geschah, kann nicht weggewaschen und betäubt werden. Ich weiß, daß Dein Schmerz so groß ist wie meiner. Aber er wird kürzer sein, geliebter Atlan, denn Du wirst alles vergessen können. So wie ich. Bis zu diesem Tage – denk an mich. Niemand hat Dich mehr geliebt als Deine Charis.

Das Pergament fiel zu Boden. Der Flötenspieler hörte nach einer Weile auf und ging fort. Ich schleppte mich zum Sessel und versuchte zu mir zu kommen. Welch ein grausiges Ende! Alle Vorsichtsmaßnahmen, alle Behutsamkeit – sie hatten nichts genutzt. Alexander! Er hatte in seiner gottähnlichen Trunkenheit mir alles genommen, was sicheren Wert besaß. Ich war doppelt allein. Charis nahm sich seinetwegen das einzige, worüber sie verfügen konnte: das Leben. Die Stunden vergingen, und irgendwann – später erfuhr ich, daß es früher Morgen war – berührte mich Gambre, der weißhaarige medische Diener, an der Schulter.

»Herr«, sagte er. »Ich fürchte mich, wenn ich dein Gesicht ansehe. Trink heißen Wein und schlafe. Der Schlaf ist gnädig.«

Ich murmelte verstört: »Nimm Geld aus der Truhe. Sie soll am Fuß eines großen Baumes begraben werden. Tu alles, ohne mich zu fragen.«

Ereignislos verstrich die Zeit. Irgendwann löste ich mich aus der Starre und trank Wein, bis es mir schwindelte. Dann schlief ich in irgendeinem Winkel. Alles war mir gleichgültig. Ich erwachte, trank und fand mich eines Tages am offenen Schacht eines Grabes, in dem etwas lag, in viele weiße Tücher gewickelt, das nach seltsamen Salben roch. Ich half Menschen, die ich noch nie gesehen hatte, beim Schaufeln und ging davon, noch immer betrunken und halb von Sinnen. Wieder vergingen Tage oder Ewigkeiten, und plötzlich wachte ich auf.

Von einem Augenblick zum anderen war ich wach. Ich lag ausgezogen auf meinem Lager. Die Vergangenheit lag offen vor mir. Mich erfüllte Zorn, der über jeden bewußten Grad kalter Wut hinausging. Ich sah am Fuß meines Bettes den Diener kauern. Er schlief. Ich tappte zum Tisch, füllte den Becher mit kaltem Wasser und trank ihn leer. Schmerz und Rausch waren vergangen, ich fühlte mich klar, aber schwach. Der Logiksektor flüsterte: *Du wirst es überleben. Mein Rat ist, den Aufenthalt abzubrechen. Auch wenn Alexander noch ein Jahrhundert lebt, werdet ihr nicht einmal das Startgerüst deines Raumschiffs bauen. Geh zurück, schlafe und warte, Atlan!*

»Davor ist noch einiges zu erledigen!« sagte ich. Der Diener wachte auf, zündete Öllampen an und behandelte mich, als sei ich ein Genesender. Meine Gedanken waren von luzider Klarheit. Ich erkannte jeden der vielen Irrtümer, schließlich zog ich das Armband vom Handgelenk.

Alexanders Stimme würde niemals mehr aus diesem winzigen Hochleistungslautsprecher ertönen. Dann nahm ich den Ring, mit dem ich nur eine einzige Schaltung ausführen konnte.

Lange saß ich da und schwankte zwischen Rache und Bestrafung, zwischen Nachsicht und Verständnis. An einem Punkt der Überlegungen angelangt, der keine Rückkehr erlaubte, schob ich die Hälften des Ringes gegeneinander. Ich desaktivierte das Amulett des Ammon, den Zellaktivator des Makedonen.

Ich schlief lange und traumlos. Als ich aufwachte, hatte sich der Charakter Babylons abermals verändert.

Nearchos war es, der mir die Wahrheit berichtete. An einem der letzten Tage des fünften Mondes hob Alexander, betrunken, den Pokal, und mitten in einem Trinkspruch griff er an seine Brust und sank in die Kissen zurück. Sein Amulett löste sich zu Asche auf. Dabei entwickelte es starke Hitze. Nur die Kette blieb übrig. Alexander starb zehn Tage lang. Des Schutzes beraubt, griffen seine Krankheiten an: übermäßiges Trinken, die Lungenverletzung, das ungesunde Klima der babylonischen Sümpfe, die körperliche Verfassung und die Gifte eines hemmungslos betriebenen Lebens ohne Rücksicht der eigenen Leistungsfähigkeit gegenüber. Der Damm war geborsten; Alexander siechte dahin.

Ich packte meinen Gleiter und versuchte, nichts zu vergessen. Dinge und Menschen zogen an mir vorbei wie Schatten an einer Mauer. Zweimal ging ich in den Saal, in dem sie die Karten zeichneten, und sorgte für Arbeit. Nach drei Tagen ließ man mich in den innersten Raum des Palasts, in dem Alexander auf dem Krankenlager ausgestreckt war.

»Hier bin ich, Herrscher«, sagte ich. Wenn er fähig war, meinen Gesichtsausdruck richtig zu deuten, mußte er erkennen, daß ich ihn in diesen Zustand versetzt hatte. Er flüsterte:

»Muß ich sterben?«

Ich nickte, zog aus meinem Wams eine Rolle und antwortete eisig:

»Ja. Du wirst sterben, Alexander. Dein Amulett, das deine Gesundheit aufrechterhielt, ist Asche.«

Er war so schwach, daß er sich fast nicht mehr bewegen konnte. Nearchos, der meine Rolle als Heiler kannte, hatte mich gebeten, seinem Herrscher zu helfen. Ich hatte ihm gesagt, daß niemand mehr Alexander helfen konnte.

»Was . . . ist geschehen?« fragte Alexander. In seinen Augen dämmerte eine unbestimmte Ahnung. Ich rollte die Karte auseinander und ging näher an sein Bett heran. Alexanders heißer Atem roch faulig.

»Du makedonischer Hund«, sagte ich leise und jenseits aller Leidenschaft. »Du kleiner, betrunkener Zwerg, dem seine schwachsinnige Mutter mit ihrer dünnen Milch eingab, daß er ein Gott ist, du hast dich ausgerechnet an meiner Freundin vergreifen müssen. Das Amulett – du hättest Hunderte von Jahren leben können, hirnloser Bruder eines Narren! – hast du in Wirklichkeit von mir bekommen. Ich habe es zerstört, damit du einen hündischen Tod hast, göttlicher Alexander.«

Ich holte tief Atem und beobachtete ihn. Jeder Satz war, denn er erkannte die Wahrheit, wie ein Keulenhieb auf seinen schweißnassen Schädel. Ich sah, wie sein Lebenswille gebrochen wurde. Er spürte, daß dies die letzte Stunde der Wahrheit war. Unwiderruflich.

»Hetze ruhig deine Männer auf mich«, sagte ich. »Ich habe Mittel, vor ihren Augen zu verschwinden. Thais, Barsine, deine Lustknaben, deine Frauen Roxane und die beiden Töchter der Meder, unzählige andere, sie werden ihr Wasser auf deinem göttlichen Grab abschlagen.«

Er bewegte sich, war hilflos meinen Reden ausgeliefert. Ich rückte einige Öllampen zusammen, damit er besser sehen konnte, was ich ihm zu zeigen beabsichtigte.

»Zusammen hätten wir die Welt erobern können. Aber du warst zu dumm, zu klein und von deiner Gottähnlichkeit besessen. Ich bin wirklich unsterblich. Mein Amulett zerstört niemand. Eine Karte der Welt? Hier ist sie! Das dunkle Gebiet ist dein Reich, das du in wenigen Stunden verlieren wirst, du Wurm von einem Menschen. Zeus, Ammon und dein göttlicher Achill – sie sind nichts wert. Düsternis werden deine Augen sehen, bis sie brechen. Träume werden sich in schwarze Todesvögel deiner mißgestalteten Seele verwandeln. Du wirst sterben wie der elendeste deiner makedonischen Veteranen. Ich bin es, der dir diesen schauerlichen Tod geschickt hat. Ich sehe voll Freude, daß du mich verstanden hast.«

Ich hielt die Karte vor seine dunklen Augen, in denen Wahnsinn und Schmerz nisteten.

Eine Weltkarte in breiter Projektion. In den farbigen Landmassen gab es ein winziges Fleckchen – sein Reich. Durch die Folie leuchtete das Blau der Ozeane. Er studierte die Karte mit gierigem Interesse, zuckte mit den Fingern und keuchte röchelnd. Ich hatte seinen Weg von Makedonien bis Babylon dick ausgezogen und sagte, indem ich die Karte zusammenrollte:

»Was hast du erobert, zwergenhafter Sohn eines klugen Vaters?«

Nach einer Weile – ich hatte die Lust verloren, ihn weiterhin zu quälen, indem ich ihn zum erstenmal die Wahrheit erkennen ließ – sagte ich:

»Nichts hast du erobert. Gerade rennen die Eingeborenen deine östlichen Grenzen nieder. Ich habe Pattala für einen Einheimischen erbaut, der ebenso ein Wurm ist auf dem Angesicht dieser Welt. Soll ich es wiederholen, oder hast du verstanden?«

Er versuchte, sich aufzurichten, seine Arme zu heben, mich anzuspringen. Alles, was sein Körper vermochte, war ein heiseres Röcheln und die Frage: »Du haßt . . . mich. Du hast mich . . . getötet . . . warum?«

»Weil du Charis angefaßt hast. Hättest du lieber die Sonne angegriffen, unwichtiger Narr. Stirb! Ich werde einem besseren Mann helfen, die Welt zu erobern.«

Ich wandte mich zum Gehen und sagte über die Schulter: »Und ich sage dir: Jeder ist klüger und besser als du, kleiner Alexander.«

Unangefochten gelangte ich zu meinem Haus. Ich entließ die Diener und rief die Freunde in Pattala. Was ich zu sagen hatte, war schnell gesagt. Sie würden in Chandragupta Mauryas Dienste treten. In der Nacht startete ich den Gleiter, vernichtete durch Fernzündung den Adler und ließ mich von Rico einschleusen.

Während die Prozedur anlief, die mich einschläferte, versorgte mich Rico mit Informationen. Sechseinhalb Tage nach meinem Besuch starb der Makedone. Sein Weltreich, das Millionen Tote gekostet hatte, würde wie jedes andere zerfallen. Auf dem Weg zum Bau eines Raumschiffs waren die Barbaren nur eine winzige Spanne weit vorangekommen. ES meldete sich nicht. Wieder blickte ich hinüber zu der leeren Liege, wo Charis schlafen sollte. Alexander hatte sie umgebracht und unser Kind. Inzwischen war ich zu teilnahmslos und gleichgültig, um noch Wut oder Haß empfinden zu können. Wir waren an der Aufgabe gescheitert. Wieder einmal hatte der Unschuldigste alles bezahlt, einen viel zu hohen Preis. Welche Schrecknisse, welche Tiefen des Lebens hielt dieser barbarische Planet für mich noch bereit? Gleichgültig glitt ich hinüber in den Schlaf. Ich schloß die Augen und schlief ein. Wieder einmal. Für wie lange? Und ich vergaß, wie Charis geschrieben hatte, alles. Es war gut, sonst würde ich nach dem nächsten Erwachen wahnsinnig werden müssen.

22.

Rogier Chavasse hatte, bevor er die überaus erstaunlichen Informationen verarbeitete, sich Gedanken gemacht. Er knurrte:

»Vieles wurde mir klar! ES schenkte Alexander, dem sogenannten Großen, einen temporären Zellschwingungsaktivator. Wenn sich das herumspricht, lacht die halbe Galaxis über ES! Logisch, daß ES diese Information unterdrücken will – wie einige andere. Atlan als weißhaarige Parze, die Alexanders Lebensfaden durchtrennt! Trefflich! Ungewöhnlich! Bemerkenswert; Homer hätte es nicht feiner reimen und zur Leier vortragen können.«

Er ächzte, wurde schlagartig ernst und bemühte sich, ein unbegreifliches Wesen wie ES zu begreifen. Er sah, wie sich die SERT-Haube wieder senkte. Chavasse, der eben den GAU, den Größten Anzunehmenden Unfall der Computergeschichte Gäas, verhindert hatte, gehorchte seiner Intuition, gab den Informationskanal zwischen MEDO-CENTER und SUBCONSCIOUS-CENTER frei, stöhnte und griff nach dem Champagnerglas. Er flüsterte gebannt:

»Unglaublich! Der L.-von-Temme-Faktor! Die Welt der gebündelten Bites ist voller Wunder.«

Zwischen dem Arkoniden Atlan, der nach einer langen Phase des Redens den Schluß eines seiner Erzählungs-Kapitel einleitete, und den riesigen Speichern des positronischen Computer-Unterbewußtseins begann ein Datenstrom zu fließen, so wie die Überschwemmung des Nils oder des Indus. MEDO-CENTER schaltete zusätzliche Kanäle, die frei geworden waren; Chavasse ahnte, daß dies der legale Ausweg war, den ES – ängstlich, beschämt, stolz und auf seine galaktische Allmacht bedacht, sich gestattete, ohne selbst an Gesicht gegenüber der Menschheit zu verlieren und das Leben des Arkoniden beziehungsweise dessen Genesung zu gefährden. Innerhalb von Minuten wanderten Informationen, aus denen man Bibliotheken hätte schaffen können, von Atlan in die Speicher von SUB-CENTER. Und das schon seit elf Minuten. Chavasse trank ein Glas leer.

»Vamos, los Computadores!« murmelte er vor sich hin. »Mehr! Dichter! Schneller! Wir retten Atlan und speichern Hunderte schöner Erzählungen. Und alles wegen dem Temme-Faktor. Früher, als die Computer noch von Hand gebaut und programmiert wurden, gab es einen Software-Mann, eine schillernde Figur. Ein begnadeter Geist! Hin und wieder trank er ein Glas zuviel und dann tat er mit den Programmen seltsame Dinge. Viele davon waren genialisch und sorgten dafür, daß Maschinen nicht abschalteten, weil sie über Notsysteme, Ventilen vergleichbar, verfügten – dank seiner Programme. Und dieses SUBCONSCIOUS-CENTER ist eine typische Methode des Temme-Faktors, von mir entwickelt und benutzt. Und es bedeutet, daß ES gestattet, daß der Temme-Faktor den Arkoniden gerettet hat. Trefflich!«

Chavasse wußte, daß sich ES aus den Speichern zurückzog, daß ES mit Sicherheit sich darüber klar war, daß in den SUB-CENTER-Speichern zahllose Berichte Atlans enthalten waren. Allerdings galt auch, daß nur Chavasse oder ES Zugriff zu diesen Stories hatten. Es mochte, wenn einzelne Großrechner überlastet waren, aus diesem Speicher etwas zurückschlagen und irgendwo deutlich sichtbar erscheinen. Aber dies waren Ausnahmen und würden das Verbot von ES, eine bestimmte Art von Erzählungen nicht zu publizieren, kaum jemals berühren. Eine Batterie Monitoren schrieb eine Unmenge von Daten. Chavasse schaltete ein wenig hin und her und sprach in ein Mikrophon:

»MEDO-CENTER! Was bedeuten, klar ausgedrückt, diese Informationen?«

MEDO-CENTER schrieb: Output: *Die kritische Phase in Atlans Gesundungsprozeß kann als abgeschlossen betrachtet werden. Atlan wird einen achtundvierzigstündigen Tiefschlaf außerhalb des Schwebetanks anfangen. SERT-Haube und physiologische Nährlösungsbäder werden abgeschaltet. Atlan wird in wenigen Stunden in einem Antigravbett schlafen. Für die nächsten Wochen sind andere medizinische Programme von mir vorgesehen.* Wieder fragte Chavasse etwas.

Input: *Kontrollfrage: Wurde bemerkt, daß Datenstrom Atlan zu Subconscious-Center läuft und noch immer anhält?* Output: *Positiv, dieser Datenstrom ermöglicht, die Haube abzuschalten. Atlan wird in der nächsten Zeit nicht berichten müssen. Betone: »nicht müssen«. Dennoch wird seine endgültige Heilung noch auf sich warten lassen. Zuverlässige Schätzdaten nicht erstellbar.* Input: *Wie groß ist die Schädigung durch Leerung und Wiederauffüllung DEINER Speicher?* Output: *Ich benötige vierzehn Stunden ausschließliche Rechenzeit, um Speicherinhalte zu sortieren. Totale Konfusion!*

Rogier Chavasse stand auf, betrachtete traurig die leere Flasche. Er ging im Raum hin und her, stieß ein heiseres Gelächter aus. Er war beruhigt darüber, daß Atlan gerettet war. Darüber, daß der größte vorstellbare Rechnerverbund außer NATHAN auf dem Erdmond auf technische Weise vor Ratlosigkeit schwitzte und dampfte, empfand er Freude und tiefe Zufriedenheit. An anderer Stelle wurde bereits erklärt, daß Chavasses Verhältnis zu seinen eigenen Schöpfungen starke Ähnlichkeit mit dem eines grämlichen Vaters hatte, der jeden Beweis der Untüchtigkeit seiner Kinder als Kompliment seiner eigenen Größe verstand. Einige Tage lang würde sich über Gäa das Chaos ausbreiten. Jede Computerinformation und alle selbständigen Rechenoperationen waren fragwürdig. Er freute sich bereits über die Meldungen, die diesen Tatbestand bestätigen würden. Immerhin, auch der Selbstheilungsfaktor der Maschinen war dank SUBCONSCIOUS-CENTER und seiner eigenen Klugheit sehr groß. Fast alles würde sich wieder einrenken.

An MEDO-CENTER: Input: *Chavasse an Scarron Eymundsson: Geh schlafen, liebste Freundin Atlans. Dein Herzallerliebster ist gerettet! Ich schalte mich ab. Grüße an alle.*

Output: *Danke, Chavasse! Wir sprechen uns, wenn wir wieder klar denken können!* Input: *End.*

Rogier schaltete seine Geräte ab. Die Terminal-Kammer verwandelte sich jäh in eine stille Zone, in der es nach kaltem Zigarrenrauch roch. Chavasse fühlte sich weiterhin voll Unternehmungslust. In einem Teil der Zeit, die er brauchte, um zu seinem Gleiter zu gelangen, produzierte der Rechnerverbund die ersten Pannen. Eine Auswahl:

PLANETARE BIBLIOTHEK: Adressen und dazugehörige Informationen wurden vermischt. Unter dem Titel: *»ES oder die Unmöglichkeit, seinen (ihren, dessen) Einfluß auf terranische Kultur und Zivilisation exakt festzulegen«* wurden sämtliche Krankheitsberichte der letzten Zeit gespeichert, und zwar die Daten über Atlans Verletzungen und den Prozeß der Genesung aller Insassen des Raumschiffes KHAMSIN.

GALAX-SPEED desaktivierte in allen Raumhäfen und planetaren Schnellverkehrsstationen die Wasserzufuhr zu: Kantinen, Serviceventilen, Reinigungsrobotern und allen Gartensprinklern, Toiletten, Löschautomatiken und hydroponischen Anlagen. Sechsunddreißig Stunden lang herrschte Chaos, und zwar total.

MASTER-CONTROL, zuständig für planetare Zeit, für Energiesteuerung aller Art, gab falsche Zeitsignale, hielt Lifts in jeder Stellung an, schaltete die Verkehrskontrolle in Art der Lumineszeneffekte in öffentlich zugänglichen Vergnügungsstätten, verbreitete via GÄA-TV die Wetterkontrollhinweise des vorletzten Jahres, und zwar um 7,5 Tage versetzt.

Als Rogier Chavasse seinen Gleiter auf Fernsteuerung geschaltet hatte, sagte er sich, daß dies das sicherste Mittel sei, einen Unfall zu verschulden. Er ahnte, daß hinter seinem Rücken – bildlich gesprochen – die Computer nichts anderes als schieren Unsinn produzieren würden. Es war tiefste Nacht, und der Verkehr war ungewöhnlich gering. Also machte er die Schaltung rückgängig und steuerte von Hand. Er hatte es nicht erwartet, aber er war nur mäßig verblüfft, als er in seinen Gedanken ein brüllendes Gelächter hörte, das innerhalb seines Schädels widerzuhallen schien wie in einer Kathedrale. Er dachte: *Das ist ES!*

Richtig, Gäaner Chavasse! erwiderte ES laut und deutlich. *Nur wir beide wissen, was in den letzten Stunden vorgefallen ist. Du hast dich wacker geschlagen. Trotzdem gebe ich dir und allen Verantwortlichen eine Warnung auf den Weg! Sorgt wie ich dafür, daß diese Berichte Atlans nicht über die Galaxis verbreitet werden. Ich habe meine Gründe dafür, es nicht zuzulassen!* Chavasse rechnete zusammen, was er über ES und Atlan wußte. Dann dachte er konzentriert:

Ich weiß nicht, was du hast. ES kommt doch in den Berichten richtig zur Geltung – als Schutzpatron der Menschheit Terras oder des dritten Planeten von Larsafs Stern!

ES erwiderte: *Die Terraner oder Gäaner würden, wenn sie jedes Wort lesen und auswerten, der Meinung sein, daß sie von mir beschützt und ausgezeichnet worden sind. Diesen Eindruck will ich vermeiden!*

Ich halte mich an unser nicht dokumentiertes Abkommen! dachte Rogier.

Nichts anderes will ich. Denke daran – das nächste Mal bin ich weniger entgegenkommend! sagte ES lautlos, und dann schien Chavasses Schädel unter dem lauten Gelächter zu zerbersten. Wenn er in seiner Wohnung war, würde er ein Medikament gegen Kopfschmerzen nehmen müssen.

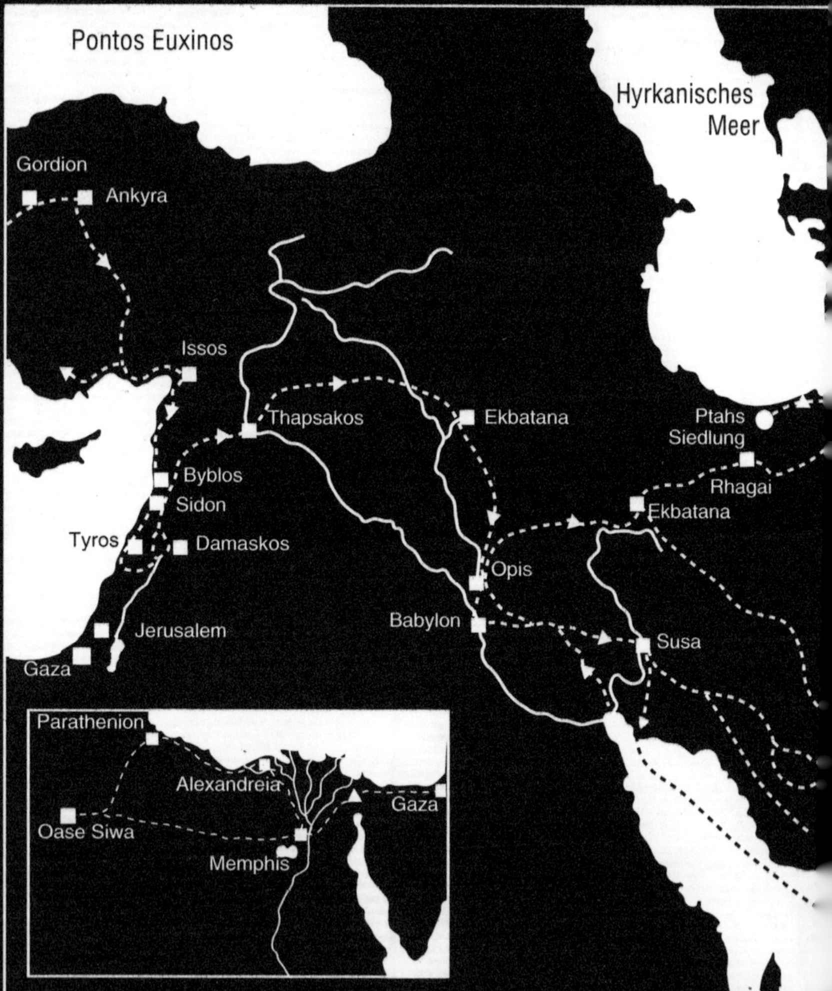

Die Feldzüge Alexanders d